PRAGUE FATALE

Né en 1956 à Édimbourg, Philip Kerr a fait ses études de droit à l'université de Birmingham. Il a travaillé dans la publicité et comme journaliste free-lance avant de se lancer dans l'écriture de fictions. Sa série centrée autour du détective Bernie Gunther, unanimement saluée par la critique et couronnée de nombreux prix, a fait de lui un auteur internationalement reconnu. Ses romans sont traduits dans une trentaine de langues.

PHILIP KERR

Prague fatale

TRADUIT DE L'ANGLAIS PAR PHILIPPE BONNET

ÉDITIONS DU MASQUE

Titre original :

PRAGUE FATALE
Publié par Quercus, Londres.

À Jane, une fois encore

Prologue

Lundi 8 et mardi 9 juin 1942

Il faisait très beau lorsque, rentrant de Prague en
compagnie du SS-Obergruppenführer Reinhard Tris-
tan Eugen Heydrich, le Reichsprotektor de Bohême-
Moravie, j'arrivai à la gare d'Anhalt à Berlin. Nous
portions tous les deux l'uniforme du SD[1], mais, contrairement au général, j'avais le pas léger, un air entraînant
en tête et le sourire au cœur. J'étais content de retrouver ma ville natale. Je me réjouissais à la perspective de
passer une soirée paisible, avec une bonne bouteille de
Mackenstedter et quelques Kemal que j'avais prélevées
sur les réserves personnelles du bureau de Heydrich au
château de Hradschin. Qu'il puisse découvrir ce menu
larcin ne m'inquiétait pas le moins du monde. Il n'y
avait pas grand-chose qui puisse m'inquiéter. J'étais
tout ce que Heydrich n'était pas. J'étais en vie.

D'après la presse berlinoise, le malheureux Reichs-

---

1. Le SD (Sicherheitsdienst), créé par Heydrich dès 1931,
était le service de renseignements de la SS. (*Toutes les notes sont
du traducteur.*)

protektor avait été assassiné par une bande de terroristes parachutés en Bohême depuis l'Angleterre. C'était un peu plus compliqué que ça, mais je n'étais pas prêt à en parler. Pas encore. Pas avant longtemps. Peut-être même jamais.

J'ignore ce qu'il est arrivé à l'âme de Heydrich, pour autant qu'il en ait possédé une. Dante Alighieri aurait sans doute pu m'indiquer *grosso modo* la direction si j'avais été tenté d'aller la rechercher quelque part dans les enfers. En revanche, j'ai une assez bonne idée de ce qu'il est advenu de son corps.

Tout le monde aime les beaux enterrements, et les nazis ne faisaient assurément pas exception, réservant à Heydrich le plus splendide adieu qu'un criminel psychopathe puisse espérer. Ils donnèrent à l'événement une telle ampleur qu'on aurait cru qu'un satrape de l'Empire perse était mort après avoir remporté une grande bataille. De fait, on n'avait rien négligé, mis à part le sacrifice rituel de quelques centaines d'esclaves – encore que, comme un petit village tchèque de mineurs appelé Lidice allait en faire la cruelle expérience, je me trompais sur ce point.

De la gare d'Anhalt, Heydrich fut transporté jusqu'à la salle de conférences du siège de la Gestapo, où six gardes d'honneur en tenue de cérémonie noire veillèrent sur sa dépouille. Pour beaucoup de Berlinois, ce fut l'occasion de chanter : « Ding-Dong ! La sorcière est morte[1] ! », tout en se glissant à pas feu-

---

1. « *Ding-Dong ! The Witch Is Dead* », couplet d'une des chansons du *Magicien d'Oz* (*The Wizard of Oz*), film musical de Victor Fleming (1939).

trés à l'intérieur du palais Prinz-Albrecht pour jeter un coup d'œil. Au même titre que d'autres activités semi-dangereuses telles que grimper au sommet de la vieille tour de la radio à Charlottenburg ou rouler sur le bas-côté de la voie express Avus, il était bon de pouvoir dire qu'on l'avait fait.

Sur les ondes ce soir-là, le Führer rendit hommage au défunt, le qualifiant d'« homme au cœur de fer », ce qu'il considérait, je suppose, comme un compliment. Mais, là encore, il est possible que notre méchant Magicien d'Oz ait tout simplement confondu l'Homme en fer-blanc avec le Lion peureux.

Le lendemain, vêtu en civil et me sentant globalement plus humain, je me joignis aux milliers de Berlinois massés devant la nouvelle chancellerie du Reich et tâchai de prendre la mine lugubre de circonstance tandis que tout le nid des mirmidons de Hitler se déversait de la salle des mosaïques pour suivre l'affût de canon étincelant emportant le cercueil, tendu d'un drapeau, le long de la Voss Strasse puis de la Wilhelmstrasse vers la dernière demeure du général, au cimetière des Invalides, où il reposerait aux côtés d'authentiques héros allemands comme von Scharnhorst, Ernst Udet et Manfred von Richthofen.

La bravoure de Heydrich ne faisait aucun doute : ses sorties impétueuses à bord d'avions de la Luftwaffe, alors que la plupart des hauts gradés restaient bien tranquillement dans leurs tanières de loup et leurs bunkers doublés de fourrure, constituaient l'exemple le plus flagrant d'un tel courage. J'imagine que Hegel aurait reconnu dans l'héroïsme de Heydrich l'incarnation de l'esprit de notre époque despotique. Pour ma part, je préfère les héros qui entretiennent de bonnes relations de travail avec les dieux plutôt qu'avec les forces titanesques des ténèbres et du chaos. Surtout en Allemagne. De sorte que sa mort ne m'inspirait aucun regret. À cause de lui, j'étais devenu un officier du SD. Et, dans l'insigne de casquette à l'argent terni qui était le détestable symbole de ma longue fréquentation de Heydrich, se trouvaient gravés les stigmates de la haine, de la peur et aussi, après mon retour de Minsk, de la culpabilité.

Il y avait neuf mois de ça. La plupart du temps, j'essayais de ne pas y penser, mais, comme l'a fait remarquer un autre fou allemand célèbre, il est difficile de regarder par-dessus le bord de l'abîme sans que l'abîme regarde en vous.

1

Septembre 1941

L'idée de suicide est pour moi un véritable réconfort : parfois, c'est la seule chose qui m'aide à passer une nuit blanche.

Par une telle nuit – et il y en avait plein –, je me mettais à démonter mon pistolet automatique Walther et à huiler méticuleusement le puzzle de pièces métalliques. J'avais vu trop de coups rater faute d'une arme correctement huilée et trop de suicides tourner mal parce que la balle avait pénétré dans le crâne du bonhomme selon un angle aigu. J'allais jusqu'à vider l'escalier qu'était le magasin de cartouches et à astiquer chaque balle, les alignant comme de petits soldats de plomb, afin de choisir la plus propre, la plus brillante et la plus digne de figurer en première place. Je tenais à ce que seule la meilleure d'entre elles perce un trou dans le mur de prison de ma caboche épaisse, avant de creuser un tunnel à travers la matière grise de découragement de ma cervelle.

Toutes choses qui pourraient expliquer pourquoi tant de suicides sont rapportés aux flics de façon erronée. « Il nettoyait son pistolet et le coup est parti », déclare l'épouse du défunt.

Bien sûr, des accidents de ce genre, il s'en produit sans cesse, et il arrive même que l'arme tue celui qui la tient. Vous devez donc commencer par presser le canon froid contre votre tête – la nuque est encore le mieux – et n'appuyer qu'ensuite sur cette foutue détente.

De temps à autre, j'allais jusqu'à fourrer deux serviettes de bain repliées sous l'oreiller de mon lit avant de m'allonger, bien décidé à passer à l'acte. Beaucoup de sang peut couler d'une tête avec ne serait-ce qu'un petit trou dedans. Je restais là, à contempler la lettre de suicide que j'avais écrite sur mon plus beau papier – acheté à Paris – et posée avec soin sur le manteau de la cheminée, sans l'adresser à personne en particulier.

Personne en particulier et moi, nous entretenions une relation très étroite en cette fin d'été 1941.

Quelquefois, au bout d'un moment, je m'endormais. Mais les rêves que je faisais n'étaient guère recommandables pour toute personne de moins de vingt et un ans. Ils ne l'auraient probablement pas été non plus pour Conrad Veidt ou pour Max Schreck[1]. Une fois, je m'éveillai d'un rêve si horrible, si net, si saisissant que je tirai bel et bien avec mon pistolet en m'asseyant d'un bond sur le lit. L'horloge de ma

---

1. Acteurs allemands qui s'illustrèrent dans des rôles morbides du cinéma expressionniste sous la République de Weimar. Conrad Veidt (1893-1943) fut l'interprète de Cesare dans *Le Cabinet du docteur Caligari*, de R. Wiene (1920). Max Schreck (1879-1936) incarna le personnage de *Nosferatu le vampire*, dans le film du F. W. Murnau (1922).

chambre – une horloge murale en noyer, fabriquée à Vienne, qui avait appartenu à ma mère – n'a plus jamais été la même.

D'autres nuits, je restais simplement immobile, attendant que la lumière grise au bord des rideaux poussiéreux augmente, de même que le vide total d'une nouvelle journée.

Le courage ne servait plus à rien. Ni d'être brave. L'interminable interrogatoire auquel je soumettais mon misérable ego ne provoquait chez lui aucun regret, seulement un dégoût de soi encore plus grand. Vu de l'extérieur, j'étais toujours le même homme : Bernie Gunther, Kriminalkommissar de l'Alex ; et pourtant, je n'étais plus que l'ombre de ce que j'avais été. Un imposteur. Un nœud de sentiments qu'il me fallait supporter les dents serrées, une boule dans la gorge et une affreuse caverne pleine d'échos au creux de l'estomac.

Mais, après mon retour d'Ukraine, je n'étais pas le seul à me sentir différent. Berlin aussi. Nous nous trouvions à près de deux mille kilomètres du front, et la guerre planait manifestement dans l'air. Cela n'avait rien à voir avec la Royal Air Force, qui, en dépit de la promesse fumeuse du gros Hermann[1] que jamais une bombe anglaise ne s'abattrait sur la capitale allemande, était parvenue à écumer, de façon sporadique mais non moins destructrice, notre ciel nocturne. À l'été 1941, elle nous rendait rarement visite. Non, c'était la Russie qui affectait désormais

1. Hermann Goering, chef de la Luftwaffe, surnommé « le Bouffi » parmi les officiers allemands.

chaque aspect de notre existence, depuis le contenu des magasins jusqu'à la manière dont on occupait ses loisirs – pendant un certain temps, danser avait été interdit – ou dont on circulait dans la ville.

« Les Juifs sont notre malheur », proclamaient les journaux nazis. Mais à l'automne 1941, personne ne croyait réellement au slogan de von Treitschke ; certainement pas quand on pouvait faire la comparaison avec le désastre volontaire, beaucoup plus palpable, que représentait la Russie. Déjà la campagne à l'Est commençait à s'essouffler ; et, en raison des besoins vitaux de notre armée, Berlin faisait davantage penser à une république bananière à court de bananes, ou d'à peu près quoi que ce soit d'autre.

Il y avait très peu de bière et bien souvent pas du tout. Tavernes et cafés se mirent à fermer un jour par semaine, puis deux, voire totalement, tant et si bien qu'il ne resta plus que quatre bistros dans la ville où l'on pouvait encore obtenir une chope de bière. Non qu'elle eût goût de bière, quand on réussissait à en dénicher. La lavasse brune, aigre, saumâtre que nous sirotions avec amertume me rappelait surtout la vase emplissant les trous d'obus et les mares stagnantes du *no man's land* où nous étions parfois forcés de nous mettre à couvert. Pour un Berlinois, c'était un vrai malheur. De plus, il était impossible de se procurer des spiritueux, en conséquence de quoi il était presque impossible aussi de se soûler pour échapper à soi-même, ce qui fait que, tard le soir, il m'arrivait fréquemment de nettoyer mon pistolet.

Le rationnement de la viande n'était pas moins décevant pour une population ayant fait de la saucisse sous toutes ses formes un mode de vie. En principe, chacun de nous avait droit à cinq cents grammes par semaine, mais, même quand il y en avait, on avait plus de chances de recevoir cinquante grammes seulement pour un ticket de cent grammes.

À la suite d'une mauvaise récolte, les pommes de terre disparurent complètement. De même que les chevaux tirant les voitures de lait. Ce qui n'était pas très gênant dans la mesure où il n'y avait pas de lait dans les bidons. Il n'y avait plus que du lait en poudre, et des œufs en poudre, tous deux donnant la sensation de manger la poussière de plâtre que les bombes de la RAF faisaient dégringoler des plafonds. Le pain avait goût de sciure de bois, et beaucoup juraient leurs grands dieux que c'en était effectivement. Les tickets de vêtements payaient les habits neufs d'un empereur[1], mais pas grand-chose d'autre. On ne pouvait pas acheter de nouvelle paire de chaussures, et dénicher un cordonnier pour réparer les anciennes tenait de l'exploit. Comme n'importe quel autre habitant exerçant une profession, les cordonniers de Berlin se trouvaient pour la plupart sous les drapeaux.

Ce n'était plus qu'ersatz et articles d'occasion. La ficelle cassait quand vous la serriez. Les boutons neufs se brisaient entre vos doigts au moment où vous tentiez de les coudre. La pâte dentifrice n'était que de la craie et de l'eau avec un peu de menthe pour parfumer, et il y avait davantage de mousse à se faire dans

---

1. Allusion au conte d'Andersen *Les Habits neufs de l'empereur*.

les queues pour avoir du savon que n'en contenait le rogaton friable, de la taille d'un biscuit, qui vous était alloué pour rester propre. Durant un mois entier. Même ceux d'entre nous qui n'étaient pas membres du parti commençaient à sentir un peu.

Avec tous les ouvriers qualifiés à présent dans l'armée, il ne restait plus personne pour entretenir les trams et les bus, de sorte que des lignes entières – telles que la numéro 1, qui descendait Unter den Linden – étaient tout bonnement supprimées, tandis qu'on enlevait physiquement la moitié des trains pour pouvoir approvisionner la campagne de Russie en viande, pommes de terre, bière, savon et dentifrice que vous n'arriviez pas à trouver chez vous.

Les machines n'étaient pas les seules à souffrir de cette négligence. Partout où vous regardiez, la peinture se détachait des murs ou des boiseries. Les boutons de porte vous restaient dans la main. La plomberie et les systèmes de chauffage tombaient en panne. Les échafaudages dressés contre les immeubles endommagés par les bombes devenaient plus ou moins permanents, faute de couvreurs pour effectuer des réparations. Bien entendu, les balles fonctionnaient à merveille, comme à l'accoutumée. Les munitions allemandes étaient toujours excellentes ; je peux témoigner de la qualité indéfectible des projectiles et des armes qui les envoyaient. Mais tout le reste était cassé, ou de seconde main, ou un substitut, ou fermé, ou indisponible, ou d'une insigne rareté. Et la bonne humeur, de même que les rations, était ce qu'il y avait de plus rare. L'ours noir bourru sur les armoiries de notre fière cité commençait à ressembler à un Berlinois typique, grognant après un autre passager dans la S-Bahn, rugissant contre un boucher impassible ne vous servant que la moitié du lard auquel votre carte vous donnait droit ou menaçant un voisin dans votre immeuble d'un gros bonnet du parti qui viendrait lui régler son compte une fois pour toutes.

Peut-être était-ce dans les interminables files d'attente pour le tabac que se manifestaient les réactions les plus irascibles. La ration se montait à seulement trois Johnny[1] par jour, mais, quand vous étiez suffisamment téméraire pour en fumer une, vous compreniez beaucoup mieux pourquoi Hitler lui-même ne fumait pas : elles avaient goût de pain brûlé. Parfois, les gens fumaient du thé, enfin quand on pouvait en acheter, auquel cas il valait toujours mieux verser de l'eau bouillante dessus pour le boire.

Au siège de la police, surnommé l'Alex car situé sur l'Alexanderplatz – qui se trouvait être aussi le centre du marché noir, lequel, en dépit des sanctions extrêmement sévères infligées à ceux qui se faisaient prendre, était à peu près la seule chose dans la ville qu'on pouvait qualifier de prospère –, la pénurie d'essence nous frappait presque aussi durement que le manque de tabac ou d'alcool. On prenait trains et bus pour se rendre sur une scène de crime et, lorsqu'ils ne roulaient pas, on allait à pied, dans le black-out, ce qui n'était pas sans risque. Près d'un tiers des morts accidentelles était dû au black-out. Non qu'examiner une scène de crime ou résoudre

---

1. Surnom pour les cigarettes de la célèbre marque John Player.

autre chose que le problème quotidien constitué par la quête d'une nouvelle source de saucisses, de bière et de cigarettes passionnât beaucoup mes collègues de la Kripo. Il nous arrivait de raconter en plaisantant que la délinquance diminuait ; personne ne piquait plus d'argent pour la simple raison qu'il n'y avait rien dans les magasins pour le dépenser. Comme la plupart des blagues berlinoises à l'automne 1941, celle-ci était d'autant plus drôle qu'elle était vraie.

Pour autant, il y avait encore une ribambelle de vols : tickets, linge, essence, meubles (que les voleurs utilisaient comme bois de chauffage), rideaux (avec lesquels les gens confectionnaient des vêtements), lapins et cochons d'Inde que les habitants élevaient sur leur balcon pour avoir de la viande fraîche ; les Berlinois volaient tout et n'importe quoi. Et, avec le black-out, il y avait aussi de véritables crimes, des crimes violents, si l'on prenait la peine de chercher. Le black-out était une bénédiction pour les violeurs.

Pendant un temps, je repris du service à la Criminelle. Les Berlinois continuaient à s'entretuer, mais je trouvais parfaitement risible de devoir persister à croire que cela avait la moindre importance, sachant ce que je savais sur ce qui se passait à l'Est. Il ne s'écoulait pas une journée sans que me revienne le souvenir de ces vieux Juifs, hommes et femmes, conduits comme du bétail vers les fosses d'exécution, où ils étaient répartis par des pelotons de SS ivres et rigolards. Malgré tout, j'accomplissais les gestes symboliques d'un policier digne de ce nom, même si j'avais fréquemment l'impression d'éteindre un incendie dans un cendrier, alors qu'un peu plus loin une ville entière était le théâtre d'une conflagration majeure.

C'est en enquêtant sur plusieurs homicides ayant croisé ma route au début de septembre 1941 que je découvris des mobiles de meurtre non encore mentionnés dans les traités de jurisprudence. Des mobiles issus des nouvelles réalités pittoresques de la vie berlinoise. Un petit agriculteur de Weissensee qui, rendu fou par de la vodka faite maison, avait tué sa postière en se servant d'une hache. Un boucher de Wilmersdorf poignardé avec son propre couteau par un préposé à la défense passive lors d'une dispute au sujet d'une ration réduite de lard. Une jeune infirmière de l'hôpital Rudolf-Virchow qui, à cause de la grave crise du logement sévissant dans la capitale, avait empoisonné une célibataire de soixante-cinq ans à Plötzensee pour pouvoir récupérer la chambre, plus confortable, de sa victime. Un sergent SS qui, rentrant de Riga en permission et s'étant accoutumé aux massacres perpétrés en Lettonie, avait abattu ses parents parce qu'il ne voyait pas de raison de s'en priver. Mais, d'ordinaire, les soldats qui revenaient du front et qui étaient d'humeur à tuer quelqu'un se tuaient eux-mêmes.

Je l'aurais fait également si j'avais été certain de ne pas me manquer ; et si je n'avais pas su pertinemment que beaucoup d'autres – les Juifs en particulier – se raccrochaient à la vie avec tellement moins que ce que j'avais. Oui, à la fin de l'été 1941, ce sont les Juifs et ce qui leur arrivait qui m'ont persuadé de ne pas mettre fin à mes jours.

Naturellement, les meurtres à l'ancienne mode – ceux qui servaient à vendre les journaux – n'avaient pas disparu. Les maris continuaient à assassiner leurs épouses, comme auparavant. Et, à l'occasion, les épouses assassinaient leurs maris. De mon point de vue, les maris se faisant trucider – des brutes trop prodigues de leurs poings et de leur esprit critique – ne l'avaient pas volé. Pour ma part, je n'ai jamais frappé une femme sans en avoir discuté au préalable. On égorgeait les prostituées ou on les battait à mort, tout comme autrefois. Et pas seulement les prostituées. Pendant l'été qui précéda mon retour d'Ukraine, un tueur en série nommé Paul Ogorzow plaida coupable pour le viol et le meurtre de huit femmes et pour des tentatives de meurtre sur au moins huit autres. La presse populaire le surnomma « l'assassin de la S-Bahn » parce que la plupart de ses agressions avaient lieu dans des rames ou à proximité de stations de la S-Bahn.

Raison pour laquelle Paul Ogorzow me traversa l'esprit lorsque, une nuit de la deuxième semaine de septembre 1941, je dus aller jeter un coup d'œil à un cadavre qu'on avait retrouvé tout près de la voie, entre les stations Jannowitzbrücke et Schlesisches. Dans le black-out, personne ne savait au juste s'il s'agissait d'un homme ou d'une femme, ce qui se comprenait facilement compte tenu du fait qu'il avait été percuté par un train et que la tête manquait. Les morts subites sont rarement propres et ordonnées. Sinon, on n'aurait pas besoin des flics. Mais celle-ci était encore plus désordonnée que tout ce que j'avais pu voir depuis la Grande Guerre, quand, en un clin d'œil, une mine ou un obus de canon pouvait réduire un homme à un tas de fragments d'os et de haillons ensanglantés. Ce qui me permit peut-être de le regarder avec un tel détachement. La seule autre explication possible – que mon expérience récente en matière d'extermination des ghettos de Minsk m'ait rendu indifférent au spectacle de la souffrance humaine – était trop horrible à envisager.

Les deux autres enquêteurs étaient Wilhelm Wurth, un sergent qui était un grand manitou de l'association sportive de la police, et Gottfried Lehnhoff, un inspecteur qui avait réintégré l'Alex après avoir pris sa retraite.

Wurth faisait partie de l'équipe d'escrime, et, l'hiver précédent, il avait participé à la compétition de ski de Heydrich et gagné une médaille. Il aurait été appelé sous les drapeaux s'il n'avait pas été trop vieux d'un an ou deux. Mais c'était un homme précieux à avoir avec soi, au cas où la victime aurait fait du ski sur la pointe d'une épée. Mince, calme, il avait des oreilles comme des cordons de sonnette et une lèvre supérieure aussi épaisse qu'une moustache de morse. Une bonne bouille pour un membre de la police moderne de Berlin, toutefois il n'était pas tout à fait aussi stupide qu'il en avait l'air. Il portait un complet croisé gris, arborait une grosse canne et mâchonnait le tuyau d'une pipe en cerisier presque toujours vide tout en se débrouillant d'une manière ou d'une autre pour empester le tabac.

Lehnhoff avait un cou et une tête comme une poire, sauf qu'il n'était pas vert. Comme un tas de flics, il touchait sa pension, mais, avec tous les jeunes officiers de police maintenant incorporés dans des bataillons sur le front de l'Est, il était revenu se faire un gentil petit nid douillet à l'Alex. L'insigne du parti qu'il arborait au revers de son costume bon marché ne servait qu'à l'aider à abattre le moins de vrai boulot possible.

Nous descendîmes la Dircksen Strasse jusqu'au Jannowitzbrücke, puis nous longeâmes la ligne de S-Bahn, avec le fleuve sous nos pieds. La lune brillait, si bien que, la plupart du temps, nous n'avions pas besoin des torches électriques que nous avions apportées, mais cela nous rassura quand même de les avoir lorsque la ligne décrivit un brusque virage au-dessus des usines à gaz de la Holtmarkt Strasse et de la fabrique de luminaires du vieux Julius Pintsch ; il n'y avait pas grand-chose comme garde-fou et on aurait pu facilement s'écarter de la voie et faire une mauvaise chute.

De l'autre côté des usines à gaz, nous tombâmes sur un groupe de policiers en uniforme et de cheminots. Un peu plus en aval, je pouvais distinguer la silhouette d'un train à la station Schlesisches.

« Je suis le Kommissar Gunther, de l'Alex », dis-je. Il semblait inutile d'exhiber ma capsule de bière. « Et voici l'inspecteur Lehnhoff et le sergent Wurth. Qui a appelé ?

— Moi, monsieur. » Un des flics s'avança dans ma direction et me salua. « Sergent Stumm.

— Aucun rapport, j'espère », grommela Lehnhoff.

Il y avait eu un Johannes Stumm que le gros Hermann avait forcé à démissionner de la police politique parce qu'il n'était pas nazi.

Le sergent Stumm sourit patiemment.

« Non, monsieur.

— Dites-moi, sergent, lui demandai-je. Pourquoi avez-vous pensé qu'il s'agissait d'un meurtre et non d'un suicide ou d'un accident ?

— Eh bien, il est vrai que se jeter sous un train est devenu un moyen de se tuer extrêmement répandu par les temps qui courent, répondit le sergent Stumm. Surtout quand on est une femme. Moi, si je voulais me flanquer en l'air, je me servirais d'une arme à feu. Mais les femmes ne sont pas aussi à l'aise avec les flingues que les hommes. Bon, en ce qui concerne cette victime, ses poches ont toutes été retournées. Ce n'est pas un truc que vous feriez si vous aviez dans l'idée de vous tuer. Ni qu'un train prendrait la peine de faire, normalement. Ce qui exclut l'accident, vous comprenez ?

— Quelqu'un a peut-être trouvé le cadavre avant vous, suggérai-je. Et l'a dévalisé.

— Éventuellement un poulet », ajouta Wurth.

Avec sagesse, le sergent Stumm ignora l'allusion.

« Peu probable. Je suis à peu près certain d'être arrivé le premier sur les lieux. Le conducteur du train a vu quelqu'un sur la voie alors qu'il accélérait à la sortie de Jannowitz. Il a freiné brusquement, mais le temps que la rame s'arrête, il était déjà trop tard.

— Bien. Allons examiner ça.

— Pas un joli spectacle. Même dans l'obscurité.

— Croyez-moi, j'ai vu pire.

— Si vous le dites. »

Le sergent en uniforme fit quelques pas le long des rails avant de s'immobiliser et de diriger sa lampe électrique vers une main arrachée gisant sur le sol. Je la contemplai environ une minute, puis nous continuâmes jusqu'à l'endroit où un autre officier de police attendait patiemment à côté d'une série de vêtements en loques et de restes mutilés qui avaient été auparavant un être humain. Un instant, j'eus l'impression de me regarder.

« Gardez la lampe braquée dessus pendant qu'on jette un coup d'œil. »

On aurait dit que le corps avait été mâché puis recraché par un monstre préhistorique. Les jambes gondolées tenaient à peine à un pelvis incroyablement plat. L'homme portait un bleu de travail d'ouvrier, avec des poches comme des mitaines qui avaient été effectivement retournées, ainsi que l'avait déclaré le sergent ; lesquelles poches dépassaient du chiffon gras de sa veste de flanelle entortillée. À la place de la tête luisait à présent une sorte de harpon dentelé fait d'os et de tendons sanguinolents. Une forte odeur de merde s'échappait des boyaux écrasés et vidés par la formidable pression des roues de la locomotive.

« J'ai du mal à imaginer que ce que vous avez vu puisse avoir l'air pire que ce pauvre Fritz, dit le sergent Stumm.

— Moi aussi, lâcha Wurth avant de se détourner.

— Je suppose que nous verrons tous des choses intéressantes avant la fin de cette guerre. Quelqu'un a-t-il cherché la tête ?

— J'ai deux gars qui fouillent en ce moment le secteur, répondit le sergent. Un sur la voie et l'autre en contrebas, au cas où elle serait tombée dans la cour d'une des usines.

— À mon avis, vous avez sans doute raison. Ça ressemble bel et bien à un meurtre. Hormis les poches retournées, il y a cette main que nous venons de voir.

— La main ? » C'est Lehnhoff qui parlait. « Qu'est-ce qu'elle a ? »

Je leur fis rebrousser chemin afin de réexaminer la main arrachée, que je ramassai et retournai entre les miennes comme s'il s'agissait d'un artefact historique, ou peut-être d'un souvenir ayant jadis appartenu au prophète Daniel.

« Ces entailles sur les doigts me paraissent défensives, dis-je. Comme s'il avait empoigné le couteau de quelqu'un voulant le poignarder.

— Je ne sais pas comment vous pouvez dire ça alors qu'un train lui est passé dessus.

— Parce que lesdites entailles sont beaucoup trop fines pour avoir été infligées par le train. Et regardez où elles se situent. Le long de la chair à l'intérieur des doigts et sur la main entre le pouce et l'index. C'est une « blessure défensive » de manuel ou je ne m'y connais pas, Gottfried.

— Très bien, fit Lehnhoff presque à contrecœur. Je suppose que c'est vous l'expert. En matière de meurtre.

— Possible. Sauf que, ces derniers temps, j'ai pas mal de concurrence. Il y a un tas de flics à l'Est, de jeunes flics, qui en savent beaucoup plus long que moi sur la question.

— Je l'ignorais, répondit Lehnhoff.

— Croyez-moi sur parole. Il y a là-bas toute une nouvelle génération de spécialistes. » Je laissai la remarque planer un instant avant de prendre bien soin d'ajouter, pour la forme : « Ce que je trouve parfois rassurant. Qu'il y ait autant de braves gars pour prendre ma place. Hein, sergent Stumm ?

— Oui, monsieur. »

Mais je pouvais percevoir le doute dans la voix du sergent en uniforme.

« Venez avec nous », ajoutai-je, éprouvant de la sympathie pour lui. Dans un pays où la mauvaise humeur et l'irascibilité étaient de mise – Hitler et Goebbels n'arrêtaient pas de fulminer avec rage contre ceci ou cela –, le flegme du sergent mettait du baume au cœur. « On retourne au pont. Une paire d'yeux supplémentaire pourrait se révéler utile.

— Oui, monsieur.

— Qu'est-ce qu'on cherche à présent ? demanda Lehnhoff avec un soupir las, comme s'il ne voyait guère l'utilité d'enquêter plus longtemps sur cette affaire.

— Un éléphant.

— Quoi ?

— Quelque chose. Un indice. Vous le saurez certainement quand vous le verrez. »

Remontant la voie, nous repérâmes des taches de sang sur une traverse et d'autres sur le bord du quai à l'extérieur d'une serre qui résonnait : la station Jannowitzbrücke.

Au-dessous, un type dans une barge qui franchissait sans bruit une des nombreuses arches en brique rouge nous cria d'éteindre nos lumières. Ce fut au tour de Lehnhoff de jouer les matamores. On aurait dit qu'il n'attendait qu'une occasion de s'en prendre à quelqu'un, peu importe qui.

« Nous sommes de la police », cria-t-il en direction de la barge. Un Allemand furibard de plus. « Et nous enquêtons sur un meurtre. Alors occupez-vous de vos oignons ou je vais à bord vous fouiller rien que parce que j'en ai le droit.

— C'est l'affaire de tout le monde si les bombardiers angliches aperçoivent vos lumières », rétorqua la voix avec un certain bon sens.

Wurth fit une moue dubitative.

« Je n'y crois pas beaucoup. Et vous, Kommissar ? Voilà déjà un moment que la RAF ne s'est pas aventurée aussi loin à l'est.

— Ils n'arrivent pas non plus à se procurer de l'essence, probablement. »

Dirigeant ma torche électrique vers le sol, je suivis une traînée de sang le long du quai jusqu'à un endroit d'où elle semblait partir.

« D'après la quantité de sang, il a dû être poignardé ici. Puis il a longé le quai en titubant et s'est cassé la figure sur la voie. Il s'est relevé. A marché encore un peu, avant de se faire renverser par le train pour Friedrichshagen.

— C'était le dernier, indiqua le sergent Stumm. Celui de 1 heure.

— Il a eu de la veine de ne pas le rater », remarqua Lehnhoff.

Sans lui prêter attention, je consultai ma montre. Il était trois heures du matin.

« Bon, ça nous donne l'heure approximative du décès. »

Je me mis à longer la piste à l'avant du quai et, au bout d'un moment, je découvris un carnet de la taille d'un passeport gisant par terre. C'était un livret de travail, très semblable au mien, sauf que celui-ci était destiné aux étrangers. À l'intérieur figuraient toutes les informations sur le mort dont j'avais besoin : nom, nationalité, adresse, photographie et employeur.

« Un livret de travailleur étranger ? » dit Lehnhoff en jetant un coup d'œil par-dessus mon épaule tandis que j'examinais les coordonnées de la victime sous le faisceau de ma lampe.

J'acquiesçai. Le mort s'appelait Geert Vranken, trente-neuf ans, né à Dordrecht aux Pays-Bas, un travailleur volontaire des chemins de fer ; logeant dans un hôtel de Wuhlheide. Le visage sur la photo avait une expression craintive, avec une fossette au menton légèrement mal rasée. Des sourcils courts et des cheveux s'éclaircissant d'un côté. Il portait apparemment la même veste de flanelle épaisse que celle du cadavre, ainsi qu'une chemise sans col boutonnée jusqu'en haut. Alors même que nous parcourions les données brutes de la vie trop brève de Geert Vranken, un autre policier montait les marches de la station Jannowitz avec ce qui, dans l'obscurité, ressemblait à un petit sac rond.

« J'ai trouvé la tête, annonça-t-il. Elle se trouvait sur le toit de l'usine Pintsch. » Il la tenait par l'oreille, ce qui, étant donné le manque de cheveux, semblait une façon aussi bonne qu'une autre de balader une tête sectionnée. « J'ai préféré ne pas la laisser là-bas.

— Vous avez bien fait de l'apporter, mon vieux, répondit le sergent Stumm, et, la saisissant par l'autre oreille, il la posa avec précaution sur le quai, de sorte qu'elle nous regardait fixement.

« — Pas une chose qu'on voit tous les jours, murmura Wurth avant de détourner les yeux.

— Si ça vous tente d'aller faire un tour à Plötzensee, remarquai-je. Il paraît que le couperet ne chôme pas ces temps-ci.

— C'est lui, c'est sûr, dit Lehnhoff. Le type du livret de travail. Vous ne pensez pas ?

— Je suis d'accord. Et je présume que quelqu'un a essayé de le voler. Sinon, pourquoi lui faire les poches ?

— Vous vous en tenez donc à la théorie qu'il s'agit d'un meurtre et non d'un accident ? s'enquit Lehnhoff.

— Oui. Tout à fait. Justement pour cette raison. »

Le sergent Stumm laissa échapper une exclamation désapprobatrice, puis frotta ses joues broussailleuses, ce qui fit à peu près le même bruit.

« Pas de chance pour lui. Mais pas de chance pour l'assassin non plus.

— Que voulez-vous dire ? demandai-je.

— Eh bien, si c'était un travailleur étranger, il ne devait pas avoir grand-chose d'autre que des fifrelins dans ses poches. Une sacrée déception que de tuer un homme dans l'intention de le dévaliser pour s'apercevoir qu'il n'a sur lui aucun objet de valeur. Je veux dire, ces pauvres bougres ne sont pas précisément bien payés, pas vrai ?

— C'est un boulot, objecta Lehnhoff. Mieux vaut un boulot en Allemagne que pas de boulot en Hollande.

— À qui la faute ? fit observer le sergent Stumm.

— Je n'aime pas beaucoup vos insinuations, sergent, répliqua Lehnhoff.

— Laissez tomber, lui dis-je. Ce n'est ni le moment ni le lieu pour un débat politique. Après tout, un homme est mort. »

Lehnhoff poussa un grognement puis tapota la tête du bout de sa chaussure, ce qui suffit à me donner envie de le virer du quai.

« Bon, si quelqu'un l'a tué, comme vous le prétendez, Herr Kommissar, c'est probablement un de ses camarades. Vous verrez ce que je vous dis. Dans ces hôtels de travailleurs étrangers, c'est comme des chiens qui se dévorent entre eux.

— Ne faites pas la fine bouche. Les chiens connaissent l'importance de prendre un repas substantiel de temps à autre. En ce qui me concerne, si j'avais le choix entre cinquante grammes de chien et cent grammes de que dalle, je mangerais le chien sans hésiter.

— Pas moi, répliqua Lehnhoff. Je m'arrête aux cochons d'Inde. Que je mange un chien est donc hors de question.

— Le dire est une chose, intervint le sergent Stumm. Arriver à faire la différence en est une tout autre. Vous ne le savez peut-être pas, mais les flics à la station Zoo doivent faire des patrouilles de nuit dans le zoo. À cause du nombre d'effractions commises par des braconniers pour voler les animaux. Apparemment, ils viennent de faucher le tapir.

— Qu'est-ce que c'est, un tapir ? demanda Wurth.

— Une sorte de porc, répondis-je. Je suppose que c'est comme ça qu'un boucher sans scrupule est en train de l'appeler.

— Grand bien lui fasse, s'exclama le sergent Stumm.

— Vous ne parlez pas sérieusement, protesta Lehnhoff.

— Il faut à un homme plus qu'un discours vibrant du Mahatma Propagandi pour se remplir l'estomac, dis-je.

— Amen, fit le sergent Stumm.

— Alors vous seriez au courant, vous fermeriez les yeux ?

— Ça, je ne sais pas », répondis-je, faisant à nouveau preuve de prudence. J'avais beau être suicidaire, je n'étais pas idiot. Lehnhoff était tout à fait le genre à dénoncer un compatriote à la Gestapo parce qu'il portait des chaussures anglaises ; et je n'avais aucune envie de passer une semaine en cellule, loin du confort de mon sympathique pistolet de nuit. « Mais nous sommes à Berlin, Gottfried. Fermer les yeux, c'est notre spécialité. »

J'indiquai la tête arrachée posée à nos pieds.

« Vous verrez ce que je vous dis. »

2

Sur un tas de sujets, je n'avais pas toujours raison. Mais, en ce qui concernait les nazis, je n'avais pas souvent tort.

Geert Vranken était un travailleur volontaire venu à Berlin en quête d'un meilleur emploi que celui dont il disposait en Hollande. Les chemins de fer berlinois, qui connaissaient une crise auto-infligée dans le recrutement de personnel d'entretien, n'avaient été que trop heureux de bénéficier des services d'un technicien accompli, spécialiste des voies ferrées ; la police berlinoise semblait beaucoup moins désireuse d'enquêter sur sa mort. En fait, elle n'avait pas la moindre envie de mener une enquête sur cette affaire. Mais il ne faisait aucun doute que le Hollandais avait été assassiné. Lorsque son cadavre fut enfin soumis à l'examen, réticent et sommaire, du vieux toubib arraché à sa retraite pour s'occuper du service de médecine légale, six coups de couteau furent relevés sur ce qui restait de son torse.

Le commissaire Friedrich-Wilhelm Lüdtke, qui se trouvait à présent à la tête de la police judiciaire de Berlin, n'était pas un mauvais policier. C'est lui qui avait dirigé avec succès l'enquête sur l'assassin de la S-Bahn ayant conduit à l'arrestation et à l'exécution de Paul Ogorzow. Mais, comme il me l'expliqua lui-même dans son bureau récemment moquetté au dernier étage de l'Alex, on préparait une nouvelle loi importante à la Wilhelmstrasse[1], et le patron de Lüdtke, Wilhelm Frick, ministre de l'Intérieur, lui avait ordonné d'accorder la priorité à sa mise en application, aux dépens de tout le reste. Docteur en droit, Lüdtke avait l'air presque gêné en m'informant du contenu de cette importante nouvelle loi.

« À partir du 19 septembre, expliqua-t-il, tous les Juifs d'Allemagne et du Protectorat de Bohême-Moravie seront forcés de porter une étoile jaune avec inscrit le mot "Juif" sur leurs vêtements de dessus.

— Vous voulez dire, comme au Moyen Âge ?

— Oui, comme au Moyen Âge.

— Eh bien, voilà qui devrait permettre de les repérer plus facilement. Excellente idée. Jusque récemment, j'avais un mal de chien à savoir qui est juif et qui ne l'est pas. Depuis quelque temps, ils ont l'air plus maigres et plus affamés que nous autres. Mais c'est à peu près tout. Franchement, je n'en ai encore jamais rencontré qui rappellent de près ou de loin ces caricatures stupides publiées par *Der Stürmer*. » Je hochai la tête avec un faux enthousiasme. « Oui, ça les empêchera certainement de ressembler comme deux gouttes d'eau au reste d'entre nous. »

---

1. Siège du ministère des Affaires étrangères, qui fut dirigé de 1938 à 1945 par Joachim von Ribbentrop.

Apparemment mal à l'aise, Lüdtke rajusta ses manchettes et son col bien amidonnés. C'était un gros homme aux cheveux bruns soigneusement peignés sur un front large et hâlé. Il portait un complet bleu marine et une cravate sombre avec un nœud aussi petit que l'insigne du parti à son revers ; ça lui serrait probablement tout autant le gosier dès qu'il s'agissait de dire la vérité. Un chapeau melon également bleu marine était posé sur le coin de son bureau double-face, comme s'il dissimulait quelque chose. Peut-être son déjeuner. Ou simplement sa conscience. Je me demandai à quoi ressemblerait ce chapeau avec une étoile jaune sur la calotte. À un casque de Keystone Kop[1], pensai-je. Un truc inepte, en tout cas.

« Ça ne me plaît pas plus qu'à vous », dit-il en se grattant nerveusement le dos des mains.

Je pouvais voir qu'il mourait d'envie d'en griller une. Tout comme moi. Sans cigarettes, l'Alex faisait l'effet d'un cendrier dans un salon non-fumeurs.

« Ça me plairait beaucoup moins, j'imagine, si j'étais juif, répondis-je.

— Oui, mais vous savez ce qui rend la chose quasiment impardonnable ? » Il ouvrit une boîte d'allumettes et en mordit une. « À l'heure actuelle, il y a une grave pénurie de tissu.

— De tissu jaune ? »

Lüdtke acquiesça.

« J'aurais dû m'en douter. Vous permettez ?

---

1. Série de films comiques muets produits à partir de 1912 par Mack Sennett, les « Keystone Kops » mettent en scène un groupe de policiers incompétents.

« — Servez-vous. » Il jeta les allumettes à travers le bureau et me regarda en repêcher une pour la glisser au coin de ma bouche. « Il paraît que c'est bon pour la gorge.

— Vous craignez pour votre santé, Wilhelm ?

— Comme tout le monde, non ? C'est bien pourquoi nous faisons ce qu'on nous dit. Afin de ne pas attraper une dose de Gestapo.

— Par exemple, veiller à ce que les Juifs portent leur étoile jaune, c'est ça ?

— Exact.

— Oui, bien sûr, bien sûr. Toutefois, même si je peux comprendre l'importance manifeste d'une telle loi, reste la question du Hollandais assassiné. Au cas où vous l'auriez oublié, il a été poignardé à six reprises. »

Lüdtke haussa les épaules.

« Il s'agirait d'un Allemand, ce ne serait pas pareil, Bernie. Mais l'enquête sur l'affaire Ogorzow a été très onéreuse pour ce service. Nous avons largement dépassé le budget. Vous n'avez pas idée combien nous a coûté la capture de ce salaud. Officiers de police infiltrés, interrogatoires de la moitié des employés des chemins de fer de la capitale, renforcement de la présence policière dans les stations – nous avons dû payer des heures supplémentaires faramineuses. Ç'a été une sale période pour la Kripo, vraiment. Sans parler des pressions exercées par le ministère de la Propagande. Il est difficile d'appréhender qui que ce soit quand les journaux n'ont même pas le droit d'écrire une ligne sur l'affaire.

— Geert Vranken était cheminot.

— Et vous pensez que le ministère va être content d'apprendre qu'un nouveau tueur sévit sur la S-Bahn ?

— Celui-là est différent. À ma connaissance, personne n'a violé Vranken. Et, à moins de compter le train qui lui est passé dessus, personne n'a essayé de le mutiler non plus.

— Mais un meurtre est un meurtre et, franchement, je sais exactement ce qu'ils vont me répondre. Qu'il y a assez de mauvaises nouvelles comme ça en ce moment. Au cas où vous ne l'auriez pas remarqué, Bernie, le moral de cette ville est déjà plus bas qu'un cul de blaireau. Voilà ce qu'ils vont me dire. La dernière chose que nous voulons, c'est que les Allemands croient que nous avons un problème avec nos travailleurs invités. Nous en avons eu notre content pendant l'affaire Ogorzow. Tout le monde à Berlin était persuadé qu'un Allemand ne pouvait pas avoir assassiné toutes ces femmes. Un tas de travailleurs étrangers ont été harcelés et battus par des Berlinois en colère qui pensaient que le coupable était forcément l'un d'entre eux. Vous ne voulez pas revoir ça, n'est-ce pas ? Bonté divine, il y a déjà bien assez de problèmes comme ça dans le train et le métro. Il m'a fallu une heure et demie pour venir travailler, ce matin.

— Je me demande pourquoi nous prenons seulement la peine de venir, étant donné que c'est le ministère de la Propagande qui décide à présent ce sur quoi on peut enquêter ou pas. Sommes-nous vraiment censés rechercher des quidams ayant l'air juif pour vérifier qu'ils portent la broderie adéquate ? C'est ridicule.

— Je regrette, mais c'est ainsi. Peut-être que, s'il y avait davantage d'agressions à l'arme blanche comme celle-là, nous pourrions consacrer des ressources à une enquête, mais, pour l'instant, je préférerais que vous laissiez ce mangeur de gouda tranquille.

— Très bien, Wilhelm, si c'est ce que vous désirez. » Je mordis violemment mon allouf. « N'empêche, je commence à comprendre votre addiction aux allumettes. Je suppose qu'il est plus facile de ne pas hurler quand on en mâche une. »

Alors que je me levais pour partir, mon regard glissa vers le portrait sur le mur. Le Führer me dévisageait, triomphant, mais pour une fois il ne la ramenait pas trop. Si quelqu'un avait besoin d'une étoile jaune, c'était lui ; et cousue juste au-dessus du cœur, à supposer qu'il en ait un ; un point de visée pour un peloton d'exécution.

La carte de Berlin derrière Lüdtke ne me disait rien non plus. Lorsque Bernhard Weiss, un de ses prédécesseurs, dirigeait la Kripo, la carte était couverte de petits drapeaux indiquant les incidents criminels survenus dans la capitale. À présent, elle était vide. Il n'y avait, semble-t-il, presque plus de crimes. Encore une grande victoire du national-socialisme.

« Ah, au fait. Est-ce que quelqu'un ne devrait pas avertir les Vranken en Hollande que leur principal soutien de famille a arrêté un train avec sa binette ?

— J'en toucherai un mot au Service du travail du Reich, répondit Lüdtke. Ils s'en chargeront, soyez tranquille. »

Je poussai un soupir et fis rouler ma tête sur mes épaules avec lassitude ; elle paraissait aussi lourde et épaisse qu'un vieux médecine-ball[1].

« Je me sens déjà rassuré.

— Vous n'en avez pas l'air. Qu'est-ce qui vous arrive ces derniers temps, Bernie ? On croirait que vous avez pris un coup de matraque dans les couilles ? Chaque fois que vous entrez ici, c'est comme de la pluie dégoulinant du toit. Comme si vous aviez jeté l'éponge.

— Ça se pourrait.

— Alors n'en faites rien. Ressaisissez-vous, c'est un ordre. »

Je haussai les épaules.

« Wilhelm ? Si je savais nager, je commencerais par retirer l'enclume fixée à mes jambes. »

---

1. Ballon lesté d'un poids utilisé par les kinésithérapeutes lors de rééducation ou par les athlètes pour le renforcement musculaire.

La Prusse avait toujours été un endroit intéressant où habiter, surtout si on était juif. Déjà avant les nazis, les Juifs faisaient l'objet d'un régime spécial de la part de leurs voisins. En 1881 et 1900, les synagogues de Neustettin et de Könitz – et probablement de plusieurs autres villes de Prusse – avaient été incendiées. Puis, en 1923, alors qu'éclataient des émeutes de la faim et que je n'étais encore qu'un jeune flic en uniforme, les nombreux magasins juifs de Scheuenviertel – un des quartiers les plus difficiles de Berlin – avaient subi un traitement particulier parce qu'on accusait leurs propriétaires de pratiquer des prix abusifs ou de constituer des réserves, voire les deux à la fois, peu importait : les Juifs étaient des Juifs, et on ne pouvait pas leur faire confiance.

La plupart des synagogues de la capitale avaient été détruites en novembre 1938, cela va sans dire. En haut de la Fasanenstrasse, où je possédais un petit appartement, une vaste synagogue en ruine tenait encore debout, contemplant le reste du monde comme si le futur empereur romain Titus venait d'infliger une bonne leçon à la ville de Jérusalem. Les choses

41

n'avaient guère changé, semble-t-il, depuis l'an 70 ; certainement pas à Berlin, et ce n'était sans doute qu'une question de temps avant qu'on se mette à crucifier les Juifs dans les rues.

Je ne passais jamais devant ces ruines sans éprouver un léger sentiment de honte. Mais c'était bien avant que je découvre que des Juifs vivaient dans mon propre immeuble. Pendant longtemps, je ne m'étais pas rendu compte de leur présence si près de moi. Depuis peu, cependant, ils étaient devenus aisément reconnaissables pour quiconque avait des yeux pour voir. En dépit de ce que j'avais dit au commissaire Lüdtke, il n'y avait pas besoin d'une étoile jaune, ou d'un jeu de compas afin de mesurer la longueur du nez de quelqu'un, pour savoir qui était juif. Privés du moindre confort, soumis à un couvre-feu dès 21 heures, interdits de « produits de luxe » tels que fruits, tabac ou alcool et seulement autorisés à faire leurs courses de 13 heures à la fin de la journée, alors que les magasins étaient généralement vides, les Juifs menaient une existence des plus misérables, et cela se voyait sur leur visage. Chaque fois que j'en croisais un, il me faisait penser à un rat, sauf que le rat en question avait une capsule de bière de la Kripo dans sa poche de veste avec mon nom et mon numéro marqués dessus. J'admirais leur endurance. Comme beaucoup de Berlinois, et même un certain nombre de nazis.

Je songeais moins à me haïr ou même à me suicider quand je considérais tout ce qu'ils devaient supporter. Survivre à Berlin en étant juif à l'automne 1941 exigeait force et courage. Toutefois, il paraissait difficilement concevable que les deux sœurs Fridmann, qui occupaient l'appartement juste en dessous du mien, survivent encore très longtemps. L'une d'elles, Raisa, était mariée et avait un fils, Efim, mais lui et le mari de Raisa, Mikhail, avaient été arrêtés en 1938 et se trouvaient toujours en prison. La fille, Sarra, s'était enfuie en France en 1934, et on n'avait plus de ses nouvelles depuis. Ces deux sœurs – la plus vieille se prénommait Tsilia – savaient que j'étais policier et se méfiaient de moi, à juste titre. Nous échangions rarement plus d'un signe de tête ou un « bonjour ». En outre, comme tout contact entre Juifs et Aryens était strictement interdit et que le chef de bloc n'aurait pas manqué de le signaler à la Gestapo, je jugeais préférable, dans leur propre intérêt, de garder mes distances.

Après Minsk, je n'aurais pas dû être aussi horrifié par une étoile jaune. Peut-être cette nouvelle loi me semblait-elle pire parce que je savais ce qui attendait les Juifs déportés à l'Est. Si bien qu'à la suite de ma conversation avec le commissaire Lüdtke, je résolus de faire quelque chose, même s'il me fallut un jour ou deux pour imaginer ce que ça pourrait être.

Cela faisait vingt ans que ma femme était morte, mais j'avais encore quelques-unes de ses robes. Parfois, quand j'arrivais à pallier la pénurie et à boire un verre ou deux et que je m'apitoyais sur mon sort, et plus particulièrement sur le sien, je sortais du placard un de ses vieux vêtements, dont je pressais le tissu contre mon nez pour inhaler sa mémoire. Longtemps après sa disparition, c'est ce que j'appelais une vie de famille. De son vivant, nous avions du savon, aussi ne gardais-je que des souvenirs agréables. Ces jours-ci sentaient beaucoup moins la rose, et si vous aviez un peu de jugeote, vous montiez dans la S-Bahn en tenant une orange bourrée de clous de girofle, tel un pape médiéval allant se mêler aux gens du commun. Surtout en été. Même les plus jolies filles empestaient comme un docker lors des grandes chaleurs de 1941.

Tout d'abord, je songeai à donner aux deux sœurs Fridmann la robe jaune pour qu'elles puissent fabriquer des étoiles avec, mais il y avait quelque chose là-dedans que je n'aimais pas beaucoup. Je suppose que cela me rendait complice de cet abominable régime policier. D'autant plus que j'appartenais moi-même à la police. Aussi, à mi-chemin dans l'escalier, la robe jaune posée sur mon bras, je remontai à mon appartement pour prendre toutes les robes pendues dans le placard. Mais, comme même ça ne semblait pas suffisant, alors que je remettais les restes de la garde-robe de ma femme à ces créatures inoffensives, je décidai posément de faire quelque chose de plus.

Ce n'est pas exactement une page d'un de ces récits héroïques dont parlent Winckelmann ou Hölderlin, mais c'est ainsi que débuta toute cette histoire : si je n'avais pas pris la décision d'aider les sœurs Fridmann, jamais je n'aurais rencontré Arianne Tauber, et ce qui arriva ne serait pas arrivé.

De retour dans mon appartement, je fumai ma dernière cigarette en me proposant de fourrer mon nez dans un certain nombre de dossiers de l'Alex, pour voir si Mikhail et Efim Fridmann étaient toujours en vie. Certes, je pouvais faire ça, mais ça n'allait pas aider à se nourrir quiconque avait un J mauve sur sa carte de rationnement. Deux femmes aussi maigres que les sœurs Fridmann avaient besoin de quelque chose de plus consistant que de simples informations sur leurs proches.

Au bout d'un moment, j'eus ce qui me paraissait une bonne idée et j'allai chercher une musette de l'armée allemande dans mon placard. Laquelle contenait un kilo de grains de café algérien que j'avais barboté à Paris et que je comptais échanger contre des cigarettes. Je quittai mon appartement et pris le tram jusqu'à la Potsdamer Platz.

Il faisait doux et pas encore nuit. Des couples se promenaient bras dessus bras dessous dans le Tiergarten. On avait du mal à imaginer qu'à deux mille kilomètres à l'est, l'armée allemande assiégeait Kiev et resserrait lentement son étau autour de Leningrad. Je me dirigeai à pied vers la Pariser Platz. Je me rendais à l'hôtel Adlon pour voir le maître d'hôtel, dans le but de troquer le café contre un peu de nourriture que je pourrais refiler aux deux sœurs.

Le maître d'hôtel à l'Adlon cette année-là était Willy Thümmel, un gros Allemand des Sudètes toujours occupé et au pied si léger que je me demandais comment il avait pu devenir gros avant tout. Avec ses joues roses, son sourire facile et sa tenue impeccable, il me rappelait Hermann Goering. À coup sûr, les deux hommes aimaient la bonne chère, même si le Reichsmarschall m'avait toujours donné l'impression de pouvoir me bouffer tout cru pour peu qu'il ait suffisamment faim. Willy aimait bien manger, mais il aimait encore plus les gens.

Il n'y avait pas de clients dans le restaurant – pas encore –, et Willy vérifiait l'efficacité des rideaux lorsque je passai ma tête par la porte. Comme tout maître d'hôtel digne de ce nom, il m'aperçut aussitôt et vint vers moi sur des roulettes invisibles.

« Bernie. Tu as l'air inquiet. Ça ne va pas ?

— À quoi bon se plaindre, Willy ?

— Je ne sais pas. De nos jours en Allemagne, ce sont les rouages qui grincent le plus qui reçoivent le plus d'huile. Qu'est-ce qui t'amène ?

— Un mot en privé, Willy. »

Nous descendîmes une petite volée de marches menant à un bureau. Willy referma la porte et remplit deux verres de sherry. Je savais qu'il ne s'absentait jamais du restaurant plus longtemps qu'il n'en faut pour inspecter la porcelaine dans les toilettes pour hommes, aussi j'allai droit au but.

« Quand j'étais à Paris, j'ai affranchi un peu de café, expliquai-je. Du vrai café, pas la fiente qu'on trouve en Allemagne. Des grains. Des grains algériens. Un kilo entier. »

Je posai la musette sur la table de Willy et le laissai examiner le contenu.

Pendant un moment, il se contenta de humer l'arôme ; puis il poussa un grognement comme j'en avais rarement entendu hors d'une chambre à coucher.

« Tu as bien gagné ce verre, c'est sûr. J'avais oublié l'odeur du vrai café. »

Je m'humectai les amygdales avec le sherry.

« Un kilo, tu dis ? Ça faisait une centaine de marks au marché noir, la dernière fois que j'ai essayé d'en trouver. Et, comme on ne peut plus en avoir, c'est probablement davantage. Pas étonnant qu'on ait envahi la France. Pour un tel café, je ramperais jusqu'à Leningrad.

— Ils n'en ont pas là-bas non plus. » Je le laissai remplir mon verre. Le sherry n'était pas des meilleurs, mais rien ne l'était, pas même à l'Adlon. Plus maintenant. « Je me suis dit que tu aimerais peut-être soigner quelques-uns de tes clients de marque.

— Oui, ça se pourrait. » Il fronça les sourcils. « Mais tu ne peux pas vouloir de l'argent. Pas pour quelque chose d'aussi précieux, Bernie. Même le diable doit boire de la pisse de chat avec du lait en poudre dedans, ces temps-ci. »

Il renifla à nouveau l'arôme et secoua la tête.

« Alors qu'est-ce que tu désires ? L'Adlon est à ta disposition.

— Je n'en demande pas tant. Je veux seulement de la nourriture.

— Tu me déçois. Il n'y a rien dans nos cuisines qui vaille du café pareil. Et ne te laisse pas abuser par la carte. » Il en ramassa une sur la table, qu'il me tendit. « Il y a deux plats de viande dessus alors qu'on ne peut en servir qu'un seul en réalité. Mais on en met deux pour sauver les apparences. Qu'est-ce qu'on peut faire ? On a une réputation à défendre.

— Et si quelqu'un demande le plat que vous n'avez pas ?

— Impossible » Willy secoua la tête. « On raye le second plat dès que le premier client a franchi la porte. Un choix hitlérien. C'est-à-dire qu'il n'y a pas de choix du tout. »

Il marqua une pause.

« Tu veux de la nourriture pour ce café ? Quel genre ?

— Des conserves.

— Ah.

— Peu importe la qualité pourvu que ce soit mangeable. Viande en boîte, fruits en boîte, lait en boîte, légumes en boîte. Tout ce que tu peux trouver. Suffisamment pour que ça dure un certain temps.

— Tu sais que les conserves sont strictement interdites, n'est-ce pas ? C'est la loi. Elles sont toutes destinées au front. Si tu te fais pincer dans la rue avec des conserves, tu risques de gros ennuis. Tout ce métal précieux. On pensera que tu vas le vendre à la RAF.

— Je sais. Mais j'ai besoin d'aliments susceptibles de durer, et c'est le meilleur endroit pour en avoir.

— Tu n'as pas l'air d'un type qui ne peut pas aller dans les magasins, Bernie.

— Ce n'est pas pour moi.

— Je me disais bien. Auquel cas, ça ne me regarde pas, ce que tu veux en échange. Mais je te le répète, Kommissar, pour un café de ce genre, je serais prêt à commettre un crime contre l'État. Pourvu que tu n'en parles à personne. Bon, viens avec moi. Il doit nous rester des conserves d'avant la guerre. »

Je l'accompagnai jusqu'à la réserve de l'hôtel. Qui était à peu près aussi grande que le mitard sous l'Alex, mais en plus agréable pour l'ouïe et pour l'odorat. La porte était munie de plus de cadenas que la Banque nationale d'Allemagne. Là, il remplit ma musette d'autant de boîtes de conserve qu'elle pouvait en contenir.

« Quand celles-là seront finies, viens en chercher d'autres, si tu es encore en liberté. Et si tu ne l'es pas, oublie, s'il te plaît, m'avoir jamais vu.

— Merci, Willy.

— À présent, j'ai un petit service à te demander. Qui pourrait même se révéler profitable pour toi. Il y a un journaliste américain qui loge à l'hôtel. Un parmi d'autres, en l'occurrence. Il s'appelle Paul Dickson et travaille pour la Mutual Broadcasting System. Il aurait aimé visiter le front, mais apparemment ce genre de chose est interdit. Aujourd'hui, tout est interdit. Le seul moyen de savoir si quelque chose est autorisé, c'est de le faire et de se débrouiller pour ne pas se retrouver en taule.

« Bref, je sais que tu es rentré du front depuis peu. Note que je ne te demande pas comment ça se passe là-bas. À l'Est. Ces derniers temps, la seule vue d'une boussole me donne des boutons. Je ne te le demande pas, parce que je ne veux pas le savoir. On pourrait même dire que c'est pour ça que j'ai choisi l'hôtellerie. Parce que le monde extérieur ne me concerne pas. Les clients de cet hôtel sont tout mon univers, et c'est le seul que j'ai besoin de connaître. Leur bonheur et leur satisfaction, voilà tout ce qui m'importe.

« Eh bien, pour le bonheur et la satisfaction de M. Dickson, j'aimerais que tu acceptes de le rencontrer. Mais pas ici, à l'hôtel. Non, pas ici. Parler à l'Adlon n'est pas précisément sûr. Des types des Affaires étrangères se sont octroyé plusieurs suites du dernier étage. Et ils sont gardés par des soldats allemands portant des casques d'acier. Tu imagines ?

Des soldats, à l'Adlon. Insupportable. On se croirait revenu en 1919, sans les barricades.

— Qu'est-ce que ces employés des Affaires étrangères font ici qu'ils ne pourraient pas faire au ministère ?

— Certains d'entre eux seront assignés à la nouvelle Maison du tourisme, quand elle sera finie. Le reste tape à la machine. Matin, midi et soir. Comme pour un discours du Mahatma.

— Et qu'est-ce qu'ils tapent ?

— Des communiqués à la presse américaine. Qui, en majeure partie, loge également ici. De sorte qu'il y a des zèbres de la Gestapo au bar. Peut-être même des micros cachés. Je n'en suis pas certain, mais c'est ce qu'on raconte. Ce qui représente pour nous une source de désagréments supplémentaire.

— Ce Dickson. Il est à l'hôtel en ce moment ? »

Willy réfléchit.

« Je pense.

— Ne mentionne pas mon nom. Dis-lui seulement que, s'il est intéressé par un brin de "Poésie et vérité de la vie[1]", je serai à côté de la statue de Goethe dans le Tiergarten.

— Je connais. Près de la Hermann-Goering Strasse.

— Je l'attendrai pendant un quart d'heure. Et s'il vient, il devra être seul. Pas de copains. Uniquement lui, moi et Goethe. Je ne veux pas de témoins quand je lui parlerai. Ces jours-ci, il y a plein de Ricains qui

—————————

1. Allusion au titre de l'autobiographie de Goethe, *Aus meinem Leben : Dichtung und Wahrheit* (en français : *Poésie et vérité, souvenirs de ma vie*).

bossent pour la Gestapo. Et, s'agissant de Goethe, je ne suis pas sûr. »

Je hissai la musette sur mon dos et sortis de l'Adlon. Sur la Pariser Platz, il commençait à faire sombre. Un des rares avantages du black-out, c'est qu'on ne pouvait pas voir les drapeaux nazis, mais le contour brutal de la Maison du tourisme demeurait visible au loin contre le ciel nocturne violacé, dominant le paysage à l'ouest de la porte de Brandebourg. La rumeur courait que l'architecte favori de Hitler, Albert Speer, utilisait des prisonniers de guerre russes pour terminer un édifice dont personne ne semblait vouloir, sauf Hitler lui-même. La rumeur courait également qu'on construisait un nouveau réseau de souterrains reliant les bâtiments publics de la Wilhelmstrasse aux bunkers secrets s'étendant de la Hermann-Goering Strasse jusqu'au Tiergarten. À Berlin, il ne faisait jamais bon accorder trop d'importance aux rumeurs, pour la simple raison qu'elles étaient généralement vraies.

Je me plantai à côté de la statue de Goethe et attendis. Au bout d'un moment, j'entendis un 109 passer assez bas dans le ciel, se dirigeant vers l'aéroport de Tempelhof ; puis un autre. Pour quelqu'un qui était allé en Russie, c'était un bruit instantanément reconnaissable et rassurant, comme un lion énorme et amical bâillant dans une caverne vide, et très différent du fracas des Whitley de la RAF, beaucoup plus lents, qui sillonnaient de temps à autre le ciel de Berlin tels des tracteurs de la mort et de la destruction.

« Bonsoir, dit l'homme en s'avançant vers moi. Je suis Paul Dickson. L'Américain de l'Adlon. »

Il n'avait guère besoin de se présenter. Son tabac de Virginie Old Spice le précédait comme un fanion sur le garde-boue d'un motard. La démarche énergique trahissait de solides mocassins fabriqués sur mesure qui auraient pu lui faire traverser le Delaware. La main qui pompa la mienne appartenait à un corps continuant à absorber des aliments nutritifs. Son haleine douce et mentholée sentait la vraie pâte dentifrice et donnait à penser qu'il avait recours à un dentiste ayant encore toutes ses dents et à une décennie de la retraite. Malgré l'obscurité, je pouvais presque sentir son bronzage. Tandis que nous échangions cigarettes et banalités d'usage, je me demandais si la raison de l'antipathie qu'éprouvaient les Berlinois à l'égard des Américains ne tenait pas moins à Roosevelt et à ses discours antiallemands qu'à leur meilleure santé, leurs meilleurs cheveux, leurs meilleurs vêtements et leur existence également meilleure.

« Willy m'a dit que vous veniez de rentrer du front, déclara-t-il dans un allemand meilleur aussi que je ne l'avais supposé.

— Oui, en effet.

— Vous souhaitez en parler ?

— En parler est à peu près la seule méthode de suicide pour laquelle j'ai apparemment assez de courage, avouai-je.

— Je peux vous assurer que je n'ai aucun rapport avec la Gestapo. Si c'est ça que vous insinuez. Je sais, c'est exactement ce que dirait un de leurs indicateurs. Mais, pour être tout à fait franc avec vous, ça n'a rien qui me fasse envie. Sauf peut-être une bonne histoire. Je tuerais pour une bonne histoire.

— Vous en avez tué beaucoup ?

— Honnêtement, je ne vois pas comment j'aurais pu. Dès qu'ils comprennent que je suis américain, la plupart des Berlinois semblent vouloir me taper dessus. On dirait qu'ils me tiennent pour personnellement responsable de tous les bateaux que nous avons fournis aux Britanniques.

— Ne craignez rien ; avoir une marine n'a jamais intéressé les Berlinois, répondis-je. Ce genre de critère revêt davantage d'importance à Hambourg ou à Brême. À Berlin, vous pouvez vous estimer heureux que Roosevelt n'ait jamais donné aux Tommies de bière ni de saucisses, sans quoi vous seriez mort à l'heure qu'il est. » J'indiquai la Potsdamer Platz. « Venez. Marchons.

— D'accord, répondit-il, et il m'emboîta le pas vers la sortie sud du parc. Une destination particulière ?

— Non. Mais j'ai besoin de quelques minutes pour viser la balle, si je puis dire.

— Un golfeur, hein ?

— Je jouais un peu. Avant les nazis. Mais ça n'a jamais vraiment accroché depuis Hitler. Il est trop facile d'être mauvais, ce que les nazis ont du mal à accepter.

— Je vous sais gré de me parler ainsi.

— Je ne vous ai encore rien dit. Pour l'instant, j'en suis toujours à me demander à quel point je peux me montrer bavard avec vous sans avoir l'impression d'être… comment s'appelle-t-il déjà ? Le traître. Benedict…

— Benedict Arnold[1] ?

— C'est ça. »

Ayant traversé la Potsdamer, nous arrivâmes sur la Leipziger Platz.

« J'espère que nous n'allons pas au club de la presse, s'inquiéta Dickson. J'aurais le sentiment de passer pour un imbécile si vous m'emmeniez là pour me raconter votre histoire. » Il désigna une porte de l'autre côté de la place, où étaient garées plusieurs voitures à l'allure officielle. « J'entends toutes sortes de foutaises dans cet endroit.

— Pas possible !

— Le Dr Froehlich, l'officier de liaison du ministère de la Propagande auprès des médias américains, n'arrête pas de nous convoquer à des conférences de presse spéciales pour nous annoncer une énième victoire décisive des troupes allemandes contre l'Armée rouge. Lui ou un autre de ces docteurs. Brauweiler ou Dietrich. Des docteurs en fourberie, c'est ainsi que nous les appelons.

— Sans oublier le plus grand fourbe de tous, ajoutai-je. Le Dr Goebbels. »

Dickson laissa échapper un petit rire amer.

« C'en est au point que, quand mon propre toubib me dit que je n'ai rien qui cloche, je n'arrive pas à le croire.

— Croyez-le. Vous êtes américain. À moins de faire une bêtise telle que déclarer la guerre à la Russie, vous devriez vivre éternellement pour la plupart. »

---

1. Général célèbre pour avoir trahi les États-Unis et voulu livrer West Point aux Anglais pendant la guerre d'Indépendance.

Dickson m'escorta jusqu'au grand magasin Wertheim. Sous le clair de lune, on pouvait voir l'immense carte de l'Union soviétique occupant la vitrine principale, afin que tout patriote allemand puisse suivre la progression héroïque de nos braves forces armées. Ce n'était pas comme si le magasin avait grand-chose d'autre à mettre en vitrine. À l'époque où il était encore détenu et géré par des Juifs, cela avait été l'un des meilleurs d'Allemagne. Aujourd'hui, c'était tout au plus un hangar, et vide de surcroît. Les employés passaient le plus clair de leur temps à papoter et à ignorer les spectateurs – on pouvait difficilement appeler ça des clients – qui se baladaient entre les rayons à la recherche de marchandises ne s'y trouvant tout simplement pas. Même les ascenseurs ne marchaient plus.

Il n'y avait pas un chat sur le trottoir devant la vitrine, et ça paraissait un endroit aussi bon qu'un autre pour dire à un journaliste d'une chaîne de radio américaine la vérité sur notre grande guerre patriotique contre les Russes et les Juifs.

« Donnez-moi une autre clope. Si je dois expectorer toute l'histoire, j'ai besoin d'avoir un truc en moi pour me faciliter le travail. »

Il me tendit un paquet de cigarettes américaines presque plein en me disant de le garder. J'en allumai rapidement une et laissai la nicotine s'infiltrer dans mon cerveau. Pendant un moment, j'eus des étourdissements, comme si je n'avais encore jamais fumé. Ce qui était très bien. Il n'aurait pas été convenable de parler à Dickson des bataillons de police, des personnes déplacées, des actions spéciales, du ghetto de

Minsk et des fosses pleines de cadavres juifs sans être légèrement patraque.

Ce qui est exactement ce que je fis.

« Et vous avez vu tout ça ? »

C'était au tour de Dickson de ne pas avoir l'air dans son assiette.

« Je suis capitaine dans le SD. J'ai tout vu.

— Bon Dieu. C'est difficile à croire.

— Vous vouliez savoir. Je vous l'ai dit. Les choses sont ainsi. Pires que vous n'imaginez. S'ils ne vous laissent pas aller là-bas, c'est parce qu'ils ne peuvent pas se vanter de ce qu'ils y font. Vous auriez pu comprendre ça tout seul. J'y serais encore, sauf que je suis un tantinet regardant quand il s'agit de tirer sur quelqu'un. Ils m'ont renvoyé chez moi, en disgrâce. Encore heureux qu'ils ne m'aient pas expédié dans un bataillon disciplinaire.

— Vous étiez dans le SD ? »

Dickson semblait juste un peu nerveux.

« Exact.

— C'est comme la Gestapo, non ?

— Pas tout à fait. Il s'agit du service de renseignements de la SS. La vilaine petite sœur de l'Abwehr. Comme un tas de types, j'y suis entré par une petite porte marquée PAS DE FOUTU CHOIX. J'étais policier à l'Alex avant d'appartenir au SD. Un authentique policier. Du genre à aider les vieilles dames à traverser la chaussée. Nous n'obligeons pas tous les Juifs à nettoyer les rues à l'aide d'une brosse à dents. Je tiens à ce que vous le sachiez. Pour ma part, je suis un peu comme le monstre de Frankenstein avec la petite fille au bord du lac. Il

56

y a en moi un côté qui aspire réellement à se faire des amis et à être bon. »

Dickson demeura un instant silencieux.

« Personne ne le croira en Amérique. Sans compter que jamais je ne passerai à travers les mailles de la censure. C'est le problème avec la radio. Il faut expurger sa copie à l'avance.

— Alors quittez le pays. Rentrez chez vous et achetez une machine à écrire. Rédigez un article et dites-le au monde entier.

— Je me demande si on me croirait.

— Vous avez raison. C'est à peine si j'arrive à le croire moi-même, et j'y étais. Je l'ai vu. Chaque soir, je vais me coucher en espérant découvrir à mon réveil que j'ai tout inventé.

— Peut-être que si vous en parliez à un autre Américain à part moi, ça rendrait l'histoire plus crédible.

— Non. C'est votre problème, pas le mien.

— Écoutez, insista Dickson, le type que vous devriez rencontrer, en fait, c'est Guido Enderis. Le chef du bureau du *New York Times* à Berlin. Vous pourriez lui raconter ce que vous venez de me dire.

— Je pense avoir assez parlé pour aujourd'hui. Bizarrement, ça me fait me sentir coupable d'une manière entièrement nouvelle. Avant, j'avais seulement l'impression d'être un assassin. Maintenant, je me fais aussi l'effet d'un Judas.

— S'il vous plaît.

— Vous savez, il y a une limite à la culpabilité que je peux ressentir avant de me mettre à dégobiller ou de me jeter sous un train.

— Ne faites pas ça, capitaine – quel que soit votre nom. Le monde a besoin de savoir ce qui se passe sur le front de l'Est. Et ça n'arrivera que si des gens comme vous acceptent de parler.

— Et après ? Vous vous imaginez que ça changera quelque chose ? Si l'Amérique n'est pas disposée à entrer en guerre pour aider les Britanniques, je doute qu'elle le fasse pour aider les Juifs de Russie.

— Peut-être, ou peut-être pas. Mais, parfois, une chose en entraîne une autre, vous savez.

— Ah oui ? Regardez ce qui s'est produit à Munich, en 1938. Une chose a entraîné absolument rien du tout. Et vous autres n'étiez même pas à la table des négociations. Vous étiez dans vos pénates, à prétendre que ça ne concernait pas les États-Unis. »

Dickson pouvait difficilement me contredire.

« Comment puis-je vous contacter, capitaine ?

— Vous ne pouvez pas. Je parlerai à Willy et je lui laisserai un message si je décide que je suis prêt à cracher une autre boule de poils.

— Si c'est une question d'argent…

— Ça ne l'est pas. »

Instinctivement, nous levâmes la tête tandis qu'un 109 venant du nord-est passait à nouveau rapidement, et je vis la lune éclairer l'angoisse sur le visage lisse de Dickson. Lorsque le bruit ne fut plus qu'un post-scriptum à l'horizon, je l'entendis pousser un soupir.

« Je ne peux pas m'y faire, avoua-t-il. À ces chasseurs et à leur manière de voler aussi bas. Je m'attends toujours à voir un truc exploser par terre devant moi.

— Quelquefois, ça ne me déplairait pas. Mais croyez-moi sur parole : un chasseur a tendance à

bourdonner un peu plus fort quand il décide ⊂
piquer.

— À propos de trucs explosifs. Les Trois Rois.
Vous savez quelque chose ? Les docteurs en fourberie
ne nous font que des réponses évasives. En mai, ils
affirmaient avoir ramassé deux des dirigeants et que
ce n'était plus qu'une question de temps avant qu'ils
mettent la main sur le troisième. Depuis lors, on n'a
plus entendu parler de rien. On continue à demander,
mais pas de réponse, alors on suppose que le numéro
trois est toujours en liberté. Y a-t-il une part de vrai
là-dedans, d'après vous ?

— Je ne peux pas dire.

— Vous ne pouvez pas ou vous ne voulez pas ? »

Un nuage passa devant la lune, telle une ombre
sur mon âme.

« Allons, capitaine. Vous savez sûrement quelque
chose.

— Je viens juste de rentrer d'Ukraine, alors j'ai
un certain retard par rapport à ce qui se passe ici,
à Berlin. Mais s'ils avaient attrapé Melchior, vous
auriez eu droit à tout le topo, pas vrai ? À travers un
mégaphone.

— Melchior ?

— Et moi qui pensais que seuls les Allemands
étaient une race impie. »

Je m'en allai.

« Hé, lança Dickson. Je l'ai vu, ce film, *Franken-stein*. Je me souviens de la scène, à présent. Est-ce que
le monstre ne jette pas la petite fille à l'eau ?

— Oui. Triste, n'est-ce pas ? »

Je descendis sans me presser la Bülowstrasse, où je ournai à gauche. J'aurais peut-être fait tout le trajet jusque chez moi à pied si je ne m'étais pas aperçu que j'avais un trou dans ma chaussure, et à la Nolli[1], je décidai de continuer en S-Bahn. Normalement, j'aurais pris le tram, mais le trente-trois ne fonctionnait plus ; et comme il était plus de neuf heures du soir, ne circulaient dans les parages que des taxis appelés par la police pour transporter des malades, des estropiés, des vieux ou des voyageurs sortant des gares de chemin de fer chargés de bagages. Et par des cadres supérieurs du parti nazi, naturellement. Eux n'avaient jamais de problèmes pour rentrer en taxi après neuf heures.

La Nolli était pratiquement déserte, ce qui n'avait rien d'inhabituel dans le black-out. Tout ce qu'on voyait, c'étaient, par-ci par-là, des bouts de cigarette zébrant l'obscurité telles des lucioles, ou l'insigne de revers phosphorescent d'un passant soucieux d'éviter une collision avec un autre ; et l'on n'entendait que les trains invisibles entrant et sortant du dôme de verre Art nouveau de la station aérienne, ou encore des voix désincarnées, des bribes de conversations fugaces, comme si Berlin était un gigantesque cinéma en plein air – un effet fantomatique accentué par les éclairs de lumière électrique jaillissant par intermittence des rails. On aurait dit que quelque Moïse des temps modernes – et qui aurait pu lui en vouloir ? – avait levé sa main puissante vers le ciel pour répandre des ténèbres palpables sur la terre d'Allemagne. À coup

_____

1. Appellation familière de la Nollendorf Platz.

sûr, l'heure était venue de laisser filer les Israélites, ou du moins de les libérer de leur asservissement.

J'étais presque dans l'escalier lorsque me parvint le bruit d'une lutte sous les arches. Je m'arrêtai, regardai autour de moi. Un nuage s'écartant paresseusement de la lune, j'eus le spectacle son et lumière d'un homme attaquant une femme. Elle était étendue sur le sol, s'efforçant de le repousser, tandis qu'il farfouillait sous sa jupe, une main sur sa bouche. J'entendis un juron, un cri étouffé, puis mes propres pas dévalant bruyamment les marches.

« Hé, laissez-la tranquille ! » hurlai-je.

L'homme sembla donner un coup de poing à la femme. Puis, alors qu'il se redressait pour me faire face, il y eut un déclic et j'entrevis la lame qu'il avait maintenant à la main. Si j'avais été de service, j'aurais eu une arme à feu sur moi, mais ce n'était pas le cas. Comme il s'avançait dans ma direction, je fis glisser de mon épaule la musette contenant les conserves et la balançai avec vigueur à la manière d'un fléau médiéval au moment où il arrivait à ma portée. Le sac atteignit son bras tendu, lui faisant lâcher le couteau. Il pivota avant de prendre la fuite, et je me lançai sans conviction à sa poursuite. La lumière de la lune faiblit momentanément, si bien que je le perdis complètement de vue. Quelques instants plus tard, j'entendis un crissement de pneus au coin de la Motz Strasse et, en déboulant devant l'American Church, j'aperçus un taxi avec la porte ouverte et le chauffeur examinant son aile avant.

« Il a couru juste devant moi, déclara le chauffeur.

— Vous l'avez heurté ?

— Je n'ai pas pu faire autrement.

— En tout cas, il n'est plus là.

— À mon avis, il a mis les voiles.

— Dans quelle direction est-il parti ?

— Vers le cinéma.

— Restez où vous êtes ; je suis officier de police »,
dis-je au chauffeur, puis je traversai la rue, mais
j'aurais aussi bien pu regarder dans un chapeau de
magicien. L'homme n'était nulle part. Je retournai
donc au taxi.

« Vous l'avez trouvé ?

— Non. Le choc a été violent ?

— Je ne roulais pas vite, si c'est ce que vous voulez
dire. Dix ou quinze kilomètres à l'heure, comme on
est supposé le faire, vous voyez. N'empêche, il a dû
se prendre un joli gnon. Il est passé carrément par-
dessus le capot et a atterri sur la tête, comme s'il était
tombé d'un canasson au Hoppegarten.

— Rangez-vous le long du trottoir et restez là,
ordonnai-je au chauffeur.

— Dites donc, fit-il, qu'est-ce qui me prouve que
vous êtes flic ? Où est votre plaque ?

— À mon bureau à l'Alex. On peut s'y rendre
tout de suite si vous y tenez, moyennant quoi vous
passerez les deux heures qui viennent à remplir une
déposition. Ou vous pouvez faire ce que je vous dis.
Le type que vous avez renversé a attaqué une femme
là-bas. C'est pour ça qu'il s'enfuyait. Parce que j'étais
à ses trousses. Je pensais que vous pourriez ramener
la dame chez elle.

— Ouais, d'accord. »

Je retournai à la station de la Nollendorf Platz.

La fille victime de l'agression était assise à
ter le menton, tout en rajustant ses vêtements
cherchant son sac.

« Est-ce que ça va ?

— Je pense. Mon sac. Il l'a jeté par terre je n
sais où. »

Je jetai un coup d'œil alentour.

« Il s'est enfui. Mais si ça peut vous consoler, un
taxi l'a renversé. »

Je continuai à chercher son sac, sans résultat. À la
place, je dénichai le couteau à cran d'arrêt.

« Le voilà ! s'exclama-t-elle. Je l'ai trouvé.

— Vous êtes sûre que ça va ?

— Je me sens un peu malade », répondit-elle en se
tenant la mâchoire, mal à l'aise.

Je ne me sentais pas très à l'aise moi-même. Je
n'avais pas ma capsule de bière, mais seulement un
sac plein de boîtes de conserve qui, au regard des
compétences limitées d'un poulet en uniforme, me
désignerait comme un trafiquant du marché noir,
délit sanctionné par des peines extrêmement sévères.
Il n'était pas rare que des *Schmarotzer* se voient
condamnés à mort, surtout s'il s'agissait d'individus
pouvant servir à faire un exemple, comme des flics.
Je n'avais donc aucun désir de traîner dans le coin ;
pas plus que d'accompagner la fille jusqu'au poste de
police le plus proche pour signaler l'incident. Pas tant
que je portais la musette.

« Écoutez, j'ai fait attendre le taxi. Où habitez-
vous ? Je vais vous raccompagner.

— Près du Kurfürstendamm. À côté du Centre
théâtral.

rfait. C'est à deux pas de chez moi. »

a soutins pour marcher jusqu'au taxi, qui était je l'avais laissé, au coin de la Motz Strasse, et quel j'indiquai le chemin. Après quoi nous nous dirigeâmes vers l'ouest le long de la Kleist Strasse, le chauffeur me racontant en détail ce qui s'était passé, non sans ajouter que ce n'était pas sa faute et qu'il n'arrivait pas à croire que le zigue qu'il avait heurté n'ait pas été blessé plus grièvement.

« Comment pouvez-vous en être sûr ?

— Il s'est sauvé, non ? On ne peut pas courir avec une jambe cassée. Croyez-moi. J'en sais quelque chose. J'ai fait la dernière guerre et j'ai essayé. »

Une fois au Kurfürstendamm, j'aidai la fille à descendre, et elle vomit séance tenante dans le caniveau.

« Ça doit être mon jour de chance, commenta le chauffeur de taxi.

— Vous vous faites une drôle d'idée de la chance, mon vieux.

— C'est la seule qui vaille ces temps-ci. » Il se pencha par la fenêtre et claqua la portière derrière nous. « Ce que je veux dire, c'est qu'elle aurait pu vomir dans la bagnole. Et ce Fritz que j'ai heurté, j'aurais pu le tuer, vous vous rendez compte ?

— Combien coûte la course ? demandai-je.

— Tout dépend si vous avez l'intention de mentionner l'incident.

— Je ne sais pas ce que voudra faire la dame, mais, si j'étais vous, je filerais avant qu'elle ait pris une décision.

— Vous voyez ? » Le chauffeur enclencha une vitesse. « J'avais raison. C'est mon jour de chance. »

À l'intérieur de l'immeuble, j'aidai la fille à mont[er]
l'escalier, ce qui me permit de l'examiner de plu[s]
près.

Elle était vêtue d'un tailleur en lin bleu marine
avec dessous un corsage en dentelle de coton. Le
corsage était déchiré, et un bas pendait sur une de
ses chaussures. Qui étaient couleur prune, de même
que son sac à main et la marque qu'elle avait sous
un œil, là où elle avait reçu un coup. Ses vêtements
dégageaient une forte odeur de parfum, dans laquelle
je reconnus *Shalimar* de Guerlain. Une fois devant
sa porte, j'avais opté pour la trentaine environ. Elle
avait des cheveux blonds lui arrivant aux épaules, un
grand front, un nez large, des pommettes hautes et
une bouche charnue. Cela dit, elle avait bien d'autres
raisons de se sentir charnue. Elle mesurait dans les
1,75 mètre, et paraissait solide et musclée contre mon
bras ; suffisamment solide pour se défendre quand
on l'attaquait, mais pas assez pour se tirer du pétrin
toute seule. Ce dont je me réjouissais. C'était une
belle femme, dans le genre beauté féline, avec des
yeux en fente et une queue-de-cheval qui semblait
animée d'une vie propre et qui me donnait envie de
l'avoir un moment sur mes genoux pour pouvoir la
caresser.

Elle exhuma une clé, chercha à tâtons la serrure,
jusqu'au moment où, lui prenant la main, j'ouvris la
porte pour elle.

« Merci. Je pense que ça devrait aller, maintenant. »

Et si elle n'avait pas commencé à s'asseoir par terre,
je l'aurais probablement laissée là. Au lieu de quoi, je

oulevai dans mes bras et lui fis franchir la porte pivotant telle une jeune mariée épuisée.

Alors que je m'avançais dans le couloir à peine meublé, je tombai sur le chien de garde de service : une matrone à peine vêtue, la soixantaine, des cheveux teints en blond et plus de maquillage que ce qui paraissait strictement nécessaire hors d'une tente de cirque. Presque aussitôt, et d'une voix semblable à celle du baron Ochs[1], elle se mit à reprocher à la fille à moitié consciente que je portais de jeter le déshonneur sur sa maison. Mais, d'après le savon que me passaient les sourcils de la proprio, c'est surtout moi qu'elle avait dans le collimateur. Je m'en moquais. Pendant un moment, je repensai avec nostalgie à mon séjour dans l'armée, quand un horrible sergent me beuglait aux oreilles à me crever les tympans rien que pour le plaisir.

« Quel genre de maison croyez-vous que je dirige, Fräulein Tauber ? Vous devriez avoir honte d'avoir seulement songé à revenir ici dans un état pareil, et avec un inconnu. Je suis une femme respectable, moi. Je vous l'ai déjà dit, Fräulein Tauber. J'ai mes règles. Mes principes. Ceci est intolérable. »

Ce qui m'apprit deux choses. La première, que la femme dans mes bras était Fräulein Tauber. Et la seconde, que je n'avais pas fini de la protéger contre les agressions.

« Quelqu'un a tenté de la violer, expliquai-je. Alors vous pouvez soit vous rendre utile, soit aller mettre un

---

1. Personnage de l'opéra *Le Chevalier à la rose*, de Richard Strauss.

peu plus de maquillage. Le bout de votre ne
besoin de peinture rouge.

— Eh bien, vraiment, hoqueta-t-elle. Inutile c
grossier. La violer, dites-vous ? Oui, bien sûr que
vais me rendre utile. Sa chambre est par là. »

Elle longea le couloir, prit une clé au trousseau
qui se trouvait dans la poche de sa robe de chambre
informe, ouvrit une porte, et, allumant le plafonnier,
éclaira une pièce propre et bien meublée, plus douil-
lette qu'un gant en cuir doublé de cachemire, et à peu
près de la même taille.

Je déposai Fräulein Tauber sur un canapé uniquement confortable si vous portiez un corset à baleines
et, m'agenouillant à ses pieds, je lui flanquai de petites
tapes sur les mains et les joues pour la ranimer.

« Quand elle s'est mise à travailler au Golden
Horseshoe, je lui ai bien dit qu'une chose de ce genre
risquait de se produire », remarqua la vieille.

C'était un des rares cabarets qui subsistaient encore
à Berlin et probablement le moins offensant, de sorte
que j'avais du mal à saisir le lien de cause à effet ; mais,
soucieux d'éviter toute discussion, dans la mesure où
j'avais déjà été suffisamment brusque avec elle, je lui
demandai, poliment, si elle pouvait aller chercher une
compresse froide et une tasse de thé ou de café fort.
Thé ou café ne semblaient guère plausibles, mais, en
cas d'urgence, on ne sait jamais de quoi les Berlinoises
sont capables.

Comme Fräulein Tauber reprenait connaissance,
je l'aidai à s'asseoir. À ma vue, elle eut un demi-
sourire.

« Vous êtes encore là ? »

urire avait dû être douloureux, car elle fit
es mâchoires puis grimaça.

Doucement. C'est un sacré crochet du gauche
l vous a expédié. Je dois vous accorder une chose,
äulein Tauber, vous savez encaisser.

— Ah oui ? Vous devriez gérer mes combats. Je
ne demanderais pas mieux que d'empocher le pac-
tole. Comment connaissez-vous mon nom, d'ailleurs,
Parsifal ?

— Votre propriétaire. Elle est allée chercher une
compresse froide pour votre œil et une boisson
chaude. Il est possible qu'on arrive à l'empêcher de
virer au bleu. »

Fräulein Tauber regarda en direction de la porte
puis secoua la tête.

« Pour qu'elle aille me chercher une boisson
chaude, vous avez dû lui raconter que j'étais à l'article
de la mort. »

La propriétaire revint avec la compresse froide,
qu'elle me passa. Je l'étalai avec précaution sur l'œil
de Fräulein Tauber avant de lui prendre la main pour
la poser dessus.

« Appuyez légèrement.

— Il y a du thé en route, annonça la propriétaire. Il m'en restait juste assez pour remplir un
petit pot. »

Avec un haussement d'épaules, elle serra sa robe
de chambre contre une poitrine plus volumineuse que
les coussins du canapé.

Je me levai et, arborant un sourire jusqu'aux
oreilles, je lui offris une de mes cigarettes américaines.

« Vous fumez ? »

Les yeux de la vieille femme s'illuminèrent comme si elle contemplait le diamant Koh-I-Noor.

« Avec plaisir. »

Elle en prit une d'un geste hésitant, à croire qu'elle avait peur que je la récupère.

« Un échange équitable pour une tasse de thé », dis-je en lui donnant du feu.

Moi-même, je n'en fumai pas. Je ne tenais pas à ce que l'une d'elles s'imagine que j'étais Gustav Krupp.

La vieille tira avec extase une bouffée de sa cigarette, sourit puis retourna dans la cuisine.

« Et moi qui pensais que vous n'étiez que Parsifal. On dirait que vous avez le truc. Guérir les lépreux est plus facile que de la faire sourire.

— Sauf que je n'ai pas l'impression qu'elle approuve votre conduite, Fräulein Tauber.

— À vous entendre, ça paraît presque anodin. Comme avec ma vieille maîtresse d'école. » Elle éclata d'un rire amer. « Frau Lippert – c'est son nom – me déteste. Elle ne pourrait pas me détester davantage si j'étais juive.

— Et votre nom à vous ? Je ne peux pas continuer à vous appeler Fräulein Tauber.

— Pourquoi pas ? C'est ce que tout le monde fait.

— L'homme qui vous a attaquée. Vous l'avez vu distinctement ?

— Il avait à peu près votre taille. Vêtements sombres, yeux sombres, cheveux sombres, teint sombre. À vrai dire, tout était sombre chez lui parce qu'il faisait sombre, d'accord ? Si je vous le dessinais, il ressemblerait en tous points à votre ombre.

— Maintenant que j'y pense, il avait une haleine véritablement fruitée. Comme s'il avait mangé des Haribo.

— C'est un peu mince comme point de départ.

— Tout dépend où vous comptiez aller.

— Ce type a tenté de vous violer.

— Vraiment ? Oui, je suppose. »

Je haussai les épaules.

« Vous devriez peut-être le signaler. Je ne sais pas.

— À la police ?

— Je ne parlais pas des journaux, c'est sûr.

— Dans cette ville, des femmes se font attaquer sans arrêt, Parsifal. Pourquoi croyez-vous que la police serait intéressée par une de plus ?

— Il était armé d'un couteau, non ? Il aurait pu s'en servir contre vous.

— Écoutez, m'sieur, merci pour votre aide. Ne pensez pas que je ne vous suis pas reconnaissante, parce que je le suis. Mais je n'aime pas beaucoup la police. »

Je haussai à nouveau les épaules.

« Ce sont des êtres humains comme les autres.

— Où avez-vous pêché cette idée ? Très bien, Parsifal, je vais vous mettre les points sur les i. Je travaille au Golden Horseshoe. Et quelquefois au Neue Welt, quand ils ne sont pas fermés, faute de bière. Je gagne honnêtement ma vie, mais ça n'empêchera pas les flics de voir les choses sous un autre angle. Je peux entendre leurs boniments. Comme si c'était un film. Vous avez quitté le Horseshoe avec un homme,

pas vrai ? Il vous a payée pour avoir des r.
sexuels avec lui. Seulement, après avoir empoc.
fric, vous avez essayé de vous esquiver dans le ..
Ce n'est pas ce qui s'est réellement passé, Fräu.
Tauber ? Maintenant, foutez le camp d'ici. Vous ave
de la chance qu'on ne vous expédie pas à Ravensbrück pour prostitution. »

Je devais reconnaître qu'elle n'avait pas tout à fait
tort. Les flics de Berlin avaient cessé de se comporter
comme des êtres humains depuis qu'ils avaient épousé
l'Office central de la sécurité du Reich – le RSHA
– et rejoint une famille de style gothique incluant la
Gestapo, la SS et le SD.

« Quoi qu'il en soit, continua-t-elle, vous n'avez
pas plus envie que moi que la police vous bourdonne
dans les oreilles. Pas avec vos cigarettes américaines
et toutes ces boîtes de conserve dans votre sac. Non,
à mon avis, ils risqueraient de vous poser des questions extrêmement embarrassantes auxquelles vous ne
semblez pas à même de répondre.

— Là-dessus, je pense que vous avez raison.

— Et, en particulier, pas avec un costume comme
celui-ci. »

Son œil visible me toisa de haut en bas.

« Qu'est-ce qu'il a qui ne va pas ?

— Rien. C'est un joli costume. C'est bien ça, le
problème. On dirait que vous ne l'avez pas beaucoup mis ces derniers temps. Ce qui n'est pas fré-
quent à Berlin pour un homme ayant votre accent.
J'en déduis que vous deviez mettre autre chose. Un
uniforme, très probablement. D'où les cigarettes et
vos opinions originales concernant la police. Et aussi

es en fer-blanc, qui sait ? Je parie que vous
ans l'armée. Et que vous avez été à Paris, si
cravate est bien ce que je pense : de la soie.
a s'accorderait avec vos manières d'avant-guerre,
arsifal. Les manières, encore une chose qu'on ne
peut plus trouver à Berlin. Mais chaque officier allemand se met à se comporter comme un vrai gentleman quand il est en poste à Paris. Du moins, à
ce qu'il paraît. Vous n'êtes donc pas un trafiquant
professionnel. Seulement un amateur. Se faisant de
petits à-côtés pendant qu'il est en permission. C'est
la seule raison pour laquelle vous parlez si naïvement
des policiers, et du fait de leur signaler ce qui m'est
arrivé ce soir.

— Vous auriez dû être flic vous aussi, répliquai-je
avec un sourire.

— Non. Non pas moi. J'aime bien dormir la nuit.
Mais, au train où vont les choses, d'ici peu nous serons
tous devenus des flics, que ça nous plaise ou non,
nous espionnant les uns les autres, mouchardant. »
Elle montra la porte d'un signe de tête éloquent. « Si
vous voyez ce que je veux dire. »

Je restai muet alors que Frau Lippert revenait, portant un plateau avec deux tasses de thé.

« C'est ce que je veux dire, ajouta Fräulein Tauber,
au cas où j'aurais été assez bête pour ne pas comprendre la première fois.

— Buvez votre thé, lui ordonnai-je. Ça aidera à
soigner cet œil.

— Je ne vois pas comment.

— C'est du bon thé, dis-je à Frau Lippert.

— Merci, Herr… ?

« — C'est-à-dire, je ne vois pas comment ça p▓
soigner un coquard. »

J'opinai, reconnaissant de l'interruption : c'▓
au tour de Fräulein Tauber de voler à mon secou▓
Révéler mon nom à Frau Lippert ne semblait pa▓
une très bonne idée. Je m'en rendais compte à présent. La vieille n'était pas seulement le chien de
garde de l'immeuble, c'était aussi le limier de la
Gestapo.

« La caféine, répondis-je. Ça resserre les vaisseaux
sanguins. Ce qu'il faut, c'est réduire la quantité de
sang susceptible d'atteindre votre œil. Plus il s'écoulera de sang dans les vaisseaux endommagés sur cette
jolie frimousse qui est la vôtre, plus votre œil sera
violacé. Tenez. Laissez-moi voir. »

J'ôtai un instant la compresse froide puis acquiesçai.

« Il n'est pas violet.

— Pas quand je vous regarde, non.

— Mmm-hmm.

— Vous savez, vous avez tout à fait l'air d'un
médecin, Parsifal.

— C'est à cause du mmm-hmm ?

— Bien sûr. Les médecins n'arrêtent pas de dire
ça. À moi, en tout cas. »

Exclue de la conversation dès le départ, Frau Lippert dut trouver qu'il y manquait son propre impri-
matur.

« Elle a raison, remarqua-t-elle. C'est ce qu'ils
font. »

Je continuai à regarder la fille, la compresse froide
à la main.

us vous trompez, Fräulein. Ce n'est pas mmm-
que dit votre médecin. C'est plus bref, plus
ple, plus direct que ça. Juste "Mmm". »

Je vidai ma tasse de thé et la reposai sur le plateau.

« Mmm, merci.

— Je suis contente qu'il vous ait plu, dit Frau
Lippert.

— Beaucoup. »

Je lui souris et ramassai mon sac de conserves. Ravi
de la voir sourire à nouveau.

« Bon, je ferais mieux de m'en aller. Je repasserai
dans quelque temps, pour prendre des nouvelles.

— Pas besoin, Parsifal. Ça va, maintenant.

— J'aime bien savoir comment se débrouillent mes
patients, Fräulein. Surtout ceux qui utilisent *Shalimar*
de Guerlain. »

4

L'Institut médico-légal se trouvait à l'hôpital de la Charité, juste de l'autre côté du canal de la gare de Lehrter. Avec sa façade de brique rouge, ses loggias en bois de style alpin, son horloge et sa tour d'angle caractéristique, le plus vieil hôpital universitaire de la ville ne différait guère de ce qu'il avait toujours été. À l'intérieur, toutefois, c'était une autre chanson. Au sein du bâtiment administratif, on avait enlevé de nombreux portraits des médecins et savants célèbres de la Charité. Après tout, les Juifs étaient le malheur de l'Allemagne. C'étaient les seuls espaces libres dont disposait l'hôpital et, si on avait pu mettre des lits sur les murs, on l'aurait fait. Les salles et les couloirs – même les paliers devant les ascenseurs – étaient remplis d'hommes blessés ou mutilés sur le front.

Dans le même temps, la morgue de l'Institut était pleine à craquer de cadavres de soldats ainsi que de civils encore non identifiés, victimes des bombardements de la RAF et des accidents du black-out. Leurs problèmes n'étaient pas terminés pour autant. Le Centre d'information de l'armée ne brillait pas par son efficacité quand il s'agissait d'informer les familles

ombattants morts pour la patrie, et, dans
s cas, l'armée estimait que cette responsabilité
mbait au ministère de la Santé. Mais le ministère
a Santé croyait dur comme fer que s'occuper des
cès à Berlin, quelle que soit leur cause, relevait
n réalité de la compétence du ministère de l'Intérieur, lequel, bien entendu, n'était que trop content
de laisser de telles affaires aux autorités de la ville,
qui avaient elles-mêmes tendance à se décharger de
ce rôle sur la police. De sorte qu'on aurait pu dire
que la crise à la morgue – et c'est bien ce à quoi ça
ressemblait – était entièrement ma faute. À moi et à
d'autres comme moi.

Cependant, c'est dans l'espoir de tirer profit de
cette incompétence bureaucratique que j'étais venu
là, en quête du cadavre de Geert Vranken. Pour
m'apercevoir que ce qu'il en restait partageait un
tiroir de la chambre froide avec une prostituée de
Lichterfelde et un habitant de Wedding tué dans une
explosion de gaz – très probablement un suicide. À
ma demande, l'employé de la morgue disposa sur
une table la dépouille du Hollandais, dont l'aspect et
l'odeur étaient bien pires que ce qu'on aurait pu prévoir. Vu l'extrême pénurie de personnel de nettoyage
– sans parler de savon au phénol –, les morts avaient
de plus en plus de mal à assumer la diminution des
ressources de l'hôpital.

« Dommage, maugréa l'employé.

— Comment ça ?

— Que vous n'apparteniez pas au Service du travail, que je puisse me débarrasser de lui.

— Je ne savais pas qu'il cherchait un emploi.

— C'était un travailleur étranger. J'atten... documents qui me permettront d'envoyer ses r... à l'incinérateur.

— Comme je vous l'ai dit, je suis de l'Alex. Il y... sûrement là-bas des boulots qui pourraient être fait... par des morts. Le mien, par exemple. »

Pendant un instant, l'employé de la morgue songea à sourire, puis il se ravisa.

« Je n'en ai que pour une minute », expliquai-je avant de sortir le couteau à cran d'arrêt que j'avais trouvé par terre à la station de Nolli.

À la vue de la longue lame dans ma main, l'employé eut un brusque mouvement de recul.

« Bon sang, qu'est-ce que vous fabriquez ?

— Pas de panique. J'essaie d'établir si ce couteau correspond aux blessures de la victime. »

Se détendant un peu, il indiqua d'un petit signe de tête les restes de Vranken.

« J'aurais pensé que c'était le moindre de ses problèmes : d'avoir reçu des coups de couteau.

— C'est ce que vous auriez pensé, hein ? Mais, avant qu'un train lui passe dessus…

— Ça expliquerait pas mal de choses.

— On l'a poignardé. À plusieurs reprises.

— Manifestement, ce n'était pas son jour de chance. »

Je glissai la lame dans une des blessures les plus évidentes du torse livide du mort.

« Avant la guerre, on avait droit à des rapports de laboratoire appropriés, avec photos et descriptions, de sorte qu'on n'avait pas besoin de se taper ce genre de corvée.

avant la guerre, on buvait de la bière ayant
ut de bière. » Se rappelant brusquement qui et
ut ce que j'étais, il ajouta aussitôt : « Non que la
ère soit mauvaise aujourd'hui, bien sûr. »

Je ne dis rien. J'étais content qu'il ait parlé de
manière inconsidérée. Cela me permettrait probablement de ne pas avoir à remplir les papiers de la
morgue – après tout, le commissaire Lüdtke m'avait
demandé de laisser tomber l'affaire – en échange de
mon silence sur la remarque « antipatriotique » du
larbin concernant la bière allemande. Au demeurant,
mon attention était presque entièrement concentrée
sur le couteau dans la blessure. Je ne pouvais pas
affirmer qu'il s'agissait de l'arme du crime, mais ce
n'était pas exclu. Il était suffisamment long et aiguisé,
avec un seul tranchant et une partie supérieure plus
émoussée qui s'ajustaient à la blessure de façon
presque parfaite.

Je retirai la lame et cherchai quelque chose pour la
nettoyer. Étant du genre pointilleux, je suis un peu
difficile sur le choix des crans d'arrêt que je balade
dans ma poche de veste. De plus, je pensais avoir déjà
croisé assez de microbes et de bactéries rien qu'en
traversant l'hôpital sans en stocker dans une cache
de mon cru.

« Z'auriez quelque chose pour essuyer ça ?

— Donnez, fit-il, avant de le prendre et de le frot-
ter avec le coin de sa blouse.

— Merci. »

Je pouvais voir qu'il avait hâte de se débarrasser de
moi, aussi, lorsque je suggérai qu'il n'était peut-être

pas nécessaire de s'embêter avec de la paperass
s'empressa d'abonder dans mon sens.

« Je doute qu'il le répète, pas vrai ? déclara-t-il. D
plus, je n'ai pas de stylo qui marche. »

Je sortis dans la rue. Comme il faisait beau, je décidai de retourner à pied à l'Alex et de déjeuner à un
zinc que je connaissais dans la Karl Strasse, mais il
était fermé par manque de saucisses. De même que
celui de l'Oranienburger Strasse. Pour finir, j'achetai
un sandwich et un journal à un kiosque près de la
Bourse, sauf que le sandwich présentait encore moins
d'intérêt que le journal, et aussi que la Bourse, probablement. Mais il serait stupide de renoncer à manger
le pain parce qu'on ne trouve pas la saucisse à mettre
dedans. Au moins, j'étais libre de continuer à penser
au pain comme à un sandwich.

Cela dit, étant un Berlinois typique, je suis peut-
être difficile à contenter.

Lorsque j'arrivai à l'Alex, on avait envoyé à mon
bureau tous les dossiers des meurtres de la S-Bahn
de l'été. Je suppose que je tenais à m'assurer que
Paul Ogorzow était bien l'assassin et pas un coupable
taillé sur mesure. Cela n'aurait pas été la première
fois qu'un Kripo piloté par les nazis se livrait à un
tel tour de passe-passe. La seule chose surprenante,
c'était qu'ils n'aient pas encore collé les meurtres de
Wallenstein, Baldur, Siegfried et Cock Robin[1] sur le
dos de quelque malheureux Juif.

---

1. Albrecht von Wallenstein, généralissime des armées autri-
chiennes pendant la guerre de Trente Ans, auquel Schiller a

s'avéra que je n'étais pas le premier à réexaminer dossiers Ogorzow. La fiche de consultation indiquait que l'Abwehr y avait jeté un coup d'œil elle aussi – et même récemment. Je me demandais bien pourquoi. Jusqu'à ce que je repense à tous ces travailleurs étrangers qu'on avait cuisinés au cours de l'enquête. Mais Paul Ogorzow était un cheminot allemand ; le viol et une violente haine des femmes avaient été ses mobiles ; il n'avait pas poignardé ses victimes, il les avait battues à mort. Rien ne permettait d'affirmer que l'agresseur de Fräulein Tauber l'aurait battue ou poignardée après l'avoir violée, mais, d'après le coup qu'elle avait reçu, son aversion pour les femmes ne faisait guère de doute. Bien sûr, les crimes sexuels n'étaient pas rares à Berlin. Avant Paul Ogorzow, il y avait eu d'autres assassins particulièrement brutaux, parfois anthropophages ; et il y en aurait certainement d'autres après lui.

À mon grand étonnement, je fus impressionné par la minutie et l'ampleur de l'enquête du commissaire Lüdtke. Des milliers d'entretiens avaient été effectués et près d'une centaine de suspects embarqués pour interrogatoire ; à un moment donné, des agents de police avaient même voyagé dans la S-Bahn la nuit, déguisés en femmes, dans l'espoir d'inciter le tueur à commettre une agression. Une récompense de dix

---

consacré une trilogie. Baldur, dieu de la lumière, de la beauté et de l'amour dans la mythologie nordique. Siegfried, prince guerrier légendaire, héros de la *Chanson des Nibelungen*. Cock Robin, en français le Rouge-Gorge, personnage d'une comptine anglaise (« *Who killed Cock Robin ?* »).

mille Reichsmarks avait été placardée et, finalement, un des collègues de Paul Ogorzow – un autre cheminot – l'avait dénoncé comme étant l'assassin, et non un de ces nombreux travailleurs étrangers. Si ce n'est que, parmi ces travailleurs étrangers qu'on avait questionnés, figurait Geert Vranken. Découvrir son nom sur la liste des personnes interrogées n'aurait pas dû me surprendre ; et pourtant… Je lus la transcription avec intérêt.

Diplômé en sciences de l'université de La Haye, Vranken avait été rapidement éliminé de l'enquête de Lüdtke après vérification de son alibi. Mais, ne voulant pas se contenter de ça – après tout, son alibi reposait sur les dires d'autres travailleurs étrangers –, on lui avait demandé de présenter des témoignages de bonne moralité, moyennant quoi il avait fourni le nom d'un Allemand qu'il avait rencontré avant la guerre, à La Haye. L'équipe d'enquêteurs de Lüdtke, dont quelques-uns que je connaissais, n'avait pas eu besoin de prendre des renseignements, dans la mesure où, une semaine environ après l'entretien avec Vranken, Paul Ogorzow avait été arrêté. La conviction – de ma part – que, pour une fois, on avait envoyé le bon lascar à la guillotine à Plötzensee, en juillet 1941, céda peu à peu la place à un sentiment de pitié pour Geert Vranken, et plus particulièrement pour la femme et l'enfant qu'il avait laissés derrière lui aux Pays-Bas. Combien de familles seraient ainsi détruites avant la fin de cette guerre ?

Bien entendu, ce n'était guère habituel chez moi. À l'Alex, j'avais vu quantité de victimes de meurtre, dont beaucoup dans des circonstances encore plus tragiques que celles-ci. Après Minsk, je suppose que j'avais facilement mauvaise conscience. Quoi qu'il en soit, je tenais à savoir si, comme l'avait déclaré le commissaire Lüdtke, le Service du travail du Reich avait déjà informé la famille de Vranken qu'il avait été victime d'un accident mortel. En conséquence, je perdis une heure au téléphone à me faire renvoyer d'un bureaucrate à un autre, avant de laisser tomber et d'écrire moi-même une lettre, celle-là à l'adresse à La Haye, la ville où il occupait un emploi, qui figurait dans le livret que le service du travail avait ensuite délivré à Vranken. Dans ma lettre, je ne mentionnais pas que Geert Vranken avait été assassiné, seulement qu'il s'était fait renverser par un train. Qu'il ait reçu six coups de couteau était au-delà de ce qu'une famille avait besoin d'apprendre.

5

J'avais un bureau au troisième étage du Praesidium de la police : une petite pièce d'angle, sous la tour, qui donnait sur la station de l'U-Bahn de l'Alexanderplatz. La vue depuis la fenêtre, par un après-midi de fin d'été, constituait son principal attrait. À ce genre d'altitude, la vie ne semblait pas aussi sombre. Je ne pouvais pas sentir l'odeur des passants ni voir leur visage blême, mal nourri et parfois carrément désespéré. Toutes les rues se rejoignaient pour former un grand carré, exactement comme avant la guerre, avec des trams faisant un bruit de ferraille, des taxis klaxonnant et la ville grondant au loin ainsi qu'elle l'avait toujours fait. Assis sur l'appui de la fenêtre, la tête au soleil, il était facile de faire comme s'il n'y avait pas de guerre, pas de front, pas de Hitler et que tout ça n'avait aucun rapport avec moi. Dehors, on n'apercevait pas de svastikas, seulement les nombreux spécimens qui faisaient l'objet de mon jeu favori : reluquer les filles. C'était un sport dont j'étais toujours féru et dans lequel j'excellais. J'aimais la façon dont cela m'aidait à rester à l'écoute du monde naturel, et les filles de Berlin étant visibles à l'œil nu, contrairement à d'autres représentants de la faune de la capitale, je ne m'en lassais jamais. J'étais surtout à l'affût des espèces rares : blondes exotiques ayant disparu depuis 1938 et fabuleuses têtes rouges au plumage estival quasiment transparent. J'avais bien songé à installer une mangeoire sur le rebord de la fenêtre, mais je savais que c'était peine perdue. L'ascension jusqu'au troisième étage était tout simplement trop leur demander.

Les seules créatures qui montaient jusqu'à mon bureau étaient les rats. D'une manière ou d'une autre, ils ne manquaient jamais d'énergie et, juste au moment où je me retournais pour faire face à la pièce, avec son affreux portrait du Führer et l'uniforme du SD pendu dans un placard ouvert tel un terrible rappel de l'autre homme que j'avais été pendant la plus grande partie de l'été, deux d'entre eux franchirent la porte vitrée. Ni l'un ni l'autre ne dit un mot avant d'être assis, le chapeau à la main, et de m'avoir regardé fixement pendant quelques secondes avec un calme surnaturel, comme si j'étais un être inférieur, ce que j'étais, cela va de soi, vu que les rats en question appartenaient à la Gestapo.

L'un des types portait un veston croisé bleu marine à rayures craie et l'autre un costume trois pièces gris foncé avec une chaîne de montre non moins brillante que ses yeux. Celui aux rayures craie avait une tête pleine de cheveux blonds coupés court, aussi soigneusement disposés que les lignes d'une feuille de papier à lettres ; l'autre était encore plus blond, sauf qu'il les perdait sur le devant, à croire qu'on lui avait épilé le front, à l'instar d'une demoiselle du Moyen

Âge sur une de ces peintures à l'huile plutôt insipides. Leur visage arborait des sourires insolents, ou auto-satisfaits, ou cyniques, mais, pour l'essentiel, les trois à la fois, et ils me considéraient, moi, mon bureau et probablement mon existence elle-même avec un certain amusement. Mais ça m'allait, parce que c'est ce que j'éprouvais aussi à peu de chose près.

« Vous êtes Bernhard Gunther ? »

J'acquiesçai.

L'homme aux rayures craie vérifia méticuleuse-ment ses cheveux bien peignés comme s'il venait de descendre du fauteuil du coiffeur au KaDeWe. Une coupe de cheveux décente était une des seules choses à Berlin qui ne faisaient pas défaut.

« Avec une réputation comme la vôtre, je m'at-tendais à une paire de babouches persanes et à une calebasse. » Il sourit. « Comme Sherlock Holmes. »

Je m'installai derrière ma table, face au tandem, et souris à mon tour.

« Ces derniers temps, il me faut bien constater que le problème d'une pipe est strictement le même que celui de trois pipes. Je ne trouve pas de tabac à mettre dedans. Je garde donc la calebasse enfermée dans le tiroir avec ma seringue plaquée or et quelques pépins d'orange. »

Ils continuèrent à me regarder sans rien dire, se contentant de me jauger.

« Les gars, vous auriez dû apporter vos matraques si vous espériez que je parle en premier.

— C'est l'image que vous avez de nous ?

— Je ne suis pas le seul à posséder une réputation haute en couleur.

— Exact.

— Vous êtes ici pour poser des questions ou pour une faveur ?

— Nous n'avons pas besoin de demander de faveurs, répondit celui au crâne semblable à un dôme peint par Brunelleschi. D'ordinaire, nous obtenons toute la coopération requise sans avoir à demander de faveur à quiconque. »

Il lança un regard à son collègue et accentua son sourire.

« N'est-ce pas ?

— C'est juste. » Celui avec les cheveux bien coiffés donnait l'impression d'une version plus trapue de von Ribbentrop. Il avait de grosses épaules et pour ainsi dire pas de sourcils : le genre d'énergumène que vous n'aviez pas envie de voir défaire son manteau et se retrousser les manches en quête de réponses. « La plupart des gens ne sont que trop contents de nous prêter leur concours, et il est rare que nous soyons obligés de solliciter quoi que ce soit d'aussi saugrenu qu'une faveur.

— Vraiment ? » Me fourrant une allumette dans la bouche, je me mis à la mâcher lentement. Je pensais que, tant que je n'essaierais pas de l'inhaler, je conserverais des poumons sains. « Bien. Je suis tout ouïe. » Je me penchai en avant et joignis les mains avec un profond respect frisant le sarcasme. « Et si ça peut vous persuader d'en venir rapidement au fait, vous me voyez tout prêt et désireux d'aider la Gestapo par tous les moyens à ma disposition. Simplement, cessez d'essayer de me faire me sentir tout petit, ou je vais m'interroger sur la sagesse qu'il y a à vous laisser vous asseoir dans mon bureau avec votre chapeau à la main. »

Rayures-craie pinça le haut de son couvre-chef, dont il examina avec attention la doublure. Il y avait peut-être son nom et son grade marqués dessus au cas où il les oublierait.

« Vous savez comment je m'appelle. Alors pourquoi ne pas vous présenter ?

— Je suis le Kommissar Sachse. Et voici l'inspecteur Wandel. »

J'acquiesçai poliment.

« Ravi, à n'en pas douter.

— Que savez-vous au sujet des Trois Rois ? Et, s'il vous plaît, ne mentionnez pas la Bible, ou j'en tirerai la conclusion que je ne vais pas vous avoir à la bonne.

— Vous voulez parler des trois hommes qui sont venus de Tchécoslovaquie à Berlin au début de 1938 ? Pardon, de Bohême-Moravie, même si je n'arrive pas vraiment à faire la différence et, d'ailleurs, qui s'en soucie ? Les Trois Rois sont trois nationalistes et officiers de l'armée tchèque vaincue, ayant perpétré une série d'actions terroristes à Prague – on l'appelle encore Prague, n'est-ce pas ? Parfait. Eh bien, ayant orchestré là-bas une campagne de sabotage, ils ont décidé d'exporter leur guerre ici, dans les rues de Berlin. Et, pour autant que je sache, ils ont assez bien réussi pendant un certain temps. Ils ont posé une bombe au ministère de l'Air en septembre 1939. Plus une autre à l'entrée de l'Alex. Ce qui était certes embarrassant pour nous tous, n'est-ce pas ? Pas étonnant que la presse et la radio n'en aient pas parlé. Puis il y a eu l'attentat contre Himmler à la gare d'Anhalt en février de cette année. Ce qui était encore plus embarrassant, pour la Gestapo en tout cas. Il me semble que la bombe était placée dans la consigne de gauche, un endroit pourtant évident, qu'il aurait certainement fallu passer au crible avant l'arrivée du Reichsführer-SS à la gare. Je parie que quelqu'un a dû se fendre de pas mal d'explications ensuite. »

Leurs sourires avaient déjà nettement diminué et leurs chaises commençaient à avoir l'air inconfortables ; tandis que les deux gestapistes remuaient leur derrière, leur dossier en roue de charrette craquait comme une maison hantée. Rayures-craie vérifia à nouveau ses cheveux, comme s'il avait laissé son pouvoir d'intimidation sur le sol de la boutique du coiffeur. L'autre, Wandel, se mordit la lèvre, s'efforçant de garder son sourire de sphinx à tête de mort rivé sur sa trogne de malfrat. J'aurais peut-être arrêté sur-le-champ mon petit rappel historique par crainte de ce dont leur organisation était capable, si ce n'est que je m'amusais beaucoup trop.

Je n'avais encore jamais réfléchi à l'idée de suicide par la Gestapo, mais je pouvais voir ses avantages. Au moins, je prendrais peut-être plus de plaisir à la chose qu'en me faisant simplement sauter la cervelle. Malgré tout, je n'étais pas prêt à en finir avec la vie pour du menu fretin comme ces deux-là ; si jamais je décidais de me payer la fiole d'un responsable nazi, je m'arrangerais pour que ça en vaille la peine.

« Vous savez, le bruit court ici à la Kripo que les Trois Rois s'amusent à faire enrager la Gestapo. D'après ce qu'on raconte, l'un d'eux aurait même fauché le pardessus d'Oskar Fleischer. »

Fleischer était le chef du service de contre-espionnage de la Gestapo à Prague.

« Et que ce type culotté aurait gagné le pari qu'il était capable d'allumer sa cigarette au cigare de Fleischer.

— Il circule toujours un tas de ragots dans ce genre d'endroit, répondit Sachse.

— Oh, bien sûr. Mais c'est comme ça que bossent les flics, Herr Kommissar. Un petit coup de coude par-ci. Un clin d'œil par-là. Un chuchotement dans un bar. Un gars vous dit que quelqu'un d'autre a dit que son copain a entendu parler de ceci ou cela. Personnellement, j'ai toujours fait passer une vague rumeur avant quoi que ce soit d'aussi imaginatif que trois pipes de raisonnement déductif. C'est élémentaire, mon cher Sachse. Ah oui, et est-ce que ces Trois Rois n'ont pas envoyé à la Gestapo un exemplaire gratuit de leur propre journal clandestin ? C'est en tout cas ce qu'on prétend.

— Puisque vous semblez si bien informé… »

Je secouai la tête.

« C'est de notoriété publique, ici au troisième étage.

— … vous savez aussi, je présume, que deux des Trois Rois – Josef Balaban et Josef Masin – ont déjà été arrêtés. De même qu'un grand nombre de leurs complices. À Prague. Et à Berlin. Ce n'est qu'une question de temps avant que nous attrapions Melchior.

— Je ne saisis pas, dis-je. Vous avez attrapé Josef A en avril ; et Josef B en mai. Ou peut-être était-ce l'inverse. Mais on est en septembre, et vous n'avez toujours pas réussi à faire sortir le troisième roi de leurs manches. Vous devez vous ramollir, les gars. »

Bien sûr, je savais qu'il n'en était rien. La Gestapo avait remué ciel et terre pour dénicher le troisième homme, mais surtout elle avait eu recours à un soutien encore plus infernal. Parce qu'une autre rumeur courait à l'Alex : que la Gestapo de Prague s'était adjoint les services de son tortionnaire le plus tristement célèbre en Bohême, un sadique nommé Paul Soppa, commandant de la prison de Pankrac à Prague, afin de travailler au corps les deux Tchèques dans ses geôles. Je ne donnais pas cher de leurs chances, mais, compte tenu du fait que Melchior demeurait en liberté, la certitude qu'aucun des deux hommes n'avait parlé était une preuve tangible de leur énorme courage et de leur bravoure.

« Il y a différentes manières d'aborder chaque problème, rétorqua Wandel. Et, dans l'immédiat, nous aimerions que vous nous donniez un coup de main pour régler celui-ci. Le colonel Schellenberg dit beaucoup de bien de vous. »

Walter Schellenberg était un proche du général Heydrich, le chef de l'ensemble du RSHA, dont faisait maintenant partie la Kripo.

« Je sais qui est Schellenberg. Du moins, je me souviens de l'avoir rencontré. Mais j'ignore ce qu'il est. Ces jours-ci.

— Il dirige par intérim le renseignement étranger au sein du RSHA.

— Est-ce que ce problème relève du renseignement étranger ?

90

— Ça se pourrait. Mais, pour l'instant, il s'agit d'un homicide. Et c'est là que vous intervenez.

— Ma foi, je ne demande pas mieux que d'aider le colonel Schellenberg, naturellement, dis-je avec obligeance.

— Vous connaissez le Heinrich-von-Kleist Park ?

— Bien sûr. C'était le jardin botanique de Berlin avant qu'on construise celui de Steglitz.

— On y a trouvé un corps ce matin.

— Ah ? Je me demande pourquoi je ne l'ai pas su.

— Vous le savez, à présent. Nous aimerions que vous veniez l'examiner, Gunther. »

Je haussai les épaules.

« Avez-vous de l'essence ? »

Sachse fronça les sourcils.

« Pour votre voiture, ajoutai-je. Je ne proposais pas de brûler le corps.

— Oui, bien sûr que nous avons de l'essence.

— Alors j'adorerais aller avec vous au parc, Kommissar Sachse. »

Le Kleist Park à Schöneberg avait quelque chose à voir avec un illustre écrivain romantique. Lequel s'appelait sans doute Kleist. Il y avait des tas d'arbres, une statue de la déesse Diane et, à la lisière ouest du parc, la cour d'appel. Non qu'une cour d'appel fût d'une grande utilité pour l'Allemagne de Hitler. Ceux qui étaient jugés et condamnés par un tribunal de première instance nazi le restaient le plus souvent.

À l'extrémité sud se dressait un bâtiment dont je devinais qu'il avait été jadis l'école des beaux-arts de Prusse, mais la Gestapo ayant maintenant son siège dans l'ancienne école des arts appliqués de la Prinz-Albrechtstrasse, il y avait apparemment peu de chances, sinon aucune, qu'on enseigne à quiconque à faire le portrait de quelqu'un dans l'école des beaux-arts de Prusse ; pas quand il était plus profitable de lui apprendre à le torturer. Certes, la Gestapo avait toujours pris sa part des meilleurs bâtiments publics de la ville. Comme on pouvait s'y attendre. Mais, dernièrement, elle avait commencé à confisquer les locaux des boutiques et des entreprises abandonnées en raison des pénuries. Une de mes amies était allée au magasin de machines à coudre Singer sur la Wittenberg Platz, à la recherche d'une nouvelle courroie, pour s'apercevoir qu'il servait maintenant d'arsenal à la SS. Le marchand de vin Meyer, sur l'Olivaer Platz, dont j'avais été autrefois un client régulier, était devenu un « Bureau d'information » de la SS. Expression des plus nébuleuses.

Dans le centre du parc se trouvait une promenade en courbe où l'on pouvait marcher, ou éventuellement s'asseoir, mais uniquement sur l'herbe, les nombreux bancs en bois des parcs de la ville ayant tous été emportés pour l'effort de guerre ; quelquefois, je me figurais un gros général de la Wehrmacht dirigeant le siège de Leningrad tout en se chauffant les mains au-dessus d'un brasier alimenté par l'un d'entre eux. À l'est de cette promenade, et bordant la Potsdamer Strasse, se trouvait une zone plantée d'arbres et d'arbustes dont l'accès était interdit au public par plusieurs agents de police. Un homme gisait sous un énorme rhododendron, en fin de floraison, mais tout juste, vu que le cadavre était couvert de pétales rouges donnant l'impression de coups de couteau multiples. Il portait un blouson de couleur sombre, un pantalon de flanelle marron clair et des bottes marron aux talons fortement usés. Je ne pouvais pas voir son visage, un de mes nouveaux amis de la Gestapo masquant le soleil, comme à leur habitude, aussi je lui demandai de bouger et, alors qu'il s'écartait, je m'accroupis pour regarder de plus près.

C'était la photo mortuaire classique : la bouche grande ouverte comme dans l'attente des soins d'un dentiste – même si les dents étaient dans un état remarquable et certainement meilleur que celui des miennes –, les yeux écarquillés fixés droit devant, de sorte que, tout bien considéré, il avait l'air plus surpris de me voir que l'inverse. Il avait dans les vingt-cinq ans, une petite moustache et, sur la tempe gauche, sous la ligne de ses cheveux brun foncé, une contusion ayant la taille et la couleur d'une grosse améthyste et qui était fort probablement la cause du décès.

« Qui a découvert le corps ? demandai-je à Sachse. Et quand ?

— Un agent en patrouille. Du poste de la Potsdamer Platz. Vers six heures ce matin.

— Et comment se fait-il que vous ayez récupéré la commande ?

— L'inspecteur de service à la Kripo a appelé. Un certain Lehnhoff.

— Futé de sa part. D'habitude, Lehnhoff n'est pas aussi rapide à la détente. Et qu'est-ce que ce Fritz avait sur lui qui le désignait comme votre gibier ? Un passeport tchèque ?

— Non. Ceci. »

Sachse puisa dans sa poche et me tendit un petit Walther modèle 9, un automatique calibre .25 de la taille de la paume d'une main. Plus petit que le Baby Browning que je gardais chez moi pour les soirs où je n'attendais pas de visiteurs, mais assez précis.

« Nettement plus meurtrier qu'un trousseau de clés, ce n'est pas votre avis ? fit observer Sachse.

— Ça suffirait à vous ouvrir une porte, approuvai-je.

— Attention. Il est toujours chargé. »

J'opinai et lui rendis le pistolet.

« En conséquence, l'affaire relève de la Gestapo.

— Automatiquement. Je peux voir ça. Mais je ne vois toujours pas en quoi ça le relie aux Trois Rois.

— Un de nos officiers de la Section documents a étudié ses papiers et relevé des défauts. »

Wandel me passa une carte jaune avec la photographie du mort dans l'angle en haut à gauche. C'était son certificat de travail.

« Vous ne remarquez rien d'anormal ? »

Je haussai les épaules.

« Les agrafes dans la photo sont un peu rouillées. Autrement, ça m'a l'air d'aller. Nom : Victor Keil. Connais pas.

— Le cachet sur le coin de la photo est à peine visible, fit observer Wandel. Aucun fonctionnaire allemand ne permettrait ça. » Puis il me donna la carte d'identité du mort. « Et ceci ? Qu'est-ce que vous en tirez, Herr Kommissar ? »

Je frottai la carte entre mes doigts, ce qui provoqua chez Sachse un signe de tête approbateur.

« Vous faites bien de vérifier d'abord de cette manière. Les faux ont quelque chose de bizarre. Comme s'ils étaient en lin. Mais ce n'est pas ce qui classe celle-ci parmi les faux. »

Je l'ouvris et en scrutai attentivement le contenu. La photo sur la carte d'identité avait deux tampons en coin, l'un dans le bord supérieur droit et l'autre en haut à gauche, et tous les deux paraissaient relativement nets. De même que les deux empreintes digitales et le cachet de la police du quartier. Je secouai la tête.

« Je ne vois vraiment pas ce qui cloche. Ça me semble absolument parfait.

— La qualité est en effet excellente, admit Sachse. À l'exception d'une chose. Celui qui l'a fabriquée ne sait pas écrire correctement "index".

— Mon Dieu, oui, vous avez raison. »

Sachse eut à nouveau l'air content de lui.

« Toutes choses qui nous ont incités à pousser plus loin nos recherches, expliqua-t-il. Apparemment, le vrai Victor Keil a été tué lors d'un raid aérien à Hambourg l'année dernière. Et nous savons maintenant, ou du moins nous soupçonnons fortement, que cet homme n'est pas un Allemand, mais un terroriste tchèque du nom de Franz Koci. D'après nos sources à Prague, il s'agit d'un des derniers agents tchèques opérant ici à Berlin. Et il correspond indéniablement à la dernière description que nous avons de lui. Jusqu'en octobre 1938, il était lieutenant dans un régiment d'artillerie tchèque déployé dans les Sudètes. Après la capitulation du gouvernement Benes à Munich, il s'est évanoui dans la nature, comme beaucoup de ceux qui ont travaillé par la suite pour les Trois Rois. »

Je haussai les épaules.

« On dirait que vous savez tout de lui. Je ne vois vraiment pas en quoi vous avez besoin que j'examine ses ongles.

— Nous ne savons pas qui l'a tué, dit Wandel. Ni pourquoi. Ni même comment. »

J'acquiesçai.

« Pour le comment, il vous faudra un docteur. De préférence en médecine. » Je souris de ma petite plaisanterie en songeant à l'Américain, Dickson, et à son aversion pour les docteurs en fourberie du ministère de la Propagande. Ce n'était pas une plaisanterie à partager, surtout avec la Gestapo. « Quant au qui et au pourquoi, je pourrais peut-être regarder de plus près. » J'indiquai le corps. « Ça vous ennuie ?

— Faites comme bon vous semble », répondit Sachse.

Sortant mon mouchoir, je l'étalai avec soin à côté du corps.

« Pour poser les indices que j'aurai trouvés. Voyez-vous, j'ai l'intention de fouiller les poches du cadavre.

— Ne vous gênez pas. Mais tous les indices pertinents ont déjà été recueillis.

— Oh, je n'en doute pas. S'il y avait quoi que ce soit de valeur que les flics et l'inspecteur Lehnhoff aient laissé derrière eux, j'en serais agréablement surpris. »

Sachse eut un froncement de sourcils.

« Vous ne voulez pas insinuer…

— Les flics dans cette ville sont aussi escrocs que n'importe qui. Parfois, ils sont même aussi escrocs que les escrocs. Ces jours-ci, la plupart d'entre eux ne s'engagent que pour pouvoir escamoter la montre d'un homme sans se faire pincer. »

Je levai le bras gauche du mort en guise d'illustration. Il y avait une marque de bronzage à son poignet, sauf que la montre qui l'avait sans doute faite n'était plus là.

« Oui, je vois », dit Sachse.

Le corps était légèrement raide, ce qui signifiait que la rigidité cadavérique débutait ou qu'elle se dissipait. Elle met près de douze heures à s'installer, dure environ douze heures et met encore douze heures à s'en aller. Je tirai sur la joue du mort.

« Dans tous les cas, ça démarre par le visage, et le visage de ce type est mou au toucher, donc la rigidité cadavérique est probablement en train de disparaître. Tout ça est extrêmement sommaire, bien entendu, mais je dirais que votre bonhomme est mort depuis une journée au bas mot. Bien sûr, je peux me tromper, mais j'ai connu quantité de morts qui n'hésiteraient pas à me donner raison. »

Je déboutonnai le blouson puis ouvris la chemise pour inspecter le torse.

« Ce type a fait une mauvaise chute ou a reçu un choc violent. Il a une grosse ecchymose au côté gauche. » J'exerçai une forte pression sur le bleu et la partie inférieure du thorax. « On dirait qu'une des côtes s'est détachée de la cage thoracique. En d'autres termes, qu'elle est cassée. »

Sortant mon couteau de poche, je le dépliai avec précaution et, commençant à partir du revers, je fendis la jambe de pantalon du cadavre sur toute la longueur, mais seulement parce que je n'avais pas envie de défaire ses boutons de braguette. En règle générale, je préfère connaître un peu mieux un gus avant de faire ça. Sur la cuisse gauche, il y avait une autre ecchymose importante, assortie à la côte cassée et à la contusion sur la tête. Je m'efforçai de ne pas paraître nerveux, mais, en plus du mauvais pressentiment qui ne me quittait presque jamais, j'en ressentais maintenant un aussi au sujet du mort. La distance entre le Kleist Park et la Nollendorf Platz était d'environ un kilomètre, et même un type heurté par un taxi au coin de la Motz Strasse aurait pu se traîner jusqu'au parc en moins de trente minutes. Cela n'avait sans doute pas été l'unique accident de la circulation à Berlin cette nuit-là, mais c'était presque certainement le seul à ne pas avoir été signalé.

« Vous voulez savoir ce que je pense ?

— Naturellement.

— Ce zigue a été victime d'un accident de la circulation. Bien sûr, ça n'a rien d'exceptionnel, avec le black-out et la façon dont les gens conduisent dans cette ville. »

J'étais convaincu d'avoir sous les yeux l'homme qui avait attaqué Fräulein Tauber et qui avait eu un accrochage avec un taxi. Une centaine de pensées différentes se mirent à tourbillonner dans ma tête. La Gestapo était-elle déjà informée ? Est-ce de ça qu'il s'agissait ? Voir comment je réagirais quand on me présenterait le cadavre, tel Hagen dont la traîtrise est dévoilé alors qu'il se tient près de la dépouille de Siegfried ? Non. Comment pouvaient-ils être au courant ? Aucune des autres parties concernées – Fräulein Tauber, Frau Lippert, le chauffeur de taxi – ne savait seulement que j'étais flic, sans parler de mon nom. Pendant un instant, ma main se mit à trembler. Je repliai le couteau avant de le remettre dans la poche de mon manteau.

« Quelque chose ne va pas, Gunther ?

— Non, j'aime bien travailler avec les morts. La nuit, en général, quand je n'envisage pas de me trancher la gorge, on peut me trouver au cimetière local en compagnie de mon bon ami, le comte Orlok[1]. »

Me mordant la lèvre, je m'armai de courage pour passer en revue les poches du mort.

« On a déjà regardé, dit Sachse. Il ne reste plus rien d'intéressant à l'intérieur. »

D'une des poches du cadavre, je sortis un paquet de Haribo et le montrai aux deux officiers de la Gestapo.

« Je ne vois pas ce que ça nous apprend, objecta Wandel.

— Ça nous apprend que ce type aimait les sucreries », répondis-je.

Même si ça m'en apprenait bien davantage. À savoir qu'il ne faisait plus aucun doute qu'il s'agissait de l'homme qui avait attaqué Fräulein Tauber. N'avait-elle pas mentionné l'odeur de Haribo dans son haleine ?

---

1. Alter ego de Dracula dans le film de Murnau *Nosferatu* (1922).

« À part les faux documents, dit Sachse, et le pistolet, bien sûr, tout ce que nous avons trouvé, c'est une pince à billets, une clé de porte et un agenda de poche.

— Puis-je les voir ? »

Je me relevai. En argent, la pince à billets retenait cinquante Reichsmarks en billets de vingt et de un, mais elle avait du jeu, ce qui laissait penser qu'elle avait contenu plus d'argent qu'il n'y en avait à présent ; et il n'était que trop facile de supposer que les policiers ayant volé la montre de Franz Koci l'avaient également soulagé d'au moins la moitié de ses espèces. La simple routine. La clé était montée sur une chaîne en acier qui avait dû être attachée à sa ceinture : une clé pour une vieille serrure à mortaise fabriquée par la société Ferdinand Garbe de Berlin. L'agenda était l'objet le plus intéressant. Un agenda de poche militaire pour l'année 1941 que l'on donnait aux officiers allemands : il y avait un petit portefeuille devant et, au dos, un guide utile pour reconnaître les insignes et les grades de l'armée allemande. Dans ma jeunesse, j'avais eu un agenda avec un guide similaire pour identifier les empreintes d'animaux – d'une aide inestimable dans une grande ville comme Berlin. Je tournai les pages jusqu'à la semaine en cours et notai la seule entrée pour ces dernières quarante-huit heures : « N.P. 21 h 15 ». Il était 21 h 30 lorsque j'avais interrompu l'agression de Franz Koci contre Fräulein Tauber, ce qui leur laissait suffisamment de temps pour se retrouver sur la Nolli à 21 h 15.

Mais pourquoi un terroriste tchèque désireux de ne pas attirer l'attention de la police aurait-il pris le risque de commettre une agression sexuelle sur quelqu'un à une station de S-Bahn ? Quelqu'un à qui il avait fixé rendez-vous ? À moins que la personne qu'il avait prévu de rencontrer ne soit pas venue et que, par frustration, il ait agressé la fille. Mais ça n'avait pas de sens non plus.

Je rendis l'agenda à Sachse.

« Ces agendas sont encore plus utiles aux espions qu'à nos hommes, vous ne croyez pas ? Ils indiquent à l'ennemi qui il serait intéressant de tuer et qui n'en vaut pas la peine.

— Il a dû le piquer, j'imagine, dit Wandel de façon superflue. D'après nos services de renseignements, certains de ces Tchèques sont de sacrément bons pickpockets. »

J'opinai. Ça me paraissait de bonne guerre, étant donné que nous leur avions piqué leur pays.

Ayant à réfléchir sérieusement, je décidai de le faire au Golden Horseshoe. Ce qui allait probablement à l'encontre des règles établies. Jamais personne ayant pour deux sous de cervelle ne serait allé au Golden Horseshoe, aussi je me dis qu'un homme avec mon passé en dents de scie méritait bien un rabais.

C'était une grande salle ronde avec de petites tables rondes disposées autour d'une grande piste de danse ronde. Laquelle était très largement occupée par un cheval mécanique sur lequel les hôtesses de la boîte et la clientèle féminine étaient invitées à faire un tour en musique et, par la même occasion, à exhiber le haut d'un bas ou quelque chose de plus intime. Si vous aviez bu beaucoup de bière, c'était peut-être très amusant, mais en pleine période de sécheresse, ça ne valait pas une petite partie de 121.

Une des hôtesses devait être la dernière Noire de Berlin. Elle s'appelait Ella. Assise à une table, elle faisait une réussite avec un paquet de cartes où figuraient les portraits photographiques de nos chers dirigeants nazis. Je m'approchai et l'observai un moment. Elle me dit que ça favorisait sa chance, si bien que je lui payai un verre de limonade et lui indiquai les bonnes cartes. Lorsque je lui donnai une de mes précieuses cigarettes américaines, elle devint tout sourire et proposa de monter le cheval à mon intention.

« Pour cinquante pfennigs, vous pouvez voir mes cuisses. Pour soixante-quinze, vous pouvez voir la chatte et tout ce qu'elle a dans la bouche. Je ne porte pas de sous-vêtements.

— En fait, j'espérais plutôt voir Fräulein Tauber.

— Elle ne travaille plus ici. Depuis un bail.

— Où travaille-t-elle à présent ? »

Elle tira avec nonchalance une bouffée de sa cigarette et resta muette.

Je poussai un bifton à travers la table. Il ne comportait pas d'images comme celles qui se trouvaient au dos des cartes, mais ça ne sembla pas la gêner outre mesure. Je la laissai le prendre avant de planter un doigt sur le petit aigle noir dans le coin.

« Elle est au Neue Welt ?

— Ce dépotoir ? Ça m'étonnerait. Elle vous a dit qu'elle bossait là ? » Elle éclata de rire. « Ça signifie qu'elle n'a pas envie de vous revoir, chéri. Alors pourquoi ne pas l'oublier et me regarder chevaucher ce poney ? »

La Noire tapait du morse sur l'autre bout du billet. Je le lâchai et le regardai disparaître dans un soutien-gorge de la taille d'un ballon de barrage.

« Eh bien, où est-ce qu'elle travaille ?

— Arianne ? Elle tient le vestiaire du Jockey Bar. Ça fait déjà un moment. Pour une fille comme Arianne, il y a plein de fric à gagner au Jockey.

— Dans le vestiaire ?

— On peut faire beaucoup plus dans un vestiaire qu'accrocher des manteaux, mon chou.

— Oui, je suppose.

— On a un vestiaire ici, Fritz. Agréable et sombre à l'intérieur. Vrai, pour cinq marks, je pourrais prendre soin de tous vos objets de valeur. Dans ma bouche, si ça vous tente.

— Vous perdriez votre temps, Ella. Si on m'a laissé revenir du front, c'est uniquement parce que je n'ai aucun objet de valeur. Plus maintenant.

— Désolée. Quel gâchis. Un beau gars comme vous. »

Ses traits s'affaissèrent légèrement et, pendant un instant, voyant sa compassion, je m'en voulus de lui avoir menti ainsi. Elle avait quelque chose d'attentionné.

Je changeai de sujet.

« Le Jockey. Bien sûr que je connais. C'est cette boîte près de la Wittenbergplatz, dans la Luther Strasse. Avant, c'était un cabaret russe appelé Yar. »

La Noire acquiesça.

« Je ne l'ai jamais vu que de l'extérieur. Comment est-ce ?

— Chérot. Bourré de Yankees et de grosses légumes du ministère des Affaires étrangères. Ils continuent à y jouer du jazz américain. Le vrai truc. J'irais bien moi aussi, sans un inconvénient plutôt évident. »

Je fronçai les sourcils.

« Les nazis n'aiment personne excepté les Allemands. Vous devriez commencer à le savoir, beauté. »

Elle sourit.

« Oh, je ne parlais pas d'eux. Là-bas, c'est les Amerloques qui n'aiment pas les gens de couleur. »

De l'extérieur, le Jockey Bar rappelait assurément le vieux Berlin d'avant-guerre, avec sa morale facile et ses charmes vulgaires. Impression que je n'étais pas le seul à éprouver. Un petit groupe de mordus de jazz se tenait sur le trottoir, dans l'obscurité, savourant la musique, mais peu disposé à payer le prix dispendieux pour pénétrer à l'intérieur. Afin d'économiser moi aussi le droit d'entrée, je fis miroiter ma capsule de bière dans mon imperméable – un petit ovale en laiton indiquant que j'étais de la police. Contrairement à la plupart des flics de Berlin, ça ne me plaît pas plus que ça de me faire des éconocroques sur le dos d'une entreprise honnête, mais c'était loin d'être le cas du Jockey Bar. Cinq marks rien que pour descendre était un tout petit mieux que du vol. Néanmoins, il y avait déjà quantité de gens en bas, qui ne semblaient que trop heureux de se faire voler. Du genre sélect pour la plupart, dont quelques-uns portant des tenues de soirée et des insignes du parti. On dit que le crime ne paie pas. Pas autant qu'un poste au ministère de la Propagande ou aux Affaires étrangères. Il y avait également un tas d'Américains, comme l'avait affirmé Ella. On les reconnaissait à leurs cravates criardes et à leurs voix qui l'étaient encore plus. Le Jockey Bar devait être le seul endroit de Berlin où l'on pouvait parler anglais sans qu'un crétin en uniforme vienne vous rappeler que Roosevelt était un gangster, un fou négroïde, un va-t-en-guerre en fauteuil roulant et une canaille de Juif dépravée ; et les Allemands qui le détestaient vraiment avaient des choses encore plus désagréables à dire.

Au bas de l'escalier se trouvait un vestiaire où une fille se limait les ongles, ou lisait un magazine, et parfois elle arrivait à faire les deux en même temps. On pouvait voir qu'elle était intelligente. Elle avait des cheveux brun foncé, et même en abondance, sauf qu'ils étaient attachés comme un rideau de velours derrière sa tête. Mince, en robe noire, elle était belle, d'une manière assez voyante, qui est la manière dont, manquant totalement de subtilité, j'aime habituellement les femmes ; mais ce n'était pas Arianne Tauber.

J'attendis que la fille ait fini ses ongles ou la légende de la photo pour me remarquer, ce qui sembla prendre plus longtemps que nécessaire avec les lumières allumées.

« C'est bien un vestiaire ? »

Elle leva la tête, me regarda de haut en bas puis, d'une main bien manucurée, attira mon attention sur les manteaux – dont quelques-uns en fourrure – qui pendaient à la tringle derrière elle.

« Et ça, on dirait quoi ? Des glaçons ?

— D'ici, on dirait que je me suis trompé de carrière. Vous également, si je ne m'abuse. J'avais cette drôle d'idée que vous étiez censée être la première rangée d'accueil dans ce trou d'obus haut de gamme. »

Enlevant mon manteau, je le posai sur le comptoir. Elle le fixa un instant d'un regard haineux avant de l'emporter comme si elle projetait de le tuer et de me tendre un ticket.

« Arianne est-elle ici ce soir ?

— Arianne ?

— Arianne Tauber. Tauber comme dans Richard Tauber[1], sauf que je n'aimerais pas qu'il s'assoie sur mes genoux.

— Elle n'est pas là en ce moment.

— Pas là comme dans pas travailler ou pas là comme dans elle s'est juste absentée quelques minutes.

— Qui désire le savoir ?

— Dites-lui juste que Parsifal est là. C'est-à-dire Parsifal comme dans le Saint-Graal. À ce propos, je serai au bar si elle se manifeste.

— Vous et tout le monde, je suppose. Il y a le bar et le bar, vous comprenez ? Et si vous vous rasez, vous pouvez toujours essayer le bar. C'est-à-dire bar comme dans Jockey Bar.

— Vous écoutiez, en définitive. »

J'entrai dans le bar. La salle aurait eu bien besoin d'un coup de peinture et d'une nouvelle moquette,

---

1. Ténor autrichien (1891-1948), célébré comme l'un des plus grands chanteurs du XXᵉ siècle.

mais pas autant que j'avais besoin d'un verre et d'une paire de bouchons d'oreilles. J'aime bien la musique quand je bois. Et même le jazz de temps à autre, pourvu que les types se rappellent où ils ont laissé la mélodie. Le groupe au Jockey Bar était un trio, et alors qu'ils connaissaient toutes les notes d'*Avalon*, celles-ci ne reflétaient aucun ordre particulier. Je m'assis à la table et pris la carte des vins. Les prix me firent le même effet que du gaz moutarde dans les globes oculaires. Et quand je parvins à me soulever du sol, je commandai une bière. La serveuse revint presque aussitôt avec un plateau sur lequel était posé un grand verre rempli d'or, qui était ce qu'il y avait de plus proche du Saint-Graal que j'aie vu depuis la dernière fois que j'avais acheté un timbre de quarante-cinq pfennigs. J'y goûtai et me retrouvai à sourire comme un idiot. Ça avait exactement le goût de la bière.

« Je dois être mort.

— On peut arranger ça, fit une voix.

— Ah ?

— Regardez autour de vous, Parsifal. Cette boîte minable est bondée de nazis importants. N'importe lequel de ces singes pourrait décrocher le téléphone pour vous retenir une place dans l'express partisans de demain. »

Je me levai et tirai une chaise à son intention.

« Je suis impressionné. Que vous connaissiez les express partisans. »

C'est ainsi que les soldats allemands appelaient les convois de troupes allant de Berlin au front de l'Est.

« J'ai un frère dans l'armée, expliqua-t-elle.

— Ce n'est pas précisément un club fermé. Plus maintenant.

— Cet endroit non plus. Raison pour laquelle on vous a laissé entrer, je suppose. » Arianne Tauber sourit et s'installa. « Mais vous pouvez m'offrir un verre, si vous voulez.

— À ce prix ? Ce serait moins cher de vous offrir une Mercedes Benz.

— Pour quoi faire ? On ne peut pas trouver d'essence. Un verre sera donc très bien. »

Je fis signe à la serveuse et laissai Arianne commander une bière pour elle.

« Vous avez encore de ces cigarettes amerloques ?

— Non », mentis-je.

Lui offrir une bière était déjà suffisamment prohibitif sans faire fi de toute prudence en lui filant une clope par-dessus le marché.

Elle eut un haussement d'épaules.

« Ça ne fait rien. J'ai des Lucky. »

Arianne fouilla dans son sac, ce qui me donna le temps de l'examiner à nouveau. Elle était vêtue d'une robe bleu marine à manches courtes. Autour de la taille, elle avait une ceinture mauve en cuir avec des losanges brillants, noirs ou peut-être bleus, disposés comme des pierres précieuses sur une couronne. Et à l'épaule, une jolie broche en bronze représentant la déesse Kali. Son sac rond, en cuir mauve, était attaché à une longue lanière, un peu à la manière d'un porteur d'eau. Elle en sortit un étui à cigarettes en argent, incrusté de trois morceaux de turquoise de la grosseur d'un œuf de grive. Sur le côté se trouvait un petit compartiment destiné à un briquet, mais qui contenait une liasse de billets, et pendant un instant, je l'imaginai allumant une cigarette avec un billet de cinq marks. Comme moyen de jeter l'argent par les fenêtres, c'était à peine moins extravagant que de payer un verre à une fille au Jockey Bar.

Lorsqu'elle ouvrit le petit étui à cigarettes, j'en pris une, la roulai un moment dans mes doigts, puis la passai sous mes narines pour me rappeler qu'il valait mieux avoir l'Amérique comme amie que comme ennemie, avant de la glisser entre mes lèvres et de me pencher vers l'allumette provenant de la boîte qu'elle tenait dans sa main parfumée.

« *Shalimar* de Guerlain », fis-je. Je tirai gaiement une bouffée de ma cigarette avant d'ajouter : « Vous en portiez la dernière fois que je vous ai vue.

— Un cadeau d'un admirateur. Il semble que chaque Fritz revenant en permission de Paris ramène du parfum pour femme. C'est la seule chose qui ne manque pas à Berlin. Avec la quantité de parfums que j'ai reçus depuis le début de la guerre, je pourrais ouvrir une boutique, je le jure. Ah, les hommes ! Pourquoi ne rapportent-ils pas quelque chose de plus utile, comme des lacets ou du papier toilette ? » Elle secoua la tête. « De l'huile de cuisson. Vous avez essayé d'acheter de l'huile de cuisson ? Bon, oubliez ça.

— Ils se disent peut-être que vous sentirez meilleur avec du parfum. »

Elle sourit.

« Vous devez penser que je suis vraiment une ingrate.

— La prochaine fois que j'irai à Paris, je vous achèterai des trombones, pour vous mettre à l'épreuve.

— Non, ça ira. L'autre soir, je n'ai pas eu la possibilité de vous remercier, Parsifal.

— N'en parlons plus. Vous n'étiez pas en état de m'inviter à un cocktail. » Lui prenant le menton, je tournai son profil vers moi. « Cet œil m'a l'air très bien. Peut-être un peu bleuté sur les bords. Cela dit, les yeux bleus me font toujours craquer. »

Pendant un moment, elle eut l'air presque gênée, puis elle se reprit.

« Je ne veux pas que vous soyez gentil avec moi.

— C'est bon. Je n'ai pas apporté de parfum.

— Pas avant que je vous aie fait mes excuses. Pour ne pas avoir été honnête.

— C'est une habitude nationale. »

Elle but une gorgée de sa bière et échangea un baiser avec sa cigarette. Sa main tremblait légèrement.

« Vous n'avez pas à vous excuser. Vraiment.

— Malgré tout, j'aimerais vous expliquer quelque chose. »

Je haussai les épaules.

« Si vous y tenez. Prenez votre temps. Personne ne m'attend chez moi. »

Elle hocha la tête et troqua son sourire contre un autre. Celui-ci un peu plus penaud.

« Avant tout, je tiens à ce que vous sachiez que je ne suis pas une vulgaire fille de joie. Parfois, quand je suis ici, je laisse un homme m'offrir un verre ou me faire un cadeau. Comme ces cigarettes. Mais ça ne va pas plus loin, sauf… ma foi, nous sommes tous des êtres humains, pas vrai ?

— Je l'ai longtemps cru.

— C'est la vérité, Parsifal. Quoi qu'il en soit, tenir le vestiaire dans un endroit comme celui-ci est un excellent boulot. Les Amerloques – et même quelques Allemands – donnent de bons pourboires. Il n'y a pas grand-chose dans quoi les dépenser, mais je suppose qu'il faut continuer à mettre de l'argent de côté en prévision des mauvais jours. Et j'ai l'horrible pressentiment qu'il y en a encore plein à venir. Pires que maintenant, je veux dire. C'est ce que prétend mon frère. D'après lui… »

Quoi qu'ait pu raconter son frère, elle sembla se raviser. Beaucoup de Berlinois avaient des distractions de ce genre. Ils se mettaient à parler, puis se rappelaient une petite chose appelée la Gestapo et s'arrêtaient au beau milieu d'une phrase, regardaient un instant au loin puis enchaînaient comme elle le fit juste après :

« Laissez tomber. Ce que je viens de dire. Ça n'a pas d'importance.

— Bien sûr.

— L'important, c'est que vous sachiez que je ne me vends pas, Parsifal.

— Je comprends », dis-je, sans guère me préoccuper qu'elle se vende ou non.

Cependant, j'étais curieux de l'entendre jusqu'au bout, même si je continuais à me demander pourquoi elle se sentait obligée de me fournir des explications.

« Je l'espère. » Elle ôta un brin de tabac de sa langue, et ses doigts ressortirent avec du rouge à lèvres dessus. « Très bien. Alors voici ce qui s'est passé ce soir-là. Tout le saint-frusquin, parce que

111

j'ai besoin de le raconter à quelqu'un, j'imagine, et que j'ai l'impression que ça pourrait vous intéresser. Dans le cas contraire, n'hésitez pas à le dire et je la boucle. Mais vous étiez suffisamment intéressé pour me chercher jusqu'ici, n'est-ce pas ? »

J'acquiesçai.

« De fait, c'est ici que l'histoire a commencé. Pendant ma pause. Magda – la fille que vous avez rencontrée – était derrière le bureau et moi au bar. Pendant les pauses, on est censées venir boire un verre avec les clients. Comme nous le faisons en ce moment, vous et moi. »

Elle essaya un nouveau sourire. Plus ironique celui-là.

« Une pause. Franchement, on ne le dirait pas. Dans cette boîte, les Fritz sont prodigues de leurs verres et de leurs cigarettes, et en général je suis contente de retourner au vestiaire pour me reposer et me remettre les idées en place. » Elle haussa les épaules. « Je n'ai jamais été une grande buveuse, mais ce genre d'excuse ne marche pas ici.

— Je peux imaginer. »

Je jetai un regard alentour et m'efforçai de ne pas faire la grimace. Une boîte de nuit en temps de guerre a quelque chose d'obscène. Tous ces gens prenant du bon temps pendant que nos gars se battaient au loin contre les Popov ou effectuaient des sorties au-dessus de l'Angleterre. En un sens, ça ne semblait pas très normal d'avoir une photographie de la vedette du cinéma anglais Leslie Howard sur le mur du Jockey Bar. Pendant un temps, après le déclenchement de la guerre, les nazis avaient été suffisamment chatouilleux pour interdire tous les bals publics. À la suite de nos premières victoires, cette interdiction avait été levée, et maintenant les choses se passaient si magnifiquement pour l'armée allemande qu'on trouvait très bien qu'hommes et femmes s'en donnent à cœur joie sur une piste de danse. Mais je n'en avais rien à fiche. Et ça me plaisait d'autant moins quand je songeais aux sœurs Fridmann dans l'appartement en dessous du mien.

« Parfois, quand je rentre chez moi, c'est à peine si j'arrive à marcher tellement je suis remplie de ce truc.

— Je vois qu'il va me falloir revenir ici. C'est probablement le seul bar de Berlin où la bière a encore goût de bière.

— Mais elle a un prix. Et quel prix ! Quoi qu'il en soit, je m'apprêtais à vous parler de ce type appelé Gustav et comment je me suis retrouvée à traîner sur la Nollendorf Platz dans le noir l'autre jour.

— Vraiment ?

— Allons, Parsifal, soyez attentif. Un soir, alors que je me trouvais ici, j'ai commencé à parler à un Fritz. Il m'a dit s'appeler Gustav, mais j'ai des doutes. Il m'a dit également être un fonctionnaire de la Wilhelmstrasse[1]. Et il en avait l'air, je suppose. Style mielleux. Accent un peu con. Oiseau d'or à son revers. Mouchoir et guêtres en soie. Ah oui, et il avait un petit porte-cigarettes en or qu'il sortait d'un étui en velours à chaque fois qu'il avait envie d'une clope. Rien que de le regarder avait quelque chose de fascinant, dans le genre irritant. Je lui ai demandé s'il

---

1. Équivalent du Quai d'Orsay.

faisait aussi ça le matin – je veux dire, s'il se servait de ce petit porte-cigarettes en or – et il a répondu que oui. Vous imaginez ?

— Je vais faire un effort. » Je secouai la tête. « Non, je n'y arrive pas. On croirait un poisson dans une vitrine.

— Beau gosse, néanmoins. » Arianne sourit. « Et riche. Il avait une montre bracelet et une autre de poche, toutes les deux en or, de même que les boutons de ses manchettes et de son col ainsi que son épingle de cravate.

— Très observateur de votre part. »

Elle eut un haussement d'épaules.

« Que voulez-vous que je vous dise ? J'aime les hommes qui portent de l'or. Ça me stimule. Comme un chiffon rouge avec un taureau. Sauf que ce n'est pas le mouvement. Juste la couleur. Et la valeur, évidemment. Les hommes qui mettent des accessoires en or sont tout simplement plus généreux, je présume.

— Et il l'était ?

— Gustav ? Bien sûr. Il m'a donné un pourboire rien que pour allumer sa cigarette. Et un autre pour m'asseoir à côté de lui. À la fin de la soirée, il m'a demandé de le retrouver le lendemain soir au Romanisches Café. »

J'acquiesçai.

« Pas loin de la Wittenbergplatz.

— Oui. À 8 heures. Il était en retard, au point que j'ai cru qu'il ne viendrait pas. Il a fini par débarquer à 8 h 25. En sueur et visiblement nerveux. Pas du tout le type lisse comme de la soie que j'avais vu quand on était ici la veille. On a parlé un moment, mais il n'écoutait pas. Et lorsque je lui ai demandé pourquoi il avait l'air aussi retourné, il en est venu au fait. Il m'avait fixé rendez-vous au café parce qu'il avait un travail pour moi. Un travail facile, prétendait-il, mais qui allait me rapporter cent marks. Cent. J'ai alors secoué la tête et je lui ai dit que je ne faisais pas encore le tapin ; mais non, a-t-il répondu, ce n'était rien de ce genre, et pour qui est-ce que je le prenais ? Tout ce que j'avais à faire, c'était d'attendre sous la station de Nolli à neuf heures et quart et de remettre une enveloppe à un homme qui fredonnerait une chanson.

— Sympa. Quelle chanson ?

— « *Sag' mir nicht adieu, sag' nur : auf wiedersehn*[1]. »

— Zarah Leander. J'aime bien celle-là.

— Il me l'a même fredonnée pour s'assurer que je la connaissais. Je devais demander du feu à ce type puis son nom et, s'il répondait Paul, il me suffisait de lui donner l'enveloppe et de m'en aller. Je me rendais bien compte que tout ça avait quelque chose de bizarre, alors je l'ai interrogé sur ce que contenait l'enveloppe, et il a dit qu'il valait mieux que je n'en sache rien, ce qui ne m'a pas vraiment rassurée. Mais ensuite, il a posé cinq portraits d'Albrecht Dürer sur la table et m'a certifié que ce serait les cent marks les plus faciles que j'aie jamais gagnés. Surtout dans le black-out. Si bien que j'ai accepté. Cent marks, c'est cent marks.

— Mmm-hmm.

---

1. « Ne me dis pas adieu, dis-moi seulement au revoir. »

— J'ai donc pris la S-Bahn jusqu'à Nolli et j'ai attendu sous la station comme Gustav m'avait dit de le faire. J'étais en avance. Et j'avais la frousse, mais c'était bon de sentir les cinq Albrecht à l'intérieur du haut de mon bas. J'avais du temps pour réfléchir. Trop de temps peut-être, parce que ça m'a mis l'eau à la bouche. C'est une mauvaise habitude chez moi.

— Chez vous et chez le caporal autrichien.

— Je n'arrêtais pas de me dire que, si j'avais reçu cent marks de Gustav pour me pointer avec une enveloppe, je pourrais sans doute en obtenir au moins dix ou vingt de Paul pour la lui remettre. Et quand il a fini par rappliquer, c'est ce que je lui ai suggéré. Mais ça ne lui a pas plu, et il a commencé à me rudoyer. Il a fouillé les poches de mon manteau à la recherche de l'enveloppe. Ainsi que mon sac. Il a même fouillé mes sous-vêtements. Pris mes cent marks. Et c'est alors que vous avez surgi, Parsifal. Vous voyez, il n'essayait pas de me violer. Seulement de trouver sa maudite enveloppe.

— Où était-elle ? Cette enveloppe ?

— Je ne l'avais pas sur moi quand j'ai essayé de le faire cracher. Ç'aurait été de la folie. Je l'avais déjà cachée dans les buissons près de la station de taxis.

— Malin.

— C'est ce que je croyais moi aussi. Jusqu'à ce qu'il me frappe.

— Où est-elle à présent ?

— L'enveloppe ? Lorsque j'ai voulu la récupérer le lendemain, elle avait disparu.

— Mmm. »

Elle haussa les épaules.

« À présent, je ne sais vraiment pas quoi faire. J'ai peur d'aller voir les flics pour leur dire. Je suis inquiète à propos de ce qu'il y avait dans l'enveloppe. Inquiète d'avoir atterri au milieu d'un truc dangereux. » Elle ferma les yeux. « Ça semblait tellement facile quand on était au Romanisches Café. La remettre à quelqu'un dans le black-out et déguerpir ensuite. Si seulement je l'avais fait.

— Ce Gustav. Vous l'avez revu ici depuis lors ?

— Non.

— Est-ce que quelqu'un d'autre le connaît ?

— Non. Magda croit qu'il s'appelait Josef, et c'est tout ce dont elle se souvient. Est-ce que je suis dans le pétrin, Parsifal ?

— Ça se pourrait. Si vous alliez avertir la police, oui, je pense.

— Alors je ne dois pas leur dire, d'après vous.

— Avec une histoire comme la vôtre, Arianne, la police – la vraie – est le cadet de vos soucis. Mais il y a la Gestapo à prendre en compte. »

Elle poussa un soupir.

« C'est bien ce que je me disais.

— Avez-vous raconté cette histoire à quelqu'un d'autre ?

— Grands dieux, non.

— Alors n'en faites rien. Ça n'est jamais arrivé, tout simplement. Vous n'avez jamais rencontré quiconque appelé Gustav ou Josef dans cet endroit. Et personne ne vous a demandé de faire le coupe-circuit à la S-Bahn de la Nollendorf Platz.

— Le coupe-circuit ?

— C'est l'expression qu'on utilise quand on veut donner quelque chose à quelqu'un sans pour autant le rencontrer. Ce qui est très bien également, parce qu'il n'y a jamais eu de quelque chose. Aucune enveloppe. Vous n'avez même pas cent marks à montrer, exact ? »

Elle hocha la tête.

Je bus une gorgée de bière en me demandant comment elle pouvait avoir aussi bon goût, tout comme la cigarette, et quelle était la part de vérité dans ce que m'avait dit Arianne Tauber. Il était fort possible que Franz Koci ait retiré les cent marks de ses sous-vêtements, même s'il n'en avait que la moitié sur lui quand les flics l'avaient découvert dans le Kleist Park. Lesquels auraient pu très facilement empocher la moitié de son fric. Et il était fort possible qu'un type du ministère des Affaires étrangères ayant une enveloppe destinée à un agent des Trois Rois ait eu les foies et délégué le boulot à une fille du Jockey Bar prête à en croquer. On avait déjà vu des choses plus étranges.

« Malgré tout, j'ai une question à vous poser, mon ange. Pourquoi me racontez-vous tout ça ?

— Au cas où vous ne le sauriez pas, Parsifal n'est pas exactement un nom courant par ici. » Elle se mordit l'ongle du pouce. « Écoutez, en dépit de ce que je vous ai dit à propos de tout le parfum que je reçois, je ne suis pas la fille la plus populaire de la ville. Il y a un tas de gens qui ne m'aiment pas beaucoup.

— On dirait que nous avons pas mal de choses en commun, mon ange. »

Elle ne releva pas. Elle était trop occupée à parler d'elle-même. Ce qui n'était pas plus mal. Elle me semblait un sujet beaucoup plus intéressant que moi.

« Oh, bien sûr, je suis agréable à regarder. Je le sais. Et il y a beaucoup d'hommes qui auraient envie que je leur donne ce que les hommes ont généralement envie que les femmes leur donnent, mais, au-delà d'une cigarette, d'un verre et d'un pourboire, et éventuellement d'un cadeau ou deux, je ne veux rien de personne. Il faut que vous le sachiez. Peut-être l'avez-vous déjà compris. Vous paraissez suffisamment intelligent pour ça. Mais ce que j'essaie de dire, c'est que je n'ai pas beaucoup d'amis, et certainement aucun qui possède ce qu'on appelle la sagesse et la maturité. Otto – Otto Schulze –, le type qui dirige cette boîte, je ne pourrais pas lui dire. Je ne peux rien lui dire. Il le répéterait à coup sûr à la Gestapo. Otto tient à être en bons termes avec la Gestapo. Je suis presque certaine qu'il leur graisse la patte en leur refilant des informations. Magda aussi, je pense. Et vous avez rencontré Frau Lippert. Il n'y a donc personne d'autre, vous voyez. Ma mère est âgée et vit à Dresde. Mon frère est en service actif. Sans compter qu'il ne saurait pas quoi dire ni quoi faire. C'est mon frère cadet et c'est à moi qu'il demande conseil. Mais vous, Parsifal, vous me paraissez appartenir à la catégorie qui sait toujours quoi dire ou quoi faire. Par conséquent, si ça vous intéresse, il y a un poste à temps partiel pour devenir mon conseiller spécial.

Ça ne paie pas beaucoup, mais vous pouvez peut-être penser à moi comme à quelqu'un qui a une dette envers vous.

— Brusquement, voilà que je sens chacune de mes quarante-trois années.

— Ce n'est pas si vieux. De nos jours. Regardez autour de vous, Parsifal. Où sont les jeunes hommes ? Il n'y en a pas. Pas à Berlin. Je ne me rappelle pas la dernière fois où j'ai parlé à quelqu'un de moins de trente ans. Toute personne de mon âge est soit sous les drapeaux, soit en camp de concentration. Les jeunes ne gâchent plus leur jeunesse parce qu'elle est gâchée par la guerre. » Elle fit la grimace. « Oubliez que j'ai dit ça. Je n'aurais pas dû. Ils se battent pour leur pays, non ?

— Ils se battent pour le pays de quelqu'un d'autre, répondis-je. C'est ça, le problème. »

Arianne prit un air narquois, comme si elle m'avait battu à un jeu de cartes.

« Ce n'est pas bon pour la santé de mettre sa tête sous un couperet, Parsifal. Vous pourriez avoir des ennuis.

— Quelques petits ennuis ne me dérangent pas, du moment qu'ils vous ressemblent, mon ange.

— C'est ce que vous dites maintenant. Mais vous ne m'avez pas vue jeter la vaisselle.

— Versatile, hein ?

— Comme si mon point d'ébullition était sur la lune.

— Intelligente, par-dessus le marché. Je ne suis pas sûr d'avoir les compétences nécessaires pour être votre conseiller spécial, Fräulein Tauber. Je ne saurais pas faire la différence entre le point d'ébullition sur la lune et ma pointure de soulier. »

Elle baissa les yeux vers mes pieds.

« Je parie que vous chaussez du 46, c'est ça ?

— Mmm.

— Alors, pour de nombreux liquides ayant une pression de vapeur élevée, le point d'ébullition et votre pointure de soulier sont probablement les mêmes.

— Si c'est vrai, je suis impressionné.

— Avant la guerre, j'étais étudiante en chimie.

— Pourquoi avoir arrêté ?

— Manque d'argent. Manque de perspectives. Les nazis aiment les femmes instruites à peu près autant qu'ils aiment les Juifs instruits. Ils préfèrent nous savoir à la maison à astiquer le foyer et à remuer la soupe.

— Pas moi. »

Elle tira mon poignet vers elle et consulta l'heure à ma montre.

« Je dois retourner au vestiaire dans une minute.

— Je pourrais attendre, mais je risque d'avoir besoin de téléphoner à la Reichsbank pour solliciter un prêt.

— Ça en vaudrait peut-être la peine, Parsifal. Je finis à deux heures. Vous pourriez me raccompagner chez moi à pied, si vous voulez. Ou mieux encore, me reconduire en voiture, si vous en avez une.

— J'ai une voiture. Mais pas d'essence. Et je vous raccompagnerais volontiers à pied. Mais je doute que cela plaise à Frau Lippert, n'est-ce pas ?

— J'ai dit que vous pouviez me raccompagner chez moi, pas que vous pouviez monter l'escalier. Mais quand bien même, ce ne sont pas ses oignons. L'autre soir, il a fallu qu'elle mette son grain de sel. Si je n'avais pas pris ce coup dans la figure, je lui aurais sans doute dit de la fermer et de s'occuper de ce qui la regarde. Il n'y a rien dans notre accord qui m'interdise d'avoir des amis dans ma chambre pour une gentille petite conversation. J'ai un peu de mal à vous entendre dans un endroit comme celui-ci. Vous devriez parler plus fort. Je suis légèrement sourde.

— Et vous me dites ça maintenant.

— C'est parce que l'année dernière, je passais près de la Kottbusser Strasse quand un Tommy de service a éclaté. »

Un Tommy de service, c'est ainsi que les Berlinois appelaient une bombe non explosée.

« Ça m'a projetée en l'air. Heureusement, j'ai atterri dans des buissons qui ont amorti ma chute. Mais, pendant quelques glorieux instants, j'ai bien cru que j'étais morte.

— Pourquoi glorieux ?

— Vous n'avez jamais souhaité être mort ? Moi, si. Parfois, la vie est trop compliquée. Vous ne trouvez pas ? »

J'acquiesçai.

« Oui, je l'ai souhaité moi aussi. Et même tout récemment. Je vais me coucher en voulant me tirer une balle dans la tête et je me réveille en me demandant pourquoi je ne l'ai pas fait. C'est la raison pour laquelle je suis ici, je présume. Vous représentez une alternative très divertissante à l'idée de suicide.

— J'en suis ravie, Parsifal. Dites, je ne connais même pas votre nom. Si je dois vous laisser me raccompagner, il faudrait que j'en sache un peu plus sur vous, vous ne croyez pas ?

— Je m'appelle Bernhard Gunther. »

Elle hocha la tête et ferma les yeux, comme si elle essayait de visualiser mon nom dans son esprit.

« Bernhard Gunther. Mmm. Oui.

— Qu'est-ce que ça veut dire ?

— Chuuut. Je m'efforce d'entrer en communication avec lui. Je suis un peu télépathe.

— Pendant que vous y êtes, vous ne pourriez pas savoir où j'ai laissé mon livret de caisse d'épargne ? Il y a là cinq cents marks sur lesquels j'aimerais bien mettre la main. »

Elle ouvrit les yeux.

« C'est un nom solide, Bernhard Gunther. Fiable. Honnête. Et riche, avec ça. Je pourrais faire un tas de choses avec cinq cents marks. Ça s'annonce bien. Et quel genre de travail est-ce que fait Bernie Gunther ? » Elle joignit les mains en un geste de supplication. « Non, attendez, laissez-moi deviner.

— Il vaudrait mieux que je vous le dise.

— Vous croyez que je ne suis pas capable de deviner ? Je pensais que vous étiez dans l'armée. Mais maintenant, je m'interroge. Si vous aviez une permission, c'est une permission plutôt longue, non ? Alors peut-être que vous avez été blessé. Même si vous n'en avez pas l'air. D'un autre côté, il est possible que vous ayez eu un problème à la tête. Ce qui expliquerait que vous soyez suicidaire, à vous entendre. Comme un paquet de types ces temps-ci. Et je dis bien, un paquet. Sauf que ça, on n'en parle pas dans les journaux, vu que c'est mauvais pour le moral. Frau Lippert avait un autre locataire, qui était caporal dans un bataillon de police. Il s'est pendu à un pont de Moabit. C'était un gentil garçon. Vous savez, je dirais bien que vous étiez fonctionnaire, mais vous êtes un peu trop musclé pour ça. Et le costume – euh, aucun fonctionnaire ne porterait un costume pareil.

— Arianne, écoutez-moi.

— Vous n'êtes pas marrant du tout, Gunther.

— Je ne veux pas que vous vous fassiez une fausse idée de ma présence ici.

— Ce qui signifie ?

— Que je suis un flic. Du Praesidium de la police sur l'Alexanderplatz. »

Le sourire s'évanouit comme si je lui avais versé du poison dans les oreilles. Elle resta assise là, sans bouger, stupéfaite, à croire qu'un médecin venait de lui annoncer qu'elle n'avait plus que six mois à vivre.

J'étais habitué à ce genre de réaction et je ne lui en voulais pas. Tout le monde à Berlin avait une trouille bleue de la police, y compris la police elle-même. Parce que, quand vous disiez « police », chacun pensait à la Gestapo et, quand vous vous mettiez à penser à la Gestapo, vous aviez rapidement du mal à penser à autre chose.

« Vous auriez pu le mentionner plus tôt, dit-elle avec raideur. Ou est-ce ainsi que ça fonctionne ? Vous laissez quelqu'un s'attirer des ennuis en parlant trop. Vous lui donnez assez de corde pour se pendre, comme mon ami.

— Ce n'est pas du tout comme ça. Je suis policier. Pas de la Gestapo.

— Quelle différence ?

— La différence, c'est que je déteste les nazis. La différence, c'est que je me moque que vous disiez que Hitler est le fils de Belzébuth. La différence, c'est que si je faisais partie de la Gestapo, vous seriez déjà dans un panier à salade en route pour le 8.

— Le 8 ? Qu'est-ce que c'est que ça ?

— Vous n'êtes pas de Berlin, n'est-ce pas ? Pas à l'origine. »

Elle secoua la tête.

« Le 8 Prinz-Albrechtstrasse. Le siège de la Gestapo. »

Je n'exagérais pas. En rien. Si Sachse et Wandel avaient entendu ne serait-ce que la moitié de son histoire, Arianne Tauber aurait été assise sur une chaise avec sa jupe relevée et une cigarette brûlante dans sa culotte. Je savais comment ces fumiers interrogeaient les gens, et il n'était pas question que je la condamne à ça. Pas sans être totalement certain de sa culpabilité. En l'occurrence, je croyais à au moins la moitié de son histoire, et cela suffisait pour m'empêcher de la livrer à la Gestapo. Selon moi, c'était probablement une prostituée. Occasionnelle. Comme beaucoup de femmes seules pour joindre les deux bouts. On ne pouvait guère le leur reprocher. Il était très difficile de trouver un gagne-pain quel qu'il soit à Berlin. Mais je ne pensais pas que c'était une espionne au service des Tchèques. Aucune espionne ne se serait montrée aussi bavarde dans une boîte de nuit avec un homme qu'elle connaissait à peine.

« Eh bien, qu'est-ce qui se passe maintenant ? Vous allez m'arrêter ?

— Est-ce que je ne vous ai pas déjà dit d'oublier tout ça ? Oui ou non ? Il n'y a jamais eu d'enveloppe. Ni de Gustav. »

Elle acquiesça en silence, mais je pouvais voir qu'elle était incapable de saisir le sens de mes paroles.

« Écoutez-moi, Arianne, pourvu que vous suiviez mes conseils, vous êtes hors de danger. Enfin, presque. Il n'existe que trois personnes susceptibles de vous relier à ce qui s'est passé. L'une d'elles est ce Gustav. Et l'autre, Paul. L'homme qui vous a attaquée. Seulement il est mort.

— Quoi ? Vous ne m'aviez pas dit ça. Comment ?

— Son corps a été retrouvé dans le Kleist Park un jour ou deux après que ce taxi l'a heurté sur la Nolli. Il a dû se traîner jusque-là dans le black-out et y mourir. La troisième personne au courant, c'est moi. Et je n'ai pas l'intention d'en parler à quiconque.

— Ah, je comprends. Je suppose que vous voulez coucher avec moi. Avant de me remettre entre les mains de vos petits copains de la Gestapo, vous voulez m'avoir, vous aussi. C'est ça ?

— Non, pas du tout.

— Alors, c'est quoi ? Et ne venez pas me raconter que c'est parce que je suis quelqu'un d'exceptionnel, Parsifal. Je ne vous croirai pas.

— La raison, je vais vous la donner, mon ange. Mais pas ici. Pas maintenant. Jusque-là, réfléchissez à tout ce que je vous ai dit et demandez-vous ensuite pourquoi je l'ai dit. Je vous attendrai dehors à deux heures. Je peux encore vous raccompagner chez vous si ça vous chante. Ou vous pouvez rentrer toute seule, et je vous donne ma parole que vous ne serez pas réveillée à cinq heures du matin par des zèbres en manteau de cuir. Vous n'entendrez plus jamais parler de moi. D'accord ? »

6

Je regagnai l'Alex pour un moment et m'assis à ma table en me demandant s'il existait un moyen de dénicher Gustav sans impliquer Arianne Tauber. Elle seule aurait pu l'identifier et, ne serait-ce que pour ce motif, il semblait peu probable qu'il s'aventure à la revoir en retournant au Jockey. Surtout s'il était ce qu'il paraissait être – presque à coup sûr un espion. Il avait sans doute paniqué à l'idée de rencontrer son contact tchèque sur la Nolli. Il pensait peut-être avoir déjà la Gestapo aux trousses, mais si celle-ci l'avait filé, elle aurait sûrement cueilli Arianne Tauber lors de leur rendez-vous au Romanisches Café. Il aurait été sous surveillance, jamais la Gestapo n'aurait pris le risque de le laisser lui communiquer des informations. Oui, il avait vraisemblablement perdu son sang-froid. Auquel cas, qui mieux qu'une fille de joie pouvait remettre quelque chose à son contact tchèque ? La plupart des prostituées que j'avais connues étaient débrouillardes, courageuses et, par-dessus tout, cupides. Pour cent marks, il n'y avait pas une grue de Berlin qui aurait refusé de faire ce que Gustav avait demandé. Donner une enveloppe dans le noir était nettement plus facile, rapide et sûr, à première vue, que tailler une pipe.

« On travaille tard ? »

C'était Lehnhoff.

« Victor Keil, alias Franz Koci, répondis-je.

— L'affaire du Kleist Park. Ouais. Et alors ?

— La bonne fée en uniforme qui l'a découvert sous les buissons. Le sergent Otto Macher. Tu le connais bien ?

— Assez bien.

— Tu penses qu'il est honnête ?

— Comment ça ?

— C'est une question simple, Gottfried. Est-il honnête ?

— Autant qu'il est possible de nos jours.

— Pour moi, ça va jusqu'à l'autel.

— On est en guerre. Alors peut-être pas aussi loin.

— Écoute, Gottfried. On est tous les deux dans le groupe d'âge de chiotte. Et je ne tiens pas à t'attirer des ennuis, à toi ou au sergent Macher. Mais j'ai besoin de savoir si ce Tchéco mort avait plus que les cinquante marks qu'on a trouvés sur lui. »

Les W.-C. de l'Alex avaient trois numéros sur la porte, dont deux étaient toujours « 00 » ; et l'expression « groupe d'âge de chiotte » servait à désigner quelqu'un né avant 1900 et ayant par conséquent plus de quarante ans.

« Si tu me dis que tu es dans l'âge de chiotte, je te crois. Mais, d'après le bruit qui court dans la maison, si tu es ici, ce n'est pas parce que tu es bon pour la retraite, mais parce que tu as de la vitamine B. »

Il voulait dire par là que j'entretenais des rapports étroits avec de hauts responsables nazis qui me gardaient en meilleure santé que le commun des mortels.

« Avec Heydrich, ajouta-t-il.

— Qui t'a raconté ça ?

— Quelle importance ? C'est l'éclaboussure sur la porcelaine de l'urinoir.

— La montre du Tchèque avait disparu. Elle n'était pas dans son appartement quand on l'a fouillé. Et il n'y avait pas de ticket de mise en gage. Mais ça, je m'en balance. J'imagine qu'il avait au moins cinq Albert sur lui quand on l'a retrouvé dans le parc. Et il n'avait plus que cinquante marks quand j'ai fait sa connaissance. J'ai besoin de savoir si j'ai raison à ce sujet. Contente-toi de faire un signe de tête et on n'en parlera plus. »

Lehnhoff ne bougea pas la tête. Puis il esquissa un sourire.

« Je ne peux pas t'aider. Je n'en sais rien. Mais, même si je le savais, qu'est-ce qui te fait croire que je te le dirais ? »

Je me levai et fis le tour de la table.

« Je n'aime pas menacer avec ma vitamine B. Je préfère de beaucoup que l'on prête attention à mon autorité naturelle. Celle d'un Kommissar et tout le reste.

— Ça ne marchera pas non plus, m'sieur. »

Lehnhoff continuait à sourire lorsqu'il sortit de mon bureau.

Récupérant mon manteau, je le suivis sur le palier. De l'air froid montait de l'immense cage d'escalier. Des éclats de voix s'entendaient au rez-de chaussée, mais c'était normal à l'Alex. Même dans les meilleures périodes, l'endroit avait l'air d'un zoo plein de toutes sortes d'animaux féroces et bruyants. Mais, au troisième étage, l'atmosphère était plus calme. On avait tiré les rideaux du black-out et la plupart des lampes étaient éteintes. À l'autre bout du palier se trouvait une cireuse abandonnée. Elle me ressemblait beaucoup. Tout à coup, les éclats de voix au rez-de-chaussée se firent plus pressants et un cri de douleur retentit. Quelqu'un faisait des heures supplémentaires. Ce qui me donna une idée.

« Hé, Gottfried, dis-je en le rattrapant. Tu sais ce qu'on dit ici ? »

Lehnhoff s'arrêta en haut des marches et me considéra avec un mépris non déguisé.

« Non, quoi ?

— Attention à l'escalier. »

Je le frappai à l'estomac, suffisamment fort pour le faire se plier en deux et se pencher au-dessus de la balustrade afin qu'il puisse vider ses intestins graisseux dans la cage. Pour peu que ce soit mon jour de chance, un nazi glisserait dans le potage de Lehnhoff et se casserait la clavicule. Le tenant par le col, je le poussai vers le bas, si bien que ses pieds effleuraient le sol luisant, et j'en profitai pour cogner un de ses reins avec mon avant-bras. Il hurla de douleur, mais ça ne posait pas de problème parce que personne n'accordait beaucoup d'attention aux cris de douleur à l'Alex. Ce n'était qu'un bruit de fond supplémentaire, comme le cliquetis d'une machine à écrire ou la sonnerie d'un téléphone dans une pièce vide. J'aurais pu tabasser Lehnhoff toute la nuit jusqu'à ce qu'il réclame en gémissant son pasteur que cela aurait été, pour quiconque, un jour comme un autre au siège de la police.

« Et maintenant, dis-je en me courbant vers son oreille cireuse. Est-ce que tu vas répondre à ma question ou est-ce que tu préfères descendre ? Les trois escaliers à la fois ?

— Oui, oui, oui. OK. Bon Dieu. Je t'en prie. » Ses réponses suivantes ressemblaient à s'y méprendre à un appel à l'aide. « On lui a pris cent marks. Moi et Macher. Soixante pour moi et quarante pour lui. Je t'en prie.

— En billets de vingt ?

— Oui. Oui. En billets de vingt. Oui. Remonte-moi, pour l'amour du ciel. »

Je le tirai en arrière et il s'écroula sur le linoléum, où il resta roulé en boule, tremblant et geignant comme si sa mère venait de le mettre au monde par terre, ici, à l'Alex.

« Et merde, qu'est-ce que... ? fit-il d'une voix entrecoupée.

— Mmm ? Qu'est-ce que quoi ?

— Qu'est-ce que ça peut bien te foutre, de toute façon ? Cent putain de marks.

— Ce n'est pas l'argent. Je m'en moque. C'est juste que je n'avais pas le temps ni même l'envie d'attendre que tu sois prêt à répondre à ma question. Tu veux que je te dise ? Je pense que j'ai été profondément affecté par un environnement de travail où, dans le cadre d'un interrogatoire de police, la violence est devenue endémique.

— Tu me paieras ça, Gunther. Je déposerai une foutue plainte. Tu vas voir si je vais me gêner.

— Hmm. Je ne me précipiterais pas là-dessus si j'étais toi. Rappelle-toi. J'ai de la vitamine B, Gottfried. » Je lui tordis les cheveux de façon à pouvoir taper légèrement l'arrière de son crâne contre la balustrade. « Je suis capable de voir dans le noir. Et d'entendre tout ce que tu dis à des kilomètres à la ronde. »

Les amateurs de jazz à l'extérieur du Jockey Bar étaient allés se coucher et plusieurs Mercedes élégantes étaient garées devant, avec des chauffeurs impatients de ramener leur maître dans le confort et la sécurité – ou du moins autant de sécurité que possible avec les phares masqués par du ruban adhésif. Il y eut un grondement dans le ciel, sauf que ce n'était pas la RAF. Je pouvais sentir de la brise dans l'air, mais elle était chargée d'une légère humidité annonçant quelque chose de plus lourd. Au bout d'un moment, il se mit à pleuvoir. J'allai m'abriter dans une embrasure de porte exiguë et boutonnai mon manteau jusqu'au cou, sauf qu'il ne tarda pas à ressembler à un rideau de douche, et je me maudis d'avoir été assez stupide pour ne pas apporter la brosse à ongles et le morceau de savon que je gardais dans le tiroir de mon bureau. Encore qu'un parapluie aurait sans doute mieux valu. Soudain, raccompagner une prostituée chez elle, toute ravissante qu'elle soit, faisait l'effet d'une mauvaise idée dans un roman bourré d'idées misérables, écrit par quelque misérable écrivain français. Le genre de roman qui devient un film encore plus misérable avec Charles Laughton et Fredric March dans les rôles principaux. Et, me rappelant pourquoi j'étais là – à savoir qu'elle était la seule personne à avoir rencontré Franz Koci, sur le meurtre duquel j'étais censé enquêter –, j'enfonçai mon chapeau sur mes oreilles et me pressai fortement contre la porte.

Dix minutes s'écoulèrent. La plupart des voitures étaient parties avec leurs passagers. Il était deux heures et quart. À un kilomètre à l'ouest de là où je me tenais, le Führer, réputé être un oiseau de nuit, enfilait probablement son pyjama, peignait sa moustache et se brossait les dents avant de s'asseoir pour rédiger son journal. Vers 2 h 20, la porte du Jockey Bar s'ouvrit et, pendant un court instant, un triangle obtus de maigre lumière tomba sur le trottoir miroitant – assez longtemps pour que j'aperçoive une femme portant un imperméable et un chapeau, et tenant un parapluie d'homme. Elle regarda dans un sens puis dans l'autre, avant de jeter un coup d'œil à sa montre. C'était Arianne Tauber.

Abandonnant mon refuge inapproprié, je m'avançai rapidement et me plantai devant elle.

« Vous avez l'air d'un mouchoir de veuve.

— C'est seulement ce qui se produit quand l'air se transforme en eau. Vous êtes une chimiste. Vous devriez le savoir.

— Et vous, vous devriez savoir que j'ai changé d'avis pour ce qui est de vous laisser me raccompagner chez moi.

— Dans ce cas, on dirait que je me suis fait saucer pour rien.

— C'est précisément pourquoi j'ai décidé de vous raccompagner chez vous, flicard. Toute cette eau coulant de votre chapeau… Si on bougeait votre tête de la bonne façon, on pourrait probablement remplir deux verres. C'est donc une chance que j'aie réussi à voler une demi-bouteille de Johnnie Walker pour aller avec. Voilà pourquoi je suis en retard. J'ai dû attendre le moment propice pour mener un raid contre le bar d'Otto.

— Avec un tel butin, je vous autoriserai peut-être à me raccompagner chez moi puis à monter l'escalier.

— Eh bien, on peut difficilement le boire dans la rue. »

Il y a une trotte de la Luther Strasse à la Fasanenstrasse, mais, heureusement, la pluie cessa peu après qu'on se fut mis en route ; malgré ça, on dut s'arrêter deux ou trois fois et boire un petit coup à sa bouteille. Amundsen n'aurait pas approuvé cette ponction sur notre approvisionnement si vite après avoir quitté le camp de base, mais lui avait des chiens de traîneau et nous uniquement nos chaussures mouillées. Lorsque nous arrivâmes à mon appartement, la demi-bouteille de Johnnie Walker n'en faisait plus qu'un tiers, ce qui explique probablement que nous enlevâmes nos vêtements et, comme on était en temps de guerre où ces choses semblent se passer un peu plus rapidement qu'autrefois, nous allâmes directement au lit. Moyennant quoi, au bout de quelques minutes de magie animale pour nous rappeler l'un et l'autre cette époque bénie avant que Dieu pique une crise contre les gens volant les fruits de son arbre préféré, nous reprîmes notre conversation précédente avec de petits verres à la main et peut-être un peu moins de faux-semblant. Il serait absurde d'essayer de maintenir une image dissimulant votre vraie nature quand vos vêtements trempés gisent pêle-mêle sur le sol.

« Je n'avais encore jamais couché avec un flic.

— Comment était-ce ?

— Maintenant, je sais pourquoi ils ont de grands pieds.

— J'ai horreur d'avoir l'air d'en être un juste après…

— Tu vas m'arrêter ?

— Non, non.

— Je ne te suivrai pas de mon plein gré.

— J'avais remarqué. Non, Arianne, j'ai réfléchi à ton boulot au Jockey Bar et je me demandais si tu devais l'abandonner ou pas. Au cas où Gustav retournerait là-bas te chercher.

— Et qu'en avez-vous conclu, Kommissar ?

— Que si la Gestapo l'avait arrêté et ramené au bar pour t'épingler, tu serais dans de sales draps.

— Exact. Mais, même si je plaquais la boîte, ils n'auraient pas de problème pour me retrouver. Otto a toutes mes coordonnées. Le numéro de mon livret de travail, mon adresse, tout. Non, si je partais de là-bas, il faudrait aussi que je quitte ma chambre et que je passe dans la clandestinité. Ce genre de chose nécessite de l'argent et des relations.

— J'en suis arrivé à la même conclusion. Selon moi, il existe deux autres possibilités. La première, c'est qu'il suppose que tu as remis l'enveloppe comme convenu et qu'il ne revienne jamais. Il t'a donné cette enveloppe pour que tu la donnes à Paul parce qu'il craignait de la lui donner en personne ; ce qui pourrait signifier qu'il a trop peur pour aller à la boîte t'en demander davantage à ce sujet. L'autre possibilité, c'est qu'il retourne effectivement au Jockey et, dans ce cas, trouve une excuse pour me téléphoner à l'Alex et je viendrai l'arrêter.

— En me laissant bien gentiment en dehors, c'est ça ? »

J'acquiesçai et bus une gorgée de scotch. C'était le premier alcool digne de ce nom auquel je goûtais depuis mon retour d'Ukraine. Normalement, je ne bois pas de scotch. Mais celui-ci était parfait. Comme une fougueuse boisson des dieux issue d'un essaim d'abeilles immortelles. Mon propre aiguillon avait disparu, pour le moment du moins. Mais, après la souillure de ma chair, je commençais à me sentir à nouveau divin.

« En te laissant bien gentiment en dehors.

— Tu as mentionné que Paul avait été retrouvé mort dans le Kleist Park. Mais tu ne m'en as pas dit plus.

— Non, en effet.

— Comment sais-tu qu'il s'agissait de lui ? Je me trouvais aussi près de lui que de toi en ce moment et je ne suis pas certaine que je l'aurais reconnu.

— C'était bel et bien lui. Ses blessures correspondaient à celles d'un type qui a été heurté par une voiture. Et il n'y a pas eu d'autre accident de la circulation non déclaré dans le secteur cette nuit-là.

— Eh bien, qui était-ce ?

— Tu tiens vraiment à le savoir ?

— Je ne suis pas sûre. Peut-être. Peut-être pas. Peut-être que tu devrais décider pour moi, Gunther. »

Je me demandai dans quelle mesure il fallait la mettre au courant, et lorsque je le lui dis, c'était surtout pour voir quelle serait sa réaction. Malgré le fait que nous avions couché ensemble – et peut-être à cause de ça –, je n'étais pas encore convaincu qu'elle soit aussi innocente qu'elle me l'avait laissé croire. Mais quand bien même elle se révélerait plus coupable que je ne l'avais supposé jusqu'ici, je ne pouvais pas m'imaginer la livrant froidement à la Gestapo.

« L'homme qu'on t'a envoyée rencontrer sur la Nolli, en te payant pour ça, était en réalité un Tchèque appelé Franz Koci qui travaillait pour les Trois Rois.

— Tu veux parler de ces terroristes qui ont fait la une des journaux en début d'année ?

— Oui.

— Maintenant, j'ai peur. » Elle ferma les paupières et s'allongea contre l'oreiller, puis se redressa brusquement et se mit à me regarder avec de grands yeux. « Tu sais ce que ça signifie, n'est-ce pas ? Ça signifie que Gustav devait être une sorte d'espion. Pour le compte des Tchèques.

— Excellente supposition, je dirais.

— Qu'est-ce que je vais faire ?

— Tu pourrais essayer de te rappeler davantage de détails sur Gustav. Et si ça ne donne rien, je pourrais t'attacher sur la table et te dérouiller moi-même. Comme la Gestapo.

— Ils font vraiment ça ? On raconte des histoires.

— Toutes sont vraies, malheureusement.

— Peut-être que je devrais passer dans la clandestinité, après tout. » Elle secoua la tête et frissonna. « Qu'on vous batte pour vous arracher des aveux doit être suffisamment pénible. Mais qu'on vous batte alors qu'il n'y a rien à avouer… Mieux vaut ne pas y penser.

— C'est précisément la raison pour laquelle je veux que tu me dises tout ce que tu sais sur Gustav. Une nouvelle fois. Depuis le tout début. Tout ce dont tu te souviens et tout ce que tu aurais oublié. La meilleure façon pour toi de disparaître du tableau, c'est d'en peindre un autre. De lui. »

Il y a un petit carton rouge d'avertissement avec un trou au milieu que le ministère de la Propagande vous demande de glisser sur le cadran de votre radio. « Frères de race ! est-il marqué. Vous êtes allemands ! Il est de votre devoir de ne pas écouter les stations de radio étrangères. Ceux qui le font seront impitoyablement sanctionnés ! » Ainsi, moi, je suis un bon auditeur. Pour une grande part, être un bon policier consiste à savoir quand la boucler et laisser quelqu'un d'autre faire la conversation. Arianne aimait parler – c'était évident – et, même si elle ne me dit pas grand-chose de neuf sur Gustav, elle m'en dit pas mal sur elle-même, ce qui était, bien entendu, le point essentiel de l'exercice.

Elle était de Dresde, où elle avait fait des études universitaires. Son mari Karl, un étudiant de Dresde également, avait rejoint la marine allemande à l'été 1938 et péri à bord d'un U-Boot en février 1940. Trois mois plus tard, son père, un voyageur de commerce, avait été tué pendant un bombardement alors qu'il se trouvait en déplacement à Hambourg.

Naturellement, je vérifiai tout ça par la suite. Exactement comme l'avait décrit Arianne, le bateau de son mari, un U-33, avait été coulé par des grenades sous-marines tirées par un dragueur de mines dans le fleuve Clyde, en Écosse. Vingt-cinq hommes, dont Karl et le commandant du bateau, avaient trouvé la mort. Son frère cadet, Albrecht, avait rejoint l'armée en 1939, mais appartenait maintenant à la police militaire. Son père avait travaillé pour les usines pharmaceutiques de Dresde et traitait fréquemment des affaires avec E.H. Worlée, une autre société chimique, installée à Hambourg. Peu après le décès de Herr Tauber, Arianne était venue à Berlin travailler pour la BVG – la compagnie des transports berlinois – comme secrétaire du directeur de la gare d'Anhalt. Mais elle avait plaqué cet emploi – un excellent emploi – parce que, prétendait-elle, il n'arrêtait pas de la tripoter.

Une situation fâcheuse que je comprenais parfaitement. Je ne pouvais pas m'empêcher de la tripoter moi aussi.

7

Fabriquer des preuves n'avait rien d'exceptionnel à l'Alex. Pour beaucoup d'inspecteurs ne possédant pas les qualifications ni la patience qui leur auraient permis d'accomplir proprement leur tâche, c'était le seul moyen d'obtenir une condamnation. Je n'avais jamais donné là-dedans, mais il y a un début à tout. En l'absence des éléments légalement détenus par la Gestapo dans la mort de Franz Koci, je résolus de « dénicher » de nouveaux indices, uniquement détenus par moi jusqu'à présent. Mais, d'abord, je devais m'arranger pour que l'enquête initiale sur le terrain, menée par Lehnhoff, ait l'air de ce qu'elle était : incompétente, pour ne pas dire plus, et lorsque j'examinai ses notes sur l'affaire, je m'aperçus qu'on n'avait effectué aucune recherche d'empreintes dans la zone du Kleist Park où le corps de Koci avait été retrouvé. Je téléphonai donc à Sachse à la Gestapo pour lui faire dresser l'oreille avec cette nouvelle « information ».

« Je croyais que vous m'aviez dit que tous les indices sur la scène du crime avaient été recueillis.

— Oui. Tout à fait.

— Et puis quoi encore. Avec un homicide, surtout un homicide de cette importance, il est courant d'avoir dix ou quinze officiers de police alignés à quatre pattes pour passer l'ensemble de la zone au peigne fin. Ou du moins, ça l'était quand ce service avait une vraie police travaillant ici. Une vraie police faisant du vrai travail de police. Mais il n'y a aucune trace d'une recherche d'empreintes sur le sol dans le périmètre où l'on a découvert le cadavre de Koci.

— Mais pour chercher quoi ?

— Des preuves. Quelles preuves, je n'en sais rien. Je ne peux pas dire ce que ce serait. Mais je pense le reconnaître si je le vois.

— Vous croyez vraiment que ça vaut la peine de jeter un nouveau coup d'œil au parc ?

— Dans les circonstances présentes, oui. Entre vous et moi, l'inspecteur Lehnhoff – le premier enquêteur – est paresseux et malhonnête. Ce ne serait donc pas votre faute si on n'avait pas ratissé le terrain convenablement. Je suppose que vous vous êtes contenté de sa parole que les choses avaient été faites dans les règles. »

Je disais ça pour moitié au cas où Lehnhoff déciderait de se plaindre que je l'avais agressé.

« Euh, oui, c'est exact.

— J'en étais sûr. Bon. Vous ne pouviez pas le savoir. Mais, compte tenu de la situation, vous devriez peut-être organiser vous-même des recherches. Le commissaire Lüdtke nous a tous avertis que les budgets étaient serrés. Je ne tiens pas à ce qu'il me tombe dessus à cause de ce que ça risque de coûter.

— Je m'en occupe immédiatement.

— Parfait. S'ils trouvent quelque chose, prévenez-moi. »

Bien entendu, je savais exactement ce qu'ils allaient trouver dans le Kleist Park. Je le savais, parce que c'est moi qui l'y avais mis. Et lorsque, un peu plus tard ce même jour, Sachse apparut dans mon bureau avec un sac en plastique contenant un couteau à cran d'arrêt, je ne manquai pas d'avoir l'air surpris.

« Il a été fabriqué par Mikov, dis-je en examinant attentivement le couteau. C'est en Tchécoslovaquie, n'est-ce pas ? Je veux dire, en Bohême-Moravie.

— Oui.

— Ce qui collerait assez bien avec notre ami Franz Koci, pas vrai ? » Me renversant dans mon fauteuil, je me fendis d'un froncement de sourcils qui aurait fait un tabac dans un film muet. « Je me demande...

— Quoi ? »

Je fis mine de cogiter à mort. J'arpentai le bureau, qui contenait plusieurs armoires de classement, une ribambelle de cendriers vides et, sur le mur, un joli portrait d'Adolf Hitler. Le portrait avait été mis là par l'occupant précédent et, même si je ne pouvais pas le blairer, l'enlever m'aurait fait passer, aux yeux de la Gestapo, pour Gavrilo Princip[1].

---

1. Jeune nationaliste serbe qui assassina à Sarajevo, le 28 juin 1914, l'archiduc François-Ferdinand, héritier du trône d'Autriche-Hongrie, et sa femme la duchesse de Hohenberg. Cet attentat fut à l'origine de la Première Guerre mondiale.

J'ouvris un des classeurs. Il était aussi rempli que la bibliothèque de l'État de Prusse et contenait des rapports sur des affaires non résolues remontant à des années. Lesquels, pour la plupart, ne me concernaient en rien. Le rapport de Philippe Mélanchthon à la Diète de Worms devait être l'un des plus vieux dossiers, au fond du tiroir. Mais je savais ce que je cherchais. J'enfonçai la main dans un interstice et tirai sur une chemise grise portant le nom de Geert Vranken.

« Geert Vranken. Âgé de trente-neuf ans, un employé étranger des chemins de fer, originaire de Dordrecht, aux Pays-Bas. Études à l'université de La Haye. Assassiné au début du mois. Son corps, ou ce qu'il en restait, a été découvert sur la ligne de chemin de fer juste au sud de Jannowitzbrücke après avoir été écrasé par un train allant à Friedrichshagen.

— Et alors ? »

Sachse s'assit sur le coin de ma table, bras croisés, puis vérifia ses cheveux. Ils étaient toujours aussi ordonnés qu'un champ de blé et à peu près de la même couleur. Pendant un bref instant, je me demandai s'ils avaient jamais l'air différents, par grand vent ou sous l'eau. Probablement pas. On aurait retrouvé sa tête sur le toit de l'usine Pintsch, comme celle de Vranken, alors qu'un train venait de lui passer sur le cou qu'il n'aurait pas eu un cheveu de travers.

« C'est moi qui ai mené l'enquête, voilà pourquoi. Et s'il n'est pas rare que des gens se fassent renverser par des trains dans le noir, il est rarissime de constater qu'ils ont déjà reçu des coups de couteau multiples. J'ai examiné moi-même le torse et je crois me rappeler que le contour des blessures n'était pas incompatible avec la forme de ce cran d'arrêt bohémien.

— Comment peut-on s'en assurer ?

— Vous avez une voiture ?

— Naturellement.

— Bien. Vous pouvez m'emmener à la Charité. Espérons qu'ils n'ont pas incinéré le corps. »

Sachse s'arrêta à l'angle de la Charité, en face du Lessing Theater, où Ida Würst jouait dans un spectacle intitulé : *L'essentiel, c'est le bonheur*. Je ne pouvais pas dire le contraire.

« Qu'est-ce que vous en pensez, Werner ? Est-ce que j'entre acheter deux places pendant qu'on y est ? »

Sachse eut un faible sourire et secoua la tête.

« Pas un admirateur d'Ida Würst, hein ? Vous m'étonnez.

— Cette vieille bique ? Vous voulez rire. Elle me rappelle ma belle-mère. Mais l'autre n'est pas mal. Jane Tilden.

— Un peu trop saine à mon goût. » J'ouvris la portière, mais Sachse ne bougea pas. « Vous venez ?

— Vous n'avez pas besoin de moi, n'est-ce pas ? »

Il paraissait déjà légèrement verdâtre. Et après m'avoir entendu égrener mes anecdotes favorites, mais strictement d'après-dîner, sur le joyeux univers de la médecine légale, je ne pouvais guère lui en vouloir de ne pas avoir envie de mettre les pieds à l'Institut médico-légal. Ce qui était, bien sûr, le but de ces histoires épouvantables. Je ne tenais pas à ce que l'employé de la morgue me pose des questions embarrassantes devant Werner Sachse sur la raison pour laquelle j'étais de retour avec le même couteau pour vérifier les mêmes blessures sur le même mac-chabée.

« En principe, il doit toujours y avoir deux policiers présents lors de l'examen d'un cadavre ; cependant, cette fois-ci, ce ne sera peut-être pas nécessaire. Rien ne peut jamais vraiment vous préparer à la vue d'un corps déchiqueté par une locomotive. »

Sachse hocha la tête.

« Merci, Gunther. Vous avez tout à fait raison. »

Avec un gloussement sadique – l'idée d'un gestapiste douillet me semblait tout bonnement comique –, j'entrai dans l'hôpital puis dans la morgue, où je tombai sur le même employé. Après avoir établi que le cadavre démembré de Vranken était toujours stocké là bien à l'abri, je l'informai que l'enquête relevait maintenant de la Gestapo et que sous aucun prétexte le corps ne devait être remis pour être inhumé ou incinéré sans qu'on m'en avise au préalable.

Comme toujours, la mention de la Gestapo eut un effet quasiment magique, véritable « sésame ouvre-toi », et l'employé exprima sa totale soumission par une courbette nerveuse. Bien évidemment, il n'y avait nul besoin de voir ni d'examiner à nouveau le corps de Vranken. Je savais déjà ce que j'allais dire à Werner Sachse : que Franz Koci avait tué Geert Vranken. Et satisfait d'avoir réussi à rouvrir ce qui était maintenant une affaire de meurtre à proprement parler, je retournai à la voiture.

La bonne humeur ne dure jamais longtemps à Berlin. L'odeur des blessés de guerre dans l'hôpital était étouffante. Des hommes mourants gisaient dans des salles poussiéreuses comme autant de bagages abandonnés, tandis que traverser un couloir revenait à se lancer dans une course d'obstacles avec de vieux fauteuils roulants déglingués et des plâtres crasseux. Et, pour couronner le tout, en sortant de l'hôpital, je croisai une petite escouade des jeunesses hitlériennes descendant au pas la Luisenstrasse – très probablement après une visite au Monument du combattant dans l'Invalidenpark –, le gosier plein de stupides chants guerriers, sans se rendre compte que le vrai destin du combattant allemand était à chercher dans le charnier beaucoup moins glorieux qui se trouvait à proximité. Pendant un moment, je restai là à regarder ces garçons avec un sentiment d'horreur. Il n'était que trop facile de les imaginer propageant l'infection du nazisme – le bacille en chemise brune de la mort et de la destruction, et le typhus de demain.

Me sentant encore plus sombre qu'auparavant, je tapai contre la vitre de l'Audi construite par Horch. Une règle de courtoisie utile à observer avec un homme dormant dans sa voiture quand il se trouve avoir sur lui un automatique chargé.

Sachse se redressa, souleva son chapeau de feutre noir et ouvrit la porte du passager.

« Alors, vous avez eu de la chance ?

— Oui. Si on peut appeler ça comme ça. Le Hollandais a bien été poignardé par le Tchèque. Le couteau de Franz Koci correspond à ces blessures par arme blanche comme si elles avaient été faites sur mesure par un tailleur chevronné.

— Eh bien, c'est vous l'expert.

— Toute la question est : pourquoi ? Pourquoi un espion tchèque poignarderait-il un cheminot hollandais ? »

8

Après cette « découverte capitale » – du moins,
d'après Sachse –, l'enquête tomba à nouveau en
panne, comme le font généralement les enquêtes. Ça
ne m'inquiétait pas trop. Le travail de détective est
presque toujours un jeu long, à moins que les journaux ne s'en mêlent, et alors ça continue d'être un
jeu long, sauf que vous devez faire comme si ce n'était
pas le cas. Dans ce boulot, il ne s'agit pas seulement
de faire attention aux détails, mais aussi de savoir ce
qu'il faut ignorer, et qui. De lire le canard, de regarder dans le vide, d'apprendre à se montrer patient
et de se fier à son expérience, qui vous dit qu'il finit
toujours par se passer quelque chose. Non, monsieur,
nous avons fait tout ce qu'il était possible. Bonjour,
du nouveau dans l'affaire Franz Koci ? Pas d'autres
pistes pour l'instant. Bonsoir. Toucher votre paye,
rentrer chez vous et faire de votre mieux pour oublier
tout ce cirque, si vous pouvez. En majeure partie, le
travail de police est fait de paresse policière, de per-
plexité policière, de consommation policière de petits
déjeuners, de déjeuners ou de cafés – quand il y en
a – et, invariablement, de contemplations policières

par les fenêtres, à supposer qu'il en existe. Tout ça se résumant à une seule et même chose : en général, être détective consiste à affronter l'ennui et l'énorme frustration de savoir que ce n'est pas toujours comme dans les livres ou les films. D'autres choses doivent avoir lieu pour qu'un événement puisse se produire. Parfois, ce sont des crimes supplémentaires. Parfois, non. Et parfois, il est difficile de distinguer entre les deux – par exemple, quand on adopte une nouvelle loi ou qu'un policier de haut rang est promu. Ça, c'est de la jurisprudence pour vous, style nazi.

La nouvelle loi, c'était l'étoile jaune, ce qui faisait une grosse différence lorsqu'elle finit par entrer en vigueur le 19 septembre. La veille, il y avait uniquement des gens dans les rues de Berlin. Des gens ordinaires. Mes compatriotes berlinois, si je puis dire. Et le lendemain, il y avait tous ces individus portant des étoiles jaunes, ce qui me fit comprendre l'importance du nombre de Juifs habitant la capitale et, en même temps, quelle chose terrible c'était que de traiter nos concitoyens de cette façon. Ici et là, il y avait même de petites manifestations contre le port de l'étoile jaune. Rassemblant non pas des Juifs, mais des Allemands gentils en faveur des Juifs. On parlait de l'« insigne d'honneur jaune », et le stoïcisme avec lequel les Juifs subissaient leur sort ne manquait pas d'impressionner jusqu'aux nazis les plus fanatiques. À l'exception, bien sûr, du nazi fanatique à l'origine de cette nouvelle législation ; lequel occupait pas mal mes pensées après le samedi 27 septembre, lorsqu'il fut nommé Reichsprotektor de Bohême-Moravie. Que mon patron, Reinhard Heydrich, puisse être impressionné par le comportement des Juifs allemands était hors de question.

Lorsque j'appris qu'il s'apprêtait à partir pour Prague, j'en fus content – mais pas pour lui, naturellement. J'étais content qu'il quitte Berlin, où il y avait toujours la possibilité qu'il me charge d'une mission particulière, comme cela s'était déjà produit deux fois. Et, pendant quelques jours, je parvins même à me détendre. J'emmenai Arianne au Lido Müggelsee, puis à un spectacle au Schlosspark Theater, à Steglitz. À un moment donné, j'allai jusqu'à la questionner au sujet de Geert Vranken.

« Jamais entendu parler de lui.

— C'était un travailleur étranger de Dordrecht, aux Pays-Bas.

— Dordreck[1] ? Pas étonnant qu'il soit venu à Berlin.

— Pas Dordreck. Dordrecht.

— Pourquoi me poses-tu la question ?

— Parce que je pense qu'il a peut-être été tué par ton ami, Paul.

— Qui ?

— Franz Koci. Le Tchèque que Gustav t'a demandé de rencontrer sur la Nolli Platz. »

Arianne roula les yeux.

« Ah, lui. Et moi qui commençais à oublier toute cette histoire. » Elle poussa un long soupir et tapa du poing sur la mauvaise chaise de plage que nous partagions. « Qu'est-ce qui lui est arrivé ? À ce Hollandais ? »

---

1. En allemand, *Dreck* : crasse, boue, gadoue.

Je lui racontai comment Geert Vranken était mort ; et je lui parlai du cran d'arrêt de Franz Koci.

« C'est vraiment affreux. Et tu dis que ce pauvre type est toujours à la morgue de la Charité, comme un ragoût de la semaine dernière ? »

J'acquiesçai.

« Et sa famille ?

— J'ai écrit à sa femme, pour l'informer de ce qui s'est passé.

— Très généreux de ta part.

— Je n'y étais pas obligé. À vrai dire, on m'avait quasiment donné l'ordre de ne pas le faire. Mais j'estimais que quelqu'un devait s'en charger. Comme toi, j'étais désolé pour elle. De plus, je pensais qu'elle me répondrait peut-être, avec des informations supplémentaires. Quelque chose qui m'aiderait à trouver l'assassin de son mari.

— Tu ne lui as pas dit…

— Non, non. J'ai juste expliqué qu'il avait eu un accident. Et qu'à cause de la réglementation du temps de guerre, il était impossible de renvoyer son corps. Mais que je veillerais, personnellement, à ce qu'il ait des obsèques décentes.

— Et tu le feras ? Je veux dire, ça semble coûteux.

— En fait, j'espère convaincre la Gestapo de les payer.

— Comment comptes-tu t'y prendre ?

— En mentant. Je leur raconterai que la morgue a besoin de place, ce qui est vrai ; et aussi qu'il vaut mieux que les restes de Vranken ne soient pas incinérés, au cas où on devrait réexaminer le corps, ce qui ne l'est pas. Un truc de ce genre. Je suis un assez bon menteur quand les circonstances l'exigent.

— Je n'en doute pas, Gunther. Et la veuve ? Tu as eu de ses nouvelles ?

— Pas encore. Et je n'en aurai probablement pas. Est-ce que tu écrirais à un salaud de nazi qui a envahi ton pays ? »

Nous restâmes un moment silencieux, comme on fait à la plage. Sur l'eau bleue, il y avait plein de petits bateaux blancs qui avaient l'air en papier. On regarda les bateaux, les enfants construisant des châteaux de sable et des filles jouant au volley-ball. La plage était bourrée de gens qui, comme nous, se disaient que c'était peut-être la dernière journée estivale et qui craignaient que nous n'ayons encore un hiver rigoureux, comme le précédent, où la température était descendue jusqu'à – 22. Ce qui, bien sûr, n'était qu'un de nos nombreux motifs de préoccupation, à nous autres Berlinois, après la chute de Kiev. Le haut commandement allemand avait publié un communiqué de victoire annonçant que l'armée détenait à présent 665 000 prisonniers soviétiques. Un chiffre astronomique, semblait-il, et, pour certains, cela signifiait que la guerre à l'Est était pratiquement gagnée ; mais quantité d'autres, comme moi-même, se disaient qu'il y avait sans doute beaucoup plus de soldats soviétiques là d'où venaient ces 665 000 hommes.

À la fin, Arianne déclara :

« J'ai pensé retourner à Dresde. Rendre visite à ma mère.

— Bonne idée.

— Tu pourrais venir avec moi si tu veux. C'est seulement à deux heures de train. Je resterai probablement deux semaines là-bas, mais tu aurais peut-être envie d'y passer le week-end. » Elle haussa les épaules. « Dresde te plairait. Ce n'est pas comme à Berlin où il n'y a pas de place. Ma mère a un immense appartement dans la Johann-Georgen Allee, donnant sur le parc. Et naturellement, c'est beaucoup plus tranquille qu'à Berlin. Je ne crois pas qu'il y ait jamais eu de raid aérien. »

Elle portait un maillot de bain bleu en latex qui faisait comme une robe et découvrait ses jambes, que je trouvais ravissantes. J'essayais de garder les yeux sur son visage pendant qu'elle parlait, ce qui n'était pas une sinécure alors que tout ce que je désirais, c'était poser mon museau sur ses genoux et qu'elle joue avec mes oreilles et me tire la queue.

« Je suis censé enquêter sur un meurtre, répondis-je au bout d'un moment. Deux meurtres si l'on compte Geert Vranken. Toutefois, ni l'un ni l'autre ne donnent grand-chose pour l'instant, et on me doit des congés. Alors, oui, je pourrais peut-être prendre des vacances. Mais je vais devoir demander l'autorisation au commissaire. Il se ronge les sangs dès qu'il ne me voit pas dans les parages. Je suis le dernier vrai flic de Berlin. Quand je m'en vais, il n'y a plus que les deux sentinelles devant l'Alex et la femme de ménage. Alors je te préviendrai, mon ange. Demain, probablement. »

9

« Je crains que ce ne soit tout à fait impossible, Bernie. »

Je me tortillai, mal à l'aise, dans le bureau de Lüdtke. J'avais l'impression d'avoir dix ans, d'être redevenu un écolier ayant des problèmes avec le directeur.

« Ça ne vous ennuierait pas de me dire pourquoi, monsieur ?

— J'allais le faire. Je viens d'avoir un coup de téléphone d'un major SS, le Dr Achim Ploetz.

— Connais pas.

— À Prague. » Lüdtke sourit. « Oui, je savais bien que ça vous clouerait le bec. Le major Ploetz est l'assistant en chef du général Heydrich. Il semble que votre présence soit requise en Bohême-Moravie. Ou peut-être est-ce seulement la Bohême. Je n'en suis pas sûr. » Il eut un haussement d'épaules. « Que Prague se trouve dans l'une ou l'autre, c'est là qu'on vous demande d'aller. »

Je fus soudain parcouru d'un frisson, comme si j'avais passé le doigt sur la lame du couperet à Plötzensee. Heydrich avait cet effet sur les gens, ce qui était sans doute la raison pour laquelle on le surnommait « le Bourreau ».

« Le major Ploetz vous a-t-il expliqué pourquoi on avait besoin de moi à Prague ?

— Apparemment, le général prévoit une sorte de week-end avec des amis, dans sa maison de campagne à l'extérieur de la ville. Pour fêter sa nomination comme Reichsprotektor de Bohême. Je ne me doutais pas que le général Heydrich et vous étiez en aussi bons termes, Bernie.

— Non, monsieur. Moi non plus.

— Oh, allons. Vous avez beau ne pas avoir d'insigne effrayant à votre revers, chacun sait à l'Alex que vous avez de la vitamine B. Même les ballons de foot vous manient avec des pincettes. »

Beaucoup d'officiers de la Gestapo aimaient bien porter des vestes et des chapeaux en cuir ; et comme un grand nombre d'entre eux étaient mieux nourris que le reste d'entre nous et donc plus gras, on les appelait des ballons de foot. Mais leur flanquer des coups de pied était exclu.

« Peut-être que je devrais demander à mon propre assistant de téléphoner à l'assistant du général pour l'informer que je suis obligé de décliner l'invitation.

— C'est ça.

— Et l'affaire sur laquelle je travaille ? Cet espion tchèque qui s'est fait tuer.

— Vous m'avez bien dit qu'il s'agissait d'un accident de la circulation ? Ce sont des choses qui arrivent tous les jours. Et manifestement, les espions ne font pas exception.

— Certes, mais je suis à peu près certain qu'il a assassiné ce travailleur hollandais, Geert Vranken. Vous vous souvenez ? Le type qui a été renversé par un train après avoir reçu des coups de couteau multiples.

— Je suis sûr qu'il attendra que vous soyez revenu de votre week-end avec le général. »

Lüdtke semblait se délecter de mon malaise. Il connaissait mon aversion pour les nazis et n'en savourait que davantage encore mon dilemme : que je ne sois pas membre du parti tout en étant visiblement si bien en cour auprès de Heydrich l'amusait. Cela m'amusait aussi, c'est-à-dire que cela m'empêcha de penser à grand-chose d'autre.

« Le Dr Ploetz, dites-vous ?

— Oui. » Lüdtke se laissa aller en arrière et joignit les mains derrière sa tête comme s'il était sur le point de se rendre. « On prétend que Prague est très jolie à cette époque de l'année. J'ai toujours rêvé d'y aller avec ma femme. Elle collectionne les objets en verre. On fait beaucoup d'objets en verre à Prague.

— Voilà qui devrait mettre les nazis de bonne humeur. Ils adorent casser du verre. Dites donc, vous devriez peut-être y aller à ma place.

— Oh non. » Lüdtke sourit. « Je ne saurais pas quoi dire à un personnage aussi important que le Reichsprotektor de Bohême. Mon Dieu, je serais surpris qu'il sache seulement que j'existe.

— Tout homme capable de persuader des inspecteurs de Berlin de se déguiser en femmes pour attraper un assassin peut être certain d'avoir été remarqué en haut lieu.

— C'est gentil à vous de dire ça, Bernie. Mais, bien entendu, j'ai bénéficié de pas mal de soutiens. Vous vous souvenez de Georg Heuser ?

— Oui.

— Georg Heuser a été un de mes meilleurs inspecteurs dans l'affaire des meurtres de la S-Bahn. Un brave type, Georg. Certes, il ne possède pas votre subtilité ni votre expérience. Mais c'est un jeune policier prometteur. Et plus utile ici que là où il est maintenant.

— Et où est-ce ?

— Dans un Einsatzgruppe[1] en Ukraine. »

Je ne répondis pas. Tout à coup, aller à Prague ne semblait pas si mal, en définitive. Pas quand on continuait à envoyer de « braves types » dans des groupes d'action spéciaux en Ukraine. Rien que de songer à Georg Heuser et à ce qu'il devait subir à Minsk, à Pinsk ou à Dnipropetrovsk, ou dans l'une ou l'autre des nombreuses villes juives où des innocents étaient massacrés par milliers, j'avais le sentiment d'être beaucoup mieux loti que je ne le croyais. Et toute discussion à propos d'un assassin de la S-Bahn semblait franchement cocasse quand un de nos propres enquêteurs faisait vraisemblablement plus de victimes

---

1. Les Einsatzgruppen (« groupes d'intervention ») étaient des unités de police militarisées opérant à l'arrière des troupes allemandes lors de l'invasion de la Pologne puis de l'Union soviétique et des États baltes. Ils assassinèrent plus d'un million de personnes de 1940 à 1943, essentiellement des Juifs et des prisonniers de guerre soviétiques. Au nombre de quatre (A, B, C, D), ils étaient divisés en Einsatzkommandos (« commandos d'intervention ») et en Sonderkommandos (« commandos spéciaux »).

en vingt-quatre heures que Paul Ogorzow n'y était parvenu en une année entière.

Lüdtke joua un moment avec le tampon buvard sur son bureau, comme s'il hésitait.

« On entend des histoires, finit-il par dire. Sur ce qui se passe à l'Est. En Ukraine et en Lettonie, par exemple. Les bataillons de police. Les groupes d'action spéciaux et tout ce genre de choses. Vous étiez là-bas, Bernie. Eh bien, qu'en est-il ? Est-ce vrai ce qu'on prétend ? Que des gens sont assassinés ? Hommes, femmes et enfants. Parce qu'ils sont juifs ? »

Je fis oui de la tête.

« Mon Dieu, murmura-t-il.

— Vous avez dit que chaque fois que j'entre ici, on croirait de la pluie dégoulinant du toit. Maintenant, vous savez pourquoi. Depuis que je suis revenu, il ne s'est pas passé une journée sans que j'éprouve de la honte. Et je ne parle pas de la nuit.

— Mon Dieu.

— C'est la troisième fois que vous invoquez Dieu, Friedrich-Wilhelm. Et je me dis qu'il doit sûrement y en avoir un, vu que le Führer n'arrête pas de Le mentionner et qu'il est inconcevable qu'il puisse se tromper sur ce point. Mais ce que nous avons fait aux Juifs et, me semble-t-il, ce que nous avons l'intention de leur faire pendant encore un bon moment, eh bien, Il ne va pas nous le pardonner de sitôt. Peut-être même jamais. En réalité, j'ai le terrible pressentiment que tout ce que nous leur faisons, Il va nous le faire à nous aussi. Sauf que ce sera pire. Bien pire. Ce sera bien pire parce qu'Il le fera faire par ces putains de Russes. »

« Il paraît que Prague est très jolie en cette saison. J'ai souvent été tentée d'y aller. » Arianne secoua la tête. « Je ne vois vraiment pas pourquoi je ne l'ai pas encore fait. Après tout, Prague n'est qu'à quelques heures de Dresde en train. Et ma mère est une Tchèque germanophone, de Teplitz. Je te l'avais dit ? Elle s'est installée à Dresde lorsqu'elle a rencontré mon père. Du reste, elle ne s'est jamais considérée réellement comme une Tchèque. Ni personne à Teplitz. D'après ce qu'elle raconte, en tout cas. » Elle marqua un temps d'arrêt. « Je pourrais peut-être aller voir mon frère. Son unité est stationnée près de Prague. »

Nous nous trouvions au Kempinski Vaterland sur la Potsdamer Platz, un ensemble de snacks et de restaurants qui se voulait « l'endroit le plus joyeux de Berlin » et qui était autant un ersatz que le café que nous étions en train de boire au Grinzing, lequel, avec son diorama du vieux Vienne et du Danube, avait lui-même tout d'un ersatz. Parmi les nombreux bars et snacks du Vaterland, Arianne avait une nette préférence pour les murs en rondins, les drapeaux yankees et la peinture de la dernière bataille de Custer du Wild West Bar. Mais juste à l'entrée, il y avait une machine de jeu équipée d'une arme légère avec laquelle on pouvait tirer sur des images d'avion, et les jeunes canonniers de DCA aimaient s'en servir pour des exercices endiablés. Ce genre de distraction ressemblait beaucoup trop à la chose réelle pour moi, si bien qu'assis au Grinzing, nous nous bécotions gentiment face à un *trompe-l'œil*[1] de la capitale autrichienne avec des ponts miniatures, des bateaux mécaniques et un train électrique, pendant qu'un petit orchestre jouait des valses de Strauss. C'était comme être un géant ou un dieu, ce qui, en Allemagne, revient généralement au même. Arianne mesurait une tête de moins que moi, et même si ça ne faisait pas d'elle la Freia de mon Fasolt[2], elle s'apparentait pas mal à une déesse de l'amour féminin. Il m'était rarement arrivé d'avoir une maîtresse aussi experte qu'Arianne et, après les horreurs déprimantes de l'Ukraine, que je ne demandais qu'à chasser de mon esprit dans la mesure du possible, peut-être étais-je en train de tomber amoureux. Bon sang de bonsoir, j'étais amoureux. Depuis que j'avais fait sa connaissance, je n'avais pas songé à me tuer. Pas une seule fois. Je savais qu'elle roulait pour elle, mais je pouvais difficilement le lui reprocher. Tout ce fichu pays était absorbé par ses propres visées égoïstes. Je l'écoutai donc jusqu'au bout tandis qu'elle jouait son rôle, et souriais probablement d'un air tendre et indulgent pendant ce temps-là. Car, même s'il y avait une partie de moi qui ne lui faisait toujours pas confiance, il y en avait une autre, encore plus importante, qui n'en avait tout simplement rien à fiche. Plus maintenant. J'étais à Gaza, attaché par des liens tout frais et des cordes d'arc neuves, les cheveux emmêlés et ma tête sur ses genoux. Parfois, ça se passe de cette manière.

---

1. En français dans le texte.
2. Divinités dans *L'Or du Rhin*, de Richard Wagner.

« As-tu un passeport ? »

Elle acquiesça.

« Quand je travaillais à la BVG, mon patron a voulu que j'en demande un pour que je puisse l'accompagner en voyage d'affaires en Italie. Je savais ce qui m'attendait et, si on avait vraiment été là-bas, je l'aurais peut-être laissé coucher avec moi, sauf que sa femme a découvert que je venais, et après ça je ne venais plus, et encore après j'avais perdu mon boulot. Une histoire très classique.

— Tu auras besoin d'un visa, évidemment.

— Bien sûr. Du Praesidium de la police sur l'Alexanderplatz. N'est-ce pas commode que tu travailles là, et tout ?

— Je ne sais pas. Il se peut que tu doives présenter une certification concernant la portée militaire de ton voyage. Auquel cas – eh bien, il n'y a aucune portée militaire, mon ange. Pas à moins de compter le rétablissement de mon propre moral. Mais je ne les vois pas avaler ça. »

Arianne secoua la tête.

« Non, on n'a besoin de ce genre de certification que si l'on prévoit de prendre le train express. » En souriant elle ajouta : « Tu oublies que j'ai bossé pour la BVG. Je connais toutes les règles et réglementations s'appliquant aux chemins de fer. Aucune certification de la pertinence du voyage n'est exigée pour les autres trains. Si nous prenons un service régulier entre la gare d'Anhalt et celle de Jan-Masaryk, il n'y aura pas de problème. Je pourrais probablement me rappeler les horaires, si je m'y mettais.

— Je n'en doute pas. Mais écoute, mon ange. Je ne sais pas exactement où je logerai ni ce que je ferai. Il est possible que tu te retrouves toute seule plus longtemps que tu ne le souhaites. Plus longtemps que je ne le souhaite, si on va par là. Ça pourrait même être dangereux.

— J'irai visiter les attractions durant ton absence. Ça ne devrait pas être trop difficile. L'allemand est désormais la langue officielle à Prague. Et ce n'est pas comme si j'allais être en uniforme. Alors je ne vois pas comment je risquerais des ennuis. Ni ce qu'il pourrait y avoir de dangereux. » Elle fronça les sourcils. « À mon avis, tu dis ça parce que tu ne veux pas que je vienne avec toi.

— Je ne pensais pas au danger que tu pourrais courir à cause des Tchèques, répondis-je. Franchement, c'est le cadet de nos soucis. Non, il y a quelque chose de beaucoup plus dangereux à Prague que ces fichus Tchécos.

— Et qu'est-ce que c'est ?

— Le nouveau Reichsprotektor de Bohême-Moravie. Le général Reinhard Heydrich. »

Quelqu'un a dit un jour qu'il n'y a pas de pire imbécile qu'un imbécile amoureux. Mais les imbéciles entre deux âges ne le sont pas moins. En rentrant, je continuais à réfléchir à l'idée d'emmener Arianne avec moi à Prague. Aussi intelligent que vous soyez, il y a des moments où force est de vous asseoir et de dresser un bilan pour vous permettre de prendre une décision. Côté passif, Arianne était une responsabilité potentielle ; et côté actif, elle me donnait beaucoup de plaisir, et pas seulement horizontal. On prétend que, lors de toute transaction, si vous pouvez déterminer ce que vous avez reçu, d'où ça venait et ce que ça vous a coûté, vous avez des actifs et des passifs parfaitement maîtrisés. Mais ce qu'on ne précise pas, c'est que, de temps à autre, vous vous dites que le monde vous doit bien un petit supplément, et au diable les conséquences. En vérité, c'est ainsi que la plupart des gens tiennent la comptabilité de leur vie. S'il faut en croire le prince Hamlet, la conscience fait de nous tous des lâches ; mais je peux affirmer que la conscience, et en particulier une conscience coupable, peut aussi vous rendre juste un peu insouciant.

10

J'arrivai à la gare d'Anhalt environ une heure avant l'heure prévue pour le départ du train afin de retrouver Arianne et d'être sûr que nous ayons tous les deux une place dans un compartiment. Les marchands de journaux parlaient de la plus grande victoire de toute l'histoire militaire à Kiev et, de-ci de-là, d'un petit succès de l'aviation italienne contre les Britanniques à Gibraltar. Une escadrille de pigeons perchés sur les chevrons du toit de la gare dut sûrement les entendre, car ils filèrent vers le sud à travers le hall, en formation, comme en l'honneur de nos merveilleuses forces armées et de leurs courageux alliés italiens.

La gare était pleine de monde. Ces temps-ci, Anhalt était toujours plus bondée que Lehrter ou Potsdam : les Allemands ne voyageaient pas à l'ouest, vers des cibles de la RAF telles que Hambourg et Cologne s'ils pouvaient l'éviter. Mieux valait le sud, et plus encore le sud-est. Même les pigeons savaient ça.

Le train se remplissait. Parmi les passagers ayant un siège dans notre compartiment se trouvait un vieux Juif, facilement reconnaissable à l'étoile jaune fraîchement cousue sur la poche de poitrine gauche de son complet. Rien d'autre chez lui n'était juif selon la caricature répugnante qu'en donnaient les actualités ou la couverture de *Der Stürmer* et, avant le 19 septembre et la nouvelle législation de Heydrich, je l'aurais pris pour un simple Berlinois. Encore qu'un Berlinois ne manquant assurément pas de courage : la croix de chevalier avec feuilles de chêne qu'il portait à un ruban autour de son cou était un témoignage suffisamment éloquent à cet égard, en même temps sans doute qu'une manière habile de compenser les stigmates de l'étoile jaune.

À présent, les gens s'entassaient dans le couloir, et un type revêtu d'un uniforme de chef de service de l'Office du travail réclama avec vigueur que le vieil homme cède sa place à un « Allemand ». D'après son tour de taille imposant, ses liens avec le travail réel semblaient pour le moins ténus.

Normalement, je n'interviens pas dans ces questions ; peut-être est-ce la vue de la croix de chevalier autour du cou du vieil homme – peut-être est-ce simplement que, comme un tas d'autres Berlinois, je n'aimais pas l'étoile jaune –, mais les brimades nazies avaient le don de me rendre encore plus acariâtre.

« Restez où vous êtes », ordonnai-je au Juif avant de me lever pour m'occuper du chef du Travail.

Son visage devint aussi rouge que celui d'un canard de Barbarie tandis qu'il s'efforçait, mais en vain, de lever sa poitrine au-dessus de sa ceinture brune bien cirée.

« Qui êtes-vous pour vous mêler de ça ? »

C'était une bonne question. Je n'étais pas en uniforme. Il se trouvait dans ma valise et, pour une fois, je regrettais presque de ne pas l'avoir sur moi. Mais j'avais dans ma poche ce qui s'en rapprochait le plus : ma plaque. Je la lui montrai dans la paume de ma main, ce qui, comme à l'accoutumée, eut pour effet de le réduire, lui et le reste du wagon, à un silence respectueux.

« Est-ce que vous voyez un écriteau qui dise que cette voiture est interdite aux Juifs ? »

Le chef du Travail jeta autour de lui un regard superflu. Il y avait un petit panneau imprimé disant : « Attention ! L'ennemi écoute ! », mais aucun écriteau antisémite comme on en voyait parfois sur les bancs des parcs ou dans les bains publics. J'en fus moi-même surpris.

Il secoua la tête.

J'indiquai Arianne du doigt.

« Cette femme travaillait pour la BVG jusqu'à il y a environ un an.

— C'est exact, dit-elle. J'étais secrétaire du directeur lui-même.

— Y a-t-il quoi que ce soit dans le règlement ferroviaire de la BVG qui dise qu'un Juif doit céder sa place à un Allemand ?

— Non. Il n'y a rien.

— Alors vous voyez. Voilà qui met fin à la discussion. Déguerpissez et bouclez-la, espèce d'ignorant. »

J'aurais peut-être mentionné aussi la décoration autour du cou du vieux Juif, mais je ne tenais pas à ce qu'on pense que c'était l'unique raison pour laquelle j'étais intervenu en sa faveur.

Il y eut un murmure d'approbation tandis que le chef du Travail quittait à toute pompe le compartiment puis descendait du wagon.

« Merci, monsieur, fit le vieil homme en soulevant son chapeau.

— Je vous en prie », répondis-je, et je soulevai le mien en retour.

Quelqu'un d'autre ajouta, à voix basse :

« Personne n'aime cette étoile jaune. »

Le vieil homme avait maintenant l'air totalement déconcerté, et il aurait pu raisonnablement demander à n'importe lequel d'entre nous comment il se faisait, si cette étoile jaune ne nous plaisait pas, que nous ayons accepté qu'une chose comme l'ordonnance de Heydrich se produise. Auquel cas, j'aurais peut-être suggéré une meilleure question : comment avions-nous accepté qu'une chose comme Heydrich se produise ? Il n'y avait pas de réponse facile à cette question.

Le vieil homme descendit du train à Dresde, ce qui fut un soulagement pour tout le monde. La vue du mot « Juif » sur un homme d'une bravoure aussi évidente nous donnait à tous profondément honte de nous-mêmes.

En dépit de ce qui avait été dit à propos de l'étoile jaune, personne dans notre compartiment – strictement personne – ne parlait de la guerre.

L'injonction sur la cloison en bois selon laquelle l'ennemi écoutait peut-être était plus efficace qu'on n'aurait pu le penser. Et comme il n'y avait pas grand-chose d'autre que la guerre dans l'esprit de chacun, cela signifiait qu'aucun des passagers de notre compartiment ne desserrait les dents. Même Arianne, qui aimait bien parler, demeura muette pendant la plus grande partie du trajet.

Le train se dirigea au nord de l'Elbe jusqu'à Bad Schandau, où il franchit un pont puis bifurqua à l'est et mit à nouveau le cap vers le sud jusqu'à Schöna, où il s'arrêta afin de permettre à des fonctionnaires des douanes de monter. Tout le monde – moi y compris avant d'exhiber ma capsule de bière – dut descendre du train pour qu'on fouille les bagages dans la cabane des douanes. Aucun de mes compagnons de voyage ne protesta. Après huit longues années de nazisme, les gens se gardaient bien de se plaindre aux autorités. De plus, ces fonctionnaires étaient appuyés par vingt ou trente SS qui se tenaient avec des allures de brute sur le quai, prêts à réprimer tout incident.

Les douaniers eux-mêmes se montrèrent étonnamment polis et courtois. Ils ne prirent pas la peine de fouiller Arianne ni ses affaires lorsque je les informai qu'elle voyageait avec moi. Dans le cas contraire, je me demande ce qu'ils auraient bien pu trouver.

Alors que le reste des passagers attendaient dans la cabane des douanes et que nous étions seuls dans le compartiment, elle me regarda d'un air étrange.

« Tu es un drôle de zigoto, Parsifal. Je n'arrive pas à te comprendre.

— Comment ça ?

— La façon dont tu as pris la défense de ce vieux Juif. Bonté divine, et moi qui me disais que tu devais être un nazi.

— Qu'est-ce qui t'a donné cette idée ?

169

— Je ne sais pas. C'est peut-être la compagnie que tu fréquentes. Dans mon cercle, on ne voit pas beaucoup le général Heydrich.

— Ce n'est pas un homme facile à décevoir.

— J'imagine.

— Vraiment ? J'en doute. Je n'ai pas toujours été sa créature. Avant même que les nazis prennent le pouvoir, je suis parti de la police, en raison de mes opinions politiques. C'est-à-dire que, comme beaucoup de gens qui soutenaient la vieille république, je n'avais pas vraiment d'opinions politiques, sauf que je n'étais pas un nazi et que je n'étais pas un rouge non plus. Mais ce n'était pas bien, tu comprends ? Pas chez les flics. Alors j'ai donné ma démission ; encore qu'on m'aurait viré de toute manière. Puis, en 1938, ne pas être un nazi m'a à nouveau donné l'air d'un bon policier. Je n'allais pas coller un délit sur le dos d'un type juste parce qu'il était juif. Ce qui servait Heydrich, de sorte qu'il m'a ordonné de réintégrer la Kripo. Et depuis, je suis coincé là. Pire que ça, en fait. Soudain, lorsque la guerre a éclaté, si on était dans la Kripo, on était aussi dans la SS ; et quand on a attaqué la Russie... »

Je secouai la tête.

« Ma foi, de temps en temps, je lui suis utile de la même façon qu'un cure-dent est utile à un cannibale.

— Tu as peur qu'il te mange, toi aussi. C'est ça.

— Quelque chose de ce genre.

— Peut-être que si davantage de gens tenaient tête à Heydrich, comme tu as tenu tête à ce gros chef du Travail ? » Elle eut un haussement d'épaules. « Je ne sais pas.

— Tu ne connais pas Heydrich. Les gens ne lui tiennent jamais tête très longtemps. Le plus souvent, ils finissent devant un peloton d'exécution. S'ils ont de la chance.

— Tu es un peu comme Faust, je suppose. Et Heydrich est ton Méphistophélès. »

Je hochai la tête.

« Si ce n'est que je n'ai eu aucun des plaisirs de ce monde en contrepartie. Je n'ai même pas séduit une belle et innocente jeune fille. Gretchen, c'est ça ?

— Non. Arianne.

— Tu n'es guère innocente.

— Mais je suis belle.

— Oui. Tu es belle, mon ange. Il n'y a aucun doute là-dessus. »

11

Une heure plus tard, nous repartions, pour passer rapidement en Bohême, encore que, vu le nombre de drapeaux et de bannières nazis ainsi que de troupes allemandes, on avait du mal à faire la différence. Et presque chaque ville tchèque qu'on traversait portait maintenant un nom allemand, si bien qu'on avait moins l'impression de se rendre dans un pays étranger, ou même un territoire autonome – ce qui est, à proprement parler, le sens du mot « protectorat » –, que dans une colonie.

Nous arrivâmes à Prague en fin d'après-midi. D'après mon Baedeker autrichien de 1929 – pour une raison quelconque, cette édition comportait une partie sur Prague, comme s'il s'agissait encore d'une ville du vieil Empire austro-hongrois –, l'hôtel se trouvait juste à côté de la gare de Masaryk, aussi nous décidâmes d'y aller à pied. Tenant la valise d'Arianne et la mienne, je franchis en premier une grande voûte, suivie d'une courte colonnade de piliers doriques, avant de pénétrer dans un hall avec un toit en verre, de la peinture bordeaux s'écaillant et une architrave en plâtre dorée qui semblait sortie d'une villa abandonnée de Pompéi. Le hall était plein d'uniformes vert-de-gris, dont certains regardaient Arianne avec avidité, tels des loups. Je ne les blâmais pas le moins du monde. Elle avait une silhouette comme une flûte de charmeur de serpent. Ce qu'elle-même n'était pas sans savoir et, souriant gaiement, elle mit quelques notes supplémentaires dans la mélodie aussi séduisante que bien balancée de sa démarche.

L'hôtel Imperial était situé à moins d'une centaine de mètres du bout de la rue. Il avait une façade grise absolument banale, mais l'intérieur était un temple de l'Art nouveau, ce qui, à première vue, cadrait mal avec la popularité manifeste dont jouissait l'établissement auprès de l'armée allemande, laquelle n'est pas particulièrement réputée s'intéresser à l'art, sauf, naturellement, quand il s'agit de voler un malheureux Juif pour la collection personnelle de Goering. Les murs du petit, mais impressionnant vestibule d'entrée étaient recouverts d'un bas-relief en céramique de couleur crème qui représentait six femmes habillées à l'antique, faisant courir leurs lions de compagnie. Je savais qu'elles étaient habillées à l'antique parce qu'elles avaient sur la tête un petit cercle en or surmonté d'un aspic et les seins nus – une mode que j'approuve, en règle générale.

Les seins des femmes sont un de mes petits passe-temps ; toutefois, si je sais pourquoi j'ai plaisir à les voir et à les toucher, je ne saurais comprendre cette fascination.

En voyant l'entrée de l'hôtel et l'immense café avec ses piliers revêtus de carreaux de faïence, je songeai immédiatement à la porte d'Ishtar, au musée de Pergame à Berlin, raison pour laquelle, je suppose, l'Imperial était un des lieux favoris de l'armée allemande. Cela dit, peut-être était-ce également parce que l'hôtel était coûteux. La Wehrmacht aime les hôtels coûteux, et moi aussi, en l'occurrence. Depuis que j'ai travaillé comme détective d'hôtel à l'Adlon, j'ai compris que je n'étais pas difficile à satisfaire : habituellement, je me contente de ce qu'il y a de mieux. Dans tous les cas, le café de l'Imperial regorgeait de soldats, avec leurs rires de permissionnaires, leurs blagues douteuses et leur fumée de cigarettes de meilleure qualité.

Notre chambre d'angle, au cinquième étage, avait deux fenêtres. D'un côté, on avait une jolie vue sur le sud-est de Prague, pour l'essentiel des flèches et des cheminées fumantes ; de l'autre, à l'ouest, on pouvait voir le toit juste en face, qui avait un de ces dômes en moulin à poivre faits de cuivre à moitié oxydé. On aurait dit un grand samovar verdâtre.

Nous allâmes nous coucher presque aussitôt, ce qui semblait le plus judicieux, dans la mesure où je ne savais pas quand Heydrich me ferait appeler dans sa maison de campagne ni pour combien de temps, et où une bonne partie de jambes en l'air nous trottait dans la tête depuis que le train avait quitté Berlin – même si, pour être plus précis, cela trottait probablement davantage dans la mienne que dans la sienne. Toujours est-il qu'elle se laissa facilement convaincre. C'était de l'amour, ou du moins une bonne imitation, de ma part en tout cas.

Puis ce fut la vie, qui, comme on sait, est l'ennemi juré de l'amour, se manifestant au bas de la porte sous la forme d'une enveloppe brune.

M'écartant du corps nu d'Arianne, je traversai la pièce pour aller la ramasser.

Arianne roula sur le ventre, alluma une cigarette, la deuxième seulement de la journée, et me regarda lire la note.

« Méphistophélès ?

— Je le crains. Son chauffeur viendra me prendre demain matin à la première heure, devant l'hôtel.

— Ce qui, à coup sûr, nous laisse amplement le temps de faire toutes sortes de choses. Qui sait, on arrivera peut-être même à voir les curiosités. Il paraît que le pont Charles vaut le coup d'œil.

— C'est ce qui te plairait ?

— Pas dans l'immédiat. » Elle souffla de la fumée vers le plafond et me regarda en plissant les yeux. « Dans l'immédiat, je veux juste un peu plus de ce pourquoi je suis venue. » Elle posa sa cigarette et, s'allongeant sur le dos, ouvrit les bras puis les cuisses. « Tout le reste, tu sais, ce n'est que du tourisme et je peux le faire toute seule. »

Je balançai la note de Heydrich, remontai sur le lit et me glissai entre ses jambes.

« Mais pour ça, ajouta-t-elle, j'ai besoin d'aide. »

12

Le chauffeur du général, un sergent SS, me dit
s'appeler Klein. C'était un grand gaillard, costaud,
avec des cheveux blonds, un front haut et un visage
sans expression. Je compris vite qu'il était également
peu bavard. Quand on travaillait pour le Reichsprotektor de Bohême-Moravie, il valait mieux ne pas
être bavard.

La voiture était une Mercedes 320 décapotable
vert foncé. Avec son numéro d'immatriculation
on ne peut moins discret – SS-4 –, c'est celle que
conduisait Klein quand Heydrich n'effectuait pas des
tâches officielles ou dévolues à l'État. Pour celles-là,
appris-je bientôt, il y avait un modèle plus grand,
une Mercedes 770. La 320 avait un phare en plus
monté sur l'aile avant, au cas où le général devrait
s'arrêter pour interroger quelqu'un sur le bord de la
route. L'absence de drapeau ne me donnait guère le
sentiment d'être moins visible ou vulnérable. Nous
étions tous les deux en uniforme. La capote était
baissée. Il n'y avait pas d'escorte armée. Nous nous
trouvions en territoire ennemi. Pour moi, c'était
comme se rendre dans un village hindou thug en

arborant une veste rouge et en sifflotant *The British Grenadiers*[1]. S'apercevant non sans amusement de mon malaise manifeste, Klein expliqua que le général méprisait toute escorte comme un signe de faiblesse, raison pour laquelle il préférait circuler en ville avec la capote baissée.

« Et vous l'emmenez souvent en ville ?

— Entre le château de Prague et la maison de campagne du général ? Deux fois par jour. Aussi régulier qu'une horloge.

— Vous plaisantez.

— Non.

— Avec un des Trois Rois en liberté, ça ne me paraît pas très prudent. »

Nous nous mîmes en route, et je me ratatinai sur le siège avant au moment où un grand escogriffe, debout sur le côté de la route, ôtait son chapeau de feutre usé pour nous saluer avec respect – nous, ou plus probablement ce que nous représentions. Ce qui était monnaie courante à Prague. Les nazis adoraient ça. Mais, pour ma part, ça m'excitait à peu près autant que si j'avais roulé avec une cible tricolore peinte sur la poitrine ; aussi, sortant mon pistolet, je manœuvrai la glissière avant de le fourrer dans la poche en cuir de la portière de la voiture, où je pourrais le récupérer facilement et rapidement en cas d'urgence.

Klein se mit à rire.

« À quoi cela sert-il ?

— Ne faites pas attention à moi, sergent. J'étais en Ukraine jusqu'à la fin août. En Ukraine, il y a

---

1. Chanson de marche de l'armée britannique du XVIIe siècle.

des tas de Popov qui veulent tuer des Allemands. Je suppose qu'il en va de même dans presque tous les pays conquis. Sauf peut-être en France. Je ne me suis jamais senti en danger en France.

— Alors pourquoi vous sentir en danger ici ?

— À mes oreilles ignorantes en tout cas, la langue tchèque ressemble pas mal à du russe. Voilà pourquoi.

— Eh bien, je peux vous rassurer, mon capitaine. Attaquer cette voiture, ou l'autre voiture du général, la SS-3, serait s'exposer au plus sévère des châtiments. C'est ce que dit le général. Et je le crois.

— Mais vous, qu'en pensez-vous ? »

Klein eut un haussement d'épaules.

« Je pense qu'il s'agit d'un véhicule rapide et que le général aime que je roule vite.

— J'avais remarqué.

— À mon avis, il faudrait avoir une foutue chance pour faire tomber cette voiture dans une embuscade. Ce qui, à long terme, serait une sacrée malchance pour les Tchécos.

— Et pour le général, pourrait-on supposer. Peut-être même pour vous, sergent. En réalité, votre menace ne fait guère le poids, dans la mesure où, me semble-t-il, leur infortune repose sur la vôtre. C'est comme dire que, si vous aviez le malheur de vous noyer, vous vous arrangeriez pour les entraîner avec vous. Lorsqu'ils seront morts, vous le serez aussi. »

Depuis le centre de la ville, nous parcourûmes une quinzaine de kilomètres vers le nord-est, jusqu'à un petit village du nom de Jungfern-Breschan. Les autochtones l'appelaient Panenske-Brezany, ce qui est probablement le terme tchèque pour désigner un bled totalement silencieux, entouré d'un paysage monotone à vous flanquer le bourdon : rien qu'une multitude de champs plats, labourés depuis peu et dégageant une odeur pestilentielle. Le village lui-même était encore plus accueillant et pittoresque, à condition que votre idée de ce qui est accueillant et pittoresque inclue quelques postes de contrôle et deux ou trois détachements de SS motorisés. Quiconque aurait été assez insensé pour s'en prendre à la voiture de Heydrich se serait aperçu que la campagne lui offrait très peu de protection contre les soldats en question. Une équipe d'assassins à Jungfern-Breschan aurait été capturée ou tuée en quelques minutes. Malgré tout, je ne pouvais pas m'empêcher de me demander pourquoi Heydrich avait choisi de vivre ici, au milieu de nulle part, quand il avait à sa disposition, dans le centre de Prague, un château de la taille du Kremlin, sans parler d'une poignée d'élégants palais de Bohême. Peut-être craignait-il d'être défenestré. Une coutume extrêmement répandue à Prague. Moi-même, ça ne m'aurait pas dérangé de pousser Heydrich ou un nombre indéterminé de nazis par une fenêtre haute.

Quittant la nationale, Klein s'engagea sur une route en pente douce qui tournait à droite puis à gauche. Il y avait maintenant des arbres, et une forte odeur d'herbe fraîchement coupée et d'aiguilles de pin flottait dans l'air. Après la triste grisaille de Prague, on sentait que c'était un endroit où Heydrich pouvait échapper plus facilement aux soucis du monde, y compris ceux qu'il avait lui-même infligés ou qu'il gardait en réserve. À Jungfern-Breschan, il lui était possible d'oublier tout le reste, pour autant que la présence de plusieurs centaines de SS chargés de veiller sur sa vie privée ne l'incommodât pas.

Un bâtiment en crépi rose, largement baroque, apparut sur la gauche. Derrière un portail gardé, je comptai six fenêtres à l'étage supérieur. On aurait dit un pavillon de chasse, mais je n'en aurais pas juré. Il m'était rarement arrivé d'aller à la chasse, et jamais pour quoi que ce soit de plus fuyant qu'une personne disparue, un meurtrier ou une femme infidèle. De plus, on comprenait mal que quelqu'un désireux de tirer quelques faisans ait également besoin pour ce faire d'une chapelle orthodoxe russe de la même couleur et d'une piscine dans le parc. Naturellement, on peut toujours imaginer que, si j'avais prié un peu plus et appris à nager un peu mieux, j'aurais peut-être abattu une bécasse par-ci par-là.

« C'est la nouvelle demeure du général ?

— Non. C'est le château du haut. Von Neurath continue à y habiter. Pour le moment, du moins. »

Konstantin von Neurath avait été le Reichsprotektor de Bohême jusqu'à ce que Hitler décide qu'il était trop mou et confie ce rôle à son boucher blond ; mais avant ça, Neurath avait été ministre des Affaires étrangères – un poste à présent détenu par l'homme le plus impopulaire d'Allemagne : Joachim von Ribbentrop.

« Il y a un château du haut et un château du bas, expliqua Klein. Tous les deux appartenaient à un marchand de sucre juif. Mais quand ce salaud de youtre a mis les voiles en 1939, le domaine a été confisqué. L'habitation principale est le château du bas, un peu plus loin en descendant la colline. C'est une maison plus agréable.

— Est-ce que ça ne gêne pas le général ? Que des Juifs aient vécu là ?

— Je vous demande pardon ?

— Vous avez vu les films de propagande. Ces gens sont porteurs de maladies, n'est-ce pas ? Comme les rats. »

Klein me regarda, l'air de se demander si j'étais sérieux, et décida, à tort, que oui. Pour être juste envers lui, mes sarcasmes n'étaient pas dépourvus d'une prudente ambivalence, depuis mon retour d'Ukraine.

« Non, ça ne pose pas de problème, affirma-t-il. Ce marchand ne possédait la maison que depuis 1909. À l'origine, c'était la propriété d'un aristocrate allemand, qui a dû la céder à une banque, laquelle l'a vendue à ce Juif pour une bouchée de pain. Et auparavant, le domaine appartenait à des moines bénédictins.

— Eh bien, on ne peut pas faire moins juif qu'un moine bénédictin, pas vrai ? »

Klein sourit bêtement et secoua la tête.

Je caressai l'idée de lui demander comment un homme appelé Klein avait seulement pu entrer dans la SS, sans parler de servir de chauffeur à Heydrich, lorsque surgirent les grands portails du château du bas. Devant se trouvaient deux statues en pierre qui auraient fait s'arrêter un ami des animaux. L'une représentait un ours déchiqueté par des chiens de chasse ; et l'autre un sanglier également aux abois. Mais on voyait bien en quoi ce genre d'objet pouvait plaire à Heydrich, qui était assurément l'incarnation de la Nature rouge à bec et ongles.

À côté du sanglier, un soldat SS sortit de sa guérite et se mit au garde-à-vous tandis que notre voiture tournait pour franchir le portail. Au bout d'une allée d'une cinquantaine de mètres se dressait le château lui-même. Une petite construction modeste, mais seulement d'après les critères de Hermann Goering, ou peut-être de Mussolini.

C'était en fait un manoir de style français fin XIXe, mais non moins imposant pour autant, avec seize fenêtres à chacun des deux niveaux de belles proportions, devant et derrière. Contrairement au château du haut en crépi rose, le château du bas était jaune canari, avec un toit rouge, un portique à colonnes carré et une fenêtre en arc au centre, de la grandeur d'un tunnel de U-Bahn. Sur la pelouse immaculée se trouvait un autre morceau de statuaire : un énorme cerf et deux biches fuyant la maison. Je jetai un coup d'œil au nombre de SS patrouillant le parc et me sentis moi-même fuir au galop. Avec quelques femelles en saison des amours comme compagnie folâtre, j'aurais peut-être même franchi le mur d'enceinte.

Klein s'arrêta devant la porte d'entrée et coupa le moteur quatre temps trois litres de la 320. Il couinait en refroidissant comme si une famille de souris vivait sous le capot de deux mètres cinquante de long.

Pendant un moment, je restai là à contempler la maison, écoutant le roucoulement apaisant des pigeons et, me sembla-t-il, le bruit de quelqu'un leur tirant dessus, pas très loin.

« Des exécutions ? » demandai-je, prenant mon pistolet dans la poche de la portière.

Klein sourit.

« De la chasse. Il y a toujours quelque chose sur quoi tirer dans les parages.

— Quelque chose ou quelqu'un ?

— Je peux vous prêter un fusil si vous avez envie de ramener de quoi remplir la marmite. Nous mangeons beaucoup de gibier au château.

— Eh bien, comme je dis toujours, l'important n'est pas tant ce qu'on mange qu'avec qui on le mange. Ça me fait penser : à qui dois-je remettre mes tickets d'alimentation ? »

Le château du bas ne faisait pas précisément l'effet d'un endroit à tickets d'alimentation, mais je l'avais dit quand même, juste pour rire.

« Vous pouvez oublier un moment ce genre de chose. Nous ne sommes pas à Berlin. Il n'y a pas de pénurie. Le général vit très bien ici, à la campagne. Cigarettes, alcools, chocolat, légumes. Tout ce vous voulez. Vous n'avez qu'à demander. »

Klein indiqua d'un signe de tête un valet SS en veste de cérémonie blanche qui approchait et qui ouvrit ma porte avant de se mettre au garde-à-vous.

« Je commence à comprendre pourquoi il vit là. Nous ne sommes pas seulement en dehors de Prague. Nous sommes également en dehors de ce que l'on tient pour normal. »

Je me levai, rendis le salut hitlérien et suivis le valet à l'intérieur de la maison.

Le hall principal avait deux étages de haut, avec une galerie en fer forgé et un grand lustre en laiton ouvragé qui ressemblait à Dante, Béatrice et les anges de l'armée céleste attendant pour un rendez-vous avec saint Pierre. Derrière la lourde porte en chêne se trouvait une horloge de la taille d'un hêtre et qui, comme je ne tardai pas à m'en rendre compte, était aussi bonne pour indiquer l'heure. Il y avait une grande table ronde en noyer sur laquelle trônait un bronze d'une amazone à cheval luttant avec une panthère. La panthère était enroulée autour du cheval, ce qui paraissait une erreur, compte tenu de la poitrine de l'amazone. Cela dit, l'amazone avait une lance à la main, alors la panthère savait peut-être ce qu'elle faisait. Il y a des femmes qu'il vaut mieux laisser de côté, aussi séduisantes soient-elles.

À l'extrémité du hall, en bas d'une courte volée de marches en marbre, s'ouvrait une vaste pièce avec des canapés Knoll à nouettes et une table basse en bois massif qui avait peut-être été jadis une petite île des Caraïbes. La seule raison pour laquelle on pouvait supposer qu'il s'agissait d'une pièce, c'est si l'on supposait également que, quelque part, hors de portée de l'œil humain, se trouvaient d'autres murs et fenêtres ainsi qu'une porte ou deux. On apercevait une grande cheminée vide avec des chenets en cuivre et un pare-feu en fer forgé qui n'aurait pas dépareillé une porte de prison. Au-dessus, un manteau avec un Atlas bourré de muscles à chaque coin et, sur le manteau lui-même, plusieurs photos encadrées de Hitler, Heydrich, Himmler, et d'une blonde aux traits marqués, sans doute Lina, la femme de Heydrich. Sur une autre photo, elle et Heydrich portaient le costume tyrolien et jouaient avec un bébé ; ils avaient tous l'air très allemands. Et il était difficile de ne pas penser à ces Atlas comme à deux pauvres Tchèques gémissant sous le fardeau de leurs nouveaux maîtres. Au-dessus du manteau, un immense portrait, inutilement bien peint, du Führer, qui semblait regarder en direction de la galerie comme s'il se demandait quand on allait enfin descendre pour lui dire ce qu'il fichait là au juste. J'éprouvais exactement le même sentiment.

Alors que mes yeux s'habituaient peu à peu aux dimensions de la pièce, je distinguai, au loin, des portes-fenêtres et, à travers, une pelouse, des arbres et des arbustes, et un ciel bleu azur, corollaire inévitable et fort plaisant de l'absence de voisins.

Un grand majordome portant une queue-de-pie et un col cassé pénétra en silence dans le couloir et se fendit d'une courbette, me laissant suffisamment de temps pour avoir une bonne vue de ses cheveux, qui, de même que son expression de déférence, semblaient avoir été dessinés sur sa tête. Le ruban de la croix de fer de première classe à son revers était du meilleur effet, rappelant à tous les porteurs d'uniforme que lui aussi avait fait sa part dans les tranchées. Il avait un visage épais aux joues flasques et une soupe de bœuf encore plus épaisse en guise de voix.

« Bienvenue à Jungfern-Breschan, monsieur. Je suis Kritzinger, le majordome. Le général vous présente ses compliments et vous invite à boire un verre sur la terrasse à 12 h 30. » Il leva un bras en direction des portes-fenêtres comme s'il dirigeait la circulation sur la Potsdamer Platz. « N'hésitez pas à me dire s'il y a quoi que ce soit que je puisse faire pour rendre votre séjour plus confortable. En attendant, si vous voulez bien me suivre, je vais vous montrer vos quartiers. »

Ma chambre, dans l'aile nord, était plus spacieuse et mieux aménagée que je ne m'y attendais. Il y avait un grand lit, un secrétaire avec trois tiroirs noir foncé pour les vêtements que j'avais apportés de l'Imperial, un siège-table et un fauteuil en cuir à côté d'une cheminée préparée mais non allumée. Sous la fenêtre, une desserte pliante avec une gamme princière de boissons alcoolisées, chocolat, journaux et cigarettes américaines. Kritzinger avait à peine tourné le dos que je jetai mes Johnny pour remplir mon étui. Avec un verre à la main et une cigarette digne de ce nom à la bouche, j'inspectai plus en détail ma principauté.

Sur le secrétaire se trouvait une lampe Brumberg à l'abat-jour en parchemin, et par terre un kilim turc marron. Des serviettes étaient posées au bout de mon lit, et la porte avait une clé et une serrure, ce dont j'étais reconnaissant. De façon absurde. Dans une maison déjà pleine d'assassins, il est probablement stupide de penser que fermer votre porte à clé vous évitera les mauvaises surprises. Les fenêtres du rez-de-chaussée étaient munies de barreaux, mais pas celles de l'étage supérieur. La fenêtre de ma chambre possédait de solides verrous en cuivre. Elle avait une vitre fixe et deux battants s'ouvrant sur le jardin de derrière. À quoi venaient s'ajouter un store pour l'été et d'épais rideaux rouges pour quand le temps se refroidissait, ce qu'il fait en permanence dans cette partie du monde.

Je me penchai. Le sol était à cinq ou six mètres du rebord de la fenêtre. Au milieu d'un massif de fleurs circulaire, un arroseur donnait l'impression d'un derviche tourneur d'eau et de rythme. Au-delà, il y avait un chemin de gravier bordé de buissons soigneusement taillés, puis un épais bouquet d'arbres. Et sur la pelouse se dressait un autre groupe en pierre de cervidés s'enfuyant qui formait peut-être une paire avec celui du jardin de devant.

M'allongeant sur le lit, je finis mon verre et fumai ma clope. Ce qui ne contribua guère à me calmer. Être sous le même toit que Heydrich me rendait nerveux. Je me levai et me servis un autre verre, ce qui aida, mais un peu seulement. Quoi qu'il veuille, je savais que ça ne ferait pas l'affaire de ma conscience, déjà sérieusement écornée, et je décidai que, lorsqu'il daignerait enfin m'expliquer de quoi il s'agissait, je lui dirais, aussi poliment que possible, d'aller au diable. Il n'était pas question que je retourne en Ukraine accomplir je ne sais quel acte de génocide révoltant, et peu importait en réalité si ça signifiait être envoyé dans un camp de concentration. Je n'étais pas comme tous ces salopards en uniforme. Bon Dieu, je n'étais même pas un nazi. Peut-être était-il nécessaire de le leur rappeler. Peut-être était-il temps que je réitère mon allégeance à la vieille république. S'ils cherchaient un prétexte pour me chasser du SD, eh bien, je leur en offrirais un. Arianne avait sûrement raison : s'il y avait davantage de gens pour s'opposer à Heydrich comme je m'étais opposé à ce chef du Travail dans le train, cela changerait peut-être les choses. Il y aurait des morts supplémentaires, moi y compris, mais on ne pouvait rien y faire. Ces derniers temps, ça ne semblait pas si terrible que ça. En tout cas, c'est ce que je me disais. C'était peut-être le schnaps. Et, bien sûr, je ne le saurais que le moment venu. Mais je n'ignorais pas qu'il allait me falloir de l'estomac parce que j'avais peur également. À ma connaissance, c'est le meilleur moyen de faire la distinction entre le courage et la stupidité.

« C'est assez beau, vous ne trouvez pas ? »

J'étais en train d'admirer une éblouissante peinture moderne d'une *femme fatale*[1] aux cheveux noirs. Elle portait une robe longue magnifique, qui semblait avoir été faite avec les yeux d'or d'Argus, le tout se détachant sur un fond doré resplendissant. Il y avait quelque chose de terrifiant chez la femme elle-même. On aurait dit une reine égyptienne impitoyable, apprêtée pour l'éternité par un groupe d'économistes esclaves de l'étalon-or.

« Malheureusement, c'est une copie. L'original a été volé par ce gros rapace de Hermann Goering et figure maintenant dans sa collection privée, où personne ne peut le voir sauf lui. Hélas. »

Je me trouvais dans la bibliothèque du château du bas. Par la fenêtre, je pouvais voir le jardin à l'arrière, où plusieurs officiers de la SS et du SD étaient déjà rassemblés sur la terrasse. L'officier qui me parlait était âgé d'une trentaine d'années, grand, mince et quelque peu maniéré. Il avait des cheveux blond clair et une cicatrice de duel sur la joue. Les

---

1. En français dans le texte.

trois galons à son col me disaient qu'il s'agissait d'e
SS-Haupsturmführer – un capitaine, comme moi ; e
la mini-balançoire à ferrets d'argent sur sa tunique
– appelée plus précisément une aiguillette, mais seulement par les gens capables de se débrouiller avec
un dictionnaire des termes militaires – indiquait que
c'était un aide de camp, de Heydrich selon toute
vraisemblance.

« Êtes-vous le Doktor Ploetz ?

— Grand Dieu, non. » Il claqua des talons.
« Haupsturmführer Albert Küttner, quatrième assistant du général Heydrich, à votre service. Non, quand
vous rencontrerez Ploetz, vous le saurez. Ce sera un
peu comme une porte de réfrigérateur qu'on a laissée
ouverte.

— Froid, hein ?

— J'ai connu des glaciers plus chauds.

— Combien d'assistants a le général ?

— Oh, juste quatre. Un pour chaque saison. Il
y a moi. Les capitaines Pomme et Kluckholn. Et le
major Ploetz, qui est l'assistant en chef. Vous aurez
le grand plaisir de les rencontrer tous durant votre
séjour ici.

— Je peux attendre. »

Küttner eut un petit sourire entendu, comme si
lui et moi occupions déjà la même fréquence radio
interdite.

« Vous devez être le capitaine Gunther. » Il secoua
la tête. « L'accent de Berlin. Tellement caractéristique. À propos, le général n'utilise pas beaucoup le
salut hitlérien quand on est ici au château.

— Ça me convient. Je ne fais pas trop dans le salut ...tlérien moi non plus.

— Oui. Le général aime bien laisser les choses très informelles. On applique donc les règles du mess. Pas de port de ceinturon. » Il montra d'un signe de tête mon baudrier. « Ce genre de chose.

— Merci, dis-je en le détachant.

— Par ailleurs, s'il est bon de vous présenter la première fois en précisant votre rang dans la SS, il est inutile de le mentionner ensuite pour vous désigner, vous ou un camarade officier. Les grades militaires ou les noms de famille gagnent du temps. Le général est très soucieux de gagner du temps. Il dit souvent que, pendant que nous attendons, le temps, lui, n'attend pas, et aussi que le temps perdu ne se rattrape jamais. C'est très juste, n'est-ce pas ?

— Il a toujours des formules extrêmement intéressantes, le général. Vous devriez coucher par écrit certaines de ses paroles. Pour la postérité. »

Küttner secoua la tête. Apparemment, il n'était pas tout à fait sur la même fréquence que moi, en fin de compte.

« Cela n'irait pas du tout. Le général déteste qu'on note ce qu'il dit. Une de ses petites manies. »

Je souris.

« Un indice évident, à coup sûr. »

Küttner sourit à son tour.

« Oui, je vois ce que vous voulez dire. Très bon. Très bon.

— Voilà pourquoi il a quatre assistants, je suppose. Pour que tout demeure officieux.

190

— Oui, je n'y avais pas pensé. Mais il se ⱼ vous ayez raison. »

J'en revins au portrait doré devant nous.

« Qui est-ce, au fait ?

— Elle s'appelle Adele Bloch-Bauer, et son mar Ferdinand, possédait cette maison. Un Juif, de sorte qu'on se demande bien pourquoi Goering en pince autant pour elle. Mais c'est ainsi. La cohérence n'est pas son fort, je dirais. Certes, c'est une excellente copie, mais, à mon avis, il est fort dommage que l'original ne se trouve pas dans la maison, où est sa vraie place. Nous essayons de convaincre le Reichsmarschall de le rendre, mais sans grand succès jusqu'à présent. Quand il s'agit de tableaux, il est comme un chien avec un os. Quoi qu'il en soit, il est facile de voir pourquoi il y tient tellement. Dire que Frau Bloch-Bauer ressemble à un million de marks ne rend guère justice à son portrait, ne pensez-vous pas ? »

J'acquiesçai et m'autorisai un nouveau coup d'œil, pas à la peinture mais au capitaine Küttner. Pour un homme qui était l'assistant de Heydrich, ses opinions libres et franches sentaient le soufre. Un peu comme les miennes. Manifestement, nous avions plus de choses en commun qu'un simple uniforme et une profonde compréhension de l'art moderne.

« C'est différent, admis-je.

— D'une élégance un peu superficielle, sans doute. Cependant, pour une raison ou pour une autre, même une copie est plus touchante que la peinture dorée, qui a l'air d'avoir été renversée sur la toile. Non ?

...us parlez comme Bernard Berenson[1], capi-
...üttner.

Seigneur, ne dites pas ça. Du moins, pas à por-
de voix du général. Berenson est un Juif.

— Que lui est-il arrivé, quoi qu'il en soit ? » J'allumai une cigarette. « À la femme en or du tableau ?

— C'est triste à dire, et assez peu glorieux compte
tenu de l'image qu'elle donne sur cette peinture, mais
la malheureuse a succombé à une méningite en 1925.
Tout compte fait, cela vaut peut-être mieux, quand on
pense à ce qu'endurent les Juifs dans ce pays. Ainsi
que dans son Autriche natale.

— Et Ferdinand ? Son mari ?

— Oh, je n'ai pas la moindre idée de ce qu'il
est devenu. Et je m'en moque, pour ne rien vous
cacher. Il semble le type même du marchand juif aux
doigts crochus, et il a été bien avisé de plier bagage
dès que nous sommes entrés dans les Sudètes. En
revanche, je sais que l'artiste – un Autrichien lui
aussi, du nom de Gustav Klimt – est mort au début
de l'épidémie de grippe de 1918, le pauvre. Il était
fréquemment invité au château, je crois. Adele aimait
bien le vieux Klimt, à ce qu'il paraît. Peut-être même
un peu trop. C'est drôle de les imaginer tous ici,
n'est-ce pas ? Surtout maintenant que la propriété
appartient au général Heydrich. *O quam cito transit
gloria mundi*[2]. »

---

1. Bernard Berenson (1865-1959), célèbre historien de l'art,
spécialiste de la Renaissance italienne.
2. Ô, combien vite passe la gloire du monde ! (*L'Imitation
de Jésus-Christ.*)

J'acquiesçai, mais ne dis rien. Le jeune ass.
excentrique avait beau se démarquer nettement
l'automate moyen du SD, je n'étais pas d'humeur
mentionner la perte de ma propre épouse lors de
l'épidémie en question : si Klimt avait été l'une des
premières victimes, ma femme avait été l'une des
toutes dernières à mourir de la grippe, en décembre
1920. De plus, le capitaine Küttner avait quelque
chose d'un peu imprévisible qui me faisait me
demander comment un personnage tel que Heydrich
arrivait à le supporter. D'un autre côté, le général
parvenait bien, vaille que vaille, à me supporter, ce
qui témoignait soit de son énorme tolérance – hypothèse des plus improbables –, soit de son énorme
cynisme.

Küttner essaya, sans succès, de réprimer un bâil-
lement.

« Le général vous oblige à travailler tard, c'est ça ?

— Excusez-moi. Non, en fait, je ne dors pas très
bien. Presque pas, pour être franc.

— Il a le même effet sur moi. C'est à peine si j'ai
fermé l'œil depuis que j'ai reçu son aimable invitation
à Prague. Et ce n'est pas d'excitation non plus.

— Vraiment ? »

Küttner avait l'air surpris.

« Vraiment.

— Vous m'étonnez. En fait, il a été très compréhensif à l'égard de ma situation. Oui, très compréhensif. Il m'a même adressé à son propre médecin.
Lequel m'a prescrit un truc appelé Véronal, qui est
assez efficace. Pour dormir. Encore qu'il faille faire
attention de ne pas le mélanger avec de l'alcool.

Alors il est préférable que je n'en prenne pas. »
ouris. « Habituellement, je fais très attention que
n n'entrave ma consommation d'alcool. Mais ce
que je voulais dire, c'est que la réputation du général
le précède. Ce n'est pas exactement Mohandas K.
Gandhi, n'est-ce pas ? Et je dormirais peut-être un
peu mieux si je savais exactement pourquoi je suis ici.
Je présume que vous ne pouvez pas faire la moindre
lumière là-dessus. De manière aussi réfléchie et bien
informée que vous avez éclairé ma lanterne à propos
de ce tableau. »

Küttner gratta la cicatrice de duel sur sa joue. Ce
qu'il semblait faire quand il était nerveux, autrement
dit fréquemment.

« J'avais cru comprendre que le général et vous
étiez amis.

— Si vous entendez par là, comme un ami dans
le besoin est un ami à éviter, alors oui, nous sommes
amis. Mais on a les amis qu'on mérite, je suppose.

— Vous m'étonnez beaucoup, Kommissar Gunther.

— Eh bien, peut-être que vous avez mis le doigt
dessus, capitaine. Peut-être que je suis censé être le
bouffon attitré, afin de mettre tout le monde mal à
l'aise hormis le général. Tel que je connais Heydrich,
j'imagine très bien que ça l'amuserait.

— Je vous garantis que ce que vous dites ne peut
tout simplement pas être le cas. La plupart des personnes qui se trouvent ici ce week-end sont des amis
intimes du général. Et il s'est donné beaucoup de mal
pour faire en sorte que chacun soit content. Bonne
nourriture, vins excellents, alcools fins, les meilleurs

cigares. Peut-être est-ce seulement vous qui êt[...]
vous sentir mal à l'aise, Kommissar.

— Ce n'est pas impossible. Le général a touj[...]
beaucoup aimé les fêtes romaines. Quand un hom[...]
souffre pour le plaisir des autres. »

Küttner secouait la tête.

« Permettez-moi de vous rassurer, Gunther. Je
plaisantais, il y a un instant. Vos craintes sont sans
aucun fondement. Le général était très soucieux de
votre confort. Il a choisi lui-même vos quartiers. Il a
choisi les quartiers de chacun. Y compris les miens.
En définitive, cela fait déjà pas mal de temps que je
côtoie le général, et je peux témoigner de sa généro-
sité et de sa délicatesse. Ce n'est pas du tout l'homme
capricieux et cruel que vous semblez connaître. Vraiment.

— Oh, je n'en doute pas, capitaine. » J'indiquai
d'un signe de tête la *femme fatale* en or. « Tout de
même, je me demande si la malheureuse épouse du
marchand de sucre serait d'accord avec vous. »

C'était un de ces après-midi du début octobre qui
vous font croire que l'hiver n'est qu'un mot et qu'il
n'y a absolument aucune raison que le soleil cesse de
briller. Les fleurs, dans les massifs bien entretenus du
château du bas, étaient principalement des dahlias
roses, des asters blancs et des soucis rouges, toute
une explosion de couleurs d'automne – et probablement le seul genre d'explosion que les SS étaient
susceptibles de tolérer. La pelouse luisait, aussi verte
et lisse qu'un œil de python. Les verres en cristal
s'entrechoquaient, les talons claquaient, et quelque

jouait du piano. Une légère brise bruissait
̣es arbres telle une gigantesque robe de soie. On
̣ arrêté les arroseurs, mais il y avait des coupes de
̣ses avec de véritables fraises et un Sekt délicieux,
̣e qui fait que je réussis quand même à me rincer
gentiment le gosier.

On fut environ dix-huit à entrer pour déjeuner.
Avec seulement quatre de plus, on aurait pu désigner
à pile ou face l'équipe donnant le coup d'envoi. La
nappe blanche était aussi raide que la voile d'une goé-
lette gelée, et il y avait assez d'argenterie pour toute
une armée de conquistadors. Sinon, l'atmosphère
était très détendue, comme l'avait promis le capitaine
Küttner, et je n'étais pas mécontent qu'on ait laissé
tomber les baudriers, dans la mesure où la nourriture
était aussi spectaculaire qu'abondante : soupe aux
pois avec de vrais pois et du vrai lard, boulettes de
foie avec du vrai foie et de vrais oignons, Schnitzel à
la Holstein avec du vrai veau, un vrai œuf et de vrais
anchois servis avec un vrai on-ne-sait-quoi de Leipzig.
C'est à peine s'il me restait de la place pour le vrai
strudel et le vrai fromage venant ensuite. Les vins
n'étaient pas moins impressionnants. Il y avait une
boîte sur la table pour les tickets d'alimentation, mais,
comme personne n'avait l'air de la remarquer, j'en
conclus que c'était seulement pour les apparences.
Je l'examinai et me mis à penser aux deux sœurs
Fridmann dans l'appartement en dessous du mien
à Berlin, en me demandant comment elles s'en sortaient avec les conserves que je leur avais données.
Mais, la plupart du temps, je me contentai de remplir
le trou dans mon visage avec des aliments, du vin et

de la fumée de cigarette. Je ne disais pas gr...
Il n'y avait pas besoin de dire grand-chose.
monde écoutait avec attention les propos d...
de Heydrich, qui relevaient de l'habituel vert...
nazi, et c'est seulement lorsqu'il se mit à parler
la stupidité qu'il y avait à essayer de transformer le...
Tchèques en Allemands que j'accordai un peu de
répit à mes mâchoires et laissai mes oreilles prendre
le relais :

« Les individus qui sont de bonne race et de bonne
volonté seront germanisés. Ceux que nous ne pouvons
pas germaniser ni éduquer afin qu'ils pensent différemment de la manière dont ils pensent aujourd'hui,
il nous faudra les coller contre un mur. Les autres
– c'est-à-dire potentiellement la moitié au moins de la
population de Bohême-Moravie – devront être dépla-
cés et réinstallés à l'Est, où ils pourront terminer
leur misérable existence dans des camps de travail
de l'Arctique. Cependant, chaque fois que nous le
pouvons, nous devons agir avec équité. Après tout,
ce qui compte, c'est d'amener les Tchèques à voir les
avantages de la coopération par rapport à l'opposition. Et quand l'état d'urgence actuel aura pris fin,
j'augmenterai les rations alimentaires et je ferai tout
ce qui est en mon pouvoir pour traquer les profiteurs
du marché noir. »

Il y eut encore pas mal de balivernes du même
genre, et je me tournai vers les visages gras de mes
collègues pour voir si quelqu'un éprouvait la même
chose que moi, mais ce n'était que consentement et
approbation. Sans doute se disaient-ils la même chose
en me regardant.

es visages, il n'y en avait qu'un – à part
ue de sorcier long et maigre de Heydrich
n'était familier : celui de l'ancien ministre des
res étrangères et ex-Reichsprotektor, Konstantin
n Neurath. À près de soixante-dix ans, c'était la
personne la plus âgée à la table, et de loin celle qui
méritait le plus de respect. Non que son ambitieux
jeune successeur lui en accordât beaucoup. De temps
à autre, il lui donnait une petite tape sur la main
comme à un chien, et il lui parlait en élevant la voix,
à croire que le baron était sourd, alors qu'il était
évident pour tout le monde qu'il n'avait aucun problème auditif. Je soupçonnais que von Neurath n'était
présent que pour rendre plus complet le triomphe du
nouveau Reichsprotektor.

Heydrich évita de m'adresser la parole jusqu'à ce
qu'on se soit levés de table pour regagner la terrasse
avec cognac et cigares – ou, dans mon cas, café
et cigarettes. C'est alors qu'il attira mon attention
et, m'ayant conduit dans le jardin à l'arrière du
château du bas, il finit par m'expliquer pourquoi
j'étais là.

« Vous vous souvenez de notre conversation dans
mon bureau à Berlin, le jour où nous avons battu les
Français. En juin 1940.

— Je m'en souviens parfaitement. Comment
pourrais-je oublier le jour où l'Allemagne a vaincu la
France ? C'est donc de ça qu'il s'agit.

— Oui. Encore une fois, quelqu'un essaie de me
tuer. »

Je haussai les épaules.

« Quantité de Tchèques doivent soul...
mort, général. Je suppose que nous ne pa...
de l'un d'entre eux.

— Naturellement.

— A-t-on commis un attentat contre vous ?

— Vous voulez dire, est-ce que je me fais de...
idées ?

— Très bien. Est-ce que vous vous faites des idées ?

— Non. On a essayé de me tuer il y a à peine
quelques jours. Une tentative sérieuse.

— Où, quand et comment ?

— À la Tanière du Loup. Le quartier général du
Führer, en Prusse orientale. Oui, je savais que ça
vous surprendrait. De fait, j'ai moi-même été surpris. C'était le 24 septembre. J'avais été convoqué à
Rastenburg, où Hitler m'a informé qu'il me désignait
comme successeur de von Neurath, ici en Bohême.
Voilà pour le où et le quand. Le comment, c'est
qu'on a voulu m'empoisonner. Les toxicologues des
laboratoires du SD s'efforcent en ce moment d'iso-
ler la substance précise ayant été utilisée. Toutefois,
ils penchent volontiers pour une toxine à base de
protéines appelée botulinum. Du latin *botulus*, qui
signifie saucisse.

— Ça semble particulièrement meurtrier, pour un
Allemand.

— Il s'agit d'une bactérie fréquemment responsable d'empoisonnement et qui se développe dans
de la viande manipulée de façon inadéquate. J'aurais
conclu à un simple cas d'intoxication alimentaire,
sans le fait que nos médecins SS ont tenté de la syn-
thétiser, ainsi que des composés antibiotiques tels

nilamide. Comme un moyen de traiter les
, des plaies. Mais aussi comme une neuro-
En d'autres termes, un poison.

Peut-être n'était-ce qu'une banale histoire de
urriture avariée, dis-je. Avez-vous envisagé cette
ossibilité ?

— Oui, et je l'ai écartée. Voyez-vous, la mienne
était la seule à avoir été contaminée. Heureusement,
je n'avais pas faim et je n'ai pas mangé. De sorte
que j'ai donné le contenu de mon assiette au chien
du major Ploetz, qui est mort ensuite. À l'évidence,
le Führer ne pouvait pas être la cible parce qu'il est
végétarien. Naturellement, toutes les investigations
pouvant être entreprises sans alarmer le Führer ont
été effectuées ; et tous les travailleurs étrangers à la
Tanière du Loup ont été remplacés, par mesure de
prudence. Mais jusqu'ici, on n'a rien trouvé qui jette
la moindre lumière sur le responsable de l'incident.
Et j'ai l'impression que nous allons devoir en rester là.
En tout cas, pour ce qui est de Rastenburg. Comme je
vous l'ai dit, je n'ai aucune envie d'alarmer le Führer
ni de le mettre dans l'embarras. Mais ici, à Prague, je
suis à même de prendre d'autres précautions. Vous,
Gunther, serez une de ces précautions, si vous en
êtes d'accord.

— Que voulez-vous donc que je fasse ? Que je
sois votre goûteur ? Vous auriez dû le dire avant le
déjeuner. Je me serais assis à côté de vous. »

Heydrich secoua la tête.

« Être à l'affût de quelqu'un qui pourrait essayer
de vous tuer ? C'est ça ?

— Oui. J'aimerais en effet que vous so___
garde du corps.

— Vous voulez dire que vous avez quatre
tants et pas de garde du corps ?

— Klein, mon chauffeur, est parfaitement capab___
de sortir un pistolet et de tirer sur un abruti de Tchéco.
Tout comme moi. Mais j'ai besoin de quelqu'un qui
comprenne les meurtres et les meurtriers, et qui sache
se débrouiller, de surcroît. Un véritable détective,
habitué à se montrer soupçonneux.

— La Gestapo n'est pas connue pour sa naïveté,
si j'en crois mon expérience.

— Je veux quelqu'un d'utilement soupçonneux,
par opposition à zélé.

— Oui, je vois la différence.

— Et comme je ne peux pas offrir le poste à Hercule Poirot, bien évidemment, j'ai pensé à vous.

— Hercule Poirot ? »

Heydrich hocha la tête.

« Un détective de fiction créé par une romancière
anglaise. Peu importe. Vous n'êtes pas un grand
lecteur, apparemment. Il est très populaire. Et elle
aussi. »

Je secouai la tête.

« Vous n'ignorez pas que la plupart des gardes du
corps sont censés se soucier de ce qui arrive à leur
employeur, n'est-ce pas ? »

Heydrich sourit. Ce qui ne se produisait pas fréquemment, et alors ses traits pointus et juvéniles lui
donnaient encore plus l'air d'un écolier démoniaque.

« Ce qui signifie que vous n'êtes pas qualifié, c'est
ça ?

quelque sorte.

— ... peux me procurer n'importe quel nombre ...ni-oui-oui dans le SD, répliqua Heydrich. La ...stion est celle-ci : seront-ils sincères avec moi ? Me ...ront-ils les vérités déplaisantes ? Ce que j'ai besoin de savoir ? Et pourrai-je leur faire confiance ?

— C'est exact, général. À moins que j'aie un pistolet à la main, vous n'êtes pas un homme facile à contredire.

— Vous, cela fait cinq ans que je vous connais. Je sais que vous n'êtes pas un séide de Himmler. Vous n'êtes même pas un nazi. Vous ne pouvez probablement pas m'encaisser. Mais, néanmoins, je ne pense pas que vous iriez jusqu'à m'assassiner. Autrement dit, je peux me fier à vous, Gunther ; me fier à vous pour ne pas me tuer ; et me fier à vous pour me dire ces vérités désagréables que les autres passeraient à la trappe. Ce qui me semble essentiel pour ce que je demande à un garde du corps.

« Certes, à bien des égards, vous êtes un idiot. Seul un idiot resterait dans la police sans adhérer au parti. Seul un idiot continuerait à s'attendrir sur la République de Weimar. Seul un idiot ne verrait pas qu'il est impossible de résister à la nouvelle Allemagne. Mais je dois le reconnaître, vous êtes un idiot intelligent et plein de ressources. Je peux utiliser ça. Pardessus tout, vous êtes un fichu bon policier. Si vous devenez mon détective, vous aurez une chambre ici, au château du bas, votre propre voiture et un bureau au château de Hradschin, en ville. De temps à autre, vous pourrez même voir cette charmante petite putain

que vous avez amenée avec vous de Berlin. Comm...
s'appelle-t-elle ? Arianne, c'est ça ? »

Ce qui ne manqua pas de me surprendre, encor...
que ça n'aurait pas dû ; il ne se passait pas grand-
chose à Prague sans que Heydrich soit au courant.

« À vrai dire, je me demande ce qu'elle vous trouve.
Les femmes qui vont au Jockey Bar recherchent habituellement quelqu'un ayant plus de vitamine B que
vous, Gunther. Bien entendu, il sera vite remédié à un
tel handicap si vous acceptez cet emploi. Vous verrez
votre situation s'améliorer d'un seul coup. Excusez-
moi de vous le dire, mais il s'agit d'un travail important. »

Pendant toute notre conversation, les longues
mains de pianiste de Heydrich étaient restées enfon-
cées dans les poches de la culotte de cheval de son
uniforme, donnant à ses jambes arquées de cavalier
l'air encore plus en cerceau que d'ordinaire. À cet
instant, il sortit de sa veste de parade – une tunique
de service du SD couverte de tant d'insignes dorés et
argentés qu'elle ressemblait davantage à un reliquaire
– un petit étui à cigarettes en argent et m'en offrit
une.

« Vous fumez ?

— Merci, général. »

Ayant trouvé une allumette, j'allumai sa cigarette
puis la mienne.

« Eh bien, qu'en dites-vous ?

— Quel genre de franchise attendez-vous de moi,
général ? Une franchise hardie ? Une franchise sans
faille ? Ou juste une franchise brutale ? Et qu'est-ce
que cela me rapporte, à part un peu plus de vitamines

s mon régime alimentaire autrement infect ? Un
ces miroirs d'opinion sur votre poche de poitrine si
e parviens à vous garder en vie ? Ou un aller simple
à bord d'un express partisans si j'échoue ?

— Quand nous sommes seuls, vous pouvez dire
tout ce qui vous chante. Au moins sur les questions
touchant ma sécurité personnelle. En fait, j'y compte
bien. Pour tout le reste – politique, gouvernement,
action raciale –, vos stupides idées républicaines ne
m'intéressent nullement, et il vous faudra la boucler.
S'agissant de ce que cela vous rapporte, je pensais
que c'était évident. Vous serez logé et nourri, bien
entendu. Et regardez autour de vous. Nous autres
Allemands vivons bien ici, en Bohême. Mieux qu'à
Berlin. Bonne chère, bons vins, cigarettes et femmes
à la pelle – si vos goûts vont vers plusieurs à la fois.
Je sais que moi, oui. On peut tout se procurer à
Prague. Et si j'avais la malchance d'être assassiné
par notre propre camp, la seule chose que je vous
demande, c'est de confier les pièces à conviction à
Arthur Nebe ou à Walter Schellenberg. À eux deux,
ils trouveront bien un moyen de les soumettre à
Martin Bormann.

— Très bien, général. Mais voici mon prix. Vous
devrez entendre, maintenant, certaines de ces idées
républicaines stupides auxquelles vous avez fait allusion. Celles qui concernent la politique, et le gouvernement, et l'action raciale, dont vous avez dit qu'elles
ne vous intéressaient pas. Je vous débiterai ma petite
tirade et vous l'écouterez. Et quand j'en aurai fini,
je ferai ce que vous demandez. Je serai votre détective. »

Les yeux de Heydrich se plissèrent. Je préféra son profil. Quand on voyait son profil, ça voulait dire qu'il ne vous regardait pas. Quand il vous regardait, il n'était que trop facile de se sentir la proie sans défense d'une bête féroce. C'était un visage sans expression, derrière lequel s'effectuait un calcul impitoyable. Il jeta sa cigarette d'une chiquenaude et regarda la Rolex à son poignet.

« Parfait. Vous avez cinq minutes. Mais cela ne servira à rien, vous savez. Lorsque les Panzers auront achevé leur besogne en Russie, ce que vous dites à présent semblera totalement futile. Même à vous, Gunther. Même à vous. Nous finirons bien par faire de vous un nazi. »

Après le déjeuner, Heydrich et les généraux Frank, Henlein, Hildebrandt et von Eberstein, deux colonels et trois des assistants tinrent une réunion dans la librairie du château, nous laissant nous amuser, moi et quelques autres. Ce qui était probablement une exagération quant à ce que j'étais susceptible de faire.

Je me sentais fatigué, mélange du bon vin et de l'adrénaline qui continuait à couler dans mes veines après que j'eus dit à Heydrich ce que je pensais de sa germanisation de la population tchèque, plus quelques mots sur ce qui se passait en Ukraine. Fidèle à sa parole, il écouta pendant exactement cinq minutes, après quoi il regagna la maison en silence, tandis que j'avais l'impression d'être un toréador novice qui vient de faire la nique à son premier taureau. Peute étais-je encore un peu suicidaire. C'est la seule xplication possible à mon attitude.

Pendant un moment, je songeai à retourner dans ma chambre et à piquer un roupillon ; je songeai également à retourner à l'hôtel Imperial et à passer le restant de mes jours avec Arianne, mais j'étais incapable de trouver Klein ou quelqu'un pouvant me procurer une voiture, aussi, comme il faisait beau, j'allai me promener dans le parc du château.

Naturellement, j'étais ennuyé par tout ce que Heydrich semblait déjà savoir sur Arianne. Mais surtout, je regrettais déjà d'avoir été sincère avec lui, ce que j'attribuais à la quantité d'alcool que j'avais bue au déjeuner. Et je me demandais combien de temps il allait falloir attendre avant que deux gardes SS viennent me chercher pour m'exécuter devant une fosse qu'on devait être en train de creuser dans la forêt voisine. C'était sûrement un des avantages de vivre à la campagne : il y a toujours suffisamment de place pour enterrer un cadavre.

À moitié convaincu que tel serait mon sort, je franchis les grilles, non sans un sourire nerveux à l'adresse de la sentinelle au visage de marbre, puis m'engageai sur la route de conte de fées, dans la direction générale du château du haut. Ce n'était pas une évasion à proprement parler, mais j'avais besoin de m'éloigner de mes soi-disant collègues.

De penser évasion m'amena à m'interroger sur Ferdinand Bloch-Bauer, le marchand de sucre juif dont cela avait été jadis le domaine. Était-ce lui qui avait fait placer les statues devant les grilles, ou bien l'aristocrate auquel avait appartenu auparavant le château ? Et où se trouvait-il maintenant ? En Angleterre ? En Amérique ? En Suisse ? Ou était-ce un de ces malheureux Tchèques qui avaient fui en France, la croyant sûre, pour voir les nazis l'envahir en 1940. Le temps dirait qui avait eu le plus de chance : Ferdinand ou sa défunte épouse, Adele.

Un peu plus loin le long de la route déserte, j'arrivai en vue de la chapelle orthodoxe. Comme je prenais le virage, j'aperçus le portail, de la même couleur rose, du château du haut et, s'avançant dans ma direction, un autre officier SS – un général qui était au déjeuner, mais dont le nom m'échappait. Comme lui, je ne portais ni casquette ni ceinturon, ce qui voulait dire que je n'avais pas besoin de le saluer. Malgré tout, je me mis au garde-à-vous alors qu'il approchait. J'avais indisposé suffisamment de généraux pour la journée.

Même en uniforme, ce général était un piètre exemple de la race des seigneurs. Version Himmler binoclard, avec cheveux dégarnis, grande bouche et double menton, c'était un de ces nazis au teint blême qui me donnaient l'impression d'un poisson très froid sur un plat très blanc. Néanmoins, il sourit et s'arrêta pour parler, faisant onduler ses doigts comme s'il jouait dans le registre aigu d'un orgue d'église tandis qu'il essayait de se rappeler qui j'étais.

« Ah oui, euh, vous êtes…

— Hauptsturmführer Gunther, général

— Oui, ça me revient maintenant. Vous êtes le Kommissar de la police de Berlin, n'est-ce pas ? Le détective de la Kripo.

— Tout à fait, général.

— Je suis Jury, Doktor Hugo Jury. Pas de raison non plus que vous vous souveniez de moi, surtout après un repas pareil, hein ? Je dois accorder ça à notre nouveau Reichsprotektor, il sait recevoir. C'est le meilleur déjeuner que j'aie mangé depuis je ne sais combien de temps. »

Jury était autrichien et son accent – ou plutôt son vocabulaire – indubitablement viennois.

« Accompagnez-moi donc un moment, capitaine. J'aimerais en apprendre davantage sur la vie excitante d'un vrai détective berlinois.

— Si vous voulez, général. Mais il n'y a pas grand-chose à en dire. J'ai quarante-trois ans. Mon certificat de fin d'études, mais je ne suis pas allé à l'université. La guerre m'en a empêché, et ensuite un diplôme ne semblait pas très important quand il y avait des motifs beaucoup plus urgents de chercher du travail et de gagner de l'argent. Je me suis donc engagé dans la police et j'ai épousé une femme qui est morte presque aussitôt après. La grippe, qu'ils ont dit, mais, aujourd'hui, je me pose des questions. Une kyrielle de maladies diverses et variées ont été fourrées dans ce sac par un tas de toubibs surmenés, et par d'autres qui étaient peut-être beaucoup moins surmenés qu'inexpérimentés ou même incompétents.

— Et vous avez probablement raison d'avoir des doutes. J'en sais quelque chose. Voyez-vous, je ne suis pas un de ces docteurs en droit dont on semble inondé ces derniers temps. Je suis médecin. J'ai obtenu mon diplôme en 1911, et j'ai sans doute fait partie de ces toubibs surmenés, inexpérimentés et très vraisemblablement incompétents dont vous parliez. Lors de l'épidémie de grippe, je me rappelle avoir dormi moins de quatre heures par nuit. Pas vraiment la meilleure recette pour de bons soins médicaux, n'est-ce pas ? Durant les années vingt, j'étais un spécialiste de la tuberculose. La TB est une de ces maladies infectieuses présentant beaucoup de symptômes communs avec la grippe. De fait, j'ai parfois pensé que ce que nous prenions pour un virus de la grippe était en réalité une pneumonie causée par une recrudescence de TB. Mais c'est une autre histoire.

— J'aimerais bien l'entendre un de ces jours.

— Si je peux me permettre : quel âge avait-elle ? Votre femme ?

— Vingt-deux ans.

— Je suis navré. C'est jeune. Très jeune. Et vous ne vous êtes jamais remarié ?

— Pas jusqu'ici. La plupart des femmes ne semblent pas aussi excitées que vous à l'idée que je sois un détective de Berlin.

— Voilà près de trente ans que je suis marié et je ne peux pas m'imaginer ce que j'aurais fait sans mon épouse, Karoline.

— Pardonnez-moi de le dire, mais je ne peux pas m'imaginer que vous soyez un général SS si vous êtes médecin.

— Ne vous excusez pas. Je suis le responsable du district de Moravie. Et je dirige le bureau de liaison du parti à Prague. Avant la guerre, j'étais le chef adjoint du parti nazi autrichien. Et si tout cela peut paraître impressionnant, eh bien, il n'en est rien. Plus maintenant. Pas depuis la nomination de Heydrich.

J'avais espéré persuader le Führer de scinder le protectorat afin que la Moravie devienne un État séparé. Ce qu'elle a toujours été, en fait. Mais ce ne sera pas le cas. C'est du moins ce qu'on m'a dit. J'avais également espéré pouvoir discuter la question avec Heydrich, mais un de ses sous-fifres m'a fait savoir que ce ne serait pas possible. Aussi je me demande bien pourquoi j'ai pris la peine de venir à ce petit week-end. Dans ces circonstances, je suis surpris qu'on m'ait même sollicité.

— Alors nous sommes deux. Le général Heydrich et moi n'avons jamais été ce qu'on pourrait appeler des intimes. D'un autre côté, on hésite à refuser ce genre d'invitation.

— Exactement. »

Nous étions maintenant à mi-chemin du château du bas. Durant notre petite promenade, nous n'avions croisé aucune circulation, même pas un type à bicyclette ou à cheval. Quelque part, au loin, on entendait des coups de feu ; vraisemblablement un des invités de Heydrich en train de faire des cartons pour remplir la marmite. Ça ne manquait pas de faisans, c'est sûr. Devant, nous vîmes le capitaine Küttner debout à l'entrée du château ; en nous apercevant, il jeta sa cigarette et courut vers nous.

Il avait le pied léger ; mais sa manière de courir, les coudes écartés, avait quelque chose de vaguement efféminé.

« Je déteste ce petit salopard, murmura le Dr Jury. C'est lui qui m'a dit que le général Heydrich n'aurait pas un instant à m'accorder. » Il poussa un soupir. « Regardez-le. L'espèce de petit connard.

— Mmm.

— Comme tous les hommes de main du général, on croirait une espèce de golem. Mis à part qu'il est allemand, bien entendu. À l'origine, le Golem de Prague était…

— Juif. Oui, je sais.

— Comme son maître. » Le Dr Jury sourit. « C'est-à-dire Rabbi Loew. Pas le général Heydrich. »

Küttner claqua les talons et inclina brièvement la tête.

« Général, dit-il. Capitaine. Je regrette, mais j'ai oublié de vous informer que, pour des raisons de sécurité, si vous quittez le parc du château du bas, vous aurez besoin d'un mot de passe pour rentrer.

— Lequel est ? demanda Jury.

— Lohengrin.

— Très judicieux.

— Pardon ?

— Le nouveau roi a rassemblé toutes les tribus germaniques afin de chasser les Hongrois de ses terres, répondit le Dr Jury. C'est l'intrigue de l'opéra de Wagner. Ou du moins, elle commence ainsi.

— Ah. Je ne savais pas. Contrairement à vous, général, je ne vais pas très souvent à l'Opéra. Pratiquement jamais, en fait.

— Mmm. Quel gaspillage de vie.

— Pardon ?

— Vous semblez aussi ignorant que stupide », répondit Jury. Puis il me sourit, s'inclina légèrement et dit : « Ravi d'avoir fait votre connaissance, capitaine Gunther. »

Il marcha à grands pas vers la guérite, puis, ayant prononcé le mot de passe, il franchit le portail, me laissant seul avec le capitaine Küttner.

« Enfoiré ! s'exclama Küttner. Vous l'avez entendu ? Quelle grossièreté incroyable !

— Inutile de vous embêter avec ça, capitaine. Je n'aime pas beaucoup l'opéra non plus. Surtout Wagner. Il y a chez Wagner quelque chose de trop foutrement allemand, de trop bougrement bavarois pour un Prussien de mon acabit. Il me faut de la musique aussi vulgaire que moi. J'ai besoin d'un peu de sous-entendu et de jarretière quand une femme pousse la chansonnette. »

Küttner sourit.

« Merci, dit-il. Mais la vraie raison pour laquelle le Dr Jury aime l'opéra est aussi vulgaire que ce que vous évoquez. On raconte qu'il a une liaison avec une jeune chanteuse de l'Opéra allemand de Berlin. Une créature assez séduisante, du nom d'Elisabeth Schwarzkopf[1]. Et ce serait déjà suffisamment vulgaire sans le fait qu'elle chante en duo avec le Dr Goebbels. Du moins, d'après le général Heydrich.

— Alors, ça doit être vrai.

— Oui, c'est ce que j'ai pensé.

— Le général Heydrich connaît tous nos sales petits secrets.

---

1. Elisabeth Schwarzkopf (1915-2006) fut l'une des plus grandes sopranos du XXe siècle. À la fin de la guerre, son adhésion au Parti national-socialiste ainsi que ses liens avec Hans Frank et Joseph Goebbels lui valurent de passer devant un tribunal de dénazification des artistes de Berlin.

— Seigneur Dieu, j'espère bien que non.

— En tout cas, il connaît certainement les miens. Voyez-vous, après le déjeuner, nous avons fait une courte promenade dans le parc du château, et j'ai commis l'erreur de lui rappeler leur nature exacte, au cas où il aurait oublié.

— J'ai du mal à le croire. Pas s'il vous a désigné comme son nouveau garde du corps. » Küttner alluma une cigarette. « Est-ce vrai ? Que vous allez être son détective ?

— Je croyais qu'on m'aurait déjà arrêté, à l'heure qu'il est. Alors il semble bien.

— Félicitations.

— Ça, je n'en jurerais pas.

— Vous avez raison. Ce ne sera pas facile. Mais c'est quelqu'un de juste. Et qu'il est bon d'avoir de son côté. Je ne sais pas ce que serait devenue ma carrière de SS s'il ne m'avait pas pris avec lui. Au fait, comment réagit votre estomac en avion ?

— Pas très bien.

— Dommage. Le général insiste pour se rendre à Rastenburg et à Berlin en pilotant lui-même. Franchement, ça me terrifie à chaque fois. Il se croit un bien meilleur pilote qu'il ne l'est en réalité. Il a déjà eu plusieurs accidents.

— Voilà qui est rassurant. » Je haussai les épaules. « Avec un peu de chance, on se retrouvera peut-être en Écosse. Comme Hess.

— Oui. Tout à fait. » Il rit. « N'empêche, je n'ose pas penser à ce qui se passerait si nous nous attirions de véritables ennuis.

– C'est justement ce que j'étais en train de faire. Chercher les ennuis. Je voulais sortir explorer le secteur. »

Küttner fit la grimace, de façon ostensible.

« La nature du terrain, en quelque sorte.

— Oui. Le plus souvent, ce sont les ennuis qui viennent me chercher, si bien que je n'ai pas à m'aventurer trop loin. Sur ce plan, j'ai toujours eu de la chance.

— Nous sommes nombreux dans la SS à avoir eu de la chance à cet égard, vous ne pensez pas ? » Küttner poussa un léger soupir de regret. « Côté ennuis. À vrai dire, j'ai eu un été plutôt agité.

— Vous êtes allé à l'Est, vous aussi, hein ? »

Küttner eut un hochement de tête.

« Comment le savez-vous ? »

Je haussai les épaules.

« Je vous regarde et je peux voir quelque chose de moi.

— Oui. C'est sans doute ça.

— Où étiez-vous affecté ?

— À Riga.

— Moi, à Minsk.

— Comment était-ce ?

— Détestable. Et Riga ?

— Même chose. Et sans aucune utilité, la plupart du temps. Vous partez à la guerre, vous vous attendez à tuer des êtres humains. Je me réjouissais presque ; être dans l'action… Quand on est jeune, on a des idées tellement romanesques sur ce que c'est que la guerre. Mais, bien sûr, ce n'était rien de tout ça.

— Non. Ça ne l'est jamais. »

Küttner tenta un sourire, mais la partie dont il avait besoin en lui pour le faire fonctionner correctement était cassée. Il le savait. Et moi aussi.

« C'est un étrange état de choses, vous ne trouvez pas, quand un homme se sent coupable d'avoir fait son devoir et obéi aux ordres ? » Il tira une brève bouffée de sa cigarette, comme s'il avait l'espoir qu'elle puisse le tuer sur le coup. « Non que la culpabilité recouvre ne serait-ce que le commencement de ce que j'éprouve.

— Croyez-moi, capitaine, je sais très bien ce que vous éprouvez.

— Vraiment ? Oui, je vois ça. Dans vos yeux.

— Et c'est la raison pour laquelle vous ne dormez pas ?

— Parce que cela vous est possible ? » Küttner secoua la tête. « Je ne crois pas que j'arriverai à dormir à nouveau normalement. Plus jamais. Pas dans cette vie.

— Vous pouvez en parler maintenant, si ça vous soulage.

— Est-ce que ça vous soulage ?

— Pas beaucoup. J'en ai parlé une fois, tout récemment, à un journaliste américain. Et j'ai eu l'impression de me sentir un peu mieux. L'impression que c'était déjà un début. »

Küttner hocha la tête, après quoi un souvenir lui revint en mémoire. Je n'eus pas longtemps à attendre.

« Lorsque vous avez dit que vous vouliez explorer le secteur, cela m'a fait penser à une chose. Une chose affreuse. On traversait la Pologne. C'était avant notre

215

affectation à Riga. On avait fait halte dans un bourg appelé Chechlo. Un ramassis de bicoques délabrées en pleine cambrousse, avec un tas de paysans baveux à la langue trop grosse pour leur bouche. Mais je ne suis pas près de l'oublier ; pas aussi longtemps que je vivrai. On avait incendié des villages polacks sans raison valable, d'après moi. À l'évidence, il n'y avait aucune nécessité militaire là-dedans. On jouait simplement les matamores. Certains de mes hommes étaient ivres et presque tous des brutes. Bref, on est tombés sur un groupe de scouts polonais. Le plus vieux ne devait pas avoir plus de seize ans et le plus jeune en avait peut-être douze. Et mon commandant m'a ordonné de les aligner contre un mur et de les fusiller. Tous. Ils portaient un uniforme, a-t-il expliqué, et nous avions ordre de fusiller tout individu en uniforme qui ne s'était pas rendu. J'ai répondu que c'étaient juste des gamins qui n'étaient pas au courant parce qu'ils ne parlaient pas l'allemand, mais il n'a rien voulu savoir. Les ordres sont les ordres, a-t-il rétorqué, alors grouillez-vous. J'entends encore leurs mères me crier d'arrêter. Oui, je me souviendrai toujours de ça. Il m'arrive de me réveiller en les entendant me supplier d'arrêter. Mais je ne l'ai pas fait. J'avais des ordres. Alors je les ai appliqués, vous comprenez. Et voilà tout. Sauf que ce n'est pas le cas. Loin de là. »

Après plusieurs verres bien tassés, je peux parler à n'importe qui, même à moi. Mais surtout, je buvais pour pouvoir parler aux autres invités de Heydrich. J'aime parler. Parler est nécessaire si vous voulez inciter quelqu'un à vous parler à son tour. Et il est nécessaire qu'un homme parle un peu si vous voulez qu'il finisse par dire quelque chose d'intéressant. Un homme se méfie d'un homme qui ne dit pas un mot et, pour la même raison, d'un homme qui ne boit pas. On a besoin d'un verre pour dire ce qu'il ne faut pas et, parfois, dire ce qu'il ne faut pas peut être le bon truc à dire. Je ne sais pas si je m'attendais à entendre quoi que ce soit d'aussi romantique que des aveux concernant une tentative de meurtre ou même le désir de voir Heydrich mort. Après tout, je ressentais la même chose. Ce n'étaient que des bavasseries, quelques miettes de pain à la surface de l'eau pour attirer le poisson. Et l'alcool aidait. Il m'aidait à parler et à m'anesthésier contre les propos les plus immondes qui croisaient ma route. Mais certains de mes collègues étaient tout bonnement immondes. Alors que je parcourais la bibliothèque des yeux, c'était comme contempler une ménagerie d'animaux désagréables – rats, chacals, vautours, hyènes – posant pour quelque étrange portrait de groupe.

Il est difficile de dire exactement lequel était le pire de la bande, mais je n'eus pas à parler très longtemps au lieutenant-colonel Walter Jacobi avant d'avoir des démangeaisons partout et de compter mes doigts. Le chef adjoint du SD à Prague était un personnage absolument sinistre, s'intéressant, me confia-t-il, à la magie et à l'occultisme. Sujet que je connaissais un peu pour avoir enquêté quelques années auparavant sur une affaire dans laquelle était impliqué un faux médium. Nous parlâmes de ça, et de Munich, sa ville natale ; nous parlâmes de ses études de droit aux universités de Iéna, de Tübingen et de Halle – ce qui faisait beaucoup de droit – ; et même de son père, qui était libraire. Mais, pendant tout ce temps, j'essayais d'oublier le fait que, avec sa moustache à la Charlie Chaplin, ses binocles en fil métallique et ses allures de mante religieuse, Jacobi me rappelait de façon obscène ce qui aurait pu se produire si on avait laissé Hitler et Himmler seuls dans la même chambre : Jacobi était un hybride Hitler-Himmler.

Non moins déplaisante était la conversation de Hermann Frank, le général SS grand et maigre, natif des Sudètes, qui s'était fait évincer de la succesion de von Neurath comme nouveau Reichsprotektor. Frank avait un œil de verre, ayant perdu le vrai dans une bagarre à l'école de Karlsbad, ce qui semblait indiquer une tendance précoce à la violence. C'était le droit, l'œil artificiel, je pense, mais, avec Frank, on ne pouvait pas s'empêcher de se dire qu'il avait très bien pu le changer de côté pour vous forcer à deviner. Frank avait une piètre opinion des Tchèques, même si, comme le montrerait la suite, ceux-ci avaient une opinion encore plus piètre de lui : cinq mille personnes envahiraient la cour de la prison de Pankrac, dans le centre de Prague, pour le voir pendu, selon la bonne vieille tradition de l'Empire autrichien, un jour de l'été 1946.

« C'est un peuple cupide et barbare, me déclara-t-il sans ambages. Je ne me sens nullement tchèque. La meilleure chose qui me soit jamais arrivée, c'est d'être né dans la partie germanophone du pays, sans quoi je parlerais en ce moment leur sale langue slave, qui n'est que du russe abâtardi. Un langage de bêtes, croyez-moi. Savez-vous qu'il est possible de dire toute une phrase en tchèque sans utiliser une seule voyelle ? »

Désarçonné par ce curieux étalage de haine, je battis des paupières et répondis :

« Ah ? Comme quoi, par exemple ? »

Frank réfléchit un instant, puis débita quelques mots en tchèque qui contenaient peut-être, ou peut-être pas, des voyelles, mais je ne tenais pas à regarder dans sa bouche pour voir s'il en planquait.

« Cela signifie : "s'enfoncer un doigt dans la gorge", commenta-t-il. Et chaque fois que j'entends parler un Tchèque, c'est exactement ce que j'ai envie de lui faire.

— D'accord. Vous les détestez. J'ai parfaitement saisi. Et perdre votre œil à l'école comme ça a dû être plutôt pénible. Cela explique beaucoup de choses, je présume. J'ai moi-même fréquenté une école passablement difficile, et il y a un certain nombre de loustics avec lesquels j'aimerais bien régler des comptes un jour. Encore que, probablement pas. La vie est trop courte pour se faire du mouron, à mon avis. Et maintenant que vous occupez un poste aussi important, général – le chef de la police de Bohême, en réalité le deuxième homme le plus important du pays –, eh bien, voilà ce que je ne comprends pas du tout. Pourquoi haïr les Tchèques à ce point ? »

Frank se redressa de manière ridicule. Presque comme s'il se mettait au garde-à-vous avant de répondre – impression renforcée par le fait qu'il avait des éperons à ses bottes, ce que je trouvais étrangement guindé, même dans le pays natal de Heydrich, où il y avait des écuries avec des chevaux dedans. Sur un ton pompeux, il répondit :

« En tant qu'Allemands, nous avons le devoir de haïr les Tchèques. C'est la faillite des banques tchèques qui a contribué à déclencher la crise financière ayant amené la Grande Dépression. Oui, nous pouvons remercier les banquiers tchèques pour cette catastrophe. »

Résistant à mon impulsion première, qui était de frissonner de dégoût comme s'il avait vomi sur mes bottes, j'acquiesçai poliment.

« J'avais toujours pensé que c'était parce que notre économie reposait sur des prêts américains. Et qu'au moment où ils sont arrivés à échéance, nos propres banques allemandes ont mis la clé sous la porte. »

Frank secoua la tête, laquelle était pleine de cheveux gris, coiffés tout droit en arrière de sorte que le sommet de son crâne semblait aligné avec le bout de son long nez. Ce n'était pas le plus gros nez de la pièce, avec Heydrich dans les parages, mais, en même temps, on n'aurait pas été surpris de le voir indiquer le chemin à un carrefour.

« Croyez-moi, Gunther. Je sais de quoi je parle. Je connais ce maudit pays mieux que personne dans ce foutu château. »

Frank s'exprimait avec une certaine vigueur tout en regardant Heydrich, si bien que je me demandai s'il ne nourrissait pas de la rancune envers son nouveau maître.

Je fus content qu'il aille se chercher un autre verre, me laissant avec l'impression que passer une éternité en compagnie de Heydrich, Jacobi et Frank était ce que je pouvais imaginer de plus proche de l'enfer.

Mais la croix de chevalier avec feuilles de chêne et glands – en l'espèce, tout le satané arbre au complet – pour le plus gros étron de la soirée revenait au colonel Dr Hans Geschke, un avocat de trente-quatre ans, originaire de Francfort-sur-l'Oder, qui était le chef de la Gestapo de Prague. Alors qu'il faisait ses études à Berlin, il avait vu mon nom dans les journaux et, en dépit de nos différences de grade, c'était une raison suffisante à ses yeux pour tenter de faire cause commune avec moi. Autrement dit, il avait besoin de jouer les paternalistes.

« Après tout, expliqua-t-il, nous sommes tous les deux des policiers, vous et moi, faisant un métier difficile, dans des circonstances extrêmement difficiles.

— Il semblerait.

— Et j'aime bien me tenir au fait de la criminalité ordinaire. Ici, à Prague, nous sommes confrontés à des affaires beaucoup plus sérieuses qu'un Fritz découpant sa femme en rondelles à coups de tesson de bouteille de bière.

— Le fait est que ça s'est nettement calmé de ce côté-là, colonel. Les bouteilles de bière sont plutôt rares à Berlin. »

Il n'écoutait pas.

« Vous devriez venir nous voir rapidement, au palais Pecek. Dans le quartier Bredovska.

— Un palais, hein ? Ça semble beaucoup plus prestigieux que l'Alex, colonel.

— Oh non. Pour être tout à fait franc, on imagine mal que ça ait pu être un palais, à part dans un coin

221

obscur de l'Hadès. Même les pièces d'apparat ont très peu de charme. »

Geschke avait un visage sans expression, style musée de cire. Le capitaine Küttner m'avait raconté qu'on le surnommait « Gueule de bébé » au palais Pecek, mais ça ne pouvait être que des gens connaissant des bébés particulièrement terrifiants, avec des cicatrices de duel sur la joue gauche. Geschke était un de ces nazis manufacturés faisant penser à de la porcelaine de Meissen non peinte : blafard, froid, dur et à manier avec une extrême prudence.

« Je n'ai pas encore beaucoup vu la ville, dis-je. Mais elle a l'air assez infernale, en effet. »

Geschke sourit.

« Eh bien, nous mettons tout en œuvre à cet égard. Tant qu'ils ont peur de nous, ils font ce qu'on leur demande. Nous ne devons pas laisser ces fichus Tchécos nous mener par le bout du nez. Il importe d'être maître chez soi, aussi nous ne pouvons pas nous permettre de fermer les yeux sur le moindre faux pas. Qu'on les laisse s'en tirer une seule fois, et ça n'aura plus de cesse. Mais dites-moi, Gunther. Sous la république de Weimar, quand vous aviez un suspect, qu'est-ce que vous faisiez ? Comment diable est-ce que vous vous y preniez ?

— On ne frappait jamais personne, si c'est là où vous voulez en venir, colonel. Nous n'y étions pas autorisés. Le règlement de la police prussienne l'interdisait. Oh, un flic giflait bien un suspect de temps à autre, mais les chefs n'appréciaient pas beaucoup. On obtenait des résultats parce qu'on réunissait des preuves. Une fois que vous disposez de preuves, il est difficile à un homme de ne pas signer des aveux. Trouvez les preuves et tout le reste suit. On était doués pour ça : trouver les preuves. Pendant un moment, les services d'enquête berlinois ont fait l'envie du monde entier, et leur épine dorsale était les inspecteurs de police.

— Mais vous ne souffriez pas des sottises de la justice prussienne ? Que la réclusion à vie dure rarement plus de dix ans semblait parfois grotesque. Et que la condamnation à mort de tant de criminels n'ayant eu que ce qu'ils méritaient soit commuée par le gouvernement prussien. Comme celle de ces deux Juifs, Saffran et Kipnik. Vous vous souvenez d'eux ? »

Je haussai les épaules.

« Honnêtement ? Je pourrais en nommer pas mal d'autres que j'aurais aimé voir expédiés à l'échafaud avant ces deux-là. Tenez, il y a à peine quelques mois, on a eu le cas de l'assassin de la S-Bahn. Un dénommé Paul Ogorzow, qui avait zigouillé six ou sept femmes et tenté d'en tuer à peu près autant. Eh bien, lui méritait bien son sort.

— Est-il vrai qu'il était membre du parti ?

— Oui.

— Incroyable.

— C'est aussi ce que pensaient une flopée de gens. C'est sans doute pour cela que lui mettre la main dessus a pris tellement de temps. Mais ce que vous disiez est tout à fait juste. On ne peut pas se permettre de fermer les yeux sur le moindre faux pas. Surtout s'il s'agit d'un faux pas commis par les nôtres, ce n'est pas votre avis ?

— Ah, voilà qui est parler en vrai policier.

— Je l'espère, colonel.

— Eh bien, si je peux vous aider en quoi que ce soit, Gunther, dans vos nouvelles fonctions de détective personnel du général, n'hésitez pas à me le faire savoir. » Geschke leva son verre et s'inclina. « Aider le général Heydrich et le protéger pour la nouvelle Allemagne.

— Merci, colonel. »

Jetant un coup d'œil circulaire dans la pièce, j'essayai de deviner lequel des invités du général pourrait, le cas échéant, tenter de l'empoisonner, pour en arriver à la conclusion que, dans la nouvelle Allemagne, ce n'était pas si compliqué que ça. Dans une pièce pleine de meurtriers, tout paraissait possible.

À environ la moitié de cette soirée inoubliable, le major Dr Ploetz, premier assistant et mirmidon numéro un de Heydrich, alluma la radio de la bibliothèque afin que nous puissions écouter le discours de Hitler au Sportspalast de Berlin.

« Messieurs, s'il vous plaît, lança-t-il tandis que la radio s'échauffait. Si je peux vous demander le silence.

— Merci, Hans-Achim », dit Heydrich comme si c'était lui qui était au micro. Puis, d'un ton solennel, alors que le bruit du Sportspalast envahissait la pièce, il annonça : « Le Führer. »

C'était là une attention tout à fait dans la manière de Heydrich. Il pensait, je suppose, que ce serait une agréable surprise pour ceux d'entre nous qui avaient le mal du pays. Et ce fut le cas : un peu comme d'entendre ma mère lire la vieille histoire du méchant Friedrich qui terrorisait les gens et les animaux[1]. Restait à savoir si le même molosse qui avait dévoré les saucisses du vilain garnement serait encore capable de bouffer la réponse tonitruante du III\ :sup: Reich au méchant Friedrich. En ce qui me concerne du moins, il y avait toujours cet espoir. On pouvait difficilement imaginer une surprise plus agréable que le Führer se faisant bouffer par un chien affamé. Le sien, éventuellement.

Dans le couloir à l'extérieur de la bibliothèque, un homme était au téléphone. Je glissai la tête par la porte pour voir qui, parmi les hôtes de Heydrich, avait osé passer ou prendre un appel au beau milieu du discours de Hitler. Au demeurant, je ne l'en blâmais assurément pas. Même à son meilleur, le guide suprême avait toujours été beaucoup trop bruyant pour moi. Sans doute avait-il peaufiné ses talents d'orateur dans les tranchées, pendant les bombardements.

Non qu'on risquât de perdre un seul mot de la voix éraillée retransmise à la radio. Le poste était un AEG Super Orchestra, de la taille d'une grange de paysans polonais, et, avec le son à plein volume, il était impossible de ne pas entendre le discours à peu près n'importe où dans la maison. On aurait probablement pu l'entendre au centre de la terre.

---

1. « L'histoire du méchant Friedrich » est l'une des six comptines qui forment le recueil, très célèbre dans la littérature enfantine anglo-saxonne, *Der Struwwelpeter,* écrit en 1844 par Heinrich Hoffmann.

« Non, vous avez bien fait de m'appeler ici, sergent Soppa. »

Le type qui parlait était Oskar Fleischer, chef de l'unité de la Gestapo luttant contre la résistance à Prague – celui-là même qui avait été tourné en ridicule de façon aussi notoire par les Trois Rois.

« Très bien, j'y serai dans une demi-heure. Simplement, ne laissez pas mourir ce salopard avant que j'arrive. Trop tard ? Alors c'était lui, en fin de compte. »

Ayant remarqué ma présence, Fleischer me tourna le dos.

« Non, non, je suis absolument certain qu'il voudra être au courant. Oui, bien sûr, je le lui dirai. Je m'en occupe tout de suite. Oui. Au revoir. »

Il raccrocha avec un sourire d'excitation, griffonna quelque chose sur un bout de papier avant de le tendre au capitaine Pomme puis de grimper l'escalier quatre à quatre.

J'allumai une cigarette et m'approchai du capitaine Pomme.

« Bonnes nouvelles ? demandai-je.

— Je dirais que oui », répondit l'assistant, et il retourna dans la bibliothèque sans plus de précisions.

Je m'apprêtais à le suivre lorsque, jetant un coup d'œil par la fenêtre au-dessus du téléphone, j'aperçus les deux autres assistants de Heydrich – Küttner et Kluckholn – debout sous le mât sur la pelouse de devant. Bien que la fenêtre fût ouverte, je n'arrivais pas à entendre leurs paroles – pas avec la radio beuglant dans la bibliothèque –, mais il était évident qu'ils se disputaient, en fait qu'ils étaient même près d'en venir aux mains. Comme j'allais sortir jouer les flics du samedi soir, Küttner remonta rageusement l'allée en direction des grilles. Un instant plus tard, Fleischer, portant casquette et ceinturon, fit demi-tour et se dirigea au galop vers la porte d'entrée alors qu'une voiture s'arrêtait puis l'emportait dans un jet de gravier furieux.

Quelque peu déçu de ne pas devoir mettre fin à une rixe entre deux officiers SS, je reportai mon attention sur ce qui était diffusé dans la bibliothèque.

Le discours de Hitler était la traditionnelle ouverture de la campagne du secours d'hiver. L'œuvre charitable annuelle du parti nazi, destinée à fournir nourriture et abri aux moins fortunés durant la prochaine saison hivernale, et ce qui se rapprochait le plus du socialisme réel. Ne pas verser son obole était hors de question. Ceux qui oubliaient de le faire avaient de grandes chances de se retrouver avec leur nom dans le journal local. Sinon pire.

Au-delà de son contenu effectif, le style oratoire de l'allocution de Hitler pour la campagne d'hiver avait pour but d'impressionner, et, généralement, ce qu'il disait importait moins que la façon dont il le disait. D'ordinaire, pour moi, c'était un peu comme écouter Emil Jannings marteler des vers à coups de trique, Caruso chanter le refrain des « Trois Petits Cochons » ou Mark Antony faire l'éloge d'un chat mort. Mais cette année, c'était différent, dans la mesure où il devint vite évident qu'il y avait davantage en jeu que quelques gros Allemands criant famine en janvier. Après les banalités attendues concernant la fierté de donner et de se montrer généreux – ce qui, bien sûr, était une seconde nature chez nous autres Allemands –, le Führer enchaîna avec une communication sur le début de « la grande bataille décisive de l'année à venir », qui serait dévastatrice pour l'ennemi.

Or, un grand nombre d'entre nous, dans la bibliothèque comme dans l'ensemble du pays, avaient déjà l'impression que cette « grande bataille décisive » était pratiquement gagnée. Ce que le Dr Goebbels n'avait pas manqué de nous répéter à plusieurs occasions. Mais voilà que Hitler reconnaissait plus ou moins qu'il avait parié l'argenterie de la famille sur une simple éventualité, qu'il avait joué notre avenir à tous sur ce qui n'avait rien d'une certitude en béton ; avec pour conséquence que quiconque l'écoutait à cet instant en retirait inévitablement l'idée que les choses à l'Est ne se déroulaient pas entièrement sans encombre pour nos forces armées jusqu'ici invincibles.

Lorsque le discours et le tonnerre d'applaudissements qui l'accueillit dans le Sportspalast se furent achevés et que le major Dr Ploetz finit par éteindre la radio AEG, il apparut immédiatement que je n'étais pas le seul à avoir eu cette pensée : quelqu'un au sein du gouvernement – Hitler lui-même, peut-être ? – venait de prendre conscience de la pénible réalité dans laquelle l'Allemagne était allée se fourrer en Russie. Et le IIIe Reich étant évidemment fondé sur des mensonges, cela signifiait que la situation était probablement bien pire que ce qu'on nous avait dit.

Nos visages sombres racontaient tous la même triste histoire. Il se peut que le général von Eberstein, une grosse légume au sein de l'état-major SS, ait marmonné une imprécation désespérée à l'adresse d'un dieu qui se trouvait certainement ailleurs, à supposer qu'il fût quelque part. Le général Hildebrandt, l'homologue de Heydrich à Dantzig, se contenta de jeter sa cigarette dans la cheminée comme si elle le dégoûtait autant que le reste.

C'est peut-être ce qui incita Heydrich à dire quelques mots pour raviver notre manque visible d'enthousiasme. Mais, plus vraisemblablement, ce fut le billet de Fleischer que le capitaine Pomme lui avait donné quelques minutes plus tôt. Heydrich lui-même avait le sourire aux lèvres comme s'il venait juste de manger la dernière tranche de pain d'épice.

« Messieurs, déclara-t-il, si je peux avoir votre attention pendant encore quelques instants. Le Kommissar Fleischer de la Gestapo m'a remis une note qui contient d'excellentes nouvelles. Comme le savent la plupart d'entre vous, depuis le mois de mai dernier, nous détenons deux des Trois Rois – Josef Balaban et Josef Masin – à la prison de Pankrac, ici à Prague. Il s'agit, bien évidemment, de deux des trois responsables du terrorisme tchèque en Bohême. Cependant, le troisième roi, Melchior, comme nous l'appelons, nous avait échappé. Jusqu'à présent. Il semble qu'un de nos deux prisonniers – j'ignore lequel, mais je crois pouvoir affirmer qu'il se prénomme Josef – ait accepté de coopérer avec notre enquête et fini par révéler que le vrai nom de Melchior est Vaclav Moravek, ancien capitaine de l'armée tchèque. Nous avons déjà commencé à fouiller Prague, ainsi que sa ville natale de Kolin, près de Losany, et, selon toute vraisemblance, nous devrions procéder rapidement à une arrestation. »

Je me sentais étrangement malade. Apparemment, alors que nous étions en train de nous empiffrer de veau à la Holstein et d'on-ne-sait-quoi de Leipzig, on torturait un type courageux afin de lui arracher le nom de l'homme le plus recherché du IIIe Reich.

« Bravo ! » s'exclama un de mes collègues officiers, un major de l'Abwehr nommé Thümmel.

D'autres applaudirent cette nouvelle. Ce qui sembla plaire énormément à Heydrich, qui en serait sans doute resté là, et peut-être à juste titre. Mais, plein de son importance, il continua à parler pendant plusieurs minutes. Toutefois, ce n'était pas un tribun. Emprunté et calculateur, il n'avait pas l'audace et la rhétorique fleurie de Hitler. Sa voix était trop haut perchée pour galvaniser les foules ; pire encore, il utilisait un tas de grands mots allemands quand un ou deux plus petits auraient beaucoup mieux fait l'affaire. Naturellement, c'était typique des nazis, qui se servaient souvent du langage pour masquer leur ignorance et leur stupidité – dont ils possédaient des stocks inépuisables –, de même que pour conférer à leurs propos un semblant d'autorité, comme un médecin qui aurait un terme latin pompeux pour ce qui va de travers chez vous, mais pas de traitement.

Heureusement pour chacun des participants, le capitaine Küttner et Kritzinger, le majordome, surgirent soudain avec du champagne et un plateau de flûtes en cristal de Bohême, après quoi une sorte d'atmosphère de fête ne tarda pas à régner dans la bibliothèque. Je bus un verre sans grand plaisir, puis, pensant qu'on ne m'observait pas, je me glissai sur la terrasse pour fumer une cigarette dans l'obscurité. C'était comme un lieu auquel j'appartenais : un monde de créatures crépusculaires qui hurlaient et hululaient, et où l'on pouvait se cacher pour éviter des prédateurs encore plus grands.

Au bout d'un moment, je jetai un coup d'œil par le vitrail de la fenêtre de la bibliothèque et, ne voyant pas trace de Heydrich, je décidai d'aller me réfugier dans mon lit. C'était sans compter avec le fait que le bureau du Reichsprotektor se trouvait juste en haut de la première volée de marches ; les portes ouvertes, il était assis derrière son bureau, en train de signer des papiers sous le regard froid à lunettes du colonel Jacobi. D'un air insouciant, je mis le cap sur le couloir de l'aile nord et ma chambre ; mais si j'avais espéré ne pas attirer l'attention du général, j'en fus pour mes frais.

« Gunther, dit-il en levant à peine les yeux de son parapheur. Entrez !

— Très bien, général. »

En pénétrant dans le bureau de Heydrich au château du haut, à Jungfern-Breschan, j'eus la nette impression de me trouver dans une version plus petite et plus intime du propre bureau du Führer à la chancellerie du Reich. Non que la pièce eût quoi que ce soit de petit ou d'intime. Le plafond devait se trouver à environ quatre mètres de haut, et il y avait des colonnes de marbre en relief sur les murs, une cheminée de la dimension d'une Mercedes et suffisamment de moquette verte pour une honnête partie de golf. La table style réfectoire avait plus de verre pour protéger sa surface lisse en chêne que la vitrine d'un magasin de bonne taille. Dessus, une lampe avec une urne en marbre, deux téléphones, un sous-main en cuir, un encrier et une maquette d'avion en laiton – très probablement le Siebel Fh 104 dont il se servait pour faire des allers et retours à Berlin. Devant la fenêtre en ogive, un buste en bronze du Führer et, derrière une chaise de bureau de la taille d'un trône, une tenture en soie verte avec un aigle allemand en or sur une couronne de laurier enserrant une croix gammée, des fois qu'on essaie de la barboter.

Heydrich posa son stylo à encre et s'adossa à son siège.

« Cette fille à votre hôtel, dit-il. Arianne Tauber. L'avez-vous appelée pour la prévenir que vous n'iriez pas la voir ce soir ?

— Pas encore, général.

— Alors ne le faites pas. Klein vous conduira à Prague. J'imagine que je serai suffisamment en sécurité ce soir, vous ne croyez pas ?

— Si vous le dites, général.

— Oh non. À l'avenir, ce sera à vous de le dire. C'était quelque peu le but de votre nomination. Mais je suis sûr que vous allez très bien vous débrouiller. Retrouvez-moi au palais Pecek demain matin à dix heures. J'ai une réunion là-bas pour coordonner l'arrestation de ce Moravek.

— Très bien, général. Et merci. »

J'aurais peut-être même claqué les talons et incliné la tête. Travailler pour Heydrich, c'était comme faire des risettes à un sale matou tout en cherchant autour de soi le trou de souris le plus proche.

13

Arianne fut contente de me voir, bien sûr, mais pas autant que moi de la voir elle, dans notre lit, seule, nue et prête à se servir de son corps pour détourner mes pensées de Heydrich, de Jungfern-Breschan, des Trois Rois et du palais Pecek. Je ne lui parlai pas de mes soucis. S'agissant de Heydrich, mieux valait en savoir le moins possible, comme je commençais à m'en apercevoir. Que lui dis-je lorsque, épuisés d'avoir fait l'amour, nous restâmes immobiles, enlacés telles deux figures primitives sculptées dans le même bois de cerf ? Seulement que mes fonctions me retenaient à l'extérieur de Prague, à Jungfern-Breschan, sans quoi je serais certainement venu la voir plus tôt à l'hôtel Imperial.

« Pas de problème, répondit-elle. Vraiment, je suis très bien ici toute seule. Tu n'as pas idée comme c'est agréable pour moi de rester simplement assise à lire un bouquin ou de me balader dans la ville de mon côté.

— Oh si. Du moins, je peux m'imaginer.

— J'ai laissé un message pour mon frère. Et il y a quantité d'autres Allemands à Prague avec qui je peux parler. D'ailleurs, l'hôtel est bourré d'Allemands. Il y a une très jolie fille dans une suite, au même étage que le nôtre, qui a une liaison avec un général SS. Et elle est juive. Est-ce que ça ne semble pas romantique ?

— Romantique ? Ça semble surtout dangereux. » Arianne ne releva pas.

« Elle s'appelle Betty Kipsdorf et elle est d'une totale gentillesse.

— Et lui s'appelle comment ?

— Le général ? Konrad quelque chose. Il a plus du double de son âge, mais elle prétend que ça ne se voit absolument pas. » Elle éclata de rire. « Étant donné qu'il était professeur de gymnastique. »

Je lui répondis que je ne savais pas qui ça pouvait être. Ce qui était vrai. Je n'étais pas précisément à tu et à toi avec les généraux SS, même ceux que je connaissais.

« Il est très vigoureux, apparemment. Pour un général. Moi, je dis toujours que, si on veut du travail bien fait, c'est un capitaine qu'il faut prendre. Et pas un flamant rose mollasse claquant les talons comme un pantin. »

Des flamants roses, c'est ainsi que les hommes de troupe surnommaient les officiers de l'état-major général, en référence aux rayures rouges sur leurs jambes de pantalon.

« Qu'est-ce que tu sais des flamants roses ?

— Tu serais surpris par les types qui franchissent les portes du Jockey Bar.

— Non. Mais je suis encore surpris que tu préfères un capitaine à l'un d'entre eux.

« — Et peut-être un peu méfiant.

— Ce n'est sans doute pas ta faute.

— On s'entendrait à merveille si tu n'étais pas flic, tu ne crois pas, Parsifal ?

— C'est à cause de l'époque où nous vivons, je le crains. Toutes sortes de choses me rendent méfiant, mon ange. Deux as d'affilée. Un double six. Un tuyau à la loterie nationale. Un mot gentil ou un compliment. Vénus sortie des eaux. Je suis le genre de Fritz qui a tendance à chercher une marque de fabrique sur une coquille Saint-Jacques.

— Je pourrais me sentir insultée si seulement je savais de quoi il s'agit. Après tout, il y a encore une petite partie de toi en moi.

— Maintenant, c'est à mon tour de me sentir insulté.

— Inutile, Gunther. Ça m'a plu, beaucoup. À mon avis, tu te sous-estimes.

— Possible. Je pourrais même appeler ça un risque du métier, sauf que, jusqu'à présent, ça m'a plutôt aidé à rester en vie.

— Est-ce si important pour toi, de rester en vie ?

— Non. Cela dit, j'ai vu les solutions de rechange, et de près. En Russie. Ou encore il y a vingt ans, dans les tranchées. »

Elle se pressa légèrement contre moi, le genre de pression qui fait l'effet d'un merveilleux tour de magie et qui ne nécessite l'usage d'aucun membre. Chaque fois qu'une femme me tient serré comme ça, c'est le meilleur argument qu'il y ait contre le solipsisme selon lequel l'existence de notre esprit constitue notre seule certitude.

236

« Est-ce que cela augmenterait beaucoup ta méfiance si je te disais que je suis tombée amoureuse de toi ?

— Il faudrait que tu le répètes sacrément souvent pour que je le croie.

— C'est peut-être ce que je ferai.

— Ouais. Peut-être. Quand tu l'auras dit une première fois, on pourra réexaminer la situation. Mais pour l'instant, c'est juste hypothétique.

— Très bien, je… »

Elle s'interrompit, laissa échapper un soupir aussi mal assuré qu'une patte arrière de whippet tandis que je poussais énergiquement du coude le bord de sa dernière pensée.

« Continue. Je t'écoute.

— C'est vrai, Parsifal. Je suis en train de tomber amoureuse de toi.

— Voilà pas mal de temps que tu vis dans les airs, mon ange. N'importe qui d'autre aurait déjà touché le sol. » Je la poussai à nouveau du coude. « Durement.

— Va te faire voir, Gunther. »

Son souffle était chaud dans mon oreille, sauf qu'il semblait froid et irrégulier, comme quelqu'un riant en silence.

« Très bien. Je t'aime. Satisfait ?

— Loin s'en faut. Mais je le serai, si ça continue. »

Elle me donna un coup sur l'épaule, mais elle arborait une expression ravie.

« Espèce de sadique !

— Je suis un nazi. Tu l'as dit toi-même. Tu te souviens ?

— Non, mais tu es aussi assez exceptionnel, Gunther. D'autant plus que tu ne t'en rends pas compte. Après Karl, mon mari, il y a eu d'autres hommes. Mais tu es le premier pour lequel j'éprouve quelque chose depuis qu'il est mort.

— Cesse de parler.

— Vas-y, baise-moi. »

Je ne dis rien. Entre nous, la conversation était devenue superflue. Nous n'avions pas besoin de parler pour mimer une histoire que bien d'autres avaient racontée avant nous. Ce n'était pas original, mais ça en donnait l'impression – un film presque muet qui semblait à la fois familier et nouveau. Nous en étions encore à interpréter notre propre hommage hautement stylisé à l'expressionnisme allemand lorsque le téléphone se mit à sonner sur la table de chevet.

« Laisse-le, dis-je.

— Est-ce raisonnable ?

— Ça ressemble à des ennuis. »

La sonnerie s'arrêta.

Notre production cinématographique terminée, elle se leva pour prendre une de mes cigarettes.

Je roulai sur le dos, puis regardai par la fenêtre le petit dôme en moulin à poivre au sommet du bâtiment en face.

La sonnerie du téléphone retentit à nouveau.

« Je te l'avais bien dit. Quand ce sont des ennuis, ça se remet toujours à sonner. Surtout tôt le matin, avant le petit déjeuner. »

Je saisis le combiné. C'était le major Ploetz. Le premier assistant de Heydrich. Il avait l'air bouleversé et furieux.

« Une voiture va venir vous prendre pour vous ramener ici, immédiatement.

— Très bien. Que se passe-t-il ?

— Un homicide a eu lieu, annonça Ploetz. Au château du bas.

— Un homicide ? Quel genre d'homicide ?

— Je ne sais pas. Mais soyez devant votre hôtel dans quinze minutes. »

Sur ce, il raccrocha.

Pendant un moment d'ivresse, je me laissai aller à l'espoir qu'il s'agissait de Heydrich. Qu'un de ces officiers et hommes d'honneur de la SS ou du SD, jaloux du Reichsprotektor, lui avait flanqué une balle dans la peau. À moins qu'il n'y ait eu une attaque à la mitraillette par des terroristes tchèques alors qu'il faisait sa première promenade matinale dans la campagne autour de Jungfern-Breschan. Peut-être y avait-il encore à cette minute un cheval gisant sur son corps sans vie.

Cependant, si c'était Heydrich qui était mort, Ploetz l'aurait dit. Jamais il n'aurait employé le terme « homicide » pour quelqu'un d'aussi considérable que son propre général. La victime devait être un personnage de moindre envergure, sinon il aurait déclaré : « Heydrich a été tué » ou « Le général a été tué », ou encore « Il y a eu une catastrophe, le général Heydrich a été assassiné ». Homicide ne faisait probablement pas partie du lexique qu'utiliseraient les nazis si jamais Heydrich avait le malheur de connaître une fin précoce encore que bien méritée.

« C'en est ?

— C'en est quoi ? demandai-je distraitement.

— Des ennuis, répondit Arianne.

— Je dois retourner tout de suite à Jungfern-Breschan. Quelqu'un est mort.

— Ah ? Qui ?

— Je l'ignore. Mais je suis sûr que ce n'est pas Heydrich.

— Quel drôle de détective tu fais. » Elle haussa les épaules. « Eh bien, ce n'est certainement pas le jardinier s'ils veulent que tu retournes tout de suite là-bas. Cela doit être quelqu'un d'important.

— On peut toujours rêver, je suppose. »

Un quart d'heure plus tard, lavé et habillé, j'étais planté devant l'hôtel Imperial lorsqu'une berline noire s'arrêta. Le chauffeur, en uniforme SS – ce n'était pas Klein –, sortit avec élégance de la voiture, salua, ouvrit la portière et tira la rangée de sièges du milieu parce qu'il y avait déjà deux hommes en civil assis à l'arrière.

Ils avaient l'air costauds, bien nourris, sans doute le genre à ne pas pouvoir courir très vite, mais capable de passer quelqu'un à tabac sans se fendre la peau des articulations.

« Kommissar Gunther ? »

Le type qui parlait avait une tête de la grosseur d'un seau de maçon, mais le visage taillé devant était aussi petit que celui d'un enfant. Un regard froid et dur, même un peu triste, avec une fente hargneuse en guise de bouche.

« C'est exact. »

Une main comme un grappin d'acier s'avança au-dessus du siège.

« Kurt Kahlo, dit-il. Kriminalassistant du commissaire Willy Abendschön, de la Kripo de Prague. »

Il regarda l'autre type et sourit, sans aménité.

« Et voici l'inspecteur Zennaty, de la police tchèque. S'il vient, c'est uniquement pour préserver les apparences, pas vrai, inspecteur ? Après tout, sur le plan technique, il s'agit d'une affaire tchèque. »

Zennaty me serra la main, mais ne dit rien. Il était mince et ressemblait à un faucon, avec des yeux noirs et une coupe de cheveux faisant l'effet d'une petite barbe postiche.

« Je crains que notre ami tchèque ne parle pas beaucoup l'allemand, n'est-ce pas, Popov ?

— Non, pas beaucoup, répondit Zennaty. Désolé.

— Mais il est très bien, notre Popov. » Kahlo tapota le dos de la main de Zennaty. « N'est-ce pas, Popov ?

— Oui, très bien.

— M. Abendschön serait venu lui-même, expliqua Kahlo, mais presque tout le monde à Prague recherche en ce moment ce Moravek. Le général Heydrich a fait de son arrestation la priorité numéro un de la police dans tout le protectorat. »

Je hochai la tête.

« Eh bien, qui est mort ? On ne me l'a pas dit.

— Un des assistants du général Heydrich. Un capitaine nommé Küttner, Albert Küttner. Vous le connaissiez, Kommissar ?

— Je l'ai rencontré pour la première fois hier. Et vous ?

— Je ne l'ai vu que deux ou trois fois. Pour moi, tous ces assistants se ressemblent.

— J'imagine que celui-là a l'air un peu différent maintenant.

— Très juste. »

Les sourcils de Kahlo étaient presque en permanence à l'oblique, comme ceux d'un clown triste, mais il réussit à les lever encore plus haut.

« Et vous, demandai-je aimablement à Zennaty. Vous connaissiez le capitaine Küttner ?

— Pas beaucoup », répondit Zennaty.

Kahlo sourit, ce qui incita Zennaty à regarder par la fenêtre. Une vision plus agréable que la gueule d'empeigne sarcastique de Kahlo.

Nous roulâmes vers l'est pendant un moment, jusqu'au siège de la Kripo dans la Carl-Maria-von-Weber Strasse, où Zennaty quitta brièvement la voiture pour aller chercher une boîte à indices, m'informa Kahlo. Zennaty et lui se trouvaient au ministère de la Justice, de l'autre côté du fleuve, quand Abendschön, le patron de Kahlo, avait téléphoné pour lui demander de passer me prendre et de se rendre ensuite à Jungfern-Breschan.

Au bout de quelques minutes, Zennaty revint et nous filâmes vers le nord.

Prague à l'automne 1941 offrait l'image d'une couronne d'épines avec des pointes en plus, telle qu'aurait pu la peindre Lucas Cranach. Une ville de flèches d'église, à coup sûr. Même les flèches avaient des flèches plus petites, à la façon de jeunes carottes poussant sur de plus grosses. Ce qui conférait à la vaste capitale de la Bohême quelque chose d'étrangement tranchant et déchiqueté. Où que vous tourniez les yeux, c'était comme voir une hallebarde suisse dans un porte-parapluies. Un sentiment de malaise médiéval accentué par les sculptures omniprésentes. Partout dans la cité, on voyait des statues d'évêques jésuites embrochant des païens, de Titans fortement musclés s'enfonçant des épées à travers le corps, de martyrs agonisants affreusement torturés ou de bêtes féroces s'entre-dévorant. De ce point de vue, Prague semblait bien plus adaptée à la brutalité et à la violence du nazisme que ne l'avait jamais été Berlin. Les nazis donnaient l'impression d'être parfaitement à leur place ici, et en particulier la grande silhouette grêle de Heydrich, dont le visage pâle et austère me rappelait un saint écorché vif. Les drapeaux rouges nazis ressemblaient encore plus à du sang coulant des bâtiments où ils étaient suspendus ; les baïonnettes astiquées des fusils allemands aux postes de sentinelles brillaient d'un éclat plus bleuté et les bottes marchant au pas de l'oie sur les pavés du pont Charles semblaient résonner davantage, comme si elles foulaient aux pieds les espoirs des Tchèques eux-mêmes.

C'était honteux si vous étiez un Allemand, mais pire si vous étiez un Tchèque, comme l'impuissant inspecteur Zennaty. Et pire encore si vous étiez un des Juifs de Prague. Prague abritait l'une des plus importantes communautés juives d'Europe, et même maintenant il y en avait encore tout un tas auxquels les nazis pouvaient mener la vie dure. Et leur mener la vie dure, ils ne s'en privaient pas. Restait à savoir si le célèbre Golem réputé habiter la synagogue Vieille-Nouvelle sortirait une nuit du grenier, comme le voulait la légende, et escaladerait le mur d'enceinte pour venger les persécutions infligées aux Juifs de Prague. Une partie de moi espérait qu'il avait déjà fait son apparition à Jungfern-Breschan et que la mort inexpliquée du capitaine Küttner n'était qu'un début. Si les choses ressemblaient un tant soit peu au film muet[1] que j'avais vu peu après la Grande Guerre, alors nous autres Allemands allions bien rigoler.

Vingt minutes plus tard, la voiture s'arrêtait devant la porte d'entrée du château du bas et nous pénétrâmes à l'intérieur.

Kritzinger, le majordome, nous escorta, Kahlo, Zennaty et moi, jusqu'au bureau de Heydrich, où celui-ci attendait, avec beaucoup d'impatience, en compagnie du major Ploetz et du capitaine Pomme. Heydrich et Pomme portaient des gilets d'escrime, et il était clair d'après leur visage empourpré et encore en sueur qu'ils n'avaient pas fini depuis longtemps leurs exercices absurdes.

Étant le seul en uniforme, je saluai puis présentai Kahlo et Zennaty.

Heydrich considéra Zennaty avec froideur.

« Vous n'aurez qu'à attendre en bas », lança-t-il au policier tchèque.

Zennaty fit un bref signe de tête avant de quitter la pièce.

« Vous avez pris votre temps pour venir », poursuivit Heydrich avec aigreur.

---

1. *Le Golem* (*Der Golem : Wie er in die Welt kam*), film allemand réalisé par Paul Wegener et Carl Boese en 1920.

Comme la remarque semblait m'être adressée, je jetai un coup d'œil à ma montre et répondis :

« J'ai reçu l'appel du major Ploetz à mon hôtel il y a tout juste quarante-cinq minutes. J'ai fait le plus vite possible, général.

— Très bien, très bien. »

Le ton de Heydrich était grincheux. Il tenait une cigarette. Ses cheveux étaient ébouriffés comme s'il n'avait pas pris la peine de se peigner.

« Bon, maintenant vous êtes là, c'est le principal. Vous êtes là et c'est vous qui tenez les rênes, vous entendez ? Dans le cas présent, l'homme d'expérience, c'est vous. À propos, je ne veux pas que ce foutu Tchèque soit impliqué en quoi que ce soit. Compris ? Il s'agit d'une affaire allemande. Je tiens à ce qu'on enquête sur cette histoire avec rapidité et discrétion, et qu'elle soit élucidée avant que le Führer en ait vent. J'ai toute confiance en vous, Gunther. Si un homme est capable de la résoudre, c'est vous. J'ai informé tout le monde que vous aviez mon entière confiance.

— Merci, général », répondis-je, même si ce n'était pas du tout ce que j'éprouvais, ni du reste ce qu'il avait réellement en tête. Il était peu probable que j'aie la confiance de Heydrich pendant plus longtemps qu'il ne lui en fallait pour le dire.

« Et que j'attendais de chacun une coopération pleine et entière à votre enquête. Peu m'importent les questions que vous poserez ou qui vous indisposerez. Vous entendez ? Pour moi, tous ceux qui se trouvent dans cette maison sont suspects.

— Vous y compris, général ? »

Les yeux bleus de Heydrich se plissèrent et, pendant un instant, je me dis que j'étais allé trop loin et qu'il allait m'agonir d'injures. J'étais content qu'il n'ait pas une épée à la main. Bien sûr que j'étais allé trop loin et, manifestement, les deux assistants le pensaient aussi, mais ils n'étaient pas prêts à protester contre mon insolence, au moins pour le moment. Toujours aussi imprévisible, Heydrich avala une goulée d'air et hocha lentement la tête.

« Je ne vois pas pourquoi je ne le serais pas, répondit-il. Si ça peut aider. N'importe quoi pourvu que ce problème soit réglé le plus vite possible, avant que mon mandat, dans de telles conditions, tourne à la farce et que je devienne un objet de risée à Berlin, bon Dieu. »

Il secoua la tête, puis écrasa sa cigarette avec irritation.

« Et il faut que ça se produise maintenant, alors que nous sommes sur le point d'anéantir l'UVOD.

— L'UVOD ? » Je fronçai les sourcils. « Qu'est-ce que c'est ?

— L'UVOD ? Le Comité central de la résistance intérieure, répondit Heydrich. Un réseau de terroristes tchèques. »

Il s'appuya des deux poings sur la table, puis se mit à marteler la surface en verre avec une telle force que la maquette d'avion se déplaça de plusieurs centimètres en direction de la lampe.

« Bordel de merde ! »

J'allumai une cigarette et aspirai la fumée à pleins poumons avant de la souffler énergiquement vers lui, dans l'espoir que ça détournerait son attention de ce que je m'apprêtais à lui dire et de la façon dont j'avais l'intention de le dire.

« Pourquoi ne pas prendre les choses calmement, général ? Ça ne va pas m'aider, ni vous non plus à coup sûr. Au lieu de vous en prendre au mobilier et de me remonter les bretelles, pourquoi ne pas me raconter, vous ou quelqu'un au fait de l'histoire, ce qui s'est passé au juste ? Tout le "il était une fois" dans la ville d'Hamelin. Après quoi, je pourrai peut-être continuer à faire mon boulot. »

Heydrich me regarda, et je sentis qu'il savait que je profitais de la situation. Les autres me regardaient également, comme étonnés que j'ose lui parler de cette manière ; mais non moins étonnés qu'il continue à ne pas me crier après pour me faire rentrer dans ma coquille. Ce qui m'étonnait un peu moi-même, mais parfois il peut être intéressant de savoir de combien s'ouvre la porte.

Il se rongea un moment les ongles.

« Vous avez parfaitement raison, Gunther. Ceci ne nous mène à rien. Je suppose, eh bien, que c'est extrêmement dommage, voilà tout. Küttner était un jeune officier prometteur.

— C'est vrai », approuva Pomme.

Heydrich le regarda bizarrement, puis lui dit :

« Pourquoi ne pas fournir quelques détails au Kommissar ?

— Très bien, général. Si vous le souhaitez.

— Ça vous dérange que je m'assoie ? demandai-je. Comme tous les flics, j'écoute mieux quand je ne pense pas à mes pieds.

— Oui, je vous en prie, messieurs, asseyez-vous »,
dit Heydrich.

J'attrapai la chaise qui se trouvait juste devant le
buste du Führer, et le regrettai presque aussitôt. Je
n'aimais pas beaucoup l'idée de Hitler le regard rivé
sur ma nuque. Si jamais il apprenait ce que j'avais
en tête, je risquais de sérieux ennuis. Je sortis mon
agenda d'officier de ma poche de veste. Plus ou moins
le même genre d'agenda que celui que la Gestapo
avait récupéré sur le cadavre de Franz Koci dans le
Kleist Park.

« Si ça ne vous ennuie pas, dis-je à Pomme, je
prendrai quelques notes. »

Pomme secoua la tête.

« Pourquoi est-ce que cela m'ennuierait ? »

Je haussai les épaules.

« Aucune raison. » Je marquai une pause. « Quand
vous êtes prêt, capitaine Pomme.

— Eh bien, Albert, c'est-à-dire le capitaine Küttner,
devait me réveiller à 6 heures ce matin. Comme à
l'accoutumée. Il me réveille, moi ou le major Ploetz,
ou le capitaine Kluckholn, parce qu'une de nos tâches
consiste à réveiller le général à 6 h 30. L'ordre hié-
rarchique, je suppose. Lui étant le quatrième assistant, vous comprenez. Toutefois, ce n'était plus un
arrangement satisfaisant. Küttner n'a jamais été un
bon dormeur, et depuis quelque temps il prenait
un somnifère, si bien qu'il avait souvent des pannes
d'oreiller. Ce qui me mettait en retard, de même que
le général. Ce matin était assez caractéristique à cet
égard. En conséquence, prévoyant un problème, je
me suis arrangé pour me lever à 6 heures, après quoi

je suis allé voir si Küttner était réveillé. Ce qui n'était pas le cas ; ou, du moins, c'est ce qu'il m'a semblé sur le moment. J'ai frappé à la porte à plusieurs reprises, sans succès. Là encore, cela n'avait rien de particulièrement inhabituel. Quand il a pris un comprimé, il peut s'écouler un moment avant qu'il émerge. Mais, après avoir frappé pendant encore dix minutes sans obtenir de réponse, eh bien, j'imagine que j'ai commencé à m'inquiéter.

— Est-ce que vous n'auriez pas pu tout simplement entrer et le réveiller en le secouant ?

— Désolé, Gunther, je n'ai pas été suffisamment clair. Il fermait toujours sa porte à clé. C'était un individu très nerveux, je pense. À cause de quelque chose qui lui était arrivé en Lettonie, prétendait-il. Je ne sais pas. Bref, la porte était verrouillée et, lorsque je me suis penché pour regarder par le trou de la serrure, j'ai vu que la clé était toujours à l'intérieur. »

Pomme était un élégant petit garde-chiourme, ne dépassant guère la trentaine, lugubre, avec une grande bouche aux lèvres minces. Dans son gilet d'escrime blanc, il avait l'air d'un dentiste quelque peu agité.

« N'ayant pas réussi à tirer Küttner du lit, j'ai vite réveillé le général puis je suis allé trouver Herr Kritzinger pour savoir s'il n'y avait pas un autre moyen de s'introduire dans la chambre.

— Cela se passait à quelle heure ? demandai-je.

— Il devait être 6 h 45 environ », répondit Pomme.

Il se tourna vers le majordome, le seul dans la pièce à être resté debout, pour confirmation.

Le majordome me regarda.

« C'est exact, monsieur. Je suis parti chercher le double de la clé. Je garde des doubles de toutes les clés dans mon coffre. J'ai vu l'heure à la pendule sur le manteau de la cheminée en manœuvrant le coffre. Je suis remonté à l'étage, mais je n'ai pas réussi à utiliser le double pour pousser la clé dans la serrure afin d'ouvrir la porte du capitaine Küttner de l'extérieur. »

Je faillis lui parler des tourneurs de clés dont nous nous servions à l'hôtel Adlon dans des cas semblables, mais ça ne semblait plus très important.

« J'ai ensuite ordonné à un valet de pied, continua Kritzinger, de demander au jardinier de ramener une échelle pour jeter un coup d'œil par la fenêtre et éventuellement l'ouvrir du dehors.

— Dans l'intervalle, je me suis remis à frapper à la porte, expliqua Pomme. À crier le nom du capitaine Küttner. Et j'étais à présent en retard pour mon assaut avec le général. »

Heydrich acquiesça.

« Tous les matins, je fais de l'escrime avec un des assistants avant le petit déjeuner. Küttner était le meilleur – il excellait au sabre –, mais, ces derniers temps, il était trop préoccupé pour être compétitif. Ce matin, lorsque je suis arrivé au gymnase, il n'y avait pas trace de Pomme, aussi je suis parti à sa recherche et j'ai croisé le valet de pied qu'on avait envoyé quérir le jardinier. Quand je lui ai demandé s'il avait vu le capitaine Pomme, il m'a expliqué la situation. Il devait être à peu près 6 h 55. Je suis allé proposer mon aide et j'ai trouvé Pomme encore en train de frapper à la porte de Küttner. Il était maintenant 7 heures.

Je suppose que je commençais moi aussi à craindre pour la sécurité de Küttner. De sorte que j'ai donné l'ordre à Pomme et à Kritzinger d'enfoncer la porte. Ce qu'ils ont entrepris de faire.

— Ça n'a pas dû être très facile, fis-je remarquer. Les portes ici sont plutôt épaisses. »

Pomme se frotta machinalement l'épaule.

« Non, pas très facile. Cela nous a pris entre cinq et dix minutes.

— Et quand la porte a été ouverte, qu'avez-vous vu ?

— Très peu de chose, répondit Pomme. Les rideaux étaient fermés et la pièce entièrement plongée dans l'obscurité.

— La fenêtre était-elle fermée ou ouverte ?

— Fermée, monsieur, dit Kritzinger. Le général m'a demandé de tirer les rideaux pour laisser entrer la lumière, ce qui m'a permis de constater que la fenêtre était fermée et verrouillée.

— J'ai appelé Küttner par son nom, reprit Heydrich. N'obtenant pas de réponse, je me suis approché du lit. Nous avons tout de suite compris, d'après sa position, qu'il était arrivé quelque chose de grave. Il portait toujours son uniforme et son sommeil m'a paru anormalement profond. Entre le fracas de la porte s'effondrant et le bruit de nos voix, il semblait invraisemblable qu'il ne se soit même pas réveillé. Aussi j'ai appuyé avec les doigts sur le côté de son cou pour chercher le pouls et j'ai remarqué immédiatement que sa peau était froide. Plus froide qu'elle n'aurait dû l'être. Et je me suis ensuite rendu compte qu'on ne sentait pas le pouls. Strictement rien.

— Avez-vous reçu une formation pour prendre le pouls ainsi ? » répliquai-je.

Heydrich fronça les sourcils.

« Pourquoi demandez-vous ça ?

— C'est une question simple, général. Vous seriez surpris du nombre de cadavres qui s'avèrent être en pleine forme après qu'on leur a pris le pouls et qu'on les a déclarés morts.

— Très bien. Oui, j'ai en ai reçu une. Lors de mon instruction dans la Luftwaffe à l'aérodrome de Werneuchen, en 1939, j'ai suivi une formation de base sur les premiers secours. Et à nouveau en mai 1940. Cette fois à Stavanger. » Il secoua la tête. « Cela ne fait pas l'ombre d'un doute, Gunther. Il était bel et bien mort. Il devait être approximativement 7 h 10. »

Kritzinger acquiesça.

« Que s'est-il passé ensuite ? lui demandai-je.

— Le général m'a ordonné de téléphoner pour faire venir une ambulance.

— Où avez-vous appelé ?

— L'hôpital Bulovka est le plus proche. Il se trouve dans la banlieue nord-est de Prague, à une dizaine de kilomètres d'ici.

— Je passe devant chaque matin, remarqua Heydrich.

— Un médecin tchèque appelé Honek était présent, dit Kritzinger. D'ailleurs, il est encore en bas.

— Et vous, qu'avez-vous fait ? demandai-je à Pomme.

— Le général Heydrich m'a dit d'aller chercher le général Jury immédiatement.

— Pourquoi ?

— Parce qu'il est médecin lui aussi, répondit Pomme.

— Oui, ça me revient. C'était un spécialiste de la tuberculose, je crois. Avant d'entrer dans la SS. » Je hochai la tête. « Vous êtes donc allé le chercher. Et ensuite ?

— Malheureusement, il ne se sentait pas très bien après la nuit dernière. Il s'est écoulé au moins un quart d'heure avant qu'il soit habillé et sur les lieux. »

Je me tournai vers Heydrich.

« Pendant ce temps, général, vous étiez toujours dans la chambre avec Küttner, c'est bien ça ?

— Oui.

— Qu'avez-vous fait en attendant le Dr Jury ?

— Voyons voir. J'ai ouvert la fenêtre afin d'aérer un peu. Pour une raison ou une autre, j'avais légèrement la nausée. Non, ce n'est pas tout à fait exact. Küttner était un de mes amis. J'ai allumé une cigarette, histoire de me calmer les nerfs. Mais j'ai jeté le mégot par la fenêtre lorsque j'ai eu fini. La scène de crime est donc pour l'essentiel intacte. » Il secoua la tête, passa une main osseuse dans ses cheveux courts. « Je ne vois rien d'autre. Au bout d'un moment, le Dr Jury est arrivé en compagnie de Pomme. Le docteur avait, comme l'a dit Pomme, une migraine carabinée. Mais pas au point d'être incapable de constater le décès de ce pauvre Küttner. J'ai alors ordonné à Ploetz de vous appeler sur-le-champ ainsi que la police locale. À 7 h 30 environ.

— Où se trouve le Dr Jury en ce moment ? demandai-je.

— Dans la bibliothèque, monsieur, répondit Kritzinger. Avec le docteur Honek. Il m'a prié de lui apporter une tasse de café fort.

— Le Dr Honek a-t-il examiné le corps ?

— Non, répondit Heydrich d'un ton ferme. J'ai estimé qu'il n'y avait pas d'urgence. Il m'a semblé qu'il valait mieux qu'il attende que vous ayez eu la possibilité d'examiner vous-même le corps. »

J'inclinai la tête.

« Je vais le faire tout de suite, si vous permettez.

— Bien sûr, fit Heydrich.

— Monsieur Kritzinger, dis-je, voulez-vous demander au docteur de nous rejoindre dans la chambre du capitaine Küttner ?

— Oui, monsieur.

— Capitaine Pomme ? Vous pouvez peut-être nous montrer le chemin. »

Je me levai et regardai Kahlo, le Kriminalassistant de la Kripo de Prague.

« Vous devriez aller chercher le kit que Zennaty a apporté.

— D'accord.

— Général ? Souhaitez-vous nous accompagner ? »

Heydrich acquiesça.

« Major Ploetz ? Vous feriez bien d'informer le reste de mes invités de ce qui s'est passé. Et qu'ils seront tenus de répondre aux questions du Kommissar avant que quiconque soit autorisé à s'en aller. Ce qui inclut également tous ceux qui se trouvent au château du haut.

— Oui, général. »

Bien qu'au même étage que la mienne, la chambre de Küttner était située dans l'aile sud et donnait sur un petit jardin d'hiver. Les murs tapissés de papier rose s'ornaient de scènes de chasse anglaises qui changeaient agréablement de leurs équivalents tchèques, plus familiers pour moi. Le renard, qui semblait sourire, croyait certainement avoir de bonnes chances d'échapper aux chiens de meute, ce qui me convenait parfaitement. Ces derniers temps, je suis du genre antisocial qui applaudit quand le renard réussit à filer sans coup férir.

Avant de jeter un coup d'œil au corps, je fis le tour de la pièce, notant une grosse pile de livres près du lit et un flacon de Véronal à côté d'une carafe d'eau sur la table. Flacon dont on n'avait pas remis le bouchon. Il y avait plusieurs comprimés par terre, mais, bizarrement, le flacon était toujours debout. Le ceinturon de Küttner et l'étui contenant son Walther automatique se trouvaient sur le dossier de sa chaise.

Heydrich me vit prendre le flacon de Véronal.

« Jusqu'au moment où je me suis rendu compte de la nature réelle de ses blessures, je pensais que le Véronal était le coupable, expliqua-t-il. C'est seulement lorsque le Dr Jury a ouvert la veste de son uniforme pour examiner le capitaine Küttner que j'ai compris qu'il avait reçu une blessure mortelle à l'abdomen.

— Mmm-hmm. »

Küttner gisait en travers du lit, comme s'il s'y était écroulé. Les yeux étaient fermés. Un de ses bras reposait à plat le long du torse ; l'autre formait un angle droit avec le reste de son corps, à la manière d'un Christ mort. Une moitié de Christ mort, en tout cas. Mais les deux mains étaient indemnes et vides. Il y avait quatre boutons à sa tunique de capitaine, dont trois déboutonnés à partir du haut. Il portait une chemise blanche sans col, au premier bouton défait, et pas de cravate. On comprenait facilement comment on avait pu passer à côté du fait qu'il avait été abattu. C'est seulement en soulevant le rabat de la tunique qu'on arrivait à voir le sang couvrant la chemise. Il portait encore ses culottes de cheval, et juste une botte. La balançoire de singe – son cordon tressé d'aide de camp – était sortie du bouton du haut, mais toujours attachée à l'épaulette droite. On aurait dit qu'il avait été tué alors qu'il en était encore à retirer ses vêtements.

« Quelqu'un a-t-il déjà inspecté le sol ? demandai-je à Heydrich. Pour y chercher des indices ?

— Non », répondit Heydrich.

Je fis un signe de tête à Kahlo qui, sans rechigner, tomba à quatre pattes et se mit en quête d'une douille, à défaut d'un truc encore inédit.

Je m'emparai du P38 de Küttner, reniflai le canon et vérifiai ensuite le chargeur. Le pistolet était sale et mal entretenu, mais, à l'évidence, il n'avait pas tiré depuis un moment.

« Vos conclusions ? demanda Heydrich.

— À part le fait qu'il a reçu une balle dans le torse et que ça ne ressemble guère à un suicide, je n'en ai encore aucune.

— Pourquoi pensez-vous que ça ne ressemble pas à un suicide ?

— Il est assez inhabituel de se tirer une balle puis de remettre soigneusement l'arme dans son étui, répondis-je. Surtout si vous n'êtes pas tellement soigneux. Vous seriez sur le point de vous tuer, vous enlèveriez les deux bottes, ou aucune. En outre, son pistolet a un chargeur plein et n'a pas servi depuis pas mal de temps. »

Je haussai les épaules.

« Cela dit, il n'y a pas d'autre arme dans la pièce. Malgré tout, on imagine mal qu'il se soit fait tirer dessus, qu'il ait regagné sa chambre, fermé la porte à clé puis qu'il se soit allongé sur le lit et qu'il soit mort bien gentiment. Même si ça en a l'air.

— Ce que je ne comprends pas, fit remarquer Heydrich, c'est que personne ne semble avoir entendu de coup de feu.

— Ma foi, nous ne le saurons que lorsque nous aurons interrogé tout le monde.

— Je peux poser la question, si vous voulez, proposa Pomme.

— Ce que je veux dire, reprit avec fermeté Heydrich, c'est que le bruit du coup de feu n'aurait pas manqué de donner l'alarme. Surtout ici, dans une maison bourrée de policiers. »

Je hochai la tête.

« Il y a donc de fortes chances pour que la détonation ait été étouffée. Ou qu'une personne l'ait entendue et qu'elle ait soit préféré l'ignorer, soit pensé qu'il s'agissait d'autre chose. »

J'allai ouvrir la fenêtre et passai la tête à l'extérieur.

« Aujourd'hui, je n'entends rien. Mais hier, lorsque je suis arrivé, à peu près à la même heure, quelqu'un tirait sur les oiseaux. Et pas qu'un peu.

— Cela devait être le général von Eberstein, répondit le capitaine Pomme. Il aime bien chasser.

— Mais pas ce matin, fis-je observer.

— Ce matin, il a la gueule de bois, dit Pomme. De même que le général Jury. »

Kahlo se releva.

« Exception faite de tous ces comprimés, il n'y a rien sur le sol. Même pas une tache de sang. »

Je fronçai les sourcils.

« Quoi, rien du tout ?

— Non, Kommissar. J'organiserai des recherches plus approfondies une fois que le corps aura été enlevé. Mais il n'y a rien sur ce plancher. » Il secoua la tête. « C'est un mystère. Peut-être qu'il s'est tiré une balle, qu'il a jeté l'arme par la fenêtre, refermé celle-ci puis qu'il s'est effondré sur le lit et qu'il est mort.

— Bien vu, s'exclama Heydrich d'un ton sarcastique. Ou peut-être que le capitaine Küttner a tout bonnement été tué par un homme capable de traverser des murs en pierre.

— Dans tous les cas, vous feriez bien de vérifier dehors », dis-je à Kahlo.

Il opina et quitta la pièce.

Heydrich secoua la tête.

« Ce type est un imbécile.

— Vous connaissez bien cette maison, général ?

— Vous voulez dire, y a-t-il de fausses cloisons et des passages secrets ?

— Par exemple.

— Je n'en ai pas la moindre idée. Cela fait très peu de temps que je suis ici. Von Neurath occupait la maison avant moi. Il connaît beaucoup mieux cet endroit, aussi vous devriez lui poser la question. »

Distraitement, j'ouvris les tiroirs de Küttner et trouvai plusieurs chemises, une trousse de toilette, des sous-vêtements, un kit de nettoyage de chaussures, plusieurs numéros du magazine *Der Führer*, une pipe en terre, un livre de poèmes et une photo de femme encadrée.

« Puis-je demander une chose pareille à von Neurath ?

— Comme je vous l'ai déjà dit, Gunther, j'attends de chacun qu'il coopère. Peu importe qui ou ce qu'il est.

— Merci, général. » Je souris. « Faut-il que je reste poli ? Ou puis-je être simplement moi-même ?

— Pourquoi changer les habitudes de toute une vie ? Vous êtes l'individu le plus insubordonné que je connaisse, Gunther, mais cela donne parfois des résultats. Cependant, ce serait peut-être une bonne idée si, pendant que vous menez vos recherches, et que vous faites preuve de votre impertinence coutumière, vous portiez une tenue civile. Cela éviterait que vous soyez en butte à des accusations qui vous enverraient, en uniforme, devant une cour martiale. Oui, je pense que cela vaudrait mieux. Avez-vous des vêtements civils avec vous ?

— Oui, général. Ils sont dans ma chambre.

— Bien. Cela me fait penser, Gunther. Vous aurez besoin d'un lieu approprié à partir duquel effectuer vos investigations. Vous pouvez vous servir du salon du Matin. Occupez-vous-en, voulez-vous, capitaine Pomme ?

— Oui, Herr General.

— Pomme sera votre agent de liaison durant l'enquête. Pour des questions relatives au SD, à la Gestapo ou à l'armée, vous passerez par lui. Concernant tout le reste, adressez-vous à Kritzinger. À ce propos, c'est lui le véritable spécialiste du château du bas, pas von Neurath. »

Kritzinger inclina la tête dans la direction de Heydrich.

Le général Jury apparut sur le seuil, essoufflé. Il transpirait et avait l'air pâle, à croire qu'il s'était réellement pris une fameuse cuite. Il ferma un instant les yeux et poussa un soupir.

« Ah, Jury, vous êtes là. »

Heydrich s'efforça, en vain, de ne pas laisser percer de l'ironie dans sa voix. Manifestement, il se délectait de la gueule de bois du général, comme on prendrait plaisir à voir quelqu'un glisser sur une peau de banane.

« Que désirez-vous savoir d'autre sur le capitaine Küttner ? interrogea Jury d'un ton hargneux. Hormis le fait qu'il est mort et qu'il présente apparemment une blessure par arme à feu à l'abdomen, je ne peux vous dire que très peu de choses sans avoir examiné le cadavre à la morgue. Et voilà bien des années que je n'ai pas pratiqué ce genre d'exercice.

— Qu'est-ce qui vous fait penser qu'il s'agit d'une blessure par arme à feu ? demandai-je. Plutôt que d'une blessure par arme blanche ?

— Il y a ce qui ressemble à un trou fait par une balle dans sa chemise, expliqua Jury. Sans compter le trou dans son corps. De plus, il y a très peu de sang sur le torse du capitaine. Ni ailleurs, en l'occurrence. D'après mon expérience, il est rare qu'un homme poignardé ne saigne pas davantage. Je ne vois de sang ni sur le sol ni sur le lit. Mais ce n'est là qu'une hypothèse. Et qui pourrait fort bien se révéler fausse.

— Non, je crois que vous avez raison. On lui a effectivement tiré dessus.

— Dans ce cas, Kommissar, répliqua-t-il avec raideur, je ne vois pas la nécessité de la question. Je serais même tenté de la juger insolente. Après tout, je suis médecin. »

Je décidai de laisser Jury se prendre ça entre ses yeux glauques. Dans son état présent de fêtard – à supposer que ce ne soit pas de la comédie –, il était fragile et vulnérable, et il risquait de s'écouler du temps avant qu'une nouvelle occasion se présente. En outre, il me paraissait important de mettre le plus tôt possible à l'épreuve la déclaration de Heydrich selon laquelle je jouissais de toute sa confiance et qu'il se fichait pas mal des questions que je poserais ou de qui j'importunerais, pourvu que je résolve l'affaire. S'il restait les bras croisés et me laissait malmener le général, ce serait certainement un premier message envoyé aux autres officiers supérieurs du château du bas, comme quoi il ne fallait pas me prendre à la légère.

« D'accord. Vous êtes médecin. Mais ça ne signifie pas pour autant que vous ne l'avez pas tué. L'avez-vous tué ?

— Je vous demande pardon ?

— Vous m'avez très bien entendu, docteur Jury. Est-ce vous qui avez tué le capitaine Küttner ?

— Si c'est là l'idée que vous vous faites d'une plaisanterie, Kommissar Gunther, veuillez noter que personne ne rit dans cette pièce. Moi y compris. »

Ce n'était pas tout à fait vrai. Heydrich souriait, comme s'il m'approuvait de mettre ainsi le Dr Jury au pied du mur, ce qui me montra au moins qu'il était sérieux quant au fait que j'enquête sur le meurtre.

« Je vous garantis que ça n'a rien d'une plaisanterie. Hier après-midi, lorsque nous avons parlé sur la route menant au château du haut, vous m'avez dit que vous haïssiez le capitaine Küttner.

— Absurde, bredouilla Jury.

— Que vous estimiez que c'était un connard. Et que vous ne pouviez pas le voir en peinture. Vous avez continué en le décrivant comme le golem du général Heydrich. »

Jury rougit d'embarras.

« Le golem, répéta Heydrich. Voilà un terme intéressant. Rafraîchissez-moi la mémoire, Gunther. Qu'est-ce au juste qu'un golem ?

— Un être créé il y a très longtemps par un Juif mystique local appelé Rabbi Loew, général. Pour exécuter ses volontés en faveur des Juifs de Prague. »

Jury continuait à protester de son innocence, mais Heydrich ne lui prêtait aucune attention.

« Si le capitaine Küttner était le golem, alors je présume que cela me rend comparable à ce Juif mystique, Rabbi Loew.

— C'était effectivement mon impression.

— Général Heydrich, intervint Jury. Je peux vous assurer que je ne voulais rien dire de semblable. Le Kommissar Gunther se trompe totalement. En aucune manière il n'était dans mes intentions de vous comparer à… cette personne.

— Laissons ça de côté pour l'instant, dis-je avec brusquerie. Pourquoi détestiez-vous le capitaine Küttner ? »

Jury s'avança vers Heydrich. Alors que c'était moi qui posais les questions, ses réponses s'adressaient, de façon quelque peu désespérée, au Reichsprotektor.

« Il s'agissait d'une affaire entièrement privée, affirma-t-il. Rien à voir avec la mort du capitaine. C'est vrai que je le détestais. Cependant, si le Kommissar insinue que c'était une raison de le tuer, je proteste énergiquement.

— Un homme a été assassiné, dis-je. Un officier de la SS, dans des circonstances nécessitant une investigation, indépendamment de tout sentiment personnel. J'ai bien peur qu'il n'existe pas d'affaire privée dans une situation comme celle-ci, général Jury. Ce que vous savez aussi bien que n'importe qui. Ceci est désormais une enquête criminelle, et c'est à moi de décider si vos raisons étaient suffisantes pour le tuer.

— Et qui vous fait à la fois juge et partie, capitaine ? rétorqua le médecin.

— Moi, répondit Heydrich. Le Kommissar Gunther est l'un des meilleurs détectives de la Kripo, doté d'un palmarès admirable. Il fait seulement le travail que je lui ai confié. Et il le fait avec beaucoup de courage, me semble-t-il.

— Puis-je voir votre arme, docteur Jury ?

— Comment ?

— Votre pistolet, général. J'ai remarqué que vous le portiez ce matin. Puis-je l'examiner ? »

Jury lança un regard à Heydrich, qui inclina fermement la tête.

« Je ne sais pas pourquoi j'ai mis mon ceinturon en me levant, marmonna-t-il. Sans doute parce que le capitaine Pomme m'avait réveillé en sursaut. Je veux dire, d'ordinaire je n'aurais pas… »

Il déboutonna son étui et me passa le Walther P38, modèle standard pour la plupart des officiers SS à moins que, comme moi, ils n'appartiennent à la police judiciaire, auquel cas on leur donnait le PPK. Il vérifia le cran de sûreté et éjecta prestement le chargeur avant de me remettre le tout. Une démonstration de savoir-faire impressionnante pour un médecin et un bureaucrate SS.

J'inspectai la culasse, qui était vide, flairai le canon puis jetai un coup d'œil au chargeur amovible dans la paume de ma main.

« Trois cartouches seulement, dis-je. Et il a été utilisé. Récemment.

— Oui. Je me suis exercé avec hier après-midi. Dans les bois, près du château du haut. Histoire de garder la main. À mon avis, on ne saurait être trop prudent avec tous ces terroristes tchèques de l'UVOD courant les rues.

— Et vous êtes bon tireur, général ?

— Non. Pas bon. Averti, peut-être. »

J'indiquai d'un signe de tête le cadavre de Küttner.

« Évidemment, nous ne connaîtrons le type d'arme qui a été employé pour tuer le capitaine Küttner que lorsqu'une autopsie aura été effectuée. Néanmoins, je vais devoir garder la vôtre pour le moment, j'en ai peur.

— Est-ce vraiment nécessaire ?

— Oui. Il est possible que j'aie besoin de comparer la balle qui lui a coûté la vie avec une balle tirée par votre pistolet. De quelle cible vous serviez-vous hier pour vous entraîner ?

— Oiseaux chanteurs, pigeons.

— Touché quelque chose ?

— Non.

— Est-ce que quelqu'un vous a vu ? Le baron von Neurath, peut-être ?

— Je l'ignore. Vous devriez lui demander, je suppose.

— Je n'y manquerai pas.

— Je n'ai pas tué le capitaine Küttner », répéta-t-il.

Je ne dis rien.

« Mais je pourrais peut-être vous expliciter en privé, à vous et au général, l'opinion que j'ai de lui.

— Voilà qui me semble une excellente idée, Hugo », dit Heydrich. Il regarda Kritzinger et Pomme. « Messieurs, si vous voulez bien nous excuser. »

Le majordome et le capitaine sortirent de la chambre. Je refermai la porte du mieux possible, compte tenu du fait qu'elle avait été fracturée. Puis je restai là un moment, passant mes doigts sur le bois fendu et les ornements en cuivre cassés, tandis que Jury commençait à expliquer en fanfaronnant pourquoi il avait détesté le défunt.

« Il s'agit d'un sujet délicat, impliquant une jeune femme de ma connaissance. Une personne de probité, jouissant d'une excellente réputation, n'est-ce pas. Pourtant, l'autre jour, j'ai entendu le capitaine Küttner tenir sur elle des propos que j'ai trouvés extrêmement déplaisants. Vous me comprendrez, j'en suis sûr, si je ne mentionne pas son nom ni le contenu précis des bruits calomnieux qui étaient rapportés. » Jury s'éclaircit nerveusement la gorge, ôta ses lunettes dont il se mit à astiquer les verres avec un mouchoir. « Mais croyez-moi, ce n'était pas le genre de chose que l'on s'attend à entendre de la part d'un officier et d'un homme d'honneur.

— C'est vrai, admit Heydrich. Küttner avait une fâcheuse tendance à se montrer indiscret. Pour ne pas dire plus. Il m'est arrivé de lui en faire la remarque. »

J'acquiesçai.

« Qu'est-ce que Küttner a dit exactement sur votre liaison avec cette petite chanteuse d'opéra ? demandai-je à Jury sans prendre de gants.

— Vraiment, je tiens à protester. »

Il me décocha un regard noir, comme s'il souhaitait que je sois allongé sur le lit avec une balle dans le torse.

« Quel est son nom déjà ? Elisabeth quelque chose. Elisabeth Schwarzkopf, c'est bien ça ?

— Et si nous laissions son nom en dehors de cette histoire ?

— Très bien. Pourquoi pas. Sauf que ça ne va pas faciliter les choses pour essayer de vous disculper, général. Voyez-vous, je vais avoir besoin de parler à cet autre officier avec qui discutait Küttner. Concernant votre petite amie. Qui était-ce ? »

Jury se mordit la lèvre. Ce qui, vu la minceur de celle-ci, n'était pas de tout repos.

« Le major Thümmel, répondit-il.

— Et, entre parenthèses, vous aviez raison. Le capitaine Küttner était une vraie commère. Il m'a dit la même chose. Sur vous, Fräulein Schwarzkopf et le Dr Goebbels. Il avait l'air de penser que la protection du ministre tenait à d'autres motifs que sa voix.

— Vous êtes un impudent, capitaine Gunther.

— Ça ne fait aucun doute. La question, c'est ce qui a été dit d'autre. Et si c'était un motif suffisant pour commettre un meurtre.

— Ai-je besoin de vous rappeler que vous parlez à un général ?

— Vous pouvez vous asseoir sur la plus haute branche si vous voulez. Ça ne m'empêchera certainement pas de secouer l'arbre. Et je suis capable de le secouer assez fort si nécessaire. Suffisamment pour vous faire tomber sur votre cul.

— Hélas, Gunther a raison, Hugo, dit Heydrich. Ce n'est vraiment pas le moment de se montrer susceptible. Il faut absolument que j'arrive à débloquer cette situation le plus vite possible si je veux éviter tout embarras. C'est-à-dire, tout embarras pour moi et mes services, pas pour vous, Hugo, vous comprenez. Je ne permettrai pas que quoi que ce soit entrave une conclusion rapide à cette malheureuse affaire. Même si cela signifie fouler aux pieds vos sentiments et très probablement aussi votre avenir tout entier, dans le cas où vous refuseriez de coopérer à l'enquête du Kommissar. »

Heydrich me regardait à présent.

« Le fait est, Gunther, que le capitaine Küttner a appris cette histoire par moi. C'est moi qui lui ai parlé de la liaison du général avec Fräulein Schwarzkopf. Je suis désolé, Hugo, mais tout le monde à Berlin est au courant de ce qui se passe. Sauf peut-être le Führer et votre femme, Karoline. Espérons qu'elle au moins pourra rester dans l'ignorance de tout ceci.

« Mais, Herr Kommissar, je pense que la partie de l'histoire qui a le plus offusqué le général Jury à propos de cette Fraülein concerne moins ses talents au lit, qui, je présume, sont considérables, que ses qualités de chanteuse. Je regrette, mais c'est vrai, Hugo. Si elle était vraiment valable comme soprano, elle chanterait à l'Opéra d'État et non à l'Opéra allemand de Berlin. Or, vous l'ignorez peut-être, mais le Kommissar a parfaitement raison de dire qu'elle accorde également ses faveurs au ministre de la Propagande. J'en détiens la preuve irréfutable, que je serais, à un stade ultérieur, heureux de vous soumettre. Il est donc inutile de monter sur vos grands chevaux. Vous la baisez tous les deux, un point c'est tout. Enfin, comment croyez-vous qu'elle a pu devenir soprano principale si peu de temps après avoir intégré le chœur ? C'est Goebbels qui a arrangé ça pour elle. En échange des services qu'elle lui rendait horizontalement. »

Les joues de Jury étaient maintenant écarlates et ses poings violemment serrés. Je me demandai s'il fallait y voir l'image d'un homme suffisamment en colère pour tuer un collègue officier de sang-froid.

« Je n'aime pas vos manières, général Heydrich, dit Jury.

— Votre opinion m'importe peu, Hugo. » Heydrich marqua un temps d'arrêt. « Bon, alors ? Avez-vous tué le capitaine Küttner ? Dans ce cas, je vous promets que nous ferons le nécessaire pour éviter le scandale. Vous pourrez donner votre démission, discrètement, et retourner auprès de votre loyale épouse. Peut-être même pourrez-vous reprendre votre carrière médicale. En revanche, si vous niez et qu'il s'avère que c'est vous qui avez assassiné le capitaine, alors je vous garantis que vous vous en repentirez amèrement. Nous ne manquons pas de cellules crasseuses au château de Terezin où même un homme distingué tel que vous peut moisir pendant des années, jusqu'à ce que je signe son arrêt de mort et que je le fasse pendre selon la bonne vieille méthode austro-hongroise. Par strangulation à un poteau.

— Je ne l'ai pas tué », répéta Jury.

Sur ce, avec un bref claquement de talons et une inclinaison de la tête, il quitta brusquement la pièce.

« J'espère que vous avez apprécié cette démonstration despotique de vos nouveaux pouvoirs, commenta Heydrich. Moi, je sais que oui. »

Quelques secondes plus tard, on frappa à la porte ouverte. C'était Kurt Kahlo.

« J'ai fouillé sous la fenêtre, me dit-il. Rien. Mais j'ai trouvé ceci par terre un peu plus loin dans le couloir. J'ai marqué l'emplacement, n'ayez crainte. »

Il posa un petit objet en cuivre dans ma main.

« Qu'est-ce que c'est ? » demanda Heydrich.

Je tins l'objet levé entre mes doigts.

« Si je ne me trompe, général, c'est une douille de Walther P38. »

269

Heydrich me rendit la douille.

« Eh bien, Gunther, en dépit du plaisir que j'aurais à rester pour vous regarder détruire la personnalité d'un autre de mes invités, j'ai des affaires urgentes qui m'attendent. La plus urgente étant de mettre la main sur Vaclav Moravek.

— Oui, bien sûr, général.

— Je vous verrai ce soir, où vous pourrez m'informer des progrès que vous avez accomplis.

— Très bien, général. »

Lorsqu'il fut parti, j'ouvris la tunique du capitaine Küttner et soulevai sa chemise ensanglantée afin de jeter un coup d'œil à la plaie provoquée par la balle. À ma grande surprise, je trouvai non pas un mais deux trous, l'un et l'autre au centre de la poitrine et de la taille de l'ongle du petit doigt. Kahlo s'était remis à examiner le sol. Je ne dis rien de la présence de deux blessures par arme à feu. Au bout d'une minute, je tournai le mort sur le côté pour inspecter son dos.

« Il n'y a pas de blessure de sortie », dis-je. Je passai la main de haut en bas sur le dos du cadavre. « Mais il arrive que la balle se niche juste sous la peau. J'ai vu des balles tomber de types qui s'étaient fait tirer dessus, après quoi elles peuvent finir pratiquement n'importe où. Mais je pense que la ferraille est toujours dans ce fils de pute. »

Je remis Küttner sur le dos et me redressai.

« Montrez-moi où vous avez trouvé la douille. »

Kahlo quitta la chambre de Küttner et me montra par terre dans le couloir une boîte d'allumettes dont il s'était servi pour marquer l'endroit où il avait découvert la douille.

« Très bien. Vous allez vous rendre au salon du Matin et vous lui donnerez, autant que faire se peut, l'allure d'une salle d'interrogatoire. À la réflexion, non. Laissez la pièce telle qu'elle est. Mais il nous faudra des stylos et du papier, une carafe d'eau, de l'alcool, des verres, du café chaud toutes les heures, un téléphone, des cigarettes et une machine à écrire.

— Oui, patron.

— Et dites au Dr Honek que les ambulanciers peuvent emmener le corps à l'hôpital. Et qu'il organise une autopsie, voulez-vous ? Aujourd'hui, si possible.

— Oui, patron. »

Me retournant, je jetai un regard à la porte de Küttner, à une vingtaine de mètres, et lorsque Kahlo se fut éclipsé, je me mis à quatre pattes et progressai lentement le long du couloir. Au bout de quelques minutes, une porte s'ouvrit tout à coup et d'une chambre émergea le seul officier du château du bas à ne pas faire partie de la SS ou du SD. Il portait un uniforme de major de l'armée allemande.

« Vous avez l'air de ce que je ressens, remarqua-t-il.

— Mmm ?

— Hier soir. J'ai beaucoup trop bu. Et par-dessus le marché, il y a eu le champagne, qui ne m'a jamais réussi. Mais, compte tenu des circonstances, je n'ai pas voulu refuser. Après tout, on faisait la fête, n'est-ce pas ? N'empêche, je m'en mords les doigts à présent. Me suis réveillé ce matin avec une migraine de tous les diables. J'ai l'impression que je pourrais me rouler en boule et mourir.

— Il faut être en vie pour éprouver ce genre d'impression, je suppose.

— Que voulez-vous dire ? Ah, oui. Il paraît qu'un des assistants a eu droit à un pardessus de Staline. Une affaire terrible. »

Un pardessus de Staline désignait un cercueil.

« Lequel était-ce ? Pour moi, tous ces assistants se ressemblent, en quelque sorte. »

Je finis par dénicher ce que je cherchais : la seconde douille. Me levant, je me retrouvai face à un homme à peu près du même âge que moi.

« Le capitaine Küttner. »

Il secoua la tête comme s'il n'arrivait pas à se souvenir de lui.

« Et vous êtes le policier venu de Berlin, n'est-ce pas ? Gunther, c'est bien ça ?

— En effet, major.

— Raison pour laquelle, je présume, vous étiez en train de ramper à quatre pattes.

— Je fais beaucoup ça de toute façon, major. Même quand je ne cherche pas d'indices. J'aime bien boire, voyez-vous. Enfin, quand j'arrive à trouver de quoi.

— Ce n'est pas ce qui manque ici, Gunther. Si ça continue, je vais avoir besoin d'un nouveau foie. Major Paul Thümmel, à votre service. Si je peux vous aider d'une manière ou d'une autre, n'hésitez pas à me le faire savoir. Le major Ploetz dit que vous avez l'intention d'interroger tous ceux qui étaient ici hier soir. Pas de problème. Dites-moi seulement quand. Toujours heureux de rendre service à la police. »

J'empochai la douille.

« Merci, major. Nous pourrions peut-être discuter un peu plus tard. Je demanderai au capitaine Pomme de vous contacter pour fixer une heure.

— Le plus tôt sera le mieux, mon vieux. Ploetz prétend qu'aucun de nous n'est autorisé à quitter le château avant d'avoir fait une déposition. Franchement, ça semble un peu excessif. Après tout, ce n'est pas comme si nous allions prendre la poudre d'escampette, non ?

— Je pense qu'il s'agit davantage de se rappeler les détails qui sembleraient sans importance partout ailleurs. D'après mon expérience, il vaut toujours mieux questionner les témoins aussi près que possible de la scène de crime.

— Eh bien, vous connaissez votre métier, j'imagine. Simplement, n'interrogez pas les gens par ordre alphabétique, c'est tout. Cela me reléguerait en dernière position, si je ne m'abuse, comme vous pourrez le constater

— J'en tiendrai compte, major, soyez-en sûr. »

Enquêter sur le meurtre d'un jeune officier du SD qui avait très probablement participé en Lettonie au massacre de centaines voire de milliers de Juifs, Tsiganes et « autres indésirables » me paraissait absurde, bien entendu. Un assassin de masse assassiné. Quel mal y avait-il à ça ? Mais combien en avais-je tué pour ma part ? Il y avait les quarante ou cinquante prisonniers de guerre russes dont j'étais certain – presque tous membres d'un escadron de la mort du NKVD. J'avais commandé le peloton d'exécution et donné le coup de grâce à au moins dix d'entre eux alors qu'ils gisaient, gémissant, sur le sol. Leur sang et leur cervelle avaient éclaboussé mes bottes. Pendant la Grande Guerre, il y avait eu un jeune Canadien que j'avais transpercé de ma baïonnette alors que c'était lui ou moi, seulement il avait mis longtemps à mourir, sa tête sur mon épaule. Dieu sait combien j'en avais zigouillé d'autres la fois où j'avais pris une mitrailleuse Maxim et pressé la détente, le canon pointé sur les silhouettes brunes qui s'avançaient lentement dans le *no man's land*.

Mais la mort d'Albert Küttner semblait avoir de l'importance parce qu'il s'agissait d'un officier allemand et d'un proche collaborateur du général Heydrich. Ce qui était censé faire une différence, sauf que ce n'était pas le cas. Pas pour moi, du moins. Enquêter sur un meurtre à l'automne 1941 équivalait à arrêter un homme pour vagabondage pendant la Grande Dépression. Cependant, je faisais ce qu'on me disait, et je me mis à accomplir les gestes qu'aurait effectués un vrai policier. Avais-je le choix ? De plus, cela me permettait de ne pas songer à ce qui, je le savais, se déroulait là-bas, à l'Est. Par-dessus tout, cela m'aidait à chasser de mon esprit le sentiment croissant que j'étais allé dans le pire endroit de la planète, pour découvrir que le pire endroit de tous était en moi.

« J'ai préparé une liste de tous ceux qui logeaient au château du bas hier soir et que vous voudrez par conséquent interroger », déclara le major Ploetz.

Il me tendit une feuille de papier à en-tête, soigneusement dactylographiée.

« Merci, major. »

Nous nous trouvions dans le salon du Matin. Avec son papier peint en soie verte de style chinois, on aurait dit une extension du jardin, ce qui le faisait paraître un peu moins cérémonieux que le reste de la maison. Il y avait deux grands canapés se faisant face, tels des joueurs d'échecs obèses, de part et d'autre d'une table basse en bois ciré. Près de la fenêtre, un piano à queue et dans la cheminée un feu égayant la pièce. De chaque côté de la cheminée en marbre, une mosaïque de photos encadrées montrait Heydrich et sa famille. Kahlo les examina une à une, comme un juge s'efforçant de sélectionner un gagnant. Vêtu à présent en civil, j'étais assis sur un des canapés, fumant une cigarette.

« Voici votre courrier, Kommissar, expédié de l'Alex à Berlin. Et voici une copie du dossier du SD sur Albert Küttner. Le général a pensé que cela vous permettrait peut-être de vous faire une meilleure idée de l'homme et de son caractère. Les dossiers personnels de tous ceux qui étaient là ce week-end seront apportés du château de Hradschin ce matin.

— C'est très obligeant à vous, major. »

On voyait facilement pourquoi Ploetz était l'assistant en chef de Heydrich. Son efficacité ne faisait aucun doute. Avec ses listes et ses notes, ses faits et ses chiffres, c'était le type même du fonctionnaire nazi cent pour cent. Avant la guerre, j'étais allé dans une ville appelée Achim. Non loin de Brême, au cœur d'une jolie région qui, dans son état naturel, se compose surtout de landes. Mais il n'y avait rien de naturel chez Achim Ploetz, et, sur ce plan au moins, le Dr Jury avait raison : tous les assistants de Heydrich étaient un peu comme le Golem de Prague.

Devant la fenêtre du salon du Matin, une Mercedes s'arrêta. Le chauffeur en descendit et ouvrit la portière du passager avec l'air d'attendre.

Ploetz le vit du coin de l'œil.

« Bon, je ferais bien d'aller avertir le général que notre voiture est là. Si vous désirez quelque chose, demandez à Pomme.

— Oui. D'accord. »

Sur ce, il s'éclipsa. Kahlo et moi restâmes à la fenêtre, scrutant derrière les lourdes tentures à la manière de deux acteurs se préparant à effectuer un rappel. La capote du véhicule était baissée et le moteur ronronnait sans à-coups tel un dragon en métal vert. Montant à bord le premier, Ploetz s'installa à l'arrière. Heydrich s'assit à l'avant avec le chauffeur, comme si cela pouvait l'aider à contrôler l'engin en dépit du fait qu'il y avait quelqu'un d'autre au volant. Il était ainsi, je suppose. Alors que nous les regardions s'éloigner, il n'y avait pas trace de la plus petite escorte.

« Eh bien, quelle est votre opinion ?

— Un foutu imbécile, grommelai-je.

— Comment ça ?

— Heydrich. La façon dont il circule en ville comme s'il était invulnérable. Tel Achille. Comme s'il mettait au défi ces pauvres andouilles de tenter le coup.

— Les Tchécos sont suffisamment cinglés pour le faire, par-dessus le marché.

— Vous croyez ? »

Kahlo hocha la tête.

« Cela fait combien de temps que vous êtes à Prague ?

— Assez longtemps pour savoir que les Tchèques ont du cran. Plus que nous ne voulons bien leur en reconnaître.

— Kurt, c'est bien ça ? »

Kahlo acquiesça.

« D'où êtes-vous, Kurt ?

— De Mannheim.

— Comment êtes-vous devenu policier ?

— Je ne sais pas au juste. Mon père travaillait à l'usine Daimler-Benz. Mais l'idée d'être coincé dans une usine ne me plaisait pas trop. Il voulait que je sois avocat, sauf que je n'étais pas assez intelligent, alors devenir flic semblait la meilleure solution.

— Et votre opinion à vous ?

— Un vrai casse-tête, Kommissar. Un homme est retrouvé tué d'une balle dans une chambre du premier étage fermée de l'intérieur. Les fenêtres sont verrouillées, pas d'arme du crime sur les lieux. Dans le couloir, il y a une cartouche de 9 mm Parabellum par terre, de sorte que, à l'évidence, quelqu'un a tiré avec un pistolet à un moment donné entre minuit et, disons, cinq heures ce matin. Cependant, on se serait attendu à ce que ça se remarque, vu que l'armée n'a pas choisi le P38 comme arme de service parce qu'il est fichtrement discret. Ils n'étaient pas tous bourrés au point de ne rien entendre. Les domestiques n'avaient pas bu. Pas avec Kritzinger comme responsable. Pourquoi n'ont-ils pas entendu quelque chose ?

Et pas seulement un coup de feu. Je n'imagine pas Küttner, debout sur le palier du premier, fermant son bec alors qu'on s'apprête à faire feu sur lui. Moi, j'aurais crié "Au secours !" ou "Ne tirez pas !", un truc de ce genre.

— Je suis d'accord.

— Küttner était sous l'emprise d'un comprimé de somnifère, continua-t-il. Peut-être qu'il n'a pas pris la mesure du danger qui le menaçait. Peut-être qu'il faisait trop sombre et qu'il n'a pas vu le pistolet. Peut-être qu'il a été tué dehors et que, étant drogué, il ne s'est pas rendu compte de la gravité de sa blessure. Il regagne alors la maison, retourne à sa chambre, ferme la porte à clé, s'allonge sur le lit, et meurt. Peut-être. »

Je secouai la tête.

« Vous avez là plus de peut-être que ce foutu Fritz Lang.

— J'en suis bien conscient. Franchement, je ne saurais pas par où commencer avec cette histoire, Kommissar. Cependant, je ne demande pas mieux que d'apprendre de quelqu'un qui sait, tel que vous. Enfin, s'il faut en croire le général Heydrich. Dans tous les cas, vous avez ma totale coopération, Kommissar. Dites-moi ce que je dois faire et je le ferai, sans poser de questions.

— Les questions sont une bonne chose, Kurt. C'est l'obéissance qui me pose un problème. La mienne en particulier. »

Kahlo sourit.

« Alors vous avez dû avoir un parcours étonnant, Kommissar. »

J'ouvris le dossier du SD sur Küttner et jetai un coup d'œil aux détails de la brève existence du défunt.

« Albert Küttner était originaire de Halle-an-der-Saale. Intéressant.

— Ah bon ? J'avoue que je n'y ai jamais mis les pieds.

— Ce que je veux dire, c'est que Halle est la ville natale de Heydrich.

— Alors il se pourrait qu'il en fasse une affaire personnelle.

— Oui. En effet. Küttner était né en 1911. Ce qui lui faisait sept ans de moins que Heydrich. Son père était un pasteur protestant de la paroisse locale. Mais au lieu de faire une carrière dans l'Église, ou dans la marine – comme son chef…

— Heydrich a été dans la marine ? Je l'ignorais.

— Il paraît qu'il en a été chassé pour comportement indigne après avoir mis enceinte la fille d'un amiral. Mais ne dites à personne que c'est moi qui vous en ai parlé.

— Cette fille d'amiral ? C'est l'actuelle Frau Heydrich ?

— Non.

— Il est donc humain, en fin de compte.

— Je n'irai pas aussi loin. Küttner a étudié le droit à l'université Martin-Luther de Halle-Wittenberg ainsi qu'à l'université Humboldt de Berlin, où il semble avoir été un étudiant brillant. Il a obtenu son doctorat en 1935 et a travaillé aux ministères de la Justice et de l'Intérieur avant d'entrer dans le SD.

— Pas de surprise jusque-là.

— Mmm. Dans les premiers de sa classe à l'école d'officiers. Couvert d'éloges par tous ceux qui l'ont évalué ; se préparait à prendre un poste de haut niveau à Berlin. En mai de cette année, il a été muté dans les Einsatzgruppen et convoqué à Pretzsch, où il a été affecté au Groupe A puis envoyé à l'Est. Ce qui n'a rien d'anormal. Des tas de braves types ont été envoyés à l'Est. Des braves types et aussi quelques avocats. Le 23 juin, son groupe et lui ont reçu l'ordre de se rendre à Riga, en Lettonie, pour permettre "le repeuplement de la population autochtone juive".

— Repeuplement. Oui, je sais en quoi ça consiste.

— Bien. Ça m'évitera d'avoir à expliquer la diffé-rence entre "repeuplement" et "tuerie".

— Dois-je comprendre que votre appréciation de la différence s'appuie sur l'expérience personnelle, Kommissar ?

— Vous pouvez. Mais, de grâce, n'en concluez pas que j'ai fait du bon travail. Il n'y a pas de bon travail à l'Est. Albert Küttner n'avait pas davantage de goût pour son boulot que je n'en avais pour le mien. Ce qui explique qu'il se sentait coupable. Tout comme moi. Et qu'il ne dormait pas.

— D'où le Véronal dans sa chambre. »

Je tournai la page dans le dossier de Küttner et continuai à lire un peu avant de reprendre la parole.

« Cette culpabilité semble s'être manifestée pour la première fois juste trois semaines avant son voyage en Lettonie, lorsqu'il a demandé son transfert dans l'armée. Mais la requête a été refusée par son comman-dant. Le major Rudolf Lange. Ma foi, ça ne m'étonne pas beaucoup. Je connaissais Rudolf Lange du temps où il faisait partie de la police de Berlin. Chassez le naturel, il revient au galop. C'était un fumier à l'époque et c'en est encore un maintenant. Raison invoquée pour refuser son transfert : manque de personnel. Mais une semaine plus tard, il sollicite un nouveau transfert. Cette fois, il reçoit une réprimande officielle. Pour conduite susceptible de nuire au moral.

— C'est de la sale besogne, mais il faut bien que quelqu'un s'en charge, c'est ça ?

— Quelque chose de ce genre, je suppose. »

Je tournai une nouvelle page du dossier de Küttner.

« En août, cependant, il est de retour à Berlin, où il fait face à une enquête disciplinaire. Il semble qu'il ait menacé un officier supérieur avec un pistolet – on ne dit pas qui, mais j'espère que c'était Lange. J'ai souvent eu envie d'enfoncer un pétard dans sa trogne adipeuse de crapule. Küttner est placé sous surveillance étroite, mais pas assez étroite, vu qu'il a alors tenté de se suicider. Pas de détails là-dessus non plus. À part qu'on le renvoie à Berlin pour cette enquête disciplinaire. Un soi-disant tribunal d'honneur SS. Sauf que l'enquête disciplinaire est suspendue. Aucune raison n'est donnée.

— Pensez-vous que Heydrich ait fait jouer ses relations ?

— Ça en a tout l'air, parce que après ça, Küttner fait partie de l'état-major du général à Berlin. Allumer ses cigarettes, réserver des places à l'Opéra et aller chercher du café.

— Un chouette boulot cette fois-ci, remarqua Kahlo.

— Vous ne me donnez pas l'impression d'être un amateur d'opéra.

— Pas l'opéra. Les cigarettes. » Son regard était rivé sur la mienne. « Les rations de tabac étant ce qu'elles sont.

— Pardon. » J'ouvris mon étui. « Servez-vous. »

Kahlo en prit une, l'alluma puis tira une bouffée avec une satisfaction évidente. Tenant la cigarette devant ses yeux comme une pierre précieuse, il se fendit d'un sourire épanoui.

« J'avais oublié à quel point une cigarette peut avoir bon goût, dit-il.

— Il manque quelque chose dans ce dossier. Mon propre dossier du SD contient une feuille intitulée : "Observations personnelles". Je l'ai seulement vue à l'envers, mais elle est pleine de trucs que mes supérieurs ont dits sur moi, par exemple : "indiscipliné" ou "politiquement peu fiable".

— Vous savez bien lire à l'envers. » Kahlo sourit. « Moi aussi, je suis un peu un bifteck nazi, Kommissar. Brun à l'extérieur, mais rouge au milieu. Même si je ne suis pas aussi saignant que mon vieux père. En tant qu'ouvrier de l'industrie automobile, il était entièrement rouge.

— Mmm. »

Je passai le dossier à Kahlo.

« On ne va pas aller loin avec ça, dit-il en le feuilletant.

— Voyons ce que nous pouvons dénicher par nous-mêmes. »

Je décrochai le téléphone et priai le standard du château du bas de me mettre en communication avec l'Alex à Berlin. Un instant après, j'avais le service des archives. Je leur demandai s'ils avaient un dossier sur Albert Küttner. Ils n'en avaient pas. Je leur fis alors vérifier son adresse, ce qui était toujours une possibilité à Berlin, dans la mesure où ce n'était pas uniquement les individus qui faisaient l'objet de dossiers, mais aussi les lieux. La police de l'État prussien était particulièrement méticuleuse. Quelques minutes plus tard, les archives me rappelaient pour me dire que l'appartement 3, 4 Petalozzi Strasse, à Charlottenburg, abritait un autre homme en plus d'Albert Küttner.

Et lorsque les types des archives eurent effectué une recherche à son sujet, je commençai à croire que je tenais quelque chose.

« Lothar Ott, dis-je, lisant à haute voix les notes que j'avais prises au fil de ces conversations téléphoniques. Né à Berlin le 21 février 1901. Deux condamnations pour prostitution masculine, l'une en 1930 et l'autre en 1932. Non seulement ça, mais son ancienne adresse était le 1 Friedrichsgracht, près de Spittelmarkt. Ce qui ne signifie pas grand-chose pour un flic de Mannheim, mais beaucoup pour un poulet de Berlin. Jusqu'en 1932, le 1 Friedrichsgracht était une célèbre boîte de nuit homosexuelle appelée le Burger Casino. Soit le capitaine Küttner était extrêmement tolérant à l'égard des homosexuels, soit…

— Soit il était lui-même légèrement pédé. » Kahlo hocha la tête. « Je veux dire, on ne vivrait pas avec ce genre d'énergumène sans en être, pas vrai ?

— Qu'est-ce que vous en pensez ? Vous l'avez rencontré.

— Vous voulez savoir si Küttner m'a paru avoir le profil ? Sais pas. Un tas d'officiers me font cette impression. C'est possible, je suppose. Qu'il ait eu le profil. Vous savez, un peu chochotte. Un peu trop soucieux de son apparence. Un peu trop d'eau de Cologne sur les cheveux. Sa démarche. Maintenant que j'y songe, oui, j'imagine très bien. Quand il haussait les épaules, on aurait dit ma nièce.

— Je suis d'accord.

— Quelqu'un devrait aller frapper à la porte de l'autre type pour voir sa réaction à la nouvelle de la mort de Küttner.

— C'est une idée. »

Je retéléphonai donc à l'Alex et expliquai l'idée de Kahlo à un vieil ami au sein de la Kripo nommé Trott, qui promit de se rendre en personne au domicile de Lothar Ott et de lui annoncer la mauvaise nouvelle, puis de me dire comment ça s'était passé.

J'avais à peine reposé le combiné que le téléphone se mit à sonner. Kahlo répondit.

« C'est le Dr Honek, dit-il en me tendant le biniou. Il appelle au sujet de l'autopsie. »

Je pris le téléphone.

« Gunther à l'appareil.

— J'ai réussi à trouver quelqu'un pour pratiquer l'autopsie sur le capitaine Küttner, déclara Honek. Aujourd'hui. Comme vous me l'avez demandé, Kommissar. Eu égard aux circonstances, le professeur Hamperl, de l'Institut médico-légal de l'université allemande Charles à Prague, a accepté de réaliser la procédure à quatre heures cet après-midi. Il est extrêmement réputé.

— Où ça ?

— À l'hopital Bulovka.

— Très bien. Nous serons là-bas à quatre heures. »
Lorsque j'eus raccroché, Kahlo demanda :
« Nous ? Comment ça, "nous" ? Vous ne voulez
pas que j'y aille, n'est-ce pas ?

— Vous avez bien dit que vous aviez envie d'apprendre ?

— Oui, mais, euh, en fait, je n'ai encore jamais
assisté à une autopsie.

— Ça n'a rien de compliqué. De plus, nous avons
un professeur réputé pour la faire.

— Je ne sais pas, répondit-il, inquiet. Je veux dire,
les morts. Je ne sais pas. Ils ont l'air morts, non ?

— C'est mieux ainsi. Quand ils ont l'air vivants,
le pathologiste a tendance à avoir la tremblote. » Je
haussai les épaules. « C'est à vous de choisir. Jetons
à présent un coup d'œil à cette liste de noms que le
major Ploetz nous a communiquée. Quelques-uns ont
l'air d'appartenir à des êtres humains. »

Étaient présentes au château du bas durant la nuit
du 2 au 3 octobre 1941 les personnes suivantes :

SS-Obergruppenführer Reinhard Heydrich
SS-Obergruppenführer Richard Hildebrandt
SS-Obergruppenführer Karl von Eberstein
SS-Gruppenführer Konrad Henlein
SS-Gruppenführer Dr Hugo Jury
SS-Gruppenführer Karl Hermann Frank
SS-Brigadeführer Bernard Voss
SS-Standartenführer Dr Hans Ulrich Geschke
SS-Standartenführer Horst Böhme
SS-Obersturmbannführer Walter Jacobi
SS-Sturmbannführer Dr Achim Ploetz

Major de la Wehrmacht Paul Thümmel
SS-Hauptsturmführer Kurt Pomme
SS-Hauptsturmführer Hermann Kluckholn
SS-Hauptsturmführer Albert Küttner
SS-Unterscharführer August Beck

Personnel

SS-Sturmscharführer Gert Kritzinger	Majordome
SS-Oberscharführer Johannes Klein	Chauffeur
SS-Unterscharführer Hermann Kube	Chef cuisinier
SS-Rottenführer Wilhelm Seupel	Chef cuisinier adjoint
SS-Rottenführer Walther Artner	Premier valet
SS-Stürmann Adolf Jachod	Premier valet
SS-Stürmann Kurt Bauer	Valet
SS-Stürmann Oskar Fendle	Valet
SS-Helferin Elisabeth Schreck	Secrétaire de Heydrich
SS-Kriegshelferin Siv Elsler	Secrétaire adjointe de Heydrich
SS-Kriegshelferin Charlotte Teitze	Femme de chambre
SS-Kriegshelferin Rosa Steffel	Femme de chambre
SS-Kriegshelferin Liv Lemke	Femme de chambre
Bruno Kopkow	Chef jardinier
Otto Faulhaber	Jardinier adjoint
Johannes Bangert	Jardinier adjoint

Personnel du château du haut

SS-Gruppenführer Konstantin von Neurath	
Marie Auguste Moser von Filseck, baronne von Neurath	
SS-Hauptsturmführer Eduard Jahn	
SS-Oberscharführer Richard Kolbe	Majordome

SS-Rottenführer Richard Miczek	*Chef cuisinier*
SS-Sturmmann Rolf Braun	*Valet*
SS-Kriegshelferin Anna Kurzidim	*Femme de chambre*
SS-Kriegshelferin Victoria Kuckenberg	*Femme de chambre*

Pour des raisons évidentes, il est recommandé que vous procédiez à vos entretiens au château du bas par ordre strict de rang. À des fins de sécurité et de confidentialité, veuillez vous servir exclusivement du salon du Matin pour les réaliser. Les entretiens au château du haut devront avoir lieu avec l'accord de l'assistant du baron, le SS-Hauptsturmführer Eduard Jahn. Un coffre sera réservé à votre usage dans le salon du Matin. Tous les documents concernant cette enquête devront être placés à l'intérieur lorsqu'ils ne sont pas utilisés, afin de protéger leur caractère confidentiel.

Signé SS-Major Dr Achim Ploetz,
assistant du SS-Obergruppenführer Heydrich

Mes yeux glissèrent de la page et atterrirent sur le sol avec un long soupir.

« Si l'on suppose que quelqu'un au château du bas a eu la possibilité et l'intention de tuer le capitaine Küttner, dis-je, ça nous laisse avec trente et un suspects.

— Bonté divine, marmonna Kahlo. Ça en fait au moins un pour chaque jour du mois.

— Trente-neuf si l'on ajoute von Neurath et les domestiques du château du haut. Qui se trouve à seulement quelques minutes de marche d'ici, de sorte que je ne vois pas comment on pourrait les exclure.

— Et Dieu sait combien si l'on compte tous les SS du poste de garde. »

Je poussai un grognement.

« Vous tenez à les inclure ?

— Ils sont combien dans la garnison ?

— Deux cents au bas mot.

— Non, je ne tiens pas spécialement à les inclure. Non. Mais je vois mal comment je pourrais les exclure dans l'éventualité où Albert Küttner aurait été de la jaquette. Une petite séance d'empapaoutage avec un simple soldat dans les bois aurait pu être sa bière. Ce que nous devons faire tout d'abord...

— Vous voulez dire, à part interroger les hauts gradés. »

Je marquai un temps d'arrêt.

« Jusqu'ici, personne ne s'est plaint que vous l'ayez fait attendre, dit Kahlo. Mais ça ne saurait tarder. »

J'acquiesçai.

« Très bien. Dans ce cas, pendant que je démarre avec les entrevues officielles, ce que vous devez faire tout d'abord, c'est essayer de parler à chacun de façon informelle afin de connaître les mouvements de Küttner hier soir. Qui l'a vu vivant en dernier et à quelle heure ? Ce genre de chose. Pour ma part, je l'ai aperçu à neuf heures alors qu'il avait une discussion plutôt animée avec l'un des autres assistants : le capitaine Kluckholn, je pense. Puis, environ une demi-heure plus tard, après que Heydrich eut fait un discours, il est apparu dans la bibliothèque avec du champagne. Vous pourriez peut-être partir de là. Je veux les heures et les lieux. Et voyez s'il ne vous est pas possible d'obtenir un plan du château. Ainsi, nous pourrions déterminer les différents endroits où il se trouvait.

— Oui, ça aiderait probablement, je suppose.

— Toutes vos suggestions seront les bienvenues.

— Alors un voyant avec une boule de cristal ne pourrait pas faire de mal. Il me semble que c'est la seule manière dont nous allons dénicher un meurtrier qui passe à travers les portes fermées et tire sur les gens sans faire aucun bruit.

— À vous entendre, Kurt, j'en arrive à me demander ce que je fabrique ici.

— Au fait, Kommissar, si vous me permettez de vous poser la question. Qu'est-ce que vous fabriquez ici ? Je veux dire, tous ces foutus choux-fleurs. C'est un vrai jardin maraîcher dans cette bicoque. »

Il faisait allusion aux pattes de col avec feuilles de chêne qui distinguaient les généraux et colonels SS des simples mortels.

« Que se passe-t-il ? À quoi ça rime ?

— Vous posez d'excellentes questions pour un homme ayant promis de travailler pour moi sans poser de questions.

— Eh bien, quelle est la réponse ?

— Je crois que le général Heydrich voulait un week-end paisible avec des amis pour fêter sa nomination comme nouveau Reichsprotektor de Bohême.

— Je vois.

— Vous semblez surpris. Mais pas autant que moi d'avoir été convié à cette petite sauterie. Le général et moi, nous nous sommes un peu éloignés l'un de l'autre, vous comprenez. Schiller a écrit un très bon poème à ses amis. Quand j'étais à l'école, nous étions obligés d'apprendre les cinq strophes au complet. Je croyais qu'il avait dit tout ce qu'il y avait à dire sur ce que signifie l'amitié en Allemagne. Sauf que je ne me souviens pas d'une seule strophe sur le genre d'ami que le général Heydrich est pour moi. Goethe a fait mieux, à mon avis. Vous savez ? Ce qui se produit lorsque Méphistophélès vous invite pour un vrai café et des cigarettes américaines. »

À l'instant même où je prononçais ces mots, Arianne me vint à l'esprit ; c'est elle qui avait fait la comparaison entre Heydrich et Méphistophélès dans le train de Berlin, et depuis lors je n'avais pas cessé de me demander pendant combien de temps il me faudrait travailler pour Heydrich avant de perdre mon âme.

« Oh oui, dit Kahlo. La tentation. Et une tentation telle que du vrai café et des cigarettes américaines, ma foi, c'est extrêmement tentant.

— Je suppose que l'autre solution est pire. Quant à savoir pourquoi tous ces choux-fleurs sont ici, je n'en ai aucune idée, mais c'est pour ça que je suis à bord. Parce que le général m'a demandé de danser. Parce qu'il n'aime pas qu'on lui dise non.

— D'accord. Ça marche.

— Bien. Maintenant, voyons ce que nous pouvons faire pour mettre le grappin sur l'homme invisible. »

Le SS-Obergruppenführer Richard Hildebrandt était le chef suprême de la police de Dantzig et le commandant d'une importante unité de SS stationnée en Prusse occidentale. Au cas où les habitants de Berlin se dresseraient contre Hitler, Hildebrandt serait chargé de réprimer le soulèvement.

Né à Worms en 1897, c'était un vieil ami de Heydrich. Lisse, net, tatillon, et seulement de taille moyenne, il faisait penser à un homme d'affaires prospère. Il avait assurément le meilleur tailleur de tous les officiers qui logeaient au château du bas. Sur sa poche de poitrine gauche, il arborait une croix de chevalier de la croix du mérite de guerre avec épées, une médaille nazie en argent n'ayant rien à voir avec la véritable croix de chevalier, et tous ceux qui avaient vraiment vu des combats considéraient cette décoration comme un ersatz de la croix de fer ; mais je suppose qu'un général doit avoir un peu de mobilier sur sa tunique s'il veut qu'on l'écoute. Cependant, l'insigne en or du parti qu'il portait à côté de la fausse croix de chevalier était la marque réelle de sa position éminente au sein de l'appareil national-socialiste et de sa quasi-intouchabilité. Cette petite babiole occupait la place d'honneur sur son uniforme et en constituait le point de mire pour quiconque savait ce qui était quoi dans l'Allemagne nazie.

Il s'installa sur le canapé en face de moi, alluma une cigarette et croisa les jambes.

« Est-ce que cela va prendre longtemps, Kommissar ?

— Non, pas longtemps, général.

— Parfait. Parce que j'ai des tâches administratives importantes à régler.

— Vous connaissiez bien le capitaine Küttner ?

— Je ne le connaissais pas du tout. Jusqu'à ce que j'arrive ici avant-hier, je lui avais peut-être parlé deux fois, et uniquement au téléphone.

— Quelle impression vous a-t-il faite ?

— Il m'a semblé efficace. Bien éduqué. Diligent. Comme on pouvait l'attendre d'un officier travaillant pour un homme comme le général Heydrich.

— Le trouviez-vous sympathique ?

— Qu'est-ce que c'est que cette question stupide ?

— Une question assez facile, je dirais. Le trouviez-vous sympathique ? »

Hildebrandt eut un haussement d'épaules.

« Je ne le trouvais pas antipathique.

— Voyez-vous une raison pour laquelle on aurait voulu le tuer ?

— Non et, à mon avis, le crime a dû être commis par un Tchèque. Il y a des Tchèques qui travaillent ici, dans la maison et dans le parc. Si j'ai un conseil à vous donner, Kommissar, ce serait de commencer par les questionner plutôt que des généraux en chef de la SS.

— Pardonnez-moi, Herr General. J'ai cru comprendre, d'après ce que m'a dit le major Ploetz, que je devais mener ces entretiens par ordre de rang, de manière à ne pas obliger des personnes importantes – comme vous-même – à attendre inutilement. »

Hildebrandt eut un nouveau haussement d'épaules.

« Je comprends. Mes excuses, Kommissar. »

Je haussai les épaules à mon tour.

« Néanmoins, je ne vois toujours pas la nécessité d'interroger des officiers de haut rang. J'estime que ma parole devrait largement suffire.

« — Et de quelle parole s'agit-il, général ?

— Que je n'ai rien à voir avec la mort de cet homme, évidemment.

— Je n'en doute pas, général. Toutefois, cet entretien n'a pas pour objet de déterminer si vous avez tué le capitaine Küttner. Le but immédiat de la présente investigation est de retracer un tableau détaillé des dernières heures de celui-ci. Et à partir de là, d'identifier de véritables suspects. Vous voyez certainement la différence.

— Bien sûr. Est-ce que vous me prenez pour un idiot ? »

Je ne répondis pas et poursuivis :

« Vous étiez avec nous tous, dans la bibliothèque, pour écouter le discours du Führer ?

— Naturellement.

— Et ensuite celui de Heydrich. »

Hildebrandt hocha la tête avec impatience. Il tira une dernière bouffée de sa cigarette puis l'éteignit dans un lourd cendrier en verre posé sur la table entre nous.

« Vous souvenez-vous que le capitaine Küttner ait apporté ensuite du champagne ?

— Oui.

— Êtes-vous resté faire la fête très longtemps ?

— Oui. J'avoue avoir passablement trop bu. Comme les autres, j'avais un peu la migraine ce matin.

— Je n'en doute pas, général. Sauf que j'en ai une encore plus grosse. Je dois résoudre ce meurtre. Ce ne sera pas facile. Vous vous en rendez bien compte, n'est-ce pas ? Il est possible, à un certain stade, que je doive accuser un collègue officier d'avoir tué Küttner.

Peut-être même un officier supérieur. Vous pourriez essayer de comprendre un peu mieux la position qui est la mienne, général.

— Ne me dites pas quel est mon devoir, Kommissar Gunther.

— Avec cet insigne effrayant à votre revers, je n'y songerais certainement pas, général. »

Hildebrandt baissa les yeux vers son insigne en or du parti et sourit.

« Vous parlez de ceci ? J'ai entendu dire que certains l'appelaient ainsi. Même si je ne peux pas imaginer pourquoi quiconque en aurait peur.

— Cela signifie que vous avez adhéré au parti très tôt, n'est-ce pas ?

— Oui. Dans mon cas, c'était en 1922. L'année suivante, j'ai pris part au putsch de Munich. J'étais juste derrière le Führer au moment où nous sommes sortis de la brasserie.

— Vous deviez être très jeune, général.

— J'avais vingt-six ans.

— Si je peux vous poser la question, que vous est-il arrivé ? Après l'échec du putsch. »

Ses yeux s'embuèrent brièvement avant qu'il réponde.

« Les choses ont été difficiles pendant un moment. Très difficiles. Je ne vous le cache pas. Outre le harcèlement que j'ai subi de la part de la police, j'étais à court d'argent et je n'avais d'autre choix que de partir travailler à l'étranger. »

Il avait l'air soulagé de parler d'un sujet n'ayant rien à voir avec Küttner ; même détendu, ce qui était, provisoirement du moins, mon intention.

« Où êtes-vous allé ?

— En Amérique. Là, je me suis essayé à l'agriculture, mais ça n'a pas marché, alors je suis devenu libraire, à New York.

— Un sacré changement, général. La librairie n'a pas marché non plus ? »

Hildebrandt fronça les sourcils.

« Ou êtes-vous revenu en Allemagne pour une autre raison ?

— Je suis revenu à cause des merveilles qui étaient en train de se produire. À cause du Führer. C'était en 1930.

— Et quand êtes-vous entré dans la SS, si je peux vous poser la question ?

— En 1931. C'est alors que j'ai rencontré Heydrich. Mais je ne vois pas ce que tout cela a à faire avec la mort du capitaine Küttner.

— J'y arrive, si vous le permettez. Je suppose que vous devez avoir une haute estime pour le code de valeurs de la SS, si vous y êtes entré dès 1931.

— Oui. Naturellement. Qu'est-ce que c'est que cette question ?

— Pensez-vous que le capitaine Küttner respectait ce code de valeurs ?

— J'en suis sûr.

— Vous en êtes sûr, ou vous le supposez ?

— Où voulez-vous en venir, Gunther ?

— Si je vous disais que le capitaine Küttner était homosexuel, quelle serait votre réaction ?

— Absurde. Jamais le général Heydrich ne tolérerait une chose pareille. Je le connais depuis suffisamment longtemps pour en être fermement convaincu.

295

— Et si le général Heydrich n'était pas au courant ?

— Il n'y a pas de secrets pour Heydrich, rétorqua Hildebrandt. Vous devriez en être conscient. Et dans le cas contraire, vous ne tarderez pas à l'être. Ce qu'il ne connaît pas ne vaut probablement pas la peine d'être connu.

— Est-ce que cela vous surprendrait si je vous disais qu'il y a des choses que même Heydrich ignore ?

— Absurde, répéta-t-il. Toutes ces questions sont absurdes, Kommissar. Küttner était un esthète, au pire. Mais on ne condamne pas un homme parce qu'il apprécie la bonne musique ou qu'il aime la bonne peinture.

— Sans vouloir vous contredire, général, je ne pense pas que ce soit absurde. Küttner vivait avec un homme à Berlin. Un homme plusieurs fois condamné pour prostitution masculine. Un homme qui fréquentait un bar homosexuel notoire appelé le Burger Casino, vêtu d'un costume de marin pour garçonnet, et qui avait l'habitude d'emmener ses clients jusqu'à une jetée voisine le long de la rivière pour avoir des relations sexuelles avec eux.

— Des balivernes. Je n'y crois pas. Et je pense que c'est de très mauvais goût de votre part que de salir la réputation d'un collègue officier qui n'est plus en mesure de se défendre contre ce genre de diffamation.

— Supposons un instant que j'aie raison.

— Pourquoi ?

— S'il vous plaît, général, un peu de patience.

— Très bien.

— Quelle serait votre opinion sur un tel homme ?

— Mon opinion ?

— Oui, général. Que pensez-vous d'un capitaine SS qui partage son lit avec un prostitué ? »

Le visage glabre de Hildebrandt s'assombrit. Ses lèvres se serrèrent et sa mâchoire pointa de façon agressive.

« De fait, général, on raconte que l'homosexualité d'Ernst Röhm a été une des raisons pour lesquelles le parti lui a tourné le dos, ce qui expliquerait qu'il ait été exécuté.

— C'est probablement vrai, admit Hildebrandt. Röhm était un dégénéré. De même que d'autres. Edmund Heines. Klausener. Schneidhuber. Schragmüller. Des exemples détestables et qui ont bien mérité leur sort.

— Naturellement. »

Je n'étais pas certain qu'ils aient mérité leur sort, pas tous. Erich Klausener avait été le responsable de la division de la police au ministère prussien de l'Intérieur à Berlin et pas du tout un mauvais bougre. Mais je n'étais pas là pour me lancer dans un débat avec Hildebrandt.

« Pensez-vous que ce genre de comportement devrait être toléré dans la SS ?

— Non, bien entendu. Et il ne l'est pas. Ne l'a jamais été.

— Pensez-vous que cela jette le discrédit sur la SS. Est-ce la raison ?

— Bien sûr que cela jette le discrédit sur la SS, Kommissar Gunther. Quelle foutue question. C'est évident. Si cet homme était, comme vous le prétendez, homosexuel – mais je ne crois toujours pas que c'était le cas de Küttner –, j'irais encore plus loin. Un type pareil devrait être placé devant un peloton d'exécution. Comme Röhm et tous ces pédés. Ce sont les tantes et les Juifs qui ont failli détruire l'Allemagne durant la République de Weimar.

— Oh, assurément.

— Et qui continuent à représenter une menace pour la fibre morale de notre pays. Nous créons de plus en plus un sang sain pour l'Allemagne et il doit être gardé pur. Pour ma part, en tant que père de trois enfants, dont deux garçons, je le dis de façon tout à fait catégorique. Si un individu de cette espèce se trouvait sous mon commandement, je n'hésiterais pas à le dénoncer à la Gestapo. Pas une seconde. Aussi graves que puissent être les conséquences.

— Euh, bien entendu, dis-je. Je sais que c'est illégal en vertu des paragraphes 174 et 175 du code criminel. Mais je croyais que les homosexuels étaient seulement passibles d'une peine de prison n'excédant pas dix ans. Alors pour que je comprenne bien : il existe, au sein de la SS, des châtiments supplémentaires s'appliquant à de tels individus, c'est ça ? Par exemple, être exécuté, comme vous venez d'en faire mention. J'imagine que vous le savez, général. »

Il alluma une cigarette.

« En effet. Et, de manière strictement confidentielle, je vais vous dire comment les choses se passent. Dans la SS, nous avons environ un cas d'homosexualité par mois. Une fois démasqués, les coupables sont, sur ordre du Reichsführer lui-même, dégradés, exclus et traduits devant les tribunaux ; puis, après avoir purgé la sanction légale que vous avez citée, ils sont envoyés dans un camp de concentration, où ils sont le plus souvent abattus au cours d'une tentative d'évasion.

— Je vois.

— En ce qui me concerne, la nécessité du camp de concentration m'échappe. Si cela ne tenait qu'à moi, ce serait l'officier commandant qui abattrait un tel homme. Sommairement.

— Donc, soyons clairs : si vous possédiez la preuve irréfutable que le capitaine Küttner était un homosexuel, et s'il avait été votre officier subalterne, vous l'auriez abattu vous-même. C'est bien ça ?

— Absolument.

— Merci, général. Ce sera tout. Je vous remercie de votre franchise dans cette affaire. »

Hildebrandt marqua un temps d'arrêt.

« Est-ce que vous êtes en train de jouer à un petit jeu avec moi, Kommissar ?

— Je vérifiais simplement une théorie.

— Et de quelle théorie s'agit-il ?

— Qu'il se pourrait très bien en définitive qu'il n'ait pas été assassiné par un Tchèque, comme vous l'affirmiez tout à l'heure. Mais par un autre Allemand. Je crois pouvoir dire que vous n'êtes pas le seul à penser que Küttner a probablement été tué par un Tchèque. C'est un préjugé assez courant chez nous autres Allemands : une méfiance à l'égard des races inférieures. Prenez l'assassin de la S-Bahn, cet été. Paul Ogorzow. Vous vous souvenez de lui ?

— Oui.

— Avant qu'on le capture, tout le monde supposait que le coupable était un travailleur étranger.

Mais Paul Ogorzow était allemand. Non seulement ça, mais il était membre du parti. Pas un membre de la première heure comme vous, général, mais je crois qu'il avait adhéré bien avant que Hitler ne devienne chancelier du Reich. »

Je haussai les épaules.

« En matière de meurtre, j'aime bien garder l'esprit ouvert. »

Hildebrandt se leva pour partir. Il rajusta ses culottes bouffantes immaculées, le modèle coûteux – avec le daim à l'intérieur des jambes, comme s'il allait vraiment monter à cheval –, et se dirigea vers la porte du salon du Matin.

« À propos, général. Comment avez-vous trouvé la vie en Amérique ?

— Je vous demande pardon ?

— Votre séjour en Amérique vous a plu ?

— Oui, tout à fait.

— J'adorerais travailler dans un pays étranger. Jusqu'à maintenant, ça a été la France, la Bohême et l'Ukraine. Je n'ai pas tellement aimé l'Ukraine. Et pas du tout le travail. »

Hildebrandt demeura silencieux.

« Le capitaine Küttner non plus, ajoutai-je. Vous le saviez ?

— Non.

— Parfaitement. C'est lui-même qui me l'a dit. Ça le tracassait. Beaucoup. Ça le faisait se sentir répugnant.

— Il ne fait aucun doute qu'il s'agit d'un travail difficile, répondit Hildebrandt. Tout le monde n'est pas fait pour ce genre de besogne. Néanmoins, il n'y a pas de honte à cela. Pas de honte pour vous, en tout cas, Kommissar.

— Merci, général. J'essaierai de m'en souvenir. »

Comme j'avais près de trente minutes devant moi avant le prochain rendez-vous dans le salon du Matin, je montai à l'étage fouiller la chambre de Küttner. Je préférais le faire sans personne pour regarder par-dessus mon épaule, juste au cas où je dégotterais quelque chose d'intéressant que je devrais montrer à Ploetz, à Heydrich ou à quiconque déciderait d'examiner de près mon boulot.

Mais le lit de Küttner avait déjà été défait. Draps et couvertures gisaient en tas sur le plancher. La fenêtre était un peu plus ouverte qu'auparavant, et il régnait dans la pièce une odeur d'herbe fraîchement coupée. Le jardinier à Jungfern-Breschan n'arrêtait pas de s'occuper des pelouses. De l'autre côté de la fenêtre, les tondeuses à moteur étaient déjà en action.

Une fille d'environ vingt-cinq ans était assise à l'extrémité du lit. Elle avait des cheveux blonds, un mouchoir à la main et portait une blouse grise sans manches et la tenue noire SS réglementaire – celle avec le grand col lâche orné d'un liséré blanc. C'était une Helferin : une aide et, en l'occurrence, une femme de chambre.

Je l'observai en silence depuis le seuil pendant quelques instants. Ne m'ayant pas vu, elle ne bougeait pas, si ce n'est, de temps à autre, pour presser le mouchoir contre son nez comme si elle avait un rhume de cerveau. Finalement, je ne pus contenir plus longtemps ma curiosité et, me raclant la gorge, je m'avançai dans la chambre du mort.

Elle se leva brusquement et détourna les yeux, du moins jusqu'à ce que je la saisisse par le bras.

« Pardonnez-moi, monsieur, dit-elle. Je n'avais pas de mauvaises intentions. M. Kritzinger m'a envoyée défaire le lit et j'ai eu un pincement au cœur à l'idée qu'on avait assassiné ce malheureux. »

Elle était plus vieille que je ne l'avais supposé tout d'abord et pas particulièrement jolie – trop maigre et nerveuse à mon goût. Sa peau était aussi claire que du papier de soie, et on pouvait distinguer les petites veines de ses tempes, telle une marque de fabrique sur de la porcelaine fine. La bouche était plus large et plus triste qu'elle n'aurait peut-être dû, mais c'étaient ses grands yeux qui m'intéressaient en réalité, dans la mesure où ils étaient rouges et pleins de larmes.

« Je suis le Kommissar Gunther.

— Oui, monsieur. Je sais qui vous êtes. Je vous ai vu lorsque vous êtes arrivé hier. »

Elle fit une petite révérence.

« J'enquête sur le meurtre du capitaine Küttner. »

Elle inclina la tête. Elle savait ça aussi.

« Vous le connaissiez ?

— Pas vraiment, monsieur. Nous avons parlé à plusieurs reprises. Il était gentil avec moi.

— De quoi avez-vous parlé ?

— De rien, en fait. Rien d'important. Des banalités, pour ainsi dire. De simples bavardages à propos d'une chose ou d'une autre.

— Ne craignez rien. Je ne le répéterai à personne. J'essaie seulement de savoir comment il était. Après quoi, j'arriverai peut-être à mieux comprendre pour quelle raison on l'a tué. » J'indiquai le lit où elle se trouvait quelques instants plus tôt. « Pouvons-nous nous asseoir pour en discuter ? Juste une minute.

— Très bien. »

Elle s'assit et je m'installai à côté d'elle.

« Albert était quelqu'un de très doux, très gentil. Presque un enfant, en réalité. Et si joli garçon. Je n'arrive pas à m'imaginer qu'on ait pu vouloir lui faire du mal. Sans parler de le tuer. Il était prévenant, courtois et extrêmement sensible.

— Alors vous l'aimiez bien.

— Oh oui. Beaucoup plus que certains de ces autres officiers. Il était différent.

— C'est certain. »

Songeant que ça sonnait peut-être faux, j'ajoutai : « Je l'aimais bien, moi aussi. »

En le disant, je me rendis compte pour la première fois depuis que j'avais appris la mort de Küttner qu'il m'avait effectivement plu. Probablement parce que nous avions partagé une expérience terrible à l'Est ; mais au-delà de ça, j'avais apprécié son intelligence et sa franchise, à la limite de l'indélicatesse.

À cet égard au moins, Küttner me faisait penser à moi, et je me demandai si je ne m'étais pas mis à prendre sa mort de façon un peu plus personnelle qu'il ne semblait indiqué.

« Continuez. »

Elle secoua la tête.

« Je ne veux pas m'attirer d'ennuis.

— Je peux vous promettre que vous n'en aurez pas. Si vous savez quoi que ce soit qui permette d'éclairer ce qui s'est passé ici la nuit dernière, je pense que j'ai besoin de l'apprendre, n'est-ce pas ? Le général Heydrich tient absolument à ce que je découvre qui a assassiné le capitaine. Et pour cela, le seul moyen, c'est que je persuade des personnes telles que vous de me faire suffisamment confiance pour me dire la vérité.

— D'accord, monsieur.

— Bon. Comment vous appelez-vous ?

— Steffel. Rosa Steffel.

— Eh bien, Rosa, pourquoi ne pas me raconter ce qui s'est passé ?

— Hier soir, dit-elle, quand tous les officiers sont allés se coucher, Albert a insisté pour m'aider à récupérer les verres, alors même que je pouvais voir qu'il était mort de fatigue.

— C'était gentil à lui. Quelle heure était-il ?

— Environ 1 heure du matin. J'ai entendu sonner l'horloge dans le hall. Quelques-uns des choux-fleurs étaient encore debout, naturellement, à boire du cognac dans la bibliothèque. Et un ou deux étaient ivres. Un notamment. Je préfère ne pas le nommer, mais il est devenu un peu trop familier avec moi, si vous voyez ce que je veux dire. Ça doit être cet uniforme, n'est-ce pas. Lorsque certains des choux-fleurs s'enivrent, ils ont tendance à nous prendre pour des marie-couche-toi-là et à se permettre des libertés avec nous. L'officier en question m'a caressé les seins et a passé sa main sous ma robe. Je n'ai pas aimé ça et je le lui ai dit ; mais c'est mon supérieur et il n'est pas facile d'essayer de remettre un homme à sa place quand il est général. C'est le capitaine Küttner qui est venu à mon aide. Qui m'a tiré d'affaire, si vous préférez. Il a engueulé le général, carrément. Ce dernier était furieux. Il a couvert d'injures le capitaine et lui a dit de se mêler de ses foutus oignons. Mais le capitaine Küttner a été formidable. Il n'a prêté aucune attention au général et m'a escortée jusqu'à l'office avant que celui-ci ait le temps de me peloter à nouveau. »

Je secouai la tête.

« Ces généraux SS peuvent être détestables, approuvai-je. Je viens d'avoir un entretien assez rude avec le général Hildebrandt, et il m'a littéralement fait rentrer dans ma coquille. C'est lui qui vous a pelotée ?

— Non. »

Je poussai un soupir.

« Rosa. S'il vous plaît. Je suis dans un vrai pétrin. Un de ces hommes – oui, peut-être même un de ces choux-fleurs – a tué un autre homme de sang-froid. Juste ici, dans cette pièce. La chambre était fermée à clé de l'intérieur et la fenêtre verrouillée, ce qui signifie que cette enquête est déjà suffisamment compliquée. Ne la rendez pas impossible. Il faut que vous me disiez qui vous a pelotée la nuit dernière.

— Le général Henlein.

— Merci.

— Que s'est-il passé lorsque le capitaine Küttner vous a accompagnée à l'office, Rosa ?

— Nous avons parlé un peu. Comme on faisait d'habitude. De pas grand-chose, en fait.

— Citez-moi une des choses dont vous aviez l'habitude de parler, Rosa. »

Elle eut un haussement d'épaules.

« Prague. On parlait de Prague. On était tous les deux d'accord que c'était une très belle ville. Et on parlait de notre ville natale.

— Vous n'êtes pas de Halle-an-der-Saale vous aussi ?

— Presque. Je viens de Reidesburg, qui se trouve juste à la sortie de Halle.

— On dirait que tout le monde vient de Halle sauf moi. Le général Heydrich est de Halle, vous le saviez ?

— Bien sûr. Tout le monde connaît les Heydrich à Halle. Il y a encore quelqu'un ici qui vient de Halle ; du moins, c'est ce que m'a raconté Albert, mais je ne me rappelle plus qui, malheureusement.

— Qu'est-ce qu'il vous a dit d'autre ?

— Qu'il avait fréquenté la même école que le général. Le Reform-Real-gymnasium. Mon frère Rolf y est allé également. C'est le meilleur établissement de la ville.

— Apparemment, ils avaient beaucoup en commun. Küttner et le général.

— Oui. Il disait qu'il avait traversé une passe difficile ces derniers temps, mais que le général s'était montré extrêmement généreux à son égard. »

Que Heydrich puisse être généreux n'était pas une idée à laquelle j'avais envie de penser. C'était comme entendre dire que Hitler aimait les enfants ou qu'Ivan le Terrible avait possédé un chiot.

« Est-ce qu'il a donné des détails ? Sur la raison de cette passe difficile ? Sur la façon précise dont le général avait été généreux avec lui ? »

Rosa regarda son mouchoir comme si la réponse était enfouie dans le tissu humide.

« Albert m'a fait promettre de n'en toucher mot à personne. Il disait que les membres de la SS n'étaient pas censés faire allusion à ce genre de chose. Et que cela risquait de m'attirer des problèmes.

— Alors pourquoi vous en avoir parlé ?

— Parce qu'il avait besoin de se confier à quelqu'un. Pour se soulager d'un poids.

— Eh bien, il est mort à présent, ainsi que la promesse en question.

— Je suppose. Mais, de votre côté, est-ce que vous me promettez de ne dire à personne que je vous en ai parlé ?

— Oui. Je vous le promets. »

Rosa hocha la tête. Et avec des hésitations, elle me rapporta les paroles de Küttner.

« Il a dit qu'il se trouvait dans nos provinces lettones pendant l'été et que l'Allemagne avait commis des actes terribles là-bas. Que des tas de gens, des milliers de gens, avaient été tués pour la simple raison qu'ils étaient juifs. Des vieux, des femmes et des enfants. Des villages entiers pleins d'habitants sans défense qui n'avaient rien à voir avec la guerre. Il a raconté qu'au début, il obéissait aux ordres qu'on lui donnait et commandait les pelotons d'exécution qui massacraient ces gens. Mais qu'au bout d'un moment, il en avait eu assez et qu'il avait refusé de participer à ces tueries. Sauf que ça l'avait mis dans de sales draps auprès de ses supérieurs. » Elle secoua la tête. « Ça m'a paru incroyable, mais en en parlant il s'est mis à pleurer, si bien que je n'ai pas pu m'empêcher de le croire sur le moment. Je veux dire, un homme – surtout un officier – ne pleure pas pour rien, n'est-ce pas ? Mais maintenant, je ne sais plus. Est-ce que vous pensez vraiment que ce qu'il m'a dit peut être vrai, Kommissar Gunther ? À propos de ces tueries ?

— Hélas oui, Rosa. Chaque mot. Et pas seulement en Lettonie. Cela a lieu un peu partout à l'est de Berlin. Même ici, en Bohême, pour autant que je sache. Mais il se trompait sur un point. Au sein de la SS et du SD, ce qui se passe dans les territoires de l'Est est un secret de polichinelle. Et si cela peut vous rassurer, je suis pratiquement certain que ce n'est pas à cause de ses bavardages à ce sujet qu'on l'a tué, mais pour un autre motif. »

Rosa inclina la tête avec gratitude.

« Merci, Kommissar. Cela me tracassait.

— Dites-moi. Lorsque le capitaine Küttner est intervenu en votre faveur, par rapport au général Henlein, vous avez mentionné que le général l'avait injurié.

— C'est exact.

— L'a-t-il menacé ?

— Oui.

— Vous rappelez-vous les termes qu'il a employés ?

— Peut-être pas à la lettre. En même temps qu'un tas de mots orduriers que je ne répéterai pas, le général a dit quelque chose comme : "Je me souviendrai de vous, Küttner, espèce de sale petit lâche." Et : "Je vais vous faire payer ça, vous allez voir."

— Est-ce que quelqu'un a entendu ça à part vous, Rosa ?

— M. Kritzinger. Le général Heydrich. Ils n'ont pas pu ne pas entendre. Et aussi certains des autres, je suppose, mais j'ai oublié leurs noms. Pour moi, dans leur uniforme, ils se ressemblent tous.

— J'ai le même problème. C'est une des raisons pour lesquelles j'ai enlevé le mien. Parfois, quand je joue les détectives, il est nécessaire que je me mette à l'écart de tout le monde. Mais franchement, j'espère ne jamais avoir à réendosser cet uniforme.

— Vous commencez à ressembler beaucoup à Albert.

— C'est pour ça que je l'aimais bien, je présume.

— Vous êtes plutôt spécial, vous aussi, Kommissar. Pour un policier.

— Ce n'est rien de le dire. Vous vous rappelez ce gosse qu'on a retrouvé déambulant dans les rues de Nuremberg au siècle dernier ? Celui qui prétendait avoir passé le début de sa vie reclus dans un cachot obscur ?

— Kaspar Hauser. Oui, je m'en souviens. Il a fini ses jours à Ansbach, n'est-ce pas ? Chacun connaît cette vieille histoire.

— La seule différence entre Kaspar et moi, c'est que j'ai le terrible pressentiment que je vais finir les miens dans un cachot obscur. Aussi il vaudrait mieux que vous me promettiez de ne dire à personne que nous avons eu cette conversation.

— Je vous le promets.

— Parfait, vous pouvez disposer à présent. Je vais fouiller la chambre d'Albert.

— Je pensais que vous l'aviez déjà fait.

— Que voulez-vous dire ?

— Eh bien, les deux autres assistants, les capitaines Kluckholn et Pomme étaient déjà là quand je suis venue défaire le lit. Ils avaient vidé le contenu des tiroirs dans des boîtes en carton qu'ils ont emportées.

— Non, ça n'avait aucun rapport avec moi. Ils voulaient probablement rassembler ses effets personnels pour les renvoyer à ses parents. Comme feraient vos copains au moment du dernier voyage.

— Oui, j'imagine. »

Mais Rosa Steffel ne semblait pas beaucoup plus convaincue que moi.

En retournant au salon du Matin, je trouvai Kritzinger occupé à remonter l'horloge. Je la regardai, consultai ma montre-bracelet, mais le majordome secoua la tête.

« Si j'étais vous, je ne réglerais pas ma montre d'après cette horloge, monsieur. Elle a tendance à retarder.

— Tout le monde est au courant ? »

Je pensais aux heures approximatives qui m'avaient été données auparavant dans le bureau de Heydrich

« Normalement, oui. Cette horloge a absolument besoin de voir un horloger.

— Ça ne doit pas manquer à Prague. Cette ville a plus d'horloges que Salvador Dalí.

— C'est ce qu'on pourrait penser, monsieur. Mais jusqu'ici, ma propre enquête a révélé qu'ils étaient tous juifs, apparemment.

— Un Juif ne peut pas réparer une horloge ?

— Pas dans cette maison, monsieur.

« — Non, je suppose que non. C'était naïf de ma part. Nous vivons des heures intéressantes, vous ne trouvez pas ? Même si ce ne sont jamais les bonnes. »

Je jetai un coup d'œil à la montre gousset en or que Kritzinger avait à la main.

« Et votre montre, Herr Kritzinger ? On peut s'y fier ?

— Oui, monsieur. C'est une Glashütte, qui appartenait à mon défunt père. Il était chef de gare, sur la ligne de Posen. Une bonne montre est indispensable à un employé des chemins de fer prussiens, si l'on veut que les trains partent dans les temps.

— Et il y arrivait ? À faire partir les trains dans les temps ?

— Oui, monsieur.

— Moi, j'ai toujours pensé que c'était le Führer qui s'occupait de ça. »

Kritzinger me considéra avec une patience polie.

« Y a-t-il quelque chose que je puisse faire pour vous aider, monsieur ?

— D'après votre Glashütte, Kritzinger, à quelle heure ces messieurs ont-ils quitté la bibliothèque ?

— Les derniers sont montés se coucher un peu avant deux heures, monsieur.

— Et qui était-ce ?

— Le général Henlein et le colonel Böhme, je pense.

— J'ai cru comprendre que le général Henlein s'était fait une petite collation de fin de soirée avec le capitaine Küttner. Est-ce exact ?

— Je ne vois pas ce que vous voulez dire.

311

— Mais si. Le général a passé un fameux savon au capitaine, n'est-ce pas ?

— Il me semble que le général a dit quelque chose au capitaine, oui monsieur.

— Est-ce qu'il l'a menacé ?

— Je préfère ne pas répondre, monsieur. »

Kritzinger referma d'un coup sec le couvercle de sa montre en or puis la glissa dans la poche de sa veste. Un geste impatient, aux antipodes de ses manières habituelles, qui étaient de se montrer toujours serviable même quand je faisais de la provocation, en lui posant des questions frivoles ou sans intérêt frisant l'impertinence, voire l'antipatriotisme.

« Je peux comprendre ça. Un *Petzer*[1] n'attire guère la sympathie. Surtout quand le *Petzer* en question se trouve être le majordome. Vis-à-vis de leurs employeurs et éventuellement des invités de ceux-ci, les bons majordomes sont tenus de se comporter comme les trois singes de la sagesse, pas vrai ? »

Kritzinger inclina imperceptiblement la tête.

« Cela décrit ma position à l'égard de mes supérieurs jusqu'à un certain point seulement, monsieur. Comme vous le suggérez, je suis obligé d'observer en permanence. Mais je ne juge jamais. Il faut toujours se garder de telles distractions peu judicieuses pendant le service.

— Surtout maintenant, j'imagine. En travaillant pour le général Heydrich.

— Vraiment, je ne saurais dire, monsieur.

---

1. « Mouchard ».

« — Herr Kritzinger ? Je vous respecte. Et jamais je n'essaierais d'intimider un homme portant un ruban de la croix de fer à son revers. Telles que je me représente les choses, vous l'avez probablement gagnée de la même façon que moi : en enfer. En vous battant dans une vraie guerre contre de vrais soldats qui, pour la plupart, ripostaient. Vous devinez donc que je ne suis pas homme à proférer des menaces en l'air. Mais il s'agit d'une enquête sur un assassinat, Kritzinger, ce qui veut dire que je suis censé jouer les fouille-merde et jeter un œil entre les pots de fleurs sur les rebords de fenêtre. Je n'aime pas ça plus que vous, mais je le ferai même si je dois expédier chacun de ces putains de pots à travers vos vitres. Bien, qu'est-ce qu'a dit le général Henlein ? »

Le majordome me dévisagea un long moment, plissant les yeux avec une expression de désapprobation muette comme un chat dans une poissonnerie vide.

« Je comprends votre position, je peux vous l'assurer. Mais, s'il vous plaît, il est inutile de pousser des jurons, monsieur. »

En soupirant je glissai une cigarette entre mes lèvres.

« Je pense au contraire qu'il y a toutes les putains de raisons de pousser des jurons quand quelqu'un est victime d'un meurtre. Cela aide à se rappeler que ce n'est pas quelque chose qui s'est passé de manière polie et bien élevée. Vous pouvez bien astiquer votre argenterie autant que vous voulez, Kritzinger, mais un homme a été abattu la nuit dernière, et quand j'approche une cigarette de mes lèvres, je peux sentir l'odeur de son sang sur mes doigts. Je croise un tas de cadavres dans mon métier. Il semble que je parvienne de temps à autre à les chasser de mon esprit, mais "putain" est ce que je continue à me dire chaque fois que je vois un pauvre bougre avec un trou qui fuit dans la poitrine. Cela permet de se focaliser sur la vraie putasserie de ce qui s'est passé. Est-ce qu'il faut que je jure encore plus vigoureusement en vous broyant la figure dans ma main par la même occasion ou est-ce que vous allez cracher le morceau ? Qu'est-ce que le général Henlein a dit au capitaine Küttner ? »

Kritzinger s'empourpra puis jeta des regards inquiets autour de lui.

« Le général a en effet menacé le capitaine, monsieur.

— De quoi ? Un bain complet ? Une bise sur la joue ? Allons, Kritzinger, cessez de me faire tourner en bourrique.

— Le général Henlein s'est pris d'engouement pour une des deux domestiques, monsieur. Rosa. Rosa Steffel. C'est une brave fille et elle n'a certainement rien fait pour l'encourager. Mais le général avait consommé un peu trop d'alcool.

— Vous voulez dire qu'il était ivre.

— Ce n'est pas à moi de le dire, monsieur. Mais je pense en effet qu'il n'était pas vraiment dans son état normal. Il a fait des avances à Rosa, ce qui l'a mise dans l'embarras, et je serais intervenu si le capitaine ne l'avait pas fait le premier. Cela lui a valu une réprimande du général Henlein. Plus qu'une simple réprimande, assurément. Il a été injurieux. Mais je me rappelle que le général Henlein n'est pas le seul à avoir tenu des propos violents. Ce qui explique peut-être aussi que je ne sois pas intervenu plus tôt. Le colonel Böhme a dit également quelque chose, et à eux deux ils ont remonté les bretelles au malheureux capitaine.

— Donnez-moi quelques verbes, Kritzinger. Qu'allaient-ils lui faire quand ils auraient dessoûlé ?

— Je crois bien que le général a lancé au capitaine que c'était un sale poltron et qu'il lui ferait payer sa maudite ingérence. Puis le colonel est venu mettre son grain de sel. Il a accusé le capitaine Küttner d'insubordination et d'être un ami des Juifs.

— Et qu'est-ce que le capitaine Küttner a répondu à ça ?

— Pratiquement rien, monsieur. Il l'a pris comme on pouvait s'y attendre compte tenu de leur différence de rang. » D'un ton plein de sous-entendus, il ajouta : « De la même façon qu'un majordome prendrait les injures d'un invité particulièrement rustre et grossier de son employeur. »

Ce qui me fit sourire. Il était facile de voir comment Kritzinger avait gagné sa croix de fer.

« Le colonel Böhme a parlé aussi d'envoyer le capitaine Küttner sur le front de l'Est, où sa sensiblerie et son insubordination seraient balayées d'un revers de main par ses supérieurs. Le capitaine Küttner a rétorqué – et je le cite ici textuellement, je crois – que "ce serait un honneur et un privilège de servir de vrais soldats dans une vraie armée commandée par de vrais généraux".

— Il a dit ça ?

— Oui, monsieur. C'est ce qu'il a dit.

— Grand bien lui fasse.

— C'est ce que j'ai pensé aussi, monsieur.

— Merci, Herr Kritzinger. Je m'excuse si j'ai été brutal avec vous.

— Ce n'est rien, monsieur. Nous avons tous les deux un travail à faire. »

Je regardai à nouveau ma montre et vis que je disposais encore de cinq minutes avant le rendez-vous prévu avec le général von Eberstein dans le salon du Matin.

« Une dernière chose, Kritzinger. Avez-vous vu le capitaine Küttner avant qu'il aille se coucher ?

— Oui, monsieur. Il était deux heures passées. À ma montre. Pas à l'horloge.

— Il avait l'air comment ?

— Un peu déprimé. Et fatigué. Très fatigué.

— Ah ?

— Je lui en ai fait la remarque. Et je lui ai souhaité une bonne nuit.

— Qu'a-t-il répondu ?

— Il a eu une sorte de petit rire amer et a dit que cela faisait probablement des lustres qu'il n'avait pas passé une bonne nuit. J'avoue que cela m'a semblé un peu curieux et quand je lui ai demandé ce qu'il entendait par là, il a expliqué que son seul moyen de trouver le sommeil, c'était de prendre des somnifères. Ce qu'il avait l'intention de faire.

— Vous avez donc eu l'impression qu'il ne les avait pas encore pris ? »

Kritzinger réfléchit un instant.

« Oui. Mais comme je l'ai dit, il n'avait assurément pas l'air de quelqu'un qui a besoin de somnifères.

— Parce qu'il paraissait déjà si fatigué ?

— En effet, monsieur.

— A-t-il bu beaucoup la nuit dernière ?

— Non. Très peu. Il avait un verre de bière à la main avant de monter se coucher, mais maintenant que j'y pense, c'est tout ce que je lui ai vu boire de la soirée. À la vérité, il faisait l'effet d'un homme extrêmement sobre.

— Merci. Au fait, j'aimerais avoir un plan du château, avec l'indication de qui était dans chacune des chambres. Est-ce possible ?

— Oui, monsieur. J'y veillerai.

— Très bien, Kritzinger. Ce sera tout pour l'instant.

— Merci, monsieur. Déjeunerez-vous avec tout le monde ?

— Eh bien, je ne m'étais pas posé la question. Mais j'ai sauté le petit déjeuner et maintenant j'ai une faim de loup, alors oui, je déjeunerai avec tout le monde. »

*

Le SS-Obergruppenführer Karl von Eberstein bavardait avec Kahlo lorsque j'entrai dans le salon du Matin. Le genre plutôt aimable, pour un aristocrate.

« Ah, Kommissar Gunther, vous voici. Nous commencions à nous demander si vous ne nous aviez pas oubliés. »

Il était en avance et il le savait, mais c'était aussi un général et je n'étais pas encore prêt à le contredire.

« J'espère que je ne vous ai pas fait attendre trop longtemps.

« — Non, non. J'étais en train d'admirer le piano à queue du général Heydrich. C'est un Blüthner. Très beau. »

Il se tenait juste devant l'instrument – qui était aussi grand et noir qu'une gondole vénitienne – et effleurait les touches, à titre expérimental, comme un enfant curieux.

« Est-ce que vous jouez, général ?

— Très mal. C'est Heydrich le musicien. Mais, bien sûr, cela tient de famille. Son père, Bruno, était un peu une vedette au conservatoire de Halle. Un grand bonhomme et un grand wagnérien, bien évidemment.

— On dirait que vous le connaissiez, général.

— Bruno ? Oh, oui. Je le connaissais. Je suis de Halle-an-der-Saale moi aussi.

— Encore quelqu'un de Halle. Quelle coïncidence.

— Pas vraiment. Ma mère était la marraine de Heydrich. C'est moi qui l'ai présenté à Himmler et qui lui ai mis le pied à l'étrier.

— Alors vous devez être fier de lui, général.

— En effet, Kommissar. Extrêmement fier. Il est l'honneur de son pays et du mouvement national-socialiste tout entier.

— Je ne savais pas que vous étiez aussi proches. »

S'écartant du piano, von Eberstein me rejoignit devant le feu, se chauffant le bas du dos avec un plaisir voluptueux.

Il approchait la cinquantaine. Sur sa tunique grise se trouvait une croix de fer de première et de deuxième classe, signe qu'on la lui avait donnée à deux reprises, ce qui n'était pas rien, même pour un aristocrate. Néanmoins, il y avait chez lui quelque chose de dévot – un peu à la manière d'un prêtre hypocrite.

« Je le considère comme mon protégé. Je suis sûr qu'il ne m'en voudrait pas de dire ça. »

La façon dont il le dit m'incita à penser que Heydrich lui en voudrait, au contraire.

« Et le capitaine Küttner ? demandai-je. Il était de Halle également. Vous le connaissiez bien ?

— Assez bien. Même si je connaissais beaucoup mieux son père. Nous étions ensemble dans l'armée. Pendant la dernière guerre. Le pasteur Küttner était l'aumônier de notre régiment. Sans lui, je ne sais pas si je m'en serais tiré à si bon compte. Il représentait un formidable réconfort pour nous tous.

— J'en suis convaincu. »

Von Eberstein secoua la tête.

« Ce qui s'est produit est très regrettable. Très regrettable.

— Oui. Tout à fait, général.

— Et vous êtes persuadé qu'il s'agit d'un meurtre et non d'un suicide ?

— Évidemment, il nous faut attendre l'autopsie de cet après-midi pour être totalement sûrs. Mais j'en suis à peu près certain, oui.

— Eh bien, vous connaissez votre métier, je suppose.

— Pourquoi parlez-vous de suicide ?

— Uniquement à cause de ce qui est arrivé à Albert en Lettonie. Il a essayé de se tuer quand il était là-bas. Ou du moins, il a menacé de le faire.

— Que s'est-il passé au juste ?

— Je crois qu'il a été victime d'une dépression nerveuse due à la difficulté de sa mission. Je veux parler, bien entendu, de l'évacuation des Juifs des territoires de l'Est. Tout le monde n'est pas à la hauteur des tâches qui nous ont été fixées en tant que peuple.

— Je me demande si vous ne pourriez pas être un peu plus précis, général. Vu les circonstances, je pense qu'il convient que je sache tout ce qu'il y a à savoir.

— Oui, je suis d'accord avec vous, Kommissar. Cela vaudrait sans doute mieux. »

Von Eberstein se mit alors à expliquer en usant de termes et d'expressions qui donnaient à toute cette abomination que constituait le massacre de milliers de gens l'air d'un simple problème d'ingénierie, ou même d'un exercice de contrôle des foules après un match de football. C'était typique des nazis que d'appeler une pelle un instrument agraire ; et tandis que j'écoutais un mot ambigu après l'autre, je brûlais d'envie de lui flanquer des baffes.

« En réponse à des ordres cruciaux venus de Berlin, le lieutenant Küttner reçut pour mission de coordonner sur le plan tactique les activités d'un détachement spécial de SS composé d'unités de la police auxiliaire lettone. Durant tout l'été, ce même détachement mena de nombreuses actions d'envergure à Riga et dans les alentours. Le rôle de Küttner consistait principalement à dresser un recensement rudimentaire dans le but d'appréhender les communistes et d'identifier les Juifs régionaux. Au terme de ce recensement, les Juifs reçurent l'ordre de se rassembler en un lieu donné d'où ils furent évacués. Il s'avéra par la suite qu'un certain nombre de ces évacuations étaient effectuées avec une brutalité inutile, ce qui semble avoir provoqué des sentiments de culpabilité et d'abattement chez ce pauvre Küttner. Il se mit à boire avec excès et, à la suite d'une beuverie prolongée, il menaça un officier supérieur avec son pistolet. Après cela, il tenta de se tirer une balle dans la tête, mais en fut empêché. En raison de ces incidents, on le renvoya chez lui pour être traduit devant une cour martiale.

— Ma foi, cela paraît assez clair, dis-je et je vis Kahlo dissimuler son visage souriant avec une main et sa cigarette.

— Oui, cela a été une affaire malheureuse et qui a peut-être gravement compromis ce qui était une carrière pleine de promesses. Albert était un jeune avocat brillant. Mais le Reichsführer n'est pas un homme insensible et il a parfaitement conscience des problèmes que posent parfois ces actions spéciales. J'en ai parlé longuement avec lui...

— Désolé, général, l'interrompis-je. Afin de bien préciser les choses. Vous voulez dire que vous avez discuté du cas du lieutenant Küttner avec le Reichsführer Himmler, sur un plan individuel ?

— C'est exact. Lui et moi sommes tombés d'accord pour considérer que le fait qu'un homme soit trop sensible pour une besogne psychologiquement aussi ardue ne devait pas être retenu contre lui. Que compte tenu de ses talents de juriste, c'était gaspiller une intelligence pénétrante que de le congédier sans lui accorder une seconde chance pour se racheter. Heydrich a donc accepté de le prendre dans son état-major ; mais, dans le cas contraire, je l'aurais certainement fait. Le capitaine Küttner était un officier beaucoup trop capable pour qu'on le laisse partir.

— Vous avez fait référence au lieutenant Küttner, général. Il n'y a que quelques semaines de ça et voilà qu'il est maintenant capitaine. Dois-je comprendre que non seulement il n'y a pas eu de cour martiale, mais que le lieutenant Küttner a été promu au grade de capitaine au moment d'intégrer l'état-major du général Heydrich ?

— Pour des raisons d'efficacité administrative, il vaut habituellement mieux que les assistants soient tous d'un rang égal. Cela évite les petites chamailleries.

— Si je peux me permettre, général, Küttner a eu bien de la chance d'avoir ce genre de vitamine B. Je veux dire, d'avoir deux mentors pouvant compter le Reichsführer-SS parmi leurs amis.

— Oui, peut-être.

— Depuis combien de temps êtes-vous amis, le Reichsführer et vous, général ?

— Euh, voyons voir. J'ai rejoint le parti en 1922. Et la SS en 1925.

— Cela explique l'insigne en or, fit observer Kahlo. Il semble que vous apparteniez au mouvement depuis le tout début, général. Si j'avais eu autant de bon sens que vous à l'époque, je serais peut-être un peu mieux que Kriminalassistant aujourd'hui. Sans vouloir vous manquer de respect.

— Oh, je n'ai pas toujours été aussi résolu dans mon dévouement pour le parti. »

Kahlo sourit.

« Continuez, général.

— Non, vraiment. Il y a eu un moment – après l'échec du putsch de la brasserie et alors que je désespérais de notre cause – où je l'ai même quitté. »

Von Eberstein agita un doigt vers Kahlo.

« Comme vous voyez, nous commettons tous des erreurs. Pendant trois ans, j'ai… »

Il se tut et resta un instant songeur.

« Eh bien, j'ai fait d'autres choses.

— Par exemple, général ?

— Ça n'a plus d'importance. Tout ce qui compte à présent, c'est que nous découvrions la personne qui a tué le capitaine Küttner. N'est-ce pas, Kommissar ?

— Oui, général.

— Avez-vous une idée sur ce point ?

— J'en ai plein, général. Nous les Allemands n'avons jamais été à court de ça. Mais le plus gros de ce que je sais est borné par les termes dans lesquels l'esprit est capable de penser, ce qui signifie qu'il vaut sans doute mieux que je n'essaie pas d'expliquer le contenu de ces idées. Pas encore, en tout cas. Ce que je peux vous dire, c'est que tout le monde n'avait pas autant d'affection pour le jeune capitaine que le général Heydrich et vous. Et je ne parle pas des Tchèques. J'imagine que, si on leur en donnait l'occasion, ils tireraient sur n'importe lequel d'entre nous du moment qu'il porte un uniforme allemand. Non, je veux parler de…

— Oui, je sais de quoi vous voulez parler. » Von Eberstein poussa un soupir. « Vous avez sans doute appris le malheureux incident qui a eu lieu dans la bibliothèque hier soir. Lorsque le général Henlein s'en est pris avec une dureté inutile au capitaine Küttner.

— Je ne prétends pas que cela constitue un motif d'assassinat, mais quand on a vu comme moi autant d'hommes assassinés sans aucun motif, ça donne à réfléchir. Henlein avait trop bu. Il était armé. Manifestement, il n'aimait pas Küttner. Et il avait assurément l'occasion.

— De même que nous tous, Kommissar. Vous avez ici une tâche difficile à accomplir, on ne saurait le nier. Mais je connais Konrad Henlein depuis que je suis président de la police de Munich. Et je peux vous le garantir : ce n'est pas un assassin. Allons donc, cet homme était professeur dans une école.

— Professeur de quoi ?

— De gymnastique.

— Alors c'est lui, dis-je en songeant à la fille dans la suite de l'hôtel Imperial – celle dont Arianne m'avait parlé.

— Pardon ?

— Je réfléchissais seulement. Le prof de gym de mon école était un véritable sadique. Je ne peux pas imaginer un type plus susceptible de tuer quelqu'un. »

Von Eberstein sourit.

« Je suis sûr que Henlein n'est pas comme ça. En fait, je suis convaincu qu'aucun des hauts gradés qui sont ici, dans la propre maison de Heydrich, n'a pu commettre un acte aussi odieux. »

Mais je ne partageais pas sa confiance.

« Lorsque tout ceci sera terminé, Kommissar, lorsque vous aurez – comme je n'en doute pas – résolu ce crime, vous vous apercevrez, je pense, que la solution est beaucoup moins spectaculaire qu'on ne pourrait le supposer à cet instant. N'est-ce pas souvent le cas ?

— Je serais d'accord avec vous, sans les circonstances extrêmement singulières de ce cas précis. La plupart des meurtres sont simples, c'est vrai. Des crimes simples, sordides, violents, dus à la passion, à la cupidité et davantage encore à l'alcool. Mais celui-ci n'est rien de tout ça. Il ne semble pas y avoir de motif sentimental. Rien n'a été volé. Et si le meurtrier était ivre, c'était un ivrogne étonnamment réfléchi, qui a pris bien soin de ne laisser aucune trace de sa présence dans la chambre du capitaine Küttner. Il ne s'agit que d'une opinion à ce stade, néanmoins j'ai le sentiment que quelqu'un joue à un petit jeu ici. Peut-être pour mettre le général Heydrich dans l'embarras.

— Il est vrai que certains sont jaloux de Heydrich, admit von Eberstein.

— Peut-être pour vous mettre tous dans l'embarras.

Ce qui fait que je me demande si vous pouvez exclure aussi vite les Tchèques des coupables possibles, Kommissar. Peut-être avez-vous oublié à quel point les Trois Rois ont pris plaisir à narguer la Gestapo locale. L'un d'eux a même laissé un message aussi provocateur que gênant dans la poche de manteau du pauvre Fleischer. Il me semble que c'est le genre de machination dont ils seraient parfaitement capables. Surtout maintenant que leur organisation est menacée. Si j'étais vous, j'examinerais de façon plus détaillée les antécédents des employés de maison. Ils ont beau appartenir à la SS, certains d'entre eux ont des origines germano-tchèques. Je ne serais pas du tout surpris si cela mettait au jour un élément qui n'est pas apparu la première fois qu'on les a contrôlés.

— Le général von Ebserstein a raison, patron, dit Kahlo. Il se peut qu'ils aient voulu se payer notre tête. Comme auparavant. Et rien ne réjouirait plus ces salauds que de nous faire tourner en rond. »

Je souris.

« C'est l'impression que ça donne, n'est-ce pas ? »

« Je n'en reviens pas, s'exclama Kahlo. Du Kraut-wickel[1]. Je pensais que ce serait terminé après la soupe de pommes de terre. Qui contenait du vrai lard. Et de vraies pommes de terre. Mais ça, c'est encore mieux. Je n'avais pas mangé de Krautwickel depuis le début de la guerre. Si ça continue comme ça, je vais finir par tuer quelqu'un rien que pour que cette enquête dure plus longtemps.

— Ce serait un aussi bon mobile que tous ceux que j'ai entendus aujourd'hui, répondis-je. Après cette remarque, je devrais peut-être même vous inscrire sur ma liste de suspects. »

Nous nous trouvions dans la salle à manger, mais avec Heydrich, Ploetz et une partie des officiers de la Gestapo à la poursuite de Vaclav Moravek, nous étions moins nombreux pour déjeuner au château du bas que nous ne l'avions été pour dîner. Sur mes directives, Kahlo et moi étions assis à l'extrémité de la table opposée à celle où se tenaient les autres ; non que leur compagnie me déplût – ce qui était bien sûr

---

1. Rouleaux de feuilles de chou farcies à la viande hachée.

le cas –, mais avant tout parce que je préférais éviter de discuter de l'affaire avec eux. De plus, j'espérais que notre position à la table nous démarquerait et contribuerait à rappeler aux choux-fleurs qu'une enquête criminelle était en cours. Ce qui convenait sans doute très bien au Dr Jury, et aussi probablement au général Hildebrandt, lesquels, après leurs entrevues, me considéraient à présent comme ils auraient regardé un gros chien couvert de vermine.

Une autre raison pour laquelle je préférais m'asseoir à l'écart des choux-fleurs SS, c'est que cela me donnait une occasion de mieux connaître Kurt Kahlo, qui, à mon grand étonnement, m'inspirait plus de sympathie que je ne me serais attendu à en éprouver pour quiconque se trouvait dans la demeure de Heydrich.

« Pourquoi surnomme-t-on Mannheim l'échiquier ?

— Parce que c'est la ville d'Allemagne dont la construction est la plus régulière. Le centre se divise en cent trente-six carrés bien nets et les pâtés de maisons se distinguent uniquement par des lettres et des numéros. Mon père habitait au K4. Il était contremaître à l'usine Daimler, mais il a été durement éprouvé par l'inflation. Mon frère et moi avons dû chercher un emploi pour arrondir les revenus de la famille et aussi pour pouvoir continuer à aller à l'école, même si ça peut sembler contradictoire.

— Vous êtes marié ?

— Depuis cinq ans, à Eva. Elle travaille dans un hôtel du coin.

— Lequel ?

— Le Park.

— C'est un bon hôtel ?

— Trop chérot pour moi.

— J'ai travaillé dans l'hôtellerie pendant un moment. J'étais détective à l'Adlon.

— Pas mal.

— Comment Eva trouve-t-elle l'hôtellerie ?

— Ça lui plaît bien. Quelquefois les clients exagèrent. Surtout les Anglais, du moins quand ils venaient encore en Allemagne. Ils avaient tendance à la ramener et à se donner de grands airs, si vous voyez ce que je veux dire.

— Un peu comme ici.

— Ouais. » Kahlo jeta un regard en biais aux choux-fleurs. « Comment connaissez-vous le général Heydrich ?

— Comme on connaît un chien dangereux. La plupart du temps, je change de trottoir ou je fais demi-tour quand je l'aperçois. Mais il arrive parfois à me coincer et je dois lui faire plaisir sous peine de finir salement mordu. En vérité, je suis comme un des quatre animaux allant à Brême. L'âne probablement. Et, à l'instar de l'âne, j'ai seulement envie de vivre sans avoir de maître et de devenir musicien[1].

— De quel instrument jouez-vous ?

— Aucun, bien sûr. Qui a jamais entendu parler d'un âne jouant d'un instrument de musique ? Mais il semble bien que je sois quand même au milieu de la maison des brigands, comme dans l'histoire. »

Kahlo sourit.

---

1. Allusion au conte des frères Grimm *Les Musiciens de Brême*.

« Ce n'est pas ce qu'on pourrait appeler un endroit reposant, pas vrai ? Certains de ces salauds feraient peur à Himmler lui-même. » Il secoua la tête. « J'ai presque de la peine pour le capitaine Küttner.

— Presque ?

— Je l'ai rencontré, vous vous souvenez ?

— Et quelle a été votre impression ? »

Kahlo eut un haussement d'épaules.

« Peu importe maintenant, n'est-ce pas ? Il est mort.

— Si vous croyez que ça va vous éviter de tout raconter à votre coiffeur, vous vous trompez.

— Très bien. J'ai trouvé que c'était un sale petit crâneur. Comme tous ces foutus assistants, il s'imaginait être davantage que la voix de son maître. Il a déboulé il y a quelques jours au siège de la Kripo à Prague en exigeant ceci et cela, et le plus vite possible. Mon chef, Willy Abendschön, a dû traiter avec lui, ce qui veut dire que moi également, dans une certaine mesure. Oui, un sale petit crâneur.

— Il y a quelques jours ?

— Lundi. Heydrich voulait un rapport sur une chose.

— Plus précisément ?

— Les interceptions des transmissions OTA. OTA est le nom de code pour toutes les interceptions.

— Vous voulez dire, les messages radio envoyés aux Anglais, par les Tchèques ?

— Non, non. C'est là que ça devient intéressant. Les Tchécos *recevaient* les messages radio et, de surcroît, de quelque part dans la mère patrie. Tuyaux du renseignement. Abendschön pensait que c'étaient les

Tchécos qui envoyaient des informations à Beneš, à Londres, afin de lui permettre de renforcer ses relations avec Churchill et les services secrets tommies.

— Un espion tchèque en Allemagne. »

Kahlo secoua la tête.

« Non, un espion *allemand* en Allemagne. Comme vous le savez sûrement, il n'y a rien de pire. Je ne suis pas entièrement au courant de cette histoire, vous vous en doutez ; cela dépasse largement mes compétences. Mais ici à Prague, le bruit court que c'est un espion haut placé à Berlin qui se cache derrière les transmissions OTA ; qui fournit aux Tchécos des informations ultra-confidentielles concernant la politique du Reich sur un certain nombre de sujets. Heydrich voulait tout ce que nous avons sur OTA afin de le confier à une unité spéciale de recherche qu'il est en train de mettre en place au sein du SD. Baptisée le Groupe du traître X, ou VXG en abrégé. Capturer Moravek, le troisième des Trois Rois, n'est que la moitié de la partie. En l'attrapant, nous aurons davantage de chances d'identifier le traître X.

— Oui, je comprends. Je pense que je vais avoir besoin d'en savoir plus sur les allées et venues de Küttner dans les jours précédant sa mort.

— Très bien, patron. Mais pour l'instant, tout ce que nous avons, ce sont ses allées et venues dans les heures précédant sa mort.

— Voyons ça. »

Nous nous installâmes confortablement tandis que les serveurs SS débarrassaient la table. Kahlo sortit son calepin et tourna quelques pages jusqu'à ce que son pouce humide tombe sur la bonne. Il s'apprêtait à lire lorsque les serveurs revinrent avec le dessert. Les yeux lui sortaient des orbites.

« Du mish-mash, dit-il en poussant un grognement de plaisir anticipé. Avec de la vraie sauce aux cerises. »

Je goûtai la sauce.

« En fait, ce sont des airelles.

— Non, souffla-t-il.

— Je mangerai pendant que vous parlerez. »

Kahlo regarda son morceau de clafoutis, se lécha les lèvres et hésita.

« Vous n'allez pas finir toute cette sauce, n'est-ce pas, patron ?

— Non, bien sûr. Bon, je vous écoute. »

À contrecœur, Kahlo se mit à lire ses notes.

« Pour hier midi, vous êtes au courant puisque vous étiez là. D'après Elisabeth Schreck, la secrétaire de Heydrich, Küttner a passé deux coups de téléphone, à 3 heures. L'un à la Carl-Maria Strasse – pardon, patron, c'est le siège de la Kripo – et l'autre au palais Pecek : le siège de la Gestapo. Vers 4 heures, vous l'avez rencontré à nouveau, sur la route du château du haut. À 5 heures, il a passé une heure dans le bureau du général Heydrich. J'ignore pour l'instant de quoi il s'agissait. Puis il est allé à sa chambre : Kritzinger l'a vu franchir la porte. À 8 heures, des boissons ont été servies dans la bibliothèque, puis vous avez tous écouté le discours du Führer à la radio. L'appel de Fleischer depuis le siège de la Gestapo a été transmis à 9 heures et des poussières, et c'est alors que vous avez aperçu Küttner dehors, en train de se disputer avec le capitaine Kluckholn. Savez-vous à quel sujet, patron ?

— Pas encore.

— Küttner a donné un coup de main pour apporter du champagne dans la bibliothèque après le discours et ensuite les choses sont, comme de bien entendu, assez vagues. Un peu après 1 heure du matin, il y a eu une sorte d'altercation entre Küttner, le général Henlein et le colonel Böhme. Je ne sais pas au juste pour quel motif.

— Le général Henlein a fait du gringue à une des domestiques. Elle se nomme Rosa Steffel. Küttner a pris sa défense.

— Je vois. Ensuite il est pendant un moment dans le bureau de Heydrich en compagnie du général et du colonel Jacobi. » Kahlo baissa la voix. « C'est celui que je trouve le plus sinistre du lot.

— Puis Kritzinger voit Küttner juste avant 2 heures et lui souhaite une bonne nuit. À l'en croire, il avait l'air épuisé. »

Kahlo en prit note avant de poursuivre sa lecture.

« À 6 heures ce matin, Küttner néglige de réveiller le capitaine Pomme comme prévu. Rien de nouveau là-dedans. Il lui arrive fréquemment de dormir trop longtemps parce qu'il a pris des somnifères. À 6 h 30, d'après ce qu'il prétend, Pomme est encore en train de frapper à la porte de Küttner pour essayer de le tirer du lit. À 6 h 45, il va chercher Kritzinger pour savoir s'il n'y a pas un autre moyen d'ouvrir la porte, qui est fermée de l'intérieur. Il n'y en a pas. Kritzinger dit à un des valets d'aller prendre une échelle et de voir s'il ne peut pas entrer de l'extérieur.

— Et il le fait ?

— Oui. Mais l'échelle étant enfermée sous clé, le valet doit aller chercher le jardinier, de sorte qu'il est 7 h 15 lorsqu'il l'amène à la fenêtre. Petit retour en arrière : à 7 heures, Heydrich se trouve lui aussi devant la porte de Küttner, et c'est alors qu'il ordonne à Pomme et au majordome de l'enfoncer. En pénétrant dans la chambre, ils découvrent Küttner mort, et le capitaine Pomme est envoyé avertir le Dr Jury. Jury arrive dans la chambre juste au moment où le valet apporte l'échelle.

— On devrait parler à ce valet. Il a peut-être vu quelque chose.

— Il s'appelle Fendler, patron.

— Puis à 7 h 30, je reçois l'appel de Ploetz dans ma chambre à l'Imperial. Et à 8 h 30, nous examinons la scène de crime.

— Et qu'est-ce que vous faisiez à l'Imperial ? Pourquoi n'êtes-vous pas resté ici dans votre chambre, patron ?

— Je dormais. Que savez-vous sur le Véronal ?

— C'est un barbiturique. Des somnifères. Vous en prenez trop et vous ne vous réveillez pas. C'est à peu près tout.

— Vous en avez déjà pris vous-même ?

— Ma femme. Elle faisait les nuits au Park et elle n'arrivait pas à dormir dans la journée. Alors le toubib lui a prescrit du Véronal. Mais elle n'a pas du tout aimé ce machin. Ça lui faisait l'effet d'avoir reçu un coup de gourdin sur la tête.

— Fort.

— Très.

— Küttner va se coucher vers 2 heures après avoir dit au majordome qu'il a l'intention de prendre des somnifères. Personne ne le voit entrer dans sa chambre.

— Je ne suis pas sûr que je prendrais des somnifères en sachant que je dois me lever à 6 heures du matin, fit observer Kahlo. Cela dit, on finit par s'habituer, alors il est possible que ça ne lui ait pas semblé un problème.

— Ce qui expliquerait qu'il ne se soit pas déshabillé avant de se mettre au lit. Il était toujours vêtu lorsqu'on l'a trouvé.

— C'est comme s'il avait retiré une botte puis qu'il avait été terrassé par la fatigue. Ou qu'il avait avalé sa chique. Ce qui fait qu'il a peut-être été tué avant de pénétrer dans sa chambre.

— Dans le couloir. » Mais je secouai aussitôt la tête. « Bien sûr. Après qu'on lui a tiré dessus... Et d'ailleurs, personne n'a entendu de détonation...

— Peut-être que le meurtrier s'est servi d'un silencieux.

— Sur un P38 ? Pas encore été inventé. Bon, après qu'on lui a tiré dessus dans le couloir sans que personne ait rien entendu, il va à sa chambre en titubant sans en parler à quiconque ni appeler à l'aide, prend bien soin de refermer la porte derrière lui, comme on fait quand on vient de se ramasser un pruneau, s'allonge sur le lit histoire de reprendre son souffle, enlève une botte, puis meurt à un moment donné entre 2 heures et 5 h 30 du matin.

— Un mystère, n'est-ce pas ?

— Non, pas vraiment. Des affaires de ce genre, j'en résous sans arrêt. Habituellement dans l'avant-dernier chapitre. J'aime bien garder les dernières pages pour rétablir une sorte de normalité dans le monde.

— Vous savez ce que je pense, patron ? Je pense que si vous parvenez à résoudre cette affaire-là, Heydrich vous fera probablement monter en grade.

— C'est bien ce qui m'inquiète.

— Et ensuite jamais vous n'arriverez à Brême pour y mener une existence sans maître.

— Bouclez-la et mangez votre mish-mash. »

L'allusion de Kahlo au Groupe du traître X et à un espion haut placé en Allemagne ayant transmis des informations aux Tchèques me fit repenser à Arianne et à son ami Gustav, l'homme qu'elle prétendait avoir rencontré au Jockey Bar.

Un type glabre à l'accent un peu con, portant des demi-guêtres. Du moins, c'est ainsi qu'elle l'avait décrit. Un fonctionnaire avec un fume-cigarettes en or et un petit aigle également en or à son revers. Un homme que ses nerfs avaient empêché de rencontrer Franz Koci, ancien lieutenant de l'artillerie tchèque et peut-être un des derniers membres des Trois Rois opérant à Berlin – en tout cas, jusqu'à ce qu'une collision avec un taxi dans le black-out mette fin à sa carrière d'espion.

Était-il possible que Gustav et le traître X de Heydrich ne soient qu'une seule et même personne ?

Arianne ne me paraissait guère avoir le profil d'une espionne. Après tout, n'avait-elle pas avoué être le courrier involontaire de Gustav avant même que je lui apprenne que j'étais flic ? Et, sachant que j'étais un Kommissar de l'Alex, quelle sorte d'espionne, au lieu de disparaître le lendemain même, choisirait de commencer une relation avec quelqu'un qui devait très probablement considérer comme de son devoir d'informer la Gestapo à son sujet ? Quel genre d'espionne serait prête à risquer autant pour si peu ? En définitive, je n'étais détenteur d'aucun secret qu'elle aurait pu transmettre à quelqu'un. Sûrement, elle n'était que ce dont elle avait l'air : une fille désireuse de prendre du bon temps, avec un mari mort et un frère jouant les chiens courants dans la police militaire. Je m'étais renseigné sur lui aussi. Que cherchait-elle sinon la possibilité d'avoir un aperçu de ce que la vie avait à offrir avant que les nazis ne la changent en une brave petite épouse allemande pondant des lardons pour avoir sa médaille de lapine de première classe : la croix d'honneur de la mère allemande ?

Tout de même, maintenant que j'étais au courant du VXG au sein du SD local, il devenait évident qu'amener Arianne à Prague pour mon propre plaisir avait contribué à la mettre en grand danger ; et il paraissait urgent qu'elle retourne à Berlin le plus vite possible.

À l'instant même où je décidai de renvoyer Arianne à Berlin, je me souvins que le major Ploetz m'avait remis une lettre expédiée de l'Alex. Assis dans le salon du Matin avec un café et une cigarette dans l'attente du prochain officier supérieur sur ma liste, je la lus.

Elle était d'une fille que j'avais connue à Paris ; appelée Bettina et qui travaillait à l'hôtel Lutetia. J'y avais séjourné pendant mon affectation dans la capitale française. Je m'étais débrouillé pour lui trouver une meilleure place à l'hôtel Adlon, et elle écrivait pour me remercier et m'informer qu'elle viendrait à Berlin avant Noël. Elle espérait me voir à ce moment-là. Elle écrivait un tas d'autres choses et, comme je ne recevais pas beaucoup de lettres, surtout de jolies filles, je la relus. Je la passai même sous mon nez deux ou trois fois car elle semblait parfumée – mais là encore, peut-être était-ce le fruit de mon imagination.

J'étais en train de la lire pour la troisième fois lorsque Kahlo fit entrer le général Henlein dans le salon du Matin.

Henlein portait des lunettes rondes à montures métalliques qui scintillaient dans la lueur du feu comme des pièces nouvellement frappées. Ses cheveux étaient bruns et formaient des vagues, mais les vagues étaient sur le jusant. Sa bouche faisait la moue, et son visage n'était pas sans ressembler à celui du Dr Jury. Il était difficile de faire le rapprochement entre ce quadragénaire, originaire de Maffesdorf et leader du parti allemand des Sudètes, et le vigoureux professeur de gymnastique décrit par la copine d'Arianne à l'Imperial.

Kahlo me tendit le plan du château que lui avait donné Kritzinger. Tandis que le général se mettait à l'aise, j'y jetai un bref coup d'œil et me contentai de noter pour l'instant que Henlein avait occupé la chambre juste à côté de celle du capitaine Küttner.

Kahlo s'installa sur le tabouret de piano. Assis sur le canapé en face de moi, Henlein ôta quelques peluches de sa culotte de cheval, vérifia la coutellerie sur le revers de sa tunique – encore une croix du mérite de guerre avec épées – et sourit nerveusement à plusieurs reprises. Il avait de bonnes dents, je dois dire ; c'est même tout ce qui semblait vigoureux chez lui.

« Permettez-moi de préciser une chose avant que nous allions plus loin. » Il parlait avec calme, comme s'il avait l'habitude qu'on l'écoute. « Ce n'est pas un secret que j'étais ivre hier soir. Je pense que nous l'étions tous, après le discours du Führer et les bonnes nouvelles concernant les Trois Rois. »

Il s'arrêta un instant, l'air de quêter mon approbation ; mais je ne dis rien. J'allumai une nouvelle cigarette et le laissai en carafe.

Momentanément décontenancé, il déglutit de façon visible puis continua.

« Je crois avoir fait, en fin de soirée, certaines remarques à ce malheureux capitaine Küttner, que je regrette à présent. Elles ont été formulées dans le feu de l'action et sous l'emprise de l'alcool. Je n'ai jamais été un grand buveur. L'alcool ne me réussit pas. J'essaie de rester en forme, vous comprenez, comme nous devrions tous le faire dans la SS. Il s'agit d'une unité d'élite, après tout, et l'on attend de nous un niveau élevé. Non seulement sur le plan physique, mais aussi en matière de comportement. C'est pourquoi il me semble que mon propre comportement n'a pas été ce qu'il aurait pu être. Et, rétrospectivement, le pauvre capitaine a eu bien raison de m'adresser des reproches. C'est tout à son honneur.

« Bien sûr, lorsque j'ai appris ce qui était arrivé, j'ai été choqué et attristé. Je regrette profondément la disparition de ce jeune et courageux officier, ainsi que de ne pas avoir été en mesure de lui présenter mes excuses personnellement. Pour ma défense, je tiens à redire qu'il n'est pas dans mon caractère de me conduire de façon aussi déplacée. Mais les circonstances de son décès étant ce qu'elles sont, je tiens à déclarer, sur ma parole d'officier, que je n'ai pas tiré sur le capitaine Küttner. Et j'ignore tout de sa mort. En retournant à ma chambre vers 2 heures ce matin, je ne savais que très peu de choses, à part que je suis allé me coucher pour me réveiller avec une fichue gueule de bois. Il était plus de 9 heures lorsque le major Ploetz m'a informé de ce qui s'était passé et m'a expliqué que vous vous occupiez de l'enquête officielle à la demande du général Heydrich. Et laissez-moi vous assurer, Kommissar Gunther, que je coopérerai à votre investigation dans toute la mesure du possible. Je suis sûr que cela ne doit pas être facile pour vous.

— J'apprécie votre franchise. »

Non sans amusement, je vis Henlein se lever pour partir. Je le laissai aller jusqu'à la porte avant de lui lancer un grappin.

« Toutefois, il y a quelques questions que j'aimerais vous poser. »

Il sourit à nouveau. Cette fois, le sourire était sarcastique.

« Dois-je comprendre que vous avez l'intention de *me* soumettre à un contre-interrogatoire ? »

À la façon dont il prononça le pronom personnel, on aurait dit qu'il se prenait pour Hitler en personne.

Je haussai les épaules.

« Si vous voulez l'appeler ainsi. Mais en l'occurrence, je ne fais que vous prendre au mot. Vous venez de me proposer de coopérer à mon investigation dans toute la mesure du possible. Ou est-ce que je me trompe ?

— Je sais ce que j'ai dit, Kommissar Gunther, répliqua-il sèchement, ses lunettes jetant des éclairs de colère tandis qu'il agitait la tête avec indignation. Je supposais que ma parole d'officier allemand – et pas n'importe lequel – suffirait. »

Il se redressa légèrement et posa les poings sur les hanches comme s'il me mettait au défi de le frapper. Ça ne m'aurait pas dérangé de lui en balancer un dans la tronche, ne serait-ce que pour voir jusqu'où allait sa vigueur.

« Vous avez tout à fait raison, général. » Je marquai un temps d'arrêt pour donner à ma remarque suivante tout son poids d'ironie. « C'était une supposition, malheureusement. Inexacte, qui plus est. Comme vous l'avez dit également, le général Heydrich m'a chargé de mener une enquête officielle, ce qui nécessite que je pose une foule de questions, dont certaines risquent fort de paraître impertinentes à un homme d'un niveau aussi élevé que le vôtre. Mais on ne peut rien y faire, j'en ai peur. Aussi peut-être désirez-vous vous rasseoir. J'essaierai de ne pas vous garder trop longtemps. »

Henlein s'assit et me considéra d'un œil maussade.

« D'après le plan que j'ai ici des logements de tous les officiers dans le château du bas, et qui a été établi par Herr Kritzinger, vous vous trouviez dans la chambre voisine de celle du capitaine Küttner.

— Et après ? »

Je souris patiemment.

« Quand un homme est assassiné, je vais habituellement parler à ses voisins pour leur demander s'ils ont entendu ou vu quelque chose de suspect, voilà pourquoi. »

Henlein poussa un soupir puis se laissa aller contre le coussin et joignit ses doigts, qu'il se mit à tapoter les uns contre les autres avec impatience, d'un air pédant.

« Vous n'écoutez pas. Je vous l'ai déjà dit. Je suis allé me coucher, ivre. Je n'ai rien vu ni rien entendu.

— Vous en êtes sûr ? »

Henlein laissa échapper un grognement désapprobateur.

« Vraiment, c'en est trop. Je pensais que Heydrich vous avait choisi parce que vous étiez un détective. Maintenant je me rends compte que vous n'êtes qu'un policier stupide. »

Je commençais à être fatigué de tout ça. J'étais fatigué de beaucoup de choses, mais me faire sentir que j'avais de la chance de respirer le même air que le gouverneur régional des Sudètes n'était pas loin du sommet de l'énorme tas de fatigue. Je décidai de prendre Heydrich au mot et de mettre les bonnes manières de côté. Pour moi, ce n'était jamais particulièrement difficile. Néanmoins, en lâchant prise je me surpris moi-même.

Je bondis sur mes pieds et, contournant le dos du canapé sur lequel se tenait Henlein, j'approchai mes mâchoires de son visage.

« Écoutez, espèce de petit frimeur de merde, un homme a été abattu dans ce château. Et, au cas où vous l'auriez oublié pendant que vous étiez assis derrière votre joli bureau sur votre gros cul de feignasse, les armes à feu émettent une détonation quand on appuie sur la détente. » Je frappai violemment dans mes mains juste devant son nez. « Elles crachent des balles, *bang, bang, bang,* et les autres sont censés faire quelque chose en entendant ça. »

Henlein avait rougi, la lèvre frémissant de colère.

« Aussi, épargnez-moi vos "Et après ?" et faites comme si vous étiez à des centaines de kilomètres d'un alibi en béton. Vous étiez à proximité directe d'un homme que vous aviez menacé un peu plus tôt en présence de plusieurs témoins. À une distance de la largeur d'une brique de vous trouver dans la même pièce que lui, d'accord ? Alors vous avez beau être un officier supérieur, vous auriez même beau être un homme d'honneur, qui sait, vous êtes aussi un foutu suspect.

— Comment osez-vous me parler ainsi, Kommissar Gunther ?

— Redites-moi ça ? rétorquai-je d'un ton hargneux.

— Comment osez-vous me parler ainsi ? »

Il se leva avec l'air de s'apprêter à me provoquer en duel.

« J'ai bien envie de vous coller mon poing dans la figure, s'écria-t-il.

— Je suppose que cela tient du courage de la part d'un homme avec ce genre de ferblanterie sur la poitrine. » Je désignai sa croix du mérite de guerre. Puis, donnant une chiquenaude à son insigne du parti avec mon index, j'ajoutai : « Eh bien, je n'ai pas peur.

— Je vais mettre un point d'honneur à vous briser, Kommissar. Je vais me faire un plaisir de veiller à ce qu'une fois ce week-end fini, vous dirigiez la circulation sur la Potsdamer Platz. Jamais, dans toute ma carrière d'officier allemand, je n'ai été insulté de cette manière. Comment osez-vous ? »

Henlein se dirigea vers la porte du salon du Matin.

« Voilà qui mérite une réponse, général. Je vais vous le dire, comment. Voyez-vous, je sais tout sur votre petite amie, au dernier étage de l'hôtel Imperial. Betty, c'est ça ? Betty Kipsdorf ? Apparemment, vous vous entendez très bien, elle et vous. Et pourquoi pas ? C'est une fille très douce, à ce qu'il paraît. »

Henlein s'était arrêté net comme si un sergent instructeur particulièrement vachard lui en avait donné l'ordre sur un terrain d'entraînement.

« Je ne l'ai pas vue de mes propres yeux, mais ma source me dit qu'elle pense que vous êtes très vigoureux. Je ne sais pas pourquoi, mais je doute qu'elle entende par là qu'elle et vous aimez faire de longues promenades dans la campagne. En revanche, je me demande comment notre hôte accueillera la nouvelle que cette chère Betty est une Juive. »

Il pivota lentement puis se laissa tomber sur une chaise près de la porte, comme un homme attendant un rendez-vous chez le médecin. Il retira ses lunettes et passa par plusieurs nuances de blanc avant de se décider pour la couleur d'un fromage de chèvre, manifestement assortie au papier peint verdâtre.

« C'est ça. Asseyez-vous. Bonne initiative, général.

— Comment l'avez-vous découvert ? » murmura-t-il.

Pendant un glorieux instant, je crus être sur le point de recevoir des aveux.

« Au sujet de la fille ?

— Espèce d'idiot, je suis un flic, pas un singe en laiton. Si vous voulez planquer une morue dans un hôtel, assurez-vous qu'elle est du genre à pouvoir fermer son bec. »

C'était un bon conseil. Je formais l'espoir d'être moi-même en train de le suivre.

Les lunettes dans sa main tremblaient. Quatre ans plus tard, alors qu'il était détenu par les Américains à la caserne de Pilsen, Konrad Henlein se servirait des verres de ces mêmes lunettes pour s'ouvrir les veines et se donner la mort. Mais pour le moment, ce n'était qu'une paire de binocles inoffensive et tremblotante. Puis il se mit à pleurer, ce qui n'avait rien de réjouissant parce que je l'avais passé à la moulinette sans avoir le moindre soupçon qu'il ait tué le capitaine Küttner. Ces trucs-là se sentent : Henlein était un tas de choses – un crétin vaniteux, un agitateur nazi, un coureur de jupons, mais ce n'était pas un assassin. Tirer sur un homme exige pas mal de sang-froid, et si ses larmes prouvaient quelque chose, c'est qu'il n'avait pas ce qu'il faut.

« Du calme. On ne le répétera à personne, pas vrai, Kurt ? »

J'allai au piano et tendis mon paquet de cigarettes à Kahlo. Il en prit une, se leva et nous donna du feu à tous les deux.

« Non, à personne, fit-il. Avec nous, votre petit secret est bien gardé, général. Pourvu, naturellement, que vous coopériez.

— Naturellement. Je ferai tout ce que vous voulez. Tout. Mais je vous dis la vérité, Herr Kommissar. Je n'ai pas tué le capitaine. C'est comme je vous l'ai raconté. J'étais ivre. Je suis allé me coucher vers 2 heures. Même ça est totalement flou dans ma mémoire, j'en ai peur. La seule chose dont j'ai conscience, c'est d'avoir tancé ce malheureux capitaine, parce qu'un de mes collègues officiers m'en a fait la remarque ce matin. Je m'en veux de ce qui s'est passé. Mais je n'ai appris la mort du capitaine Küttner que lorsque le major Ploetz est venu m'avertir dans la matinée. Je ne suis pas du genre à tuer qui que ce soit. Franchement. Je suis presque végétarien, comme le Führer, vous savez. C'est vrai, je possède un pistolet. Il se trouve dans ma chambre. Mais je suis certain qu'il n'a jamais servi depuis qu'il est en ma possession. Je peux aller le chercher si vous voulez, vous pourrez ainsi vérifier par vous-même. Je crois que nous avons des scientifiques dans les laboratoires de police qui peuvent déterminer des choses semblables. »

À un moment, au cours du pitoyable plaidoyer de Henlein, je cessai d'écouter. Je regardai les touches du piano, puis par la fenêtre, tout en me demandant ce que je faisais de ma vie, nom d'un chien. Au moins, la cigarette avait bon goût. J'avais retrouvé le goût du bon tabac, et je me dis que, lorsque toute cette histoire serait terminée et que Heydrich tiendrait le meurtrier de Küttner, il me faudrait probablement me réhabituer au régime des rations, et à trois Johnny par jour. Parce que j'avais fortement l'impression que découvrir l'assassin de Küttner allait avoir un impact sur mon avenir de garde du corps de Heydrich. Je ne voyais pas comment j'allais conserver un tel emploi après avoir insulté la quasi-totalité de ses plus proches collaborateurs ; c'était du reste mon vœu le plus ardent.

Kahlo s'était remis à parler. Henlein lui répondait, et il s'écoula un certain temps avant que je comprenne que le sujet avait changé. Qu'il n'était plus question du capitaine Küttner ou même de Betty Kipsdorf, mais de quelque chose d'entièrement différent.

« Votre ami Heinz Rutha, disait Kahlo. Le décorateur d'intérieur. Il s'est pendu en prison, n'est-ce pas ? En 1937, c'est bien ça ?

— Oui, répondit Henlein.

— Parce qu'il était pédé lui aussi.

— Je l'ignore.

— Est-ce la raison qui vous a décidé à travailler pour l'amiral Canaris et l'Abwehr ? Ce qui était arrivé à votre ami ? Parce que vous teniez les nazis pour responsables de sa mort ?

— Je ne sais pas de quoi vous parlez.

— Et peut-être pas seulement pour Canaris, hein ? Peut-être qu'à cause de ça, vous vous êtes mis à travailler pour les Anglais. Peut-être que vous êtes un espion anglais. Que vous l'avez toujours été, général Henlein. Que vous avez contribué à déstabiliser les Sudètes tchèques pour le compte de Hitler tout en travaillant en réalité pour les Tommies. Bonne couverture, à mon avis. Je veux dire, on ne fait pas mieux, non ? Franchement, je peux difficilement vous

346

le reprocher. La façon dont Frank d'abord et Heydrich ensuite vous ont passé devant, vous aviez toutes les raisons de vous sentir lésé, pas vrai ? Eh bien ? Est-ce que vous espionnez pour les Tommies ?

— S'il vous plaît. » Henlein se tourna vers moi avec une expression désespérée. « Je ne sais absolument rien là-dessus.

— Ni moins non plus, dis-je.

— Je ne suis pas plus un espion qu'un meurtrier.

— C'est vous qui le dites, répliqua Kahlo.

— Ça suffit, lançai-je à celui-ci.

— Supposons qu'on laisse la Gestapo éclaircir ça, s'obstina Kahlo. Supposons qu'on vous livre au sergent Soppa. Vous avez entendu parler de lui, n'est-ce pas, général ? C'est le spécialiste qu'ils ont fait venir pour interroger les Trois Rois. Je ne l'ai pas vu à l'œuvre personnellement, mais il emploie apparemment une technique qu'il appelle la bascule. On vous attache sur une planche en bois, comme celle dont on se sert sur une guillotine..

— Merci, général Henlein, ce sera tout pour le moment. »

Kahlo continuait à parler, sauf que je parlais plus fort que lui. Non seulement ça, mais j'avais pris Henlein par le bras et l'entraînais vers la porte du salon du Matin.

« S'il vous revenait un détail que nous aurions besoin de savoir, n'hésitez pas à nous contacter, général. Quant à votre amie à l'Imperial, mon conseil serait de la sortir de là. Cherchez un autre endroit pour vos rendez-vous galants. Un appartement, éventuellement. Mais pas un hôtel, général. Si moi, je suis au courant à propos de Betty, il ne faudra pas longtemps pour que quelqu'un d'autre le soit aussi.

— Oui, je comprends. Merci, Herr Kommissar. Merci infiniment. »

Henlein regarda Kahlo d'un air incertain puis il s'éclipsa.

Je fermai la porte derrière lui et, pendant une minute ou deux, nous nous fîmes face, Kahlo et moi, dans un silence embarrassé.

« C'est quoi, ce bordel ?

— Vous avez entendu.

— Je pense que oui.

— Vous l'aviez acculé dans les cordes. » Kahlo haussa les épaules. « Il aurait été dommage de ne pas en profiter, patron. Je me suis dit que c'était l'occasion ou jamais de lui poser un certain nombre de questions nécessitant des réponses.

— Ce sont ces questions-là qui m'intéressent, Kurt. Voyez-vous, je croyais que j'étais censé lancer le ballon. Sauf qu'il s'avère que vous vous permettez de le prendre et de courir avec. Ce qui m'amène à me demander à quel genre de jeu on est en train de jouer. »

Kahlo paraissait gêné.

« Nous sommes du même côté, patron. C'est tout ce qui compte, n'est-ce pas ?

— En fait, je m'interroge aussi là-dessus. Ce VXG. Le Groupe du traître X dont vous avez parlé. Celui que Heydrich mettait sur pied pour trouver l'espion haut placé qui fournissait des informations aux Tchèques. Vous n'en feriez pas partie par hasard, Kurt ?

— Je ne vous l'ai pas dit ?

— Vous savez fichtrement bien que non.

— Je pensais que c'était évident, après ce que je vous ai raconté au déjeuner sur le VXG. Que le capitaine Küttner était venu au siège de la Kripo pour nous faire un topo à ce sujet. Comment est-ce que j'aurais été au courant pour les interceptions des transmissions OTA, si je n'avais pas fait partie du groupe ? Il s'agit d'un dossier extrêmement sensible. Normalement, je n'aurais rien dû vous dire du tout.

— Qu'est-ce que vous ne m'avez pas dit d'autre ?

— Sincèrement, je croyais que, compte tenu de la confiance dont vous bénéficiez auprès du général Heydrich, vous saviez à propos du traître X. Que vous saviez ça et aussi que...

— Quoi ?

— Que tout le monde dans cette maison est soupçonné.

— D'être le traître X ?

— Oui, patron. Je supposais que vous le saviez, au moins. »

Je secouai la tête.

« Que je comprenne bien. Tout le monde dans cette maison est soupçonné d'être un espion au service des Tchèques ? »

Kahlo acquiesça.

« Vous, je ne pense pas. Et je sais que moi non plus. Ni Heydrich, c'est sûr. Ou les trois assistants. En ce qui concerne les autres, eh bien, ils sont affectés d'un point d'interrogation. » Il eut un haussement d'épaules. « Désolé, patron. Je croyais vraiment que vous saviez tout ça.

— Non.

— Ce n'est pas ma faute, n'est-ce pas ? J'obéis seulement aux ordres, bon Dieu. C'est à Heydrich de décider de ce qu'il vous dit, pas à moi. Je suis seulement Kriminalassistant. » Il tira sur sa cigarette. « Ça lui est peut-être sorti de la tête. Il a peut-être pensé que je vous en parlerais. Ce que j'ai fait.

— Quand on discutait d'un mobile possible pour le meurtre du capitaine Küttner...

— Non, patron, dit-il fermement. Vous n'en avez jamais discuté avec moi. Vous en avez discuté avec le général Henlein.

— Enfin, vous ne croyez pas que vous auriez pu en faire mention avant ? En passant. Je veux dire, si on vous soupçonnait d'être un espion, ce serait un motif de meurtre sacrément puissant, non ? Peut-être que Küttner était sur le point de faire une découverte dans cette maison. Peut-être que c'est la raison pour laquelle il a été tué. Mais pourquoi faudrait-il que je le sache ? Je ne suis que l'enquêteur de police. Bordel de merde, je me sens comme un perroquet avec une couverture sur sa cage.

— Essayez de voir les choses de mon point de vue, Kommissar. Küttner se pointe lundi à la Kripo de Prague. Plusieurs d'entre nous sont sélectionnés pour se joindre au Groupe du traître X de Heydrich. Mais Küttner nous informe que sous aucun prétexte nous ne devons en souffler mot à qui que ce soit. Tout cela est top secret, affirme-t-il. Pour quiconque ouvre son clapet, la récompense est un billet dans l'express partisans. Puis il se fait buter et vous êtes chargé de l'enquête. Heydrich est un petit malin. C'est ce que raconte Ploetz. Bon Dieu, c'est ce que tout le monde raconte. Et la façon dont vous parlez au général... comme si vous aviez un permis spécial. Comment aurais-je pu deviner que vous n'étiez pas au parfum, patron ? J'ai l'habitude qu'on me dise ceci mais pas cela, d'accord ? Je ne suis qu'un fantassin. Tous ces putains de choux-fleurs, ce n'est pas mon terrain de jeux. Et je n'ai certes pas l'habitude de les voir malmenés par un simple capitaine comme vous.

— Tout le monde dans la maison ? répétai-je avec stupeur.

— Plus ou moins. Comme je vous l'ai dit, tout le monde à part vous, moi et les assistants. Et Heydrich, bien évidemment. Il existe une liste, voyez-vous. De suspects. Je ne possède pas de copie, mais je me rappelle qui il y avait dessus. Et Henlein en fait assurément partie. »

Je me versai une tasse de café et en avalai une gorgée tout en réfléchissant.

« Hildebrandt ? »

Kahlo hocha la tête.

« Mais c'est un vieil ami de Heydrich, objectai-je. Sans parler du fait que c'est un vieil ami de Hitler. Von Eberstein ? Et lui ? Il est suspect également ? »

Kahlo eut un nouveau hochement de tête.

« Mais comment ? Comment peuvent-ils être soupçonnés ? Ce petit insigne d'or du parti est censé avoir un sens.

— Je ne sais que ce qu'on m'a dit. Et ce n'est pas tout. Hildebrandt est suspect parce que, pendant deux ans, de 1928 à 1930, il a vécu en Amérique. Alors qu'il était là-bas, il a fait faillite en tant que

351

fermier, mais quelqu'un a réglé toutes ses dettes et l'a aidé à ouvrir une librairie. On soupçonne dans le SD qu'il s'agissait des services secrets britanniques. Et que ce sont eux qui l'ont convaincu de rentrer en Allemagne et de rejoindre la SS en 1931 afin d'espionner au profit des Anglais.

« Von Eberstein était banquier après la guerre et une sorte de nazi du dimanche, si vous voyez ce que je veux dire. Il a, de fait, quitté le parti après le putsch, ce qui le rend automatiquement suspect. Pendant trois ans, il n'a eu aucune affiliation politique. Et, au cours de cette période, il a démissionné de la banque où il travaillait pour diriger l'usine de sa femme. Mais quand ça s'est cassé la figure, ses dettes ont été réglées anonymement et il a ouvert une agence de voyages. Cette activité l'a amené à séjourner à Londres pendant une bonne partie de 1927 et 1928. Mais en 1929, il réintègre le parti. Les Tommies ont-ils financé l'agence de voyages et lui ont-ils appris à se servir d'une radio lorsqu'il était à Londres ? C'est le genre de choses que Heydrich aimerait savoir. »

Kahlo sourit et agita un doigt.

« Vous voyez comme il est facile d'attirer les soupçons ? Et peu importe qui vous êtes ou à quel niveau du parti vous êtes parvenu. Le Dr Jury est suspect parce que, avant d'adhérer au parti nazi autrichien en 1932, il a assisté à plusieurs conférences médicales à Paris et à Londres. Alors qu'il était à Paris, il a eu une liaison avec une femme qui avait parallèlement une liaison avec un colonel français des services de renseignements. De plus, son amitié avec Martin Bormann fait automatiquement de lui un suspect aux yeux de

Himmler, dans la mesure où, semble-t-il, Himmler serait ravi de discréditer tout ami de Bormann aux yeux de Hitler.

« Le général Frank est suspect à cause de ce que son ex-femme Anna a raconté à son nouveau mari, le Dr Köllner. Lequel lui a succédé comme gouverneur adjoint des Sudètes et a formulé des allégations basées sur les confidences d'Anna Köllner concernant la loyauté de Frank à l'égard du Führer. Et aussi parce que sa nouvelle femme, Karola Blaschek, est soupçonnée d'entretenir des contacts avec plusieurs figures de la résistance tchèque. Elle est originaire de Brüx, et on a des raisons de penser que certains de ses amis et relations dans cette ville ont appartenu à l'UVOD. La résistance intérieure.

— Et von Neurath ? Pas lui, assurément. Il a été ministre de l'Intérieur, nom d'un chien.

— Konstantin von Neurath est soupçonné d'avoir été recruté comme espion par les Anglais dès 1903, alors qu'il exerçait des fonctions diplomatiques à l'ambassade d'Allemagne à Londres ; ou peut-être lorsqu'il était à l'ambassade d'Allemagne au Danemark en 1919. Pendant qu'il se trouvait en poste à Londres en 1930, il est tombé dans le collimateur de l'Abwehr, mais a été disculpé au terme d'une enquête. Cependant, en 1937, l'Abwehr a été cambriolée par une équipe spéciale de la SS, et certains documents ont disparu qui montraient que toute cette enquête n'avait été qu'une comédie. En conséquence, von Neurath a adhéré au parti nazi. Comme s'il éprouvait soudain le besoin de prouver sa loyauté. Au lieu de quoi, il semble que ça l'ait rendu suspect. »

Kahlo écrasa sa cigarette et se servit du café. Mais il n'en avait pas encore fini.

« Et c'est peut-être la raison pour laquelle le major Thümmel est soupçonné d'être le traître X. Il dirigeait la section de l'Abwehr censée enquêter sur von Neurath. Il a beau être un ami de Heinrich Himmler et porter l'insigne du parti, c'est aussi un excellent camarade du chef de l'Abwehr, l'amiral Canaris, qui est le principal rival de Himmler. Et de Heydrich également.

« Voyons voir. Qui y a-t-il d'autre sur cette liste ? Le général de brigade Voss ? Il commande l'école d'officiers SS de Beneschau. Jusqu'en 1938, il s'occupait du Centre de formation de Bad Tölz, qui dispose d'un émetteur radio très puissant. Lorsque les officiers de ce centre ont été mobilisés en vue de l'invasion de la Tchécoslovaquie en 1938, quelqu'un a balancé l'information aux services de renseignements tchèques. Voss faisait partie de la petite poignée de gens qui savaient que l'invasion aurait lieu. De plus, c'est un radio-amateur passionné. Qui était mieux placé pour transmettre des secrets aux Tchèques ? Il parle même la langue.

« Walter Jacobi a été renvoyé du SD en 1937 par son supérieur de l'époque, le général Werner Lorenz. Malheureusement, j'ignore pour quelle raison. Au printemps 1938, il a passé des vacances à Marienbad, dans les Sudètes. Coïncidence ou non, un des clients suivant une cure à la station thermale était un commandant de la marine britannique à la retraite, dont on pense aujourd'hui qu'il dirigeait la section opérationnelle tchèque au sein du SIS[1]. Après ses vacances, Jacobi a réintégré le SD.

— Coupable par association.

— Possible. »

Kahlo hocha la tête.

« Henlein... eh bien, vous avez entendu ce que je lui ai dit. Et Fleischer, voilà déjà un moment qu'il fait l'objet de soupçons, du fait de son échec à arrêter le troisième des Trois Rois. Vous en savez probablement autant que moi à ce sujet. Il est de notoriété publique que les Tchécos l'ont tourné en ridicule pendant un certain temps. Pour le reste des choux-fleurs, je ne me souviens plus très bien. Votre opinion vaut la mienne.

— J'en doute beaucoup, répondis-je. Et d'ailleurs, qu'est-il arrivé au "je ne demande pas mieux que d'apprendre", "vous avez ma totale coopération" et "c'est un mystère, Kommissar" ?

— Vous ne pensez pas que ce soit un mystère ?

— Bien sûr que si. Simplement, que vous ayez eu une pièce du puzzle dans votre poche de pantalon depuis le début ne me plaît pas beaucoup.

— Je suppose que vous n'avez jamais gardé quoi que ce soit pour vous ? » Kahlo secoua la tête. « Voyons, patron. Nous savons tous les deux que ce boulot consiste à raconter une chose et à en faire une autre. Dites-moi que ce n'est pas comme ça en ce qui vous concerne. Allez. »

Je restai muet.

---

1. Secret Intelligence Service, le service de renseignements britannique.

« Dites-moi que vous m'avez craché le morceau en entier. Que vous ne me cachez rien. »

À nouveau, je ne répondis pas. Comment aurais-je pu alors qu'Arianne se trouvait à l'hôtel ? Si je lui avais dit ne serait-ce que la moitié de ce que je connaissais de la vie d'Arianne Tauber, qui sait ce qui pourrait arriver à celle-ci.

Kahlo sourit.

« C'est bien ce que je pensais. Vous voyez, finalement, Kommissar, je crois bien que votre pisse est aussi jaune que la mienne. »

Je poussai un soupir et allai me chercher un cognac de la carafe. Je me sentais soudain très fatigué et je savais que le cognac n'allait pas m'aider.

« Vous avez sans doute raison.

— Écoutez, patron. Vous voulez savoir ce que je pense ? Je pense que nous devrions, pour la forme, essayer de retrouver l'assassin de Küttner ainsi qu'on vous l'a demandé. Nous posons les bonnes questions, nous accomplissons notre devoir, d'accord ? Comme des flics professionnels. Point à la ligne, et ça ne sert à rien de se dire qu'on pourrait en faire davantage. En réalité, qu'est-ce que ça peut bien foutre ? Dites-le-moi. Qui se préoccupe qu'on ait zigouillé ce salaud ? Pas moi, pas vous. D'après ce que j'ai entendu, il a pris sa juste part dans les tueries à l'Est. Et il y a de fortes chances qu'il ne l'ait pas volé. Ni aucun de nous, probablement. Alors qu'est-ce qu'un meurtre de plus, hein ? Une minuscule goutte dans un très grand verre de bière, voilà tout. Suivez mon conseil, patron. Détendez-vous. Profitez de la nourriture, de l'alcool et des cigarettes à gogo. Tant que c'est possible.

— Peut-être.

— À la bonne heure, patron. Et qui sait ? On aura peut-être du pot. Même un poulet aveugle trouve le maïs de temps à autre. »

Après toutes ces informations, j'avais besoin de marcher et de prendre un peu l'air, encore que c'était peut-être à cause du cognac et du mish-mash. Faisant le tour de la maison, j'allai au jardin d'hiver sur lequel donnait la chambre de Küttner. Dans la serre se dressait une fontaine ayant la forme d'une châsse, avec une tête de naïade crachant de l'eau et, au-dessus, une statue en bronze d'un centaure portant un chérubin ailé sur son dos. De chaque côté de la fontaine, c'était une véritable jungle de sagoutiers et de géraniums. Un endroit bizarre pour un centaure, ou un chérubin, mais plus rien ne m'étonnait. La naïade m'aurait dit que ma fortune résidait dans l'élevage des cochons d'Inde que je n'aurais pas eu un battement de paupières. Ça semblait un meilleur pari que d'être détective à Jungfern-Breschan.

Une échelle était posée par terre et, me disant que ça devait être celle que Kritzinger avait demandé à Fendler, le valet, d'apporter jusqu'à la fenêtre du capitaine Küttner, je passai les dix minutes suivantes à la caler contre le mur de la façade. Puis je grimpai pour examiner le rebord de la fenêtre. Ce qui m'indiqua seulement que la verrière avait besoin d'un bon coup de chiffon, que le soleil tapait encore pas mal pour une première semaine d'octobre et que je n'étais pas certain de me tuer sur le coup si je me jetais dans le vide. Je redescendis de l'échelle pour trouver un des valets en train de faire le poireau en bas.

« Fendler, monsieur, dit-il sans y être invité. Herr Kritzinger a vu que vous étiez là et m'a envoyé pour savoir si je pouvais vous être d'une aide quelconque. »

Il mesurait pas loin de deux mètres. Veste de cérémonie blanche à pattes de col SS, chemise blanche, cravate noire, pantalon noir ainsi qu'un tablier blanc et des manchettes grises comme s'il était occupé à nettoyer quelque chose avant de recevoir l'ordre du majordome de m'attendre. Il avait l'air pataud, avec une expression laissant supposer qu'il n'avait pas beaucoup de jugeote, mais j'aurais été content d'échanger nos places. Astiquer l'argenterie ou retirer les cendres d'une cheminée semblaient un travail beaucoup plus gratifiant que la tâche ménagère qu'on m'avait fixée.

« C'est à vous que Kritzinger a dit d'aller chercher l'échelle pour regarder par la fenêtre du capitaine Küttner ?

— En effet, monsieur.

— Et qu'avez-vous vu une fois en haut ? Au fait, quelle heure était-il, d'après vous ?

— Environ sept heures et quart, monsieur. »

Je tirai sur ma chemise collée à ma poitrine en sueur.

« J'ai failli vous demander pourquoi cela avait pris si longtemps pour dénicher une échelle et la poser contre la fenêtre, mais je crois que je connais déjà la réponse. Parce qu'elle est lourde.

— Oui, monsieur. Mais elle ne se trouvait pas dans le jardin d'hiver comme maintenant.

— Exact. Elle était enfermée sous clé, n'est-ce pas ?

— Bruno, le jardinier – Bruno Kopkow –, m'a aidé à la porter jusqu'ici et à l'installer.

— Comment saviez-vous que c'était la bonne fenêtre ?

— Kritzinger m'a dit qu'il s'agissait de la chambre donnant sur le jardin d'hiver, monsieur. Et de faire attention de ne pas la laisser tomber sur la verrière.

— Vous avez donc appuyé l'échelle contre la fenêtre. Et après ? Racontez-moi tout ce que vous avez vu et fait. »

Fendler eut un haussement d'épaules.

« Nous – Kopkow et moi – avons entendu un grand bruit, monsieur, et juste au moment où je mettais le pied sur le premier barreau, le général Heydrich a regardé par la fenêtre. En nous voyant Bruno et moi, il a dit que ce n'était pas la peine qu'on s'embête à monter parce qu'ils venaient d'enfoncer la porte de la chambre du capitaine.

— Et qu'avez-vous répondu ? Si tant est que vous ayez répondu quoi que ce soit.

— Je lui ai demandé si tout allait bien et il a dit que non, parce qu'il semblait que le capitaine Küttner s'était tué d'une overdose.

— Qu'avez-vous fait ensuite ?

— On a descendu l'échelle et on l'a laissée à l'endroit où vous l'avez trouvée, monsieur, au cas où quelqu'un en aurait à nouveau besoin.

— Il avait l'air comment ? Le général.

— Quelque peu perturbé, j'imagine. Comme on le serait à sa place, monsieur. Le capitaine et lui étaient amis, je crois. » Le valet marqua un temps d'arrêt. « Je savais qu'il devait être perturbé parce qu'il fumait une cigarette. D'habitude, le général ne fume pas le matin et jamais avant sa séance d'escrime, monsieur. Normalement, il ne fume que le soir. Il est très discipliné sur ce plan. »

Je levai les yeux vers la fenêtre de la chambre de Küttner et opinai.

« Je n'en doute pas.

— Désirez-vous autre chose, monsieur ?

— Non. Ce sera tout, merci. »

Je retournai au salon du Matin. Kahlo m'attendait.

« Le Kommissar Trott a téléphoné pendant que vous étiez sorti, patron. De l'Alex. Il m'a chargé de vous dire qu'il était allé voir Lothar Ott à l'appartement du capitaine Küttner, dans la Petalozzi Strasse, et qu'il l'avait informé de la mort de celui-ci. Apparemment, Ott a pleuré comme un bébé. Les termes exacts du commissaire. Ce qui semblerait le confirmer, vous ne pensez pas ? Que le capitaine était une tapette ? »

J'acquiesçai. Ça ne confirmait que ce que je savais déjà.

« Qui l'eût cru ? s'exclama Kahlo. Bon sang, ce type semblait parfaitement normal à maints égards. Comme vous et moi, vraiment.

— C'est tout le problème, je suppose. Qu'ils soient peut-être comme vous et moi.

— Parlez pour vous, patron.

— Auparavant, je réagissais de la même manière. Mais les nazis m'ont enseigné à penser différemment. Je dois leur accorder ça. Ces jours-ci, ma devise est : vivre et laisser vivre, et si nous pouvons apprendre à le faire, alors peut-être que nous serons capables de nous comporter à nouveau comme un pays civilisé. Mais je crains que ce ne soit déjà trop tard. »

Je jetai un coup d'œil à ma montre. Une Bulova bon marché, qui avait deux façons de me rappeler que nous avions une autopsie à l'hôpital Bulovka à 4 heures, dont une seule était l'heure.

« Venez, dis-je à Kahlo. On ferait mieux de partir. Vous allez bientôt découvrir à quel point Albert Küttner était comme vous et moi. »

Le sergent Klein était revenu du palais Hradschin pour nous conduire à l'hôpital. Il avait lu le discours du Führer au Sportspalast dans le journal du matin et, au lieu de le déprimer, les « faits et chiffres » de Hitler l'avaient rendu optimiste quant à nos perspectives à l'Est.

« Deux millions et demi de prisonniers russes, s'exclama-t-il. Aucun pays ayant perdu autant d'hommes ne pourrait se relever. Rien que ça, ce serait déjà suffisant, mais, par-dessus le marché, quatorze mille avions russes ont été abattus et dix-huit mille de leurs chars détruits. C'est presque inimaginable.

— Et pourtant, le Führer persiste à croire que nous avons des batailles à livrer, rétorquai-je.

— Parce qu'il est avisé, insista Klein. Il dit ça pour que nous ne nous fassions pas d'illusions au cas où l'impossible se produirait. Mais c'est évident, les Popov sont pratiquement vaincus, à mon avis.

— Espérons que vous avez raison, dit Kahlo.

— Je préfère ne pas penser à ce que nous ferons avec deux millions et demi de prisonniers russes s'il se trompe, dis-je. Et, à ce compte-là, je préfère ne pas penser à ce que nous ferons avec eux s'il a raison. »

Je m'interrompis un instant avant d'ajouter ce qu'on appelait parfois un « post-scriptum politique » – un truc que l'on disait habituellement à des fins d'autoprotection.

« Non que je m'attende à ce qu'il se trompe, bien entendu. Et je ne doute pas qu'il prononce très bientôt un discours de la victoire à Moscou. »

Après quoi je me mordis le bout de la langue et le crachai sur la route, mais avec discrétion, afin que Klein ne s'en aperçoive pas.

Situé sur une colline surplombant le nord-est de la ville, l'hôpital Bulovka était un bâtiment de quatre ou cinq étages en pierre beige, avec un toit rouge mansardé et un petit clocher verdâtre pointé vers le ciel tel un doigt infecté. Construit avant la Grande Guerre, il était entouré de vastes jardins où les patients convalescents pouvaient s'asseoir sur des bancs en bois, admirer les nombreuses variétés de fleurs des parterres et, de manière générale, apprécier les idéaux démocratiques de l'État souverain de Tchécoslovaquie ; du moins pouvaient-ils le faire lorsque la Tchécoslovaquie était encore un État souverain. Comme tous les édifices publics de Prague, l'hôpital battait désormais pavillon de l'État le moins démocratique d'Europe depuis que Vlad III avait empalé son premier boyard wallachien.

Klein s'arrêta devant l'entrée. Deux hommes portant des blouses chirurgicales nous attendaient déjà, ce qui semblait d'une servilité excessive jusqu'à ce qu'on se souvienne de la réputation de ponctualité obsessionnelle et de cruauté impitoyable de Hey-drich. L'un était Honek, le médecin tchèque présent sur la scène de crime au château du bas un peu plus tôt dans la journée. Il présenta l'autre homme, un Germano-Tchèque séduisant, âgé d'une quarantaine d'années.

« Voici le professeur Herwig Hamperl, qui est une sommité dans le domaine de la médecine légale, déclara Honek. Il a été assez aimable pour accepter de se charger de cette autopsie.

— Merci, professeur », dis-je.

Brièvement, comme s'il voulait qu'on déguerpisse et qu'on lui lâche les basques le plus vite possible, Hamperl murmura un « bonjour » sec puis, nous précédant, monta l'escalier, suivit un grand couloir lumineux dont les murs montraient des espaces vides crasseux là où avaient été accrochés des panneaux et des affiches rédigés en tchèque, jusqu'à ce que l'allemand devienne la langue officielle de la Bohême. Hamperl avait beau être un Germano-Tchèque, ce n'était pas un nazi, comme je ne tardai pas à m'en apercevoir.

« L'un de vous, messieurs, a-t-il déjà assisté à une autopsie ? demanda-t-il.

— Oui, répondis-je. Des quantités.

— Pour ma part, c'est la première fois, dit Kahlo.

— Et cela vous rend nerveux, peut-être ?

— Un peu.

— Être mort, c'est comme être une putain, affirma Hamperl. On passe l'essentiel de son temps sur le dos pendant que quelqu'un d'autre – moi, dans le cas présent – fait le travail. La procédure peut sembler embarrassante, parfois même légèrement ridicule, mais elle n'a rien de répugnant. À toute personne n'ayant encore jamais assisté à une autopsie, je conseillerais d'essayer de ne voir que le côté cocasse de la chose. Si cela commence à avoir l'air répugnant, alors c'est le moment de quitter la pièce avant qu'un incident se produise. L'odeur d'un cadavre est en général suffisamment désagréable sans avoir à supporter celle du vomi. Est-ce clair ?

— Oui, professeur. »

Hamperl déverrouilla une porte en bois munie de vitres teintées et nous fit entrer dans une salle d'autopsie où un corps à l'aspect rebondi reposait sous un drap sur une table de dissection. Alors qu'il commençait à écarter le drap, révélant la tête et les épaules de Küttner, je vis les yeux de Kahlo s'écarquiller.

« Nom de Dieu, marmonna-t-il. Je ne me rappelais pas qu'il avait un ventre aussi gros. »

Hamperl interrompit son geste.

« Je puis vous assurer que ce n'est pas de la graisse, expliqua-t-il. Bien que cet homme soit mort, les enzymes et les bactéries à l'intérieur de son abdomen demeurent bien vivantes et se nourrissent de ce que contient encore son estomac. Probablement le dîner qu'il a pris hier soir. Ce faisant, ces enzymes et ces bactéries produisent des gaz. Tenez, laissez-moi vous montrer. »

Hamperl appuya fortement sur le drap couvrant toujours le ventre de Küttner, de sorte que le cadavre péta bruyamment.

« Vous voyez ce que je veux dire ? »

L'attitude de Hamperl faisait songer à une farce grossière destinée à nous mettre mal à l'aise. En un sens, je le comprenais très bien. Les nazis étaient passés maîtres dans l'art de mettre les autres mal à l'aise. Le professeur nous payait sans doute de retour, en nature. Un pet d'un nazi mort constituait un commentaire sur la présence allemande en Tchécoslovaquie aussi éloquent que tout ce que j'étais probablement susceptible d'entendre, ou de sentir, en l'occurrence. Mais Kahlo fit nettement la grimace, puis se mordit la lèvre comme s'il essayait, en vain, de se calmer les nerfs.

Hamperl prit une longue curette pointue sur une tablette d'instruments soigneusement rangée et la tint à bout de bras à la manière d'une baguette de chef d'orchestre. La lumière provenant des fenêtres en forme de vitrail se refléta sur le plat de la curette, qui se mit à étinceler comme un éclair. Instinctivement, Kahlo détourna les yeux et, notant son malaise devant la symphonie de destruction qu'il était sur le point de commencer, Hamperl se fendit d'un sourire de loup, échangea un regard éloquent avec le Dr Honek et dit :

« S'il y a une chose que l'on peut dire des morts, mon cher ami, c'est qu'ils possèdent une extraordinaire capacité à supporter la douleur. N'importe quelle douleur. Aussi horrible qu'elle puisse vous paraître. Croyez-moi, ce pauvre bougre ne sentira absolument rien tandis que je lui ferai le pire. Bien pire, peut-être, que tout ce que vous avez jamais vu infliger à un être humain. Néanmoins, essayez de ne pas vous laisser emporter par votre imagination. La chose la plus terrible qui pouvait advenir à cet homme s'est produite plusieurs heures avant qu'il arrive dans cet hôpital. »

Kahlo secoua la tête et déglutit bruyamment, à croire qu'une grenouille avait élu domicile dans son gosier.

« Désolé, patron, me dit-il. Je ne peux pas voir ça. Vraiment, je ne peux pas. »

Se couvrant la bouche, il sortit promptement de la pièce.

« Pauvre garçon, déclara Hamperl. Mais c'est probablement aussi bien qu'il soit parti. Nous avons besoin de toute notre attention pour la tâche qui nous attend à présent.

— C'était certainement votre intention, dis-je. De lui faire peur.

— Pas du tout, Kommissar. Vous m'avez entendu le rassurer, n'est-ce pas ? Cependant, assister avec sang-froid à une telle formalité n'est pas à la portée de tout le monde. Êtes-vous sûr de vous ?

— Oh, je n'ai aucun état d'âme, professeur Hamperl. Pas le moindre. Je suis comme cette curette que vous tenez. Froid et dur. Et qu'il vaut mieux manipuler avec un soin extrême. Un simple dérapage serait des plus fâcheux. Suis-je assez clair ?

— Très clair, Kommissar. »

Hamperl rejeta le reste du drap couvrant le corps de Küttner et se mit rapidement au travail. Ayant photographié les deux blessures d'entrée sur la poitrine, et les ayant ensuite sondées, d'abord avec son doigt puis à l'aide d'un goujon, il fit une incision en forme de Y depuis les épaules à la pâleur de porcelaine, à travers la poitrine imberbe, et jusqu'à la région pubienne qui, phénomène inhabituel, paraissait avoir été rasée, et récemment de surcroît.

Hamperl en fit la remarque.

« Eh bien, cela ne se voit pas tous les jours. Même dans ma profession. Je me demande pourquoi il a fait ça.

— J'ai une assez bonne idée, dis-je. Mais ça attendra. »

Hamperl acquiesça. Puis il trancha la graisse sous-cutanée et le muscle. La vitesse de son scalpel était un spectacle en soi, la chair se détachant rapidement de l'os comme la peau d'un énorme serpent. En moins de quelques minutes, ce n'était plus qu'un fouillis d'intestins et de côtes premières qui auraient fait envie à n'importe quel bon boucher berlinois. Surtout en temps de guerre.

« On dirait qu'il y a quelque chose de logé en haut de l'oropharynx », constata Hamperl. Levant les yeux vers moi, il ajouta : « Il s'agit de la partie de la gorge située juste derrière la bouche. »

Il extirpa du bout des doigts un petit objet blanc, qu'il laissa tomber dans un haricot avant de le lever pour notre inspection conjointe.

« Cela ressemble à une pastille », dit-il. Puis : « Non, ce n'était pas destiné à fondre dans la gorge, mais dans l'estomac. Elle est à peine dissoute. Une pilule. Un comprimé, peut-être.

— Il prenait du Véronal. Un barbiturique.

— Vraiment ? » La voix de Hamperl suintait l'ironie. « Alors, c'est probablement ça. Sauf que, dans l'état où vous le voyez maintenant, il n'a pas dû avoir beaucoup d'effet sur lui. Encore que cela pourrait être compatible avec un cas d'overdose où quelqu'un a avalé plusieurs pilules en une seule fois. Le Dr Honek m'a dit qu'on avait tout d'abord pensé qu'il pouvait s'agir d'une overdose de barbiturique.

— C'est exact. Jusqu'à ce que nous découvrions les blessures par balle.

— Tout à fait. »

Sur un infime signe de tête du professeur Hamperl, le Dr Honek s'approcha avec une pince coupante et entreprit de sectionner les côtes, qui, entre les mâchoires d'acier, se cassèrent avec un bruit sec telles de grosses brindilles, l'une après l'autre, afin d'exposer la cavité thoracique. Mais il hésita au moment de couper l'une d'elles.

« Celle-ci a l'air endommagée, ce n'est pas votre avis, professeur ? » demanda Honek.

Hamperl se pencha pour regarder de plus près.

« Ébréchée, dit-il. Comme une dent. Mais pas à cause d'un comprimé de Véronal. Très probablement un projectile. »

Honek reprit sa besogne. Il était encore plus rapide que le professeur et, au bout de deux minutes, Hamperl coupait le reste du diaphragme et retirait toute la plaque de la poitrine comme le dessus d'un œuf à la coque, mettant à nu le cœur et les poumons du mort.

« Beaucoup de sang s'est accumulé dans le diaphragme », murmura-t-il.

C'est à peine si Albert Küttner avait encore forme humaine. Ses intestins – la plus grande partie – reposaient sur sa paume ouverte comme si, en parfait aide

368

de camp qu'il avait peut-être espéré devenir, il aidait au bon déroulement de sa propre dissection.

Hamperl posa le plastron sternal sur une table voisine, où il demeura comme les restes d'une dinde de Noël.

Je me débouchai le nez bruyamment.

« Kommissar, tout va bien ?

— J'essaie simplement de voir ce côté cocasse des choses dont vous parliez tout à l'heure.

— Parfait. »

Mais il semblait presque déçu que je ne sois pas encore allongé sur le sol.

« Couper l'artère pulmonaire, dit-il à Honek. Vérifier la présence de caillots sanguins. Ce qui est le cas. Sans doute un caillot post-mortem. » Il entailla davantage les poumons, pressa ensuite le cœur. « On dirait qu'il y a là quelque chose de dur. Une balle probablement. Voyez si vous pouvez la trouver, voulez-vous, docteur Honek ? »

Il passa le cœur à son collègue et se remit à jouer du scalpel, tranchant la chair retenant ce qui ressemblait à un ballon de football rouge vif.

« Le foie, n'est-ce pas ? demandai-je.

— Excellent, Kommissar Gunther. Le foie, en effet. »

Hamperl le posa dans un autre récipient avant de retirer aussi la rate.

« Il semble qu'elle ait été touchée également, dit-il. Elle est presque en lambeaux. »

J'allai jusqu'à la table où Honek continuait à palper le cœur et jetai un bref coup d'œil à la rate.

« De la bouillie, c'est vrai.

— Ce qui recouvre assurément tout ce qu'il y a dans le dictionnaire médical », remarqua Hamperl.

Honek avait isolé la balle. Il la sortit et la posa sur un plateau en métal distinct, tel un chercheur d'or mettant de côté une précieuse pépite. C'était plus agréable à l'œil que de regarder Hamperl serrer l'intestin grêle de Küttner de manière à pouvoir le retirer en une fois. J'avais vu trop de mes camarades dans le froid glacial des tranchées avec leurs entrailles fumantes pendant hors de leur tunique pour contempler cette scène avec sérénité.

Cela faisait moins de vingt minutes que nous étions là que les reins étaient déjà enlevés.

La seconde balle s'était enfoncée dans la colonne vertébrale, et il fallut un moment pour l'extraire.

Cela fait, Hamperl demanda :

« Désirez-vous que je retire le cerveau ?

— Non, je ne pense pas que ce soit nécessaire.

— Alors il semble que ce soit tout, pour l'instant. » Il haussa les épaules « Bien sûr, cela prendra un certain temps pour analyser les organes, l'hématologie et le contenu de l'estomac. J'en profiterai, naturellement, pour mesurer les quantités de Véronal présentes.

— À ce stade, je dois vous demander à tous les deux de ne faire aucune allusion verbale à un second projectile, dis-je. Pour tout le monde, un seul coup de feu a été tiré.

— Dois-je comprendre que vous comptez vous servir de ce subterfuge comme base de contre-interrogatoires éventuels à des fins d'accusation ? s'enquit le professeur.

— Exactement. Bien entendu, vous pouvez mentionner vos constatations réelles dans votre rapport écrit.

— Très bien. Ce sera notre petit secret, sauf instruction contraire, Kommissar. »

Lorsque les deux balles reposèrent sur un plateau, je les examinai de plus près. J'avais vu suffisamment de plomb usagé dans ma carrière pour reconnaître un bout de métal provenant d'un .38, quand j'en voyais un.

« Dans l'immédiat, je vous serais reconnaissant de bien vouloir me faire part de vos premières conclusions.

— Très bien. »

Le professeur Hamperl poussa un soupir puis réfléchit quelques instants.

« Les deux coups de feu semblent avoir été tirés d'assez près. Bien sûr, il faudra que je vérifie s'il y a des traces de brûlures sur la chemise pour vous donner une distance précise, mais, compte tenu de la taille des blessures d'entrée, je suis fortement persuadé que le tireur ne se trouvait pas à plus de cinquante centimètres à ce moment-là. Les angles d'entrée paraissent indiquer que celui-ci se tenait juste devant notre homme. Le groupement des impacts est étroit, comme si les deux balles avaient été tirées en succession très rapide avant que la victime ait eu le temps de bouger sensiblement.

— Si le tireur a fait feu à seulement cinquante centimètres de distance, pourquoi les balles ne l'ont-elles pas transpercée en ligne droite ?

— L'une d'elles a heurté une côte et perdu la plus grande partie de sa vélocité avant de pénétrer dans le cœur, selon toute vraisemblance, répondit pensivement Hamperl. Et l'autre s'est logée profondément dans la colonne vertébrale, comme vous avez pu le voir. Voilà la raison.

« Comme je vous l'ai dit, nous devrons déterminer combien de barbituriques il a absorbé, mais, sur la base des lésions causées aux organes et de la quantité de sang dans le diaphragme, je dirais que ce sont les coups de feu qui l'ont tué, pas le Véronal.

— Que savez-vous sur ce truc ?

— Le barbital ? Cela fait déjà un bon moment qu'on l'utilise. Près de quarante ans. Il a été synthétisé par deux chimistes allemands. Bayer le commercialise en tant que sel soluble ou sous forme de comprimé. Dix à quinze grammes constitueraient une dose sans risque ; mais cinquante ou soixante grammes pourraient être mortels.

— Ça ne fait pas une grande marge d'erreur.

— Évidemment, une personne s'en servant de façon régulière ne tarderait pas à développer une tolérance au médicament et aurait sans doute besoin d'une dose plus importante, dose dont elle pourrait aisément s'accommoder sans incident. Mais si elle cessait d'en prendre pendant un certain laps de temps, ce serait une erreur de recommencer avec une dose élevée. Qui serait éventuellement mortelle.

— Il doit donc être employé avec prudence.

— Oh oui. C'est un produit puissant. Il faudrait que mon sommeil soit gravement perturbé pour que je veuille moi-même en prendre. Néanmoins, il est bien mieux que son prédécesseur : le bromure. Le Véronal ne laisse pas de goût désagréable. En fait, il n'a pas de goût du tout.

— Des effets secondaires ?

— Cela aurait assurément un effet sur le rythme cardiaque, le pouls et la pression sanguine. Et, bien sûr, cela affecterait de façon notable les hémorragies. Davantage de sang aurait probablement coulé de ses blessures si cet homme ne s'était pas mis lui-même sous sédation. En l'occurrence, la plus grande partie du sang provenant de celles-ci se trouvait dans le diaphragme.

— Autre chose ?

— Vous n'auriez pas envie de mélanger ce médicament avec de l'alcool. Il réagit mal dans l'estomac. J'ai vu des cas de gens qui l'avaient fait et qui s'étaient étouffés en vomissant dans leur sommeil.

— Merci.

— Est-ce tout ?

— Je crois qu'il y a un moyen de savoir s'il était homosexuel. »

Hamperl n'eut pas un battement de paupières.

« Ah, oui, je vois. Le pubis rasé. Certes, il est assez rare qu'un homme se rase à cet endroit. Cela pourrait indiquer une tendance efféminée, en effet. Curieux, n'est-ce pas ?

— J'ai d'autres raisons de penser qu'il était peut-être homosexuel, ajoutai-je. Des raisons que je ne peux pas vous révéler. Mais j'aimerais en avoir la certitude.

— Parfois, admit Hamperl, chez un sodomite habituel, l'anus se dilate. Il perd son orifice plissé naturel et se dote d'une peau plus épaisse, kératinisée. Ou même devient comme un obturateur ouvert d'appareil photo. Je suppose que c'est à cela que vous faites allusion. Désirez-vous que je jette un coup d'œil ?

— Oui.

— Docteur Honek, voulez-vous m'aider à tourner le cadavre ? »

Les deux hommes se débattirent pour mettre le corps éviscéré sur ce qui restait du devant et écartèrent les fesses du mort.

Au bout d'un moment, Hamperl secoua la tête.

« L'anus a l'air normal. Bien sûr, le fait qu'il n'y ait pas eu, apparemment, de rapport sexuel ne signifie pas qu'il n'était pas homosexuel. Mais je peux toujours faire un frottis pour chercher du sperme quand j'effectuerai les autres tests. Et aussi un frottis du pénis pour détecter des traces de matières fécales.

— Faites-le, s'il vous plaît. »

Hamperl s'efforçait de dissimuler un sourire de jubilation.

« Un officier SS homosexuel. Peut-être est-ce pour cette raison qu'il a été assassiné. Je doute que ce genre de chose soit bien vu à Berlin. »

Hamperl échangea un regard avec le Dr Honek, qui semblait non moins amusé.

« Naturellement, on entend raconter des histoires. Sur Berlin et le travestisme. »

Je hochai la tête.

« Tout de même, si j'étais vous, je n'en parlerais pas non plus. La SS n'a pas beaucoup le sens de l'humour dans ce domaine. Il serait dommage que vous l'appreniez à vos dépens.

— Vous aurez mon rapport histologique sur les organes et mon diagnostic pathologique dans quarante-huit heures, Kommissar.

— Merci encore. »

Le professeur m'escorta jusqu'à la porte.

« Eh bien, Kommissar, pensez-vous léguer votre propre corps à la science ? Pour que les étudiants en médecine puissent s'en servir dans le laboratoire d'anatomie. »

Je contemplai l'amas informe qu'avait été l'homme avec qui j'avais parlé d'une peinture de Gustav Klimt à Jungfern-Breschan juste vingt-quatre heures auparavant.

« Non, je ne crois pas.

— Dommage. Un gaillard aussi grand que vous doit avoir une ossature superbe. Il m'arrive de me dire que, pour notre corps, les vrais plaisirs ne commencent qu'une fois que nous sommes morts.

— Je m'en réjouis d'avance. »

*

Kahlo s'excusa à nouveau tandis que Klein nous ramenait de l'hôpital.

« On s'habitue, dis-je.

— Pas moi. Jamais. C'est l'odeur d'éther qui me retourne, en fait. Ça me rappelle quand ma mère est morte.

— Désagréable, hein ? » fit Klein.

Kahlo hocha la tête, mais son expression racontait une autre histoire et, s'en apercevant dans le rétroviseur, Klein glissa la main dans la poche en cuir de la portière du conducteur pour en tirer une flasque en argent.

« Je la garde pour les jours de grand froid, dit-il en me la passant.

— Il ne peut pas faire beaucoup plus froid que ça, rétorquai-je. Pas pour le capitaine Küttner, en tout cas. »

Je bus une gorgée à la flasque, qui était remplie de bon schnaps, puis la tendis à Kahlo.

« Cet enfoiré. » Kahlo avala une lampée. « Cet enfoiré de professeur, ça lui plaisait, en plus. Que je me sente mal. Vous l'avez entendu, patron ? La façon dont il en rajoutait. Merde, que je me suis dit ! Je me barre. Il en train de se payer ma tête.

— Sûr et certain. Mais un homme doit prendre plaisir à son travail où et quand il peut. Surtout dans ce pays. »

Je me penchai au-dessus du plancher de la voiture, allumai une cigarette et la lui donnai.

« Il fut une époque où je prenais plaisir à mon travail, moi aussi. Où je le faisais bien. La brigade criminelle de Berlin était alors la meilleure du monde. Et moi, un vrai flic. Un professionnel. Ce que je ne savais pas en matière de meurtre ne méritait pas d'être connu. Mais maintenant… » Je secouai la tête. « Maintenant, je ne suis plus qu'un amateur. Un amateur plutôt ringard et dépassé. »

Il était 17 h 30. Dans la bibliothèque du château du bas, l'agacement et la déception flottaient dans l'air tel du gaz moutarde prêt à contaminer les pou-

mons de tous ceux qui avaient le malheur de le respirer. Officiers SS et fonctionnaires de la Gestapo
agitaient la tête, tiraient furieusement sur leur cigarette et jetaient des regards circulaires en quête de
quelqu'un à blâmer. Des avis étaient exprimés, puis
rejetés avec colère, puis exprimés à nouveau, jusqu'à
ce que des voix s'élèvent et que des accusations soient
proférées. Ils semblaient être un certain nombre dans
la bibliothèque, et, même s'il n'y avait en définitive
qu'un individu dont l'opinion comptait, les autres
n'avaient aucune envie d'être tenus pour responsables
de « l'échec ».

Nous nous faufilâmes dans le salon du Matin,
Kahlo et moi, afin de ne pas être entraînés dans ce
concert de récriminations ; mais nous laissâmes la
porte grande ouverte afin de pouvoir entendre et
décupler nos forces, car le sage est plein de force et
celui qui écoute aux portes affermit sa force.

« Nous l'avons laissé nous filer entre les doigts !
s'exclama Heydrich d'un ton rageur. Nous disposons
de la plus importante force de police jamais vue dans
cette ville et nous sommes apparemment incapables
d'attraper un type seul.

— Il est encore trop tôt pour perdre espoir, général. » Cela avait l'air d'être Horst Böhme, le chef
du SD à Prague. Son accent berlinois était instantanément reconnaissable pour moi. « On continue à
fouiller maison après maison pour trouver Moravek
et, encore maintenant, je suis certain que quelque
chose va se produire.

— Nous connaissons son nom, poursuivit Heydrich sans lui prêter attention. Nous savons à quoi il

ressemble, nous savons même qu'il se terre quelque part dans cette ville, et pourtant nous n'arrivons pas à lui mettre la main dessus. C'est un échec absolument lamentable. Une honte !

— Oui, général.

— Une occasion gaspillée, messieurs, fulmina Heydrich. Cependant, je suppose que ça n'a rien d'étonnant après ce qui s'est passé ici en mai. À la planque de l'UVOD dans... comment s'appelait cette rue tchèque de merde, Fleischer ?

— Pod Terebkov, général, répondit Fleischer.

— Vous les aviez tous entre les mains, bordel, tonna Heydrich. Ils étaient coincés dans ce maudit appartement. Et malgré ça, vous avez réussi à en laisser échapper deux. Bonté divine, j'aurais dû vous faire fusiller pour incompétence ou pour complicité dans leur évasion. De toute manière, j'aurais dû vous faire fusiller.

— Général, protesta Fleischer. Avec tout mon respect, ils étaient à une trentaine de mètres au-dessus du sol. Ils se sont glissés par la fenêtre et ont utilisé une antenne radio en acier pour descendre les trente mètres les séparant de la cour. Elle était pleine de sang quand on l'a découverte. Il y avait même des doigts par terre.

— Pourquoi ne pas avoir mis des hommes dans cette cour ? Est-ce que la SS et la Gestapo manquent d'effectifs à Prague ? Eh bien, Böhme ? Hein ?

— Non, général.

— Fleischer ?

— Non, Herr General.

— Cette fois-ci, on pouvait penser que l'affaire était dans le sac. Cette fois-ci, nous possédons une photographie de Vaclav Moravek. Nous connaissons la cachette dont il s'est servi depuis cinq mois. Et on trouve quoi ? Une note, qui m'était adressée. Rappelez-moi ce que disait cette note, Fleischer.

— J'aimerais mieux pas, général.

— Elle disait : "Va te faire foutre, général Heydrich." Sans compter qu'elle était écrite en allemand et en tchèque, comme le stipule la loi, ce qui est d'autant plus effronté, vous ne croyez pas ? "Va te faire foutre, général Heydrich." Il semblerait que je sois un con encore plus gros que vous. Vous, vous êtes déjà un objet de risée après cet incident au bar de Prikopy.

— Dans le cas que vous évoquez, général, l'homme portait un insigne du parti au revers de sa veste.

— Et ça change quelque chose ? J'aimerais avoir dix marks pour chaque salopard portant un insigne du parti que j'ai fait fusiller depuis 1933.

— Quelqu'un l'a renseigné, général. On a dû prévenir Moravek que nous arrivions.

— C'est évident, mon cher commissaire. Ce qui ne l'est foutrement pas, c'est ce que nous faisons pour trouver le traître qui l'a prévenu. Major Ploetz ?

— Général ?

— Qui assure la liaison avec le groupe spécial du SD dont j'ai ordonné la mise en place ? Le VXG.

— C'était le capitaine Küttner, général.

— Je sais qui c'était, Achim. Je demande qui s'en occupe actuellement.

— Eh bien, général, vous ne l'avez pas dit.

— Est-ce que je dois penser à tout ? À part mes enfants, qui, du reste, seront ici dans moins de quarante-huit heures, rien, je répète, rien n'est plus important que de démasquer l'homme qui se cache derrière les transmissions OTA ; le traître X, ou quel que soit le nom que vous lui donnez. Rien. Telles sont les directives que j'ai reçues du Reichsführer en personne. Même Vaclav Moravek, les Trois Rois et le réseau de résistance intérieure de l'UVOD ne sont pas aussi importants que ça, vous m'entendez ? »

Une autre voix se fit entendre, mais je ne la reconnaissais pas.

« Franchement, général, je regrette d'avoir à dire du mal d'un mort, mais le capitaine Küttner n'était pas un bon agent de liaison.

— Qui est-ce qui parle ? » demandai-je à Kahlo.

Il secoua la tête.

« Sais pas.

— Le fait est que Küttner était arrogant, grossier et bien souvent totalement imprévisible ; et qu'il a réussi en très peu de temps à se mettre à dos la Kripo et la Gestapo locales pendant qu'il était ici.

— Qu'est-ce que je disais ? murmura Kahlo. Un sale petit crâneur.

— Il ne servait guère vos intérêts, général, continua la même voix. Et maintenant qu'il n'est plus là, puis-je vous suggérer de me confier la liaison avec le VXG ? Je peux vous assurer que je ferai un meilleur travail que lui.

— Très bien, capitaine Kluckholn, répondit Heydrich. Si le capitaine Küttner était aussi mauvais que vous le prétendez...

— Il l'était, général, insista une autre voix.

— Alors vous devriez aller au palais Pecek et ensuite à la Kripo pour essayer de lisser les plumes ébouriffées et vérifier qu'ils savent exactement ce qu'ils ont à faire. Est-ce clair ?

— Oui, général. »

J'entendis bouger une chaise puis quelqu'un – Kluckholn, j'imagine – claqua les talons et quitta la pièce.

« À propos de plumes ébouriffées, général. » C'était le major Ploetz. « Votre détective, Gunther, a déjà réussi à mettre tout le poulailler en émoi. J'ai reçu à ce stade plusieurs plaintes concernant ses manières, qui laissent grandement à désirer. »

J'adressai un signe de tête à Kahlo.

« Vrai, dis-je. Très vrai.

— Je suis d'accord avec le major Ploetz, général. »
C'était à nouveau le colonel Böhme.

« Vous estimez probablement que j'aurais dû vous choisir pour diriger cette enquête, colonel Böhme.

— Eh bien, je suis un détective chevronné, général.

— Vous voulez dire que vous avez suivi le cours de formation de lieutenant inspecteur à l'école de police de Charlottenburg ? Oui, je vois très bien comment cela peut amener quelqu'un à se prendre pour Hercule Poirot. Mon cher Böhme, laissez-moi vous dire une chose. Nous n'avons pas de bons détectives dans le SD ou la Gestapo. Au sein du système que nous dirigeons, nous avons quantité de gens : des avocats ambitieux, des policiers sadiques, des fonctionnaires lèche-bottes, tous, j'ose le dire, dévoués au parti. Parfois, nous leur donnons même l'appellation de détectives ou d'inspecteurs et nous leur demandons d'enquêter sur une affaire ; mais ils en sont incapables, je peux vous le dire. Être un véritable détective est au-delà de leur compétence. Ils en sont incapables parce qu'ils n'iront pas fourrer leur nez là où on n'en veut pas. Ils en sont incapables parce qu'ils auront peur de poser des questions qu'ils ne sont pas censés poser. Et même dans le cas contraire, ils seraient effrayés parce qu'ils n'aimeraient pas les réponses. Cela heurterait leur sentiment de loyauté à l'égard du parti. Oui, c'est l'expression qu'ils emploieraient pour justifier leur inaptitude à s'acquitter de leur tâche. Eh bien, Gunther a peut-être un tas de défauts, mais il a un nez berlinois pour les embrouilles. Un vrai *Schnauze*[1]. Et c'est ce que je désire.

— Mais la loyauté à l'égard du parti doit sûrement compter pour quelque chose, général, fit valoir Böhme. Qu'en est-il ?

— Ce qu'il en est ? Un jeune officier SS plein de promesses est mort. Oui, c'est ce qu'il était, messieurs, en dépit de vos réserves. Il a été assassiné, et par quelqu'un logeant dans cette maison que je n'en serais pas étonné outre mesure. Oh, nous pouvons toujours prétendre que c'est un pauvre Tchèque qui l'a tué, mais nous savons tous qu'il faudrait le Mouron rouge[2] pour tromper la vigilance de tous les gardes, pénétrer

---

1. « Museau, pif ».

2. Héros d'une série de romans populaires anglais, *The Scarlet Pimpernel* (*Le Mouron rouge*), écrite par la baronne Orcy (1865-1947). Elle raconte les exploits de Sir Percy Blakeney, qui sauve de la guillotine des aristocrates pendant la Révolution française.

dans le château et tirer sur le capitaine Küttner. En outre, si, comme je m'en flatte, un Tchèque se donnait la peine de percer notre dispositif de sécurité, il préférerait me tirer dessus plutôt que sur un de mes assistants. Non, messieurs, c'était une initiative interne, j'en suis convaincu, et Gunther est l'homme adéquat – celui qu'il me faut – pour découvrir son auteur. » Il marqua une courte pause. « Quant à la loyauté à l'égard du parti, c'est mon rayon, pas le vôtre, colonel Böhme. C'est moi qui décide qui est loyal et qui ne l'est pas. »

J'en avais assez entendu, pour le moment. Je me levai et refermai la porte du salon du Matin.

« Pas vraiment un vote de confiance, dit Kahlo. N'est-ce pas, patron ?

— De la part de Heydrich ? » J'eus un haussement d'épaules. « Ne crachez pas dans la soupe. On pouvait difficilement faire mieux. »

Je m'assis au piano et jouai quelques notes, au hasard.

« N'empêche, j'ai l'impression de me faire manipuler. Et dans les grandes largeurs.

— Manipulés, nous le sommes tous, répondit Kahlo. Vous, moi, même Heydrich. Il n'y a qu'un homme en Europe qui a les paluches sur le clavier. Et c'est le Gröfaz. »

Le Gröfaz était un surnom ironique pour désigner Hitler[1].

---

1. Après la défaite de la France, le maréchal Keitel avait dit de Hitler qu'il était le « *Grösster Feldherr aller Zeiten* » (« le plus grand stratège de tous les temps »), ce que les mauvaises langues

« Possible. Bon. Qui est le prochain sur la liste ? J'ai un désir soudain d'ébouriffer encore quelques plumes.

— Le général Frank, patron.

— C'est lui qui a une nouvelle femme, c'est ça ? Une Tchèque.

— Exact, patron. Et croyez-moi, elle est super. Un vrai trésor. Vingt-huit ans, grande, blonde, et intelligente.

— Frank doit avoir des qualités cachées.

— Oui, patron.

— Ou, encore mieux, des vices cachés. Essayons de découvrir lesquels. »

« Vous connaissiez très bien le capitaine Küttner, général Frank ?

— Très bien, non. Mais assez bien. Ploetz, Pomme, Kluckholn et Küttner... » Frank sourit. « On croirait une vieille boutique de tailleur de Berlin. Ma foi, ils semblent vraiment ne faire qu'un, si l'on peut dire. C'est ce qu'on attend d'un assistant, je suppose. Pour ma part, je ne sais pas trop, je n'ai pas d'assistant moi-même, sans parler de quatre. Mais j'en aurais un, je préférerais qu'il soit aussi anonyme que ces trois-là. Ils sont efficaces, naturellement. Heydrich ne tolérerait rien de moins. Et, étant efficaces, ils restent à l'écart des projecteurs.

« Je connaissais vaguement Küttner avant qu'il soit affecté à Prague. Quand il travaillait au ministère de

_____

ne tardèrent pas à transformer en « Gröfaz », acronyme mettant l'accent sur la folie des grandeurs de ce dernier.

l'Intérieur. Il m'a aidé sur le plan administratif, ce dont je lui étais reconnaissant, si bien que, lorsqu'il est arrivé ici, j'ai essayé de l'aider à mon tour. Il m'a alors fait quelques confidences. Aussi je sais de quoi je parle.

« Küttner était le dernier arrivé de l'équipe d'aides de camp de Heydrich. Ce qui veut dire qu'il y avait de fortes chances pour qu'il ne s'entende pas très bien avec le troisième assistant, Kluckholn, la règle d'or pour bien faire le boulot étant, j'imagine, de rendre son supérieur inutile. En conséquence, Kluckholn n'appréciait pas Küttner. Et il avait peur de lui. Ce qui se comprend. Küttner était un homme intelligent. Beaucoup plus intelligent que Kluckholn. Et un avocat brillant avant d'aller à l'Est en juin. De son côté, il avait l'impression que Kluckholn s'efforçait de le cantonner dans son emploi. Ou même de le rabaisser. »

Pendant un moment, je revis les deux hommes se disputant dans le parc le premier soir. Était-ce à ça que j'avais assisté ? Kluckholn essayant de remettre Küttner à sa place ? Küttner se rebiffant ? Ou quelque chose de plus intime, peut-être.

« Heydrich était-il au courant de cette rivalité ?

— Bien sûr. Il n'y a pas grand-chose dont Heydrich ne soit pas au courant, je dois dire. Mais il aime bien exciter les rivalités. Il croit que ça incite les gens à redoubler d'efforts. Ça ne l'aurait donc pas dérangé le moins du monde que ces deux-là se bouffent le nez pour s'attirer ses faveurs. Un truc qu'il a appris du Führer, sans doute.

— Sans doute. »

Le général Karl Hermann Frank faisait presque dix ans de plus que ses quarante-trois ans. Son visage était creusé de rides et de ravines, et il avait des cernes sous les yeux. Encore un nazi qui ne dormait pas très bien. C'était un gros fumeur, avec les deux doigts de la main serrant la cigarette qui semblaient avoir été plongés dans de la sauce de viande, et des dents pareilles aux touches en ivoire d'un vieux piano. On voyait mal ce qui pouvait attirer une jolie femme de vingt-huit ans chez ce personnage maigre et rigide. Le pouvoir, éventuellement ? Hitler avait beau ne pas l'avoir choisi pour succéder à von Neurath, en tant que SS et chef de la police de Bohême-Moravie, Frank était en réalité le deuxième homme le plus important du protectorat. Encore plus intéressant, peut-être, le fait qu'une séduisante physicienne tchèque ait épousé un homme qui, de son propre aveu, éprouvait une telle haine pour les Tchèques. La haine que je lui avais entendu exprimer à leur sujet la veille continuait à résonner dans mes oreilles. De quoi M. et Mme Frank pouvaient-ils bien parler après le dîner ? me demandai-je. La faillite des banques tchèques ? Les phrases en tchèque n'utilisant pas de voyelles ? L'UVOD ? Les Trois Rois ?

« Général, lorsque vous dites que les capitaines Kluckholn et Küttner étaient à couteaux tirés, entendez-vous par là qu'ils se détestaient ?

— Certes, il existait une certaine animosité entre eux. C'est bien naturel. Toutefois, si vous cherchez un homme qui détestait véritablement le capitaine Küttner – suffisamment pour le tuer, peut-être –, alors l'Obersturmbannführer Walter Jacobi est votre homme.

— Vous voulez parler du colonel du SD qui se passionne pour la magie et l'occultisme ?

— C'est ça. Et en particulier pour l'ariosophie. Ne me demandez pas de vous donner des explications détaillées. Je crois qu'il s'agit d'une théorie occultiste absurde ayant rapport avec le fait d'être allemand. Lire le livre du Führer me suffit largement. Mais Jacobi en voulait davantage. Il n'arrêtait pas de me harceler pour que je m'intéresse à l'ariosophie jusqu'à ce que je l'envoie sur les roses. Je n'étais pas le seul à trouver risible son engouement pour ce machin. Küttner, dont le père était un pasteur protestant auquel toutes ces sottises religieuses n'étaient pas étrangères, pensait que l'ariosophie était de la pure fumisterie, et n'a pas hésité à le dire.

— Au colonel Jacobi ?

— À lui assurément. C'est même ce qui rendait la chose tellement drôle pour le reste d'entre nous. Ils se trouvaient tous les deux à l'école d'officiers SS de Prague. Cela se passait dimanche dernier, le 29 septembre. Le lendemain de l'arrivée de Heydrich. L'école avait organisé un déjeuner en son honneur et, bien sûr, ses assistants l'accompagnaient. Quelqu'un, pas Küttner, avait interrogé le colonel Jacobi sur la bague à tête de mort qu'il portait – un cadeau de Himmler, apparemment. Une chose en amenant une autre, Jacobi n'a pas tardé à se lancer dans ses foutaises habituelles sur Wotan, le culte du soleil et les maçons. Au beau milieu, le capitaine Küttner a soudain éclaté de rire et dit qu'à son avis, tout ce folklore germanique n'était qu'un "ramassis de balivernes". Ses propres mots. Pendant quelques instants, il y a eu un silence gêné, puis Voss – l'officier responsable à Beneschau et un des invités ici, au château du bas, ainsi, dois-je ajouter, qu'un imbécile – a essayé de changer de sujet. Mais Küttner ne voulait pas en démordre ; il a continué sur sa lancée, et c'est alors que Jacobi a dit ça. »

Frank fronça un instant les sourcils.

« Dit quoi ?

— J'essaie de me rappeler les termes exacts. Oui. Il a dit quelque chose comme : "Si vous ne portiez pas un uniforme SS, capitaine Küttner, c'est avec joie que je vous tuerais sur-le-champ et devant tout le monde."

— Vous en êtes sûr, général ?

— Oh oui. Absolument sûr. Voss ne manquera pas de vous le confirmer. À la réflexion, il n'a pas dit "tuerais", mais "abattrais".

— Qu'est-ce que Küttner a répondu ?

— Il a ri. Ce qui n'a pas vraiment désamorcé la situation. Et il a ajouté une remarque que je n'ai pas saisie sur le moment, mais qui a à voir avec le fait qu'il y avait déjà du tirage entre eux. Apparemment, ils se sont connus à l'université. Et ils étaient ennemis.

— Je croyais que Jacobi était de Munich, général, intervint Kahlo.

— En effet.

— Et qu'il avait étudié le droit à l'université de Tübingen, continua Kahlo. Du moins, d'après ce qui est marqué dans son dossier.

— Oui, à Tübingen. Mais il a aussi étudié le droit à l'université Martin-Luther de Halle. La même que

388

Küttner. Il n'en a peut-être pas l'air, mais Jacobi n'a qu'un an de plus que Küttner. Selon Heydrich, ils se sont même battus en duel. Quand ils étaient étudiants.

— En duel ? s'esclaffa Kahlo. Quoi, avec des épées ?

— C'est exact.

— Pour quelle raison au juste ? demandai-je.

— Ils faisaient partie d'une association de duel. Il n'y a pas besoin d'avoir de raison. C'est tout l'intérêt d'appartenir à une association de duel.

— Il se pourrait donc que les *Schmisse*[1] sur le visage de Küttner soient l'œuvre de Jacobi ?

— C'est possible. Vous devriez effectivement lui poser la question.

— Dans la mesure où Jacobi était son supérieur, Küttner se rendait sans nul doute coupable d'insubordination grave en parlant comme il le faisait. Insubordination qui aurait fatalement des conséquences. Pourquoi n'est-il pas passé devant une cour martiale ?

— D'une part, cela se passait au mess et il ne s'agissait pas d'une cérémonie officielle. Comme vous le savez sans doute, les officiers sont censés pouvoir s'exprimer librement dans ces occasions. Jusqu'à un certain point. Mais au-delà, eh bien, ce n'était pas un problème non plus parce que Küttner avait de la vitamine B, bien sûr.

— Vous voulez dire avec Heydrich.

— Évidemment, avec Heydrich. »

---

1. « Balafres ».

Frank alluma une cigarette à l'aide d'un joli briquet en or avant de croiser les jambes nonchalamment, nous offrant une magnifique vue sur ses éperons. Peut-être Karola, son épouse tchèque, affectionnait-elle cette fière allure d'officier de cavalerie. Laquelle valait certainement mieux que l'air naturel de Frank, qui était celui d'un type récemment libéré de prison. Sa tête osseuse, ses traits tirés, ses doigts épais, son sourire triste et ses cigarettes qu'il fumait à la chaîne semblaient tout droit sortis d'un roman français.

« Ce que vous devez comprendre également, reprit-il, c'est qu'après sa dépression nerveuse en Lituanie et du fait que Heydrich et von Eberstein lui avaient évité d'être démis de ses fonctions, ses collègues officiers étaient enclins à lui fiche la paix. Pour Jacobi, pousser l'affaire plus loin en utilisant la voie officielle aurait signifié s'attaquer à Heydrich. Et comme Heydrich est maintenant la source de toutes les promotions en Bohême, vous n'auriez fait ça que si vous étiez prêt à mettre votre carrière au rancart. Jacobi a beau être un con et un guignol à moustache, il n'est pas complètement stupide. Non, pas complètement.

— Mais est-ce un assassin ? dis-je. Tirer de sang-froid sur un autre officier, voilà qui me semble bel et bien stupide. »

Les yeux las de Frank s'étrécirent et, quelques secondes plus tard, un sourire apparut sur son visage telle une carte gagnante.

« Et moi qui croyais que vous étiez détective.

— C'est Jacobi qui est féru d'occultisme, général, pas moi. D'habitude, j'interroge des témoins parce

390

que cela se révèle souvent plus fiable qu'une boule de cristal ou un jeu de tarot. »

Se penchant en avant d'une façon qui lui donnait l'air presque simiesque, Frank se mit à jouer avec une bague à sa main droite sans cesser de sourire, comme s'il savourait le sentiment de supériorité que lui procurait le fait de savoir quelque chose que j'ignorais, pendant encore quelques secondes, du moins ; il était évident pour chacun de nous qu'il allait finir par me dire ce que c'était exactement.

« Heydrich vous tient en haute estime, Gunther. Moi, je n'en suis pas aussi sûr.

— Pour certains flics, ça pourrait être un sacré choc. Mais je m'en remettrai certainement, avec un verre ou deux.

— Ça ne me déplairait pas non plus. »

Frank lança un regard à Kahlo, qui se dirigea vers le plateau de boissons.

« Oui, général ? Qu'est-ce que ce sera ?

— Cognac.

— Moi aussi, dis-je. Et pourquoi ne pas vous en servir un également ? »

J'attendis que nous ayons tous un verre en main avant de trinquer à la santé du général.

« Pour oublier les supérieurs qui ne nous estiment pas autant que nous le souhaiterions. »

Frank savait que je faisais allusion à lui, au fait qu'il aurait pu être, naturellement, le nouveau Reichsprotektor de Bohême à la place de Heydrich, si le Führer avait eu plus de considération à son égard. Je dois reconnaître que Frank prit ce direct au menton sans sourciller, et même qu'il vida son verre avec d'autant plus d'enthousiasme, comme s'il s'agissait d'une potion pour bébé. J'avais déjà vu des hommes boire ainsi, et cela permettait d'expliquer pourquoi nous avions à peu près le même âge, mais avec des cartes différentes sur la figure. La mienne était passable, je suppose, mais la sienne ressemblait au delta du Gange.

« Je crois qu'il vaudrait mieux avoir la carafe ici, Kurt, dis-je.

— Bonne idée », approuva Frank.

Lorsqu'il eut un verre plein entre les doigts, Frank l'examina avec attention pendant un moment puis déclara :

« D'habitude, il y a une récompense pour un bon indicateur, n'est-ce pas ?

— Quelquefois, répondis-je. Mais, sauf le respect que je vous dois, vous ne faites pas l'effet d'un homme qui serait content avec cinq marks et une cigarette.

— Un service, Kommissar. Davantage qu'un service, peut-être.

— Quel genre de service ?

— Des informations. Vous comprenez, n'ayant pas été nommé à la plus haute fonction ici en Bohême – comme vous avez eu l'obligeance de me le rappeler –, j'entends moins bien qu'auparavant.

— Et vous aimeriez que nous vous servions de cornet acoustique, c'est ça ? »

Frank regarda Kahlo d'un œil critique.

« Lui, je ne sais pas. Mais vous devriez suffire pour l'instant.

— Je vois.

— Je désire simplement être tenu informé, c'est tout. À l'heure actuelle, je suis le dernier à savoir ce qui se passe. C'est la façon qu'a Heydrich de me rappeler que c'est lui qui commande. Vous avez vu comment il a traité von Neurath l'autre soir. Eh bien, j'ai droit au même traitement. » Il haussa les épaules. « Allons, je ne demande pas beaucoup, Kommissar. Après tout… » Il descendit le second cognac comme le premier, puis se lécha bruyamment les lèvres. « Ce n'est pas comme si j'étais un espion ou je ne sais quoi. »

Nous échangeâmes un bref regard, Kahlo et moi.

En souriant, je me resservis.

« En êtes-vous sûr, général ? » Je continuai à sourire, pour qu'il se dise que je plaisantais peut-être et pour l'obliger à m'écouter sans se formaliser. « Essayons de voir les choses logiquement. Un homme avec des comptes à régler tel que vous. À mon avis, vous feriez un excellent espion, bien au contraire. »

Frank ignora mon objection.

« Ne changez pas de sujet. Pas alors que nous faisons des progrès. Répondez simplement à ceci : sommes-nous d'accord ?

— Pour échanger des informations maintenant et dans le futur ? Oui, je pense. Je pourrais utiliser quelques amis à Prague. Pour l'instant, je n'en ai pas. D'ailleurs, je n'en ai pas chez moi non plus. »

Frank opina, les yeux brillants.

« Très bien, dit-il. Vous d'abord. Une information. En signe de bonne foi.

— D'accord, si vous y tenez.

— Quel est le nom de cette pute que Henlein a planquée à l'hôtel Imperial ? Il paraît que vous n'ignorez rien d'elle.

— Elle s'appelle Betty Kipsdorf.

— Présentement ?

— Bon, dites-moi pourquoi vous désirez le savoir.

— Peut-être que je voulais juste m'assurer que vous étiez prêt à respecter vos engagements, avant que je ne vous parle du passé intéressant du colonel Jacobi.

— Quoi, plus intéressant que de se battre en duel avec ma victime de meurtre ? Et menacer de l'abattre ?

— Oh, beaucoup plus intéressant que ça, Kommissar. Il ne s'agissait que d'un simple hors-d'œuvre. Et voici le plat de résistance.

« Jacobi a adhéré à la SA en 1930, alors qu'il était encore étudiant en droit à Tübingen. Rien de très exceptionnel, je vous l'accorde, si ce n'est que, à mon avis, il n'y a pas beaucoup d'étudiants en droit qui se font arrêter pour meurtre la même semaine où ils obtiennent leur diplôme.

« Oui, je savais que ça vous en boucherait un coin. En 1932, Jacobi a commis un meurtre à Stuttgart, qui ne se trouve qu'à vingt kilomètres de Tübingen. La victime était un cadre du KPD[1], encore qu'il semble que ce ne soit pas la vraie raison pour laquelle le jeune homme a été tué. On a supposé qu'il était pédé et que c'était le motif réel du crime. Bon, je n'ai pas besoin de vous dire comment était la situation en

---

1. Parti communiste allemand.

1932. À certains égards, le gouvernement von Papen était autant de droite que celui de Hitler. Le parquet de Stuttgart fut plutôt lent à monter un dossier contre Walter Jacobi. Tellement lent, en fait, que l'affaire ne fut jamais portée devant la justice parce que, bien sûr, les nazis furent élus en janvier 1933 et que ça n'intéressait plus personne d'engager des poursuites à l'encontre d'un fidèle membre du parti comme Jacobi. Néanmoins, il n'est pas étonnant qu'il se soit enrôlé dans la SS puis dans le SD peu de temps après ; c'était probablement le meilleur moyen d'éviter la prison. Et, naturellement, l'une des premières choses qu'il fit une fois parvenu à une certaine position d'autorité dans la SS fut de détruire tous les papiers relatifs à l'affaire. À la suite de quoi, il faillit se faire flanquer à la porte du SD en 1937 ; mais Himmler intervint et lui évita de se faire rôtir les couilles.

— Et vous pensiez qu'un bon détective pourrait trouver ça tout seul ?

— Quelque chose de ce genre.

— Vous me surestimez, général. Là encore, il y a des limites à ce qu'il m'est possible de découvrir en moins de douze heures. Ce qui est le temps pendant lequel j'ai travaillé sur cette histoire. Et, bien entendu, il y a également des limites aux questions que je peux poser à mes officiers supérieurs sans risquer d'être accusé d'insubordination patente. »

Frank éclata de rire.

« Nous savons tous les deux que ce n'est pas vrai. »

Il s'esclaffa, d'une manière qui me fit penser qu'il devait y avoir un tas de choses qu'il trouvait comiques qui m'auraient fait une impression très différente.

« Nous savons tous les deux que cela arrange le général Heydrich que vous nous humiliiez. Surtout à l'heure où il prend ses fonctions de Reichsprotektor de Bohême. Cela devient une leçon de pouvoir pour nous tous. Visant à tester notre loyauté, peut-être. Hitler admire Heydrich parce qu'il soupçonne tout le monde de tout. Moi y compris. Moi en particulier.

— Et pour quelle raison vous soupçonnerait-il, général ? »

Frank regarda Kahlo presque comme s'il savait que c'était lui qui m'avait parlé du VXG.

« Ne jouez pas les naïfs. Je suis marié à une Tchèque, Kommissar. Karola. Ma première femme, Anna, me déteste. Elle est mariée à un homme qui affecte de ressembler au Führer et qui se fait un devoir de répandre des mensonges sur moi et ma nouvelle épouse. Simplement parce que c'est une Germano-Tchèque. Ensemble, ils ont déjà réussi à monter mes deux fils contre moi. Et maintenant ils n'hésitent pas à prétendre que ma femme ne m'a épousé que parce que c'est une espionne tchèque et que, quand je rentre à la maison le soir, elle essaie de me soutirer des secrets d'État. Eh bien, c'est tout bonnement faux. Ce qui fait que je n'ai pas beaucoup apprécié votre petite plaisanterie. Je suis fidèle à l'Allemagne et au parti, et j'espère avoir un jour l'occasion de montrer au monde entier à quel point je suis dévoué au Führer et à la cause du national-socialisme. Jusque-là, j'espère pouvoir compter sur votre aide – oui, à tous les deux – pour mettre fin à ces allégations sans fondement. »

Il se leva et je lui serrai la main. À ma décharge, Kurt Kahlo fit de même. L'idée était de Frank, pas de moi. Sur le moment, je n'y attachai pas grande importance – une poignée de main me semblait un prix modeste à payer pour des informations importantes sur un nouveau suspect potentiel. Il fallut attendre encore huit ou neuf mois pour que je me rende compte que j'avais serré la main à l'homme ayant ordonné la destruction de la petite ville de Lidice et le massacre de tous ses habitants en représailles à l'assassinat de Reinhard Heydrich.

Je jetai un coup d'œil à ma montre. Il était 19 heures.

« Si je n'étais pas déjà déboussolé, admit Kahlo, je le serais sûrement maintenant. À chaque fois que nous parlons à quelqu'un, nous en apprenons un petit peu plus. Le seul problème, c'est que ça nous éclaire un petit peu moins. Curieux, vraiment. On pourrait même parler de paradoxe. Juste au moment où j'ai l'impression d'avoir une meilleure vision de l'affaire, quelque chose vient interrompre le fil de mes pensées, comme si on avait construit un mur entre les deux moitiés de mon cerveau. Et alors que je déniche une chaise assez solide pour monter dessus et jeter un coup d'œil de l'autre côté, j'oublie ce que je suis censé chercher, de toute façon. Après quoi, en un rien de temps, j'ai même oublié pourquoi j'étais debout sur la chaise. »

Kahlo poussa un soupir et secoua la tête d'un air contrit.

« Désolé, patron, ça n'aide pas beaucoup, je sais. »

Pendant qu'il parlait, j'essayais de résister à la contagion menaçante de sa totale confusion. Pour ma part, il me semblait entendre un accord perdu et discerner quelques mots sous le palimpseste. Un fragment insaisissable d'une idée réelle lançait des éclairs comme une boîte de poudre de magnésium dans la chambre noire que constituait mon crâne, puis c'était à nouveau les ténèbres. Un bref instant, chaque élément s'illuminait, je comprenais tout, et j'étais sur le point de définir exactement en quoi consistait le problème et où résidait la solution – Kahlo ne savait-il pas que ce qu'il décrivait était le dilemme intellectuel auquel doit faire face tout détective ? Mais la seconde d'après, une brume grise descendait derrière mes yeux et, avant que je me rende compte de ce qui se passait, cette même idée qui paraissait une réponse étouffait lentement comme un poisson lancé sur la berge par un pêcheur à la ligne, sa bouche s'ouvrant et se fermant sans qu'il en sorte aucun son.

Je lui dis que j'avais besoin de m'échapper du château du bas pour mettre de l'ordre dans mes propres idées. C'est aussi ce que je me disais à moi-même. J'en avais eu assez d'eux tous pour la journée, et soudain voilà que ça incluait également Kahlo. Je décidai de retourner à l'hôtel et de consacrer pendant un moment mon énergie à Arianne ; ainsi, nous pourrions passer notre dernière nuit ensemble avant que je la renvoie au matin chez elle.

« Demandez au major Ploetz de trouver une voiture qui me ramènera à Prague », dis-je.

Kahlo me regarda tristement, comme s'il était déçu

que je ne sois pas prêt à me montrer franc avec lui quant à l'endroit où j'allais.

« Oui, patron. »

Je n'eus pas à attendre longtemps avant qu'une voiture se libère, mais je fus pour le moins contrarié d'apprendre que je devrais faire le trajet avec Heydrich lui-même.

« À présent, vous pouvez me faire part des conclusions auxquelles vous êtes parvenu, dit-il, tandis que, franchissant les portes de l'enfer du château du bas, Klein virait à gauche pour s'engager sur la route de campagne digne d'une carte postale.

— Je n'en ai pas encore.

— J'avais espéré que vous auriez tout réglé ce week-end. Avant l'arrivée de Lina, ma femme.

— Oui. Je sais. Vous me l'avez déjà dit.

— Et avant que mes invités ne soient obligés de partir. Ils ont des tâches à accomplir.

— Mmm.

— Je dois avouer que je trouve plutôt curieux que vous puissiez songer à prendre la soirée alors qu'il y a toujours un assassin en liberté dans ma maison. Je ne me suis peut-être pas bien fait comprendre ce matin. Il est impératif que cette affaire soit résolue avant que la nouvelle parvienne à Berlin.

— Si, vous avez été parfaitement clair, général.

— Et pourtant, vous continuez à voir votre putain. »

J'acquiesçai.

« Dites-moi une chose, général. Jouez-vous aux échecs ?

— Oui. Mais je ne vois pas le rapport avec ça. Ni avec votre putain.

— Eh bien, vous savez sans doute que, dans les grands tournois, il n'est pas rare que les joueurs se lèvent et quittent la table entre les mouvements. Lire, dormir, ou, de fait, toute diversion agréable a le pouvoir d'aiguiser l'esprit, de permettre au joueur de fonctionner à un niveau intellectuel supérieur. Certes, je ne compte pas m'adonner à la lecture ce soir ; en revanche, j'attends de ma petite amie qu'elle me procure quelques diversions fort agréables, après quoi il se pourrait bien que je dorme un peu. Ce qui signifie, en bref, que j'ai besoin de passer un peu de temps loin de vous et de votre demeure pour essayer de donner un sens à tout ce que j'ai découvert aujourd'hui.

— Tel que ? »

Ayant enfin atteint la route principale, Klein écrasa l'accélérateur, laissant derrière lui Jungfern-Breschan, et nous filâmes vers Prague à près de quatre-vingts kilomètres à l'heure, ce qui me força à élever la voix pour répondre au général.

« Je sais qu'au moins trois personnes séjournant au château du bas détestaient le capitaine Küttner : Henlein, Jacobi et Kluckholn. Je ne peux pas encore dire s'ils le détestaient suffisamment pour le tuer. Ils le détestaient pour toutes sortes de raisons, qui tiennent principalement au fait que Küttner était indiscipliné, intelligent, peut-être un tantinet vaniteux et pas vraiment le lèche-bottes avec les officiers supérieurs que devrait être tout bon assistant. Mais il y avait aussi d'autres raisons – probablement plus importantes – qui auraient pu entraîner sa mort. Et, en premier lieu, le fait qu'il était votre agent de liaison avec le Groupe du traître X du SD. S'il avait déniché quelque chose concernant l'identité du traître, cela aurait été un assez bon motif pour le tuer. Vous auriez dû m'en parler, général.

— Quand ?

— Ce matin. Quand nous étions dans votre bureau. Quand vous m'avez confié cette affaire.

— Je ne tenais pas à diffuser la nouvelle de l'existence d'une telle unité devant mon propre major-dome. En outre, je pensais que votre Kriminalassistant vous en aviserait. Le major Ploetz me dit que Kahlo appartient au VXG.

— Il pensait que c'était un secret. Je viens seulement de l'apprendre.

— Eh bien, vous le savez maintenant.

— Est-ce que tous vos invités sont soupçonnés ?

— Jusqu'à l'arrestation du traître ? Oui. Bien entendu. Quelle question ridicule ! Curieusement, Gunther, les traîtres ont la fâcheuse habitude de se révéler être les individus en qui vous avez le plus confiance. Il serait stupide de supposer que certains d'entre eux sont au-dessus de tout soupçon en vertu d'une amitié de longue date avec le Führer ou avec moi, ou de leur démonstration de fidélité ininterrompue au parti. Un espion tchèque ne vaudrait rien si on le soupçonnait d'être un espion tchèque, n'est-ce pas ? Toutefois, je reconnais que cela pourrait être le motif pour lequel Küttner a été assassiné. Ce qui rend d'autant plus nécessaire que nous attrapions ce salaud à brève échéance, vous ne croyez pas ?

— Il y a une autre raison pour laquelle on aurait pu l'assassiner.

— Je suis tout ouïe.

— Le capitaine Küttner était homosexuel.

— Absurde. Qu'est-ce qui vous a donné une idée aussi ridicule ? Laissez-moi vous dire que je connaissais Küttner depuis plus de dix ans. Et je l'aurais su. C'est impossible autrement.

— Néanmoins, c'est un fait.

— Il vaudrait mieux que vous ayez des preuves sacrément solides pour affirmer une chose pareille, Gunther.

— Je vous épargnerai les détails, général, mais croyez-moi, je ne vous en aurais pas soufflé mot devant votre majordome ; et je n'en parlerais pas maintenant devant votre chauffeur à moins d'être absolument certain de ce que j'avance. De plus, vous admettrez, je pense, qu'être homosexuel, surtout dans la SS, constitue, en ces temps éclairés où nous vivons, plus qu'une raison suffisante de se faire tuer. J'ai l'impression qu'un certain nombre d'officiers SS se sentiraient pleinement justifiés de flanquer une balle dans la peau d'un type de cette espèce. De même, j'ai l'impression qu'un ou deux se seraient sentis parfaitement en droit d'abattre Küttner pour – comment appeler ça, général ? – son manquement au devoir avec ce groupe d'action spéciale en Lituanie.

— Là-dessus, vous en savez certainement pas mal vous-même. Vous êtes-vous demandé pourquoi on vous avait permis aussi facilement de quitter votre propre bataillon de police à Minsk ? Si vous ne l'avez pas encore fait, alors peut-être que vous devriez. »

J'acquiesçai.

« Arthur Nebe m'a dit quelque chose à l'époque, en guise d'explication.

— Et Nebe prend ses ordres de moi. Vous en conviendrez.

— Oui, général.

— Vous me rappelez quelqu'un, Gunther. Un Belge plutôt têtu du nom de Paul Anspach. Il était président de la Fédération internationale d'escrime. Après la défaite de la Belgique en juin 1940, Anspach, qui avait exercé les fonctions de juge-avocat militaire, fut arrêté pour de prétendus crimes de guerre et fourré en prison. Après sa libération, je l'ai convoqué à Berlin, où je lui ai ordonné de me céder la présidence. Il a refusé. Je ne saurais vous dire à quel point c'était irritant ; mais j'admirais son courage et je l'ai renvoyé chez lui.

— Même vous ne pouvez pas toujours avoir ce que vous voulez, général.

— Détrompez-vous. Avec l'aide du président de la fédération italienne, j'ai réussi malgré tout à lui enlever la présidence internationale. Il est inutile de faire preuve d'entêtement avec moi, Gunther. Je finis toujours par obtenir ce que je veux. Vous devriez le savoir à présent. Que s'opposer à moi n'est pas judicieux. Au cas où vous ne l'auriez pas compris, c'est la morale de cette foutue histoire.

— Je n'ai jamais pensé qu'il était judicieux de s'opposer à vous, répondis-je. Même quand je le faisais. Pas plus qu'il n'est judicieux de votre part, à mon avis, de circuler sans escorte à bord d'une voiture décapotable. Pour n'importe quel Gavrilo Princip en herbe, vous êtes une invitation à tenter le coup. Au cas où vous l'auriez oublié, l'archiduc François-Ferdinand d'Autriche voyageait lui aussi dans une voiture découverte. »

Heydrich éclata de rire, et je me rendis compte que je le détestais encore plus qu'auparavant, aussi impossible que cela paraisse.

« Si je devais avoir un jour le sentiment que ma conduite à cet égard est imprudente ou irréfléchie – si jamais quelqu'un s'attaquait à cette voiture –, je n'hésiterais pas à répondre par une violence sans précédent. Je présume que la population de Prague en a parfaitement conscience. Et même si votre sollicitude me touche, Gunther, il est peu probable que j'aie besoin de connaître votre opinion à ce sujet.

— Oh, je ne veux pas avoir l'air de me soucier de ce qui vous arrive, général. Pas plus que de paraître touchant. Je vous parle uniquement comme doit le faire votre détective. Votre garde du corps. Quel que soit le nom que vous choisissez de me donner. Je ne connais pas grand-chose à l'escrime, mais si cela ressemble à la boxe, on conseille au combattant de se protéger en permanence. Ce n'est pas de la faiblesse, général. Pas plus que de manifester de l'intérêt pour un collègue officier originaire de Halle-an-der-Saale et qui est allé dans la même école que vous.

— Il est maintenant clair pour moi que ce n'est pas l'avis de tout le monde.

— Dites-moi, général, Küttner faisait-il bien son travail ?

— Jusqu'à un certain point.

— Ce qui signifie ?

— J'ai trois autres assistants, tous très compétents. Je m'étais dit qu'un de plus ne ferait aucune différence. Bien sûr, pour la plupart des gens, un suffit. Mais je ne suis pas la plupart des gens. Cependant, l'unique raison pour laquelle j'ai quatre – pardon, trois – assistants, c'est de me faire me souvenir de déléguer davantage. J'ai beaucoup de mal à me fier aux autres pour exécuter mes ordres.

« Normalement, il n'y a rien qu'ils fassent que je ne pourrais pas faire mieux moi-même. Mais de les voir m'obéir au doigt et à l'œil me rappelle qu'il y a des tâches plus importantes qui requièrent mon attention. Avoir trois assistants me rend plus productif, plus efficace. Néanmoins, pour être tout à fait sincère, je ne supporte la vue d'aucun d'entre eux. Au moins, Küttner était quelqu'un pour qui je pensais avoir de la sympathie. Mais les assistants sont un mal nécessaire pour quelqu'un dans ma position. Comme vous l'êtes vous-même.

— Je suis flatté.

— Ce n'était certainement pas mon intention.

— Votre père connaissait le père de Küttner. Est-ce exact ?

— Oui. Mais, puisque vous me posez la question, encore plus important peut-être, ma mère donnait des leçons de musique à Albert Küttner.

— Est-ce ainsi que vous avez fait sa connaissance ?

— C'est probable. J'ai vaguement le souvenir de l'avoir vu alors que je rentrais pour une permission de la Reichsmarine. Je ne devais pas avoir plus de vingt ans à l'époque. Il se peut que j'aie même tenté de convaincre Albert d'entrer à l'Académie navale comme moi. Après tout, il était allé à la même école. Mais son père était moins nationaliste que le mien, c'est pourquoi il a sans doute choisi de faire des études de droit à la place. Non que tout cela ait le moindre intérêt.

— Je ne suis pas d'accord. Essayer d'apprendre tout ce qu'il y a à savoir sur un homme qui a été assassiné et bien plus encore est toujours, à mon avis, le meilleur moyen de découvrir pourquoi on l'a tué. Et une fois que j'ai trouvé pourquoi, découvrir qui est souvent un jeu d'enfant. »

Heydrich haussa les épaules.

« Eh bien, c'est votre affaire. Vous vous y connaissez mieux que personne dans ce domaine. Vous devez faire ce que vous jugez bon, Gunther. »

À mi-chemin entre Jungfern-Breschan et Prague, la route passait entre des champs fraîchement labourés. Un paysage désolé avec très peu de circulation jusqu'à ce que, près de l'hôpital Bulovka, nous croisions une ambulance et, un peu plus loin, un tramway montant avec force grincements la colline qui menait vers les faubourgs de la ville. En traversant le pont de Troja, la voiture ralentit puis tourna à un coin de rue, et un homme s'inclina en ôtant sa casquette à la vue de la voiture d'état-major allemande.

Il était plus facile d'entendre Heydrich maintenant que nous ne roulions plus aussi vite, et j'essayai à nouveau de l'interroger sur Küttner.

« Vous aimiez bien Albert Küttner ?

— Est-ce une façon de me demander si je l'ai tué ?

— L'avez-vous tué ?

— Non. Et pour répondre à votre autre question, non, je ne l'aimais pas. Plus maintenant. Autrefois, oui. Il y a longtemps de ça. Mais pas ces derniers temps. Il m'a déçu. Et, dans une certaine mesure, il était devenu une sorte de boulet. Puisque vous avez parlé du colonel Jacobi, je suppose que vous connaissez les détails de ce qui s'est passé. Le différend qu'ils ont eu. Pour être franc, Gunther, je ne suis pas du tout désolé que Küttner soit mort. Mais j'ai la conscience tranquille. Je lui ai donné toutes les possibilités de réparer ses failles. En même temps, je ne peux pas tolérer que des individus assassinent des membres de mon état-major sous prétexte qu'ils ne leur plaisent pas. Bon Dieu, si vous et moi devions tuer tous les gens au château du bas que je ne peux pas voir en peinture, il ne resterait pratiquement plus personne dans le SD local : Jacobi, Fleischer, Geschke, von Neurath. Je ne verserais pas une larme s'ils se faisaient trouer la peau.

— Voilà qui ne devrait pas poser de problème, je suppose.

— Henlein et Jury sont particulièrement odieux, vous ne trouvez pas ? Des connards. L'un comme l'autre.

— Lorsque nous avons discuté la première fois, général – hier, dans le parc –, vous avez évoqué une tentative d'attentat perpétrée contre vous. Croyez-vous qu'il y ait un lien avec le meurtre de Küttner ? Une erreur sur la personne, éventuellement ? Küttner était grand et blond, tout comme vous. Sa voix et son accent également semblables aux vôtres.

— Vous voulez dire, aigus ?

— Oui, général. Dans le noir, qui sait ? Le tueur s'est peut-être tout bonnement trompé de cible.

— J'y ai pensé, naturellement.

— Auquel cas, il se pourrait fort bien que je gaspille mon temps à chercher un de nos collègues possédant une bonne raison de tuer le capitaine Küttner, quand mes efforts seraient mieux employés à en chercher un qui souhaite ardemment votre mort.

— Idée intéressante. Et, de mes chers amis et estimés collègues se trouvant dans ma nouvelle résidence, lequel, à votre avis, aurait la meilleure raison de souhaiter ma mort ?

— Vous voulez dire, à part moi ?

— Vous avez un alibi, non ? En fait, vous n'étiez pas dans la maison au moment où Küttner a été tué.

— C'est très aimable à vous de m'en avoir fourni un, fis-je remarquer.

— N'est-ce pas ?

— J'imagine que Frank et von Neurath possèdent d'excellents motifs, d'un point de vue professionnel. Von Neurath pourrait vouloir se venger de vous rien que pour le plaisir. Même s'il ne me fait pas l'effet d'être un meurtrier. Contrairement à Frank. Vous mort, il récupérerait probablement votre poste.

— C'est fascinant. Qui d'autre ?

— Henlein et Jury vous détestent sans doute eux aussi, vous ne pensez pas ?

— Presque à coup sûr.

— Et je ne me fierais à Jacobi que pour autant que je puisse lui botter le train.

— Il donne vraiment la chair de poule, n'est-ce pas ?

— Geschke et Fleischer sont également assez éloignés de l'idée que je me fais d'amis fidèles.

— Des amis, peut-être pas. Mais des collègues. Et de bons nazis. Et puisque nous parlons des membres de mon état-major qui pourraient me détester, il y a aussi Kritzinger. Je ne veux pas dire par là qu'il me tuerait, mais je ne serais pas du tout surpris qu'il me haïsse. C'est un Autrichien, de Vienne, et avant la guerre il travaillait pour le Juif qui dirigeait le domaine.

— Ferdinand Bloch-Bauer. Küttner m'a raconté.

— Après l'Anschluss, son maître et lui ont quitté Vienne pour venir ici dans l'espoir d'échapper à l'inévitable, avant que Bloch-Bauer parte finalement pour la Suisse, en 1939.

— Mais Kritzinger appartient à la SS. De même que la quasi-totalité du personnel, non ?

— Bien sûr. Mais très peu d'entre eux en faisaient partie jusqu'à ce que le Reich acquière le château du bas.

— Je croyais que c'était pour ça qu'on les avait engagés. Parce que vous saviez pouvoir leur faire confiance.

— Qu'ils appartiennent tous à la SS signifie que le Reichsprotektor n'a pas à les payer de sa poche, Gunther. Sans quoi je serais incapable de garder une maison aussi vaste, pas avec mon salaire. »

Ce qui me laissa quelque peu pantois : Heydrich ne m'avait jamais donné l'impression d'être avare ; mesquin, oui, mais pas escroc. Sans parler de faire preuve d'une telle franchise à ce propos ! Bien sûr, je savais que jamais il ne me dirait si Himmler était au courant de cette pratique et l'approuvait. Ce qui signifiait qu'ils étaient tous de mèche. La clique pourrie jusqu'à la moelle. Mener la grande vie pendant que le simple Fritz devait se passer de bière, de saucisses et de cigarettes.

« Oh, je suis persuadé que Kritzinger est un bon Allemand, reprit Heydrich. Mais force est de reconnaître qu'il était dévoué aux Bloch-Bauer.

— Alors pourquoi diable le gardez-vous ?

— Parce que c'est un excellent majordome, naturellement. Les bons majordomes ne courent pas les rues, vous savez. Surtout maintenant que nous sommes en guerre. Je doute que cela ait un sens pour quelqu'un comme vous, mais Kritzinger met ses obligations professionnelles au-dessus de ses opinions personnelles, toujours. Il croit sincèrement qu'il est de son devoir d'assurer un service de qualité et de se concentrer exclusivement sur ce qui relève de son domaine. Si vous l'interrogiez à ce sujet, il vous répondrait sans doute qu'il n'aime guère en parler ou quelque chose d'aussi courtoisement évasif.

— Et pourtant, vous dites qu'il se peut qu'il vous haïsse.

— Bien sûr. Je dois reconnaître que c'est une possibilité. Ne pas la prendre en compte serait stupide. Dans mon travail, Gunther, il vaut mieux ne se fier à personne. Tout ce que je demande aux gens, c'est de faire leur devoir et, sur ce plan au moins, Kritzinger est irréprochable. » Il parut soudain impatient. « C'est peut-être une distinction trop subtile pour un homme tel que vous, mais voilà. Tels sont les dilemmes qui se posent à quiconque exerce une fonction d'autorité.

— Très bien, général. Si vous le dites.

— Oui. Il y a intérêt. »

Alors que nous étions encore à plusieurs centaines de mètres de l'hôtel Imperial, Klein s'arrêta devant un immeuble d'habitation avec d'énormes atlantes à l'expression féroce, des fenêtres Art nouveau et un toit comme celui d'un château bavarois. Le portail était recouvert de mosaïque et surmonté d'un balcon en filigrane. Celui qui avait conçu le bâtiment semblait avoir eu pour influences architecturales Homère et les frères Grimm. Mais le plus remarquable était l'absence de toute sentinelle SS ou même de l'armée régulière, et je compris aussitôt qu'il ne s'agissait pas d'un édifice public.

« Qu'est-ce que c'est que cet endroit ? demandai-je.

— La pension Matzky. Un bordel géré par la Gestapo pour divertir les citoyens tchèques importants. Son personnel se compose des plus belles courtisanes amateurs de toute la Bohême-Moravie. Il faut un mot de passe rien que pour franchir la porte.

— Je parie que ça maintient la qualité des débats.

— Je m'y rends moi-même de temps à autre. Ou lorsque je souhaite accorder à mes collaborateurs une récompense spéciale. Et tout à la pension Matzky est spécial. »

Pendant que nous étions là, un homme entra discrètement ; mais pas au point que je ne le reconnaisse pas. C'était le professeur Hamperl, celui-là même qui avait pratiqué l'autopsie sur le capitaine Küttner.

« Qui est-ce ? demandai-je. Un de ces citoyens importants de Prague ?

— Vraiment, je n'en ai aucune idée, répondit Heydrich. Mais je présume. À présent, demandez-moi
pourquoi je vous ai dit ça, Gunther.

— Pourquoi m'avez-vous dit ça ?

— Pour que vous sachiez ce que vous ratez quand
vous verrez cette putain que vous avez amenée de
Berlin. Klein, je vous pose la question : avec les milliers de filles complaisantes qu'il y a dans cette ville,
pouvez-vous imaginer une chose pareille ? »

Klein sourit.

« Non, général. »

Heydrich secoua la tête.

« C'est comme emporter une chouette à Athènes.

— Peut-être que je n'aime que les chouettes allemandes. »

Heydrich sourit de son sourire de loup, descendit
de voiture puis pénétra dans la pension sans rien
ajouter.

« Eh bien, te voilà ! Alors maintenant, on peut
sortir quelque part. »

Il était 7 h 45, mais, peu après, lorsque je regardai
ma montre, on aurait cru qu'il était 9 heures. Avec sa
tête dans l'ombre, Arianne était seulement un buste
nu couché sur le lit telle une statue en marbre. Domi-
née par les lumières et les formes, elle-même tenait
davantage d'un accessoire que d'un être humain, ce
qui ne fut pas sans me rappeler ce que j'avais vu
quand j'étais à l'hôpital Bulovka.

M'asseyant sur le bord du lit, je posai ma main sur
la piste de ski blanche et incurvée que constituait le

haut de ses fesses, descendant le vaste champ de sa cuisse jusqu'à son genou presque invisible.

« Ce n'est pas que je ne veux pas de toi ici.

— Je sais très bien ce que tu veux de moi, répondit une voix désincarnée. Tu as été parfaitement clair sur ce point. Tout ce que tu fais, c'est me baiser.

— Tu n'es plus en sûreté à Prague. Je te le répète. Une unité spéciale du SD a été mise en place pour rechercher Gustav. S'ils savaient que tu l'as rencontré, même innocemment… eh bien, tu peux imaginer ce qui se passerait. Du moins, je l'espère. Tu es en danger, Arianne. Réellement. Voilà pourquoi tu dois rentrer d'urgence à Berlin. Dès demain. Pour ta propre sécurité.

— Et toi, qu'est-ce que tu feras ?

— Je retournerai chez Heydrich à Jungfern-Breschan.

— C'est sa voiture ? La Mercedes dans laquelle tu es reparti hier matin ? » Elle marqua un temps d'arrêt. « Je t'ai suivi en bas pour te dire au revoir et j'ai changé d'avis en voyant ces types à l'intérieur.

— Oui. C'est sa voiture. En tout cas, l'une d'entre elles.

— Qu'est-ce que tu fabriques là-bas, d'ailleurs ? Chez Heydrich. Tu ne me dis rien.

— Il n'y a rien à dire. Pas encore. J'ai eu deux ou trois réunions assez ennuyeuses avec plusieurs généraux affreusement ennuyeux.

— Lui inclus.

— Heydrich est beaucoup de choses, mais jamais ennuyeux. La plupart du temps, j'ai bien trop peur de lui pour m'ennuyer. »

Arianne se redressa et passa ses bras autour de mon cou.

« Toi ? Avoir peur ? Je n'y crois pas, Parsifal. Tu es courageux. Je pense que tu es très courageux.

— Pour être courageux, il faut d'abord avoir peur. Fais-moi confiance. Tout le reste n'est que témérité. Et ce n'est pas le courage qui permet de rester en vie, mon ange. C'est la peur. »

Elle se mit à me couvrir la tête et le cou de baisers.

« Pas toi. Je n'y crois pas.

— Oui, j'ai peur de lui. J'ai peur d'eux tous. Peur de ce qu'ils pourraient me faire. Peur de ce qu'ils pourraient faire à l'Allemagne. Mais pour l'instant, j'ai peur de ce qu'ils pourraient te faire à toi. C'est pourquoi je suis allé à la gare de Masaryk avant de venir ici et je t'ai acheté un billet de retour pour Berlin. »

Arianne soupira puis essuya une larme.

« Est-ce qu'on se reverra ?

— Bien sûr.

— Quand ?

— Bientôt, j'espère. Mais actuellement, tout est confus. À quel point, tu n'as pas idée.

— Et me renvoyer à Berlin simplifie les choses ?

— Oui. Mais je te l'ai déjà dit, ce n'est pas pour ça que tu dois rentrer. En même temps, je dormirai beaucoup mieux en sachant que tu vas bien. »

Elle me caressa un instant la tête avant de rétorquer :

« À une condition.

— Pas de condition.

— Que tu me dises que tu m'aimes, Parsifal.

— Oh, je t'aime, c'est sûr. En fait, je t'aime même beaucoup, Arianne. Voilà pourquoi je dois te renvoyer. T'amener ici était une erreur, je m'en rends compte à présent. C'était égoïste de ma part. Je l'ai fait pour moi et maintenant je dois faire ça pour toi, tu comprends ? Je n'ai pas la moindre envie que tu rentres. Mais parce que je t'aime, il faut absolument que je te fasse partir. »

Peut-être que je l'aimais effectivement. Seulement, ça n'avait plus réellement d'importance, de toute manière. Pas maintenant qu'elle allait quitter Prague. Et quelque part en moi, je savais que jamais plus je ne pourrais la revoir. Tant qu'elle me connaîtrait, elle serait en danger à cause de qui et de ce que j'étais. Une fois rentrée, elle serait en sécurité parce que j'étais la seule personne susceptible de la relier à Gustav et à Franz Koci. Je savais que je serais navré de la perdre, mais ce n'était rien en comparaison de ce que j'éprouverais si être avec moi la mettait entre les mains blanches et froides de Heydrich. Il n'hésiterait pas à l'étriper pour obtenir des informations, comme Hamperl avait étripé ce pauvre Albert Küttner sur la table de dissection à Bulovka.

« Je t'aimerai toujours, dis-je, histoire d'en rajouter une couche.

— Et moi aussi, je t'aime. »

J'acquiesçai.

« Très bien. Allons dîner. »

14

Cette nuit-là, je ne parvins pas à dormir, mais Arianne n'avait pas grand-chose à y voir, même si elle dormit mal elle aussi. À un moment donné avant l'aube, je dus m'assoupir car je rêvai que j'étais revenu en un temps et un lieu presque surnaturels datant d'avant les nazis. Mais c'était un rêve récurrent chez moi.

Nous fîmes une légère tentative d'intimité, mais le cœur n'y était pas, le sien encore moins que le mien. Une fois lavés et habillés, nous prîmes le petit déjeuner dans le café décoré de mosaïques en bas. Elle semblait déprimée et parlait très peu, comme si elle était déjà dans le train à destination de Berlin ; cela dit, je n'étais pas particulièrement bavard non plus.

« Tu as l'air bien silencieux ce matin, dit-elle.

— Je pensais la même chose de toi.

— Moi ? Ça va. » Elle semblait sur la défensive. « Je n'ai pas très bien dormi.

— Tu pourras dormir dans le train.

— Oui. C'est peut-être ce que je ferai. »

Écartant salière et poivrière, j'essayai de prendre sa main, mais elle la retira.

« Ne fais pas semblant, Bernie. Tu as l'air impatient de te débarrasser de moi.

— Ne revenons pas là-dessus, Arianne.

— Comme tu veux. »

Nous nous dirigeâmes vers l'ascenseur. Le garçon ouvrit les doubles portes pour nous faire entrer dans son univers vertical, mais juste au moment où je m'apprêtais à suivre Arianne à l'intérieur, le commis d'hôtel surgit devant nous et me tendit une enveloppe fermée. Tandis que la cabine montait en grinçant le long de la cage, je lus la note qu'elle contenait.

« Qu'y a-t-il ? demanda Arianne.

— J'ai perdu mon tour pour Jungfern-Breschan. »

Elle fronça les sourcils.

« Ah ? Pourquoi ?

— Heydrich me rappelle qui est le patron, probablement.

— Tu veux dire que tu n'as pas de voiture ?

— Exact.

— Et alors, comment vas-tu te rendre là-bas ?

— Apparemment, il va me falloir aller à pied jusqu'au château de Hradschin pour y quémander un moyen de transport. »

La cabine de l'ascenseur arriva au dernier étage, où nous sortîmes.

« Ce n'est pas tout près, dit-elle. D'ici jusqu'au château. Je l'ai fait hier. Au moins quarante minutes. Peut-être plus. Tu devrais leur téléphoner pour leur demander d'envoyer une voiture. » Un sourire incertain flotta sur ses lèvres. « Ainsi tu pourras passer un peu plus de temps avec moi. »

Je secouai la tête.

« Crois-moi, je ne suis pas pressé d'y retourner. De plus, il fait beau. Et la marche me fera du bien. Ça me donnera du temps pour réfléchir. Sans compter que je peux t'accompagner à la gare.

— Oui, ce serait formidable. »

Alors que nous longions le couloir, elle pénétra dans la salle de bains et je retournai dans la chambre. J'allumai une cigarette puis m'allongeai sur le lit en l'attendant.

Arianne prit un bon moment, ce qui n'avait rien d'exceptionnel. Elle était toujours bien habillée et soignée de sa personne. Il y a quelque chose de très excitant dans le fait de défaire ce qu'il a fallu tant de temps pour assembler : ceinture, robe, chaussures, jarretelles, combiné, soutien-gorge, bas, slip. Mais lorsqu'elle revint, au bout d'un bon quart d'heure, elle paraissait encore plus fermée qu'avant, comme si le fard qu'elle avait appliqué sur sa jolie frimousse n'était pas seulement destiné à mettre en valeur sa beauté, mais aussi à cacher ses vrais sentiments.

« En fait, dit-elle, légèrement essoufflée, au moment où elle franchissait la porte, je préférerais que tu ne viennes pas à la gare si ça ne te dérange pas. Je viens de me maquiller et je sais que je m'effondrerai en larmes si tu es sur le quai à agiter la main. Alors si ça ne t'ennuie pas, mon chéri, laisse-moi y aller seule. Ce n'est qu'à cinq minutes à pied. Mon sac n'est pas lourd. Je peux très bien me débrouiller. »

Je ne protestai pas. Visiblement, elle avait pris sa décision.

Et ce fut tout. Lorsque, sortant de l'hôtel, je tournai à droite pour me diriger vers le pont Charles et le château un peu plus loin, je pensais ne jamais revoir Arianne Tauber, et c'est comme si on m'avait débarrassé d'un poids énorme. Je me sentais sinon insouciant, du moins profondément libéré. Étrange à quel point on peut se tromper. En tant que détective, même mauvais, j'aurais dû être habitué : avoir tort et avoir raison sont les deux facettes d'une même médaille, et seul le temps peut dire ce qu'il en est.

Sur la place de la Vieille-Ville, je pris un moment pour m'en souvenir. Quelques touristes, pour la plupart des soldats allemands en permission, étaient rassemblés devant l'horloge astronomique de l'hôtel de ville pour assister à la leçon de morale médiévale, impliquant la Vanité, le Plaisir, l'Avarice et la Mort, qui avait lieu toutes les heures dans deux petites fenêtres au-dessus de l'astrolabe richement décoré. Les soldats en permission prenaient des tas de photos des personnages de l'horloge et consultaient leur montre-bracelet, mais ils n'avaient pas l'air d'apprendre grand-chose. C'est le problème avec les leçons de morale. Personne n'apprend jamais rien. Nous étions face au passé, mais aucun d'entre nous ne semblait comprendre que nous étions aussi face à une allégorie de notre avenir.

Je retournai au château du bas vers dix heures pour trouver Kurt Kahlo m'attendant avec impatience dans le salon du Matin.

« Le capitaine Kluckholn sort d'ici, annonça-t-il.

— Qu'est-ce qu'il voulait ? »

Il me passa une feuille de papier.

« C'est une liste des effets personnels de Küttner. On peut les examiner dans le bureau du major Ploetz, semble-t-il. »

Je parcourus la liste.

Kahlo me tendit une enveloppe brune en souriant.

« Il nous a aussi donné deux billets de cirque chacun pour mercredi soir.

— De cirque ? Pourquoi ça ? »

Kahlo hocha la tête.

« Le Cirque Krone de Prague. Il paraît qu'il est excellent. Tout le monde est invité. Même moi. Une sortie pour le SD, la SS et la Gestapo. Ce n'est pas formidable ? M. et Mme Heydrich y seront. De même que M. et Mme Frank. Apparemment, votre petite amie, Fräulein Tauber, est invitée également. Soit dit en passant, je ne savais même pas que vous aviez une petite amie ici, à Prague.

— Je n'en ai pas. Plus maintenant. À cette minute, elle est dans un train pour Berlin.

— Bon sang, ce que j'aimerais être à sa place.

— Moi aussi.

— Maintenant, je comprends pourquoi vous vouliez vous faire la paire hier soir. Sur le moment, j'ai cru que vous alliez à la pension Matzky.

— Vous êtes au courant ?

— Plus que vous ne pourriez le penser. Un vieux pote à la brigade des mœurs a dû interroger les filles. Heydrich l'a ouverte avant même de devenir Reichsprotektor.

— Il ne m'a jamais paru du genre à jouer les maquereaux pour ses collègues officiers.

420

— Oh, il n'en est rien. Ce truc est un attrape-nigaud. Équipé de systèmes d'écoute afin de lui permettre d'écouter les conversations des Tchécos importants ou des hauts gradés venant de Berlin. D'après mon pote, il fait chanter la moitié de l'état-major général. Il semble qu'il ait prévu d'installer un endroit similaire à Berlin. Dans la Geisebrechtstrasse. Si j'étais vous, je les éviterais tous les deux.

— Merci pour le tuyau. Je pense que je suivrai votre avis.

— Ne dites pas que ça vient de moi.

— Autre chose ? »

Il y avait une seconde enveloppe dans la main de Kahlo. Il me la remit. Elle contenait une lettre du père de Geert Vranken aux Pays-Bas, me remerciant d'avoir contacté sa belle-fille – elle était trop bouleversée pour écrire elle-même – et de les avoir informés de l'« accident » survenu à son fils ; il me demandait en outre de lui faire part de la date et du lieu où les restes de celui-ci seraient enterrés.

« Des nouvelles du pays ?

— Pas exactement. » Je fourrai la lettre et les billets de cirque dans ma poche. « Qui est notre prochain témoin ?

— Le général de brigade Bernard Voss.

— Rappelez-moi de qui il s'agit.

— Il est responsable de l'école d'officiers SS de Beneschau. Et tout ce qu'on peut attendre du commandant d'un tel centre de formation : une espèce de crétin guindé. On pourrait probablement utiliser des mots encore plus grossiers. Surtout si l'on est tchèque. En novembre 1939, des étudiants de l'université locale organisèrent une manifestation au cours de laquelle le chauffeur de Frank fut blessé. Il n'aurait pas dû se trouver là, mais c'est une autre histoire. En tout cas, douze cents étudiants furent arrêtés et Voss commanda les pelotons d'exécution qui fusillèrent plusieurs d'entre eux. Pour servir d'exemple aux autres. »

Je grimaçai. Il était facile de mépriser un homme ayant fait une chose pareille. Je le savais parce que j'avais moi-même fait un truc dans le genre.

« Sans compter que Voss a rencontré une fois Hitler, ajouta Kahlo, ce qui n'a rien d'extraordinaire dans cette maison. Cependant, lorsque vous en discutez avec lui, ça semble avoir été le plus grand jour de sa vie. »

Ce n'était pas difficile à croire après seulement dix minutes passées en compagnie de Voss. Il considérait Hitler comme l'équivalent moderne de Martin Luther, et peut-être n'avait-il pas tout à fait tort : Luther était lui aussi un de ces Allemands se berçant totalement d'illusions et qui m'inspiraient pour le moins du dégoût.

Heureusement pour mon enquête, Voss semblait aussi heureux de parler de l'incident qui avait eu lieu à Beneschau entre Küttner et Jacobi que d'évoquer sa rencontre avec Hitler.

« Le capitaine Küttner était un jeune officier extrêmement intelligent, aussi ça m'a surpris qu'il ait dit ce qu'il a dit. Par contre, je n'ai pas du tout été étonné que le colonel Jacobi ait répondu de cette manière. Mais c'est à vous d'en juger.

« — Où se trouvait le général Heydrich au moment où c'est arrivé ?

— Dans la salle à manger à Beneschau, nous avons une longue table style réfectoire. J'étais à la droite de Jacobi. Mais Heydrich était à l'autre bout de la table.

— Pourquoi n'était-il pas assis à côté de vous ? C'est sûrement ce qu'aurait voulu la coutume. »

Voss haussa les épaules.

« Le général était en retard. Retenu par des affaires officielles. »

Sa voix était aussi épaisse qu'une route fraîchement goudronnée.

« Pourquoi n'avez-vous pas été étonné par la réaction de Jacobi ? »

Voss haussa à nouveau les épaules. Il n'était pas aussi grand qu'il aurait dû ; ces temps-ci, vous n'aviez pas besoin d'avoir l'air de commander pour exercer le commandement. Mais il avait bel et bien l'air d'un dur pour un type approchant la cinquantaine, ce qui était à peu près le nombre de points de suture qu'il avait sans doute fallu lui faire pour refermer les *Schmisse* qu'il avait sur la joue gauche, et on ne pouvait pas contester la croix de fer de première classe, ni la manière courageuse sinon téméraire dont il fumait, comme si chaque cigarette était la dernière.

« Ce n'est un secret pour personne que nous ne sommes pas toujours d'accord, lui et moi. Néanmoins, il n'y avait aucune excuse à l'insubordination du jeune Küttner. C'était une surprise. Je l'avais toujours pris pour un jeune homme poli, courtois. Toujours. Depuis que je l'ai rencontré il y a plusieurs années de ça.

« — Vous le connaissiez donc avant qu'il vienne à Prague ?

— Oh oui. Il était élève officier à la SS-Junkerschule de Bad Tölz à l'époque où j'en étais le commandant.

— Quand était-ce ?

— Quand j'étais le commandant de Bad Tölz ? Voyons. De juillet 1935 à novembre 1938. Küttner était un des meilleurs jeunes officiers que l'école ait jamais formés. Sorti premier de sa promotion. Comme on pouvait le prévoir. Après tout, c'était un diplômé en droit brillant. Et il suscitait de grands espoirs. Il était certainement promis à de hautes fonctions dans la SS. Oui, c'est vrai, il avait des relations influentes. Mais il possédait aussi des capacités considérables. Si les événements n'avaient pas mal tourné pour lui en Lituanie, il aurait été promu major. Avec un poste administratif important à Berlin. »

Voss secoua la tête.

« Bien sûr, ce n'est pas le premier officier SS auquel ce genre de chose arrive. Je le sais parce que j'entretiens des contacts avec beaucoup de jeunes gens qui sont passés entre mes mains à Bad Tölz. Des jeunes gens comme Küttner. Ce travail est trop lourd pour qu'on puisse s'attendre à ce qu'il n'ait pas des répercussions sur le moral et le caractère de ceux qui l'accomplissent. Après tout, ce ne sont que des êtres de chair et de sang. »

Curieusement, cette même remarque ne semblait pas s'appliquer aux victimes du « travail » décrit par Voss.

« Les opérations d'évacuation et de repeuplement nécessitent une nouvelle approche. Le problème juif,

424

une solution différente. Une solution meilleure. Ce que j'ai expliqué à Heydrich. Nous avons besoin de quelque chose qui tienne compte de l'humanité des hommes à qui nous demandons d'effectuer ces actions spéciales. »

Il semblait si raisonnable que je dus me rappeler qu'il parlait de meurtres de masse.

« Après Bad Tölz, lorsque vous avez revu Küttner… quand était-ce ?

— Au déjeuner où l'incident en question a eu lieu.

— Lorsque vous l'avez revu, diriez-vous qu'il avait changé ?

— Oh oui. Beaucoup. Et le changement était manifeste. Pour moi, il avait l'air d'avoir fait une dépression nerveuse. Ce qui était le cas, évidemment. Mais il s'exprimait avec beaucoup d'aisance. Et il était très agréable. Oui, il m'a paru toujours aussi sympathique. Malgré tout. Il est vraiment regrettable que cela se soit produit. »

Une fois que j'eus fini avec le général de brigade Voss, le capitaine Kluckholn apparut dans le salon du Matin. Il expliqua que le major Thümmel devait être à Dresde le soir même et que, avec leur consentement, il était passé devant Geschke, Böhme et Jacobi sur la liste des témoins.

« Est-ce que vous êtes d'accord, Gunther ?

— Oui. Mais puisque vous êtes là, capitaine, il y a quelques questions rapides que je souhaiterais vous poser.

— À moi ?

— À vous, oui. Bien sûr. Et, au fait, merci pour les billets de cirque.

« — Ce n'est pas moi qu'il faut remercier. C'est le général.

— Je n'y manquerai pas. »

J'ouvris mon étui à cigarettes et lui en offris une. Kluckholn secoua la tête.

« Je ne fume pas.

— Hermann, c'est ça ? »

J'allumai ma clope et soufflai un filet de fumée vers le bas.

Il acquiesça.

« Quel assistant êtes-vous ? Le premier, le deuxième ou le troisième ? Je n'arrive jamais à m'en souvenir.

— Le troisième. »

Kluckholn joignit les mains derrière son dos et attendit poliment. C'était le plus grand et le plus distingué des trois assistants restants de Heydrich. Ainsi que le plus maigre. Il avait des cheveux bruns, coupés un peu plus long que ceux de la plupart des autres officiers du SD, ce qui lui donnait un air séduisant d'acteur de cinéma. L'uniforme lui allait bien, et il le savait. Il y avait un ruban de croix de fer de seconde classe attaché au deuxième bouton de sa veste et sa culotte de cheval s'évasait selon un angle droit faisant l'effet d'avoir été dessiné par Pythagore. Les bottes de coupe espagnole étaient aussi luisantes qu'un médaillon en cuivre de harnais et avaient sans doute été fournies par une coûteuse société de dressage telle que König. J'avais comme dans l'idée que, si jamais Heydrich l'accusait de ne pas être habillé convenablement, Kluckholn se pendrait avec sa propre aiguillette.

« Dites-moi, Hermann. Le soir, avant que le capitaine Küttner soit retrouvé mort, à quel sujet vous êtes-vous disputés tous les deux ?

— Je crains que vous ne fassiez erreur. À aucun moment nous ne nous sommes disputés.

— Oh, allons. Je vous ai vus dans le jardin. Pendant que le Führer nous disait à la radio que tout se passait merveilleusement bien pour nos armées en Russie, vous vous entre-déchiriez, à l'instar d'une de ces statues en pierre du portail.

— Je suis désolé de vous contredire, Gunther. Vous avez peut-être vu ce que vous avez pris pour une dispute, mais si vous aviez assisté à la conversation, vous auriez entendu quelque chose de très différent.

— À savoir ?

— Une discussion courtoise.

— Poings fermés. Dents serrées. Se regardant en chiens de faïence comme deux boxeurs au pesage. Je pense pouvoir reconnaître une dispute quand j'en vois une.

— Est-ce que vous me traiteriez de menteur, capitaine Gunther ? »

Je tirai longuement sur ma cigarette avant de lui répondre.

« Non, pas du tout. Cependant, je continue à me demander si cette discussion courtoise que vous aviez, et qui était très différente d'une dispute, ne fait pas de vous un meurtrier présumé. Vous n'aimiez guère Küttner, après tout.

— Qui a dit ça ?

— Vous. Hier après-midi, lorsque le général Heydrich passait un savon à tout un chacun dans la bibliothèque. Je n'ai pas pu m'empêcher d'entendre votre bel éloge funèbre du capitaine Küttner. Je dirais volontiers que j'avais une oreille qui traîne, sauf que, j'imagine, votre chef avait laissé la porte ouverte afin que nous entendions distinctement ce qui se disait, moi et quelques autres dans la maison. Il est rare qu'il fasse quoi que ce soit sans une sacrément bonne raison. Entre parenthèses, je ne suis pas le seul à me demander si vous avez tiré une balle sur l'assistant numéro quatre. Certains de vos camarades ne sont pas précisément lents quand il s'agit de dénigrer leurs collègues. N'est-ce pas, Kurt ?

— Je le crains. Et c'est désolant, patron. Je pensais qu'il régnait parmi les officiers de la SS et du SD un sens de l'honneur et de la camaraderie plus développé. Pour être honnête, il y avait des moments, pendant ces deux derniers jours, où cette pièce ressemblait davantage à un bureau de directeur d'école, avec toutes les sornettes qui s'y débitaient.

— Eh bien, Hermann ? »

Kluckholn secoua la tête.

« Quoi que vous ayez entendu, capitaine Gunther, je peux vous assurer que je n'ai pas tué le capitaine Küttner. Peut-être ai-je manqué de modération hier, dans la bibliothèque. Mais j'avais une meilleure opinion de lui que je n'en ai probablement donné l'impression. »

Kluckholn parlait comme si on était en train d'enregistrer sa voix sur un disque de gramophone.

Je me tournai vers Kahlo.

428

« Kurt. Voudriez-vous fermer cette porte, s'il vous plaît ? »

S'éloignant du piano, Kahlo referma silencieusement la porte derrière lui.

« Qu'est-ce que vous cachez, Hermann ? »

Kluckholn secoua la tête.

« Je peux vous assurer que je ne cache rien.

— Bien sûr que si, Hermann. » Je haussai les épaules. « Tout le monde dans cette maudite bicoque cache une chose ou une autre. De petits secrets. De grands secrets. Des secrets inavouables. Et vous ne faites pas exception à la règle, Hermann.

— J'aimerais mieux que vous ne m'appeliez pas Hermann de cette façon familière. Je préfère Kluckholn, ou capitaine Kluckholn. Et votre affirmation selon laquelle je cache quelque chose n'est pas seulement absurde, elle est aussi insultante. » Rougissant sous l'effet de la colère et de son orgueil blessé, il se dirigea vers la porte close. « Et je ne vais pas rester ici à supporter vos insinuations.

— Mais si, Hermann. »

Je fis un signe de tête à Kahlo, qui tourna prestement la clé dans la serrure puis l'empocha.

Pendant ce temps, Kluckholn faisait une tête comme si je venais de marcher sur son cor au pied.

« Vous êtes vraiment un individu tout ce qu'il y a de plus vulgaire et odieux, Gunther. On ne vous l'a jamais dit ?

— Bien des fois. C'est sans doute à cause de tous ces meurtres vulgaires sur lesquels j'ai enquêté. Sans parler de ceux que j'ai moi-même été obligé de commettre. Ce qui n'a rien d'exceptionnel dans cette maison, naturellement. Sauf que, de même que le capitaine Küttner, je n'ai pas beaucoup apprécié. C'est pour cela que je suis maintenant ici, en train de vous parler, au lieu d'accomplir de la bonne besogne à l'Est avec les petits gars des actions spéciales. D'ailleurs, comment avez-vous fait pour échapper à cette affectation particulière, Hermann ?

— Je vous ordonne de déverrouiller cette porte », intima Kluckholn à Kahlo.

Kahlo croisa les bras, l'air triste, comme s'il était désolé de ne pas pouvoir exécuter un tel ordre. Je ne doutais pas qu'il fût capable de tenir tête à Kluckholn si le troisième assistant décidait de durcir le ton avec lui. Kahlo semblait plus dur. Kahlo aurait semblé dur dans un bain rempli de lutteurs turcs.

« Peut-être que vous aviez de la vitamine B, vous aussi, dis-je. Mieux encore, peut-être que vous aviez de la vitamine A. Quelle huile de Berlin vous a permis de ne pas salir vos jolies bottes bien cirées dans les fosses communes de Minsk et de Riga, Hermann ? »

Kluckholn se plaça directement devant Kahlo et tendit la main.

« Étant votre officier supérieur, je vous ordonne de me remettre cette clé.

— Pourquoi ne pas vous asseoir et nous dire ce que vous cachez, Hermann ? Par exemple, parlons un peu de cette liste des effets personnels du capitaine Küttner. C'est vous qui l'avez établie, n'est-ce pas ?

— Ouvrez cette maudite porte ou vous le regretterez.

— Le problème, malheureusement, c'est que vous avez laissé certains objets de côté. Et je n'aime pas beaucoup que les gens essaient de m'induire en erreur. Voyez-vous, j'ai effectué une fouille rapide de la chambre avant que vous ne mettiez de l'ordre. Voilà comment je sais que cette liste ne comporte pas les numéros du magazine *Der Führer* qui se trouvaient dans le tiroir de Küttner. »

Je sentis que Kahlo me regardait en fronçant les sourcils.

« Il ne s'agit pas tout à fait de ce que vous croyez, lui expliquai-je. *Der Führer* est, ou plutôt était, une revue homosexuelle. Très appréciée des tapettes de Berlin. Comme les autres dans le tiroir. *Der Kreise* et *Der Insel*. Des types à poil jouant avec des médecine-balls ou faisant des pompes les uns sur les autres. » Je secouai la tête. « Vous voyez toutes les abominations dont j'ai dû m'occuper au cours de ma carrière d'officier de police, Kurt ? C'est un miracle que je ne sois pas devenu cinglé moi-même, avec certaines des saloperies dont j'ai été témoin.

— Du cul à la pelle, hein, patron ?

— À la pelle. Maintenant, ce sont des pièces de collection, vendues au marché noir à Berlin, la pornographie étant devenue une denrée rare ces temps-ci. Des trucs coûteux. Pour les connaisseurs de ce genre de chose, en quelque sorte. »

Kahlo fit une mimique de dégoût.

« Un sale boulot, patron. D'être flic.

— Ne le dites à personne, Kurt. Pas dans cette maison. Ils voudraient tous le faire. »

Kluckholn s'était calmé et paraissait un peu moins enclin à se bagarrer avec Kahlo pour la clé de la porte du salon du Matin.

Mais il s'écoula encore une minute avant qu'il pivote et vienne s'asseoir sur le canapé.

« Évidemment, dit Kahlo, il est possible que le capitaine ici présent ait enlevé ces revues cochonnes de la liste non pas parce qu'il cherchait à vous induire en erreur, patron, mais parce qu'il désirait les garder pour lui.

— Non, protesta Kluckholn d'une voix forte.

— Je n'y avais pas pensé, Kurt. C'est vrai. »

Kahlo sourit, s'en donnant à cœur joie. Les occasions d'insulter un officier de la Gestapo ou de la SS n'étaient pas fréquentes, et il allait en profiter pleinement.

« Bien sûr. Il les a prises pour pouvoir s'en servir quand il s'astique le jonc.

— Non, protesta Kluckholn. Non. J'essayais simplement de sauvegarder la réputation de Küttner. Sans parler de celle de l'escadron. »

L'escadron, c'est ainsi que les gens charmants et bien élevés comme Kluckholn appelaient la SS.

« Küttner n'était pas comme ça, j'en suis sûr. Il aimait les femmes. Ces magazines obscènes devaient appartenir à quelqu'un d'autre. Peut-être se trouvaient-ils déjà là lorsque la maison a été reprise. Peut-être étaient-ils aux Juifs qui possédaient la propriété avant von Neurath. Après tout, d'après ce que j'ai pu voir, ce n'était pas des exemplaires récents. » Il secoua la tête. « Quoi qu'il en soit, j'en ai débattu avec ma conscience et j'ai décidé qu'il valait mieux les brûler. Manifestement, ils n'avaient aucun rapport avec l'affaire.

— Vous les avez brûlés ?

— Oui, je les ai tous brûlés. Qu'on ait assassiné Küttner était déjà bien assez navrant, nous ne tenions pas à ce que vous remettiez en question la réputation d'un officier et d'un homme d'honneur.

— Nous ? Vous voulez dire que vous les avez brûlés, Ploetz et vous ?

— Oui. Et nous n'avions pas envie que ces magazines dégoûtants soient envoyés à ses parents à Halle avec le reste de ses effets personnels.

— Ça, je peux le comprendre.

— J'en doute, Gunther. Vraiment, j'en doute.

— Pourquoi croyez-vous qu'il aimait les femmes, Hermann ?

— Parce qu'il parlait d'une fille qu'il avait rencontrée. Ici, à Prague. Voilà pourquoi.

— Cette fille a un nom ?

— Grete. J'ignore son nom de famille.

— Ce ne serait pas la femme de la photographie encadrée qui figure parmi ses affaires ?

— Non, ça, c'est sa mère.

— Peut-être que cette Grete n'était qu'un écran de fumée, dis-je. Destiné à vous convaincre qu'il était aussi normal que le reste d'entre vous.

— Ou peut-être, suggéra Kahlo, qu'il trempait juste un orteil dans l'eau pour voir si ça lui plaisait.

— Ou peut-être que notre cher Hermann nous raconte des craques, dis-je. Pour que son collègue assistant ait l'air un peu moins pédé à nos yeux qu'il ne l'était en réalité.

— Peut-être qu'il en tâte lui-même, patron. Et qu'il doit fournir un alibi à Küttner afin d'en avoir un aussi. Cela aurait pu être le motif de leur dispute. Une querelle d'amoureux. »

Se levant, Kluckholn fixa Kahlo avec colère.

« Je vous interdis de me parler sur ce ton. »

Il se tourna vers moi et me lança un regard furieux.

« Je vous interdis à tous les deux de me parler sur ce ton.

— Asseyez-vous, lui ordonnai-je. Avant que je vous y force. »

Kluckohn resta debout.

« Au fait, dis-je. Quelle autre pièce à conviction avez-vous détruite lorsque vous avez brûlé les revues de pédales de Küttner ? »

Kluckholn secoua la tête et s'assit.

« Rien, répondit-il. Rien du tout.

— Un agenda, peut-être ? Des lettres d'amour ? Des photos de vous deux lors d'un gentil petit voyage à l'île de Rügen avec l'ensemble des garçons ? »

Toutes choses qui ne m'intéressaient nullement, encore que ça aurait été le cas si j'avais supposé un instant qu'elles avaient fait partie de ses affaires. En revanche, il y avait autre chose qui m'intéressait ; quelque chose que je savais s'être trouvé dans le tiroir parce que je l'y avais vu.

« Et la pipe ?

— Quelle pipe ?

— Il y avait une pipe en terre cassée dans son tiroir. Qu'est-elle devenue ?

— Je n'ai pas trouvé de pipe en terre. Mais je vois mal en quoi une vieille pipe cassée pourrait avoir de l'importance.

— Tout dépend, dis-je. Pas vrai, Kurt ?

— De quoi ? demanda Kluckholn.

— De ce qu'il fumait avec, répondit Kahlo. Tabac. Marijuana. Opium. On dit qu'une pipe en terre convient mieux pour l'opium, n'est-ce pas, patron ? L'argile garde la chaleur.

— C'est exact. Opium ou marijuana auraient été exactement ce qu'il faut à un homme ayant des problèmes pour dormir. Ou cherchant à soulager le fardeau de sa conscience parce qu'il se sentait dévoré de culpabilité à cause de ce qu'il avait fait à Riga.

— Naturellement, ajouta Kahlo, vous ne l'auriez jetée que si vous vous doutiez qu'elle servait à ça. Pas si vous pensiez qu'il l'utilisait uniquement pour fumer du tabac.

— Très juste, dis-je. Bien sûr, si nous l'avions encore, nous aurions pu la faire analyser par le labo. Ce qui aurait peut-être lavé Küttner de tout soupçon. Mais à présent, nous ne le saurons jamais. »

Kluckholn faillit dire quelque chose, mais il se ravisa. Pendant un instant, il me regarda d'un air suppliant comme s'il voulait que j'arrête et qu'il avait un secret qu'il ne pouvait pas se résoudre à avouer. Prenant son poing dans la paume de son autre main, tel un Balthazar qui aurait réussi à s'emparer de la main désincarnée interrompant son célèbre festin, il le serra pour ne pas me l'envoyer dans la figure.

« Allez-y, dis-je. Frappez-moi. Après quoi nous aurons toutes les excuses dont j'ai besoin pour vous passer à tabac. N'est-ce pas, Kurt ?

— Vous n'avez qu'un mot à dire, patron. Je me ferai une joie de flanquer une raclée à ce salopard. »

Kluckholn nous considéra avec une véritable haine avant de sombrer dans le silence, puis de se changer en une forme avachie qui me donna à penser qu'il allait vraiment falloir lui secouer les puces pour obtenir de lui quoi que ce soit d'autre.

Ce qui signifiait en réalité que l'interrogatoire était terminé.

« À l'Alex, quand un suspect refusait de parler, on le mettait dans une cellule en bas afin de l'aider à réfléchir. C'est ce que je ferais avec vous, Hermann, si nous n'étions pas dans une jolie maison de campagne, avec un piano de bonne facture et des œuvres d'art de choix. C'est ce que nous ferions si nous étions à Berlin. On vous bouclerait pour la nuit si on procédait réellement à la manière de la police, et non comme dans une scène à la noix d'un des romans policiers merdiques de cette Anglaise que Heydrich semble tellement admirer. »

Je jetai d'une chiquenaude ma cigarette dans la cheminée, où elle s'écrasa contre la paroi en une gerbe de minuscules étincelles.

« Vous pouvez disposer, dis-je. Mais j'aurai certainement envie de vous reparler, Hermann. Vous pouvez compter là-dessus. »

Kluckholn se leva et, sans un mot, marcha jusqu'à la porte, que Kahlo déverrouilla alors avec une insolence délibérée qui me fit fortement penser à moi-même.

Une fois le capitaine parti, Kahlo alla à la table basse où j'avais laissé mon étui à cigarettes et se servit.

« Conscience coupable, selon vous ? demanda-t-il.

— Ici ? Je ne sais même pas à quoi ça pourrait ressembler.

— Cet enfoiré tremblotait comme un gâteau de riz. Si ce n'est pas lui qui l'a fait ou s'il ne sait pas qui c'est, alors moi, je suis un Dragon bleu. »

Les « Dragons bleus » était le surnom donné à un bataillon disciplinaire stationné dans les plaines marécageuses de la région de l'Ems. On racontait que si l'humidité ne vous tuait pas, le travail – extraire de la tourbe par tous les temps – s'en chargeait à coup sûr.

« C'est probablement ce qu'il craignait, dis-je. D'y être expédié. Ou dans un autre équivalent SS des Dragons bleus. Quelque moindre cercle de l'enfer, probablement.

— Un peloton d'exécution semblerait plus approprié, si vous voulez mon avis. Il a détruit des pièces à conviction et n'avouera jamais à quel sujet Küttner et lui se bouffaient le nez. Putain. Sans parler de son aversion déclarée à l'égard de ce type. Si c'était moi, je l'arrêterais sur-le-champ et je lui tirerais les vers du nez à la pince. »

Kahlo aspira férocement sur sa cigarette puis découvrit ses dents comme s'il souffrait.

« Et vous savez quoi, patron ? Kluckholn ferait très bien notre affaire dans le cas présent. Je pense même qu'il serait parfait.

— Ce qui signifie quoi, au juste ?

— Simplement qu'il se tient face à votre appareil photographique avec un nom et un numéro inscrits à la craie sur la pancarte. Non, vraiment. Vous pourriez lui faire porter le chapeau pour ce meurtre aussi bien qu'à quiconque.

— Parfois, vous sentez tellement la Gestapo que je me demande pourquoi j'ai de la sympathie pour vous, Kurt.

— C'est vous qui êtes comme cul et chemise avec Heydrich. Quand on a la chance de tenir un suspect ayant l'air suspect, il serait absurde de chercher quelqu'un possédant une bonne gueule et un alibi solide. Allons, patron. Tous les poulets font ça de temps à autre, même quand ils n'ont pas le couteau sous la gorge. Contrairement à vous, si vous voulez mon opinion. » Il marqua un temps d'arrêt. « Contrairement à nous deux. »

Je souris.

« Travailler avec vous, c'est tout à fait comme au bon vieux temps. Vous me rappelez la raison pour laquelle j'ai quitté la police la première fois.

— C'est votre enterrement. » Kahlo haussa les épaules. « J'espère avoir seulement à conduire le deuil.

— Vous n'avez pas à vous tracasser. Je n'ai pas l'intention de lever le bras pour vous entraîner dans ma tombe.

— Il n'y a pas que ça.

— Quoi alors ?

— J'ai besoin de faire mon chemin dans ce boulot. Je ne peux pas rester Kriminalassistant le reste de ma foutue vie. À la différence de vous, j'ai une femme à nourrir. Le seul moyen pour moi d'obtenir de l'avancement, c'est si vous livrez la tête d'un gus pour le meurtre de Küttner, ou si je rejoins un de ces bataillons de police SS en Russie. Allons, patron, vous avez été là-bas. Ce sont des vacances en enfer, tout le monde le sait. »

J'acquiesçai.

« Ça, vous pouvez le dire.

— Küttner en est devenu maboul. Nous le savons. Je ne tiens pas à ce que ça m'arrive également. J'ai envie d'avoir des gosses. J'ai envie de pouvoir les regarder dans les yeux quand ils vont se coucher le soir.

— Oui, je comprends ça.

— Bon, très bien. Jusqu'ici, j'ai réussi à éviter toute cette merde de repeuplement. Mais je ne sais pas pour combien de temps encore. Je ne peux pas me permettre de laisser bousiller cette affaire parce que vous avez des scrupules à emballer quelqu'un, patron.

— Vous reconnaissez donc que vous ne pensez pas réellement qu'il soit coupable ?

— Peu importe ce que je pense. Tout ce qui compte, c'est que ça soit crédible devant le général Heydrich.

— Eh bien, j'en doute. D'accord, Kluckholn nous cache quelque chose. Mais, si vous vous rappelez, il a déclaré que le major Ploetz était partie prenante dans la décision de brûler ces revues de pédales. Sans doute était-il également au courant pour la pipe. Vous ne pouvez pas envoyer un homme au peloton d'exécution juste parce qu'il essaie d'éluder quelques questions gênantes.

— Non ? On est en Allemagne, patron. N'oubliez pas. Ce sont des choses qui arrivent tous les jours. Quelqu'un doit payer pour ce meurtre et, si vous voulez mon avis, ça pourrait fort bien être lui. En outre, assistant ou pas, c'est le seul foutu capitaine, et il sera beaucoup plus facile de lui coller une accusation sur le dos qu'à un des choux-fleurs. Il n'y a pas un seul de ces fils de pute qui n'ait des provisions de vitamines à tous les niveaux. »

Il avait raison. Ça ne me plaisait guère, mais ce qu'il disait était parfaitement sensé.

« Je vous dérange ? »

Un officier en uniforme de l'armée passa la tête par la porte, et, sur le moment, je ne le reconnus pas.

« C'est juste que le capitaine Kluckholn m'a dit qu'il allait essayer de me changer de place sur votre liste, mais – drôle de type ! – il n'a pas voulu me répondre quand je lui ai demandé il y a un instant si ça ne vous posait pas de problème. Il semblait plutôt contrarié et faisait une tête de six pieds de long. » Il marqua une pause. « Eh bien ? Ça ne vous pose pas de problème, je veux dire ? Je peux revenir dans quelques minutes si vous préférez, simplement j'espérais pouvoir attraper le train de cet après-midi pour Dresde. J'ai plein de travail qui m'attend. L'amiral – c'est-à-dire l'amiral Canaris – ne me laisse pas chômer en ce moment, croyez-moi.

— Je suis désolé. Major Thümmel, n'est-ce pas ?

— C'est exact.

— Vous feriez mieux d'entrer.

— Je vous remercie », roucoula-t-il.

Paul Thümmel s'avança dans le salon du Matin. Il se déplaçait avec une légèreté nonchalante, tel un joueur de golf s'approchant d'un trou dans lequel il s'attend à envoyer la balle les doigts dans le nez, et

440

s'installa sur le canapé laissé vacant par Hermann Kluckholn.

« Ça va si je me mets ici ? » Tel un écolier, il passa les mains sur les coussins en soie puis s'adossa confortablement. « Je n'étais jamais venu dans cette pièce, ajouta-t-il en regardant autour de lui. Pas mal. Bien qu'un peu trop féminin à mon goût, peut-être. Non que j'en aie beaucoup. Du moins, d'après ma femme. Dans notre maison, c'est elle qui choisit le papier mural, pas moi. Je me contente de payer. »

Thümmel avait une quarantaine d'années. Des cheveux bruns qu'il portait, comme pratiquement quiconque était revêtu d'un uniforme allemand, très courts sur les côtés, de sorte que le sommet de son crâne ressemblait à une petite casquette. Un visage taillé à la serpe et un nez aquilin très prononcé qui donnait l'impression de faire de son mieux pour rencontrer à mi-chemin un menton non moins proéminent. Il était cordial et aussi sûr de soi qu'on pouvait s'y attendre de la part d'un homme arborant un insigne en or du parti, une croix de fer de première classe, une eau de Cologne convenable et une alliance en argent.

« Des suspects jusqu'à présent ?

— C'est encore un peu tôt pour ça, major.

— Mmm. Sale affaire. Ça laisse un goût désagréable dans la bouche de se dire qu'un type assis à côté de vous a très bien pu assassiner de sang-froid un autre type que vous connaissiez.

— Vous avez quelqu'un en tête ?

— Qui, moi ? Non. » Thümmel croisa les jambes, empoigna le tibia de sa botte, qu'il ramena vers lui tel un aviron dans un bateau deux places. « Mais que ça ne vous empêche pas de poser vos questions, Kommissar.

— Vous vous sentez mieux aujourd'hui ?

— Mmm ?

— La gueule de bois ?

— Oh, ça. Oui. Très bien, merci. Je dois accorder une chose à Heydrich, il a une cave spectaculaire. Himmler sera jaloux quand je le lui dirai. »

C'était un peu lourdaud, songeai-je. Alors qu'il réussissait si bien à donner de lui une image décontractée, voilà qu'il lui fallait la gâcher en mentionnant le nom de Himmler, qu'il connaissait bien selon toute vraisemblance. Je regardai Kahlo, qui roula les yeux avec éloquence comme pour dire que, par rapport à Kluckholn, je perdais mon temps – que Thümmel faisait partie de ces individus possédant une bonne gueule et un alibi solide dont il avait parlé.

« Néanmoins, je ne serai pas mécontent de retourner à Dresde. Je ne me sens pas du tout à l'aise en Bohême. Rien à voir avec l'hospitalité du Reichsprotektor, bien entendu. Mais ce pays a quelque chose qui me donne l'impression qu'on pourrait se faire assommer en allant à l'église comme ce pauvre vieux roi Venceslas. Ou défenestrer par une bande de hussites puants. Une populace revêche et nauséabonde que ces Tchécos. Ils l'ont toujours été. Tout au long de leur histoire. Et ils le seront toujours. Si vous voulez mon avis, le général a du pain sur la planche avec ces fumiers. Vous étiez à Paris auparavant, m'a-t-on dit.

— C'est exact, major.

442

— Alors je n'ai pas besoin de vous dire combien Prague est différente de Paris. Les Franzis sont tout ce qu'il y a de pragmatique. Ils savent de quel côté leur tartine est beurrée pour le moment. Mais les Tchécos, c'est une autre paire de manches. Même le Tchéco moyen est un véritable abcès. Souvenez-vous de ce que je vous dis, Kommissar. Il risque d'y avoir beaucoup de sang versé si nous voulons conserver ce pays. »

Il fronça les sourcils.

« Voilà que je n'arrête pas de jacasser comme d'habitude. Vous vouliez parler de ce pauvre vieux capitaine Küttner, n'est-ce pas ? Pas de mon opinion sur les Tchécos.

— J'ai trouvé une cartouche usagée sur le palier devant votre porte. Provenant d'un P38. Ce qui semblerait indiquer qu'un coup de feu a été tiré aux alentours. Le matin du meurtre, avez-vous entendu une détonation ?

— Vous voulez dire, dans le château ? Pas à l'extérieur. J'ai toujours l'impression qu'il y a quelqu'un qui tire sur quelque chose dehors. Non, je n'ai rien entendu. Notez que, cette nuit, j'ai dormi comme une marmotte éméchée, avec tout l'alcool que j'avais bu. Je ne me suis réveillé qu'à – voyons – euh, il devait être autour de 7 heures quand j'ai entendu des coups violents. Je me suis levé pour savoir ce que c'était que ce boucan, et le capitaine Pomme, je crois, m'a expliqué que le majordome et lui avaient dû enfoncer la porte de Küttner parce qu'ils pensaient qu'il avait absorbé une dose excessive de barbital. C'est du moins ce qu'il a dit, me semble-t-il. Je suis donc allé voir si je pouvais être d'une utilité quelconque et j'ai entendu le docteur Jury déclarer que le pauvre garçon était mort. Il n'y avait rien que je puisse faire, bien évidemment, aussi je suis retourné me coucher. N'ai pas bougé de là jusqu'aux environs de 9 heures. Je me suis lavé, habillé et, quand j'ai rouvert ma porte, vous étiez en train de ramper par terre à la recherche de cette douille. Franchement, je n'ai pas arrêté de me creuser la cervelle depuis en me demandant pour-quoi on aurait voulu le tuer. Sans parler de comment. La porte était fermée de l'intérieur, n'est-ce pas ? La fenêtre verrouillée ? Et l'arme du crime n'a pas encore été retrouvée. Un vrai mystère. »

J'approuvai.

« Je suis même allé jeter un coup d'œil à la chambre du mort hier soir, en quête d'inspiration. Je n'essaie pas d'apprendre à la poule à pondre un œuf ou ce genre de chose, mais, pendant que j'étais là, je me suis aperçu que plusieurs lattes de parquet bougeaient. Au point qu'on pouvait les retirer. Il y avait un grand espace en dessous. Suffisamment grand pour qu'un homme de taille moyenne puisse s'y blottir. Et il m'a semblé qu'un assassin ayant la tête froide avait très bien pu se dissimuler là tout le temps que vous et les autres vous trouviez dans la chambre, juste au-dessus de lui, pour ainsi dire. Naturellement, il aurait fallu qu'il imagine un moyen de replacer les lattes au sommet de sa cachette puis de remettre le tapis. Avec deux ou trois longueurs de ligne de pêche, peut-être. Oui, c'est ce que j'aurais utilisé si j'avais été à sa place. Et avec quelques clous situés à des endroits stratégiques le long de la plinthe, vous auriez pu enrouler le tapis aussi aisément qu'un store vénitien. »

Je regardai Kahlo, qui me répondit par un haussement d'épaules.

« Désolé. » Thümmel sourit d'un air contrit. « Je me disais qu'il était important que vous le sachiez. Vraiment, je n'avais nullement l'intention de vous tourner en ridicule ni quoi que ce soit, Kommissar Gunther.

— En fait, major, il semble que, s'agissant de cette tâche particulière, je m'en sorte très bien tout seul. »

Avec un soupir, je levai les yeux vers le plafond, juste au-dessus duquel se trouvait la chambre de Küttner.

« Pourquoi n'y ai-je pas pensé ?

— On ne peut pas penser à tout. Une investigation comme celle que vous essayez de mener dans cette maison mettrait la patience et l'ingéniosité de n'importe quel mortel à rude épreuve. Écoutez, je ne prétends pas que c'est là que l'assassin se cachait. Simplement que c'est une possibilité, encore que pas très forte, à mon avis. »

Il haussa les épaules.

« Par contre, je dirai ceci : au sein de l'Abwehr nous sommes constamment impressionnés par l'habileté et l'imagination de l'ennemi. Surtout les Tommies. Le désespoir est le père de l'innovation, après tout. » Il soupira. « Je ne dis pas que c'est ainsi que les choses se sont passées, Kommissar. Seulement que c'est ainsi qu'elles auraient pu se passer. »

Je hochai la tête.

« Merci, major.

— N'en parlez à personne, Kommissar. Pour ma part, je ne le ferai certainement pas. Si vous voyez ce que je veux dire.

— Nous ferions bien de monter jeter un coup d'œil nous-mêmes. »

Nous levant tous les trois, nous nous dirigeâmes vers la porte du salon du Matin.

« À propos, major Thümmel, demandai-je en me souvenant de la lettre que j'avais reçue de Berlin un peu plus tôt. Est-ce que le nom Geert Vranken vous dit quelque chose ?

— Geert Vranken ? » Thümmel s'arrêta un instant puis secoua la tête. « Non. Je ne crois pas. Pourquoi, il devrait ?

— Il y a eu une enquête sur une série de meurtres survenus à Berlin cet été. L'assassin de la S-Bahn. Vranken était un travailleur étranger employé dans les chemins de fer. Il a été interrogé par la police en tant que suspect potentiel et a parlé d'un officier allemand qui était prêt à lui servir de témoin de moralité.

— Et vous pensez qu'il s'agit de moi ?

— Je viens de recevoir une lettre de son père aux Pays-Bas dans laquelle il indique que son fils avait rencontré un capitaine Thümmel à La Haye avant la guerre, en 1939.

— Eh bien, vous y êtes, Kommissar. Il doit y avoir un autre officier nommé Thümmel. La dernière fois que je suis allé à La Haye, c'était en 1933. Ou 34. Mais certainement pas en 1939. En 1939, j'étais en poste à Paris. Voyez-vous, Thümmel n'est pas un nom rare. Le maître d'hôtel à l'Adlon s'appelle Thümmel. Vous le saviez ?

— Oui, major. Je le savais. Vous avez raison, il doit y avoir un autre officier nommé Thümmel. »

Thümmel sourit d'un air jovial.

« De plus, il n'est pas dans mes habitudes de fournir des recommandations aux travailleurs étrangers. » Il indiqua l'étage au-dessus d'un signe de tête. « Mais, si vous me permettez, je vais vous montrer ces lattes de parquet disjointes, Kommissar. »

Une fois que Thümmel eut quitté la chambre, Kahlo se glissa à l'intérieur de l'espace dans le sol et attendit patiemment que j'aie replacé les lattes. Puis je les enlevai à nouveau.

Kahlo sortit, couvert de poussière.

« Eh bien, c'est possible, effectivement, dis-je. Mais peu probable.

— Pourquoi dites-vous ça, patron ?

— À cause de la quantité de poussière que vous avez sur vous. Si quelqu'un s'était tapi là vendredi matin, on se serait attendu à ce qu'il y en ait un peu moins qu'il n'y en a maintenant. Ou, du moins, qu'il n'y en avait jusqu'à ce que vous entriez là-dedans. »

Je tendis à Kahlo la brosse à habit que j'avais prise sur la commode.

« Encore une chance que ce ne soit pas un costume de premier choix. »

Kahlo grommela une obscénité et se mit à brosser sa veste et son pantalon.

« Tout dépend s'il y avait beaucoup de poussière avant, non ? marmonna-t-il.

— Possible.

— Et avec tous les choux-fleurs encore biturés dans leur chambre, n'importe lequel d'entre eux se serait planqué là que personne ne s'en serait rendu compte.

— J'ai aussi examiné le tapis et je ne vois pas par quel moyen quelqu'un l'aurait remis par-dessus les lattes alors qu'il se cachait en dessous. Pas de ligne de pêche, pas de clous sur la plinthe.

— Peut-être l'assassin est-il revenu les récupérer, suggéra Kahlo.

— Possible. En tout cas, s'il a réussi à se dissimuler ici, cela met Kluckholn hors de cause. Tout de suite après le meurtre, il se trouvait dans la chambre, vous vous rappelez ? Avec vous et moi.

— Dommage. N'empêche, il continue à avoir ma préférence. Et comme vous l'avez dit vous-même, il est peu probable, n'est-ce pas ?, que le tueur se soit caché là-dedans. » Kahlo secoua la tête. « Non, vous avez raison. Kluckholn a dû s'y prendre d'une autre façon. Il s'est peut-être tout simplement changé en chauve-souris. »

Je souris et secouai la tête à mon tour.

« Il n'a pas pu s'y prendre de cette manière-là non plus. La fenêtre était fermée, vous vous souvenez ?

— D'après le général. Et parce qu'il s'agit du général, nous pensons tous que c'est une preuve à cent pour cent. Et s'il se trompait sur ce point ? Si la fenêtre était ouverte, en définitive ?

— Heydrich ne se trompe pas sur ce genre de choses.

— Pourquoi pas ? Ce n'est qu'un être humain.

— Qu'est-ce qui a bien pu vous donner cette impression ? »

Kahlo haussa les épaules.

« Il va bientôt être l'heure du déjeuner, dit-il. Vous pourrez lui poser la question à ce moment-là.

— Pourquoi ne pas la lui poser vous-même ? »

Il me passa la brosse à habit puis se tourna.

« Ça ne vous ennuie pas, patron ? »

J'enlevai le plus gros de la poussière sur sa veste et repensai à Arianne brossant la mienne. J'aimais bien qu'elle ait été aussi soucieuse de mon apparence, redressant ma cravate, ajustant mon col de chemise et ramassant sans cesse mon pantalon par terre pour le mettre sous le matelas afin qu'il conserve les plis. Ce côté attentionné me manquait déjà. À cet instant, elle avait probablement franchi la frontière de la Bohême et était de retour en Allemagne, où elle serait bien plus en sécurité qu'à Prague. Je partageais le sentiment de Thümmel : Prague avait quelque chose qui ne me plaisait pas du tout.

« Je suis impatient d'aller déjeuner », dit Kahlo. Il humait l'air comme un molosse affamé. « Je ne sais pas ce que c'est, mais ça sent bon.

— Tout sent bon pour vous.

— Excepté cette affaire.

— C'est vrai. Écoutez, allez déjeuner. Moi, je vais rester là encore un moment.

— Pour quoi faire ?

— Oh, pas grand-chose. Regarder fixement le sol. Écouter cette corneille de l'autre côté de la fenêtre. Me tirer une balle. Ou éventuellement prier pour avoir un peu d'inspiration.

— Vous n'allez pas sauter le déjeuner ? »

Le ton de Kahlo conférait à la question autant de gravité que si je comptais réellement me tirer une balle. Ce qui n'aurait pas été très loin de la vérité.

« Maintenant que j'y pense, voilà une excellente idée, répondis-je. Manger a tendance à m'empêcher de réfléchir. Sur ce plan, c'est aussi mauvais que la bière. Si je jeûnais un peu, j'aurais peut-être une vision de la façon dont ce meurtre a été commis. Oui, pourquoi pas ? Peut-être que, si je m'affamais moi-même comme Moïse pendant quarante jours et quarante nuits, le Tout-Puissant viendrait me révéler le nom du coupable. Certes, il lui faudrait sans doute mettre le feu à la maison pour obtenir toute mon attention, mais ça en vaudrait la peine. De plus, à certains égards, je suis pratiquement sûr d'avoir une longueur d'avance sur Moïse.

— Ah ? Laquelle ? »

J'ouvris mon étui à cigarettes.

« Une clope. Un tout petit buisson ardent dont peut jaillir beaucoup de sagesse. M'est avis que tous ces saints auraient pu s'économiser pas mal de temps et de désagrément avec une simple cigarette. »

Kahlo m'ayant laissé à mes angoisses existentielles, je m'assis sur le bord du matelas de Küttner et en allumai une. Puis, lorsque j'en eus assez d'observer la petite traînée mystique d'inspiration céleste de ma cigarette, je décidai de faire le tour de la maison. Tous ou presque étant maintenant réunis dans la salle à manger, je pouvais aller où bon me semblait sans avoir à fournir d'explication. Du reste, je n'étais pas sûr qu'il y eût une explication à ce que je cherchais.

Tout ce que je savais, c'est que j'avais besoin d'avoir une idée – n'importe quelle idée – et rapidement.

D'entendre de vibrants applaudissements en bas dans la salle à manger me donna ma première idée. Ce n'était pas vraiment une idée, mais cela avait au moins le mérite d'être concret. Une expérience. Un test empirique d'une supposition que nous avions faite, moi et les autres, depuis le tout début de l'affaire.

Je me rendis dans ma propre chambre, où j'extirpai le Walther PPK de mon sac. De retour dans la chambre de Küttner, je fermai la porte du mieux possible, ôtai le cran de sûreté et tirai deux fois de suite avant de m'asseoir pour voir ce qui allait se passer. Mais si je m'attendais à ce que les coups de feu suscitent l'arrivée d'un groupe d'officiers inquiets, je me trompais. Une minute s'écoula, puis deux ; au bout de cinq minutes, j'étais persuadé que personne ne viendrait parce que personne n'avait entendu les détonations. Bien sûr, cela montrait seulement qu'on avait très bien pu abattre Küttner sans que quiconque remarque les coups de feu ou prenne la peine de savoir d'où ils provenaient, mais c'était déjà quelque chose. J'avais accepté cette hypothèse alors qu'il était facile de prouver qu'elle était fausse. Et s'il y en avait une comme ça, il pouvait très bien y en avoir d'autres.

Regagnant ma chambre, je replaçai le pistolet dans mon sac avant de quitter les lieux et de longer l'étage avec ses statues de nègres, ses fauteuils en cuir à motifs de chasse, ses porcelaines décoratives Meissen et ses photos encadrées, beaucoup moins décoratives, de Hitler, Himmler, Goebbels, Goering, Bormann et von Ribbentrop. C'était un second chez-soi si vous viviez au Berghof.

Je connaissais les parties les plus attrayantes du château du bas, notamment la bibliothèque, la salle à manger, la salle de billard, le jardin d'hiver, la salle de conférences et le salon du Matin ; mais il y en avait d'autres dont j'ignorais tout ou qui semblaient interdites. Le bureau de Heydrich donnait assurément l'impression d'un secteur interdit, même pour quelqu'un censé être son détective. Devant la porte, je fis une courte pause, frappai puis, n'entendant personne et m'attendant à ce que la porte soit fermée à clé, je tournai l'épaisse poignée en cuivre. La porte s'ouvrit. J'entrai. Après quoi je refermai le lourd panneau derrière moi.

La pièce – une des plus vastes de la demeure – était tranquille et fraîche ; elle ressemblait davantage à un sépulcre qu'à un bureau. Je la parcourus pendant une bonne minute avant de revenir sur mes pas, qui, tels ceux d'un fantôme, ne faisaient aucun bruit, à croire que je n'existais quasiment pas. Heydrich aurait pu arranger ça, bien entendu, et même très facilement. Aussi facilement que de vider le cendrier en cristal sur la table, qui avait l'air remarquablement propre et parfaitement astiqué. Une des fonctions de Kritzinger, peut-être ?

Je ne sais pas si j'espérais trouver quoi que ce soit. Je me contentais de fourrer mon nez partout, mais, comme tout policier, je pensais être libre de m'adonner à ce penchant, qui ne devient un vice que lorsqu'il s'accompagne de quelque chose de plus vénal tel que l'envie ou la cupidité. Il n'y avait là rien que je convoitais, même si j'avais toujours rêvé d'une jolie table avec un siège confortable, mais peut-être ces meubles étaient-ils un peu trop grandioses pour mes desseins. Néanmoins, je m'assis, posai mes mains à plat sur le bureau du Reichsprotektor, me renversai dans son fauteuil, jetai pendant un moment des coups d'œil à travers la pièce, maniai quelques-uns des livres sur ses étagères – des romans populaires pour la plupart –, passai en revue ses nombreuses photographies, inspectai le sous-main en quête de correspondance récente – il n'y en avait pas –, puis je décidai que j'étais bien content de ne pas être Reinhard Heydrich. Pour rien au monde, je n'aurais échangé ma place contre la sienne.

L'agenda de bureau en cuir contenait des tas de rendez-vous et pas grand-chose d'autre. Il y avait un grand nombre de rendez-vous antérieurs, à la Tanière du Loup à Rastenburg, au Berghof, à la chancellerie du Reich, ainsi que de futures soirées au cirque – qui, curieusement, étaient soulignées –, une journée à Rastenburg, un week-end à Karinhall, une nuit au Deutsches Opernhaus, Noël au château du bas, puis une conférence fin décembre dans une villa de la SS au bord du Grosser Wannsee. En tant que détective de Heydrich, serais-je tenu de me rendre dans tous ces endroits ? Rastenburg ? La chancellerie du Reich ? L'idée de rencontrer physiquement Hitler me remplit d'horreur.

Je jetai un coup d'œil dans la corbeille à papier sous la table et ne trouvai qu'une chaussette avec un trou dedans. Il n'y avait pas de tiroirs que j'aurais pu fouiller. Si Heydrich avait des dossiers secrets, ils étaient sûrement rangés dans un emplacement secret. Je balayai la pièce du regard.

Le coffre, décidai-je finalement, se trouvait derrière le portrait de Hitler. Ce qui se révéla exact. Mais je n'allais pas tenter de l'ouvrir ; même mon impertinence avait des limites. De plus, il y avait des choses que je n'avais aucun désir de savoir. Et en particulier les choses secrètes que Heydrich savait.

Les lourds rideaux doublés avaient l'air de sortir tout droit d'un théâtre et auraient facilement pu me servir de cachette si quelqu'un était entré dans le bureau. Les vitres des grandes fenêtres étaient aussi épaisses que mon petit doigt et très probablement à l'épreuve des balles. Derrière les rideaux, il y avait deux pistolets-mitrailleurs et une boîte de grenades ; Heydrich ne laissait rien au hasard. Si quelqu'un l'attaquait sous son toit, il entendait bien se défendre jusqu'au bout.

Mais avais-je envie que lui ou un de ses assistants me surprennent là ? Peut-être. Me faire éjecter de son bureau aurait sans doute pour conséquence que je serais déchargé de l'affaire et renvoyé en disgrâce à Berlin, ce qui semblait une issue hautement souhaitable. Mais ce n'est pas ce qui se produisit et, pour finir, ayant passé là près d'un quart d'heure, je me levai et sortis sur le palier, toujours sans être vu.

La porte juste après le bureau de Heydrich était une suite de pièces un peu plus féminines – sans doute réservée à Lina Heydrich – où, au milieu des canapés à fleurs, chaises élégantes et grands miroirs, trônait une coiffeuse de la taille d'un Messerschmitt.

J'allai en bas et réussis à me faufiler discrètement devant la porte ouverte de la salle à manger, qui était remplie de choux-fleurs ; à proximité du jardin à l'arrière, je passai la tête par la porte d'une salle de jeux puis d'une chambre d'enfants.

N'ayant jamais vu les communs au sous-sol, je descendis une étroite volée de marches et longeai un couloir faiblement éclairé qui semblait constituer l'épine dorsale et le système nerveux de la maison. Même par un jour ensoleillé comme celui-ci, le corridor revêtu de dalles faisait davantage penser au centre de détention de l'Alex, même s'il sentait bien meilleur. Kahlo avait raison à ce sujet.

Dans l'immense cuisine, plusieurs cuistots préparaient d'arrache-pied le plat suivant, qui était acheminé par des serveurs dont le visage m'était plus familier. Ils me considérèrent avec suspicion et inquiétude. Fendler, le valet auquel j'avais parlé précédemment et qui fumait une cigarette près de la porte de derrière, vint vers moi et me demanda si j'étais perdu. Je lui répondis que non, bien sûr, mais, quelque peu découragé par les regards horrifiés auxquels j'avais droit, j'étais sur le point de remonter et d'aller déjeuner, en définitive, quand soudain, à l'extrémité la plus éloignée et la plus sombre du couloir, une porte s'ouvrit et un sergent SS que j'étais certain de n'avoir jamais vu sortit, ferma soigneusement derrière lui et pénétra dans la pièce en face.

Alors que la porte se refermait, j'entrevis une salle fortement éclairée contenant ce qui ressemblait à un standard téléphonique et, me disant que c'était peut-être le bon moment de me présenter en personne

455

– j'avais un autre coup de fil à passer à l'Alex –, je suivis le couloir et entrai dans la pièce.

Aussitôt, un caporal SS à l'allure robuste bondit d'un banc en bois, jeta son journal et me barra le passage. En même temps, il referma avec le pied une seconde porte derrière lui, mais pas avant que j'aie pu apercevoir plusieurs gros magnétophones et, assis devant eux, d'autres SS munis de casques.

« Je regrette, monsieur, dit le caporal, mais vous ne pouvez pas entrer ici.

— J'appartiens à la police. » Je lui montrai ma plaque. « Kommissar Gunther, de l'Alex. Le général Heydrich m'a autorisé à circuler librement dans la maison afin d'enquêter sur un meurtre.

— Je me fiche de qui vous êtes, vous ne pouvez pas entrer ici. Il s'agit d'une zone à l'accès réglementé.

— Comment vous appelez-vous, caporal ?

— Vous n'avez pas besoin de le savoir. Vous n'avez pas besoin de savoir quoi que ce soit sur ce qui se passe ici. Ça ne vous concerne pas, ni votre enquête spécifique.

— Mon enquête spécifique ? C'est à moi d'en décider, caporal. Pas à vous. D'ailleurs, c'est quoi, cet endroit ? Et qu'est-ce qui se passe derrière cette porte ? On dirait la Deutsche Grammophon là-dedans.

— Je dois malheureusement insister pour que vous partiez, monsieur. Tout de suite.

— Caporal, savez-vous que vous faites obstruction à un officier de police dans l'exercice de ses fonctions ? Je n'ai nullement l'intention de m'en aller

456

avant qu'on m'ait expliqué clairement ce que c'est que tout ce fourbi. »

À présent, des voix s'élevaient, y compris la mienne, et l'on entendait des heurts et des bousculades. J'étais encore plus furieux contre moi-même que contre le caporal – frustré de ne pas avoir trouvé plus tôt les lattes disjointes et maintenant irrité de découvrir ce qui m'avait tout l'air d'un poste d'écoute pour espionner les invités –, sauf que le caporal, lui, n'en savait rien, et lorsque quelqu'un apparut derrière moi, dans l'encadrement de la porte que je venais de franchir, et que je pivotai pour voir qui c'était, il me frappa. Fort.

Je ne lui en voulais pas. Je n'en voulais à personne. De même que hausser le ton, argumenter ou montrer du doigt, en vouloir à autrui n'est pas une chose que vous pouvez faire quand vous dégringolez la tête la première dans le trou noir qui s'ouvre tout à coup sous vos pieds. Le docteur Freud n'a pas donné de nom à ça et, à proprement parler, vous ne savez ce que signifie vraiment perdre connaissance que si une brute au poing aussi dur qu'une massue de zoulou s'est servie de ce même objet meurtrier pour vous l'assener habilement sur la nuque, comme s'il essayait de tuer un énorme lapin récalcitrant et plutôt crédule, en l'occurence. Non, attendez, j'en voulais effectivement à quelqu'un. Je m'en voulais à moi-même. Je m'en voulais en premier lieu de ne pas avoir écouté le caporal SS faisant de l'espionnite. Je m'en voulais d'être passé à côté de l'astuce des lattes de parquet dans la chambre de Küttner. Je m'en voulais d'avoir pris Heydrich au mot et d'avoir cru que j'étais réellement autorisé à circuler librement dans le château pour mener mon enquête. Mais, surtout, je m'en voulais d'avoir imaginé un instant qu'il était possible de se conduire comme un policier digne de ce nom dans un monde détenu et dirigé par des criminels.

Je ne pense pas être resté dans les vapes plus de deux minutes. Lorsque je revins à moi, j'aurais pu souhaiter que ça ait duré davantage. Une autre chose que vous ne pouvez pas faire quand vous êtes inconscient, c'est de vous sentir malade, d'avoir de violents maux de tête ou de vous demander si vous devez bouger les jambes au cas où vous auriez vraiment le cou brisé. Ignorant la douleur intense d'ouvrir les paupières, je les ouvris pour me retrouver à regarder le tromblon d'un grand verre de cognac. C'était un net progrès par rapport à un tromblon réel, ou au pistolet qui jaillit habituellement dans ce genre de circonstances. J'aspirai une profonde et capiteuse bouffée du truc et en vaporisai un moment mes amygdales avant de prendre le verre de la main qui le tenait devant moi et de me verser avec circonspection – incliner la tête m'obligeait à remuer le cou – tout le contenu dans le gosier.

Je rendis le verre, pour m'apercevoir que c'était Kritzinger qui le récupéra.

Je me trouvais dans un petit salon bien propre, avec une fenêtre donnant sur le couloir du sous-sol, une petite table, deux fauteuils et la chaise longue sur laquelle j'étais allongé.

« Où suis-je ?

— C'est mon bureau, monsieur », répondit Kritzinger.

458

Derrière lui se tenaient deux SS, dont l'un était le caporal avec lequel j'avais eu maille à partir quelques instants plus tôt. L'autre était le major Ploetz.

« Qui m'a frappé ?

— Moi, monsieur, répondit le caporal.

— Qu'est-ce que vous essayiez de faire ? Sonner une cloche ?

— Désolé, monsieur.

— Non, ne vous excusez pas. Kritzinger ?

— Monsieur ?

— Donnez à ce garçon un morceau de pain de sucre. J'estime qu'il l'a bien gagné. La dernière fois que je me suis fait assaisonner comme ça, je portais un casque à pointe et j'étais dans une tranchée.

— Si seulement vous m'aviez écouté, dit le caporal.

— J'ai eu l'impression que c'est précisément ce que vous faisiez. » Je me frottai la nuque et poussai un grognement. « M'écouter, moi et tous les autres dans cette maison.

— Les ordres sont les ordres, monsieur. »

Ploetz posa sa main sur mon épaule.

« Comment vous sentez-vous, capitaine ? »

Il semblait curieusement attentionné, comme s'il se faisait réellement du souci.

« Vraiment, monsieur, insista le caporal, si j'avais su que c'était vous…

— Ça va bien, caporal, dit Ploetz d'un ton douce-reux. Je me charge du reste.

— Sûr, doc, sûr. Vous pouvez faire comme s'il y avait une explication parfaitement innocente à tout ce matériel d'enregistrement et, tant qu'on y est, je ferai semblant d'être un vrai détective. Pour l'instant, la

459

seule chose dont je suis absolument certain, c'est de la qualité de ce cognac. Versez-m'en donc un autre, Kritzinger. Je fais toujours mieux semblant quand j'ai un verre dans le nez.

— Ne lui en donnez pas », dit Ploetz à Kritzinger. Puis : « Vous avez la langue suffisamment déliée comme ça, Gunther. Nous ne voudrions pas que vous vous portiez préjudice. Surtout alors que vous êtes dans les petits papiers du général. »

Je n'en tins pas compte. Ça sonnait bizarrement. De toute évidence, le coup sur la nuque avait affecté mon ouïe.

« Exact, doc. Nous devons surveiller nos paroles. Qu'est-ce que dit l'écriteau ? "Attention ! L'ennemi écoute." C'est bien vrai. Et il en connaît un rayon par-dessus le marché. N'est-ce pas les gars ? Qu'est-ce que vous écoutiez, d'ailleurs ? Et ne me dites pas que c'est le discours du Führer sur le secours d'hiver. Quelque chose dans la salle de réunion ? Quelque chose dans les chambres ? Peut-être avez-vous un enregistrement de Küttner se faisant descendre. Ça pourrait s'avérer utile. Du moins, pour moi. Quelque chose dans le salon du Matin ? Mézigue éventuellement. Sauf que ça servirait à quoi ? Ça ne me dérange pas de vous traiter tous d'escrocs et de menteurs face à vos sales gueules. Vous allez voir si je vais me gêner. »

Ploetz bougea la tête en direction de la porte et les deux SS s'en allèrent.

« Écoutez, Gunther, dit-il. Je pense qu'il vaudrait mieux que vous retourniez dans votre chambre vous allonger. J'informerai le général de ce qui s'est produit. Compte tenu des circonstances, il voudra savoir que vous allez bien. »

À cet instant, s'allonger semblait extrêmement séduisant.

Ploetz sortit tandis que Kritzinger m'aidait à me relever.

« Vous n'avez pas mal, monsieur ? Voulez-vous que je vous ramène à votre chambre ?

— Non, merci. Ça ira. J'ai l'habitude. C'est un des risques du métier, pour un policier, de se faire taper dessus. Voilà ce qui arrive quand je fourre mon nez là où on n'en veut pas. Je devrais le savoir à présent. Autrefois, un flic pouvait débarquer dans une maison de campagne, interroger tout le monde, dénicher des indices reconnaissables puis arrêter le majordome devant des cocktails bien frais dans la bibliothèque. Mais ça ne fonctionne plus ainsi, malheureusement, Kritzinger. Vous n'aurez pas votre grand moment, je le crains, lorsque tout le monde se rend compte quel type malin vous avez été.

— C'est désolant, monsieur. Peut-être voudriez vous un autre cognac, après tout ? »

Je secouai la tête.

« Non. Je crois que le Dr Ploetz a raison. Je parle effectivement trop. Voilà ce qui se passe quand on n'a pas de réponses. Je suppose que vous ne savez pas qui a tiré sur le capitaine Küttner.

— Non, monsieur. »

Il eut un bref sourire puis se gratta l'arrière du crâne, gêné.

« Dommage.

— Vous comprenez, monsieur, qu'il y a un tas de choses dans cette maison que je préfère ne pas entendre, mais si ces choses incluaient un coup de feu ou des bribes de conversation susceptibles de faire la lumière sur son décès malencontreux, je vous le dirais, soyez-en sûr. Vraiment. Mais je suis certain de ne rien pouvoir vous dire. »

J'acquiesçai.

« Eh bien, c'est très aimable à vous, Kritzinger. Je suis persuadé que vous êtes sincère. Et je vous en remercie.

— Réellement ? » Le sourire réapparut pendant une seconde. « Je me le demande.

— Si, je vous assure.

— Je me flatte d'en savoir un peu sur votre indépendance d'esprit. On ne peut pas s'empêcher d'entendre des choses dans une maison comme celle-ci.

— J'avais remarqué.

— Par conséquent, je sais que vous croyez que je pense d'une certaine manière, pour ce qu'elle vaut, sauf que ce n'est pas le cas. Ça ne l'a jamais été. Je suis un bon Allemand. Comme vous, peut-être, j'ignore ce que je pourrais être d'autre. Mais, contrairement à vous, je ne suis pas un homme courageux, si vous voyez ce que je veux dire.

— Ce n'est pas ce qu'indique ce ruban de la croix de fer à votre boutonnière, monsieur Kritzinger.

— Merci, Kommissar. Mais ça date de la guerre. Les choses étaient plus simples alors, vous ne trouvez pas ? Le courage plus facile à reconnaître, pas seulement en soi-même, mais aussi chez les autres. Certes, j'étais plus jeune à l'époque. À présent, j'ai une femme. Et un enfant. Et voilà longtemps que j'en suis arrivé à la conclusion que la seule attitude pratique qui s'offrait à moi, c'était de faire tout bonnement ce qu'on me disait.

— Moi aussi. »

Je me dirigeai vers l'escalier d'un pas légèrement mal assuré. Cela avait été une conversation très allemande.

Comme je passais devant la salle à manger, je m'aperçus que le déjeuner touchait à sa fin. En me voyant, Heydrich s'excusa auprès des autres choux-fleurs et, souriant, fit un signe de tête en direction du salon.

Ce n'était pas tous les jours que Heydrich me souriait. Je le suivis jusqu'aux portes-fenêtres puis sur la terrasse, où il m'offrit une de ses cigarettes qu'il alla jusqu'à m'allumer. Lui-même n'en prit pas. Il semblait étrangement de bonne humeur compte tenu du fait que Vaclav Moravek continuait à échapper à la Gestapo. Je ne l'avais vu ainsi qu'une seule fois, et c'était en juin 1940, après la capitulation de la France.

« Le major Ploetz m'a raconté ce qui vous était arrivé en bas, dit-il, presque en s'excusant. J'aurais dû vous mettre au courant de la station d'écoute du SD, mais, vraiment, j'avais tellement de pain sur la planche. Comme si je n'avais pas assez à faire ici en Bohême avec les Trois Rois, l'UVOD et le traître X. Le Reichsmarschall Goering m'a chargé de lui soumettre un projet d'ensemble visant à résoudre la question du traitement des Juifs dans tous les nouveaux territoires sous influence allemande. Bon, je n'ai pas

463

besoin de vous dire comment ça se passe à l'Est. Le chaos complet. Mais ce n'est pas votre problème.

« Pour en revenir au traître X : comme vous le savez, tous les invités dans cette maison sont suspects à cet égard. Cependant, par un simple processus d'élimination, nos analystes des services de renseignements ont réduit les recherches concernant l'identité du traître à six ou sept officiers. Par conséquent, nous intéressaient les propos tenus par ces individus même sur les sujets les plus anodins. Raison pour laquelle certaines des pièces du château du bas sont équipées de micros cachés, au cas où l'un d'entre eux laisserait échapper quelque chose d'important.

— Vous voulez dire, comme à la pension Matzky. »

Heydrich acquiesça.

« Ainsi, vous savez pour les microphones ? » Il sourit. « Oui, comme à la pension Matzky.

— Et est-ce que ces pièces incluent le salon du Matin ?

— Tout à fait. »

Mon estomac se serra durant quelques secondes ; pas pour moi – aux yeux de Heydrich, j'étais un cas désespéré –, mais pour Kahlo, et je me mis à me triturer les méninges pour essayer de me rappeler ce qu'il avait dit qui aurait pu être interprété comme une preuve de sa déloyauté.

« Vous avez donc entendu toutes les conversations qui se sont déroulées là ?

— Non, pas moi personnellement. Mais j'ai lu quelques-unes des transcriptions.

— La chambre de Küttner ?

« — Non. Mon quatrième assistant n'était pas suffisamment important pour justifier un tel niveau de surveillance. » Heydrich fit la moue. « Dommage, parce que, sans cela, nous saurions à l'heure qu'il est qui lui a flanqué deux balles dans la poitrine. »

Je poussai un soupir de lassitude et m'efforçai d'afficher un air compréhensif et tolérant après ce qui venait de m'être révélé.

« Pour moi, un traître est un traître. Je conçois aisément que vous ayez recours à tous les moyens dont vous disposez pour le capturer. Y compris des microphones secrets. J'espère seulement que vous voudrez bien excuser certains des bavardages inconsidérés de mon Kriminalassistant Kahlo dans le salon du Matin. J'en suis en grande partie responsable. C'est un homme de valeur. J'ai bien peur d'avoir eu une mauvaise influence sur lui.

— Au contraire, Gunther. C'est grâce à vous et à vos méthodes peu conventionnelles, pour ne pas dire insolentes, que le traître est maintenant démasqué. En fait, tout s'est passé exactement comme je l'espérais. Vous, Gunther, avez été le catalyseur qui a complètement changé le tableau. Je ne sais pas qui je dois féliciter le plus : moi pour avoir eu l'inspiration de vous faire venir ici pour commencer, ou vous pour votre esprit farouchement indépendant. »

Je sentis mon visage prendre une expression dubitative.

« C'est absolument vrai. Il semble que nous vous devions tout dans cette affaire, Gunther. Ce qui rend d'autant plus malencontreux que votre récompense immédiate ait été de vous faire assommer par un de

465

nos plus vigoureux collègues du SD. Aussi je vous présente à nouveau mes plus sincères excuses. Après tout, vous ne faisiez que votre travail. Un excellent travail. Car, au moment où nous parlons, le traître est aux arrêts de rigueur et en route pour le quartier général de la Gestapo à Prague.

— Mais qui était-ce ? Le traître.

— Le major Thümmel. Paul Thümmel. De l'Abwehr.

— Thümmel. Un homme avec un insigne en or du parti ?

— J'ai bien dit que cela serait quelqu'un d'apparemment au-dessus de tout soupçon raisonnable.

— Mais c'est également un ami de Himmler. »

Heydrich sourit.

« Oui. Un bonus en quelque sorte. L'embarras sérieux que ce lien particulier causera au Reichsführer sera un vrai régal. Je suis impatient de voir la tête que fera Himmler quand j'en parlerai au Führer. Pour cette même raison, toutefois, il n'est absolument pas certain que nous réussissions à coincer Thümmel. Nous ferons évidemment de notre mieux. »

J'opinai.

« Je commence à comprendre. Cela a un rapport avec cette lettre que j'ai reçue ce matin des Pays-Bas, n'est-ce pas ?

— En effet. Vous avez demandé au major Thümmel s'il était le capitaine Thümmel qui se trouvait à La Haye en 1939. Il a nié, bien entendu. Et pourquoi ? Pourquoi cela présenterait-il le moindre intérêt pour vous ? Mais c'était un mensonge. Il a suffi de quelques minutes pour vérifier ses états de service.

Alors qu'il était capitaine en 1939, Thümmel est passé par La Haye pour aller à Paris. Nous savons qu'il se trouvait à La Haye parce qu'il a rendu visite à notre attaché militaire à l'ambassade d'Allemagne. Mais nous pensons que, durant ce séjour, il a rencontré en secret son contrôleur tchèque. Un certain major Franck. Franck et Thümmel avaient tous les deux une maîtresse hollandaise du nom d'Inge Vranken. J'aimerais voir votre lettre, bien sûr, mais il semble bien qu'Inge Vranken soit la petite sœur de votre ami Geert.

« Nous soupçonnons Thümmel d'espionner pour les Tchèques depuis février 1936. Il s'est longtemps servi d'un émetteur radio pour envoyer des messages ici, à Prague. Comme vous le savez, nous captions une partie des communications radio ; ce que nous appelons les interceptions OTA. Les Tchèques l'avaient baptisé A54. Ne me demandez pas pourquoi. L'indicatif d'appel, probablement. Les messages étaient envoyés par coursier au gouvernement tchèque réfugié à Londres. Cela a continué ainsi un bon moment. Mais ensuite Thümmel a pris peur. Il a complètement cessé d'utiliser l'émetteur radio. En fait, on aurait dit qu'il avait fermé boutique, réduisant ainsi nos chances de lui mettre la main dessus.

« Nous pensons que l'UVOD était désespéré d'avoir perdu son meilleur agent. Ne serait-ce que parce que les informations de celui-ci avaient mis le gouvernement Beneš en odeur de sainteté auprès de Winston Churchill. Plus d'informations signifiaient plus de miettes opérationnelles tombant de la table des grands. Les gens de l'UVOD ont donc cherché à reprendre contact avec lui, en personne, à Berlin ; et ça a marché pendant un certain temps. Mais l'étau se resserrant, il a perdu son sang-froid là encore. Franchement, je pense qu'il s'attendait à ceci depuis déjà un moment.

— Mais pourquoi ? Pourquoi un vieux camarade du parti – un homme jouissant de la confiance de Hitler – espionnerait-il pour le compte des Tchèques ? Pourquoi espionner tout court ?

— Bonne question. Malheureusement, je ne connais pas encore la réponse. Il continue à nier en bloc, bien sûr. Il s'écoulera probablement plusieurs jours avant que nous ayons une idée de la raison de sa trahison, ou même de l'étendue de celle-ci. »

Se pouvait-il que Thümmel eût été Gustav ? Pendant un instant, je me le représentai aux mains de la Gestapo locale et me demandai combien de temps il leur faudrait pour lui faire confesser de force « l'étendue de sa trahison ».

« Ça ne prendra sûrement pas aussi longtemps à vos hommes. »

Heydrich secoua la tête.

« Si, en réalité. Comme je vous l'ai dit, Thümmel a de la vitamine B. Nous devrons mettre des gants pour l'interroger. Himmler ne me pardonnerait jamais de l'avoir fait torturer. À court terme du moins, on peut seulement espérer qu'un interrogatoire serré permettra de déceler des failles dans son histoire.

— Je comprends. »

Heydrich hocha la tête en silence.

« Eh bien, dit-il. Bravo, Gunther. En tant que mon détective personnel, vous avez pris un excellent départ, je crois. »

Il regagnait les portes-fenêtres lorsque je me remis à parler.

« Ce que je ne comprends pas bien, c'est pourquoi vous avez tué le capitaine Küttner. »

Il s'immobilisa et tourna lentement sur ses talons.

« Mmm ?

— C'est vous qui avez tué votre propre assistant. De ça, je suis certain. Je sais comment vous l'avez fait. Simplement, je ne sais pas pourquoi. Je veux dire, pourquoi se donner le mal de le supprimer alors que vous aviez amplement l'occasion de le traduire en cour martiale ? Non, ça, je ne comprends pas. Pas entièrement. Et à coup sûr, je ne comprends pas au juste pourquoi vous m'avez obligé à prendre la peine d'enquêter sur un meurtre que vous aviez vous-même commis. »

Heydrich resta muet. Comme s'il attendait que j'en dise davantage avant de répondre. Ce que je finis par faire. J'avais l'impression de me passer la corde au cou, mais ça pouvait difficilement être plus pénible qu'à cet instant.

« Naturellement, j'ai quelques idées en la matière. Mais, si vous le permettez, général, je commencerai par la façon dont vous l'avez tué. »

Heydrich acquiesça.

« Je vous écoute.

— Je vois que vous n'avez pas nié.

— Vis-à-vis de vous ? » Heydrich éclata de rire. « Gunther, il n'y a que trois personnes au monde auprès desquelles j'ai besoin de me justifier, et vous n'en faites pas partie. Néanmoins, j'aimerais entendre votre explication de la solution du crime, de votre point de vue.

— La veille de sa mort, vous avez donné à Küttner une dose de Véronal, qu'il a bue sans s'en douter dans un verre de bière. C'est la seule chose qu'il a absorbée ce soir-là, dans la mesure où il savait qu'il devait éviter de mélanger ce médicament avec de l'alcool. Mais je parie que vous l'avez persuadé de faire une exception. Après tout, c'était la fête. Et quel honneur que d'être servi par vous. Je présume que la bière se prêtait parfaitement à vos desseins. Elle n'est pas alcoolisée au point qu'il aurait pu refuser. Et, bien entendu, elle a un goût amer, de sorte qu'il n'aurait jamais détecté la dose substantielle de Véronal avec laquelle vous l'aviez trafiquée.

« Car la trafiquer, vous l'avez indéniablement fait. Kritzinger rapporte avoir vu Küttner, l'air très fatigué, vers deux heures du matin. Le produit faisait donc déjà son effet. Mais Küttner n'en savait rien, aussi lorsqu'il est retourné à sa chambre, il a pris sa dose de Véronal habituelle et il s'est évanoui avec une des pilules encore dans la gorge. Ce qui explique qu'il n'ait retiré qu'une botte. À mon avis, vous vouliez le faire dormir comme un sonneur, mais pourquoi ne pas l'avoir liquidé d'une overdose, je me le demande. Peut-être vouliez-vous être sûr qu'il soit réellement mort, une overdose, comme vous ne l'ignorez sans doute pas, étant toujours quelque chose d'incertain. Étonnant tout ce que les gens peuvent avaler sans passer l'arme à gauche. Mais une balle est beaucoup plus infaillible. Surtout quand elle est tirée dans le cœur à bout portant.

« Le matin, vous avez laissé le capitaine Pomme et Kritzinger essayer de le réveiller avant de faire en sorte d'être sur les lieux pour les autoriser à enfoncer la porte. Et naturellement, en tant que général, vous avez été le premier dans la chambre. Ce qui vous mettait également à même de prendre la situation en main, d'examiner le corps drogué de Küttner et de le déclarer mort. Bien sûr, ils vous ont cru sur parole, général. Vous n'êtes pas un homme facile à contredire.

« À en juger d'après son apparence, il paraissait peu probable qu'il soit encore vivant. Il portait les mêmes vêtements que la veille, et il y avait un flacon de Véronal ouvert sur la table de chevet, si bien que tout le monde a supposé que l'explication évidente était la bonne : Küttner avait pris une dose excessive, peut-être intentionnellement – après tout, la plupart de ses collègues officiers savaient qu'il avait eu une sorte de dépression nerveuse –, et il en était mort. Personne ne soupçonnait qu'il avait été abattu, pour la bonne raison que ce n'était pas le cas. Pas à ce moment là. À ce moment là, il était seulement sans connaissance.

« Ayant donné l'ordre à Kritzinger d'appeler une ambulance et au capitaine Pomme d'aller chercher le Dr Jury, vous étiez maintenant seul dans la chambre avec le corps inerte du capitaine. La chambre du Dr Jury est située dans l'autre aile du château, donc vous saviez qu'il faudrait à Pomme plusieurs minutes pour revenir avec lui. À part celui de votre bureau, le téléphone le plus proche se trouve au rez-de-chaussée, ce qui fait que Kritzinger était loin, lui aussi. Néanmoins, vous avez probablement attendu quelques instants, histoire d'être sûr qu'il n'y avait personne dans les parages, avant de refermer la porte du mieux possible. Vous aviez à présent tout le temps nécessaire pour sortir le pistolet que vous aviez glissé à l'intérieur de votre gilet d'escrime, écarter sa tunique et tirer froidement deux balles coup sur coup, à bout portant, dans le corps de Küttner, le tuant instantanément. Comme il portait encore sa tunique, les blessures n'étaient pas évidentes d'emblée pour quiconque avait déjà vu le corps. De plus, ces blessures ne saignaient pas beaucoup parce que Küttner était allongé sur le dos. Sans parler de l'effet fort commode que le Véronal supplémentaire avait dû avoir sur la pression sanguine du mort. »

Heydrich écoutait patiemment, toujours sans rien nier. Croisant les bras, il plaça un doigt pensif en travers de ses lèvres minces. Peut-être réfléchissait-il à un plan pour l'évacuation des Juifs de Prague.

« Vous avez remis le pistolet dans votre gilet. Puis vous avez ouvert la fenêtre afin d'aérer un peu la pièce, au cas où quelqu'un sentirait l'odeur des coups de feu. C'est alors que vous avez vu le valet, Fendler, avec l'échelle. Vous lui avez dit que l'échelle n'était plus nécessaire ; que le pauvre Küttner avait succombé à une overdose, parce que vous étiez forcé de soutenir la thèse à laquelle tout le monde croyait à ce stade.

« Puis vous avez vite inspecté le lit et le sol en quête des cartouches usagées. Vous teniez à les récupérer afin de brouiller les cartes et d'ajouter au mystère qui s'attache inévitablement à un meurtre ayant eu

472

lieu dans une pièce fermée de l'intérieur. Cela a pu prendre un moment. On ne trouve pas toujours ce qu'on veut quand on est pressé. Naturellement, si quelqu'un était entré dans la chambre, vous auriez donné comme excuse que vous cherchiez des indices. De fait, il y avait des comprimés par terre. Vous ne faisiez que les ramasser. Vous êtes un policier, après tout. Peut-être est-ce vous qui les avez balancés là, histoire d'apporter une touche supplémentaire. De l'habillage, pour ainsi dire. Mais il ne m'a jamais paru naturel que le flacon de Véronal soit resté debout sur la table alors qu'il y avait des pilules sur le sol.

« Ayant déniché les deux cartouches usagées, vous les avez jetées dans le couloir, puis vous avez allumé une cigarette pour essayer de camoufler l'odeur des deux coups de feu – même si, comme je l'ai découvert pour ma part tout à l'heure, elle n'est pas particulièrement sensible, pas plus que le bruit des deux détonations. J'ai tiré avec mon propre pistolet dans la chambre de Küttner pendant que vous étiez tous en train de déjeuner et, bien sûr, personne n'a rien remarqué. D'ordinaire, les gens attribuent ce genre de bruit à quelque chose d'autre, quelque chose d'un peu moins dramatique. Une voiture qui pétarade. Un vase de fleurs qu'on renverse. Une porte claquée par un domestique négligent. Mais vous le savez, j'imagine. Je suis même prêt à parier que vous avez mené une petite expérience similaire quand vous avez planifié tout cela.

« C'est alors que le capitaine Pomme et le Dr Jury sont arrivés dans la chambre. Le Dr Jury était un bon choix. D'une part, il était peut-être encore ivre, et à tout le moins salement migraineux, et il ne s'est même pas aperçu que le mort continuait à saigner, seulement qu'il avait été abattu. Là encore, personne n'allait remettre en cause votre version première des événements. En outre, chacun avait à présent un mystère encore plus grand devant les yeux, à savoir comment peut-on retrouver un homme tué par balle dans une pièce verrouillée de l'intérieur, sans arme du crime sur les lieux. Une chose fort utile, le mystère. Tout prestidigitateur connaît l'importance de la diversion. On attire l'attention sur ce que fait une main tandis que l'autre effectue le sale boulot.

« Un bon mystère, les gens adorent ça, n'est-ce pas ? Vous y compris, général. Vous plus que la plupart, peut-être. Sur vos étagères, j'ai trouvé un exemplaire lu et relu d'un roman policier de cet écrivain que vous avez mentionné à mon arrivée ici : Agatha Christie. Roman intitulé *Le Meurtre de Roger Ackroyd*. Et il m'a suffi de le parcourir durant quelques minutes pour m'apercevoir qu'il contenait un certain nombre de similitudes avec cette affaire. Un cadavre dans une pièce fermée à clé. Sauf que l'homme en question, Roger Ackroyd, n'est aucunement mort ; pas au début ; et c'est le personnage qui a soi-disant découvert le corps – le Dr Sheppard, c'est bien ça ? – qui se révèle être le meurtrier. Comme vous-même, en fait. Je mettrais volontiers ma main au feu que c'est là que vous avez trouvez l'idée de départ.

« Mais j'ai mal à la tête et à la nuque, et je n'arrive pas à déterminer pourquoi. Pourquoi tueriez-vous l'élève de piano préféré de votre mère ? Ça ne peut pas être ça, n'est-ce pas ? La jalousie ? Non, pas vous.

Ce serait beaucoup trop humain de votre part, général Heydrich. Non, il doit y avoir une autre raison. Beaucoup plus importante qu'une vengeance personnelle. »

Je m'interrompis pour allumer une autre cigarette.

« Eh bien, ne vous arrêtez pas en si bon chemin, dit Heydrich. Vous vous en tirez à merveille. Je dois avouer que je suis assez impressionné. C'est bien plus que je n'en attendais de vous, Gunther. » Il hocha fermement la tête. « Continuez. J'insiste.

— En souvenir du bon vieux temps, vous avez sauvé la carrière de Küttner. C'était un geste étrangement sentimental. Et qui ne vous ressemble guère, permettez-moi de le dire, général. Ou peut-être l'avez-vous fait à la demande de quelqu'un. Le père de Küttner. Votre mère, peut-être.

— Vous feriez mieux de laisser ma mère en dehors de ça, Gunther, si vous n'y voyez pas d'inconvénient.

— Avec plaisir. Vous avez sauvé la carrière d'Albert Küttner pour vous rendre compte ensuite, comme vous l'avez déclaré vous-même, qu'il représentait une déception. Plus qu'une simple déception, il était devenu une gêne en quelque sorte, voire un boulet. Küttner était indiscipliné. Il y a eu, par exemple, cette scène avec le colonel Jacobi à l'école de formation des officiers. Bien pire, vous avez découvert qu'il était très probablement homosexuel. Après ce qui était arrivé à Ernst Röhm et à certains de ses bons amis au sein de la SA, c'était trop. Redoutiez-vous que votre image ne soit ternie par une telle fréquentation ? Je me le demande. En Allemagne, s'attirer le soupçon d'être juif, comme dans votre cas, est une chose, mais se voir accusé de faire preuve d'indulgence envers les homosexuels en est une tout autre. Malgré tout, vous auriez pu renvoyer discrètement Küttner à Berlin. Dans une de ces gentilles petites cliniques privées de Wannsee où les responsables nazis vont suivre une cure de désintoxication ou apprennent à se passer de drogue. Certaines d'entre elles se targuent même de pouvoir vous guérir de votre homosexualité. Vous deviez donc avoir une raison importante pour le tuer ainsi de sang-froid. Il fallait que vous ayez quelque chose à y gagner. Mais quoi ?

— Excellent. Vous y êtes presque. »

Heydrich alluma une cigarette, l'air de s'amuser beaucoup, comme si j'étais en train de lui raconter une histoire absolument désopilante. Ce qui me donna à penser qu'il disposait d'une meilleure chute que celle que j'avais moi-même écrite. Mais j'étais allé trop loin pour m'arrêter maintenant.

« Tout ce que vous faites a une raison, n'est-ce pas, général ? Qu'il s'agisse d'exterminer les Juifs ou d'assassiner votre propre assistant. »

Heydrich secoua la tête.

« Ne déviez pas du sujet. Tenez-vous-en à l'essentiel.

— Mais pourquoi m'avoir demandé d'enquêter sur le meurtre ? D'abord, j'ai cru que c'était parce que vous pensiez que je n'étais pas à la hauteur ; que vous aviez envie que je me casse la figure ; mais c'était un peu trop cousu de fil blanc. Vous auriez pu prendre n'importe qui pour faire le travail. Willy Abendschön, de la Kripo locale, est un type remarquable, paraît-il. Intelligent. Efficace. Ou vous auriez pu choisir un individu plus flexible. À moins, bien sûr, que ce ne soit précisément ce que vous désiriez. Quelqu'un se fichant pas mal de son avenir dans le SD. Quelqu'un de suffisamment têtu pour poser les questions épineuses auxquelles les choux-fleurs n'aimeraient probablement pas répondre. Quelqu'un à qui avancement et promotion importent peu. Moi. Oui, ça doit être ça. Vous m'avez chargé de l'enquête sur le meurtre de Küttner parce que vous vouliez en réalité que je traque votre espion. Vous avez utilisé le meurtre de Küttner comme prétexte à une chasse secrète à l'espion.

— Maintenant, vous y êtes, dit Heydrich.

— Vous ne pouviez pas courir le risque qu'un idiot à pieds plats interroge tous vos mouchards présumés à propos du traître X, ou de A54, quel que soit le nom qu'on lui donne ; pas sans les mettre sur leurs gardes. Mais, si je les questionnais au sujet d'autre chose, quelque chose de suffisamment grave pour nécessiter de les retenir ici, alors ils pourraient se relaxer, plus ou moins, dans la mesure où chacun se savait innocent du meurtre. Et, bien sûr, mes conversations avec eux étaient enregistrées, transcrites, passées au crible par vos analystes du SD en quête d'un menu détail, d'une incohérence, peut-être. Une preuve. Un élément tangible. Vous ne saviez pas exactement ce que vous cherchiez, mais vous pensiez que vous le reconnaîtriez en le voyant. Et vous avez raison. C'est ça en effet, une preuve. Je dois vous l'accorder, général, c'était astucieux. Extrêmement cruel, mais astucieux. »

Heydrich tapa trois fois des mains. Ce que je trouvai assez ironique, mais il y avait, semble-t-il, quelque chose de sincère dans ses félicitations.

« Bon travail. Je vous avais sous-estimé, Gunther. Je vous prenais pour un policier du genre musclé. Dur, habile et terriblement tenace, mais pas précisément cérébral. Manifestement, je me trompais. Vous êtes beaucoup plus intelligent que je ne l'aurais supposé. J'espérais que vous découvririez l'espion, c'est vrai. Mais je ne m'attendais pas à ce que vous élucidiez aussi le meurtre. Un véritable extra. Mais maintenant je suis intrigué, réellement. Je veux savoir. J'ai dû commettre une erreur. Comment, exactement, avez-vous pu conclure que c'était moi qui avais tué le capitaine Küttner ?

— Désolé de vous décevoir. Ce n'était pas bien malin.

— Oh, allons. Inutile de faire le modeste.

— En fait, c'est vous-même qui me l'avez dit. Il y a juste quelques minutes. Le médecin qui a effectué l'autopsie et moi étions les seuls à savoir que Küttner avait reçu deux balles. Même Jury ne s'en était pas rendu compte. Et j'ai gardé le secret dans l'espoir que le meurtrier finirait par mentionner ces deux coups de feu alors que tout le monde pense qu'un seul l'a tué. »

Heydrich fronça les sourcils.

« C'est tout ?

— Qu'y aurait-il d'autre ? Je ne suis pas un adepte des mots croisés, général. Ni des romans policiers. En fait, je ne peux pas les sentir. Moi, je ne suis qu'un vulgaire flic de la vieille école. Et vous m'avez parfaitement décrit il y a un instant en disant que j'étais terriblement tenace. Je ne possède pas l'intelligence brillante que vous me prêtez. Ces jours-ci, je ne saurais pas quoi en faire. Voyez-vous, général, la plupart des meurtres n'ont rien de compliqué. Contrairement à ce que les gens s'imaginent. Il en va de même pour le processus de détection. Il n'y a pas de grandes scènes de révélation. Rien que de petits détails. Et c'est là que j'interviens. Vraiment, si le boulot de détective était aussi difficile qu'il y paraît dans les livres, on ne le confierait pas à des flics.

— Oui, je comprends. » Heydrich poussa un soupir. « Mais à présent, j'ai une autre question. Et vous devriez peut-être répondre à celle-ci avec plus de soin. »

J'inclinai la tête.

« Que comptez-vous faire en l'occurrence ? »

Je ne répondis pas. Je ne savais pas. Que pouvais-je faire contre un homme jouissant du statut et de l'autorité de Heydrich ?

« Autrement dit : avez-vous l'intention d'essayer de m'arrêter ? De provoquer un scandale ?

— Vous avez tué un homme, général.

— Vous avez raison, évidemment. Et je regrette d'avoir sauvé la carrière de Küttner. J'aurais pu m'accommoder de sa conduite en Lituanie et après. Ce qui lui est arrivé là-bas n'est nullement inhabituel – c'est d'ailleurs pourquoi le Reichsmarschall Goering m'a chargé de trouver une meilleure solution à ce problème. J'aurais même pu m'accommoder de son attitude vis-à-vis du colonel Jacobi. Tous deux ont des antécédents, semble-t-il ; cependant, Jacobi est un crétin et, à vrai dire, quiconque est capable de le moucher mérite des éloges plutôt que des reproches.

« Mais j'ai été choqué d'apprendre par la Gestapo de Berlin que mon propre assistant était probablement homosexuel. Non qu'il l'étalât au grand jour ; d'ailleurs, j'étais tellement sceptique que je l'ai expédié à la pension Matzky, où il s'est déshonoré avec une fille appelée Grete. Comme il ne parvenait pas à lui faire l'amour, elle a eu le malheur de se moquer de son insuffisance, ce qui lui a valu une raclée. Il s'est ensuite confondu en excuses ; il lui a même envoyé des fleurs à titre de dédommagement ; très curieusement, il semble alors avoir adopté une opinion entièrement différente sur la pauvre fille et il a décidé qu'il éprouvait pour elle une sorte d'attachement romantique. Je ne doute pas qu'il y ait des explications médicales à son état d'esprit. Mais, dans ce cas, je n'ai pas de temps pour ça. C'est à ce moment-là que je me suis résolu à me débarrasser de lui. Je déteste les hommes qui sont brutaux avec les femmes, presque autant que ceux qui ne sont pas fiables.

« Quoi qu'il en soit, si je l'avais renvoyé à Berlin en disgrâce, il ne se serait pas écoulé longtemps avant qu'il se déshonore à nouveau et, plus important, qu'il déshonore sa famille à Halle. Je ne pouvais pas permettre ça. J'aime beaucoup ces gens. Suffisamment pour avoir envie de leur épargner des souffrances supplémentaires. J'ai donc pensé qu'il valait mieux pour lui que je l'assassine gentiment d'une manière qui pourrait être facilement étouffée plutôt que de laisser ses proches endurer la honte publique que représenterait sa condamnation à servir dans un bataillon disciplinaire SS. De fait, il me semble déjà beaucoup plus probable que, dans un avenir pas trop éloigné, espérons-le, le capitaine Küttner deviendra une malheureuse victime de Vaclav Moravek, tué héroïquement par celui-ci alors qu'il essayait de prêter main-forte à l'arrestation du terroriste tchèque. Il se peut même que nous le récompensions par une décoration posthume. Voilà une histoire qui devrait rencontrer un accueil favorable chez lui, vous ne croyez pas ?

— Pourquoi pas ? C'est un héros nazi aussi bon que n'importe quel autre qui puisse me venir à l'esprit. »

Heydrich sourit d'un air satisfait.

« Oui, je savais bien que vous approuveriez. Cependant, vous vous êtes trompé sur un point. Jamais je n'aurais couru le risque de perdre autant de temps à chercher les cartouches usagées par terre dans la chambre de Küttner. Aussi j'avais placé le pistolet dans une chaussette, afin de pouvoir tirer sans que les cartouches soient éjectées sur le sol ou le lit. Elles sont toutes restées bien à l'abri dans la chaussette. Jusqu'à ce que, comme vous l'avez dit, je les jette dans le couloir. En tout cas, ayant pris la décision de le tuer – ainsi que vous l'avez deviné, c'est *Le Meurtre de Roger Ackroyd* qui m'a donné l'idée de la méthode –, je me suis alors demandé si je pouvais faire en sorte que sa mort serve un but utile. Si je pouvais compter sur vous pour être aussi gênant qu'à l'accoutumée et poser des questions gênantes à des types comme Henlein, Frank, von Eberstein, Hildebrandt, Thümmel et von Neurath, à l'égard desquels nous avions des doutes depuis un certain temps. Et vous avez mis dans le mille. Rien de ce que vous avez dit ne saurait gâcher ce que je ressens en ce moment. Et vous serez sûrement ravi de découvrir que vous avez consolidé encore davantage ma réputation. L'arrestation du traître X me mettra dans les bonnes grâces du Führer. Depuis l'invasion de la Pologne, ce traître représente pour nous une source d'irritation constante. Plus maintenant. Et mon triomphe sera complet dès que j'aurai mis la main sur le troisième des Trois Rois. Vous voyez, à présent que je tiens Thümmel, cela ne devrait pas être très long avant que tout soit parfaitement ficelé.

— Ça m'étonnerait, dis-je. Je n'ai pas l'intention de vous laisser vous en tirer à si bon compte.

— Nous vivons tous en sursis, murmura Heydrich. Je pensais que vous saviez ça.

— Küttner ne l'avait peut-être pas volé, qui sait ? Toutefois, même dans la SS, il y a des normes à respecter. Discipline militaire. Procédures légales. Ça me coûtera sans doute mon boulot. Voire ma vie, mais je peux au moins essayer de vous faire tomber.

— Vous êtes un idiot si vous croyez pouvoir y parvenir. Mais ça, vous le saviez déjà, je suppose, n'est-ce pas ? Certes, vous pouvez me causer quelques problèmes, Gunther. Himmler ne me remerciera pas d'avoir démasqué Paul Thümmel ; et, naturellement, l'enquête devra être au-dessus de tout reproche. Enquête dans laquelle vous serez très probablement impliqué. Auquel cas, je ne peux guère vous faire fusiller ni vous envoyer dans un camp de concentration. Non, je constate que je vais devoir vous fournir une raison plus concrète et plus pressante que votre loyauté à mon égard, une raison qui vous persuadera de garder le silence sur tout ceci. »

Je secouai la tête.

« Je ne pense pas que c'est ce qui va se passer, général. Pas cette fois-ci.

— Allons, soyez chic, Gunther. Laissez-moi au moins essayer.

— Si vous voulez. »

Heydrich jeta sa cigarette puis regarda sa montre-bracelet.

« Nous irons directement au quartier général de la Gestapo. Là, si vous le souhaitez, vous pourrez faire votre rapport, aussi minutieusement qu'il vous plaira. Le palais Pecek est l'endroit indiqué pour porter des accusations contre moi. C'est-à-dire, si je n'arrive pas à vous donner une meilleure raison que le simple instinct de survie.

— Je suis sûr que vous avez là-bas des hommes capables de convaincre n'importe qui de faire n'importe quoi.

— Oh, vous m'avez mal compris, Gunther. Vous n'écoutiez pas, probablement. J'ai dit que j'allais vous donner une bien meilleure raison de la boucler que l'instinct de survie, et je le pensais. Vous pouvez être tranquille de ce côté-là, je peux vous l'assurer. Je vais vous donner quelque chose de beaucoup plus irrésistible que des violences à votre encontre, Gunther. On y va ? »

Je hochai la tête, mais, en mon for intérieur, je savais que j'avais déjà perdu. Que c'était là un assassin ayant la quasi-certitude de s'en sortir parfaitement indemne.

Il était 15 h 30 lorsque nous montâmes, Heydrich et moi, dans la Mercedes avec Klein au volant et que nous partîmes pour le centre de Prague. Personne ne parlait beaucoup, mais Heydrich était visiblement de bonne humeur, fredonnant une charmante mélodie à l'opposé de la mélopée résonnant dans mon crâne épais.

En approchant de la ligne de chemin de fer menant à la gare de Masaryk, nous dépassâmes un corbillard tiré par des chevaux qui se dirigeait vers le cimetière d'Olsany. Les membres du cortège qui marchaient derrière regardèrent Heydrich d'un œil torve, comme s'ils le tenaient pour responsable de la mort de la personne qu'ils escortaient à l'église. Ce qui était peut-être vrai, du reste, et la voiture SS si caractéristique dut leur faire la même impression que s'ils avaient vu la grande faucheuse elle-même. On pouvait sentir leur haine nous suivre comme des rayons X. En dépit de la confiance hautaine de Heydrich dans son invincibilité, il m'apparaissait clairement que l'animosité dirigée contre lui aurait tout aussi bien pu prendre la forme d'une rafale de mitraillette. Une embuscade était le meilleur moyen de tuer Heydrich. Ce serait arrivé à ce moment précis que ça ne m'aurait pas dérangé plus que ça.

Lorsque nous atteignîmes les faubourgs de la ville, le peu d'espoir que j'avais d'arriver à l'épingler s'était évanoui. L'optimisme a ses limites. J'étais un idéaliste et je devais m'attendre à une démonstration désagréable, potentiellement douloureuse sinon fatale, de là où peut vous entraîner l'idéalisme. Une cellule. Un passage à tabac. Un trajet en train jusqu'au camp de concentration qu'on construisait dans la forteresse de Theresienstadt. Une balle dans la nuque. Heydrich avait eu beau m'assurer que j'étais en sécurité, ses assurances ne m'inspiraient guère confiance ; et la pensée de mes propres risques et périls l'emportait sur toute idée de ce que l'homme assis à l'avant de la voiture – dont l'esprit semblait plus préoccupé de Schubert et de sa truite – avait en réserve pour me dissuader de porter des accusations contre lui.

Nous roulions donc vers ce qui promettait d'être une sorte de règlement de comptes final entre nous.

Le palais Pecek, anciennement une banque tchèque, faisait partie d'un quartier administratif abritant plusieurs grands immeubles en pierre grise rustiquée, dont n'importe lequel aurait pu être le quartier général de la Gestapo. Mais le véritable QG, au bout de la rue, était facile à repérer, entouré qu'il était de postes de contrôle et orné de longues bannières nazies. C'était un édifice en granit sinistre, qui ressemblait comme deux gouttes d'eau au siège central de la Gestapo, dans la Prinz-Albrechtstrasse, à Berlin, avec d'énormes réverbères en fonte tout droit sortis du château d'un ogre et un portique à colonnes doriques qui aurait pu sembler élégant sans les SS groupés devant, aisément reconnaissables à leurs manteaux en cuir, leur gueule de jarret de porc et leurs manières de pugiliste. Aucun ne donnait le sentiment qu'il aurait cillé en voyant un Tchèque défenestré s'écraser sur les pavés noirs devant son regard glacial. Cinq étages au-dessus de la rue, la balustrade était munie de vases en pierre semblables à des urnes funéraires géantes. Cela n'aurait certainement pas surpris les Tchèques d'apprendre que c'était à ça qu'ils servaient. En trois ans d'occupation, la Gestapo du palais Pecek s'était acquis la pire réputation de toute l'Europe.

Klein arrêta la voiture devant l'entrée et les sentinelles se mirent au garde-à-vous. Franchissant le portail en fer forgé à la suite de Heydrich, je grimpai un court escalier en pierre luisant, éclairé par un grand lustre en cuivre. Au sommet, des doubles portes vitrées garnies de rideaux verts, devant lesquelles se trouvaient deux gardes SS, une paire de drapeaux nazis et, entre eux, un portrait du Führer – celui peint par Heinrich Knirr qui lui donnait l'air d'un coiffeur pédé. À gauche, une aire de réception où je présentai ma pièce d'identité et où je fus scruté d'un regard d'aigle par le sous-officier de service.

« Dites au colonel Böhme de venir nous chercher », lui ordonna Heydrich. Puis à moi : « Je suis perdu ici.

— Une expérience fréquente, j'imagine.

— C'est Böhme qui pensait pouvoir élucider le meurtre de Küttner, précisa Heydrich.

— Allez-vous lui dire ou dois-je le faire ?

— Oh, je sais que vous aurez du mal à le croire, mais que vous ayez résolu le meurtre de Küttner m'a donné indirectement beaucoup de plaisir. Et je suis impatient de voir l'expression de sa stupide trogne de Saxon.

— Je suis moi aussi impatient de voir ça, finalement. Böhme est le second officier à avoir secoué les puces à Küttner après votre discours de l'autre soir.

486

Lorsque celui-ci a sauvé Rosa, la domestique, des avances d'ivrogne de Henlein. Je vais rater l'occasion de le faire se sentir comme s'il avait quelque chose à cacher.

— Vous êtes un anticonformiste, Gunther, fit remarquer Heydrich. À mon avis, ce n'est pas avec les nazis que vous avez un problème, c'est avec n'importe quelle autorité. Vous n'aimez tout simplement pas qu'on vous dise ce que vous devez faire.

— Peut-être. »

Je jetai un regard alentour.

« Le major Thümmel se trouve ici ?

— Oui.

— C'est Böhme qui l'interroge ?

— Abendschön conduit l'interrogatoire. Il est beaucoup plus souple que Böhme. Si quelqu'un peut faire trébucher Thümmel sans lui fendre la peau, c'est Willy Abendschön. »

Une minute ou deux s'écoulèrent avant que nous entendions des pas monter les larges marches.

Une fois arrivé en haut de l'escalier, Böhme tra versa le hall avec élégance avant de pénétrer dans la réception. Il salua à la manière nazie habituelle. Étant donné les circonstances, je ne pris pas la peine de lui retourner le compliment ; contrairement à Heydrich.

« Allons voir le prisonnier, voulez-vous ? » dit-il à Heydrich.

Böhme fut le premier à retraverser le hall et à descendre. Au bas de l'escalier, nous nous engageâmes dans un dédale mal éclairé de couloirs et de cellules où régnait une odeur nauséabonde.

« J'ai cru comprendre que c'était grâce à vous, capitaine Gunther, que nous avions découvert que Thümmel était le traître, me dit Böhme. Félicitations.

— Merci. »

Il s'arrêta devant une porte de cellule.

« Nous y sommes.

— Non seulement ça, mais il a également résolu le meurtre du capitaine Küttner, précisa Heydrich.

— Dans ce cas, vous vous êtes vraiment couvert de gloire, répondit Böhme. Eh bien, qui était-ce ? »

Je lançai un regard à Heydrich.

« De quel jeu s'agit-il, général ? Si vous avez ici une carte à jouer, faites-le, mais ne me prenez pas pour un imbécile.

— Néanmoins, c'est ce que vous êtes, un imbécile, répliqua Heydrich. Seul un homme intelligent aurait pu comprendre qui a tué le capitaine Küttner, comment et pourquoi. Mais seul un imbécile aurait pu se conduire comme vous. »

Heydrich poussa la porte d'une grande salle d'interrogatoire avec une sténographe, plusieurs chaises en bois, des chaînes accrochées au plafond et une salle de bains attenante. À côté de la sténographe se trouvaient deux types assez grands et une femme nue.

« Seul un imbécile aurait pu se faire rouler aussi facilement par les Tchèques, dit Heydrich. Par elle. »

Il montra la fille.

C'était aussi bien qu'il l'identifie, car on l'aurait à peine reconnue.

La fille nue était Arianne Tauber.

Dès que je vis Arianne, je m'avançai pour l'aider et me retrouvai solidement immobilisé par Böhme et une autre armoire à glace qui se tenait, à mon insu, derrière les lourdes portes en bois de la salle d'interrogatoire ; immobilisé puis, sur un ordre de Heydrich, fouillé à la recherche d'une arme inexistante et rapidement enchaîné à un radiateur en fonte gros comme un matelas, bien à l'abri.

Je tirai sur la chaîne attachée à mes poignets et jurai à tue-tête, mais personne ne me prêta attention. J'étais comme un chien enfermé en toute sécurité dans une niche, ou pire.

Heydrich éclata de rire et, comme à un signal, les autres en firent autant. La sténographe elle-même, une jeune femme au visage en lame de couteau et en uniforme SS, sourit en secouant la tête, comme si mes menaces et mon langage grossier l'amusaient réellement. Puis elle redressa le petit calot qu'elle portait et ajusta la lanière qui le maintenait sur sa tête. Elle devait avoir senti que je l'aurais bien envoyé valdinguer.

Je parcourus du regard la pièce sans fenêtre. Aussi grande qu'une chapelle dans une église désaffectée. Avec du carrelage vert pomme sur les murs. Des ampoules nues pendant du plafond plein de toiles d'araignées. Le sol était couvert de flaques d'eau. Une légère odeur d'excréments flottait dans l'air froid. Je me remis à tirer sur ma chaîne, sans résultat. Ma situation paraissait aussi vaine que celle d'Arianne semblait sans espoir.

Elle ne bougeait pas. Ses yeux meurtris et violacés restaient fermés telles des anémones de mer. Ses cheveux humides se tordaient autour de son visage comme des serpents jaune foncé sur la tête d'une Méduse morte. Il y avait du sang dans ses narines et elle paraissait avoir perdu quelques ongles, mais elle vivait encore. Le bord de ses seins nus remuait un peu chaque fois qu'un souffle pénétrait dans son corps ou s'en échappait ; elle ne pouvait pas bouger parce qu'elle était ligotée sur une bascule en bois. Cependant, elle n'allait pas se faire guillotiner, même si tel était le but de la bascule : immobiliser le corps et amener en douceur la tête du condamné à l'intérieur d'une lunette pour qu'il soit promptement décapité par le couperet.

Arianne était attachée sur la bascule pour une raison toute différente, mais presque aussi désagréable.

La bascule était positionnée à pic au-dessus d'une baignoire remplie d'une eau brun rosâtre, de sorte qu'elle faisait fonction de levier. L'un des tortionnaires d'Arianne avait un pied sur l'extrémité de la bascule juste au-dessus des pieds nus de celle-ci. Tout ce qu'il avait à faire pour que la planche en bois supportant son corps bascule vers l'avant sur le pivot que constituait le rebord de la baignoire était de déplacer sa botte noire de quelques centimètres ; à la suite de quoi elle plongeait la tête la première dans l'eau et y restait jusqu'à ce qu'elle se noie ou que ses bourreaux décident de lever à nouveau la bascule. C'était étonnamment simple et, malgré les traînées de sang sur la baignoire laissant supposer que la bascule s'abaissait parfois de façon malencontreuse – d'où peut-être les contusions à ses yeux, ses joues et son front –, manifestement efficace.

Au bout de ma chaîne, je me trouvais à au moins un mètre de chacun, ce qui semblait indiquer que d'autres avant moi s'étaient tenus à la même place, enchaînés au même radiateur et forcés de voir leurs amis se faire torturer. Je ne pouvais même pas donner un coup de pied dans le bord de la petite table en coin bien propre de la sténographe, avec sa machine à écrire, son stylo, son bloc-notes, son magazine, sa tasse de café et sa lime à ongles ; mais je me promis, si cette garce se mettait à se faire les ongles pendant qu'on torturait Arianne, de retirer ma godasse pour la lui balancer.

En regardant Arianne, on avait du mal à croire qu'il s'agissait de la même femme que celle que j'avais laissée le matin à l'hôtel Imperial. D'une manière ou d'une autre, Heydrich, le SD ou la Gestapo avaient découvert quelque chose à son sujet qui les avait persuadés de l'arrêter. Mais quoi ? Elle et moi étions les seuls à savoir à propos de Gustav et de l'enveloppe qu'il lui avait demandé de remettre à Franz Koci. Personne d'autre n'était au courant. Personne sauf Gustav. Et même si Paul Thümmel était réellement Gustav, il paraissait impossible que l'arrestation d'Arianne soit liée à la sienne. Pas encore. Ils avaient dû la cueillir à la gare *avant* que j'aie identifié Paul Thümmel comme étant le traître X.

« A-t-elle parlé ? » demanda Heydrich à Böhme.

Son interlocuteur fit la moue.

« Euh, naturellement, général. Quelle question.

— Vous pensez ? Et Masin et Balaban ? Vous n'arriviez pas à les faire parler, n'est-ce pas ? Vous avez eu ces deux Tchèques pendant cinq mois avant de pouvoir tirer quoi que ce soit d'eux.

— C'étaient des hommes exceptionnellement robustes et déterminés, général.

— Eh bien, ça ne m'étonne pas, maintenant que je suis ici. Pour moi, ça ne ressemble guère à de la torture. Je m'attendais à bien pire. À mon lycée de Halle, on faisait ce genre de chose aux autres garçons juste pour s'amuser.

— Avec tout mon respect, général, il n'y a pas grand-chose de pire que la bascule. À part la mort elle-même, ce qui ne serait pas le but, aucune torture ne vous donne autant l'impression que vous allez sûrement mourir.

— Je vois. Bon, que nous a-t-elle dit ? »

Böhme s'approcha de la sténographe, qui lui tendit plusieurs feuilles de papier tapées à la machine ; il les passa à Heydrich et, pendant que le Reichsprotektor jetait un coup d'œil à ce qu'il y avait de marqué, un des bourreaux d'Arianne lui donnait des claques sur ses joues meurtries pour la faire revenir à elle.

Avec les manches de leur chemise civile à rayures remontées au-dessus de leurs biceps imposants et leur col défait, les deux tortionnaires semblaient prêts à entrer en action. L'homme ayant le pied sur la bascule examinait ses articulations, sans doute pour déceler d'éventuels dommages. Ses cheveux blonds étaient presque blancs et il avait l'air totalement indifférent aux souffrances d'Arianne. L'autre fumait une cigarette qui pendait de sa bouche tandis qu'il la giflait.

« Allons, dit-il, presque avec gentillesse, comme un père parlant à un enfant à la traîne lors d'une promenade au parc un dimanche après-midi. C'est fini, Arianne. Réveille-toi. Dis bonjour à nos visiteurs de marque. »

Arianne rendit de l'eau de la baignoire mêlée à un vomi sanguinolent et toussa pendant une bonne minute.

« Eh bien, ouvre les yeux. »

Elle se mit à trembler, probablement sous l'effet du choc autant que du froid, mais garda les paupières fermées, du moins jusqu'à ce que son interrogateur paternel tire un instant sur sa cigarette, la décolle de sa lèvre supérieure puis lui touche la poitrine avec.

Arianne ouvrit brusquement les yeux et poussa un cri.

« Voilà », fit le type qui l'avait brûlée.

Il paraissait étrangement désolé, me dis-je ; presque comme s'il regrettait de lui faire du mal ; comme s'il était incapable de faire du mal à quiconque sciemment. C'est alors qu'il eut un sourire aussi mince qu'une lame de rasoir et il lui brûla la poitrine une seconde fois, pour le plaisir. Je pouvais le voir à présent. Il aimait faire souffrir.

Arianne cria à nouveau et se mit à verser des larmes invisibles.

« Je vous en prie, arrêtez », implorai-je.

Heydrich m'ignora. Il finit de lire la transcription de l'interrogatoire et rendit les pages à Böhme.

« C'est vraiment tout ce qu'elle sait, à votre avis ? » demanda-t-il.

Böhme haussa les épaules.

« Difficile de répondre, général. Cela ne fait que quelques heures que nous l'avons. À ce stade, il est impossible de dire combien elle en sait sur quoi que ce soit. »

C'était donc vrai : son arrestation avait précédé celle de Paul Thümmel ; auquel cas elles ne pouvaient pas avoir de rapport.

« Sergent Soppa, c'est bien ça ? »

Heydrich regardait le type très blond dont le pied était posé sur la planche en bois.

« Général.

— J'ai cru comprendre que vous étiez une sorte d'expert sur les questions de ce genre. C'est vous qui avez fait parler Balaban, n'est-ce pas ?

— Au final. Oui, général.

— Quelle est votre opinion ? »

Le sergent Soppa bougea légèrement les pieds, mais réussit quand même à garder la tête d'Arianne en l'air. On aurait dit une torpille humaine qu'il pouvait à tout instant mettre à l'eau.

« D'après mon expérience, ils dissimulent toujours quelque chose jusqu'à la fin, général, répondit-il d'un air contrit. Il y a toujours un détail important qu'ils taisent jusqu'à la dernière minute. Pour leur propre dignité, pourrait-on dire. Et ils s'imaginent que nous ne nous en apercevrons pas parce qu'ils ont déjà déballé tout le reste. C'est seulement lorsqu'ils vous supplient pour vous dire quelque chose qu'ils croient que vous ne savez pas – n'importe quoi – que vous pouvez être certain d'avoir tiré d'eux tout ce qu'il était possible. Ce qui signifie qu'il vaut toujours mieux faire durer l'interrogatoire plus longtemps qu'il ne semble nécessaire. »

Heydrich opina.

« Oui. Je vois ce que vous voulez dire. Auquel cas, je pense qu'il importe de savoir si elle sait quelque chose que nous ne savons pas encore. »

Heydrich fit un signe de tête au sergent Soppa, qui recula aussitôt d'un pas, de sorte que la bascule portant le corps nu d'Arianne s'inclina, heurtant l'eau avec un plouf, tête la première.

Il y eut un horrible gargouillis rappelant une canalisation en train de se déboucher. Arianne avala de l'eau. Sous leurs entraves, ses mains et ses pieds battirent l'air désespérément telles les nageoires d'un poisson échoué. Puis Soppa ramassa un gros câble en caoutchouc posé sur le sol humide et se mit à en frapper brutalement Arianne comme on ne devrait frapper aucune créature vivante, pas même une mule têtue. Chaque coup produisait un claquement sec et sonore sur sa chair, semblable au bruit d'un court-circuit électrique.

Je regardai son beau corps endurer ça pendant un moment. J'avais en mémoire le plaisir exquis que nous nous étions donné l'un à l'autre quelques heures plus tôt dans la chambre d'hôtel de l'Imperial. Cela semblait faire très longtemps. Plus que ça, cela semblait être une autre vie, dans un autre lieu où la cruauté et la souffrance n'existaient pas. Pire encore, le corps que j'avais connu et embrassé si tendrement semblait déjà différent de celui que j'avais maintenant devant les yeux.

Pourquoi avais-je accepté de l'emmener à Prague ? Il m'aurait été facile de ne pas accéder à sa demande de m'accompagner. C'était assurément ma faute.

Certes, j'avais eu le pressentiment que quelque chose de ce genre arriverait, mais trop tard.

Ses cheveux flottaient et se tordaient dans l'eau comme des algues jaunes. S'agissant de ce type de traitement, il y avait une limite à ce qu'elle pouvait supporter. À ce que n'importe qui pouvait supporter. Je me dis que je devais faire quelque chose et je tirai sur ma chaîne de toutes mes forces, mais j'étais incapable de l'aider. En en prenant conscience, je sentis un renvoi au goût désagréable m'envahir la bouche et je le crachai sur le sol mouillé. Si j'y avais pensé, je l'aurais peut-être craché sur Heydrich.

« Bon Dieu, vous êtes en train de la tuer ! hurlai-je.

— Non, répliqua avec un sourire le collègue de Soppa. Pas du tout. » Son ton était moqueur. « On pourrait même dire que c'est nous qui la maintenons en vie. Croyez-moi, il faut s'y connaître pour amener quelqu'un jusqu'au stade ultime. Pour presque le tuer sans le tuer. C'est ça, le savoir-faire, m'sieur. De plus, cette petite garce est beaucoup plus coriace qu'elle n'en a l'air. Il est possible qu'elle panique un peu si jamais elle doit aller se baigner à nouveau. Mais, non, on ne la tuera pas. » Il lança un regard à Heydrich. « À moins qu'il ne nous en donne l'ordre. »

La tête d'Arianne demeura sous l'eau, mais le sergent Soppa cessa un instant de la frapper, s'essuya le front et acquiesça.

« C'est exact. Voilà maintenant un moment que nous aidons les gens à prendre les eaux à Prague de cette manière. C'est comme Marienbad, cet endroit. Ou Bad Kissingen. »

Il sourit de sa propre tentative d'humour. Puis il se remit à lui taper dessus.

Au bout de quelques secondes, je tournai mon visage vers le mur et, masquant le pourtour de mon champ de vision, je pressai mon front contre les carreaux durs et froids. Durs et froids comme la conscience de Heydrich. J'avais beau fermer les yeux, je ne pouvais guère me boucher les oreilles et ignorer l'affreuse combinaison sonore d'Arianne en train de se noyer tout en prenant une terrible correction pendant encore quinze secondes d'affilée avant que j'entende l'épouvantable grincement de la bascule dégoulinante que l'on remontait hors de la baignoire et le sifflement de *banshee*[1] alors qu'elle s'efforçait, non sans mal, de faire entrer de l'air dans ses poumons déjà remplis d'eau.

Maintenant, j'étais absolument certain que le colonel Böhme avait raison : il n'y avait pas pire que la bascule. Rien que de l'écouter semblait suffisamment horrible. Et lorsque je regardai à nouveau, je vis qu'Arianne se trouvait à quelques centimètres seulement au-dessus de la surface de l'eau, ruisselante, tremblant de façon incontrôlable, tout son corps agité par les spasmes de ses tentatives déchirantes pour respirer et couvert de marques fraîches et livides. Le sergent Soppa s'était débarrassé de son câble et avait le talon de la main sur le bord de la planche, prêt à refaire exactement la même chose dès que Heydrich ou Böhme lui en donnerait l'ordre.

---

1. Fée des légendes irlandaises dont les plaintes présagent la mort d'un proche.

Le collègue de Soppa jeta sa cigarette et ouvrit un robinet pour remettre de l'eau dans la baignoire. En avait-elle avalé à ce point ? Ou le liquide s'était-il simplement répandu par terre ? C'était difficile à dire. Puis il lui souleva la tête en la saisissant par les cheveux, la secoua comme un cordon de sonnette et lui parla à l'oreille.

« Y a-t-il quelque chose que tu veuilles nous dire, chérie ? demanda-t-il. Quelque chose qui te tienne à cœur. La prochaine fois, on n'hésitera pas à foutrement te noyer s'il le faut. Pas vrai, Sarge ?

— Sûr, répondit Soppa. Et je te baiserai pendant ce temps-là. »

Il caressa le derrière nu d'Arianne d'un geste lascif puis le tapota affectueusement.

« Demandez-lui… demandez-lui si elle sait où se cache Vaclav Moravek », dit Heydrich.

Le collègue de Soppa répéta la question à l'oreille d'Arianne.

Elle déglutit bruyamment et murmura :

« Non. Je vous ai dit tout ce que je savais. Je n'ai jamais entendu parler de Vaclav Moravek. Je vous en prie. Vous devez me croire. »

Elle avala péniblement une autre goulée d'air, eut un hoquet et tenta d'ajouter quelque chose, mais sa réponse précédente arracha un ricanement puis un signe de tête à Heydrich, ce qui fut le signal d'un nouveau bain forcé. Cette fois, sa tête cogna contre le rebord de la baignoire tandis qu'elle plongeait dans l'eau. Son corps lutta contre les lanières en cuir et les boucles entaillant sa chair, au point qu'un mince filet de sang coula le long de ses épaules pour tomber goutte à goutte dans l'eau agitée de la baignoire.

Je retins ma respiration en même temps qu'elle s'enfonçait sous la surface, de façon à partager ne serait-ce qu'une petite partie de son épreuve. Mais cette fois-ci, ils la maintinrent immergée bien plus d'une minute, et lorsque, mes poumons prêts à éclater, je compris que je ne pouvais pas retenir mon souffle plus longtemps, je le laissai échapper avec un cri, alors même que le combat d'Arianne paraissait avoir pris fin pour de bon. Ses mains et ses pieds cessèrent de bouger. L'eau se calma peu à peu. Tout se figea. Y compris mon cœur.

« Remontez-la, espèces de fumiers !

— Est-elle morte ? demanda Heydrich.

— Non, répondit Soppa. Loin de là. Ne vous inquiétez pas, général. Nous avons ranimé des personnes qui étaient restées sous l'eau bien plus longtemps que ça. »

L'autre type et lui sortirent Arianne de la baignoire et eurent recours à un mélange de sels, de gifles, de cognac et de massages pour essayer de lui redonner un peu de vie.

« Laissez-la tranquille, suppliai-je. Bonté divine, elle n'a rien fait.

— Vous croyez ? rétorqua Heydrich. J'ai bien peur que vous ne vous trompiez à ce sujet, Gunther. Du moins, c'est l'impression que j'ai retirée des explications du colonel Böhme, au téléphone, juste avant le déjeuner. »

Il se tourna pour faire face à la sténographe.

« Lisez au capitaine ce qu'elle nous a déjà raconté, s'il vous plaît.

— Oui, général.

— Seulement les points principaux, voulez-vous.

— Oui, général. »

La sténographe prit sa transcription et se mit à la lire, sans émotion, comme quelqu'un annonçant l'arrivée ou le départ d'un train.

Question : Quels sont vos nom et adresse ?

Réponse : Je m'appelle Arianne Tauber et je loue une chambre de l'appartement 6, 3 Uhland Strasse, à Berlin, dont la propriétaire est Frau Marguerite Lippert. J'y habite depuis dix mois. Je travaille au Jockey Bar, dans la Luther Strasse, où je suis employée comme préposée au vestiaire.

Question : Vous êtes berlinoise ?

Réponse : Non, je suis originaire de Dresde. Ma mère vit toujours là-bas. Elle habite la Johann-Georgen Allee.

Question : Alors que faites-vous à Prague ?

Réponse : Je suis en vacances. Je suis venue avec un ami. Je loge à l'hôtel Imperial.

Question : Comment s'appelle cet ami ?

Réponse : Le Kripo-Kommissar Bernhard Gunther. Du Praesidium de la police de l'Alexanderplatz, à Berlin. Je suis sa maîtresse. Il pourra vous le confirmer. Il travaille pour le général Heydrich. Visiblement, il y a là un malentendu. J'ai passé le week-end avec lui et je m'apprêtais à rentrer à Berlin lorsqu'on m'a arrêtée.

Question : Savez-vous pourquoi vous avez été arrêtée à la gare de Masaryk ce matin ?

Réponse : Non. Il y a manifestement une erreur. Je n'ai jamais eu de problème jusqu'ici. Je suis une bonne Allemande. Une citoyenne respectueuse de la loi. Le Kommissar Gunther se portera garant de moi. De même que mes employeurs.

Question : Mais ne travaillez-vous pas aussi pour l'UVOD ?

Réponse : Je ne sais pas ce que vous voulez dire par là. Qu'est-ce que c'est que l'UVOD ? Je ne comprends pas.

Question : L'UVOD est le réseau de la résistance intérieure ici à Prague. Nous savons que vous travaillez pour l'UVOD. Pourquoi ?

La prisonnière refuse de répondre à la question.

La prisonnière refuse de répondre à la question.

La prisonnière refuse de répondre à la question.

Réponse : Oui, je travaille pour l'UVOD. À la suite du décès de mon mari et de mon père en février et mai 1940, dont j'attribuais en définitive la responsabilité à Hitler, j'ai décidé de travailler pour un gouvernement étranger contre le régime national-socialiste allemand. Comme je suis de Dresde et que ma mère est tchèque, il semblait logique que ce gouvernement étranger soit celui de la Tchécoslovaquie.

Question : Comment vous y êtes-vous prise pour établir un contact avec l'UVOD ?

La prisonnière refuse de répondre à la question.

Heydrich interrompit la sténographe.

« Je n'ai peut-être pas été tout à fait clair, mademoiselle, déclara-t-il patiemment. Je vous ai demandé de ne lire que les points principaux. Ce que je voulais dire, c'est que cela nous permettrait de gagner un temps appréciable si vous omettiez les indications comme quoi la prisonnière a refusé de répondre à la question. »

La sténographe rougit légèrement.

« Je suis désolée, général.

— À présent, continuez.

— Oui, général. »

Question : Comment vous y êtes-vous prise pour établir un contact avec l'UVOD ?

Réponse : J'en ai parlé à un vieux copain de fac nommé Friedrich Rose à Dresde, un communiste allemand des Sudètes, qui m'a mise en relation avec une organisation terroriste tchèque faisant partie du Comité central de la résistance intérieure, l'UVOD. Je suis moi-même à moitié tchèque, je parle un peu cette langue et j'ai été contente lorsque, après un examen de mes antécédents, ils m'ont acceptée dans leur organisation. Ils ont dit qu'une Allemande de naissance pouvait être très utile à leur cause. C'est exactement ce que je voulais. Après la mort de mon mari à bord d'un sous-marin, tout ce que je désirais, c'est que la guerre finisse. Que l'Allemagne soit battue.

Question : Que vous ont-ils demandé de faire ?

Réponse : Ils m'ont demandé de quitter Dresde et d'effectuer une mission spéciale pour eux. À Berlin.

Question : En quoi consistait cette mission ?

La prisonnière refuse de…

« Pardon, général… »

Après une brève interruption, durant laquelle elle parcourut la transcription d'un ongle impeccablement manucuré, la sténographe se remit à lire.

Réponse : À la requête de l'UVOD, je suis entrée

à la compagnie des transports berlinois à l'automne 1940 et j'ai travaillé pour le directeur de la BVG, Herr Julius Vahlen, dont j'étais la secrétaire personnelle et parfois la maîtresse. La tâche dont on m'avait chargée consistait à surveiller les mouvements des troupes de la Wehrmacht passant par la gare d'Anhalt et à rapporter ces mouvements à mon contact tchèque à Berlin. Ce que j'ai fait pendant plusieurs mois.

Question : Qui était ce contact ?

Réponse : Mon contact était un ancien officier de l'armée germano-tchèque que je connaissais uniquement sous le nom de Detmar. J'ignorais son nom de famille. Je lui remettais toutes les semaines une liste des mouvements de troupes. Laquelle était transmise à Londres, je pense. Detmar me donnait de nouvelles instructions et de l'argent. J'avais continuellement besoin d'argent. Vivre à Berlin coûte beaucoup plus cher qu'à Dresde.

Question : Qu'est-ce que Detmar vous a demandé d'autre ?

Réponse : Au début, je n'avais pas grand chose à faire. Juste lui fournir des rapports sur les mouvements de troupes. Mais ensuite, en décembre 1940, il m'a demandé d'aider l'organisation des Trois Rois à Berlin à poser une bombe dans la gare. C'était un travail beaucoup plus important et aussi beaucoup plus dangereux. Avant tout, je devais me procurer un plan du bâtiment de la gare ; après quoi, une fois la bombe prête, je devais l'amorcer et la placer à un endroit où il avait été décidé qu'elle provoquerait le maximum de dégâts.

Question : Qui vous a appris à amorcer une bombe ?

Réponse : Je suis une chimiste diplômée. J'ai étudié la chimie à l'université. Je n'ignore rien de la manipulation des matériaux délicats. Amorcer une bombe n'est pas difficile. Je suis meilleure pour ça que je ne l'étais comme secrétaire.

Question : Quel était l'objectif de cette bombe ?

Réponse : La bombe de la gare d'Anhalt avait pour objectif de semer la panique, de démoraliser la population de Berlin, et de perturber les mouvements de troupes dans et hors de la ville.

Question : La vraie raison de poser cette bombe n'était-elle pas tout autre ? La vraie raison n'était-elle pas que vous possédiez des informations internes sur le train du Reichsführer-SS Heinrich Himmler qui devait quitter la gare ? Et que cette bombe avait pour but de le tuer ?

Réponse : Oui. Je reconnais que cette bombe était en fait destinée à assassiner le Reichsführer-SS Heinrich Himmler. J'ai posé la bombe dans la consigne à bagages en février 1941. Laquelle se situe juste à côté du quai où le train de Himmler devait partir ; et, encore plus important, elle se situe également près de la partie du quai où le wagon personnel de Himmler se trouvait d'ordinaire. L'attentat a échoué parce que la bombe n'était pas assez puissante. Elle était destinée à faire tomber une poutrelle sur le toit du train, ce qui n'a pas été le cas.

Question : Que s'est-il passé ensuite ? Après l'échec de l'attentat ?

Réponse : Avec la guerre en Europe plus ou moins gagnée, il a été décidé par mon contrôleur que les mouvements de troupes en Allemagne n'avaient plus autant d'importance pour l'UVOD ; et quelques mois après, j'ai laissé tomber mon emploi à la BVG. Je n'étais pas mécontente dans la mesure où mon patron, Herr Vahlen, s'était entiché de moi et était devenu plutôt casse-pieds. Par la suite, j'ai travaillé dans une série de boîtes de nuit. Notamment le Jockey Bar, où j'étais censée me lier d'amitié avec des Allemands du ministère des Affaires étrangères dans le but de coucher avec eux et d'obtenir ainsi des informations utiles à la cause tchèque. Ce que j'ai fait. J'étais de nouveau à court et, parfois, j'étais forcée de coucher avec certains de ces employés du ministère des Affaires étrangères pour de l'argent afin de me maintenir à flot. Je travaillais également pour l'UVOD comme messager. Puis, à l'automne 1941, mon contact Detmar a été remplacé par un autre Tchèque appelé Victor Keil. Je ne sais pas ce qu'est devenu Detmar, et je ne connais pas le vrai nom de Victor. Toujours est-il que nous étions comme chien et chat. Victor était quelqu'un de très exigeant dans le travail et je ne l'aimais pas. Il n'avait pas autant de courage que Detmar. Il était craintif et il n'inspirait pas beaucoup confiance. Il ne comprenait absolument pas ma situation, combien c'était difficile pour moi à Berlin. Et on se disputait souvent. En général, à propos d'argent.

Question : Dites-moi ce que Victor vous a demandé de faire pour lui.

Réponse : Il m'a remis un pistolet en me demandant d'abattre quelqu'un pour le compte de l'UVOD. J'ignore le nom de cet homme. Tout ce que j'avais à faire, c'était de le rencontrer et de l'abattre. Je ne voulais pas. J'avais peur que le pistolet attire l'attention et qu'on m'attrape. Victor m'a alors donné un couteau en m'ordonnant de l'utiliser à la place. À nouveau, j'ai refusé. Je ne suis pas une meurtrière. Pour finir, Victor a lui-même tué l'homme à une station de chemin de fer de Berlin où j'avais prévu de le rencontrer. C'était un travailleur étranger, un Hollandais, je crois, et mon rôle se bornait à lui demander du feu et à l'occuper pendant que Victor commettrait le meurtre. Ce qu'il a fait. Mais c'était horrible. Et j'ai dit que jamais plus je ne ferais une chose de ce genre.

Question : De quelle station s'agissait-il ?

Réponse : La station de S-Bahn Jannowitzbrücke.

Question : Qu'est-ce qu'il vous a demandé de faire d'autre ?

Réponse : Victor était entré en possession d'une importante liste de Tchèques travaillant pour les Allemands à Prague. Je ne sais pas où il avait eu cette liste. Il comptait retourner à Prague avec. En me laissant seule. Ce qui m'inquiétait beaucoup dans la mesure où je le soupçonnais de ne pas avoir l'intention de revenir. Il avait peur d'être suivi, de sorte que, à certains moments, il me donnait la liste à garder jusqu'à ce qu'il soit sûr de ne pas être filé par la Gestapo. C'est alors que nous nous sommes disputés une fois de plus, Victor et moi, pour une question d'argent. J'étais à sec et je lui ai dit que, si je devais rester à Berlin et effectuer des missions importantes pour l'UVOD comme aider à tuer des gens, je voulais davantage d'argent pour couvrir mes dépenses. Nous avions prévu de nous rencontrer à la station Nollendorf Platz, dans le black-out, mais en repartant il a eu un accident. Il a été renversé par un taxi et il est mort. Ce qui était un désastre.

Question : Et alors qu'avez-vous fait ?

Réponse : J'étais vraiment dans la mélasse. Sans contact à Berlin, je n'avais aucun moyen de faire parvenir la liste de traîtres à nos gens à Prague. Ni aucun moyen de me procurer de l'argent. J'ai donc décidé d'essayer d'aller moi-même là-bas et de prendre contact avec un membre de l'UVOD. Mais c'était dangereux et, bien sûr, j'avais toujours aussi peu de fric. Sans parler d'une couverture adéquate pour me rendre à Prague.

Question : Eh bien, comment avez-vous fait ?

Réponse : Après l'accident fatal de Victor, j'étais devenue intime avec un officier de police nommé Bernhard Gunther, qui enquêtait sur la mort de Victor. Lorsque je l'ai rencontré, je ne savais pas que c'était un policier ; mais quand il a déboulé au bar un soir, je me suis méfiée, alors j'ai fouillé les poches de son manteau dans le vestiaire et j'ai trouvé sa plaque de la Kripo. D'abord, j'ai pensé qu'il nourrissait des soupçons sur moi, aussi j'ai décidé que la meilleure chose à faire était de gagner sa confiance. De me mettre à sa merci et de le persuader que j'étais juste une fille de joie qui avait commis une grosse bourde. Au moment où je lui ai dit ça, il ne se doutait pas que je savais qu'il était flic.

Quoi qu'il en soit, je lui ai raconté qu'un homme que j'avais rencontré au Jockey Bar et que je ne connaissais que sous le nom de Gustav m'avait engagée pour remettre une lettre à un inconnu dans une station de chemin de fer contre la somme de cent marks. J'ai expliqué à Gunther que je m'étais montrée gourmande, et qu'à cause de cela la transaction avait mal tourné. Et aussi que je n'avais aucune idée de ce que contenait l'enveloppe, dans la mesure où je l'avais perdue depuis.

Questions : De quelle station s'agissait-il ?

Réponse : La station de S-Bahn Nollendorf Platz.

Question : Parlez-nous de Gustav.

Réponse : Il n'y a jamais eu de Gustav. En fait, c'est Victor qui m'avait donné l'enveloppe. Et je n'ai fait aucune mention de la liste d'agents tchèques à la solde de la Gestapo. Je lui ai juste dit que j'avais voulu gagner cent marks facilement. Par la suite, Gunther m'a révélé qu'il était policier, ajoutant qu'il pensait que Victor travaillait pour les Tchèques et que j'étais en danger. À mon avis, ça le flattait de pouvoir me protéger ; et j'ai permis qu'une relation s'établisse. Une relation intime.

Question : Dites-m'en un peu plus sur votre relation avec Bernhard Gunther.

Réponse : Après la mort de Victor, je n'avais plus personne pour m'aider à Berlin. J'ai songé à retourner à Dresde, mais ensuite l'idée m'est venue de me servir de Gunther comme source involontaire de renseignements. Je savais qu'il était inspecteur principal dans la Kripo. J'ai donc commencé une relation avec lui. Je lui ai dit que je l'aimais et il m'a crue, je pense. C'était dangereux, mais il me semblait que les avantages possibles méritaient de prendre ce genre de risque. Et quand il m'a informée qu'on l'envoyait à Prague, j'ai entrevu un moyen de m'y rendre dans une sécurité et un confort relatifs : comme la maîtresse de Gunther. Cela paraissait une occasion en or, trop belle pour la laisser passer. Après tout, quelle meilleure couverture pouvais-je avoir pour aller à Prague qu'en étant la petite amie d'un Kommissar de la Kripo ? Il a même payé mon billet et m'a procuré un visa à l'Alex. À tous égards, il a été très bon pour moi.

Question : Le Kommissar Gunther était-il au courant de vos liens avec l'UVOD ?

Réponse : Non, bien sûr que non. Il ne soupçonnait rien, sinon, probablement, que j'avais été une putain. Ou que j'avais été très stupide. Voire les deux à la fois. Ça ou il ne se souciait pas de poser des questions. Peut-être était-ce un peu des deux. Il était amoureux de moi et il aimait bien qu'on couche ensemble. Et, naturellement, il était également très occupé par son propre travail.

Question : Parlait-il de son travail ?

Réponse : Non. Il était très difficile de lui arracher la moindre information. Il prétendait que ça valait mieux pour moi ainsi. J'ai mis un moment à comprendre qu'il travaillait pour le général Heydrich et qu'il venait à Prague dans la maison de campagne de celui-ci. Mais il ne m'a pas dit ce qu'il y faisait.

Question : Que s'est-il produit lorsque vous êtes arrivés à Prague ?

Réponse : Nous sommes descendus à l'hôtel Imperial. Nous avons passé la première journée ensemble. La plus grande partie du lendemain, Gunther s'est absenté pour des affaires officielles. Il est revenu le soir dormir avec moi. Ce qui m'allait très bien, dans la mesure où j'avais le reste du temps pour moi. Detmar m'avait parlé de ce qu'il fallait faire si jamais nous perdions le contact, lui et moi. Les endroits où l'on pouvait obtenir de l'aide. Il y avait un agent de l'UVOD nommé Radek. Je décidai de me rendre à ces endroits et de demander après Radek. Je prenais un risque, mais avais-je le choix ?

Question : Quels sont ces endroits où vous êtes allée ?

Réponse : L'Elektra. C'est un snack-bar de Hoovera Ulice, près du musée national. Et le Ca d'Oro, un restaurant de Narodni Trida, dans le même bâtiment que le Riunione Adriatica di Sicurta. Detmar m'avait donné des instructions quant à la façon de procéder : je devais prendre une rose rouge enveloppée dans un vieux numéro de Pritomnost *et la laisser sur la table tandis que je commandais quelque chose.* Pritomnost, Présence, *est la revue hebdomadaire que Masaryk avait contribué à créer. Je pouvais en acheter un exemplaire au marché noir assez facilement. C'est ce qui se passa. Et, ayant pris contact avec Radek à l'Elektra – je ne connais pas son nom de famille –, je lui ai remis la liste de traîtres.*

Question : Est-ce Radek qui a concocté le plan pour tuer le général Heydrich ce matin ?

Réponse : Non, c'est quelqu'un d'autre à qui Radek m'a présentée. Je leur ai parlé de Gunther et du fait qu'il travaillait au château du bas à Panenske-Brezany. Qu'une voiture du QG de la Gestapo avec seulement un chauffeur venait le prendre pour l'amener là-bas. Un plan a été rapidement échafaudé – l'occasion paraissait trop belle pour la manquer. Deux hommes de l'UVOD détourneraient la voiture SS de Gunther, se dissimuleraient par terre derrière les sièges pour pouvoir s'introduire dans le parc du château, entreraient et tireraient sur le maximum de personnes. Avec un peu de chance, Heydrich figurerait parmi les victimes.

Question : Alors que vous seriez en sécurité dans un train pour Berlin ?

Réponse : Oui. C'est ce qui avait été convenu.

Question : Et Gunther ?

Réponse : Il devait être abattu aussi par les deux tueurs de l'UVOD. Mais le plan s'est envolé en fumée lorsque la voiture de Gunther au palais Pecek a été décommandée et que ce pauvre idiot a dû aller à pied jusqu'au château pour y réquisitionner un véhicule. Après ça, il ne me restait plus qu'à prendre le train comme prévu. J'avais fait tout ce que je pouvais. Que va-t-il m'arriver, s'il vous plaît ?

« Très bonne question », dit Heydrich.

Il se tourna vers moi.

« Et pour l'heure, comme vous pouvez le constater vous-même, les choses ne se présentent pas très bien pour votre amie. Mais cela répond, je pense, à votre remarque précédente, Gunther, à savoir qu'elle n'a rien fait. Maintenant, vous savez. Elle a tenté d'assassiner Himmler. Elle a projeté de me tuer, moi et le plus grand nombre possible de mes invités. Et elle a projeté de vous tuer. Un véritable exploit. Il semble bien qu'elle vous ait mené par le bout du nez, vous ne croyez pas ? »

Je ne dis rien.

« Vous avez de la chance que je vous sois encore reconnaissant de m'avoir permis d'attraper Paul Thümmel, sinon vous seriez vous-même confronté à présent à ce qui attend sans nul doute cette jeune femme extrêmement malavisée. »

Pendant la lecture de la sténographe, Arianne avait repris connaissance, ce qui prouvait au moins qu'elle était en vie ; mais elle avait à nouveau tourné de l'œil. Si je ne voyais absolument pas comment empêcher qu'elle soit exécutée, ou au mieux envoyée dans un camp de concentration, il existait en revanche un moyen de lui épargner des souffrances supplémentaires sur la bascule. La majeure partie de ce que j'avais entendu me paraissait tenir debout, mais il était évident qu'elle continuait à cacher des choses à ses tortionnaires ; et non moins évident que j'étais en mesure de dire à cet instant à Heydrich ce que je savais exactement, et par conséquent de la sauver d'elle-même, quitte à mettre ma propre tête dans la lunette de la Gestapo.

Il était clair qu'elle m'avait trahi. Malgré tout, lorsque je me mis à parler, j'avais presque l'impression que c'était moi qui étais en train de trahir Arianne.

Je suppose que le fait de me mépriser tellement moi-même, non pas pour ce qui était dit maintenant, mais pour ce qui n'avait pas été dit auparavant – en Ukraine et tout de suite après – me facilita la tâche. Ne comptait guère le petit exposé que j'avais fait à Heydrich lors de ma première journée au château du bas. J'avais essayé de me persuader qu'en dépit de tout ce que j'avais vu et fait à l'Est, j'étais quelqu'un comme elle, doté de principes et de valeurs morales. En fait, je ne possédais aucune de ces qualités ; et je ne la blâmais pas le moins du monde d'avoir eu envie de me tuer. Aux yeux d'Arianne, je méritais une balle dans la peau, comme quiconque portait l'uniforme de la SS ou du SD, et je n'avais rien à redire à ça. Quoi qu'il arrive maintenant ou dans le futur, je ne l'avais pas volé. Ni aucun de nous. Mais, pour que mon plan réussisse – pour lui éviter de nouvelles souffrances –, je devais m'arranger pour que Heydrich comprenne mes paroles de la seule façon qu'il pouvait les comprendre : inspirées non pas par de la pitié pour Arianne, mais par du mépris et du dégoût, et par le désir de me venger. Révéler mes vrais sentiments à son égard n'aurait servi qu'à lui faire plus de mal encore. Et, dans son intérêt, il me fallait étouffer mon affection pour elle, et cela rapidement. Il me fallait endurcir mon cœur jusqu'à ce qu'il devienne d'airain. Comme un vrai nazi.

Je repêchai mes cigarettes et en allumai une, histoire de m'accorder une bouffée avant ce que je m'apprêtais à accomplir. Ce n'était pas facile avec mes mains menottées à une chaîne. Rien de ce que je faisais n'était facile. Je soufflai un peu de fumée vers le plafond pour l'effet nonchalant et m'adossai au mur. Arianne entendit-elle quoi que ce soit de ce que je dis ensuite, je l'ignore. Rien du tout, j'espère.

« Manifestement, je me suis fourré le doigt dans l'œil, c'est sûr. » Je poussai un soupir. « Eh bien, ce ne sera pas la première fois qu'un type comme moi se fait balader au petit trot autour du Tiergarten par une jolie fille. Sauf qu'il y avait longtemps qu'on ne m'avait pas roulé dans la farine de cette manière. Bon Dieu, à mon âge, j'aurais dû me méfier, évidemment, mais, depuis que j'ai cessé de croire au Père Noël, il ne m'arrive pas souvent de recevoir des cadeaux aussi joliment emballés que cette petite roulure. » Je haussai les épaules. « Je n'essaie pas de me trouver des excuses, général. Simplement, voilà ce qui se passe quand un homme se plaît à croire qu'il est toujours dans le coup. Et je ne dors plus aussi bien tout seul.

Comme le capitaine Küttner. Elle était ma version du Véronal. Beaucoup plus facile à avaler. Mais probablement aussi mortelle. »

Je me permis un petit sourire ironique.

« Ainsi, elle a essayé de me mettre en l'air ? La garce. Après tout ce que j'ai fait pour elle. Vraiment, ça me dégoûte. Allez-y, sergent, pourquoi ne pas lui refaire un shampooing ? J'en ai fini de tirer sur ma chaîne pour ça. Merde alors, je comprends pourquoi elle était nerveuse en se levant ce matin. Je croyais qu'elle était triste parce qu'elle devait retourner à Berlin. Que nous allions être séparés. Quel crétin j'ai été. Une sacrée menteuse, je dois reconnaître. J'ai l'impression, les gars, que vous avez du travail sur la planche, baignoire ou pas. Vous l'enverriez à la guillotine que la tête de cette petite salope continuerait à débiter des salades pour sortir du panier. Et entre parenthèses, n'oubliez pas de me faire parvenir un billet. Je ne voudrais surtout pas rater le spectacle. Qui sait ? Je pourrais peut-être vous aider à l'y mettre. Parce que, vous savez, son histoire est un peu légère, me semble-t-il, et je pourrais probablement faire le poids. En fait, ce serait même un plaisir. »

Heydrich me regarda, les yeux plissés, comme pour calculer la distance entre ce que j'étais en train de dire et ce qu'il croyait. On avait l'impression de se trouver face à un parent suspicieux et qui, de surcroît, était lui-même un menteur si expérimenté qu'il savait exactement quoi chercher pour établir ce qui est vrai et ce qui ne l'est pas. Un expert en art, avec un tableau d'une origine incertaine, n'aurait pas pu être plus méticuleux dans sa façon d'étudier la facture et de vérifier la signature de l'image inverse que je venais de lui brosser.

« À savoir ? dit-il d'une voix glaciale.

— À savoir que le vrai nom de Victor Keil était Franz Koci. » J'expédiai d'une pichenette ma cigarette dans l'eau de la baignoire comme si je me moquais éperdument qu'on y plonge à nouveau la tête d'Arianne. « Je le sais parce que c'est moi qui ai enquêté sur son décès ; et à l'invitation spéciale de votre ami le colonel Schellenberg. Il a été découvert mort dans le Kleist Park à Berlin. Après la collision dont elle a parlé, avec le taxi sur la Nollendorf Platz, il a dû descendre clopin-clopant la Massen Strasse. Nous l'avons retrouvé sous un épais taillis de rhododendrons rouges, avec le couteau dont il s'était servi contre le Hollandais, Geert Vranken, encore en sa possession.

« J'ai réfléchi à la lettre que j'ai reçue du père de Vranken, aux Pays-Bas. Et au fait que Paul Thümmel ait été le garant donné à la police par Geert alors que ce dernier était un suspect potentiel dans les meurtres de la S-Bahn. Bon, comme Thümmel avait une sorte de liaison avec la sœur de Vranken, il a dû apprendre par elle, j'imagine, que Vranken travaillait pour les chemins de fer berlinois. Ce qui explique sans doute que les services de l'Abwehr aient demandé à voir les dossiers sur les meurtres de la S-Bahn ; ce qu'ils ont fait ; et notamment les interrogatoires des travailleurs étrangers. Le prétexte officiel était qu'ils recherchaient des espions ; mais, en réalité, Thümmel devait être en quête de Geert Vranken. C'était la seule personne en Allemagne qui pouvait le relier à son contrôleur tchèque à La Haye. Et lorsqu'il a lu la déposition de Vranken, qui mentionnait qu'il connaissait un officier allemand susceptible de se porter garant de lui, Thümmel a dû s'affoler. Très probablement, Vranken a été tué par Franz Koci à la demande expresse de Paul Thümmel. »

Heydrich hochait à présent la tête.

« Oui, ce serait logique, je suppose.

— Soit il a envoyé un message radio à l'UVOD à Prague, soit, comme ça paraît plus vraisemblable, il en a parlé à Arianne. Sans doute était-elle le coupe-circuit entre Thümmel et Franz Koci, qu'elle connaissait mieux sous le nom de Victor Keil. »

Heydrich continuait à hocher la tête. C'était bon signe. Mais pas autant que celui qui suivit.

« Horst, dit Heydrich au colonel Böhme en agitant la main. Libérez-le. »

Non sans hésitation – il ne m'avait pas encore pardonné d'être un meilleur flic que lui –, Böhme sortit une clé de la poche de sa culotte de cheval et défit mes menottes.

Tout en me frottant les poignets je marmonnai un « merci ». Je ne parlai pas d'Arianne, toujours attachée à la bascule en équilibre au-dessus de l'eau de la baignoire. Il était crucial que Heydrich croie que ses révélations quant au rôle joué par elle dans le complot pour me tuer signifiaient que j'étais maintenant totalement indifférent à son sort immédiat ; et non moins crucial que mon histoire soit à la fois plausible et digne de foi, même si elle reposait en bonne partie sur de pures suppositions, de manière à donner l'impression que torturer davantage Arianne n'avait guère de sens ; du moins, pour le moment.

À mon grand soulagement, il en arriva sans attendre à cette conclusion.

« Ramenez cette femme à sa cellule, ordonna-t-il au sergent Soppa.

— Oui, général. »

Soppa et l'autre type posèrent la bascule sur le sol mouillé et se mirent à détacher Arianne. Elle poussa un léger grognement au moment où ils desserraient ses liens, mais il était difficile de dire si ses yeux profondément meurtris étaient ouverts, de sorte que je n'avais aucun moyen de savoir si elle me voyait.

Dans un cas comme dans l'autre, c'était certainement la dernière fois que moi, je la voyais.

« Continuons cette conversation dans votre bureau à l'étage, Horst, dit Heydrich. Gunther ? »

Il se mit à m'entraîner hors de la salle d'interrogatoire, droit devant lui.

Je me dirigeai vers la porte. Mon cœur gisait sur le sol à côté du corps ruisselant, à demi noyé d'Arianne se tortillant comme une truite mourante.

Heydrich me tint un instant le bras puis il esquissa un sourire sarcastique.

« Quoi ? Pas de tendres adieux à votre malheureuse maîtresse ? Pas de dernières paroles ? »

Je ne me retournai pas pour la regarder. Si je l'avais fait, il aurait vu la vérité sur mon visage. Au lieu de ça, je croisai les yeux de loup, bleus et froids, de Heydrich, maquillai un long soupir en un ricanement goguenard et secouai silencieusement la tête.

« Qu'elle aille rôtir en enfer », lançai-je.

C'était, pensais-je, le seul endroit où Arianne et moi avions des chances de nous rencontrer à nouveau.

Dans un vaste bureau à l'étage du palais Pecek, Heydrich pria un planton de nous apporter du schnaps.

« Je pense qu'après cette épreuve, nous en avons tous besoin, n'est-ce pas, messieurs ? »

Je ne pouvais pas dire le contraire. Je mourais d'envie de m'en jeter un pour me faire une âme d'acier.

Une bouteille arriva. Une vraie, avec de l'authentique tord-boyaux à l'intérieur, et pas du sang de chevreuil ou d'élan comme le prétendaient parfois les Allemands. De purs bobards, comme ceux que je m'apprêtais à raconter à Heydrich et à Böhme. J'avalai une rasade de ce truc. Il était froid, comme il doit l'être. Mais j'avais encore plus froid. On n'avait rien inventé de plus froid que ce que je ressentais à cet instant précis.

J'allai m'asseoir sur le rebord de la fenêtre et regardai dehors la vieille cité médiévale de Prague. Quelque part, sous un de ces antiques toits sombres, se trouvait une créature de mort et de destruction qui était comme mon propre frère jumeau. D'ailleurs, si le Golem avait distingué dans mes yeux cette chose insaisissable qu'on appelle l'âme, il en aurait conclu que j'étais un homme à fuir, de même que les gens dans la rue en contrebas évitaient la porte d'entrée du palais Pecek comme s'il s'agissait d'un lazaret de Jaffa. Étant donné la scène épouvantable, monstrueuse dont j'avais été témoin dans le sous-sol, ils ne se trompaient pas de beaucoup.

Sans y être invité, j'allai chercher la bouteille et me resservis un verre de ce fluide d'embaumement qui contribue à rendre les Allemands tels que moi encore plus allemands et allumai une cigarette en espérant à moitié qu'elle puisse mettre le feu à mes entrailles et me transformer en cendres, comme tout ce qui est inévitablement voué à se transformer en cendres le moment venu.

« Vous vous demandez, je suppose, comment nous sommes tombés sur elle, dit Heydrich.

— Non, mais je n'aurais pas tardé à le faire.

— La liste de Tchèques travaillant pour la Gestapo ici à Prague n'était pas complète, loin s'en faut. Une des personnes qu'Arianne Tauber a abordées dans ce café qu'elle a mentionné – je n'arrive pas à me rappeler son nom – était des nôtres.

— Le Ca d'Oro, dit Böhme. C'était le Ca d'Oro, général. Le maître d'hôtel est un fasciste français qui travaille pour la Gestapo depuis la guerre d'Espagne. Dès qu'il l'a vue s'asseoir avec la fleur à l'intérieur du magazine, il nous a contactés.

— Après ça, ajouta Heydrich, il ne restait plus qu'à la filer vingt-quatre heures sur vingt-quatre. Elle nous a conduits jusqu'à Radek, que Böhme soupçonnait déjà, n'est-ce pas, Horst ?

— C'est exact, général. »

Böhme sourit et, prenant la bouteille sur le rebord de la fenêtre, il remplit à nouveau mon verre, servit le général puis se servit lui-même.

« C'est pourquoi votre voiture n'était pas là ce matin, Gunther. Nous avons arrêté les deux assassins à quelques pas de votre hôtel. Et la fille lorsqu'elle est arrivée à la gare un peu plus tard. Nous avions espéré qu'il y aurait quelqu'un de l'UVOD pour la voir partir, mais ce n'était pas le cas, aussi nous l'avons cueillie et embarquée avec les deux tueurs. » Il haussa les épaules. « Non qu'il y ait eu de grands risques que l'un d'entre vous soit tué. C'était un plan assez désespéré, conçu sous l'impulsion du moment. Et ils auraient sans doute été abattus par les sentinelles du château du bas avant d'avoir pu aller très loin.

— Somme toute, déclara Heydrich d'un ton suffisant, cela a été une excellente journée. Nous détenons le traître. Nous détenons quelques terroristes en plus. Ce n'est qu'une question de temps avant que nous attrapions Vaclav Moravek.

— En effet, toutes mes félicitations, général, dit Böhme en lui portant un toast. À propos, quels sont vos ordres au sujet d'Arianne Tauber ? Souhaitez-vous qu'on la soumette à un nouvel interrogatoire ? »

Heydrich était encore en train de réfléchir lorsque j'intervins.

« Je pense pouvoir combler les lacunes de sa version.

— Oui, pourquoi ne pas nous raconter à nouveau comment vous avez fait sa connaissance ? En détail. »

Je lui balançai, plus ou moins, toute l'histoire. Depuis les circonstances dans lesquelles je l'avais rencontrée à la station Nollendorf Platz jusqu'à mon engouement d'homme d'âge mûr. Il semblait inutile de dissimuler quoi que ce soit, hormis le véritable motif qui m'incitait à lui faire ce récit.

« Paul Thümmel est manifestement ce Gustav dont elle m'a parlé à Berlin. Elle a beau avoir nié son existence tout à l'heure, il ne peut y avoir aucun doute là-dessus. Je crois que c'est la seule chose qu'elle n'a pas dite au sergent Soppa. Il avait raison sur ce plan. Je crois aussi que, lorsqu'il la reverra, Thümmel se pliera comme une table de pique-nique. Surtout quand il constatera dans quel état vous l'avez laissée. »

J'allumai une cigarette et me mis à balancer la jambe avec insouciance.

« Pour autant que je sache, c'est Paul Thümmel qui lui a donné la liste d'agents à passer à Franz Koci. Du fait de sa position dans l'Abwehr, il était bien placé pour savoir exactement de qui il s'agissait. Mais lorsqu'elle a rencontré Koci, ils se sont disputés à propos d'argent et il a dû penser qu'elle lui cachait quelque chose. Ce qui était peut-être le cas, du reste. Je suppose qu'il a exigé qu'elle lui donne la liste et que, comme elle ne voulait pas – du moins jusqu'à ce qu'elle fasse valoir ses réclamations –, il est devenu brutal et a décidé de fouiller ses sous-vêtements.

« C'est à ce moment-là que je l'ai vue pour la première fois. J'ai supposé, à tort, qu'il essayait de la violer. Ou pire. Comme vous le savez, il s'est produit un tas d'incidents de ce genre pendant le black-out cet été. Des femmes agressées et assassinées à l'intérieur et autour des gares. J'imagine que ça devait encore pas mal m'occuper l'esprit. De sorte que, naturellement, j'ai volé à son secours.

— Très galant de votre part, je n'en doute pas, dit Heydrich.

— Nous nous sommes bagarrés, Koci et moi, mais il s'est échappé et a couru dans l'obscurité. Le lendemain, je contemplais son cadavre sous un buisson dans le Kleist Park.

— À la demande de Walter Schellenberg, précisa Heydrich.

— C'est exact. La Gestapo de Berlin le soupçonnait d'être un agent tchèque, mais elle n'avait aucune idée de la façon dont il avait trouvé la mort. Qui l'avait tué, ou pourquoi. J'ai accepté de leur donner un coup de main. Et assez rapidement, j'ai été en mesure de faire le lien entre Franz Koci et Geert Vranken.

— Mais vous avez décidé de laisser la fille en dehors. »

J'acquiesçai.

« De manière à pouvoir profiter d'elle, je suppose. »

Ça ne s'était pas passé ainsi ; mais il était inutile de lui dire que j'avais cru sincèrement qu'elle était plus innocente que la suite ne le montrerait. Je devais donner à Heydrich une raison froide et clinique qu'il puisse comprendre. Le genre de raison qui l'aurait lui-même motivé à agir.

« Oui. C'est vrai. J'avais envie de me l'envoyer. Je pensais qu'elle n'était qu'une dupe, alors que c'était moi, en réalité. Comme de bien entendu, quand j'ai commencé à coucher avec elle, j'ai cessé de voir ce que j'avais devant le nez. À savoir qu'elle était mouillée jusqu'à son joli cou. Mais c'était un si joli cou.

— Le reste n'est pas mal non plus, fit remarquer Böhme.

— À propos de ce cou, je ne pourrai pas le sauver. Vous le comprenez bien, n'est-ce pas ? Le fait qu'elle ait été impliquée dans un plan pour me tuer n'a, en définitive, qu'une importance secondaire. Mais un attentat contre Himmler, c'est une autre histoire. Le Reichsführer prend toute atteinte à sa sécurité personnelle nettement plus à cœur que moi. »

Je haussai les épaules comme si je me fichais désormais de ce qui pouvait lui arriver. Et parce que je savais que Heydrich avait raison. Rien ne pouvait plus sauver Arianne. Pas même Heydrich.

« La vraie question qui se pose ici, c'est ce qui va vous arriver à vous, Gunther. À bien des égards, vous êtes quelqu'un de précieux à avoir sous la main. Comme un cintre tordu dans une boîte à outils, vous n'êtes pas conçu pour un usage spécifique, mais vous pouvez vous révéler quelquefois utile. De fait, vous êtes un excellent policier. Tenace. Déterminé. Et, d'une certaine manière, vous avez fait de l'excellent travail en tant que garde du corps. Mais vous êtes aussi indépendant, ce qui vous rend dangereux. Vous avez des principes que vous vous efforcez de respecter, mais ce sont les vôtres, ce qui signifie, en définitive, que vous n'êtes pas fiable. Dans la position que j'occupe actuellement, je ne peux pas le tolérer. J'avais espéré pouvoir vous plier à mes volontés et me servir de vous quand je le pouvais. Comme le cintre dont j'ai parlé. Mais je me rends compte à présent que j'avais tort. Certes, il est difficile de livrer une femme à la Gestapo, surtout une femme aussi séduisante qu'Arianne Tauber. Certains peuvent le faire, d'autres pas, et vous appartenez manifestement à cette dernière catégorie. Vous ne m'êtes donc plus d'aucune utilité. Vous êtes devenu un fardeau beaucoup trop encombrant, Gunther. »

Cela semblait être la meilleure chose qu'il m'ait jamais dite ; mais j'en avais fini d'ouvrir mon clapet pour un bon moment. Peut-être de façon permanente. Il n'avait pas encore achevé de m'informer de mon propre sort.

« Vous retournerez à votre bureau de la Kripo et laisserez le destin de l'Allemagne entre les mains d'hommes comme moi, qui comprennent réellement ce que cela veut dire. »

Il sourit, de son sourire en coupe-papier, et me porta un toast en silence.

Je levai mon verre en retour, mais seulement parce que, peut-être pour la dernière fois, j'espérais attirer son attention sur un cheveu long dans son consommé de poulet.

« Et la tentative d'assassinat contre vous, général ? L'empoisonnement à Rastenburg ? Que vous ne souhaitiez plus que je sois votre garde du corps, je le comprends bien. Mais dois-je en déduire que vous ne désirez plus que j'enquête sur l'attentat dont vous avez fait l'objet récemment ?

— Un tel attentat n'a jamais existé, répondit-il d'un air de défi. Je l'ai inventé de toutes pièces pour avoir une raison plausible de vous inviter à Prague avec les autres. »

Je hochai docilement la tête, quelque peu étonné qu'il l'ait admis, et me demandai où se trouvait la

vérité, et si l'on n'avait pas réellement tenté d'empoisonner Heydrich à Rastenburg, après tout.

« D'ailleurs, en tant qu'homme le plus puissant de
Bohême-Moravie, je pense être totalement en sécurité
ici, ce n'est pas votre avis, Horst ? »

Ce qui, pour moi, régla la question : il mentait.

Böhme arbora un sourire obséquieux.

« Tout à fait, général. Vous avez la SS et le SD de
Prague à votre disposition immédiate ; sans parler de
la Gestapo et de l'armée allemande.

— Vous voyez ? fit Heydrich d'un ton triomphal.
Je n'ai rien à craindre. Surtout pas à Prague. Le jour
où les Tchèques essaieront de me tuer – essaieront
vraiment, et pas cette tentative maladroite, même si,
souvenez-vous de ce que je vous dis, elle ne manquera
pas d'avoir des répercussions –, le jour où ils essaieront de me tuer sera le pire de toute l'histoire de ce
pays et donnera aux défenestrations de Prague l'air
d'une plaisanterie d'écolier en comparaison. N'est-ce
pas, Horst ?

— Oui, général. Parmi une longue série d'idées
tchèques insensées, ce serait la plus insensée de
toutes. »

J'avais des doutes. Ça ne faisait pas longtemps
que j'étais en Bohême, mais, d'après le peu que j'en
connaissais, il semblait on ne peut plus justifié que
l'idée du Bohémien – un spécimen d'individu difficile
à classer et n'agissant jamais de façon conventionnelle
ou prévisible – ait pris naissance à Prague. À Prague,
jeter quelqu'un par une fenêtre était bel et bien une
plaisanterie d'écolier. Une sorte de jeu inoffensif.
Mais je ne m'attendais pas à ce qu'un catholique alle-

mand originaire de Halle-an-der-Saale comprenne ça. Si j'avais été vraiment aussi déterminé et indépendant que Heydrich le prétendait, je lui aurais probablement répondu qu'il se fourrait le doigt dans l'œil : les meurtres – y compris les assassinats politiques – sont rarement commis par des gens qui ne sont pas fous ; et, au fil des siècles, un tas de choses folles s'étaient produites à Prague sous une forme ou une autre.

J'acquiesçai donc et dis à Heydrich qu'il avait raison, alors que j'étais persuadé du contraire.

C'est ce qui rend quiconque dangereux.

Je regagnai l'hôtel Imperial, où j'attendis mon laissez-passer pour Berlin. Heydrich aimait bien faire attendre les gens, et j'attendis plusieurs jours. De sorte que j'allai voir les attractions en m'efforçant de ne pas penser à ce qui risquait d'arriver à Arianne. Mais, bien sûr, c'était impossible. Je préférais croire qu'elle n'avait pas vraiment approuvé mon assassinat, mais qu'elle avait été forcée de l'accepter comme faisant partie du plan d'ensemble pour tuer Heydrich. Et après tout, lorsque vous tirez sur des Allemands, il est difficile de savoir qui est un nazi et qui ne l'est pas. Un dilemme que je comprenais fort bien.

Mes documents de voyage me parvinrent enfin et, au cours de ma dernière journée à Prague, je me souvins de mon billet pour le Cirque Krone et décidai de m'y rendre.

C'était une froide soirée d'automne, avec un ciel clair et la pleine lune. Les gens avaient déjà mis leurs vêtements d'hiver. Je m'installai le plus loin possible de mes collègues SS, mais j'avais une bonne vue d'eux tous, alignés au premier rang, et j'avoue avoir prêté plus d'attention à M. et Mme Heydrich, ainsi qu'à M. et Mme Frank, qu'aux clowns et aux animaux.

Je n'avais encore jamais vu Lina Heydrich. Elle était plus jolie que belle. Vêtue de noir, avec une épaisse étole de fourrure et une petite toque noire. Mme Frank avait un pardessus en laine à large col et un fedora marron. Les deux épouses étaient assises côte à côte entre leurs maris, en civil, comme tous les membres de la Gestapo et du SD se trouvant au cirque ce soir-là. Frank avait un manteau en gabardine uni sur une chemise blanche ornée d'une cravate à motif en soie. Heydrich portait un épais manteau croisé et tenait un chapeau en feutre noir sur ses genoux. Il était également muni de lunettes à montures d'écaille que je ne lui avais encore jamais vues.

Comme tout le monde, tous quatre admirèrent les trapézistes, rirent des clowns et parurent s'amuser. Comme tout le monde. C'est ce qui me frappa le plus. Sans uniforme, Heydrich et Frank avaient l'air exactement comme tout le monde, même si, pendant qu'ils se tenaient là, une opération de représailles avait déjà commencé dans la ville. Par la suite, j'appris que le maire de Prague, Otokar Klapha, avait été exécuté, et cela le jour même de l'arrestation d'Arianne. Des centaines de membres de l'UVOD furent capturés et l'on placarda un peu partout des affiches sur lesquelles figurait la liste de nombreux autres individus condamnés à mort. Jamais vous ne vous en seriez doutés en voyant Heydrich au cirque, pouffer devant trois clowns qui se comportaient comme le genre de simple d'esprit que les nazis auraient probablement liquidé pour des raisons de pureté raciale, tombant de leurs sièges et s'arrosant avec des seaux pleins d'eau.

Deux jours plus tard, Heydrich annonça que la déportation de tous les Juifs du protectorat – soit environ quatre-vingt-dix mille – démarrerait à la fin de l'année. Pour où, il ne le dit pas. Ni lui ni personne. En ce qui me concerne, j'en avais une assez bonne idée, mais à ce moment-là j'étais de retour à Berlin.

15

Cela faisait du bien d'être à nouveau à Berlin. Du moins pendant une heure ou deux. Peu après avoir réintégré mon appartement de la Fasanenstrasse, je découvris à ma grande déception que les deux sœurs Fridmann avaient été déportées dans un quelconque trou pourri en Pologne. Behnke, le chef d'îlot, qui connaissait la question, affirma qu'il s'agissait d'une jolie ville appelée Lodz et qu'elles seraient plus heureuses là-bas « à vivre avec les leurs » plutôt qu'avec de « braves Allemands ». Je lui répondis que j'avais des doutes sur ce point, mais il ne voulut rien entendre. Il était plus intéressé à apprendre le russe pour pouvoir parler à ses paysans quand il finirait par les rencontrer. Il croyait réellement qu'il allait recevoir un peu de cet espace vital russe et ukrainien sur lequel Goebbels n'arrêtait pas de divaguer. J'avais des doutes là aussi.

La température baissait. Le vent dépouillait les arbres de leurs feuilles qu'il emportait par milliers vers l'est. L'eau de la Spree ressemblait à de la tôle ondulée. Le froid était comme du fil barbelé. Il me restait encore une chose à faire avant l'arrivée de la neige, un geste sentimental vide de sens pour toute personne qu'il m'ait été donné de rencontrer ; mais je suppose que j'avais envie de me sentir un peu mieux dans ma peau. J'organisai le retour des restes de Geert Vranken de l'hôpital de la Charité et payai pour qu'ils soient inhumés dans un cercueil en bois doublé de zinc – au cas où, après la guerre, sa famille souhaiterait faire ramener sa dépouille aux Pays-Bas.

Il y avait quelqu'un d'autre à l'enterrement : Werner Sachse, de la Gestapo. Avec son manteau en cuir noir, son chapeau noir et sa cravate noire, il avait tout l'air d'un parent en deuil. Le bref service fut assuré par le pasteur de l'église Saint-Jean, dans Plötzensee, et, quand tout fut terminé, Sachse me dit qu'il admirait l'idée à défaut de la pratique.

« Où irions-nous si les policiers devaient régler la note pour chaque travailleur étranger qui se fait tuer dans un accident ?

— Ce n'était pas un accident », lui rappelai-je.

Sachse haussa les épaules comme si le rectificatif que je venais d'apporter importait peu. N'en demeurait pas moins que le défunt n'était pas allemand et, par conséquent, que sa mort n'avait guère d'importance, sinon aucune.

Pendant un instant, je songeai que lui dire pourquoi je le faisais serait probablement une erreur ; puis je le lui dis tout de même.

« De cette manière, j'espère que, quelque part, quelqu'un qui n'est pas allemand aura une meilleure opinion de nous que nous ne le méritons. »

Sachse fit mine d'être surpris, mais, avant de nous quitter, nous nous serrâmes la main, de sorte que je sus qu'il ne l'était pas.

16

Le commissaire Friedrich-Wilhelm Lüdtke était connu sous le sobriquet de Bouche-Trou à cause de son nom[1] et parce que personne ne s'attendait à ce qu'il fasse long feu à son poste, dans la mesure où il n'était pas membre du parti. Mais il faisait ce qu'on lui disait, et lorsqu'on lui dit de m'affecter au service de nuit, c'est ce qu'il fit. Non que ça me dérangeât beaucoup. Être de nuit me permettait de rester loin des yeux, loin du cœur. Du moins jusqu'à l'aube du lundi 17 novembre. Je ne mentionne le meurtre sur lequel j'enquêtai cette nuit-là que parce que c'est Heydrich lui-même qui insista pour qu'on me retire l'affaire. Je suppose qu'il craignait en réalité que je n'arrive à la résoudre.

Il était environ 5 heures du matin lorsque je reçus le coup de téléphone du Kriminalinspektor Heimenz, du poste de police de Grunewald. Il y avait eu un meurtre dans une des luxueuses villas modernes de la Heerstrasse. Il ne me dit pas de qui il s'agissait ; tout ce que je savais, c'est que ça concernait quelqu'un de connu.

---

1. Jeu de mots avec *Lücke* : trou, lacune.

Un des avantages du service de nuit, c'est que je disposais d'une voiture, de sorte que je fus rendu à l'adresse en moins d'une demi-heure. Et c'était facile à trouver. Il y avait plusieurs voitures de police garées devant, sans parler d'une grosse Rolls-Royce gris métallisé. J'avais à peine franchi l'élégante porte d'entrée que je compris à qui était la maison. Mais je ne m'attendais guère à ce qu'il soit aussi la victime.

Le général Ernst Udet était l'un des hommes les plus célèbres d'Allemagne. As de l'aviation, il avait terminé la Grande Guerre, à vingt-deux ans, avec un palmarès record. Seul Manfred von Richthofen comptait plus de victoires que lui. Après la guerre, il avait tourné plusieurs films avec Leni Riefenstahl et avait été cascadeur à Hollywood. La maison regorgeait d'affiches de films, de coupes et de photos d'avions. Une hélice en bois ciré était accrochée à un mur, et il fallut plusieurs minutes avant que je puisse m'arracher à la collection de souvenirs d'Udet et jeter un coup d'œil à son cadavre. Il n'était pas très grand ; cela dit, il n'y a pas besoin d'être grand pour piloter des avions, surtout des engins expérimentaux. Udet était le chef du service du matériel aéronautique de la Luftwaffe. C'était aussi un ami intime de Hermann Goering. Ou du moins, il l'avait été jusqu'à ce qu'on lui tire dessus.

Le corps était nu. Il gisait au milieu d'un immense lit double entouré de bouteilles de cognac vides, en majorité des marques françaises de qualité. Il y avait un trou bien net dans son front et un Sauer Hammerless calibre .38 dans sa main droite. Pour un avorton – il ne devait pas mesurer plus d'un mètre soixante –, il avait un pénis énorme. Mais ce n'est pas un de ces détails qui m'attira l'œil. Ni même le fil téléphonique enroulé tel un téphillin autour de son bras musclé. C'est ce qui était écrit sur la tête de lit, au rouge à lèvres, qui retint mon attention et me fit comprendre que j'avais mis les pieds dans un scandale majeur.

REICHSMARSCHALL, POURQUOI M'AS-TU ABANDONNÉ ?

Je suppose que le choix des mots était censé évoquer Jésus-Christ, cloué sur la croix et délaissé par Dieu le Père. Mais ce n'est pas à ça que je pensai ; ni l'inspecteur Heimenz non plus.

« Cet homicide-là, je suis bien content de vous le laisser à vous autres, les gars de l'Alex, déclara-t-il.

— Merci. Autant vous dire qu'il a l'air de ce que je ressens.

— Clair et net, pas vrai ?

— C'est vous qui devriez prendre l'affaire.

— Pas moi. J'ai envie de dormir la nuit.

— Dans ce cas, vous vous êtes trompé de métier.

— Grunewald n'est pas comme le reste de Berlin. C'est un quartier tranquille.

— Je vois ça. Qui a découvert le corps ?

— La petite amie. Du nom d'Inge Bleyle. Elle prétend qu'ils étaient au téléphone au moment où elle a entendu le coup de feu. Elle est donc venue directement ici dans la modeste petite voiture que vous avez vue garée à l'extérieur et elle l'a trouvé mort.

— La Rolls est à elle ?

— Il semblerait. Apparemment, Herr Udet avait bu de façon excessive pendant toute la semaine.

— D'après ce que je vois, Martell et Rémy Martin vont être inconsolables.

— Le ministre de l'Air et lui avaient eu, semble-t-il, des différends à propos du succès de la guerre aérienne contre les Britanniques.

— Vous voulez dire, son absence ?

— Je sais ce que je veux dire. Vous feriez peut-être mieux de parler vous-même à Fräulein Bleyle.

— Peut-être. Où est-elle en ce moment ?

— Dans le salon. »

Je le suivis en bas.

« Chouette baraque, n'est-ce pas, Kommissar ?

— Oui.

— Difficile d'imaginer qu'on puisse habiter un endroit pareil et se suicider.

— Vous pensez que c'est ce qui s'est passé ?

— Euh, oui. Il avait le pistolet à la main. »

Je m'arrêtai dans l'escalier et indiquai une des nombreuses photographies tapissant le mur · Ernst Udet et l'acteur Bela Lugosi posant sur un court de tennis en Californie.

« J'ai l'impression qu'Ernst Udet était gaucher, dis-je.

— Et alors ?

— Le pistolet se trouvait dans sa main droite. Vous, je ne sais pas, mais si je me tirais une balle dans la tête – et croyez-moi, j'y ai songé sérieusement ces derniers mois –, je tiendrais sans nul doute le pistolet avec ma main la plus forte.

— Mais les mots tracés sur la tête de lit ? C'est sûrement censé être une sorte de message d'adieu.

— Je ne suis sûr que de ce que c'est censé avoir l'air. Si ça l'est ou pas, nous ne le saurons que lorsqu'un médecin légiste l'aura mis sur une table de dissection. Il aurait réellement pressé le pétard contre son front, il y aurait normalement des brûlures de poudre sur la peau, et je n'en ai pas vu, voilà tout. »

L'inspecteur hocha la tête. C'était un type menu, avec des mains menues et un charme également menu.

« Encore une fois, je suis content de laisser cet homicide à l'Alex. »

Inge Bleyle avait cessé de pleurer. La trentaine, elle était grande – beaucoup plus grande qu'Ernst Udet – et d'une beauté discrète. Elle portait encore son manteau de fourrure et tenait un verre dans une main et une cigarette dans l'autre, lesquels ne semblaient guère avoir mobilisé son attention depuis qu'ils avaient croisé son chemin.

Je dénichai un cendrier, le tins sous sa cigarette et donnai une tape sur le dos de sa main. Elle leva la tête, sourit d'un air penaud et écrasa le mégot dans le cendrier pendant que je continuais à le tenir.

« Je suis le Kommissar Gunther. De l'Alex. Vous voulez en parler ? »

Elle haussa les épaules.

« Je suppose. Je suppose que je n'ai pas le choix, n'est-ce pas ? Je veux dire, c'est moi qui l'ai trouvé et qui ai passé le coup de téléphone. Il faut bien que quelqu'un ouvre le bal.

— Je crois que vous avez dit à l'autre policier que vous étiez au téléphone avec Herr Udet lorsque le coup de feu a été tiré. Est-ce exact ? »

Elle acquiesça.

« De quoi avez-vous discuté ?

— Quand j'ai fait sa connaissance, bien avant la guerre, Ernst Udet était un boute-en-train. Tout le monde l'aimait. Un véritable gentleman. Bon, généreux, bien élevé. On n'aurait pas pu imaginer un quelconque lien avec l'Ernst Udet de mémoire récente. Il buvait, il était coléreux, il était grossier. Il avait toujours bu beaucoup. La moitié de ces pilotes de la Grande Guerre buvaient avant de grimper dans leurs avions. Il avait toujours paru pouvoir tenir l'alcool. Mais ces derniers temps, il s'est mis à boire encore plus que de coutume. La plupart du temps, il buvait parce qu'il était malheureux. Très malheureux. Je l'ai quitté en raison de son problème d'alcoolisme, vous voyez. Et il voulait que je revienne. Et je ne voulais pas revenir parce qu'il était évident qu'il continuait à boire. Comme vous l'avez sans doute remarqué par vous-même. On croirait une fête en solitaire, ici.

— Pourquoi buvait-il ? Une raison particulière ? Je veux dire, avant que vous le quittiez.

— Oui, je comprends. Il buvait à cause de ce qui se passait ministère de l'Air. Ce Juif, Erhard Milch, essayait de nuire à Ernst. Tous les gens de son service avaient été congédiés et Ernst prenait les choses de façon très personnelle.

— Pourquoi les avait-on congédiés ?

— Parce que cet enfoiré de Goering n'avait pas le courage de renvoyer Ernst. Il se disait que, s'il

537

virait tous les collaborateurs d'Ernst, le sens de l'honneur de celui-ci l'obligerait à donner sa démission. Il accusait Ernst d'être responsable de l'échec de nos attaques aériennes contre la Grande-Bretagne. C'est ce qu'il a raconté à Hitler, pour sauver sa propre peau. Bien sûr, ce n'était pas vrai, pas un fichu mot, mais Hitler l'a cru néanmoins. Cependant, ce n'était qu'une des raisons pour lesquelles il était déprimé. »

Je poussai un grognement en mon for intérieur. Après Prague, j'avais autant besoin de cette affaire que d'une paire de bas de soie comme celle qu'Inge Bleyle portait sur ses jambes ravissantes.

« Et l'autre raison ? »

Elle haussa les épaules. Elle avait soudain l'air évasif, comme si elle venait de prendre conscience qu'elle parlait à un flic.

« Cette guerre en Russie, eh bien, ça le démoralisait également. Oui, il était déprimé et il buvait beaucoup trop. Sauf que… euh, ça ne faisait pas longtemps qu'il était sorti d'une clinique de Bühlerhöhe. Ils l'avaient désintoxiqué. Il l'a fait pour moi, vous savez. Parce qu'il voulait que je revienne et que c'était la condition que j'avais posée pour que nous soyons à nouveau ensemble. Mais je voulais attendre un peu, vous comprenez ? Pour voir si ça prenait – le traitement. » Elle avala une gorgée de whisky et grimaça. « Je n'aime pas le whisky.

— Dans cette maison ? Pas étonnant. »

Je saisis le verre et le posai entre nous.

« Puis, il y a deux jours, il lui est arrivé un truc. Je ne sais pas quoi au juste. Ploch, son chef de cabinet au ministère avant que Milch le fasse limoger, venait de rentrer de Kiev. Il est allé voir Ernst et il lui a raconté quelque chose. Quelque chose d'affreux. Ernst n'a pas voulu me dire ce que c'était, seulement que ça concernait ce qui se passait à l'Est, en Russie, et que jamais personne ne le croirait. »

Je hochai la tête. Il n'y avait pas besoin d'être un fin limier pour savoir ce que Ploch lui avait probablement dit. Et que ça n'avait rien à voir avec les avions.

« Du coup, Ernst a téléphoné à Goering pour l'interroger et ils se sont disputés. Violemment. Et Ernst a menacé d'informer quelqu'un à l'ambassade américaine de ce que lui avait confié Ploch.

— Il a dit ça ?

— Oui. Il avait beaucoup d'amis américains, vous comprenez ? Ernst était très populaire. Surtout auprès des femmes. La fille de feu l'ambassadeur – je veux dire, la fille de l'ambassadeur américain –, Martha Dodd[1], était une très bonne amie. Peut-être même plus qu'une amie. Je ne sais pas. »

Elle marqua une pause.

« Et il vous a dit tout ça au téléphone ?

— Oui. On causait. Ernst a pleuré une partie du temps. Me suppliant de venir le voir. Une chose que je me rappelle qu'il a dite, c'est qu'il ne pouvait plus avoir foi en l'Allemagne ; que l'Allemagne était un pays pernicieux et méritait de perdre la guerre. »

---

1. Martha Dodd était la fille de l'ambassadeur William Dodd, diligenté à Berlin par Roosevelt en 1933. Elle sympathisa avec les idées et les dirigeants nazis, en particulier Rudolf Diels, chef de la Gestapo, et Ernest Haufstaengl, responsable du service de la presse étrangère, qui la présenta à Hitler.

Plus j'en entendais sur Ernst Udet et plus je le trouvais sympathique. Mais Inge Bleyle se sentit obligée d'exprimer son désaccord ; n'importe qui en aurait fait autant.

« Je n'aimais pas qu'il dise des choses pareilles. Parler ainsi n'est pas bien, Kommissar ; même si vous êtes un héros décoré comme Ernst. Je veux dire, on entend des histoires sur la Gestapo. Des gens arrêtés pour des remarques antipatriotiques. J'ai dit à Ernst de se taire et de garder ce genre d'opinion pour lui, sans quoi il risquait de nous mettre tous les deux dans le pétrin. Lui pour avoir tenu de tels propos et moi pour les avoir écoutés sans raccrocher. C'est ce qu'on doit faire dans ces cas-là. Vous comprenez, la seule raison pour laquelle je suis restée en ligne, c'est que je m'inquiétais pour sa santé. »

J'acquiesçai.

« Oui, je comprends.

— C'est alors que j'ai entendu le coup de feu.

— Avait-il parlé de se tuer ?

— Pas de manière précise.

— Avez-vous entendu autre chose ? Des voix, peut-être ? Des bruits de pas ? Un claquement de porte ?

— Non. J'ai reposé le téléphone et je suis venue immédiatement. Je n'habite pas très loin, dans le quartier ouest. Quand je suis arrivée, toutes les lumières étaient allumées. Et comme j'avais toujours ma clé, je suis entrée. J'ai crié son nom plusieurs fois puis je suis montée et je l'ai trouvé mort, tel que vous l'avez vu. Je suis redescendue et j'ai utilisé le téléphone du cabinet de travail – c'est une ligne différente – pour

540

appeler la police. Je ne voulais pas toucher celui qu'il avait dans la main. C'était il y a une heure. Depuis, je n'ai pas bougé d'ici.

— Pensez-vous qu'il se soit suicidé ? »

Elle ouvrit la bouche pour dire quelque chose, se retint, puis finit par déclarer :

« Ça en a tout l'air, n'est-ce pas ? »

Une fille raisonnable. Ce n'était pas surprenant qu'elle conduise une Rolls-Royce. On ne confie pas des engins de ce genre à n'importe qui.

Ensuite, deux types du ministère de l'Air firent leur apparition : le colonel Max Pendele, qui était l'assistant d'Udet, et un autre officier. Il était 8 heures du matin. Puis quelqu'un du ministère de l'Intérieur se pointa également. Il était 9 heures.

Vers 11 heures, je regagnai l'Alex pour taper mon rapport.

Après ça, Lüdtke me demanda de monter à son bureau, et là il m'informa que j'étais dessaisi de l'affaire.

Je ne demandai pas pourquoi. À ce stade, je n'en avais pas besoin. Il était évident que quelqu'un d'important ne tenait pas à ce que je pose des questions embarrassantes, et on aurait pu en poser des kyrielles sur le décès d'Ernst Udet. Ce n'est qu'après la mort de Heydrich que j'appris que c'est lui qui avait ordonné à Lüdtke de me retirer l'affaire.

Cinq jours plus tard, on enterrait Udet. Des funérailles nationales. On le sortit du ministère de l'Air dans un cercueil recouvert d'un drapeau nazi, on le plaça sur un affût puis on le conduisit au cimetière des Invalides, où il fut inhumé près de son vieux copain le baron von Richthofen. Naturellement, les funérailles nationales étaient réservées aux héros, pas aux suicidés ni aux ennemis de l'État, mais ça ne posait pas de problème parce que l'histoire publiée par les autorités – ce qui expliquait ma mise à l'écart, vu que je savais pertinemment qu'il n'en était rien – était qu'Udet avait été victime d'un accident en testant un chasseur expérimental.

Hermann Goering prononça un éloge funèbre ; le canon anti-aérien de 90 du Tiergarten tira une salve qui incita de nombreux Berlinois à se précipiter vers les abris en pensant que la RAF était de retour dans nos cieux. Ce qui se produisit effectivement quelques jours plus tard, même si ce n'était pas pour larguer des bombes.

C'était aussi bien qu'on m'ait retiré l'affaire. Le fait d'être policier m'a rendu exagérément suspicieux. J'imagine des liens et des conspirations là où les gens ne voient que le besoin de regarder ailleurs et de garder leurs soupçons pour eux. Un autre as de l'aviation, Werner Mölders, fut tué en rentrant de Crimée pour assister aux obsèques d'Udet ; et le bruit courut à l'Alex qu'il y avait bien davantage derrière sa mort – le Heinkel qui le ramenait s'écrasa en essayant d'atterrir à Breslau – que ce qu'on avait laissé croire.

C'était assurément l'avis des Britanniques, car la RAF parachuta des tracts sur l'Allemagne affirmant que, tout comme Ernst Udet, Werner Mölders s'était opposé au régime nazi et qu'il avait été assassiné.

Une semaine après, Mölders reçut lui aussi des funérailles nationales et fut enterré près de son grand ami et confident Ernst Udet dans le cimetière des Invalides.

Avec le recul, ces deux cérémonies donnent l'impression de répétitions générales pour ce qui allait suivre six mois plus tard, en juin 1942.

*

Il était 6 heures du matin. Je rentrais chez moi après une nuit à l'Alex quand je reçus un coup de téléphone me demandant d'aller voir Arthur Nebe à son bureau au siège du RSHA, dans la Prinz-Albrechtstrasse. C'était une convocation que je redoutais. J'étais au courant de l'attentat contre Heydrich : le 27 mai, un groupe de terroristes tchèques avait jeté une grenade dans sa voiture décapotable alors qu'elle parcourait les rues de Prague. Heydrich avait été grièvement blessé, mais, d'après ce que l'on savait, il se remettait rapidement. On ne pouvait pas en attendre moins d'un vaillant héros tel que lui. C'est en tout cas ce que prétendaient les journaux.

Nebe avait déjà envoyé à Prague deux flics chevronnés – Horst Kopkow et le Dr Bernhard Wehner – pour prêter leur concours à l'enquête. Les agresseurs étaient toujours en liberté, et dans toute la Bohême-Moravie se déroulait une vaste opération de sécurité pour les attraper ; tout le monde à la Kripo – moi y compris – pensait qu'ils seraient bientôt arrêtés.

Nebe, qui était de retour à Berlin après avoir massacré des dizaines de milliers de Juifs en Ukraine, avait l'air plus las que d'habitude. Mais on semblait avoir apprécié ses efforts : il y avait encore plus de décorations sur sa tunique que je ne me le rappelais. À cet égard au moins, il commençait à ressembler à un généralissime sud-américain. Son long nez avait quelque peu viré au pourpre, sans doute en raison de la forte consommation d'alcool nécessaire à l'accomplissement de notre mission historique à nous autres Allemands, et il avait des poches sous les yeux. Il fumait presque sans interruption et des taches d'eczéma parsemaient le dos de ses mains. Ses cheveux étaient maintenant quasiment gris, mais ses sourcils demeuraient aussi sombres et touffus que la forêt d'épines du conte de *La Belle au bois dormant,* protégeant le château enchanté de son âme contre la découverte du monde extérieur.

Il alla directement au fait.

« Heydrich est mort à 4 h 30 ce matin.

— Il a choisi une belle journée pour ça. »

Nebe s'autorisa un sourire ironique.

« C'est tout ce que vous avez à dire ?

— Oui. Je lui avais conseillé d'être plus prudent. Mais il n'était pas du genre prudent, je présume.

— Je m'envole pour Prague dans une heure. Je ferai partie de la garde d'honneur SS qui ramènera son corps à Berlin.

— Vous constaterez, je pense, qu'il est né à Halle, Arthur.

— Pendant que j'y serai, j'en profiterai pour examiner les progrès réalisés dans l'enquête. En réalité, il n'y a aucun progrès. C'est une foutue pagaille là-bas.

Une pagaille aux allures catastrophiques. La Gestapo locale arrête tout le monde.

— C'est un moyen de capturer les assassins, je suppose.

— J'ai besoin d'avoir un homme à moi. Quelqu'un dont je respecte les capacités. C'est pourquoi vous venez avec moi, Bernie. Pour découvrir la vérité.

— La vérité ? N'est-ce pas beaucoup demander ?

— On peut en discuter dans la voiture sur le chemin de l'aéroport. Vous n'aurez qu'à acheter tout ce qu'il vous faut là-bas. »

Nous allâmes directement à l'aéroport de Tempelhof, où un Heinkel dont on avait déjà fait le plein nous attendait. Nous grimpâmes à bord et décollâmes aussitôt. Vue du ciel, Berlin continuait à faire bonne figure. La survoler était probablement la meilleure façon de voir la ville, verte et insouciante, un endroit où il faisait bon vivre, comme le vieux Berlin de ma jeunesse. De là-haut, on ne pouvait pas distinguer la corruption et la barbarie.

« Vous observerez ce qui se passe. Rien d'autre. Observer et me faire directement votre rapport.

— Bernhard Wehner risque de ne pas apprécier. En tant que commissaire, il est plus élevé en grade que moi. D'après sa façon de se comporter, je pense qu'il est plus élevé en grade que Hermann Goering.

— Wehner n'est pas un policier, mais un bureaucrate. Sans parler d'un salaud.

— C'est lui, le responsable ?

— Non. Frank pense qu'il chapeaute l'ensemble. De même que Daluege. L'enquête est menée par Heinz Pannwitz.

— Je commence à comprendre le problème. Qu'est-ce que Dummi[1] fait là ? »

Kurt « Dummi » Daluege était le chef des forces de police régulières en uniforme.

« Apparemment, il était à Prague pour un traitement médical. » Nebe sourit. « Pas un homme en bonne santé, semble-t-il.

— Qu'est-ce qu'il a qui ne va pas ?

— Rien d'anodin, j'espère.

— Heinz Pannwitz. Je ne le connais pas.

— C'est un Berlinois, comme vous et moi. Capable jusqu'à un certain point. Mais en réalité une brute. Il travaille pour le SD de Prague depuis 1940, de sorte qu'il possède une bonne connaissance des lieux.

— Je me demande pourquoi je ne l'ai jamais rencontré.

— Oui, j'ai entendu dire que vous étiez là-bas en octobre dernier.

— J'espérais ne jamais y retourner.

— Dur, hein ?

— Pas pour moi. Pas particulièrement. Mais il y avait une fille. Arianne Tauber. Pour elle, ç'a été très dur.

— C'est elle qui a essayé de faire sauter Himmler, n'est-ce pas ?

— Oui. La tentative d'assassinat dont personne ne parle. Savez-vous, par hasard, ce qui lui est arrivé ?

---

1. Ami de Himmler, Daluege avait été surnommé Dummi (de *dumm* : bête) en raison de sa lenteur d'esprit. Heydrich l'appelait Dummi-Dummi.

— Non, mais je pourrais probablement me renseigner. En échange de votre aide à Prague. »

J'acquiesçai.

« D'accord. Il y avait aussi ce type. L'espion. Paul Thümmel. Qu'est-il devenu ? Vous avez une idée ?

— Une affaire délicate, répondit Nebe. Il existe deux versions de cette histoire. D'après l'Abwehr, Thümmel a seulement fait semblant d'espionner pour le compte des Tchèques afin d'obtenir des informations sur les contacts de l'UVOD à Londres. Le SD, en revanche, affirme que c'était un authentique Esaü. Et personne ne veut le traduire en justice pour faire la preuve de l'une ou de l'autre. Dans les deux cas, ce serait gênant pour quelqu'un d'important. Aussi Thümmel moisit-il dans une cellule d'isolement de la forteresse de Terezin, sous un faux nom, le pauvre bougre. »

Nous arrivâmes à Prague pour nous apercevoir qu'il y régnait une pagaille encore plus grande que ne l'avait affirmé Nebe. Les rues étaient désertes, à l'exception d'un tas de troupes SS à la gâchette facile, d'après ce qu'on racontait, tandis que les cellules de la prison de Pankrac et du palais Pecek étaient pleines à craquer après l'arrestation d'environ cinq cents Tchèques, presque tous innocents, bien entendu. Mais la situation au château de Hradschin était absolument ridicule. Daluege travaillait sur la base du principe que l'assassinat était le début d'un soulèvement organisé. Il avait fait venir de Dresde des renforts de police et proclamé un couvre-feu à partir de 9 heures du soir. La plupart des Tchèques

547

arrêtés étaient coupables d'avoir enfreint le couvre-feu de Daluege.

Pannwitz et Frank étaient d'avis l'un et l'autre que l'embuscade était l'œuvre d'une équipe de parachutistes britanniques, et tous deux avaient mis en route une fouille minutieuse de chaque maison de Prague dans l'espoir de découvrir la cachette des assassins.

Dès qu'ils virent Arthur Nebe, Kopkow et Wehner se plaignirent du peu de chance qu'il y avait d'attraper qui que ce soit tant que la vengeance serait apparemment le seul ordre du jour, car, outre les cinq cents Tchèques arrêtés, la Gestapo avait déjà fusillé, semble-t-il, plus de cent cinquante hommes et femmes soupçonnés de travailler pour l'UVOD, parmi lesquels deux témoins de l'attentat lui-même. Ce qui ne facilitait guère leur enquête.

Nous examinâmes, Nebe et moi, la voiture endommagée, la scène de crime et autres pièces à conviction, notamment une bicyclette utilisée par un des assassins et le manteau qu'il portait ; elles étaient exposées au public dans la vitrine d'un marchand de chaussures réputé du centre de Prague. Puis nous nous rendîmes à l'hôpital Bulovka afin de jeter un coup d'œil au corps de Heydrich, pour nous apercevoir que l'autopsie était encore en cours. Elle était dirigée par le professeur Hamperl – qui avait aussi pratiqué celle du capitaine Küttner huit mois plus tôt – et par le professeur Weygrich, également membre de l'université allemande Charles de Prague.

Nebe, qui détestait les hôpitaux, me laissa là pour discuter avec les deux professeurs pendant qu'il se rendait au palais Pecek où il avait une réunion avec Frank et Pannwitz.

Je ne pénétrai pas dans la salle d'opération. Bien que tout l'étage fût gardé par des SS – ce qui revenait à mon sens à couvrir le puits quand l'enfant est tombé dedans –, j'aurais pu facilement y entrer ; Nebe l'avait clairement indiqué au sous-officier chargé des sentinelles. Mais je n'en fis rien. Peut-être craignais-je de ne pas pouvoir m'empêcher de dire à Heydrich que, s'il m'avait écouté alors, il serait encore vivant. Peut-être. Mais il est plus probable que je ne tenais pas à découvrir en moi la moindre parcelle de sympathie pour cet être réellement démoniaque. Je m'installai donc sur un banc en bois devant les portes, dans l'attente de bonnes nouvelles, tel un futur père.

L'autopsie terminée, Hamperl fut le premier à sortir de la salle, et il me salua comme on ferait avec un vieil ami.

« Alors, il est vraiment mort, hein ? demandai-je.

— Oh oui. »

J'allumai une cigarette. Je n'ai jamais beaucoup aimé les gros cigares.

Nous marchâmes le long du couloir.

« Dites-moi, demanda Hamperl. Avez-vous attrapé l'assassin de ce pauvre capitaine ? »

Le rapport officiel mentionnait que le meurtre de Küttner restait non élucidé. Hamperl le savait probablement. C'était juste une façon de me taquiner. Je n'allais pas lui dire qu'il venait juste de finir de disséquer l'assassin de Küttner. D'une manière ou d'une autre, ça ne semblait guère opportun. En outre, autant que de gardes SS, l'étage grouillait d'hommes de la Gestapo.

« Non, répondis-je. Nous n'avons jamais pu.

— Nous ? Vous étiez en charge de cette affaire, n'est-ce pas, Kommissar Gunther ?

— C'est ce que je pensais, moi aussi. Mais il s'est avéré que ce n'était pas le cas, en réalité.

— Qui était-ce ? »

Je montrai d'un signe de tête la salle d'autopsie derrière moi.

« Lui. Heydrich.

— Je présume que c'est à cause de lui que vous vous trouvez ici maintenant. Non ?

— Ce n'est pas parce que j'aime cet endroit.

— Évidemment. Eh bien, j'ai été ravi de vous revoir, quoi qu'il en soit.

— Non, ne partez pas. J'ai fait le déplacement depuis Berlin pour vous parler, professeur.

— Je n'ai rien à dire.

— Allons, professeur. Aidez-moi.

— Nous aurons bouclé notre rapport dans un jour ou deux, le professeur Weygrich et moi, répondit Hamperl. Vous pourrez le lire à ce moment-là. Bon, si vous n'y voyez pas d'inconvénient, j'ai pas mal de travail à faire au labo. »

Je le suivis à l'étage inférieur.

« Tout ce que je veux, c'est un diagnostic probable. Ensuite, je vous laisserai tranquille.

— Non. Je ne peux pas vous aider sur ce point. Mon rapport est destiné au général Frank uniquement. Jusqu'à ce qu'il accepte de le rendre public, il m'est impossible de discuter de cette affaire avec quiconque. C'est ce qu'il m'a dit. Et je ne voudrais pas décevoir cet homme. Il est d'une humeur à causer des préjudices à cette ville. Peut-être au pays tout entier. »

Je dépassai Hamperl de quelques marches avant de m'immobiliser devant lui.

« Je comprends. Mais je dois vraiment insister.

— Ne soyez pas ridicule, Kommissar. Vous n'êtes pas en position d'insister sur quoi que ce soit. Ce rapport doit demeurer confidentiel pour le moment. À présent, laissez-moi passer. »

Je ne bougeai pas d'un pouce.

« Cela changerait-il quelque chose si je vous dis : "Rothenburg" ? »

Hamperl ne répondit pas.

« Vous savez, j'en suis sûr, de quoi je parle, professeur Hamperl. La pension Matzky.

— Je rendais visite à un patient. En ma qualité de médecin, vous comprenez. C'est pour cela que je me trouvais là.

— Bien sûr. Je comprends parfaitement. Ce que vous ne savez peut être pas, c'est que rien de ce qui s'y passe n'est confidentiel. Rien du tout. »

Les mâchoires rigides de Hamperl se desserrèrent légèrement.

« Que voulez-vous dire ?

— Il y avait des micros cachés.

— Je vois.

— Tout ce que je demande, c'est que vous me donniez quelques minutes de votre temps, professeur. En privé. Avez-vous une voiture ici ?

— Oui. Pourquoi ?

— Vous pourriez peut-être me déposer dans le centre de Prague. Ça nous permettrait de discuter pendant le trajet.

— Oui. Pourquoi pas ? Je pourrais sûrement faire ça. Bonne idée. Suivez-moi. »

Ce soir-là, je rencontrai Arthur Nebe à l'hôtel Esplanade où nous logions tous les deux et, devant un excellent dîner, je lui dis ce que j'avais appris l'après-midi du professeur Hamperl.

« Heydrich se rétablissait, semble-t-il, à grands pas jusqu'à hier midi. Il venait de finir un plat préparé spécialement pour lui par sa femme, Lina, lorsqu'il s'est effondré et a perdu connaissance.

— J'espère que vous n'êtes pas en train de me dire qu'elle l'a empoisonné. »

Nebe sourit et se versa un verre de vin. Il faisait de son mieux pour se détendre en dépit de tout ce qui s'était produit, et une partie de la lassitude qu'il y avait toujours dans ses yeux étrécis avait disparu. Probablement à cause du vin. Nebe appréciait tout particulièrement le bon vin et les bons restaurants. Il fourra son long nez dans son verre et inspira profondément.

« Buvez, Bernie. C'est un bordeaux superbe.

— Ce n'est pas elle qui l'a empoisonné, mais… »

Il posa son verre et scruta mon visage à la recherche d'une trace d'humour.

« Vous n'êtes pas sérieux.

— Le professeur Hamperl a la frousse, Arthur. Il aimerait que le rapport d'autopsie indique que Heydrich a succombé à un choc anémique.

— Il avait perdu sa rate, n'est-ce pas ? Un choc anémique serait une conclusion valable à ce genre de blessure.

— Toutefois, le professeur Weygrich souhaite signaler la présence d'une atteinte des organes résultant d'une infection. Une bactérie ou un poison. » Je haussai les épaules. « Eh bien, là encore, on pourrait s'attendre à ce que l'infection ait été provoquée par des éclats de bombe.

— Assurément.

— Toutefois...

— Beurk. Encore ce mot.

— Hamperl préférerait ne pas faire état de cette inflammation des tissus. Une médiastinite, c'est ainsi qu'il a appelé ça.

— Pour autant, je ne vois pas la nécessité de deux "toutefois" de mauvais augure. Les infections sont courantes dans ce genre de situation.

— Après que le patient s'est remis rapidement ? » Je secouai la tête. « Écoutez, Arthur. Mardi, Heydrich avait une température de 38,9 °C. Mais hier, elle était basse et le sang s'écoulait librement de sa blessure. Enfin jusqu'à midi, quand l'infection est soudain revenue. Un revirement complet de son état.

— Alors qu'est-ce que vous êtes en train de dire, Bernie ?

— Moi, rien. C'est Hamperl qui le dit. Et franchement, il ne le redira probablement jamais plus, à qui que ce soit. J'ai eu un mal de chien à le lui arracher la première fois. Mais ce n'est pas tout, Arthur. Jamais je ne le redirai non plus. Si vous m'interrogiez à ce propos, je répondrais tout simplement que j'ignore de quoi vous parlez.

— Très bien. » Nebe eut un hochement de tête. « Allez-y.

— Hamperl pense que l'infection a été provoquée bien après que la blessure a été reçue. Que la bactérie ayant contaminé Heydrich a été introduite par une action étrangère. En d'autres termes, il a été empoisonné.

— Bonté divine. Vous êtes sérieux ? » Nebe saisit son verre et en vida le contenu. « Qui a fait ça ?

— Il ne le dira pas. Mais j'ai moi-même parcouru les rapports médicaux et ils montrent que Heydrich a d'abord été soigné par le médecin personnel de Himmler, le professeur Karl Gebhardt.

— C'est exact, répondit Nebe. Dès qu'il a appris que Heydrich avait été blessé, Himmler a ordonné à Gebhardt de partir à Prague pour s'occuper de son traitement.

— Mais ensuite, le propre médecin de Hitler, le Dr Karl Brandt, s'est rendu sur place et, ayant examiné Heydrich, il a conseillé que celui-ci soit traité avec un sulfonamide antibactérien. Gebhardt a néanmoins refusé, au motif que ce médicament n'est pas particulièrement soluble et qu'en se cristallisant dans les reins, il peut provoquer une certaine quantité de douleur. Vous ne le prescririez pas à quelqu'un qui ne mange pas ou ne boit pas.

— Mais, d'après vous, Heydrich mangeait et buvait normalement.

— Exactement. Et s'il absorbait des liquides, toute douleur issue des sulfonamides aurait été considérablement réduite.

— Alors qu'est-ce que vous voulez dire ? Que Gebhardt a empoisonné Heydrich ?

— Je veux dire que c'est une possibilité. La dernière fois que j'étais à Prague, Heydrich m'a raconté que les médecins SS expérimentaient des composés de sulfonamide comme moyen de traitement des infections des plaies. N'est-il pas curieux que lui, Heydrich, n'ait pas pu bénéficier d'un médicament récemment synthétisé dans les laboratoires SS ?

— Oui, il me semble, admit Nebe.

— Du moins, jusqu'à ce qu'on se souvienne que Heydrich soupçonnait déjà Himmler de chercher à l'assassiner. » Je haussai les épaules. « Qui mieux qu'un médecin pouvait finir le travail commencé par les parachutistes britanniques ? Et il y a autre chose que j'ai découvert à l'hôpital Bulovka. Après la mort de Heydrich, Lina a eu une sorte d'altercation avec le Dr Gebhardt et l'a accusé d'avoir tué son mari. Il paraît qu'il a fallu la retenir de le frapper.

— Bon sang. Je ne le savais même pas.

— Apparemment, elle a informé le major Ploetz, l'assistant de Heydrich, qu'elle n'accompagnerait pas votre garde d'honneur SS à Berlin.

— Quoi ?

— Vous m'avez bien entendu. Il semble qu'elle-même soit persuadée que sa mort ne correspond pas vraiment à ce qui a été annoncé.

— Himmler sera furieux. Hitler aussi.

— C'est bien possible. »

Nebe se frotta la joue avec anxiété.

« Vous avez raison, Bernie. Nous n'avons jamais eu cette conversation. » Il me porta un toast. « J'aurais

dû savoir que vous découvririez un coupable extrêmement différent de ceux que j'avais espérés. Je pense
qu'il vaudrait mieux en rester là, vous ne croyez pas ?

— En ce qui me concerne, c'est déjà fait. Quand je
rentrerai à Berlin, je nierai avoir jamais mis les pieds
ici. Comme je m'en suis aperçu en octobre dernier,
séjourner à Prague peut être très mauvais pour la
santé. Voire fatal. »

Nebe laissa échapper un soupir lugubre.

« À propos de votre petite amie, Arianne Tauber.
Les perspectives ne sont pas très encourageantes, j'en
ai peur. J'aurais préféré vous donner de bonnes nouvelles, mais je ne peux pas. Désolé.

— De bonnes nouvelles, je n'en attendais pas,
Arthur. Je voulais juste savoir ce qu'elle est devenue.

— Ils l'ont envoyée dans un camp de concentration près de Cracovie. »

Je hochai la tête.

« Eh bien, ce n'est pas si mal. Il est arrivé que des
gens survivent aux camps de concentration.

— Pas avec celui-ci. C'est un nouveau type de
camp. Une partie seulement est un vrai camp de
concentration, du genre de ceux que nous connaissons, vous et moi. Vous savez, comme Dachau ou
Buchenwald. Pour l'essentiel, il s'agit d'un camp spécial d'une espèce inédite. Plus grand que les autres.
Nommé Auschwitz. »

C'était la première fois que j'entendais le nom
Auschwitz. Alors que je mangeais un bon dîner et
dégustais une bonne bouteille de vin dans un grand
restaurant. Il peut sembler aujourd'hui surprenant

qu'il ne me soit pas resté plus longtemps en mémoire, mais, au bout de quelques jours, je l'avais plus ou moins oublié. Des années plus tard, je l'entendis à nouveau. Cette fois, je ne l'ai pas oublié. Il ne me quitte plus à présent, et, chaque fois que j'y pense, je sais que je peux mettre un visage et un nom sur les millions de personnes qui sont mortes là-bas.

NOTE DE L'AUTEUR

Les Trois Rois étaient : Josef Masin, Josef Balaban et Vaclav Moravek. Balaban mourut à la prison de Ruzyne à Prague, le 3 octobre 1941 ; Vaclav Moravek fut tué lors d'une fusillade avec la Gestapo, le 21 mars 1942 ; Josef Masin fut exécuté en mai 1942, dans le cadre des représailles exercées par les nazis à la suite de l'attentat contre Reinhard Heydrich.

Le 9 juin 1942, un train spécial transportant un millier de Juifs quitta Prague pour Auschwitz. Il portait un écriteau sur lequel on pouvait lire : ATTENTAT AUF HEYDRICH (« Attentat contre Heydrich »). Ce même jour, le général Karl Hermann Frank ordonna à Horst Böhme de détruire le village tchèque de Lidice, au nord-ouest de Prague, qui était vaguement suspecté d'avoir abrité certains des assassins de Heydrich. Cent quatre-vingt-dix hommes de plus de seize ans furent exécutés sommairement. Cent quatre-vingt-quatre femmes furent envoyées à Ravensbrück ; quatre-vingt-huit enfants furent envoyés à Lodz. Le 1er juillet 1942, Eichmann ordonna que les femmes et les enfants soient transportés à Chelmno, où ils furent tous gazés dans des camions spécialement aménagés. Le village lui-même fut entièrement rasé.

Le 16 juin 1942, Karel Curda entra au palais Pecek et donna les noms et adresses d'un grand nombre de résistants importants de l'UVOD, parmi lesquels la famille Moravec (aucun lien avec Vaclav Moravek). Marie Moravec préféra s'empoisonner plutôt que d'être capturée vivante par la Gestapo. Son fils, Ata, fut arrêté et torturé. Ses interrogateurs lui montrèrent la tête coupée de sa mère avant de la laisser tomber dans un aquarium. Ata Moravec craqua et révéla la cachette des assassins de Heydrich ; il s'agissait de l'église Saint-Cyrille-et-Méthode dans la rue Resslova. Les Allemands appelaient cette église Karl-Borromäus.

Cachés dans la crypte de Saint-Cyrille (une église orthodoxe russe et non pas catholique comme on aurait pu le supposer) se trouvaient Jan Kubis, Adolf Opalka, Jaroslav Svarc, Josef Gabcik, Josef Bublik, Josef Valcik et Jan Hruby – tous membres d'un commando entraîné par le « Special Operations Executive » britannique pour une mission baptisée Opération anthropoïde. Une bataille rangée s'ensuivit, au cours de laquelle les sept hommes furent tués ou se suicidèrent. Les cadavres furent identifiés par « le traître » Curda. Les familles de ces braves héros furent toutes envoyées au camp de concentration de Mauthausen, où elles furent exécutées le 24 octobre 1942.

Le 3 septembre 1942, les responsables de l'église Saint-Cyrille furent jugés dans la salle de conférences du palais Pecek à Prague. Le procès dura trois heures et demie. Le 4 septembre, l'évêque Gorazd, Jan Sonnevend, Vladimir Petrek et Vaclav Cikl furent pendus.

Adolf Hitler fit cadeau à Lina Heydrich du château du bas à Jungfern-Breschan (Panenske-Brezany en tchèque) en témoignage de gratitude pour le « travail héroïque » de son mari. Le fils aîné de Heydrich, Klaus, fut tué dans un accident de voiture en octobre 1943. Le garçon est enterré dans une tombe anonyme dans le parc du château. En janvier 1945, les Heydrich quittèrent définitivement la demeure.

Paul Thümmel fut relâché puis arrêté de nouveau à plusieurs reprises. En février 1942, il craqua lors d'un interrogatoire et avoua être un espion. Il fut enfermé dans la forteresse de Terezin (Theresienstadt) sous le faux nom de Dr Paul Tooman. Il y resta trois ans. En août 1944, sa femme demanda le divorce, et ce fut la dernière fois où il la vit. En avril 1945, il « se suicida » à Terezin.

Karl Hermann Frank fut capturé en 1945, jugé par les Tchèques, reconnu coupable et exécuté devant la prison de Pankrac le 22 mai 1946. Pour ceux qui ont un penchant à cela, on peut trouver l'intégralité de son exécution sur Internet à l'adresse :
http://www.executedtoday.com/2009/05/22/1946-karl-hermann-frank/.

Ce n'est que mon opinion, mais il mourut assez courageusement, pour ce que cela vaut.

Le SS-Standartenfuhrer Dr Walter Jacobi fut arrêté par les Américains en septembre 1945. Il fut exécuté à Prague le 3 mai 1947.

Le SS-Obergruppenführer Richard Hildebrandt fut pendu pour crimes de guerre en Pologne le 10 mars 1952.

Le SS-Obergruppenführer Karl von Eberstein témoigna pour l'accusation au procès de Nuremberg. Il nia avoir eu connaissance et avoir pris la moindre responsabilité relativement au camp de concentration de Dachau, qui relevait de son autorité en tant que chef des SS et de la police de Munich. Il mourut en Bavière le 10 février 1979.

Le SS-Gruppenführer Konrad Henlein fut capturé par les Américains et se suicida en mai 1945. Toutefois, il se peut qu'il ait été en fait un espion au service des Britanniques.

Le SS-Gruppenführer Dr Hugo Jury se suicida en mai 1945.

Le SS-Brigadeführer Bernard Voss fut pendu à Prague le 4 février 1947.

Le SS-Standartenführer Dr Hans Ulrich Geschke fut très probablement tué lors de la bataille de Budapest en février 1945. Il fut déclaré mort en 1959.

Le SS-Standartenführer Horst Böhme fut tué à la bataille de Königsberg en avril 1945. Déclaré mort en 1954.

Pour le SS-Sturmbannführer Dr Achim Ploetz, son sort reste inconnu de l'auteur.

Konstantin von Neurath fut jugé à Nuremberg et condamné à quinze ans de prison. Libéré en 1954, il mourut en août 1956, à l'âge de 83 ans.

Le général Kurt Daluege fut pendu par les Tchèques à Prague en octobre 1946.

Lina Heydrich mourut le 14 août 1985. Elle a toujours défendu le nom de son mari.

Le portrait d'Adele Bloch-Bauer peint par Gustav Klimt est resté en possession de la Galerie nationale autrichienne jusqu'en 2006, date à laquelle un tribunal autrichien établit qu'il était, de même que trois autres peintures, la propriété légitime de la nièce de Ferdinand Bloch-Bauer, Maria Altmann, à qui il les avait légués par testament, lui-même étant mort dans le dénuement à Zurich en novembre 1945. L'œuvre de Klimt fit partie des quatre tableaux vendus chez Christie's à New York en novembre 2006. Elle fut adjugée quatre-vingt-huit millions de dollars. On peut la voir aujourd'hui à la Neue Galerie de New York.

L'auteur a visité le château de Panenske-Brezany en février 2011. Il est toutefois fermé au public et en assez mauvais état. Sous l'ancien gouvernement communiste de Tchécoslovaquie, la propriété fut un centre de recherche sur les armes secrètes.

D'après un journal de Prague de mars 2011, Heider Heydrich, âgé de soixante-seize ans, le fils survivant de Heydrich, aurait offert de « récolter des fonds » pour restaurer le château de Panenske-Brezany. L'article provoqua un tollé en République tchèque. C'est cependant l'opinion de l'auteur que le fils n'est pas le père et que cette propriété jadis splendide mériterait d'être restaurée. J'imagine qu'il aimerait retrouver la tombe de son frère aîné.

Philip Kerr
dans Le Livre de Poche

La Paix des dupes n° 32732

Octobre 1943 : Roosevelt, Churchill et Staline doivent se rencontrer à Téhéran pour discuter du sort de l'Allemagne… et se partager l'Europe. Partout, agents secrets, sbires et traîtres de tous bords s'en donnent à cœur joie. Meurtres, complots, projets d'attentats se succèdent. Jusqu'au jour J, où rien ne se passe comme l'Histoire l'a écrit.

Une enquête philosophique n° 33132

Un meurtrier sadique s'attaque à des femmes. L'inspecteur « Jake » Jacowicz mène l'enquête. C'est une dure à cuire dont la particularité est de détester les hommes. Son adversaire figure sur une liste ultra-secrète de criminels sexuels potentiels, tous affublés d'un nom de philosophe.

La Trilogie berlinoise   n° 31644

Publiés pour la première fois entre 1989 et 1991, *L'Été de cristal*, *La Pâle Figure* et *Un requiem allemand* ont pour toile de fond le IIIe Reich à son apogée et, après la défaite, l'Allemagne en ruine de 1947. Bernie Gunther, ex-commissaire de la police berlinoise, est devenu détective privé. Désabusé et courageux, perspicace et insolent, Bernie est à l'Allemagne nazie ce que Philip Marlowe est à la Californie de la fin des années 1930 : un homme solitaire, témoin de son époque. Des rues de Berlin « nettoyées » pour offrir une image idyllique aux visiteurs des Jeux olympiques à celles de Vienne la corrompue, Bernie enquête au milieu d'actrices et de prostituées, de psychiatres et de banquiers, de producteurs de cinéma et de publicitaires. La différence avec un film noir d'Hollywood, c'est que les principaux protagonistes s'appellent Heydrich, Himmler et Goering…

La Mort, entre autres   n° 32077

1949. Sa femme se meurt, et Bernie Gunther craint que le matricule SS dont il garde la trace sous le bras lui joue de sales tours. Une cliente lui demande de retrouver son époux nazi, et le voici embarqué dans une aventure qui le dépasse.

Une douce flamme

n° 32433

1950, Bernie Gunther débarque à Buenos Aires sous un nom d'emprunt. La ville est infestée de nazis exilés. Le chef de la police charge Bernie d'une enquête qui lui rappelle une affaire non élucidée, alors qu'il était détective à la Kripo berlinoise : une jeune fille retrouvée mutilée, une autre disparue.

Hôtel Adlon

n° 32820

Berlin, 1934. Bernie est responsable de la sécurité de l'Hôtel Adlon. Or le patron d'une entreprise de construction y est assassiné après avoir passé la soirée avec un homme d'affaires américain véreux, ami de hauts dignitaires nazis.

Vert-de-gris

n° 33284

1954. Bernie Gunther est arrêté par la CIA et transféré à la prison de Landsberg à Berlin. Les Américains passent un marché avec lui : sa liberté dépendra de ce qu'il leur révélera sur un ancien de la SS, Erich Mielke, le chef de la nouvelle Stasi.

Le Livre de Poche s'engage pour
l'environnement en réduisant
l'empreinte carbone de ses livres.
Celle de cet exemplaire est de :
550 g éq. CO₂
Rendez-vous sur
www.livredepoche-durable.fr

PAPIER À BASE DE
FIBRES CERTIFIÉES

Composition réalisée par NORD COMPO

Achevé d'imprimer en février 2015 en France par
CPI BRODARD ET TAUPIN
La Flèche (Sarthe)
N° d'impression : 3009448
Dépôt légal 1ʳᵉ publication : mars 2015
LIBRAIRIE GÉNÉRALE FRANÇAISE
31, rue de Fleurus – 75278 Paris Cedex 06